遥远的救世主

豆豆/著

作家出版社

图书在版编目（CIP）数据

遥远的救世主 / 豆豆著. -- 北京：作家出版社，2005. 1
（2022.2重印）
（中国作家文库）
ISBN 978-7-5063-3174-6

Ⅰ. ①遥… Ⅱ. ①豆… Ⅲ. ① 长篇小说 - 中国 -当代
Ⅳ. ①I247.5

中国版本图书馆CIP数据核字（2005）第000628号

遥远的救世主

作　　者：豆　豆
责任编辑：懿　翎　汉　睿
装帧设计：曹全弘
出版发行：作家出版社有限公司
社　　址：北京农展馆南里10号　　**邮　　编**：100125
电话传真：86-10-65067186（发行中心及邮购部）
86-10-65004079（总编室）
E-mail:zuojia@zuojia.net.cn
http://www.zuojiachubanshe.com
印　　刷：唐山嘉德印刷有限公司
成品尺寸：142×210
字　　数：460千
印　　张：18.375　　**插　　页**：3
版　　次：2005年5月第1版
印　　次：2022年2月第82次印刷
ISBN　978-7-5063-3174-6
定　　价：48.00元

第一章

1

1995年5月21日柏林时间下午两点半，北京—法兰克福的航班准时在机场平稳降落，法兰克福机场大厅的海关检查出口处三三两两地聚集着迎接亲友的人。身穿白色风衣的芮小丹站在离人群不远的地方静静注视着依次而出的旅客。

肖亚文随着旅客走了过来，她什么行李也没带，只是挎了一个随身携带的坤包，那情形不像是来法兰克福旅行，而更像是去逛北京的超市。

肖亚文长着一张精致得让人无法判断年龄的脸，仿佛就是一件油画大师呕心沥血创作出来的艺术品。她身穿一套华贵的职业女装，眼睛里充满了灵气和自信，浑身散发着一种精明干练的气质，那是典型的白领女性的特征。

芮小丹迎上几步，朝着边走边观望的肖亚文亲切地喊了一声："亚文！"

肖亚文闻声快步走来，也兴奋地喊道："小丹！"

两人激动地拥抱了一下，肖亚文说："我得先告诉你，我只能待几个小时，得乘晚八点的班机回去，明天我人必须得在北京。我这趟是专程来见你的，自费。"

芮小丹惊诧地看看她，不解地质问："你疯啦？有什么事不能在电话里说，非得这么折腾？”

肖亚文说：“电话里，我怕你三言两语把我打发了。我这么折腾一趟，念我这来回的路费你也不好意思拒绝我。要是等你歇完探亲假再去古城找你，时间就来不及了。”

芮小丹迟疑了一下，本能地说：“如果是有人托你给古城的什么案子说情，那就别说出来了，我既没贼心也没贼胆，更没那个权力。”

肖亚文说：“你怎么看谁都像贼啊？”

两个人边说边走出大厅，走向停车场，上了一辆白色女士轿车，芮小丹驾车向莱茵河南岸的“紫竹园”小酒店驶去。

肖亚文一上车就笑着说：“你的拥抱不够真诚，敷衍我。”

芮小丹也笑道：“你神神道道让我猜心事，我真诚得起来吗？”

肖亚文系上安全带，理了理头发，说道：“小丹，咱俩从警官大学认识……”

芮小丹说：“不用铺垫，直说。”

肖亚文说：“不行，还是铺垫铺垫比较实用。”

芮小丹说：“最好的朋友。”

肖亚文说：“有你这个定性我就踏实了。”

芮小丹说：“少奶奶，您快把您那金口里的玉言吐出来吧。你这么精明的人，我还真想不出你能有什么事需要我帮忙。”

肖亚文摆摆手说：“不着急，还有时间，只要不误了班机就行。这不是一句话就能说清楚的事，得喝着咖啡从头细说。”

芮小丹心里越发疑惑了。

2

法兰克福不仅是欧洲的交通枢纽和德国金融、科技的中心，也是著名的旅游胜地，歌德故居、保尔教堂、老歌剧院……让这个城市充满了多元魅力。莱茵河的南岸历来就有吃、喝、跳舞的美名，那些气氛无拘无束而风格迥异的小酒店点缀着莱茵河的浪漫。

她们俩对这座城市都不陌生。肖亚文经常到柏林办理商务，抽空就去法兰克福看看芮小丹的母亲。芮小丹则是在这个曾是日耳曼帝国首都的城市里度过了九年的时光。

芮小丹的母亲经营的“紫竹园酒店”就在莱茵河南岸，这是一家店面不大的中餐馆，门前的露天酒吧有20多平方米，遮阳伞下的圆桌有些空着，也有一些坐着喝酒聊天的客人。

芮小丹将车开到“紫竹园酒店”的汽车泊位停下，芮小丹的母亲闻声迎了出来。

芮小丹的母亲张慧敏50多岁，是那种干练而有修养的妇女，她的眼角刻满了皱纹，慈祥的目光里夹杂着几许孤独。

肖亚文人还没下车就亲热地喊道:“张姨您好！”

芮母也热情地说:“路上累了吧，快到里面歇歇。”

芮小丹关上车门对母亲说:“妈，亚文还要赶晚上八点的飞机回去，就待几个小时。五号桌空着，我和亚文谈点事，给来点喝的吧。”

芮母吩咐过招待，又问肖亚文:“这么大老远的，怎么待这不大会儿就走哇？”

芮小丹说:“妈，没事，她要的就是这个劲儿。”

肖亚文说:“张姨，我下个月还来柏林，可能没时间来看您，先跟您说一声，您可别挑礼儿呀。”

芮母说:“你们都忙，不用惦记我。”

肖亚文到洗手间擦了一把脸，又重新补了一下妆，走到五号桌将手里的包放桌上，在芮小丹的对面坐下。桌上不但有两份咖啡，还有两杯法兰克福最经典的“苹果酒”饮料和两份世界名菜——法兰克福香肠。

肖亚文低头闻了一下，陶醉地说："啊——好情调！"

芮小丹说："吃的喝的都有了，从头细说吧。"她一边说着，一边从手袋里拿出香烟和打火机，抽出一支点上，这套动作娴熟、自然，一看便知是有点吸烟史了。

肖亚文惊讶地问："你怎么学会抽烟了？"

芮小丹说："去年卧底，当了一个多月的坐台小姐，就学会了。"

肖亚文坏坏地笑着说："没学会点别的？"

芮小丹立刻被逗笑了，说："你好淫秽呀。"

肖亚文哈哈开怀大笑，笑罢归入正题，说："老板交代个差使，让找个离北京远点的地方租套房子，意思是没有熟人打扰，他想一个人清静清静。我想来想去还是把他放在古城比较合适，你办事有分寸，能有个照应。"

芮小丹说："清静，躲什么？是警察还是仇家？"

肖亚文说："我来找你，本身就含有政审担保。"然后她从包里拿出一张身份证复印件和一张个人简历递过去说："这是这个人的情况。"

芮小丹扫了一眼身份证复印件，然后看个人简历——

丁元英，男，1959年出生，籍贯成都，北京户口，1978年考入清华大学，1979年留学柏林洪堡大学，1985年获经济学硕士，同年就职于柏林H.N.S国际金融投资公司，1989年就职于北京通达证券公司，1990年2月在北京结婚，同年8月离婚。1991年鬼混。1992年3月就职于柏林《世界经济周刊》，任经济发展战略研究员，1994年1月辞职。1994年6月在北京创办个人私募基金，1995年5月私募基金预备解散。此人无信仰，爱好音响，在柏林有一套住房，有德国永久居留权。

芮小丹看完之后问："鬼混是什么意思？"

肖亚文说："酗酒、女人，花天酒地那套呗。"

芮小丹淡漠地说："你也是警官大学出来的，为这种人担保？当然，花天酒地并不违法，只是一种带符号的生活方式。"

肖亚文说："我无须为他辩解，也没说他是好人，只是如果按你的逻辑，你也是警官大学出来的，你是刑警，那你认为女人抽烟是不是也带着一种符号呢？"

芮小丹说："诡辩。"

肖亚文一笑说："权当是诡辩吧。"

芮小丹质疑地问："在古城租套房子，就这么简单？"

肖亚文说："要这么简单我就不找你了，北京周围的城市我哪儿租不来一套房子？我刚才说了，你办事有分寸，能有个照应。"

芮小丹问："分寸指什么？照应指什么？"

肖亚文想了想，说："就是……你这么跟审贼似的一问，我还真难解释了。"

芮小丹笑笑说："没关系，你慢慢交代，我听得懂。"

肖亚文说："本来我在天津租了房子，可是突然觉得不对劲儿，我发现私募基金实际上已经停业了，确切地说已经进入了清算程序，这就是说要散摊儿了，散摊儿就是解散，就是各奔东西。我给丁总当了一年助理，说有幸也行，说缘分也行，总之我没见过这样的人，或者说他根本就不是人……"

芮小丹不屑地打断肖亚文的话，说："不是人是什么？"

肖亚文说："是魔、是鬼都可以，就是不是人。"

芮小丹禁不住笑了笑，说："怎么讲？"

肖亚文喝了一小口咖啡，慢慢转动着杯子平静地说："会赚钱的人、地位高的人、有思想的人、有学问的人……我想，或多或少、直接间接，我都见过，但他们都是人，想的、干的都是人的那点事。丁元英不同，他跟正常人的思维颠倒了，说鬼话，办鬼事，倒行逆施，但是还有道理，像魔，柏林有个居士说他是极品混混。”

芮小丹说：“极品混混就不是混混了？”

肖亚文说：“也是。”

芮小丹说：“好，不管是魔还是混混，你要通过‘有个照应’达到什么目的？”

肖亚文说：“不能让这条线断了，得有个什么事还能牵着。你在古城尽点地主之谊顺理成章，你们不是雇佣关系，关照多少都是人情。我办完这个差使就跟他搭不上话了，但我和你是朋友，你关照他，人情是记在我账上，关照他就是给我帮忙。”

芮小丹明白了一些，说：“总之这个人对你有用，你是想在私募基金解散以后还能跟他保持联系，慢慢成为朋友。”

肖亚文轻轻摇摇头，淡淡地说：“朋友？不可能。认识、熟人、够得上说话，这就已经不错了。咱跟人家根本不是一种人，凭什么跟人家成朋友？”

芮小丹说：“仅仅是认识有什么意义？你总得为点什么。”

肖亚文说：“认识这个人就是开了一扇窗户，就能看到不一样的东西，听到不一样的声音，能让你思考、觉悟，这已经够了。其他还有很多，比如机会、帮助，我不确定。这个在一般人看来可能不重要，但我知道这个人很重要。”

芮小丹又拿起身份证复印件看了看，抽了一口烟慢慢地吐出，笑着说：“这人，是让你越做越精了，这种事都能让你榨出油来。”

肖亚文说：“可我先把自己榨出油了，这么一折腾，天津的预付房租和这次的往返机票一共两万多元哪，全得我自己出，这才叫哑巴吃黄连，有苦难言。这事得自然，如果让他察觉到有刻意的成分，那我就丢人了。”

芮小丹凝视着肖亚文的眼睛许久没有说话，就像在破译一道密码。沉思之后她把香烟在烟缸里熄灭，像场外评论一样说了两个字：“老到。”

肖亚文像洞穿一切似的一笑说：“我知道你在想什么。”

芮小丹问：“想什么？”

肖亚文说：“你在想，白领就是白领，四面动机，八面周到，不是吃干饭的。这事名为关照，其实就是变相献媚，连保镖都有了，而且根本不给你推辞的机会。”

芮小丹忍不住笑出声了，说：“你已经不是人了。”

肖亚文说：“你办事有分寸，得体、自然。咱们是朋友，你就给我当回使唤丫头。其实我但凡有一点儿办法都不会来找你，我最怕的事情就是和你搅和在一起。”

芮小丹不解地问：“为什么？”

肖亚文几分夸奖几分忌妒地说：“没你的时候我往人堆一站还是个角儿，有你在我就成陪衬了。你看看你这脸蛋儿，哪像是肉身凡胎生出来的，简直就是鬼斧神工啊。你再看你这身段，腰细腿长、胸高屁股大，再加上冷艳的气质，哪个女人愿意往你身边凑？”

芮小丹笑道：“用词粗俗了点，这马屁也拍得过头了，但我还是爱听。”

肖亚文说：“私募基金清算分红的日期已经确定了，6月15日在柏林，这样算下来大概还有一个月的时间，又要租房子又要布置，时间很紧张。”

芮小丹想了想说：“我已经三年没来看老娘了，怎么也得度完假期再回去，你知道在刑警队请假有多难哪。这样，我给欧阳雪打个电话，房子的事让她去办，具体细节让她直接和你电话联系，以后的事就交给我了。”

肖亚文端起酒杯说：“那我就先谢了，我干了这杯，所有的心情都在这酒里了。”说罢一口气把酒喝干了。

芮小丹端起酒杯说："别，谢字我受不起，我也干了这杯，扯平了。"

肖亚文从芮小丹手里夺过酒杯说："你得开车，不能喝酒。咱们难得在国外一见，怎么也得留几张纪念照吧。待会儿还有时间，咱们找地方照相去。"

芮小丹端起咖啡说："那我就以咖啡代酒，也算扯平了。"

肖亚文细细端详着芮小丹，停了片刻说："小丹，有几句话不管是不是多余，也不管你怎么去想，作为朋友我都必须得给你几句忠告。"

芮小丹说："你讲。"

肖亚文说："当你觉得这个人很特别的时候，千万别对这种人动心思，一旦动了那种心思你就算把地狱之门打开了，除了自己受折磨不会有第二种结果。这种不是人的人是个女人都受不了，他妻子只跟他过了半年就离婚了，说他不是人。我说这话你可以不当回事，但是如果真的发生了，那是你自找的，别怪我没提醒过你。"

芮小丹说："不放心，就别放我这儿。"

肖亚文说："就知道你会这么想，但是你错了，这里面什么意思都有，就是没有男女的意思。我要是打他的主意不会把他放你这儿，那不是把肉往狼嘴里扔吗？"

芮小丹对于"狼"的比喻不以为然地一笑，说："姐姐，跑题了。"

肖亚文说："好，回到正题，咱们照相去。"

于是，芮小丹起身去酒店里拿照相机，肖亚文把芮母也拽了出来，三个人以紫竹园酒店为背景其乐融融地照起相来，其中更多的是芮小丹与肖亚文的合影。

照完相，肖亚文对芮母说："张姨，我和小丹再到别处照几张，晚饭就在外面吃了，回来吃饭赶不上飞机，我这就跟您道别了，下次再来看您。"

芮母一边点头应承一边说："屁股还没暖热就走，这叫什么事儿哟。"

芮小丹又去开车，肖亚文惬意地坐在副驾驶的位置上，向芮母挥手告别。芮母目送着汽车走远了，这才摇摇头回到酒店里。

3

法兰克福是座移民城市，不同肤色、不同民族的人都可以在这里见到，其中也有不少中国人，经常可以看到写着中文招牌的店铺。两个人一路上开心地谈笑着，悠闲地观望车窗外面的街道和风景。湛蓝的天空、柔和的阳光、起起落落的鸽子、异国情调的建筑，似乎一切都使人沉醉。

芮小丹在遇到路口的红灯停车时问："什么是私募基金？违法吗？"

肖亚文说："还没立法，怎么违法？私募基金按我理解就是没有经过注册的私人代客理财，性质和信托差不多。丁总募集的资金全部来自德国，但完全针对中国股市，简单地说就是你的资本，我的头脑，大家一起在股市上捞钱，包你只赚不赔。"

芮小丹不屑地说："天下哪有包赚不赔的买卖？"

肖亚文说："你以为德国人的钱就那么好用啊？赔钱是由经营风险担保方承担的，与投资人没关系。"

绿灯亮了，芮小丹随着车流通过路口，又问："那担保方就不怕赔钱吗？"

肖亚文说："怎么不怕？都怕。担保方是确认你不会让他赔钱他才给你担保的，这完全取决于担保人对你的能力有没有信心。但是对于投资人，那当然是包赚不赔。"

芮小丹说:“有这么好的事，你投了多少?”

肖亚文说:“3000万元的入会门槛，咱迈得过去吗?其实我也动过这个念头，神不知鬼不觉地跟着买点就行，可心理承受不了，超出道德底线了。”

汽车驶到了离步行街不远的一条街道，芮小丹找个车位停下车。

她们沿步行街一路走到罗马广场，一路上不断请行人为她们拍照。在罗马广场，她们请一位正在太阳伞下喝咖啡的德国老人为她们拍照。这位头发花白的德国老先生或许是一个摄影爱好者，他热心而骄傲地选择了几处很有特色的背景为她们照了十几张合影，这才怡然自得地继续去品味他那杯已经没有了热气的咖啡。

从罗马广场来到莱茵河大桥，此时已是夕阳斜照，金红色的霞光像一层轻纱洒在恬静的水面上。她们拍了几张合影后，沿着大桥边走边聊。芮小丹左手拎着包，右手插在风衣口袋里，水面的风吹动着她的风衣下摆，吹散了她飘逸的头发。

肖亚文问:“你已经拿到了律师执业证，下一步怎么打算?”

芮小丹说:“我只是为再就业储备条件，现在还没被淘汰呢。”

肖亚文感叹地说:“咱们班的女生现在还干警察的已经不多了，能在刑警队撑下来的就更少了。女人干刑警真不行，体能和思维都跟不上，到头来当个穿警服的花瓶都嫌你不够鲜亮。你还想撑多久，敢撑到30岁吗?”

芮小丹说:“不敢，30岁再申请留学就很难通过审批了。我打算再干两年，然后到法兰克福大学读个学位，这边吃住都省钱，将来回国当个律师。我除了法律没别的技能，只能在法律这行混口饭吃。其实我对律师这碗饭也并不自信，律师对逻辑思维和综合知识的要求更高，填不饱肚子的律师多着呢，走着说着吧。”

肖亚文一笑说："律师好啊，张嘴就是钱。"

芮小丹说："女人那点慧根当不了大律师，能填饱肚子就不错了。你呢，私募基金解散以后你怎么打算？"

肖亚文的眼睛里掠过一缕惆怅，说："还在北京漂着呗，咱一没能耐二没本钱，除了打工还能干什么？省吃俭用攒点钱，看将来有没有机会。"

……

芮小丹陪肖亚文在罗马广场附近的景点逛了一下午，照了三盒胶卷，两人一起吃了晚饭，然后提前一小时赶到法兰克福机场。

机场大厅灯火通明。肖亚文办完登机手续后，在入口处与芮小丹道别。

芮小丹在道别的最后一刻望着肖亚文的眼睛，诚恳地说："亚文，我是警察，我不希望看到咱们之间发生不愉快。"

肖亚文凝思了片刻，说："法律上我担保没有问题，我不知道该怎么解释这个人，我只能这么告诉你：以我的智力，我理解不了这种人。"

肖亚文歉意地淡淡一笑，轻轻挥挥手告别，再见了。

第二章

1

选帝侯大街是柏林最繁华的商业大街，长长的林荫大道上世界名牌商店林立，餐厅、剧院、咖啡馆、电影院应有尽有，让人流连忘返。

索林特博彩公司大楼就在这条商业大街上，这座六层大楼已经有40多年的历史，虽几度兴衰易主，但一直沿袭了经营博彩业的传统。大楼从一楼到四楼全都是营业区，以赌场为主业，辅助经营客房、酒吧、饭店。

公司的会议室设在六楼的办公区，会议室有200多平方米，私募基金的清算分红会议就在这里举行。索林特博彩公司在会议室走廊两端的入口布置了四名保安，会场里的气氛沉闷而严肃，这与选帝侯大街的繁华形成了两个完全不同的世界。

私募基金的11名当事人全部到席，他们分别代表的权利是——

受托方：

丁元英　受托资本：1700万马克　1892万美元

兑换币种后到账：23266.4万元人民币

风险担保方：

柏林索林特博彩公司董事长詹妮　担保金：380万马克

柏林中华园餐饮公司董事长郑建时　担保金：50万马克

北京正天商业大厦总经理韩楚风的私人代表李志江　担保金：45万美元

资本委托方：

柏林尼特斯勒国际投资公司代表格尔斯曼　委托资本：850万马克

波恩圣米哥金融投资公司代表恩格　委托资本：480万美元

柏林M.T.D信托投资公司代表库兹曼　委托资本：400万美元

柏林STYL风险投资公司代表贝克　委托资本：700万马克

……

会议由风险担保方代表詹妮主持，她35岁，金发蓝眼睛，出身名门，柏林大学法学硕士、商业管理学博士。她在柏林洪堡大学就读期间曾一度涉足模特儿业，凭着一副骄人的身段和艳美的容貌踏上T型台，她在莱茵河边那个忧郁的回眸不知倾倒了多少男子，成为模特儿界的一个经典。她在柏林洪堡大学度过了九年的时光，完成学业后继承父业经营索林特博彩公司，经历了两次短暂而失败的婚姻。这个学历显赫、曾是摄影师灵感之源的女人让人很难把她与赌场——这个男人的领地联系在一起。

会议全部用德语进行。

詹妮环视了一下包括当事人助理在内的与会成员，讲了一段开场白："先生们，私募基金经过了11个月的运作之后，丁元英先生出于个人状态的原因和资本安全的考虑决定终止合作。这当然不是我们期待的结果，我作为风险担保人对此深表遗憾。下面，我们请受托方代表肖亚文小姐宣布经营状况和分红。"

肖亚文站起来，礼貌地向与会者点头行礼，用流利的德语讲道："根据协议，私募基金在北京、上海、深圳三个城市六个证交所建立代理账户，进入中国A股市场的资金和利润全部由投资方代理直接监管，受托人的每一道指令和投资方的每一笔交易都得到了各方代理的确认和记录。经过11个月的经营，扣除兑换币种、汇款、开户、交易等九项成本，净利润4280万马克，现已存入索林特博彩公司账户待分配。"

接着，肖亚文将分配文件表给每人面前发了一份。分配数字为——

私募基金利润：4280万马克

私募基金投资回报率：82%

投资委托方集体预分：4280万 ×60%（分成比例）= 2568万马克

投资委托方投资回报率：50.35%

投资委托方各资本分红：

柏林尼特斯勒国际投资公司：428万马克

波恩圣米哥金融投资公司：435万马克

柏林 M.T.D 信托投资公司：362 万马克
柏林 STYL 风险投资公司：352 万马克

……

受托人丁元英预分：4280 万 ×40%（分成比例）= 1712 万马克

丁元英可支配利润：1712 万马克

丁元英支付风险担保方：1712 万 ×70% = 1198.4 万马克

风险担保方风险投资回报率：239.7%

风险担保方各资本分红：

柏林索林特博彩公司董事长詹妮 1198.4 × 74.5% 担保份额 = 892.8 万马克

柏林中华园餐饮公司董事长郑建时 1198.4 × 9.8% 担保份额 = 117.5 万马克

北京正天商业大厦总经理韩楚风 1198.4 × 15.7% 担保份额 = 188.1 万马克

丁元英分红：513.6 万马克

詹妮说："先生们，这份分红数字全部经过各方会计师的核对和签字，如果你们没有其他方面的异议，请你们在文件上签字，我们现在就办理付款。"

没有人提出异议，所有当事人都在各自面前的文件上签了字，签字后的文件马上被索林特博彩公司的工作人员收走了。

这时，尼特斯勒国际投资公司代表格尔斯曼举手示意发言，他说道："我想请问丁先生，私募基金在业绩最好的状态下终止合作，是否受到了外力作用？"

丁元英中等身材，略显消瘦，穿一套深灰色西装，严肃的神态里显露出几分憔悴。格尔斯曼的问题是他意料之中的事，他平静地答道："没有。"

格尔斯曼说:“首先我要感谢詹妮小姐和两位先生的风险担保，这使我们的投资成为可能。但是，我们不是为了一个无足轻重的目的而参与基金，是要探讨某种可能，而本基金82%的利润率已经证明了这种可能。”

丁元英用流利的德语说:“协议第七条规定，本基金不规定合作期限，以保证委托方在亏损接近10%担保底线时可以及时撤资，以保证受托人在状态不佳时可以及时停业。”

M.T.D信托投资公司代表库兹曼耸了一下胖胖的肩膀说:“一夜风流。”

丁元英解释道:“本基金从融资到运作的特殊性决定了它在法律上的真空地位，这种投机而尴尬的特性也决定了它不适合男婚女嫁。”

格尔斯曼说:“有人说中国股市不像是一个融资市场，而更像是一台取款机。丁先生是为数不多的掌握取款机文化密码的一个，而他通过与我们的合作获得了原始资本，也获得了规模资本的号召力。我们不是为了一个无足轻重的目的而参与基金，丁先生也不是为了一个无足轻重的目的而终止合作。我们并不拒绝重新讨论合作规格和条件，但是如果丁先生的行为有悖商业道德，那将有损他的个人声誉。如果丁先生不能证明其决定的公益性，那么现在的情况完全适用第二十一条条款，我提议进行表决。”

私募基金合作协议的第二十一条是担保条件条款，原文为:受托方在盈利前景看好且获取1000万元人民币以上的资本积累而单方面提出终止合作的，经超过2/3以上的资本代表表决认为受托方存有不道德的商业动机，担保方保留根据协议冻结受托方资本的权利，冻结期限最短不少于两年，最长不超过三年。

詹妮说:“先生们，认为受托方存有不道德商业动机的请举手。”

投资委托方的代表都举手了，担保方只有郑建时一人举起了手，詹妮、李志江、丁元英三人没有举手。

詹妮说:“七票支持，三票反对，通过。”

波恩圣米哥金融投资公司代表恩格发言道:“我提议，由尼特斯勒公司代表私募基金投资方监督受托方的资金冻结。”

这个提议全票通过。

恩格接下来又发言道:“丁先生在辞去《世界经济周刊》研究员的时候签过一份协议，限制你在五年内不能从事同一行业，为此补偿你 15 万马克，虽然你没有接受这笔钱。为了丁先生的声誉，我们希望你做出必要的承诺，并为此补偿你 18 万马克。”

令人意想不到的是，格尔斯曼的助理随即拿出六沓马克现金和一份事先拟订的商业利益保护协议。那六沓现金一看就是代表了六个投资人，每家出资三万马克。

郑建时插言道:“这显然是预先谋划的。先生们，过分了吧？”

郑建时 43 岁，出生在波恩，祖籍安溪，信奉佛教，身兼欧洲华人协会常务理事、德国福建同乡会秘书长、柏林安溪茶业商务会会长等职，在不来梅开有“中华园”分店，另在柏林经营一家安溪茶艺馆，还有一家名为“斯雷特姆”的贸易公司，在欧洲闽南系华人圈里是个小有名气的人物。在丁元英留学期间，两人因茶道而相识，因讨论佛教而为友。

丁元英拿起协议看了一遍，提笔划掉补偿条款，签上名字，然后站起来说:“我这个人还没有重要到可以用‘个人声誉’来评价的程度，我很荣幸能与在座的先生们合作，我恳请先生们能同意我从冻结的资金里拿出 13.6 万马克的零头，给我留点饭钱。”

丁元英说完，将现金和协议递给格尔斯曼。

格尔斯曼接过协议看了看签名，困惑地说:“我想，我们没有理由不同意。"

丁元英坐下，会议室里呈现一阵不和谐的沉寂。

詹妮平和地问："先生们还有什么问题？"

没有人再提问，但众人的目光却全部锁定在丁元英身上，那么多目光汇集在一起清晰地聚焦成了一个硕大的问号：为什么？

詹妮等了几秒钟，会场里也沉默了几秒钟。她适时地站起来说："那么，今天的会议就可以结束了。请大家在会议记录上签字。"

书记员拿着会议记录逐一请各方代表签字。

签字之后，詹妮友好地说："请原谅，我还想再占用先生们一点点时间。我提议，为我们这次愉快的合作大家干一杯。"

早有准备的工作人员闻声而动，转眼间几个餐厅侍应每人托着一盘子红酒走进会议室，恭敬地给每位女士和先生送上一杯。

詹妮举起酒杯说："为我们愉快的合作，也为我们有机会再次合作，请大家干杯！"

每个人不论是以什么样的心情，都把酒喝干了。

2

詹妮寒暄着，送客，投资方的人很快就散去了。

郑建时是丁元英的朋友，虽然他与詹妮同在一个城市里生活，但彼此并不熟悉，是私募基金使他们走到了一起。此时他客气地对詹妮说："詹妮小姐，我们也回去了。晚上我给元英饯行，非常希望你也能来赏光。"

詹妮也客气地说："谢谢，晚上我还有事，就不去了。明天我去机场送他。"

郑建时说:“也好，那就明天见。我们先告辞了。”

于是，郑建时、李志江和郑建时的一个助理一道走了。

詹妮小声对她的助理交代了一句什么，那位助理也离开了。

会议室里就剩下詹妮、丁元英和肖亚文三人。

詹妮说:“走，我们到酒吧坐坐。”

在往酒吧走的路上，詹妮问:“这次买唱片了吗?”

丁元英说:“买了60多张。”

詹妮说:“你收藏那么多唱片，都能记住吗?”

丁元英说:“经常有买重复的，不过就这点嗜好，重复就重复吧。”

他们说着话来到四楼的酒吧，形容这里只需两个字就够了:奢华。

这是一处由六个吧区组成的酒吧，有艺术吧、激情吧等，根据不同的主题，从设计装修到音乐都营造出风格迥异的气氛，各吧区之间既独立又浑然一体，置身在这种典雅、浪漫而又富丽堂皇的景致里喝上一杯充满欧洲风情的美酒，实在是一种人生的享受。

这个时间酒吧的客人并不多，詹妮选了一个不易被人打扰的位子三人围桌而坐，随即就有一个30多岁的男侍应走来，詹妮对他交代了几句，不一会儿，这个侍应就把酒和酒具送来了，还有一盒女士香烟和一个精致的打火机。

丁元英看到那瓶酒，随口一问:“这是干什么?”

这瓶酒的售价是一万多马克，相当于四万多元人民币，它是人头马出品的路易十三干邑美钻品系的一种，是白兰地酒中陈年佳酿的极品，无论是水晶雕花的酒瓶还是镶嵌在水晶栓中心的钻石，无不诠释着这瓶经典之酒的收藏价值以及拥有它的主人身份的尊贵。

詹妮打开酒瓶，倒上三杯酒，说:“很抱歉，我只能按规矩办。”

丁元英从衣袋里拿出一盒三五香烟点上一支，说：“既是规矩，就没什么可抱歉的。是我该谢你们，没有你们的担保，我一个马克也拉不来。”

詹妮也点上一支烟说：“如果我认为有风险，我不会给你担保，韩楚风他们也不会。你让我们都赚到了钱，这才是本质。”

詹妮左手夹着香烟，右手端起酒杯，向丁元英和肖亚文示意了一下。丁元英端起杯子也向詹妮示意了一下，三个人都喝了一口。

这瓶集万般宠爱于一身的酒就以这种最不经意的方式完成了它的使命。

这时，那位助理走过来，将一个文件袋放到桌上，对詹妮说：“八万美元。”

詹妮点了一下头，让助理走了。

詹妮再次倒上酒，问道：“为什么要这样？”

丁元英歉意地说：“没什么，我就想清静一段时间……这话让我都觉得是敷衍。”

詹妮笑了，说：“你没有在柏林大学的时候健谈了。”

丁元英说：“我是不想让人看我像个精神病人。而且，这是我作为一个中国人不愿意和外国人讨论的问题，请原谅。”

詹妮把香烟放到嘴上，两个夹着烟的手指贴着嘴唇，眼睛望着丁元英的脸。那眼神，俨然是一个不得其解的问号。

第 三 章

1

丁元英、肖亚文和李志江一行三人同机回到北京，客机在北京时间下午四点半降落首都国际机场。6月的柏林气温不到20摄氏度，而北京已经进入夏季了。

私募基金的刘会计师和正天商业大厦的马主任都已经提前在机场等候，开来了三辆汽车。刘会计师开的是私募基金的那辆克莱斯勒V6轿车，现在已经换成了临时牌照。马主任带来了两辆车，一辆奥迪A6是正天商业大厦的公车，一辆宝马730是韩楚风的私人车。

马主任30多岁，从发型、服饰到举止、神态都是训练有素的商务人士形象。见到丁元英后他上前握手道："丁哥，韩总开会，让我来接您。秋红姐昨天到了，韩总安排他们住阳光酒店9012房，她现在正在酒店等您。韩总交代，您的车开走以后，就用韩总这辆车，司机小赵您也认识。韩总让我转告您，晚上你们都别安排活动，他要找您喝酒。"

丁元英点点头说："行，你带志江回去，我们去酒店。"

丁元英上了克莱斯勒，肖亚文开车，她把一提包唱片和一只小皮箱放到副驾驶的座位上。刘会计师和丁元英坐在一起，黑色宝马空车跟在他们身后，三辆车驶离机场。

刘会计师40多岁，个子不高，秃顶，戴一副深度近视眼镜。他从公文包里拿出一个文件袋说："丁总，汽车的过户手续带来了，都在袋子里。两台电脑装在后备厢里。"

丁元英接过文件袋抽出文件看了看。

刘会计师又从公文包里取出几张报表、记录和一沓现金一一解释道："接到你的电话后工资就全部发下去了，这是工资表。肖助理的年薪20万元存入银行，刚才已经把存单交给她了。七台电脑装在这车里两台，办公室还有五台，办公用具的清单都在这里。账上的钱支付完工资、房租、水电、物业管理之后，还剩余6300元，都取出来了。现在只有两笔账不清楚，一笔是肖助理上个月支取的三万元还没报账，一笔是这次去柏林的费用。另外，这几天一共有14个人来找你，这是记录。"

丁元英接过文件和现金说："肖助理支取的那笔钱我知道，这些账不用管了。待会儿你和肖助理坐那辆车去办公室把财务交接一下，然后送你回家，剩下的事让肖助理处理。这一年里大家相处得不错，谢谢你们。"

刘会计师说："丁总，以后有什么事需要帮忙就打电话。"

丁元英又说："谢谢。"

……

两辆汽车行驶了将近半个小时来到阳光酒店，肖亚文在停车场找了个位置将车停好，将车钥匙和小皮箱交给丁元英，将唱片放到宝马车里。

丁元英对小赵说："你送他们去荣泰写字楼，然后送刘会计师回家，不用来接我，肖助理身上带着钱，你跟她在一起。"

接着他将两万美元交给肖亚文说："你先去银行把这两万美元兑换了，再去交接财务资料，然后联系搬家公司把文件和值钱的办公用具送到我那儿的地下室。你先办着，我处理完这边的事就过去。”

肖亚文接过美元说：“我刚发薪，用我的钱换吧。”

丁元英说：“行。”

刘会计师和肖亚文上了小赵的车，办事去了。

2

丁元英走进阳光酒店，乘电梯上了九楼，来到9012号房间，摁动门铃。

开门的是一个30多岁的女子，相貌与丁元英有几分相似，说普通话带着四川口音。她高兴地说：“哥，你来啦。”

她是丁元英的妹妹，叫丁秋红。房间里还有两个男人，一个是丁秋红的丈夫谢辉，一个是谢辉的同事，是他们请来替换开车的司机。

丁元英一进门就看见房间里放着收拾好的行李，不解地问道：“这是干什么？你们昨天来的，这就要走吗？”

谢辉等丁元英坐下之后说：“就等你了，秋红说等你交代完事儿我们就走。”

秋红说：“家里只有两个老的一个小的，茶馆里忙不过来。谢辉他俩是请假出来的，得早点回去上班。我们两个房间，多住一天就是1000多块，谁出的钱都是钱哪。再说了，跟你说话你累我们也累。”

丁元英一时不知道说什么好了。

秋红忙说：“哥，我可没有别的意思，我这都是实话。”

丁元英拿出汽车钥匙，打开皮箱取出文件袋和六万美元一起放到茶几上，说道：“这辆车你们开回去，拿着手续在成都办牌照。车里有两台电脑，你们用得着。这是六万美元，我交代一下，这是专款专用的钱，一万美元用在汽车的日常费用，五万美元用在父母大病时的应急，这个钱，雷打不动。”

谢辉点头说：“哥，父母年纪大了，你的心思我明白。再说，家里的日子蛮过得去，也没啥子用钱的地方。”

秋红说：“哥，你真该回家去看看。”

丁元英说：“过段时间吧。”

丁秋红满脸失望之色，又说：“哥，我想把茶馆改造一下，可爸不同意，我想让你帮我给爸做做工作，你打个电话就行，我觉得你的意见爸能听得进去。”

丁元英说：“我也不同意，这倒不是因为茶馆的产权是老爹的。你把茶馆的门槛垒得太高了，家长里短的茶客喝不起了，茶馆的市井味儿就没了。老人有个事儿忙叨着，充实、乐和，这是性价比最高的消费。”

秋红不作声了。

丁元英说：“老爹开茶馆那么多年，该赚几个他心里有数。真改成一杯千金的茶馆，单靠一杯清茶，能聚来一掷千金的客人吗？”

秋红说：“哥，你不用再说，我知道了。”

谢辉说：“哥，你刚回来，事情多，就不用在这儿陪我们了。我们都收拾好了，退了房子我们就动身了。”

秋红也说：“你忙你的吧。韩大哥知道我们今天走，他正开会，我们就不辞行了，你见到他代我和谢辉道个谢。”

丁元英合上皮箱说：“行，我就不送你们了。路上车子不要开太快，注意安全，到了家给我打电话报个平安。”

说话间，几个人都站了起来。

秋红对丈夫说：“你们在这儿看着东西，我去送送哥。”

秋红送丁元英到楼下。

丁元英走过汽车时停了一下，指了指汽车说：“就是这辆车。”

他们到路边拦出租车时，丁秋红关切地问：“哥，你不回家，是不是有麻烦？”

丁元英说：“没有，我就是想一个人清静清静。”

丁秋红说：“没事就好，家里就放心了。”

一辆出租车停过来，丁元英与妹妹道别，乘出租车去了荣泰写字楼。

3

私募基金的办公地点设在这座灰白色大楼的六楼，这座外表非常普通的老式写字楼被名目繁多的各类小公司分别租用，楼房外面挂着各个公司的牌子。私募基金不是注册法人，所以私募基金没有名号在其中。

楼下停了一辆搬家公司的货运车，车上还没有装东西，也不见有人。黑色宝马车停在货运车旁边，司机小赵也不在车上。

丁元英走进办公室，见肖亚文一边在指挥搬家公司的工人拆卸和包装板式办公家具，一边和小赵一起往一只大纸箱里装文件。昔日有条不紊的办公室此时非常零乱，地上到处丢弃着废纸，一派人去屋空的凄凉景象。

看见丁元英进来，肖亚文的手不由自主地停止了整理东西的动作，她站起身，虽然表面上平静，但一种隐约的失落感还是从目光里流露出来。她上前接过丁元英手里的皮箱，苦涩地笑了笑，说：“真不敢相信，就这么结束了。”

丁元英说：“没见过公司关门吗？”

肖亚文说：“没亲眼见过。我是第一次在这种不是公司的公司里打工，也是第一次以这种公司关门的方式失业。”

丁元英说：“有开张就会有倒闭，规律，只是咱们这周期短了点。”

肖亚文右手提着皮箱左手从纸箱里拿出自己的挎包到套间里去了。

小赵对丁元英说："丁哥，刘会计说什么也不让送，他自己走了。"

丁元英也蹲下来帮着整理文件。

片刻，肖亚文从套间里出来，把提包和皮箱都放到纸箱的一侧，轻声对丁元英说："兑换的钱放箱子里了，16.6 万。"

她见丁元英蹲着，便抱来一捆杂志放到丁元英身边说："丁总，您坐这儿。这会儿您有工夫，我把古城租房的账给您报一下吧？"

丁元英说："行。"

肖亚文从包里取出一张账单和一沓现金递给丁元英。账单的内容是——

预付一年房租　7200 元
预付水、电、暖押金　2000 元
铁观音茶 20 斤　6400 元
CD 古典交响乐影碟　3100 元
三五香烟 40 条　3800 元
上网开户费　1200 元
长途搬家费　800 元
更换门锁及杂项　300 元
合计：　24800 元
剩余：　5200 元

丁元英看过之后说："放箱子里吧。"

肖亚文把账单和现金放进箱子里，说："丁总，您怎么不问问我以后有什么打算？"

丁元英说："这不礼貌。"

肖亚文说:“以前我在两家公司打过工，离开的时候老板都会这么问，以示关心，这是做老板的风度。”

丁元英说:“我不懂里面的规矩。你有什么打算？”

肖亚文手一挥说:“算了，那都是虚的。”

正说着话，一个30多岁、面容姣好、衣着华贵的女人走了进来。她叫陈茹，是韩楚风的妻子。陈茹脸上挂着微笑，却也挂着一重心事。

小赵一见来人是陈茹便马上站起来，诧异地问:“大嫂，您怎么来了？”

陈茹在门口站下，很家常地说:“没事，我来看看。我怕东西太多地下室放不下，看还用不用再找个大点的地方。”

丁元英站起身，迎上去说:“嫂子，这点事还让你费心了。”

陈茹环视了一下说:“都是板式家具，一拆开就没东西了，估计放得下。你看你整天忙的，跟打仗一样。”

丁元英说:“撤了摊子，以后就不忙了。”

陈茹站了一会儿，说:“我看我也帮不上忙，那我就先回去了。”

丁元英说:“你看，这儿连个下脚的地方都没有。”

陈茹冲着肖亚文和小赵点了一下头算是打招呼了，然后转身往外走。

丁元英送陈茹到楼梯口，站下，问道:“嫂子，有事吗？”

陈茹面有难色地说:“元英，你刚下飞机我就来找你，真不好意思。楚风说你撤完摊子就要离开北京，我想，我还是早点来找你。”

丁元英说:“如果没有特别的事，我打算明天走。有什么事你先说。”

陈茹说:“我弟弟又惹麻烦了，在歌厅里跟人打架，把人脸上划了个口子，破相了。我去医院看过人家几次，那边同意私了。楚风对我弟弟本来就有看法，我不想让他知道这事。

楚风的位置担不起人情，我也不好去找别人。所以，只能来找你了。”

丁元英问：“要多少？”

陈茹答道：“人家要20万。”

丁元英现有的钱总共不超过18万，这是他为今后几年准备的生活费。他仔细盘算了一下，说：“对不起嫂子，我只能给你15万。”

陈茹说：“15万够了，我手里还有几个钱。”

丁元英说：“你稍等，我去给你拿钱。楚风和我约好了晚上喝酒，怕没时间了。”

陈茹说：“小赵在这儿，你再回去拿钱不太好。你跟肖小姐交代一下，让她给我打电话约个地方，我去找她拿钱。”

丁元英说：“行。”

陈茹说：“那我就回去了。”

陈茹在记事本上写了一个手机号码撕下来交给丁元英，下楼去了。

丁元英回到屋子里，接着收拾东西。

……

搬家公司的工人用了三个多小时的时间将办公室的物品装上车。荣泰写字楼出租管理处的工作人员检查完房屋后，肖亚文与他们办理了退房手续。之后，两辆汽车一前一后，向丁元英的临时住处驶去。

此时的天色已经完全黑了，车灯、路灯、霓虹灯交汇在一起，北京的大街成了灯火辉煌的海洋。

4

丁元英在北京的临时住处是韩楚风的另一套住房，位于海淀区师范学校北侧的一个居民小区，三楼，面积 80 多平方米，带一间 15 平方米的地下室。

搬家公司的汽车开进小区，停在丁元英住的楼下。

丁元英说：“等一下，我先看看东西怎么放。小赵，你在上面看东西。亚文，你帮我把皮箱拿下来。”说着，他顺着楼梯下到了地下室。

丁元英到地下室去开铁门，肖亚文提着皮箱跟在后面。丁元英开门后从衣袋里取出那张写着手机号码的纸，又从皮箱里拿出现金一并交给肖亚文说：“陈茹的弟弟把人打伤了，处理这事等着用钱，她不想让楚风知道这事。这边忙完让小赵送你回去，你打电话跟陈茹约个地方，把这 15 万交给她。”

肖亚文提醒道：“那您箱子里就剩两万多块钱了。”

丁元英说：“过得去。”

肖亚文将电话号码和钱放进挎包，说：“丁总，您这点钱真应了那句俗话，还没焐热就干净了。”

丁元英把皮箱放到墙根，说：“你上去，招呼他们卸车。”

肖亚文上来让大家卸车，工人们一拥而上开始搬东西。

车上的东西卸到一多半的时候，一辆白色本田轿车开过来。小赵一见，说了声“韩总来了”，马上迎了上去。

肖亚文也迎上几步打招呼：“韩总，您来啦。”

韩楚风 39 岁，北京人，柏林洪堡大学工商管理学博士，现任正天集团正天商业大厦总经理。他高个子，身材魁梧，脸庞棱角分明，额头上挂着几绺略显稀少的头发，身穿一件月白色休闲衬衣，没有系纽扣，露着背心，别有一种洒脱的大家气质。

韩楚风下了车问：“元英呢？”

肖亚文答道：“丁总在地下室，我去叫他？”

韩楚风看了一眼车上所剩无几的东西说：“不用，快搬完了。元英确定明天走吗？”

肖亚文说："确定。他下了飞机连口水都没喝一直忙到现在，就为这个。东西都运到古城了，他在这儿既没茶喝也没音响，可能不太习惯。"

韩楚风随口问："你怎么给他选到古城了？"

肖亚文笑笑说："不管选哪个城市您都会提同样的问题。古城刑警队我有个朋友，知根知底，有事了还能有个照应。"

地下室里，丁元英指点着最后一件物品放到位置，向搬家公司的负责人付过搬家费，锁上铁门，提着皮箱走上来。肖亚文上前接过皮箱。

搬家公司的汽车开走了。

韩楚风问："秋红他们走了？"

丁元英说："走了，让我给你带个话，道个谢。"

韩楚风说："嘿，嘿，扯哪儿了。你呢，明天走？"

丁元英说："走。"

韩楚风说："那就还按原先定的，小赵和马主任去送你。你现在就把那几件换洗的衣服带上，明天就直接从饭店走了，我已经订好了两个房间。"

丁元英一怔，不解地问："订房间干什么？"

韩楚风说："喝酒哇，喝醉了倒下就睡，省事了。"

丁元英一笑说："酒这东西摧残意志，真喝多了真不当家，满嘴酒话。"

韩楚风说："摆个一醉方休的阵势就是为了说酒话，不然咱们就喝茶去了。"

丁元英把钥匙给小赵，说："你上去，把床头柜上的那个旅行包拿下来，那里面是换洗的衣服，我就不上去了。"

小赵拿过钥匙上楼去了。

肖亚文问："丁总，您明天什么时候动身？我去送您。"

丁元英说："有地址，就不麻烦你了。这一年你也没少辛苦，回去好好休息休息。"

肖亚文笑了笑说:“丁总，您这茶凉得也太快了，连个溜须拍马的机会都不给?”

丁元英说:“拍了没用，就不用拍了。”

肖亚文说:“删掉溜须拍马的成分，我就更得去了。”

韩楚风说:“亚文想去就让她去吧。明天你等电话，动身之前先去接你。亚文这丫头不错，挺懂事。”

肖亚文忙对韩楚风说:“谢谢韩总。”

小赵提着旅行包下来了，把钥匙还给丁元英。

丁元英说:“唱片、皮箱、衣服都放车里，明天不用回来拿了。”说完，又将那串钥匙交给韩楚风，说:“物归原主。”

小赵和肖亚文上了宝马车，丁元英和韩楚风上了本田车，两辆车驶离小区，一辆送肖亚文回公寓，一辆去正天饭店。

5

汽车行驶在宽阔的长安街，丁元英坐在副驾驶的位置上，他点了一支烟，深深地吸了一口，浓浓的烟雾顿时在车内弥漫开来，又随之被清凉的风吹散，十分惬意。

韩楚风皱着眉头，叹了口气说:“我还是为那事闹心，今天开了一天的会，都跟吃了耗子药似的。”

“那事”是指:正天集团的总裁病逝，在遗嘱里向董事局提名韩楚风为总裁候选人。前总裁是正天集团最有威望的人物，遗嘱提名的分量可想而知。但提名并不等于决议，两名副总裁是当然的候选人，这使正天集团高层掀起了一场不小的风波。

丁元英没有接韩楚风的话茬，这种事非同小可，非当事人不能评价。

汽车开过天安门广场，韩楚风拍拍方向盘说:“私募基金这一把，漂亮。当初要是从国内融资就更好了。从德国融资，资本条件苛刻，币种兑来兑去，成本太高。”抛开那件让他闹心的事，他紧皱的眉头舒展开了，声音里面流露出几许压抑不住的兴奋。

丁元英望着车窗外流光溢彩的大街，说：“国内信用是个问题。私募基金是没爹没娘的买卖，一边做生意，一边得准备拼刀子，脑后还得长只眼睛看衙门的脸色。”

韩楚风笑着说：“郑建时投了你一个不道德动机票，我没想到。”

丁元英也是淡淡一笑说：“建时凭心凭理超度亲疏，不失佛门正本。但他的佛根里只有熔点没有正智，所以他看我是一个元宝不失德行，一坛元宝图财害命。他那个佛，是修来世正果的佛，他还得到佛祖那儿多咨询咨询。”

韩楚风问：“那你呢？”

丁元英说：“我？正果是不想了，尘埃落定。”

韩楚风看了丁元英一眼，说：“有人骂你是汉奸，说你带着德国鬼子掠夺中国人，用国际游资扰乱国内融资市场。”

丁元英面无表情地说：“汉奸好歹还是人，比骂我不是人的总好点，知足了。”

……

正天饭店是正天集团旗下的五星级酒店，地处繁华商业区，古罗马王宫的建筑风格，停车广场宽阔大气，大堂四处金碧辉煌，既有典雅风情，又具王者风范。

韩楚风停好车，两人进了酒店。丁元英在电梯口等了一会儿，韩楚风到服务总台拿上两个房间的钥匙，一起上到16楼，打开七号房和九号房。这是两个单人套间，每个套间房价2400元，韩楚风享受会员价，五折优惠，所以实际房价只有1200元。

韩楚风让服务员拿出房间里的菜单，从菜单上挑了四个谭家菜、两个下酒凉菜，点了两瓶茅台酒和四盒三五烟，交给服务员办去了。

丁元英来到韩楚风的房间，中央空调将房间内的温度控制在23摄氏度左右，使人感觉非常舒适，两人在客厅的正方形大茶几前面对面坐下，沏上茶。

韩楚风点上一支烟，解释说："我可不是摆谱，天子脚下龙土之上，我韩楚风算不上个物件，我就是想找个痛痛快快喝酒说话的地方。今天就三件事，不兜圈子。"

丁元英略微沉吟了一下，说："那件事，不是我能多嘴的。"

韩楚风说："恕你无罪。"

丁元英淡淡一笑说："一个恕字，我已经有罪了。"

韩楚风有些不解地说："元英，这几年你变了不少，越来越低调寡言了。你那股拔刀见血的劲儿哪儿去了？"

闲聊了一会儿，餐厅服务员推着一辆餐车将酒、菜和酒具送来，一桌精致的酒席顷刻间就摆好了。四个菜分别是：清汤燕菜、黄焖鱼翅、罗汉大虾、清蒸白鱼，全是谭家菜里的看家菜。谭家菜下料狠、火候重，讲究原汁原味，是中国较著名的官府菜之一。

韩楚风倒上两杯酒，举起杯说："这第一桩，私募基金这一把让我挣了188万马克，道谢的话我就不说了，一个字，干！"

两人连碰了三杯，瓶子里的酒顷刻下去了小半瓶。

吃了几口菜压酒，韩楚风接着说："这第二桩，还得说那事。正天的情况我没少跟你念叨，争与不争，你不说话就已经表态了，我就想知道你这个'不争'的所以然。你不说，倒是真有罪了。"

丁元英说："这事退后一步让条道儿请两个副总裁先过去，可能胜算要多一些，但不是没有失算的可能。只是事关重大，我担不起这个闪失。"

韩楚风淡然一笑说："我尚没拿起，谈何放下？"

丁元英自己端起酒喝了一杯，说："你办事老总裁放心，但董事局不一定放心。董事局关心的不是老总裁的遗嘱，而是利润。同时，这里还有一个资历问题，对你也是一个潜在的障碍。退一步，让两个副总裁之间的矛盾上升为主要矛盾，让他们去内耗，等他们斗得两败俱伤的时候，企业必然会蒙受损失，此消彼长，有个比较。当董事局看清楚谁是争权的、谁是干事的，自然就众望所归了，你才有可能树立真正的权威。否则，你一登上拳台就会促使他们先结成联盟，你很可能是第一个牺牲品。"

韩楚风问："他们要是不内耗呢？"

丁元英说："这是文化属性，不以他们的意志为转移。"

韩楚风沉思了片刻，说："打个赌吧，将来也算是一个段子，就赌我那辆车。那辆宝马打上七折，作价70万，如何？"

丁元英说："随你，要打赌我就一赔五。"

韩楚风问："这么有把握？"

丁元英说："不是有把握，是胜算多一些，公道。"

韩楚风倒上酒，笑笑说："总裁年薪60多万，我就是当了总裁也未必能做过五年，你一赔五，我赢了是赢，输了还是赢，还说什么？再来三杯！"

两人又是连碰三杯，瓶子里的酒所剩无几了，丁元英已经有些蒙眬了。

韩楚风说："这第三桩，私募基金正在盈利的势头上，可你说停就停了。詹妮是最大的受益人，她不反对，我也不好再说什么。多好的财路，不要厂房不用机器，没有环保制约和劳资纠纷，可你说停就停了，为什么？"

丁元英说："私募基金是从狼嘴里夹肉，得适可而止，不然他们会跟你急。"

韩楚风眉头一皱，倒上两杯酒往前推了一杯，说："元英，我就真市井到咱们之间都不能沟通了？”

丁元英点上一支烟说：“再说，就不是人话了。”

韩楚风一笑说：“不是人话就更得听听了。”

丁元英沉默了许久，说：“我对中国的传统文化总有一种自卑感，老是格格不入，就想找个地儿一个人待着，没有主义，也没观念冲突，相互之间谁都不妨碍。过去做不到，现在有了俩钱儿，有可能了。”

韩楚风紧锁眉头凝神思索了片刻，说：“听起来是不大像人话。”

两人又各自喝了一杯酒。丁元英放下酒杯，重重地吐了一口烟雾，说：“都说商场如战场，可私募基金这个仗已经打不下去了，那不是打仗，是屠杀。中国的股市何以成了一台取款机？谁破译了文化密码谁就能开箱取钱。愚昧对于智者固然是一种社会资源，可是利用这种资源掠取的好处越多，心里就越不是个滋味，这时候不用你跑到纽约、柏林，你就是站到长城上也会想到，我是中国人。”

韩楚风点点头，感叹道：“是啊，连你这江湖混子都下不去手了。佛教讲圆寂，那是佛的境界，咱这色体肉身，沉默也该是一种境界吧。”

丁元英自嘲地说：“这叫什么境界？反感而屈服着。我自己都中庸圆融，又凭什么对老祖宗的道法评头论足？一评一论，我就更不是个东西了。”

韩楚风说：“其实哪个不想清静？可周围所有的一切都推着你随波逐流，根本就由不得自己。仔细想想，北京这么大个都市还真找不着个犄角旮旯能养养神。”

丁元英说：“北京像个淘金场，个个都觉着自己是龙胎凤种，太闹了。”

韩楚风给自己倒上一杯酒一口喝掉，说：“你对传统文化的成见是渗到骨子里了，那可是一个油盐不进的圆，有那么多神圣的词儿在等着你，又那么实用。”

丁元英说：“我们这个民族总是以有文化自居，却忘了问一句：是有什么文化？是真理真相的文化还是弱势文化？是符合事物规律的文化还是违背事物规律的文化？任何一种命运，归根结底都是那种文化属性的产物，不以人的意志为转移。”

韩楚风再倒酒，刚倒出几滴酒瓶就空了，于是又打开一瓶，给两人都倒满一杯，他与丁元英碰了一下杯一饮而尽，把杯子往桌上一蹾说：“文化属性这个词提得好，点题。”

丁元英说：“改革开放、摸着石头过河，咱们这些人还没弄清是怎么回事就稀里糊涂闯入战场，得先活下来。等定下神，时代已经变了，真的是穷则思变了，可中国毕竟是政治文化搭台，传统文化唱戏，不知道老祖宗的那点东西还能把这条船撑多远？”

韩楚风说：“所以要转变观念。”

丁元英说：“是转变政治文化观念还是传统文化观念？传统文化和传统观念是不是一个炉子里的两个烧饼？如果我们的文化适应生产力发展的要求，那就不用转变观念了，中国人做庄家，让别人跟我们接轨好了。我们老是躲在屋里唱《我的中国心》，多辛酸！”

韩楚风身体略微后仰靠在沙发上说：“东欧剧变、柏林墙倒塌……世界格局发生了巨大变化。中国的政治是建立在马克思主义和传统文化两者之上的，转变观念的要求使两者都陷入了理论真空，找不到着陆点。”

丁元英说：“马克思主义的道理归根结底一句话：客观规律不以人的意志为转移。什么是客观规律？归根结底也是一句话：一切以时间、地点和条件为转移。”

韩楚风又倒上两杯酒，又是与丁元英碰碰杯一口喝干了，惬意地说：“痛快！痛快！这酒喝到这个份儿上才刚刚喝出点味儿来。”

丁元英的酒量哪里能与韩楚风这样对饮，端酒杯的手已经开始摇晃了，他刚喝完一杯却又自己给自己倒上一杯一口喝干，失控地放下酒杯说：“今天你我这等角色也大言不惭说文化，已经不是个东西了，索性就婆娘骂街了。”

韩楚风哈哈一声大笑，做了个非常绅士的手势说：“您请！您请！”

丁元英醉醺醺地说：“中国的传统文化是皇恩浩荡的文化，它的实用是以皇天在上为先决条件。中国为什么穷？穷就穷在幼稚的思维，穷在期望救主、期望救恩的文化上，这是一个渗透到民族骨子里的价值判断体系，太可怕了。”

韩楚风的心猛地抽搐了一下，再也笑不出来了。他的酒量比丁元英大多了，此时从容地倒上两杯酒，手不抖酒不颤地递给他一杯，自己端起一杯，碰过杯子一饮而下，然后静静地看着他，好一会儿才说了一句话：“兄弟，我用一位哲人的话给你画个圈儿，你就在里面好生待着吧，你一出声就会被另一种声音活埋了。”

丁元英问：“什么圈儿？”

韩楚风没有回答，脑海里却想着尼采的一句话：更高级的哲人独处着，这并不是因为他想孤独，而是因为在他周围找不到他的同类。

第四章

那天晚上，丁元英着实喝醉了，一觉睡到第二天的下午。下午四点钟，他和肖亚文、马主任、小赵一行四人离开北京。

北京距古城300多公里，汽车在高速公路上行驶了四个多小时抵达古城。肖亚文在汽车驶离北京时打电话通知了芮小丹，在进入古城市区后又给芮小丹打了一个电话，晚上九点他们的汽车驶入古城南村小区。

芮小丹已经在16号楼的三单元楼下等候了，她身边站着一个20多岁的小伙子，是维纳斯酒店的厨房工人，被临时派到这里每天24小时看房子。芮小丹穿着一身警服，身后停着一辆桑塔纳警车。她是有意这样做的，暗示距离感和更多让对方明智的信息。尽管她没有见过丁元英，但这件事本身就使她对这个人没有好感。

汽车在离芮小丹几米的位置停下，肖亚文先下了车。由于这种特殊的场合，两个人的热情里自然地少了几分随意。

肖亚文为大家做了简单的介绍。

芮小丹以东道主的姿态主动伸出手礼节性地跟丁元英握了一下，说："你好。"

丁元英也说了一句："你好。打扰了。"

丁元英的酒劲儿还没有完全醒过来，身上还带着一股酒气。芮小丹立刻想起了肖亚文的那句话：酗酒、女人，花天酒地。这更增加了她对这个男人本来就不太好的印象，她有一种不舒服的感觉，就像一根找不到具体的位置但又确实隐藏着的钝刺藏在肌肤中。

芮小丹介绍说："这个小区有卫生所、菜市场。周围没有工厂，很安静，房租也不高。从这儿往南走一百多米就有一条小吃街，很方便。先到房间看看吧。"

大家一起上到五楼，也是顶层。因为家具、电器等生活用品早就运来，所以丁元英此次并没有多少行李，只有一只皮箱、一旅行包衣服和一袋子从柏林购买的CD唱片。

大家一进屋就感觉到一股闷热迎面扑来。芮小丹说："五楼的楼顶没有隔热层，太阳晒一天都晒透了，你得装个空调。房东有个条件，要装就得装名牌柜机，空调钱的一半可以顶明年的部分房租。因为这事不是很急，所以还是等你来了再决定。"

丁元英说："我知道了。"

这是一套70平方米两室一厅的新房子，白色仿瓷涂料墙壁，灰色水泥地面，门窗都刷着白色的漆，没人住过，也没进行过任何装修。墨绿色的丝绒窗帘是新挂上的，纯色没有图案，在灯光下几乎接近黑色，让人感到一种压抑的沉静。房子里的东西全部是从北京运来的丁元英的生活用品。床、写字桌、沙发、茶几都已经摆放就绪，一千多张CD唱片整齐地摆满了卧室的书柜，只有客厅的东墙角集中放着一台电视、一套音响器材、两台笔记本电脑等电器类物品。

肖亚文指着一堆电器说："丁总，这些我们不会装，没敢动。"

丁元英到卫生间看了看新装的电热水器，然后来到厨房，厨房里空空荡荡，只有他的那套工夫茶具放在瓷砖贴面的橱台上。

肖亚文说："您交代过的，不买炊具。"

丁元英说："用不上，在外面吃省事。"

马主任看后说："丁哥，这太简陋了，能行吗？"

丁元英却满意地说："吃的、洗的、听的、看的都有了，挺好。”

芮小丹说：“丁先生，门锁是新换的，但是东西搬来后就一直有人在这儿看家，你再换一个，大家就都放心了。”

丁元英说：“不用不用，谢谢了。”

芮小丹递给丁元英一张纸条，冷淡而客气地说：“丁先生，这是我的电话。亚文是我的朋友，大家就不用客气了，以后有什么事需要帮忙就给我打电话。”

丁元英接过纸条说了声“谢谢”，然后又对大家说：“我这儿没事了，你们回去吧。”

肖亚文也对芮小丹说：“我们还得连夜赶回去，这次就不聊了。”

芮小丹说：“以后有机会再聊，你们早点赶路吧，赶到北京就到下半夜了。这里没事我也回去了，今天是我值夜班，我现在已经是脱岗了。”

芮小丹客气地向丁元英等人告辞，带着看家的小伙子下楼了。肖亚文跟下来送她，两人在楼下又说了几句相互关照和道别的话。

芮小丹开着警车把看家的小伙子送到了维纳斯酒店。

龙福大街是古城最繁华的一条商业街，集中了大大小小的饭店、茶楼及歌舞厅，夜幕之中，五彩绚丽的霓虹灯闪烁着迷离的光芒，勾勒出一幅幅华丽的、变幻莫测的图画。维纳斯酒店就坐落在这条街的中心地段，是一家以经营粤菜为主的餐馆，酒店门前停着许多各种牌子的小轿车，酒店内外灯火通明。

车在维纳斯酒店门前停下，酒店的小伙子下了车。

店主欧阳雪推门出来，朝芮小丹笑着走来。

欧阳雪 28 岁，身材匀称，皮肤白皙，一头长发像飘柔的波浪披于身后，丰润的嘴唇线条分明却不失柔和，妩媚的眼睛里又含着几分成熟的镇定和自信，一套质地华贵、做工考究的淡青色裙装穿在她身上，使她饱满的胸脯和修长的身段无论从哪个角度看都别有一种不同风韵的性感与艳美。

芮小丹掉过车头，没熄火也没下车，从车窗朝欧阳雪笑笑。

欧阳雪走到跟前问：“都打发了？”

芮小丹说：“打发了。”

欧阳雪说：“等着吧，过不了几天他就该找借口给你打电话了。”

芮小丹说：“打就打吧。”

欧阳雪说：“男人，都那德行。”

芮小丹不屑地一笑，招招手，一踩油门开车走了。

第五章

1

八个月过去了，再过几天就到了中国人的传统节日——春节。

八个月里，芮小丹没有接到过一个丁元英的电话，她整天都和刑警队的队友们一起忙于没完没了的抓捕、审讯，渐渐地已经把丁元英这个人给淡忘了。

这天上午，“12·7特大强奸杀人案”专案组结束对犯罪嫌疑人的审讯，芮小丹和队友周伟、王福田三人离开看守所驱车返回刑警队。

天空阴沉沉的，呼啸的北风卷着细小的雪粒漫天飞舞，路面上原本已经融化的雪水又冻成了坚硬的冰，撒满了一层雪粒，路上的车辆都不得不缓慢行驶。

道路两边到处洋溢着过节的气氛，光秃秃的树枝上挂满了彩灯、彩旗，超市门前人头攒动，各种花花绿绿、富于煽动性的广告铺天盖地，随处都可以看到手里提着大包小包的人们匆匆而过，在这个特定的日子里，仿佛就连空气都倾泻着不可抑制的购物欲望。

古城市公安局位于市中心最宽阔的古城大道上，大道之宽，即便是下班的高峰时段道路也不会显得拥挤。大门口是一块开阔地，旁边是一个停车场。公安局大楼的廊檐下挂着四个写着字的大红灯笼，组成了“欢度春节”的节日语，灯笼在凛冽的寒风中摆动着。

刑警队办公室，充足的暖气使室内的温度保持在20摄氏度左右，几盆观赏性的大叶植物依旧水灵灵地焕发着盎然的生机，丝毫没有受到严寒的影响。

回到刑警队，几个人刚脱去大衣在各自的办公桌前坐下，队长雷剑峰进来了，将一张春节期间的值班表贴在记事板上，于是大家都围上来看。

雷队长40多岁，体格强健，浑身都透着果断、干练。他提了提嗓门说：“老规矩，先照顾有老婆孩子的，再照顾结了婚的，以此类推，特别是年三十和大年初一这两天。自由调换可以，但必须提前跟队上打招呼。”

队长说完就出去了。

芮小丹没去看，不看她也知道她会值哪几天的班。她在自己的办公桌前全神贯注地研究一份审讯笔录，看得非常慢、非常仔细，不时地凝神沉思，她的工作之一就是要从那些字里行间挖掘出有价值的东西。

周伟的办公桌与芮小丹对着，两人面对面。他看完值班表很快又坐回来，见芮小丹正低着头看审讯笔录，就轻轻用手指敲了一下桌子。

芮小丹抬起头。

周伟笑着说：“你连看都不看，真有自知之明啊。”

芮小丹问：“你值哪个班？”

周伟说：“你和胖子是初一的白班，我和队长是年三十的夜班。”

被称为“胖子”的赵国强其实并不是很胖，只是在刑警队的人里他显得胖了点。他还在看值班表，闻声立刻插言道：“别打我的主意，我除了雷队谁都不换。这可不是拍马屁，人家是有老婆孩子的人，没正经过过一个春节。”

“谁打你主意了？”周伟朝赵国强说了一句，又对芮小丹说：“我女朋友想让我去她家吃年夜饭，你看我都老大不小了，能不能给咱行个方便？”

“没问题。”芮小丹爽快答应了。

周伟高兴地一抱拳说：“够义气！”

芮小丹说：“我一个人怎么都行。你去请示雷队吧。”

周伟马上站起来去找队长了。

芮小丹突然想起了什么，放下审讯笔录，透过窗户玻璃望着外面漫天的风雪凝神，想着想着，她掏出电话号码本查了一会儿，伸手拿起桌上的电话看着号码本拨号。那是丁元英的电话，她觉得毕竟是春节了，至少应该在这个时候打个电话以示关照。

接通后，芮小丹问：“是丁先生吗？你好。我是芮小丹。”

电话里，丁元英礼貌地说：“芮小姐，你好。有事吗？”

芮小丹略微有些不快地说：“不是我有事吗，是你有事吗？快过春节了，看看你需要什么，特别是需不需要找人看房子。”

丁元英说：“我春节不回去，都挺好的，让你费心了，谢谢。”

芮小丹说：“如果需要什么就给我打电话，不要客气。”

丁元英说：“谢谢，谢谢。再见。”

芮小丹挂上电话，心里掠过一丝诧异。丁元英一个人孤身在外面，又没有工作，春节也不回家，这使她觉得不符合常理。

赵国强笑着问：“小丹，丁先生是谁呀？没听你提过。”

王福田也笑着问：“是啊，干什么的？”

芮小丹也笑着说：“真对不起，辜负了你们那样的笑。”

赵国强马上说：“可别辜负了，换个方式补偿也行啊。我可没他们那么黑心，我有半瓶好酒四个炒菜就知足了。”

王福田哈哈笑道："这还不够黑心哪？"

芮小丹说："我是有几个月没请客了，也该请一回。行，你们定个时间吧。"

这时，周伟满面春风地走进屋，嘴里还念念有词地自语："天门开，地门开，妖魔鬼怪快走开，让我吃个年夜饭。"

赵国强说："看这劲头，离随份子不远了。"

2

大年三十的下午，公安局的部分人员已经放假了，刑警队的办公室里也比往常安静了许多。芮小丹整理完"12·7特大强奸杀人案"的档案，匆匆来到预审科，向预审科科长办理档案移交手续。

预审科科长一边在移交单子上签字，一边说："你们今年这春节还行啊，手头没有太急的案子，能消停几天了。"

芮小丹说："不敢说。"

预审科科长笑笑说："得，就这一句话又让你给冲了。"

芮小丹说："我就怕过年，一过年又老了一岁，还不如忙着什么都不想。"

她的话音刚落，包里的手机就响了。她打开手机接听，是雷队长打来的电话，值班室接到密报，一伙毒贩在城乡接合部的一所租赁房里进行毒品交易，具体情况不明，值班刑警和缉毒组的人已经赶往案发地点，其他人火速增援。

芮小丹收起单子笑道："都是我那句话招的，看我这张臭嘴，该掌。"

芮小丹立刻驾驶警车向案发地点赶去。

芮小丹赶到案发地点时，看到雷队长、周伟、赵国强和缉毒组的人都来了，目标是一幢农户的二层小楼，已经被控制起来。

雷队长简明扼要地做了布置："我带周伟和缉毒组的人进去，胖子守正门，福田和马林守住东西两面墙，小丹守住后楼窗户。行动。"

雷队长带人冲进去了，房子里立刻像炸了窝一样，吼声、跑动声、搏斗声响成一片，还传出了女人的尖叫声。芮小丹对这种场面早已经习以为常，她子弹上膛，贴墙根站着，警惕地注视二楼窗户的动静，随时准备应付突发情况。

果然有人从二楼跳下，这是一个只穿了件毛衣的彪形大汉，随着一声沉闷的响声，他重重落在地上，刚想站起来，芮小丹的枪口已经顶在了他脑袋上。壮汉见是女刑警，觉得有机可乘，突然发力猛扑过来，意图夺枪。芮小丹并没有躲闪，而是前倾迎上，不等壮汉完全站起来，枪柄已经砸向他的头顶。壮汉头部受到打击，本能地低头弯腰，芮小丹起腿用膝盖迎击他的下巴，只听壮汉一声惨叫仰面倒在地上，头上起包，满嘴是血。芮小丹娴熟地把壮汉铐起来，整个过程不到一分钟。

闻声而来的赵国强一看，收起枪对壮汉说："嘿，你怎么觉得她好欺负？"

壮汉骂道："臭娘儿们，够狠！你这辈子都没好日子过，哪个男人也罩不住你！"

芮小丹说："您守法就行，别的事就不劳您惦记了。"

几分钟后，五男三女八个犯罪嫌疑人被押上警车。

雷队长对大家说："缉毒组放假取消，跟我回局里。其他组安排不变。小丹值夜班，你把几个'打的'过来的人送回去，然后抓紧时间休息。收队。"

雷队长和缉毒组的人押着毒贩回刑警队了，芮小丹送赵国强等人回家。

路上，王福田说："这案子没什么干货，一帮毛贼。"

赵国强说："就是，三流的货，不值得咱下笊篱。"

周伟则说："还好，今晚就不用抡笊篱了。我要是能在她家吃年夜饭，那对她爹妈是多大的鼓舞啊，没准儿一激动，啪的一下就把女儿扔到我厨房了。"

赵国强慢条斯理地自语一句："你想让扔哪儿咱不好说，反正不是厨房。"

大家哈哈笑起来。

就在别人说笑的时候，芮小丹却在脑子里想丁元英的事。几天前丁元英在电话里问的那句"有事吗？"让她当时着实有些不舒服，但过后冷静一想倒觉得这句问话不简单，这显然是一个"意识位置"问题，说明他脑子里根本就没有"找人帮忙"这道程序，只有"我能帮你做什么"的设置，这是一个不自觉的、居高临下的意识位置。

她想，自己毕竟是东道主，是受人之托，既然他春节不回去，无论如何也应该过去问候一声，看法归看法，礼数归礼数。

于是，送完了队友之后，她驱车来到南村小区。

她上到五楼敲敲门，没有回应。往里面打电话，还是没有回应。她只好下楼了，心里还在想：他在古城一没亲戚二没朋友，这大年三十的能去哪儿呢？

她刚下楼，却看见丁元英抱着两箱方便面朝楼道迎面走来。

丁元英也看见了她，忙打招呼道："是芮小姐，你好。"

芮小丹问："你怎么买这么多方便面？"

丁元英放下箱子说："过年了，地摊儿得过十五才出来，我到小卖部备点吃的。"

芮小丹在刑侦工作中吃怕了方便面，一提"方便面"三个字就有厌食的条件反射，更不能想象连续吃半个月会是什么滋味。她说："总泡方便面，能行吗？"

丁元英更正说："不是泡，是煮。我专门买了一个小电饭锅。"

芮小丹说："你怎么一个心眼，你可以买点速冻食品，像包子、饺子、馄饨之类的，好歹可以调剂一下口味。"

丁元英说："不用，这就挺好。"

芮小丹心想，他没有冰箱，可能是怕屋里有暖气食品放不住。想到这儿她心说：笨蛋，这么冷的天随便找个袋子挂到窗外就行，还用冰箱吗？她看看表，已经五点多了，而年三十的这一天通常一到下午就很少有卖东西的了，家家户户早就办好了年货。

芮小丹说："我没别的事。工作忙，提前来给你拜个年。"

丁元英忙说："同拜，同拜，谢谢。"

芮小丹说："如果没什么事，我就走了。"

丁元英说："都挺好，谢谢。"

芮小丹开车走了。

维纳斯酒店里里外外张灯结彩，正门贴上了红纸金字的对联，玻璃上贴着倒置的"福"字。虽然门口的停车位都还空着，但是餐厅里已经开始为预订年夜饭的酒席摆台了，只见一个个穿着红底花缎袄的女服务员来回穿梭，忙碌不停。

芮小丹见酒店的红色桑塔纳轿车停在外面，知道欧阳雪在里面，于是停下车进去，让服务员去叫欧阳雪。

欧阳雪很快从楼上下来，一见芮小丹就笑了，走到近前小声说："爆满呀，已经收了两百多桌的定金，初六都满员，这个年咱们又发了。"

芮小丹惊喜地小声说："太好了！"

欧阳雪问："你来有事吗？"

芮小丹说："还记得那个丁先生吗？过年了，我到他那儿去了一趟。"

欧阳雪说："你不提，我都把这个人给忘了。他过年没回家吗？"

芮小丹说："没有，他买了好多方便面。我觉得该给他送点吃的，地摊儿得过了十五才出来，半个月总让他吃方便面不太合适，以后没法跟亚文交代。你让看家的那个小伙子给他送点能和面条一起煮的东西，像炸豆腐、炸丸子、炸酥肉什么的，多送点。”

欧阳雪说：“行啊，我待会儿就让他们去办。”

芮小丹说：“他那儿没冰箱，千万别忘了交代他挂到窗户外面。”

欧阳雪说：“有那么笨吗？”

芮小丹说：“也许人家是大智若愚吧。”

欧阳雪说：“你好像不怎么反感他了。”

芮小丹说：“他居然一个电话也没打过，我问过小区的保安，他每天三顿饭下楼，天天如此，没见过他和什么人来往，也很少见他出门。”

欧阳雪问：“他整天关在屋里干什么哪？”

芮小丹摇摇头无法回答这个问题，说：“每个公民都有自由选择生活方式的权利，只要不触犯法律就行，一个人一个活法儿吧。”

但是，她脑海里还是想起了在法兰克福机场肖亚文与她临别时说过的一句话：以我的智力，我理解不了这种人。

她在心里自语：可肖亚文是多聪明的一个人啊。

第六章

1

转眼又过去了四个月，初夏季节，天气逐渐开始热了。

1996年6月3日这天，芮小丹一直工作到天黑才下班，她没有直接回家，而是乘中巴先去了南村小区。白天房东给她打来电话，提醒她丁元英租的房子还有五天就到期了，如果需要续租，应尽快预交租金。

芮小丹这才意识到，丁元英来古城已经一年了，而且“暂住证”也到期了。当时的租房手续是她经手办的，房东与丁元英并没有直接的接触。

她刚走到四楼的时候就听到了楼上在播放音乐，等上到五楼，音乐更清晰了一些。她敲敲门等了一会儿，门开了。里面的音乐还在响着，丁元英穿着一件又肥又大的白色背心和一条蓝色长裤，手里拿着一个遥控器。

“是芮小姐，你请进。”丁元英一边打招呼，一边用遥控器把CD机关掉。

被夏日的阳光暴晒了一天的屋顶使房间里特别闷热，芮小丹一进门就感觉到了，这种感觉似曾熟悉，那已是去年的事了，也是这个季节。自从丁元英住进这套房子后，一年了，她还是第一次走进这个门。她注意到，房间里并没有安装空调。

她知道，房东对装空调的条件是要装就得装名牌柜机，大概要8000元，而空调钱的一半可以顶第二年的部分房租。条件是刻薄了点，但对丁元英这样消费水平的人完全不是个问题。她在想：他是太精于计算呢，还是有什么难处呢？

她以关切的口吻说："夏天热了，丁先生如果有什么困难请别客气。"

丁元英自然听出了她的弦外之音，也不介意，客气地说："都挺好，谢谢。夏天真热的时候没几天，挺一挺就过来了。你请坐。"

芮小丹没有马上坐下，而是打量着房间，她被一种叫作简洁的东西吸引了。

卧室一张大床，床单洁白、平整，被子叠得方方正正。东屋一张特大的石面茶几，一套大得像单人床一样的藏蓝色布艺沙发。客厅一套音响，一张同样像床一样大的双人沙发，一张与东屋一模一样的茶几。所不同的是，东屋茶几上放的是两台笔记本电脑，客厅茶几上放的是家庭极少见的上品工夫茶具，特大的竹质茶盘几乎占满了整个茶几。房间里唯一能体现一个"多"字的是客厅里的那套音响，一对小书架音箱居然配置了13台机器，台台都是金色华贵、做工精湛。房间里没有任何点缀，找不到一件多余的东西。在这种个性的背景下，墨绿色的落地窗帘、乳白色的窗纱和藏蓝色的沙发，大板块、极简洁的色调就不再使人感到沉重和压抑了，只有沉静。

芮小丹心想：这人心事太多，脑子太复杂。从心理学的角度分析，越是头脑简单的人越是需要点缀和填充，而头脑复杂的人则对简洁有着特殊的心理需求。

客厅里没有多余的凳子，芮小丹只能与丁元英同坐在一张沙发上。她说："房东打电话问房租的事，你的暂住证也到期了，我来看看。"

丁元英马上到卧室取来钱、身份证和身份证复印件放到芮小丹面前，说："我都准备好了，连房租带水电暖押金一共7200元，你点一下。"

芮小丹没有点验，而是直接将钱和证件放进包里，说："我看这样，房租我先给你交一个月的，我再看看同样的房租有没有更合适的房子，有了就搬走，没有也不妨碍什么，毕竟你现在是有地方住着。"

"更合适的房子"显然是指有空调的房子，丁元英说："不用，太麻烦你了。"

芮小丹说："谈不上麻烦，你搬家也不是多复杂的事，这事我斟酌着办就是了，只是万一没办成你也别介意。"

丁元英说："哪里哪里，谢谢你。"

芮小丹想避开这个让丁元英觉得尴尬的话题，于是话锋一转说："能见识一下你的音响吗？刚才在门口就听见了。"

丁元英说："不知道你喜欢听什么？"

芮小丹说："抒情的吧，你给推荐一首。"

丁元英想了想，到卧室拿来一张金装版试音碟装进CD机。

芮小丹问："可以抽烟吗？"

丁元英一怔，回过头说："对不起，我不知道你会抽烟。桌上有，你请。"

芮小丹从包里拿出自己的烟点上一支，说："你刚才惊讶了一下。"

丁元英说："是，还没习惯。"

芮小丹笑笑说："不，是看不惯。你的眼神比你诚实。"

丁元英用遥控器选好指定的曲子，开始播放。

一个纯净到一尘不染的女声仿佛从天国里倾泻而下，仿佛是一双上帝的眼睛怜悯地注视着人类。一声，只一声，芮小丹骤然有一种灵魂之门被撞开的战栗，又感觉自己像一个失重的物体被一种神秘的引力带到了没有现在、没有未来的时空。这是一种什么声音啊，时而像露珠的呢喃，时而像岩浆的涌动，时而让人幻入远古的星空倾听天女的咒语，时而让人在潮水般恢宏的气势里感受生命的悲壮和雄性的本色，向往豪迈人生……

芮小丹被震撼了，心里在惊叹：天哪，太美了！太让人陶醉了！人原来还可以这样活！灵魂原来还可以这样滋润！

一曲过后，丁元英关小了音量。

芮小丹意犹未尽地说："太好了。这是什么曲子？我可以借走听听吗？"

丁元英答道："可以。这是《天国的女儿》。"

芮小丹仔细看了一会儿音响器材，问："你这套音响很贵吧？"

丁元英取出CD装好，放到她面前说："还可以。"

芮小丹又问："还可以是什么概念？"

丁元英说："得几万吧。"

芮小丹把烟熄灭，将CD放进包里，站起来说："没别的事，我回去了。房租和暂住证办好以后我给你送来。"

丁元英将她送到门口，客客气气地道别了。

芮小丹走出南村小区，乘出租车回家。

2

芮小丹住在玫瑰园小区的A区12号别墅，这是她母亲的房子，购于1987年，是城区改造的有偿迁移户，母亲在拆迁补偿费的基础上又添了51万元买了这幢别墅，以备老有所归。房子是独立式两层建筑，面积266平方米，楼顶是四周装有护栏的阳台，门前是独立车库和一个20多平方米的小院子。小区的所有建筑都以乳白色为基调，造型设计完全采用欧式风格，每幢楼的四周都留有宽敞的空地，花草丛中一条条用石子铺成的小路四处相连，特别具有现代感，是中产阶层的生活写照。

房子的装修很漂亮，但家具很少，客厅里摆了一套组合布艺沙发、四方形大茶几和一台电视机，卧室放了一张大床，书房摆着一台电脑和少许书籍，有几间屋子完全是空的，只有花色图案的落地窗帘和卫生间的化妆品散发着一种女人的气息。

芮小丹从冰箱里拿出两片面包涂了一些果酱，倒了一杯白开水，就进书房打开了电脑，开始她每天的必修课——用中德两种文字写一篇500字的日记。这是她给自己制定的硬性规定，一是锻炼文字表达能力，为以后转行律师职业做准备，二是巩固德语，为以后到德国攻读法律学位做准备。这个习惯即便是在她考取律师执业资格证的紧张学习期间也没有改变过，她给母亲写信或通话也一直坚持用德语。只有一种情况可以让她逃避每天的必修课，那就是在外地执行侦查、抓捕任务。

她先用中文写一篇日记，再用德文写一遍，然后将两种文字的日记分别放进电脑专用文档里，用了一个多小时。

做完必修课，她拿出那张《天国的女儿》的CD放进电脑播放。但是，电脑喇叭输出的声音与丁元英的音响输出的声音已经是天壤之别了，甚至可以说是一种难以忍受的声音，天国已不再是那个天国，天国的女儿也不再是那个天国的女儿。

她关掉电脑，来到客厅的沙发上坐下。因为房子是独立式建筑，没有来自上下左右的噪声干扰，屋里显得格外寂静。她点上一支烟，静静地抽着，望着正前方电视的位置凝神，恍惚之中耳边又响起了那个至真至纯、令人沉醉的声音。她在脑子里设想：静静的夜里，一个人独自坐在沙发上，屋里一片漆黑，什么都没有，什么都看不见，只有音响那美丽的小灯在亮，像茫茫夜海中的一点萤火，给人心动的希望和无尽的遐想，而音乐从天上流淌下来，美妙、虚幻、纯净，像传说中遥远的天国……

她心里再一次感叹：人原来还可以这样活！

她突然萌生了买一套音响的念头，但是这个念头刚一闪现就被另一种想法动摇了。她知道，当一个人决定购买一套音响的时候，从某种意义上讲这就是一种标志了，首先标志着生存能力，其次标志着生活品位。毕竟，这是文化消费而不是生存的必需。

她问自己：我适合这种消费吗？

第七章

1

买音响的念头像一颗种子在芮小丹的心里迅速发芽、膨胀，在短短的几天里就孕育成了纯正的欲望和渴求。她怎么也没想到，她这么理性的人居然会为一套音响而痴迷、而不可自制，她自己也不知道，那是心灵的感应还是灵魂在寻找寄托？她在欲望与理性之间反抗、斗争，再反抗、再斗争。

她给自己找了两个买的理由：一、手里有五万多元的现金储蓄，可以做到；二、精神和文化生活的需要。但是她也存在着巨大的心理障碍：几万元买一套音响，那该是什么阶层才可以享有的消费，这对于她无疑是一种奢侈。

最终，她的防线还是在心理需求的攻势下全面崩溃了。

接着，她全身心地投入到了音响咨询的程序，对工作心不在焉了，给丁元英找房的事更被抛在了脑后。一个多星期下来，她拿着那张《天国的女儿》跑遍了古城的所有音响店，反复地听，反复地比较，希望能以最小的代价买到最满意的音质。

然而，她在所有的音响店里都没听到过丁元英音响的那种声音，更谈不上商议价格，以至于很多商家都认为她不是诚心买音响，甚至用一些不冷不热的语言讥讽她。

如今的音响市场早已经是烽烟四起，不但店铺林立、品牌众多，而且鱼目混珠、良莠不齐，总让人感到险象环生。初入此道的人缺乏音响知识，耳朵难辨真伪，一般很难敌得住商家的锋唇利嘴。幸亏她有认定的音质在先，不为所动。

随着她出了这家进那家，她的音响知识一天天见长，知道了 Hi-Fi 音响与家庭影院的区别，学会了诸如扎实、强劲、润泽、纯净、低频下潜、高频线条之类的名词，俨然已是半个发烧友了，这也使她意识到，她要的那种音质在古城是肯定买不到了。

音响没买到，她的工作却受到了极大的影响，在那一个多星期里，她开的那辆警车几乎每天都会出现在不同的音响店门口，音响圈的人士都知道了一个开警车的女士要买一套在古城根本就买不到的音响。更有甚者，她在审讯嫌疑犯和开案情分析会的时候也想着音响，有关音响的内容甚至出现在审讯笔录和案情分析记录上。

公车私用和玩忽职守终于让她为此付出了代价，这是她从警四年来第一次犯错误，而且谁都难以相信，这个错误居然仅仅是因为要选购一套音响。

2

这天下午，刑警队在会议室召开刑侦工作例会，一般情况下这样的例会都由刑警队队长主持，但是今天局长列席会议，这就说明情况不一般了。20多个刑警队骨干围绕椭圆形的会议桌正襟危坐，会议室里的气氛严肃而紧张，有的专心听讲，有的悄悄翻笔记本准备随时回答局长提问，只要局长的话音一落，会场顿时就变得鸦雀无声了。

芮小丹坐的位置距离局长比较远，她右手执笔，左手放在笔记本上，微微低着头一副聚精会神的模样，好像是边听边做记录，然而她的心却早已经不在会场了，脑海里变换更迭的全是音箱、CD机、胆前级、纯后级、解码器、音响电源、线材、机柜……这些器材，以及这些器材的品牌、品质、价格、颜色、外观……直到相互搭配出来的音质。

局长继续在讲话，而且语气越来越加重，说:“……这些都能说明问题，说明我们的工作还没有做到家。就拿9·13银行爆炸抢劫案来说，连带破案300多起，抓获各类违法犯罪分子700多人，捣毁犯罪团伙64个。有没有成果？有。但是案子能不能算破了？你说没破，已经查清楚了是谁干的，该团伙大部分成员已经抓获；你说破了，首犯黄福海、主犯吴建军、主犯刘东昌这三个大头至今没有缉拿归案，300多万元赃款很可能追不回来了。这就是说你那个句号不漂亮，不圆满。”

9·13银行爆炸抢劫案是黄福海暴力犯罪集团的系列金融机构抢劫案之一，首犯黄福海人称“魔王”，主犯吴建军、刘东昌也都是杀人不眨眼的惯犯，原先是一个贩枪团伙，后来发展到专门针对银行和运钞车的暴力杀人抢劫。从1994年5月至1996年4月，在不到两年的时间里古城连续发生工商银行储蓄所抢劫案、国商大厦中国银行办事处抢劫案和农业银行运钞车抢劫案，三起恶性抢劫案在作案手段、犯罪嫌疑人特征、侵害目标等诸多方面都有很多相同之处，都是使用炸药、枪支实施抢劫。一时间，全市人民对此怨声四起，各种媒体的批评也接踵而来，社会上流传着许多群众杜撰的讽刺警察的笑话段子。

局长总结、评价了近一个时期的刑侦工作，然后转换了问题，说道:“下面再谈一下芮小丹的问题，芮小丹在工作时间开着警车逛音响店，一逛就是一个多星期，音响居然都跑到了审讯笔录上，你还想不想干了？你把刑警队当成什么了？因此局里研究决定，给予芮小丹通报批评、停职检查处理。就这个问题，现在让她本人也表个态。”

此时芮小丹的思绪完全沉浸在音响的世界里，哪里还留意局长说了什么。坐在她旁边的人见她还在走神，就赶忙在下面用脚碰她，然后轻轻告诉她：局长让你发言。她猛然醒悟过来，反应非常迅速地站起来，环视了一下会场和局长，不动声色地说："局长讲到了问题的实质，逻辑推理严谨，分析透彻，我完全赞成局长的工作部署。"

"哄——"的一声，气氛严肃的会场突然爆发出一阵哄堂大笑。芮小丹立刻意识到文不对题了，只好歉意地看了看局长，尴尬坐下。

局长愠怒地说："芮小丹留下，散会。"

众人退出会场，会议室里只剩下局长、刑警队队长和芮小丹三人。

局长 50 多岁，中等身高，头上大面积秃顶，身材精瘦，有着一双锐利的、能穿透人五脏六腑的眼睛。他见与会者都退席了，就把一纸处理决定递给芮小丹，他这双锐利的眼睛今天却怎么也看不明白他的这个属下了。

芮小丹接过《关于芮小丹停职反省的处理决定》看了看，得到了一个通报批评、停职反省 15 天、写出深刻检查、停发半个月工资、扣发半年奖金、取消年度评奖资格的处理。她随即收起，然后自觉地将手枪、手铐、行车证和汽车钥匙放到桌上。

局长拿起手枪看了看，放下。

芮小丹问："局长，我可以走了吗？"

局长显然已经不想再说什么了，摆了摆手。看着芮小丹走出办公室了，他禁不住自语了一句："不可思议。"

3

芮小丹出了公安局，在大门口开阔地的右侧站下，眼睛望着旁边的停车场，耳边响着风吹树叶的沙沙声。在这条市中心最宽阔的古城大道上，行人悠闲地漫步，车辆井然有序地穿梭，风很柔和，钻天杨的叶子在阳光里泛着油光，像一幅夏日的风情画。

芮小丹天生一副神鬼之笔的美貌和身材，肌肤白皙犹如凝脂，大眼睛上面覆着雾一般长长的睫毛，一对眸子黑玉般晶莹明亮注满灵气，一头乌黑闪亮的长发妩媚、飘然。她看似随意地穿着一件淡蓝色的水洗布衬衫，袖子挽起，露出两条手臂，下穿一条合身的深色牛仔裤，脚上一双款式简洁却很舒适的休闲鞋。这身装束质朴、淡雅，给她原本就楚楚动人的女性魅力之中又平添了几分超然脱俗的气质。

片刻，一辆红色桑塔纳轿车从停车场里驶出，在芮小丹身边停下，欧阳雪从车上下来对芮小丹说："散会了？你开吧，那家店我没去过。"

芮小丹一边上车一边说："这半个月车先尽着我用吧，我这回有时间了。"上车后把那张停职反省的处理决定递给欧阳雪，然后开车上了大道。

欧阳雪看了一下处理决定说："小丹，你走火入魔了。"

芮小丹没作声。

汽车行驶了十几分钟，在一家名为"雅风发烧音响行"的店门前停下。欧阳雪一眼就望见了店门旁边竖着的一块大牌子，上写：本店转让。

店内陈列着为数不多的音箱、功率放大器、激光唱机等音响产品，货柜的大部分位置是空的，一幕惨淡经营的景象。听音位置的正前方墙壁上有一行特别醒目的红字，写着"誓为完美主义音响战至最后一兵一卒"，让人油然生起一股悲壮感。

店主叶晓明30多岁，白净的脸上戴着一副普通的近视眼镜，眉宇之间既有商人的精明又不乏书生的儒雅。此时他正在修理一台功放机，茶几上摆满了万用表、电焊、电子配件和常用工具之类的东西，屋里有一股松香和焊锡的气味。

“老板，我又来了。”芮小丹进门打招呼。

“请坐，请坐。”叶晓明赶快放下手里的活儿，一边热情接待，一边自信地说，“我就知道，等你转遍了古城所有的音响店你还得来我这儿，古城经营纯音乐音响的独我一家，你要的那种音质，一般的家庭影院音响根本达不到。”

芮小丹一笑表示认同，坐到沙发上。欧阳雪是第一次来这里，漫不经心地浏览店内的各类音响产品。

叶晓明在芮小丹对面坐下，表情十分诚恳地说：“我还是建议你选择乐圣旗舰音箱，用斯雷克前后级功放，用瑟林达签名版 CD 机。这是权威人士和发烧友公认的万元级音响的最佳配置。乐圣公司是国内最权威的 Hi-Fi 音箱品牌，乐圣旗舰是乐圣公司的代表作，高音单元直接从德国进口，低音单元的自动冷却专利技术轻松应付发烧级的大动态摧残，永不烧音圈。这款音箱 3900 元，但音质绝对超过任何一款万元价位的欧美品牌音箱，这是音响界不争的事实。”

这时，欧阳雪指着墙上的几幅图片插话道：“老板，你说的是不是这家公司？林雨峰是这家公司的董事长。”

叶晓明仰慕地说：“不错，就是他。林雨峰那可是中国音响界的风云人物。”

欧阳雪话中有话地说：“太狂了，霸气十足。”

芮小丹问：“怎么了？”

“你听听他说什么。”欧阳雪念道，“乐圣公司只有矛，没有盾。乐圣公司的旗帜上永远只有六个字，进攻、进攻、进攻。”

芮小丹笑道：“是够霸气了。”

叶晓明十分自信地说：“选乐圣旗舰绝对超值，这套配置你也反复听过了，音质已经不需要我多说。一个人这辈子要是连这种声音都没听过，还活个什么劲儿哪！”

芮小丹说:“我是听过一个朋友的音响才决定买音响的，这些天我转遍了古城所有的音响店，都没听到那种声音。最简单的方法就是照着朋友的音响买一套，你是音响行家，我想请你去看看，你照着原样给我配置一套就行。”

叶晓明以一种不容置疑的口吻说:“不用看，古城的音响玩家没有我不认识的，就是那几套像样的东西。你是心理作用，是在特定环境下把听到的声音幻化了。这很正常，每个人或多或少都可能有过幻化事物的经历。”

芮小丹说:“也许。但是如果你有诚意做这笔生意，就只能这样办。”

叶晓明迟疑了一下，问:“你那朋友是不是很有钱？”

芮小丹肯定地说:“是。但这和你卖音响有什么关系？”

叶晓明说:“你也看到了，Hi-Fi音响在古城撑不下去，低档音响还是主流。我这店正在转让，不值当的生意就不做了。如果你要的真是一套像样的器材，我可能还有点赚头。冒昧问一句，你朋友的音响大概在什么价位？你的预算是多少？”

芮小丹说:“那套音响得几万。我的预算是四万。现在不是钱的问题，是你能不能给我置一套一模一样的。”

叶晓明心动了，自信地说:“古城三万元以上的音响不到20套，我都熟，可能你那朋友我一见面都认识。进货渠道你放心，只有你想不到的，没有我进不来的。”

欧阳雪早就等急了，说:“那就走吧。”

叶晓明拿上钥匙跟她们出去，拉下卷闸门，锁上，上了汽车。

汽车刚一启动，欧阳雪说:“你先送我回店里吧，这一看就不知道看到什么时候了，店里马上就该忙了，我就不去了。”

芮小丹说:“行，我办完事去店里吃饭。”

于是，芮小丹先把欧阳雪送回维纳斯酒店，然后和叶晓明一起来到南村小区，在丁元英的楼下停下车，两个人上了五楼。

上楼时，叶晓明说：“这家没来过，可能不认识。”

芮小丹敲敲门。

片刻，门开了，丁元英见状客气地说：“芮小姐，请进。”

芮小丹进门后说：“不好意思，打扰丁先生了。我介绍一下，这位是我请来的音响店的老板，来看看你的音响，我想照着买一套，不介意吧？”

丁元英说：“没关系，你们请便。”

叶晓明进门刚定住神，立刻就被眼前的这套音响迎面撞呆了。他没有坐，脸上除了惊诧还是惊诧，已经顾不上掩饰自己的表情了。他像朝拜一样走过去，前前后后、左左右右入神地观察每一个细节，小心地抚摸那些光滑莹润的机器，轻轻地用手指敲打音箱的箱壁。那情形，就像收藏家发现了一件可遇而不可求的古玩。

他本想搬一下音箱试试这只书架箱的分量，但没好意思。不过，单看一眼那只霸气十足的音箱脚架就不难想象音箱是何等分量。

他看了音响器材又看音响机柜，这台有12个仓位的机柜从外观上看几乎可以用浑然天成来形容，原木外形，钢筋内支撑，没有接缝，找不出纵横受力点，且坚如磐石，稳如泰山，构思之巧妙、设计之简洁，让人惊叹。

芮小丹坐在沙发上看着，心说：这才是外行看热闹，内行看门道。

叶晓明看足看够了，脸上挂着兴奋问道：“丁先生，可以打开听听吗？”

“可以。”丁元英说着，到音响机柜上面拿唱片。

机柜上放着几张唱片，叶晓明选了一张递给丁元英说：“就听第一首吧。”

丁元英接过唱片，娴熟地打开机器，只听“嗒嗒嗒”扳动电源开关的声音一连响了十声，十台机器全部亮起了小绿灯，美极了。

一曲小提琴协奏萨拉萨蒂的《流浪者之歌》喷发而出，千回百转充满了整个空间。芮小丹感觉自己的灵魂再一次被电流击中，还没来得及挣扎又立刻被潮涌的海水淹没了。她的心刹那间颤动起来，这是她正在苦苦寻找的那种声音，那么真切、动人，又是那么纯净、柔润、坚实、宽阔……

在播放音乐的时候，叶晓明已经站在沙发后面正对着音响的位置，一曲终了，他还站着发愣，并没有想走的意思。

芮小丹问他：“看清楚了？”

这时叶晓明又回到了音响前，把机柜上的几张唱片都打开看了看，看得很仔细，好像要从里面发现什么。听到芮小丹问他，忙说：“看清楚了。”

芮小丹站起来向丁元英道：“丁先生，谢谢你，那我们告辞了。”

叶晓明上前一步对丁元英说：“我叫叶晓明，雅风发烧音响行离这儿不算太远，有时间请到我店里玩儿。另外，丁先生的那张穆特小提琴能不能借我听几天，很快就送回来。”

芮小丹心说：这老板真精明，这就套上近乎了。

“可以。”丁元英说着，拿起那张唱片交给叶晓明。

叶晓明高兴地说：“谢谢，谢谢。那我们就告辞了，再见。”

临走，叶晓明再次与丁元英握了握手，这才离开。

4

芮小丹开车送叶晓明回音响行，她等了一路要听叶晓明说事情，但叶晓明一直在凝神思考什么问题，一言不发。

快到音响店门口的时候，叶晓明好像想明白了什么，倒吸一口凉气，然后恍然大悟地感叹一声："天哪！"

芮小丹随口问："怎么了？"

叶晓明说："我突然想明白了，他是把两组套件做到了一个箱体，所以就有了八个接线柱，所以才能那样推。太狂了！"

芮小丹说："听不懂你说什么。"

叶晓明说："这是音响技术的事。不过你也够可以了，识货。"

到了店门口停下车，叶晓明下来打开店门，芮小丹跟进来。

叶晓明把那张穆特小提琴唱片放到茶几上，十分肯定地说："其实你跟这位丁先生不是朋友，只是熟人，你并不了解他。这人是个玩家，绝对不是一般人。"

芮小丹心想：难道我对人的观察力还不如他？便问："你怎么知道？"

叶晓明说："因为你不懂音响，不知道这里面的道道。都说文如其人，那玩音响的，就是声如其人，文化、气度、财力都在里面了。"

芮小丹问："怎么讲？"

叶晓明让芮小丹看着一只乐圣旗舰音箱解释说："他的音箱和这个音箱都是用五寸的喇叭，外观尺寸相似，但这个音箱只有一个低音、一个高音和四个接线柱，而他的音箱却有两个低音、两个高音和八个接线柱，这就是说，两对常规的音箱才能做出他的一对音箱，所以他用两台前级和四台后级推动。据我所知，目前世界上还没有哪个厂家生产这种音箱，也许还没有这种意识。"

芮小丹问："这说明什么？"

叶晓明拍着音箱说："这么给你讲吧，推它的最高境界是一台前级，两台后级。丁先生的音响表面上看是一套，其实是两套最高境界的推法在同时工作。这已经不仅仅是音箱和机器增加了一倍的问题了，已经超出了音响技术的范畴，是境界，是气度。”

芮小丹笑笑说：“听你这意思，没境界、没气度的人就不配听这套音响了？”

叶晓明说：“那倒不是，但你的钱不够，至少得在四万的后面再添个零。”

芮小丹问：“是再添个零头还是 40 万？”

叶晓明没有马上回答，进里屋拿起电话分别打给北京和广州的指定经销商，一边听一边在纸上做记录，之后出来说：“我打电话给你核实了一下，也算是对客户负责吧。”

芮小丹问：“多少钱？”

叶晓明说：“KTA 是世界上比较著名的音箱品牌之一，有 50 多年的历史。KTA47 一对的售价就是 5.8 万元，千真万确。丁先生的音箱你就直接可以理解成两对 KTA47，即便单按套件计算，最少也得十万元。”

“一对小音箱，十万？”芮小丹惊呆了。

叶晓明拿起一只条形电源插座说：“他是用了两台阿尔纳音响电源，你理解成这个插座就行。一台阿尔纳音响电源的广州提货价是 2.1 万元，北京的提货价是 2.3 万元，而国产的 400 元就能买一台，最好的也不过上千元。”

“一个插座两万元？”芮小丹简直不可思议。

叶晓明放下插座，拿起那张纸看着说：“他的 CD 机是阿尔纳顶级分体机，报价是六万元，阿尔纳前级每台四万元，阿尔纳后级每台五万元，如果再算进去线材，我估计 45 万打不住。就算他有路子，最少也得 40 万。”

“天哪。”芮小丹喃喃地惊叹了一声天，同时也明白了叶晓明为什么要喊天。

叶晓明说:“我这店也就值个十来万的，我得卖四次店才能给你进一套那样的音响。你就是真买，也不会在我这个小店里买。而且，他那对音箱肯定是自己找人制作的，你在市场上绝对买不来，你连KTA47的套件都找不到。”

芮小丹感到窘迫难当，站也不是，走也不是，自信的心理受到了重创。她的灵魂的渴求、她所经历的痛苦的思想斗争、她为这套音响而被停职反省……最终竟是这样一个尴尬的结果，多有嘲弄意味啊！她想，如果丁元英在那天晚上察觉到了她的心思，如果当时他说的那句话不是“得几万”而是40万，那后面的事情就都可以避免了。

尽管她理解丁元英“得几万”的说法，也知道如果他真说了“40万”也就真有故意在女士面前卖弄之嫌，但她还是在心里懊恼地骂了一句:臭小子!

芮小丹毕竟是在刀尖枪口闯荡的人，有着良好的心理素质。她很快调整好了自己的心态，正视现实，冷静地想了想，问:“乐圣旗舰的套件能买到吗?”

叶晓明答道:“那没问题，我现在还是乐圣的代理商嘛。”

芮小丹说:“如果照搬丁先生那套音响的模式，用乐圣旗舰的套件和斯雷克前后级功放给我配置一套，你看自制箱体有没有难度?”

叶晓明想了想，说:“发烧友自己做音箱的不少，图的是音质，但外观处理肯定不如专业的。如果你能迁就点外观和多给点利润，我想操作上没有问题，就是得搭工夫，我得找技术好的木工师傅做箱体，而且箱体肯定得交几次学费，因为计算的箱体容积跟实际听感的最佳容积会有出入。”

芮小丹说:“我不懂音响技术，但照葫芦画瓢你总会吧?乐圣旗舰和KTA47都用的是五寸喇叭，你不用设计，喇叭位置、箱体长短高低、板材薄厚和丁先生的音箱一样就行，漆面工艺差点我不介意。”

叶晓明问:“你能出多少钱?”

芮小丹说:“你是卖家，得问你。”

叶晓明盘算了一番，说:“平心说，我卖出一套万元级的最少能赚1500元，你这是两套万元级的，我还得搭工夫。我想这样，器材和音箱我都按原始成本价给你，天地良心我不加一分钱，在这个基础上你给我4000元酬金，我保证音响让你满意。我虽然麻烦点，但既挣了钱又尝试了技术，也合适。如果你同意，你得先给1000元定金。”

芮小丹说:“可以。你起草个简单的合同，明天上午我来签字付定金。”

叶晓明说:“好，一言为定。”

芮小丹说:“那我就告辞了。”

“等一下。”叶晓明见她转身要走，忙叫住她，说，“还有件事得告诉你。”

芮小丹停下脚步。

叶晓明拿过那张穆特小提琴的唱片说:“我不知道你和那位丁先生是不是朋友，但是他现在肯定有难处，可能碰上了什么过不去的坎儿，跟你说一声。”

芮小丹纳闷地问:“你怎么知道?”

叶晓明把唱片递给她说:“你先看看这张唱片，看仔细了。”

芮小丹看看封面、底封，没什么。再打开看唱片，见唱片上有一个“元英”两个字的私人印章，这个印章她在《天国的女儿》上已经见过。

就在她看唱片的时候，叶晓明又从里屋拿来了几张他自己收藏的唱片，一张一张地打开，上面竟然全有“元英”字样的印章。

他解释道:“这些都是从孤岛发烧唱片店买的，开店的也是一个发烧友，熟人去80元一张，零售100元一张，卖半年多了。圈里的人也纳闷，他从哪儿整来这么多收藏唱片?今天我在丁先生家一见唱片就明白了，所以特意借了一张比较。如果丁先生的名字叫丁元英，那就没错了。唱片打上印章，那都是心爱之物啊，不到万不得已，谁舍得卖呀？”

芮小丹心里“咯噔”一下，眼泪差点没掉下来，这故事太让人心酸了。就是说，丁元英已经困难到必须变卖唱片了？！

这个偶然的事件改变了她对丁元英的印象，她再次想起了肖亚文的那句话：以我的智力，我理解不了这种人。

她心里说：这小子还有点个性！

5

离开音响店，芮小丹去了南村小区，这时她的心情很复杂，既有作为东道主对客人关照不够的歉疚，又有一股窝在心头的无名火。

来到丁元英的门前，她用了比平时重一点的手劲敲门，而这与平时不一样的敲门声也恰如其分地表达了她的愠怒。

等丁元英打开门，她刚想说：你这人怎么……但是话到嘴边却说不出来了，“怎么”是什么意思？这个问号太微妙，太具有“只可意会，不可言传”的特性了。

丁元英对芮小丹的愠怒并不感到意外，见芮小丹无意进屋，只得站在门口歉意地说：“对不起，我……”他说一半也停住了，找不到贴切的词汇。

芮小丹只能用目光倾泻了自己的情绪，她重重地盯了丁元英一眼，转身走了，一句话也没说。当她下到三楼的时候，这才听到丁元英轻轻的关门声。

她回到维纳斯酒店。

晚饭的时间还早，酒店门前的汽车泊位大部分都空着。芮小丹将汽车停好，手里攥着车钥匙走进酒店，没有碰见欧阳雪，就直接上了二楼。

二楼有六个豪华包间，往里是总经理办公室，办公室的后门通着欧阳雪的居室。此时欧阳雪正在办公室训斥一名值班经理。芮小丹没有打扰她们，直接进了居室，放下提包，蹬掉高跟鞋，踩着地毯到冰箱里拿了一罐可口可乐，然后斜靠在沙发上，随手将汽车钥匙抛到茶几上。

喝了几口冰凉的可乐，她感觉清爽了许多。

没过多久，欧阳雪进来了，一边换拖鞋一边问："音响的事定了吗？"

芮小丹坐起来把可口可乐放到茶几上，说："定了，但不是那套，买不起。"

欧阳雪在芮小丹对面的沙发上坐下，问："四万还不够吗？"

芮小丹从包里拿出烟点上一支，又从茶几下面拿出烟缸，这才把下午发生的事向欧阳雪讲了一遍。

讲到音响是40多万时，欧阳雪有些恼火了，不平地说："这小子怎么这样？这不是耍弄人嘛！那停职反省、扣工资、扣奖金，算谁的？"

芮小丹说："关人家什么事？自找的。"

讲到丁元英变卖唱片时，欧阳雪也感到惊讶："啊？是真的？"

等到都讲完了，芮小丹歉疚地说："人都难到这份儿上了，我这儿还什么都不知道呢，以后怎么跟亚文交代？"

欧阳雪说："其实知道了又能怎么样？也无非是跟肖亚文打个招呼。"

芮小丹说："他要想接受帮助还用得着咱们给亚文打招呼？何况亚文只是他以前的雇员，他真要向谁伸手可能也轮不到亚文落这份人情。"

欧阳雪问："那你的意思？"

芮小丹说："我想，还是先请他吃顿饭吧，找几个能喝酒的文化人作陪，不委屈他，歉疚、窝火一锅烩了。剩下的事，看看再说。"

欧阳雪笑了，说："一醉方休？也行啊。"

第八章

叶晓明送走了芮小丹，马上回到店里给他的好友冯世杰打电话。

冯世杰34岁，又高又瘦，脸上总是一副憨厚的神态。他在人民路经营一家汽车美容店，兼营汽车电路修理、安装汽车音响、充气补胎等杂项。他接到叶晓明的电话后向店里的伙计交代了几句生意上的事，便开着他那辆北京213吉普去找叶晓明。

他停好车，一进门就问："什么事啊？我那儿忙着呢。"

叶晓明还在修那台功放，一边焊元件一边说："说事之前先给你说个新闻吧。这几天常来的那个女的刚才订了一套音响，要两套乐圣旗舰的套件给她做一对书架箱，用斯雷克两台前级和四台后级推，可能还得要两台电源。你的那套是一对乐圣旗舰和斯雷克一台前级两台后级，可你都换三茬了，人家起点就这么高，你还牛什么？白玩了吧？"

冯世杰拉过一把椅子坐下，想了想，不解地问："那怎么推呀？"

叶晓明说："从CD机上分出来一组信号给另一台前级，你搞电路的不懂这个？再说高级点的CD机本来就有两组输出。两套推动还有一个好处，就是其中一组推低频的后级降低一点振幅，这组就会略往中高频偏移，这样通过两台前级的调节，就能根据不同的唱片和听音环境调出一个最平衡的波形，这跟选通滤波的效果绝对不是一回事。"

冯世杰这下明白了，倒吸一口气，感叹道："天哪，怎么想出来的？敢这么玩！这种思路说白了就是以损失低频反射效率来提高声音品质，那声音走得得多稳、得多有张力呀！这么多器材推一对小书架箱，想想都霸气啊！这么多年音响白玩了，惭愧，惭愧！”

叶晓明说：“你自己做过音箱，你们村里也有现成的木工作坊，帮个忙吧？”

冯世杰点上一支烟，说：“别说帮忙了，我自己先做一对，趁你现在还没关门，套件和功放还能拿个进价。可我就不明白，一个女的，你说她怎么想出来的？”

叶晓明笑笑说：“今天遇到高人了，没敢说，怕你晕过去。”

冯世杰也笑道：“我已经快晕过去了。”

叶晓明低着头盯着焊点说：“两对 KTA47 套件做成的一对书架箱，两台阿尔纳电源，一套阿尔纳顶级分体 CD 机，两台阿尔纳电子管前级，四台阿尔纳 160 瓦后级，线材是蓝星时空。你经常看音响杂志，剩下的就不用我说了。”

冯世杰反应了片刻，惊叹道：“哇……天哪，真的晕过去了！这是真的吗？”

叶晓明说：“我亲眼看见、亲耳听到的，就在一个小时之前。那声音——不知道该怎么形容了，直接就是八汽缸奔驰。”

冯世杰急问：“在哪儿？”

叶晓明说：“南村小区。”

冯世杰疑惑地说：“南村小区？那儿住的都是普通人家，没大户啊。”

叶晓明说：“你记得从刘冰那儿买的二手唱片吗？就是印章上的那个人。”

冯世杰惊异地问：“元英？男的女的？”

叶晓明答道：“男的，姓丁，看样子不到 40 岁，独身，听口音像北京人。”

冯世杰长长地“哦”了一声，说：“大烧家，烧干了吧？”

叶晓明把元件焊好了，就往CD机上连接，说：“你把音箱接上，我试试。”

接上信号线和电源，叶晓明打开机器一试，音箱响了，说明功放修好了。

叶晓明关小音量当背景音乐，开始往工具包里收拾工具，一边说：“这人不是烧家，是个玩家。他那套工夫茶具一看就是玩茶道，两台笔记本电脑搭眼一看就是IBM牌子，抽的烟是三个五。发烧不是这种玩法，变卖唱片肯定是碰到什么坎儿了。”

冯世杰说：“你话里好像有什么意思。”

叶晓明收拾完工具到里屋洗洗手，出来说：“我看上了他那对音箱的思路，也看上了那台机柜。那机柜12个仓位，没有一块多余的材料，找不到前后左右的受力点，把稳做到简洁，把简洁做到稳，漂亮！我在市场上从来没见过。”

冯世杰猜测地说：“你是想……”

叶晓明摆摆手说：“我是谁呀，敢瞎想？你让他们做音箱的时候捎带着做一台，到时候都算到音响配置里了，反正有人出钱，干吗不试试？这种小活儿拿到家具厂没人给你干，就是给干咱也不放心哪，不是一个道行。”

冯世杰说：“音箱我有把握，我做过。机柜我就不敢说了，毕竟是村里的小作坊，基本都是靠手工，没见到东西不敢答应你。”

叶晓明说：“绝对能做，比音箱简单多了，就是一个思路，一捅就破。”

冯世杰把烟头熄灭放进烟缸，说：“那你什么时候带我去看看？起码开开眼饱饱耳福吧，好歹咱也算见识过。”

叶晓明颇有意味地一笑，话里有话地说：“单为见识一下味道太淡了吧？你不是一直想为村里找点事做吗，这丁先生，你知道他是哪个庙的神哪？假如……我是说假如啊，假如什么什么的，也许是条道儿呢，你也不损失什么，指不定哪块地里打粮食呢。"

冯世杰到现在才算明白了点意思，说："你脑子就是比我活泛，眼里出活儿啊。"

叶晓明说："得了吧，我比你活泛，我先关门了。我也就是随口一说，发烧友的心是相通的嘛，交流交流，玩呗。"

冯世杰说："你脑子活泛，你怎么不去交流？我还不知道这是烧香磕头的事？"

叶晓明往后一仰，展开双臂笑道："你看我，虽然有点书生气，但一看就像奸商，跟谁都难接近。你这人一看就忠厚老实，好打交道。你有车，也有点底子，玩得起呀。"

冯世杰站起来在屋里走了几步，说："那就……交流交流？"

叶晓明意味深长地说："交流交流！"

第九章

1

6月27日下午，芮小丹在晚饭时间之前来找丁元英。

丁元英一见是芮小丹，客客气气请她进屋。

接近七月的天气，房间里更热了。芮小丹大大方方地到东屋沙发上坐下，把包放在沙发的一角，歉意地说："丁先生，那天是我不礼貌，请你原谅。这些天我一直忙音响的事，房子还没顾得上找，对不住了。"

丁元英在拐角沙发的另一边坐下，随和地说："没关系，这样就挺好。"

芮小丹说："我订了一套用乐圣旗舰套件和斯雷克功放配置的音响，是临摹你这套的思路，你看这个配置行吗？"

丁元英说："乐圣是中国Hi-Fi音响的第一品牌，它的旗舰单元素质就更高了。斯雷克也是一个很权威的品牌，有发烧友的劳斯莱斯一说。你这套配置很不错，就是做音箱的时候容积不要太大，尽量消除假低频，因为原声的响度已经足够了。"

芮小丹笑道："我在杂志上从没见过'发烧友的劳斯莱斯'这一说，倒是经常会看到'穷人的劳斯莱斯'的提法。丁先生不必规避什么，你越绕圈子就越提醒我是穷人。"

丁元英有些尴尬。

芮小丹说："除了音箱，我还想照着你这台机柜的款式做个机柜，这些都少不了要来打扰你，如果不介意，我哪天带他们来看看。"

丁元英说："行。如果需要，我这儿还有当时的图纸和数据，都存在电脑里，你可以拿给他们做参考。"

芮小丹高兴地说："那些你还留着？太好了！"

丁元英说："就这点嗜好。"说着，他打开茶几上的电脑，随手找出一张磁盘，很快将图纸和数据拷出一份。

芮小丹看了看表，马上从包里拿出手机给叶晓明打电话，得知他在音响店里，就约定一会儿去给他送图纸和数据的磁盘，她在电话里说："待会儿我和丁先生一起过去，如果你有什么问题可以当面问丁先生。"

挂了电话，芮小丹恳切地说："丁先生，我今天是来请你吃饭的，已经订好了，还请了几个文化人作陪。没别的意思，我那天不礼貌，一起吃顿饭就都过去了。"

丁元英诚恳地说："是我来这儿给你们添了麻烦，该是我向你们表示感谢。这饭我不能吃，有机会我请你们吃饭。"

芮小丹从包里拿出那张《关于芮小丹停职反省的处理决定》递过去说："我知道请不动你，你看看用这个请你行不行？"

丁元英接过来，打开——

关于芮小丹停职反省的处理决定

经古城市公安局纪律检查委员会调查、核实，刑警大队芮小丹同志因个人购置音响问题在工作中玩忽职守、公车私用、严重失职，据此对该同志做出如下处理：

一、通报批评，责令写出深刻书面检查。

二、停职反省15天。

三、停发半个月工资，扣发半年奖金，取消年度评奖资格。

古城市公安局纪律检查委员会

1996年6月23日

丁元英看过之后思索了一会儿，说:“行，我跟你去。”

丁元英平静的语气在芮小丹听来却更像是:行，我成全你。她感到的是一种居高临下的包容。

芮小丹把磁盘装进包里站起来说:“我在楼下等你。”说完先下楼了。

丁元英带了2000元现金和一包烟，随后也下楼去。

2

叶晓明得知芮小丹一会儿要带丁元英一起来店里，立即打电话通知了冯世杰，而冯世杰也在第一时间赶到了音响店。

芮小丹开车带着丁元英来到音响店，当他们走进房子里时，看到这样一个场景:叶晓明在店里正和一位朋友聊天，那人30多岁，手里拿的正是丁元英的那张唱片。他们不会知道，这看似偶然而又不经意的一幕其实并非巧合。

叶晓明见他们进来忙起身接待，热情地给他们让座。

芮小丹拿出磁盘交给叶晓明说:“我们不坐了。磁盘里的东西你先看看，有什么问题可以问丁先生。”

叶晓明接过磁盘对丁元英说:“谢谢丁先生，以后免不了会去打扰啊。本来我晚上想去给你还唱片呢，你来了就顺便带走吧。”说着，他向冯世杰伸手要唱片。

冯世杰递唱片时对丁元英赞许道:“这张碟好啊，真好。”

丁元英从叶晓明手里接过唱片，随口很家常地应了一句：“还可以。”

没想到冯世杰愣了一下，不悦地问：“还可以，就是不怎么可以了？”

这语气有些异样的一问使在场的人也都跟着一愣。

芮小丹困惑地看了看冯世杰，对叶晓明说：“没别的事，我们先走了。”

正当丁元英转身要走时，更让人想不到的事发生了。冯世杰站起来愠怒地对丁元英说了一声：“你先别走。”

芮小丹感到非常莫名其妙，问：“怎么了？”

冯世杰生气地对丁元英说：“唱片是你的，但曲子和演奏可不是你的，你谦虚什么？穆特是卡拉扬的得意弟子你知不知道？你说，这张唱片哪儿不好了？是萨拉萨蒂的曲子不好还是穆特的小提琴拉得不好？”

芮小丹也有些不悦了，说：“你这不是较真儿吗？”

叶晓明忙对丁元英说：“他最喜欢穆特了，穆特拉的《流浪者之歌》让他眼泪都掉下来了，还专门跑到北京看她的演出。你们走吧，别理他，发烧友就这德行。”

冯世杰说：“你这人说半句留半句，这不成心让我睡不着觉吗？好不好你说清楚，不说清楚就走，别怪我看不起你。”

芮小丹觉得这位发烧友有些过分，也为丁元英感到为难，道歉没道理，争论不值得，心想：大概这就叫发烧友吧。

丁元英淡淡地笑了笑，问：“咱们两个谁成心？”

冯世杰说：“有理说理啊！”

丁元英有些无奈，不得不点点头，说：“我个人觉得，穆特拉的《流浪者之歌》还不足以冠一个‘好’字。”

冯世杰质问：“为什么？”

丁元英说：“同一首《流浪者之歌》的曲子，以穆特与弗雷德里曼的小提琴相比较，穆特诠释的是悲凉、悲伤、悲戚，弗雷德里曼诠释的是悲愤、悲壮、悲怆，不一样，穆特多了点宫廷贵妇的哀怨，少了点吉卜赛人流浪不屈的精神。”

冯世杰听呆了，芮小丹也听得入了神。

丁元英说：“海飞兹是伟大的小提琴大师，但是单就《流浪者之歌》这首曲子，他的诠释也不一定是最高境界。也许他太在乎技艺精湛了，反而染了一丝匠气，淡了一丝虔诚。以他们三人各自演奏的《流浪者之歌》相比较，我觉得穆特是心到手没到，海飞兹是手到心没到，只有弗雷德里曼是手到心到。”

冯世杰不解地问：“你刚才说穆特是少了点东西，怎么又说她是心到手没到呢？”

丁元英说：“心是愿望，神是境界，是文化、阅历和天赋的融会。咱们都相信穆特想演奏好，但她的性别底色是上帝给她涂上去的，只要她不能超越上帝，她就抹不去性别底色的脂粉气。穆特的手，是一双女人的手。”

冯世杰服气了，嘴里也连连说：“服！真服！我一定把几个版本都买来听听。”

丁元英说：“那我们就告辞了。”

这时，事态发生了戏剧性的变化。就在丁元英将要上车的时候，冯世杰竟然追了出来拦住丁元英，叶晓明跟在后面。

丁元英问：“还有事吗？”

冯世杰恳切地说：“这位大哥，今天认识你是咱们有缘。我姓冯，叫冯世杰，今天晚上我请你吃饭，无论如何你得给我这面子。你要有事先去忙，我在这儿等你。”

芮小丹说：“对不起，我们现在就是去吃饭。”

冯世杰立刻像被浇了一盆凉水，十分尴尬，却仍不甘心地说：“哎呀，这……太不凑巧了。要是你们不介意……我请你们吃饭吧，给个面子？”

叶晓明就在这个关键的节骨眼上插了一句：“芮小姐，你的音箱就是我托他做的，刚才正说这事呢，他以前做过音箱，他们村里有个木工作坊。”

这时芮小丹突然意识到：这是蓄意的，是冲着丁元英来的。她想，今晚的主客和陪客相互都不认识，多一个陌生人也无所谓，况且做音箱以后也免不了还有接触，就说：“丁先生，如果你不介意就一起吃吧。”

丁元英说：“行。”

叶晓明不等别人有下文，抢先半拍说：“我店里走不开，就不去了。”

芮小丹和丁元英都不再说什么，上车走了，冯世杰开着北京 213 吉普跟在后面，只剩下叶晓明在店门口孤零零地站着。

3

夕阳已经落下了，夜幕正悄然降临。

因为在音响店里延误了时间，汽车开到维纳斯酒店的时候正值酒店的客流高峰，酒店门前停了很多车辆，停车位的服务生忙着引导车辆有序停放。

冯世杰还没下车就心里一沉，在这种酒店消费，他身上带的钱肯定不够付账。但既然来了，也只能见机行事了。

欧阳雪见芮小丹和一个男人下车，断定这人就是丁元英了，便快步迎过去。虽然她知道有丁元英这个人，而且房子也是她帮着租的，但是她与丁元英却一直没有见过面。

芮小丹给他们介绍道：“这是欧阳雪，这儿的老板。这是丁元英，丁先生。”

欧阳雪与丁元英握握手，相互都说了声：“你好。”

芮小丹见冯世杰拘谨地走到丁元英身边，就对欧阳雪介绍说：“这位是冯世杰，刚认识的发烧友，我订的音响就是他帮着给做。”

欧阳雪又与冯世杰握握手彼此问好。

四人进了酒店上楼，来到名为“月光阁”的包间，餐厅的正中央是一张铺着雪白台布的大餐桌，上面摆着精致的餐具，餐桌四周留有足够的空间让人走动。包间的一角摆着一个不大的玻璃门半截儿柜，里面都是备用餐具，柜子上面是一部计费电话和一本留言簿。

餐厅里已经有三个人先到了。

芮小丹又把丁元英、欧阳雪、冯世杰给先到的客人介绍了一番，然后手势移向一位30多岁身着警服的男士介绍道：“这位是我的同事，古城公安局宣传干事刘江。另外两位是刘江帮我请的朋友，我还不认识，就让刘江介绍吧。”

刘江客气地向丁元英介绍道：“今天是小丹请丁先生，小丹不会喝酒，就让我帮她请几个能喝酒的朋友，其实我们几个喝酒也不行，来捧捧场混顿饭吃吧。这位是《古城晚报》编辑韦天逸韦先生，这位是古城电视台《警事追踪》栏目记者杜小辉杜先生。”

韦天逸和杜小辉的年龄都在三十五六岁上下。韦天逸戴着眼镜，头发略长，穿一件短袖绸衫，一副不修边幅的样子。杜小辉更显精干一些，小平头，穿着T恤衫。

韦天逸与丁元英握握手笑着说：“丁先生，托您的福混饭来了，见笑。大家既来就是朋友，不必客气了。”

说话间一桌丰盛的宴席就上来了，两名酒店小姐守在两边为客人周到服务。

芮小丹端起杯子站起来说：“女士不喝酒，我以水代酒。丁先生，我先敬你一杯，喝了这杯水酒，有什么不愉快就都过去了。”

这话说得很含蓄，在座的人谁也分不清到底是谁不愉快。丁元英心里有数，来了就是成全对方的，所以二话不说，端起面前的酒杯一饮而尽。

服务小姐随即又给斟满。

欧阳雪跟着也端起一杯水说:“丁先生,你来古城一年了我也没去看看你,失礼了,今天我也敬你一杯,权当道歉了。”

丁元英又是二话不说,端起就喝。

冯世杰因为开车所以也是以水代酒,见别人敬酒,生怕自己失礼了,于是赶忙也端起水杯说:“丁先生,我这人不会说话,我也敬你一杯,就都有了。”

丁元英心想:你还跟着凑什么热闹?但也没有推辞,一样喝了。

于是,刘江、韦天逸、杜小辉各自以不同的理由都敬了丁元英一杯。在座的男人每人只喝了一杯酒,而丁元英已经是三两多酒下肚了,这才算酒过一巡。

酒过一巡稍事休息,大家闲聊起来。

杜小辉对芮小丹说:“其实咱们认识,1993年在阳光托儿所解救人质,我是现场报道的摄像,那时候见你化装成幼儿教师进去了,后来就听见两声枪响,也不知道是他被你打死了还是你被他打死了。现在说起来好像没什么了,可当时是真紧张,可惜后来播出的时候给你马赛克了,社会上都不知道是你。”

韦天逸对芮小丹说:“我知道是你,我们报社的记者徐海涛还去采访过你,结果碰了一鼻子灰,当时他还骂你摆架子。”

古城市民都知道1993年的托儿所劫持人质事件,但是知道芮小丹的人很少。此时冯世杰敬佩地看着芮小丹,颇感意外地说:“原来是你呀!”

芮小丹对大家说:“我们不谈这个了。”

刘江转了个话题说:“小丹,咱们天天见,其实说话并不多，我一直觉得你是个谜，这可不是酸哪，是真不懂，我就不明白，你既然有德国居留权为什么不在德国发展呢？刑警队可不是个滥竽充数的地方，这行有什么好的，一穷二苦三危险。”

芮小丹笑着说：“你们听听，这哪像是公安局宣传干事说的话。”

韦天逸笑道：“这才说明他有水平呢，拔高境界的窍门就是把间距扯大点。”

大家哈哈一笑。

欧阳雪见场面有些跑题了，就招呼道：“各位别只顾聊天，来，吃菜，喝酒。”

大家闻声入了正题，一边海阔天空地聊，一边频频碰杯，一会儿谈信仰危机和大众文化，一会儿又谈人生境界，抒发超脱情怀……谈着谈着，不知不觉谈到了钱上，跟着就开始发牢骚，嫌挣钱少，指责社会缺乏诚信，缺乏公平竞争。

丁元英在大家的你推我让中不知不觉又喝了四杯，整整六两酒下肚，酒精的反应已经很强烈，浑身燥热，神志也感到飘忽忽了。

芮小丹在一边静静地观察着，心想：他已经喝多了，醉倒只是个时间问题了。

欧阳雪也在想着同样的问题。

韦天逸将每个人的神态看在眼里，忽然端起一杯酒说：“今天这酒喝得有点沉闷，我喝下这杯酒行个酒令大家看如何？”

没有人提出反对。

于是，韦天逸喝了一杯酒说：“咱们也附庸风雅一回，饮酒作诗助助酒兴，说不上来就罚酒一杯。其实诗不诗的无所谓，歪诗、打油诗、顺口溜都行，图个热闹。咱们这里丁先生年龄最大，就先从丁先生开始吧。”

刘江和杜小辉也附和道："好的，好的。"

芮小丹心想：这招儿挺尽职，也够损的，一拖时间二出洋相。丁元英毕竟是商人，舞文弄墨哪里是职业文人的对手？况且人已经酒醉八分，更没有招架之力。醉倒是出丑，歪诗拙句还是出丑，这个丑是出定了。

酒喝到这个程度连冯世杰也看明白了，东家不让丁元英"喝好"不会罢休。但是他又不明白了，这酒到底喝的是友情还是私愤？

这时，丁元英让身边的服务员拿来五个酒杯，算上自己的共六个，他依次全都倒满酒了，对一言不发的芮小丹和蔼地说："今天各位抬举我了，我再回敬大家每人一杯表示感谢，只是喝完了这六杯就让我走，别让我在这儿倒下，好歹留块布片儿让我遮遮羞。"

芮小丹顿时有一种被人一箭穿心的感觉，心说：这真是个追魂夺命的主。

正当芮小丹无言以对的时候，欧阳雪貌似打圆场地笑着说："丁先生，你一走这酒还怎么喝？扫了大家的兴。"

丁元英心里犯起了嘀咕：拳台历来好汉不打倒汉，怎么今天连倒汉也打了？这是哪家的拳台？他想了想，谦卑地说："既然大家这么有兴致，那我就献个丑吧。不过，我可没有七步成诗的八斗之才，这坐地就成诗的十斗之才我就更没有了。以前不知道学问深浅，倒是诌过几句歪诗，不知今天的场合能不能用？"

韦天逸马上说："能用，当然能用。"

杜小辉也说："能用。"

芮小丹和欧阳雪目不转睛地看着丁元英，就像看着一个谜底。

丁元英说："献丑了。"于是背诵道——

自 嘲

本是后山人，
偶做前堂客。
醉舞经阁半卷书，
坐井说天阔。

大志戏功名，
海斗量福祸。
论到囊中羞涩时，
怒指乾坤错。

芮小丹不会填词，但对常见的词牌还是略知一二，听出来这是《卜算子》，也知道写旧体诗词要比写自由体诗难度大一些。但是，要判断和评价一首词，仅仅靠听一遍是不行的，必须要逐字逐句地看。

三个文人自然更清楚，韦天逸果然让服务员把留言簿和笔拿来，说："丁先生，麻烦你再说一遍，慢点，我记下来。"

芮小丹也从提包里拿出了记事本和笔。

于是丁元英又背诵了一遍。

芮小丹一边记一边在脑子里解析——本是后山人：没见过世面、没有学识的人。偶做前堂客：偶然的机会登上大雅之堂。醉舞经阁半卷书：自我陶醉地卖弄藏经阁万卷之一的皮毛学问。坐井说天阔：坐井观天的一孔之见。大志戏功名：志向远大到戏弄功名，彻底超脱的至高境界。海斗量福祸：以海为斗量度人生福祸，何等的胸襟！论到囊中羞涩时：忽然一摸口袋自己的钱比别人的少。怒指乾坤错：破口骂娘了，都是世道的不对。

这首词平仄、韵脚、对仗都很工整，只有一处"客"字的韵脚破格，但按古词又不算破格，且是扩展词意的必需，恰到好处。词句平淡，不生涩，活生生给自己画出了一幅酸臭书生的心态图，自我讽刺辛辣，自我解剖深刻，意境很高。芮小丹在心里禁不住暗暗赞许：好词。

丁元英的诗虽然是多年以前给自己的自画像，但芮小丹觉得自己被照了一回镜子，脸上一阵发热，大有无地自容之感。而此时，一种尴尬的气氛也在房间里悄悄蔓延。

这时，韦天逸突然将刘江和杜小辉的酒拿到自己面前，歉意地看了一眼丁元英，三杯一气喝下，站起来两手一抱拳说："丁先生，失敬，失礼了。有缘再见，告辞！"

韦天逸说完转身就走，刘江和杜小辉向丁元英等人歉意地笑笑，紧跟其后也走了，芮小丹和欧阳雪甚至还没反应过来就不得不被动地跟在后面送客。

送到酒店门外，韦天逸歉意含蓄地对芮小丹说："芮小姐，韦某才疏学浅，白吃了你一顿饭，抱歉！我要是有这样的朋友，不会这样对待。"

刘江淡淡地笑着说："小丹，你是找陪酒还是找陪衬哪？不过没什么，再见。"

芮小丹望着他们消失在灯火辉煌的大街上，突然觉得自己很小气，很无聊，只不过是玩了一场自以为是猫戏老鼠的游戏，直到突然发现自己并不是猫，而对方也并不是老鼠。

欧阳雪倒没有懊恼，神色很平静，似乎在想着什么心事。

4

芮小丹和欧阳雪回到餐厅，重新坐下。两个服务员走也不敢走，留也不该留，不知所措地站在一边。欧阳雪让她们下去了。

丁元英站起来对芮小丹说:“芮小姐，我们也该回去了。”

芮小丹刚要搭话，却被欧阳雪一个断然的手势阻止了。欧阳雪不紧不慢地给自己倒了一杯可口可乐，喝了一口，淡淡地说:“把饭钱付了，一千块。”

冯世杰惊讶地看了看欧阳雪和芮小丹，又把目光转向丁元英。而芮小丹更感到意外，不解的目光投向欧阳雪。

丁元英取出钱数出1000元放到桌上。

欧阳雪说:“涨了，2000。”

丁元英把手里还没来得及收起的1000元也放到桌上。

欧阳雪说:“又涨了，3000。”

冯世杰忍无可忍，按捺着火气说:“老板，过分了吧？”

芮小丹从包里拿出烟点上一支，在想:欧阳怎么了？

欧阳雪根本不理睬冯世杰，淡淡地说:“丁先生，明说了，我就是想刁难你。你真要走没人拦你，但你得落个吃饭不给钱的名。”

丁元英说:“就是让我从狗洞里爬出去，也得先给扒个口子。”

欧阳雪说:“给我说句好听的你就能走，一句就行。”

丁元英问:“什么算好听的？”

欧阳雪反问:“女人爱听什么还用我教吗？一句话就能当饭吃，不难为你。”

谁都知道这句话怎么说，无非是“小姐，你真漂亮”之类的。在这种特定的场合说出这样的话对于一个男人的尊严意味着什么，在场的人心里都清楚。

芮小丹无声地看着丁元英，目光里包含着超乎寻常的焦虑和荣辱与共的期待，似乎在告诉他:该低的头你已经低了，该招架个一招半式了。

丁元英对这种俗人俗勇的斗气没有放在心上，张嘴就想说:欧阳小姐，你真漂亮……可话到嘴边突然停住了，他看到芮小丹正用那种眼光注视着他，他犹豫了，他甚至想象得出如果他说出了“欧阳小姐，你真漂亮”这句话，芮小丹会有多失望，她在乎他的哪怕是匹夫之勇的尊严。

丁元英沉思了一会儿，说：“这事与冯先生没关系，你可以让他走了。”

芮小丹的心悬了起来。

欧阳雪说：“何必呢，女人都让你扯得一丝不挂了，你一个大男人还矜持什么？”

丁元英犹豫了片刻，艰难地说出了一句本不该他说的话：“发点财，爱听吗？”

欧阳雪说：“爱听，可财在哪儿呢？”

丁元英说：“你去买一只指定的股票，明年五月抛了。如果你挣不到一倍以上的钱，我还欠你一顿饭钱。至于你想挣多少，在你的本钱了。”

餐厅里寂静无声，欧阳雪和芮小丹这才明白丁元英为什么要让冯世杰先走。

沉默了好一会儿，欧阳雪冷淡地说：“我这小门小户的没几个钱，砸锅卖铁能拿50万吧，可赔不起呀。”

丁元英说：“我只有那套音响也许还值几个钱，就折20万吧。按行规只要10%的担保，20万的担保是40%，你没有风险。”

欧阳雪说：“我们小门小户的还是过日子要紧，玩不起那种音响。你要真是啐口唾沫砸个坑，就来点真的，拿20万现金担保。”

丁元英沉默着、思考着，过了许久问了一句：“我可以打个电话吗？”

欧阳雪起身从餐具柜上拿过那部电话，拖着一根白色的电话线。她把电话放到丁元英面前，顺手摁下免提键，这就意味着对方的声音也无可隐瞒。

丁元英摁下数字键，液晶显示是一个手机的号码。

电话接通了。

就在电话刚响起第一声的时候，一个意外的事情发生了，只见芮小丹突然站起来，伸出手“啪”的一声摁住免提键将电话挂断，镇定地对欧阳雪说：“20万我给他。”

这个突如其来的变故使冯世杰吃了一惊，没见过这种阵势。丁元英也惊诧了一下，用一种复杂的目光看了看芮小丹。只有欧阳雪并没有按角色的逻辑表现出懊恼，仅仅是嘴角掠过一缕冷漠的微笑。

芮小丹对冯世杰说：“对不起，冯先生，你先回去，我们说点私事。”

冯世杰原本是等着用自己的车送丁元英回家的，但芮小丹已经下逐客令了，也不好再说什么，只得客气地与欧阳雪和芮小丹点头示意告辞，先走了。

房间里就剩下他们三人。

欧阳雪问道：“小丹，你不会是拿饭店的股份担保吧？”

芮小丹说：“如果你同意，可以用股份担保。”

欧阳雪说：“我不同意。”

芮小丹对丁元英说：“五天之内我把钱给你，不需要你的音响抵押，准确地说是不敢侮辱你。至于你们之间是戏言还是啐口唾沫砸个坑，那是你们的事了。”

欧阳雪说：“丁先生，我20天内筹齐50万，至于是不是戏言就是你的事了。”

丁元英说：“在你交易前我会告诉你买哪只股票，但这里有个道儿上的规矩，你需要承诺保密。”

欧阳雪说：“好，我承诺。”

丁元英问：“那我现在能走了吗？”

欧阳雪把桌上的2000元现金收整齐还给丁元英，诚恳地说：“丁先生，今天得罪了，我陪小丹先送你回去，容我改日再摆酒谢罪。”

丁元英本想说：不必送了，我自己回去。但是一起身就感到头重脚轻，整个身体像飘起来一样，那句要面子的话没敢说出来。

芮小丹和欧阳雪左右两边扶着丁元英走下楼，把他放到汽车的后座上。欧阳雪开车向南村小区驶去，芮小丹不时地透过后视镜观察他的状态。

5

芮小丹和欧阳雪把丁元英送到家，两人就返回酒店。

汽车驶离南村小区后，芮小丹问道：“欧阳，你今天怎么了？”

欧阳雪开着车通过路口，没顾得上回答。

芮小丹把车窗摇开一道缝，点上一支烟使劲地抽了一口，说：“过分了，有这么欺负人的吗？以后怎么跟亚文交代？我就见不得好汉被女人摁低了头。”

欧阳雪说：“你先回答我，你到哪儿去借这20万？五天，是房产抵押来得及还是从国外汇款来得及？”

芮小丹迟疑了片刻，说：“去找我爸。”

欧阳雪说：“我就知道你是打这主意。这么多年你多作难的事都没理他，今天你为个男人就低头了。20万哪！什么事能让你这么不理智？什么人能让你这么不计后果？”

芮小丹没想过这些问题，经欧阳雪一提醒，突然愣住了。

欧阳雪说：“我除了从小被人欺负，长这么大我欺负过谁？我跟他无冤无仇，干吗要欺负他？我就是要看看你有多在乎他，也看看他是不是在乎你。你从他喝完六杯酒以后就开始用那种眼神看他，我没见过你用这种眼神看过谁。姑娘，你恋爱了。”

芮小丹心头一颤!

这一颤，使她刚才的情绪淡去了许多，这才明白了欧阳雪的用心，而她也被这个更敏感的话题占据了心理空间。她沉默了很久，自语道:“我？爱了？”

欧阳雪说:“你还没来得及去想值不值得爱、能不能爱，就已经爱上了，说明你控制不住自己了。姐姐比你大两岁，得帮你看着点门户。”

芮小丹眉头微微一皱，痛苦地说:“天！请姐姐先换个文明点的词吧，你比亚文说的还淫秽，晕过去了！”

欧阳雪笑笑说:“本来嘛。”

芮小丹想了想，说:“既然控制不了，那就爱呗。”

欧阳雪说:“可这人不是一般的主儿，今天是你的眼神逼着他跟咱们一般见识，他跟咱们不是一路人，我觉得这人你拿不住，可能到时候吃亏的是你。你今天失态了，女人得让男人追求，你怎么也得顾点女人的面子。”

芮小丹说:“那是清高的女人，我本来就没清高跟着凑什么热闹？至于拿住拿不住，能拿住的不用拿，拿不住的不能拿，还拿什么？爱就是了。”

欧阳雪直到汽车开回维纳斯酒店也没再说什么，她在想着芮小丹刚才说的话:既然控制不了，那就爱呗。这话听起来似乎有些草率，而仔细回味却也是实实在在的道理。但道理归道理，她还是觉得芮小丹缺乏理性的思考，毕竟这事发生得太突然了。

欧阳雪在酒店门口把车掉过方向，两人都下了车。

芮小丹走到驾驶车门说:“我不上去了，我得先跟我爸联系，得知道他在哪儿，再订明天的机票，好早点把钱拿回来。”

欧阳雪说:“我把买房的钱拿出来，再从别处凑点，50万应该没多大问题。我是担心你，你说这事能当真吗？有这么好的赚钱机会，他买了多少？”

芮小丹说：“你非得等20万赔光了才逃吗？他来古城之前做私募基金，亚文说他的私募基金入会门槛是每户3000万，去年他操作两个多亿，纯利将近两个亿。卖唱片的事只能说明他遇到了什么坎儿，不能说明别的。就凭他宁肯卖唱片都没有向人伸过手，可今天拿起电话了，即便他是骗子，我也服气。”

欧阳雪吃惊地说：“他是这么个人物？怎么没听你说过？”

芮小丹说：“这跟咱们有关系吗？”

欧阳雪语塞了。

芮小丹上车，关上车门向欧阳雪挥了挥手，开车走了。

欧阳雪站在那儿愣了好一会儿，心里自语：你这一个眼神，值钱了。

6

回到家，芮小丹做的第一件事就是打开电脑，从平时不用的电话号码簿里找到父亲那个家的电话号码，然后久久地看着这个号码凝思。

这是一个上海的号码，已经变更过三次了，从六位数变到了八位数。无论她在什么地方，每次变更号码父亲都会设法找到她告诉她新的号码，但她一次也没有用过，她内心一直坚持着对父亲的成见：他抛弃了母亲。在她的成长历程中，无论遇到什么事情她都不愿与父亲沟通，即使是父母在她的前途问题上已经达成共识的事情，她也会做出与父亲意愿相违背的选择，不给父亲一点机会。

但是，她却为了一个男人的面子而要向父亲伸手了。

凝思的过程，就是跨越心理障碍的过程。她终于伸出手拿起了电话一键一键拨通了，响了四声之后，传来了电话主人事先设定的应答：“您好，我是芮伟峰，我在杭州拍戏，短时间回不来，有事请您留言或拨打手机，谢谢。”尽管这声音已经很陌生了，但她还是听出了这是父亲的声音。

她又拨通了手机的号码，电话迟缓了片刻，显然是父亲认出了这个电话号码，随后传来了父亲紧张、激动而又有些疑惑的声音：“是……小丹吗？”

电话里传来嘈杂的声音，像是几个人在讨论剧情的表演问题。芮小丹也迟缓了片刻，略显生硬地说：“爸，是我。您还没休息？”

父亲说：“拍夜戏，还没休息。你都好吗？”

芮小丹说：“都好。我想向您借点钱，可以去杭州找您吗？”

父亲连忙说：“可以，当然可以。别说借，需要多少？”

芮小丹说：“20万，用一年，很急。”

父亲说：“20万？可以。你把账号、户头给我，我明天就给你划过去。”

芮小丹说：“您的意思……是不需要我去杭州了？我想借这个事去看看您，您要觉得我这样太势利，我就不去了。”

父亲说：“没有，没有，两回事。你来吧，我这儿走不开。来之前先打个电话，我去机场接你。”

芮小丹说：“好，我订了机票就给您打电话。我挂了，您多保重。”

放下电话，她突然觉得浑身很疲惫，像刚刚从战场上下来。

她开始写日记，做她每天必修的功课，打在电脑上的第一行字就是：我？爱了？！如果那不是爱，又该是什么呢？打完这行字她打不下去了，看着这行字发呆，伸手从烟盒里抽出一支烟放到嘴上，拿起打火机刚要点，突然停住了，下意识地又把那支烟放回去，抓起那包烟使劲攥成一团，连同那个精致的打火机一并扔进旁边的纸篓里。

她马上意识到了自己的这个动作，猛地一惊头脑清醒了，在心里问了自己一句：他不喜欢看我抽烟的样子，我这么在乎他怎么看我吗？她在心里反反复复咀嚼着这个问题，心反而越来越沉静，默默地对自己说：是爱了。

也就是在她确定了自己感情的一瞬间，一个新的问题随即跃入她的脑海，她的手指飞快地敲击键盘，打出了肖亚文在法兰克福忠告她的几句话：当你觉得这个人很特别的时候，千万别对这种人动心思，一旦动了那种心思你就算把地狱之门打开了……

她开始对这个问题产生了疑问。

第十章

1

芮小丹预订了十二点半飞往杭州的机票，早上在家里做了一下简单的旅行准备，然后去民航售票处取机票。拿到机票之后，她看还有点时间，就沿着大街往西走进了一家外文书店。她对丁元英评价小提琴曲《流浪者之歌》的印象太深了，尽管她还没有购置音响，但她还是想先买到这三张唱片。

外文书店的唱片自选区摆满了各种各样的CD唱片，她在进口唱片的展柜前停下，寻找她要购买的唱片。服务小姐热情地问道："请问，您需要什么唱片，我帮您找。"

芮小丹说："我要三张都有小提琴演奏《流浪者之歌》的唱片，穆特、海飞兹和弗雷德里曼三个人演奏的各要一张。"

"请稍等。"服务小姐说完转身去找唱片。

这时，芮小丹突然感觉有人轻轻碰了一下她的胳膊，侧脸一看，原来是站在她身边的一个戴眼镜的年轻人。年轻人小声对芮小丹说："别买，太贵。"

芮小丹疑惑地看着他。

这时，服务小姐将三张唱片递给芮小丹说："您看，是不是这三张？"

芮小丹拿起唱片看了看，每一张的价格都在140元以上。

她将唱片还给服务小姐歉意地说：“对不起，我再考虑下。”

“没关系。”服务小姐客气地说了一句，又去接待其他顾客了。

年轻人小声说：“我一听你报片名就知道是道上的，你再往西走十米，那儿有一家叫‘孤岛唱片’的小店，懂行的人都去那儿买，一样的唱片一张能便宜几十块，那儿实在买不到了再到这儿买也不迟，我们都是这样。”

“谢谢你。”芮小丹笑着说了一句。这是第二次听到“孤岛唱片”这个名字，这个店就是没有年轻人指点她也是要去的，因为那里卖丁元英的唱片。

“不谢，这年头谁挣点钱都不容易。”年轻人说着，又低头继续挑唱片。

芮小丹心想：看来，音乐发烧友的心是相通的。她按照年轻人的指点找到了那家名叫“孤岛唱片”的小店。也许这里根本就不能冠以“店”的称谓，其实就是租了一家电脑店外面大约三米长的橱窗，里面小得甚至放不下一截柜台，所有的唱片全部都陈列在墙上。

店主是一个30岁左右、相貌颇为英俊的男人，西装革履，打扮得一丝不苟，左手无名指上戴着一枚硕大的金戒指尤其引人注目。

芮小丹走上前问：“有穆特、海飞兹和弗雷德里曼三个人演奏的《流浪者之歌》吗？如果有，我各要一张。”

店主问：“你要原版引进的还是要原装进口的？原版引进的有现货。”

芮小丹问：“有区别吗？”

店主答道：“原版引进的20元一张，原装进口的100多元一张，价钱不一样，音质也不一样，区别大了。”

芮小丹说：“我要原装进口的。”

店主想了想，答道："没有现货。如果你诚心要，得交50元定金。"

芮小丹点点头，问道："从你这儿买，能比外文书店便宜多少钱？"

店主说："从外文书店买，这三张唱片你少了450元别想拿走。从我这儿买，每张100元，不还价。"

芮小丹交了50块钱定金。

店主给芮小丹开了一张定金收据，并签上自己的名字：刘冰。然后说："你三天后再来看看，如果没货，我把定金再还给你。"

芮小丹离开"孤岛唱片"小店，回到停车的地方开上车直接去了飞机场。

2

短短两个小时的航程，芮小丹已经置身于一派温婉的江南秀色之中了，杭州无论是景致还是人，都少了几分北方的粗犷，多了几分江南的柔媚。

她刚出机场就看见一个人举着"芮小丹"的牌子，快步迎了过去，而那人也快步向她走来，不等她开口就抢先招呼道："小姐，你是芮小丹吧？芮导正拍外景戏，实在走不开，特意让我来接你。"

芮小丹有些纳闷，问道："我还没说话，你怎么肯定是我？"

来人呵呵一笑说："你爸说了，二十五六岁里最漂亮最有气质的那个肯定就是，正好你也朝我走过来，那就是你了。"

芮小丹淡淡一笑跟着这人走了，到停车场上了一辆前风挡玻璃后面竖着一块《江湖》摄制组牌子的切诺基吉普车，那人开车驶离机场。

剧组正在西湖边拍外景戏，大概是同期录音的原因，围观的人群静悄悄的，只有一男一女两个身着古装的演员在说台词，旁边的摄像师、录音师等工作人员也静悄悄地忙碌着。芮小丹看见父亲坐在太阳伞下一只脚蹬着道具箱一手拿着水杯全神贯注地盯着监视器，跟电视里看到的导演工作场面没有什么两样。她没有去打扰他，远远地站在一旁等候。

从小到大，她只知道父亲是电影导演，也看过父亲导演的影片，但是真正看到父亲现场拍戏这还是第一次。她静静地观察父亲，她感觉父亲老了许多，头上生出了很多白发，脸上的皮肤也松弛了，身体也有些发胖，但精神还很好，穿着红色T恤衫和牛仔裤，比他50多岁的实际年龄显得年轻一些。

这场戏拍完，在剧组人员收拾东西为下一场戏做准备的时候，芮小丹这才上前跟父亲打招呼，尴尬而生涩地叫了一声："爸。"

芮伟峰激动而又不露于表地打量着女儿，说："坐吧，你爹就盼着这天呢。杭州有家饭店的西湖醋鱼真地道，晚上老爹带你去吃。"

父亲就这一句话，芮小丹的眼泪差点儿掉下来，突然觉得自己这么多年对父亲的冷漠有些过分了，心里涌起一股内疚。

剧组人员知道芮伟峰在和女儿说话，都自觉地回避。

芮伟峰惋惜地说："你天生就是当演员的好材料，当初要是报考电影学院现在也该是个角儿了。演员一遍演不好还可以再来一遍，可刑警要是再来一遍那就没命了。"

芮小丹说："爸，您怎么见面就说这个。"

芮伟峰拿出一瓶饮料打开递给女儿，等女儿喝了一口才说道："整天为你揪心不是个滋味，当初你怎么就不听话呢。"

芮小丹说："这事当初我也想过，您是导演，我怎么都是沾您的光，不会有我自己。我现在吃自己挣的饭，心里踏实。”

芮伟峰问：“工作好吗？你和欧阳开的那店能赚点钱吗？”

芮小丹说：“都能说得过去，这次用钱是偶然的，突然就发生了。”接着，她把这次用钱的前因后果向父亲简要叙述了一遍。

芮伟峰听完后沉思了片刻，说：“你这是……恋爱了。要说是好事，可……”

芮小丹说：“可人家爱不爱我还两说着，这哪叫恋爱，这叫剃头挑子一头热。”

芮伟峰说：“你不是一般的丫头，能让你看上的人一定不简单。我不担心你这个，我是担心这种男人你驾驭得了吗？”

芮小丹说：“驾驭？我没想过，我就是一个心眼儿想疼他。”

芮伟峰点点头，停了一会儿说：“哦……这让我心里真不是个滋味。你从六岁就不理我了，哪来的这么大气性？”

芮小丹说：“如果您宁肯独身都不和我妈过，我妈有那么庸俗吗？如果您不结婚是因为能有更多的女人，这是什么性质？爸，我这次来是赖着脸跟您伸手要钱的，就是真有溜须拍马的话也别让我在这个时候说。”

芮伟峰刚要说话，这时一位工作人员在不远处喊了一声：导演，都准备好了。芮伟峰站起来也喊了一声：各就各位，准备开拍！然后对芮小丹说：“我让人先送你回宾馆，房间已经给你订好了，咱爷儿俩晚上再聊。”

芮小丹看着父亲匆匆朝演员们走去。

3

芮小丹在杭州住了一夜，第二天乘晚八点的航班返回古城。

古城蒙蒙细雨下了一夜，淅淅沥沥的雨声仿佛蕴含着驱不散的忧愁，如此绵长又如此凄凉，像流浪者的叹息。芮小丹躺在床上伴着雨声想心事，雨下了一夜，她想了一夜，她回忆着肖亚文在法兰克福的每一句重要的话——

是魔、是鬼都可以，就是不是人。

他跟正常人的思维颠倒了。

一旦动了那种心思你就算把地狱之门打开了。

如果真的发生了，那是你自找的，别怪我没提醒过你。

以我的智力，我理解不了这种人。

芮小丹心想：说魔说鬼都是个表述，本质是思维逻辑和价值观与普通人不同，所谓的地狱之门也无非是价值观冲突所带来的精神痛苦。如果你是觉者，我尊敬你，向你学习；如果你是魔鬼，我鉴别你，弃你而去。即便是价值观不同，就真有那么可怕吗？

天亮了，雨还在下。她起床梳洗完毕，匆匆吃了几口早点，把丁元英给她的房租和家里所有的现金以及银行存折、计划内办事所需的证件等物放进包里，检查了一下，然后开车出去了。她并没有直接去银行，而是先去了古城最有信誉的“诚信房屋中介公司”，询问求租的房子，夏季一天热似一天，当务之急是要尽快给丁元英换一套有空调的房子。

她来得有些早了，在门口等了一会儿房屋中介公司才开门营业，这也使她成为今天的第一个顾客。曾经接待过她的那个女工作人员马上认出了她，歉意地对她笑笑说：“您好，真对不起，现在还没有您合适的房了，您再等等吧。”

芮小丹说：“再等，夏天就过去了。如果不考虑房租问题有没有合适的呢？但是必须要快，今天一定要搬家，不等了。”

女工作人员想了想说：“今天就搬家我们做不到，如果您非要今天搬，我们倒是能给您提供一个信息，都是80平方米到160平方米的新房，每个房间都有空调、电话，小区环境和物业管理非常好，当场办手续当场就能搬进去住，小区附近不到300米就是一条小吃街，总之都符合您的要求，您肯定满意，但是房租也贵，都在1400元到2500元之间。如果您租到了，您在这里的中介费就终止服务了。”

芮小丹说：“可以。”

女工作人员说：“你到航海东路路南的嘉禾园小区，大门旁边是嘉禾房地产公司的营业部，租房部和售房部都在一个厅里，当场看房，只要房租您能接受，您马上就能搬。”

芮小丹马上驱车前往嘉禾园小区。

她先沿着小区的四周绕了一圈，有电脑城、农贸市场、大型超市，购物环境很好。在小区西侧果然有一条很长的小吃街，店铺林立，品种丰富，非南村小区的区内小摊可比，吃饭非常方便。看过小区周围环境，她来到了嘉禾房地产公司营业厅的租房部，与工作人员几句话交谈之后，工作人员在小区模型里向她介绍可供选择的房子，她选了一套80平方米三楼最东头的305号房，然后随工作人员实地看房。

这是一座刚建成不久的小区，一切都是新的。芮小丹从值班保安的规范动作到小区内部花园化的整洁环境，直到上楼看到装修一新的房子，心里就已经做出决定了。房子果然如中介公司所说，每个房间都有空调和电话分机。

经过一番交涉，房租降到了每月1260元，芮小丹以自己的名义租下了这套房子，当下签了协议，一次付清了一年的房租，拿到房门钥匙，然后马上打电话联系搬家公司，约定下午两点到南村小区搬家，同时打电话与丁元英的房东约定下午三点钟退房。

芮小丹办完了这些事才去银行，到银行填好取款单，递上存折、输过密码，在工作人员的要求下又出示身份证，等了一会儿现金取出来了。因为是大额取款，她一边警觉地观察周围的情况一边点了一下钱的大数，装进包里。她这次取了 22 万元，比丁元英实际需要的担保金多出了两万元。

出了银行，她驱车来到“孤岛唱片”店，在门口停下车。

或许是因为下雨，店里没有顾客，店主刘冰正倚在门框上看雨景，见芮小丹走过来，忙回到店里取出三张唱片，显然他对这位顾客还有印象。

芮小丹拿出那张定金收据交给刘冰。

刘冰将三张唱片交给芮小丹，说：“你先看看是不是这三张。”

芮小丹拿起穆特小提琴的唱片，撕掉外面的塑料薄膜，打开盒子检查，看到唱片上有一个“元英”字的印章，封底上也有一个同样的印章，这张唱片与她在音响店里看到的唱片完全一样，可以确定是同一张唱片。

芮小丹又打开另外两张，上面都有同样的印章。她不动声色地说：“老板，这不是新唱片，唱片上有私人收藏印章，外塑料纸包装也是手工的。”

“新唱片能是这个价钱吗？”刘冰反问了一句，解释道，“这是别人收藏的唱片，保存得很好。新唱片 150 元，我这儿才卖 100 元。”

芮小丹说：“你把有元英印章的唱片都拿出来，我看看。”

刘冰搬出一个纸箱子，从里面挑出十几张唱片，又从墙上取下 20 多张唱片，然后都放进一个鞋盒子里，让芮小丹挑选。

芮小丹一一检查了一遍，问：“还有吗？”

刘冰说：“就这么多，你自己挑吧。”

芮小丹说：“这些是 36 张，加上那三张一共是 39 张，我全要了。”

“全要了？”刘冰一愣，但很快恢复常态，心里暗自惊喜，这可是一笔不小的生意。他赶快找了一个合适的箱子往里装，生怕这位买主儿又改了主意。

刘冰将唱片装好后，用胶带封上，又装到黑色塑料袋里，说：“你一次要得多，我给你个优惠价，你拿3800元吧。”

芮小丹说：“发烧友买的都是80元一张，我一次给你收底了，你开个能成交的价。”

刘冰又是一愣，问：“我怎么不认识你？”见芮小丹没有回答，就拿过计算器计算，想了想说：“你拿3000元吧，降到77元一张，不能再少了。”

芮小丹点头同意，从包里拿钱数出2950元连同定金收据一起递给刘冰。

刘冰接过钱说：“过两天你再来看看，还有很多。”

芮小丹客气地笑笑，提着装唱片的袋子上车了。

4

芮小丹离开“孤岛唱片”时已经快一点了，她在路边买了一个面包边开车边吃，喝了几口矿泉水，这就算一顿午饭了。来到南村小区丁元英的楼下，她先给丁元英打了个电话，然后挎上包提着唱片上楼了。

丁元英仍然是那套不变的礼节，请客人进屋、入座。

芮小丹把装唱片的袋子放在沙发旁边，从提包里拿出20万元现金放到茶几上，说：“丁先生，这是刚从银行取出来的，你数一下。”

丁元英说：“你觉得这是一个成年人的成熟之举吗？”

芮小丹说：“是你的承诺不成熟还是我履行承诺不成熟？”

丁元英无言以对，停了一会儿，把烟递过去。

芮小丹说：“谢谢，我戒了。按规矩，你该给我打一张借条。”

丁元英把这支烟自己点上，慢慢抽了一口，到卧室拿来笔和纸，当面写了一张20万元的借据交给芮小丹，说：“这不理智，这是赌博。”

芮小丹看了看借据，收起，说：“我注意到你打电话借钱是个北京的手机号码，那个人是你第一个能想到的可以开口借钱的人。我明天去北京，希望能见到这个人，希望你能给我安排见面，我订好了车票通知你车次。目的就一个，我要了解你，要知道你是谁。”

丁元英对芮小丹的这种非常之举始料不及，本能地迟疑了片刻，斟酌着词句说：“这样做不合适，至少于你不得体。”

芮小丹淡然一笑说：“你这样对债权人讲话不够礼貌，我可以有很多想法，但至少我作为债权人要了解债务人的情况是应该得到尊重的权利。”说完，她把黑色塑料袋打开，将装满唱片的纸箱放到茶几上，用汽车钥匙划开封条，露出一箱子唱片。

丁元英看到唱片，脸上掠过一丝惊诧。

芮小丹说：“你在‘孤岛唱片’店里变卖的唱片，现有的我都收回来了。以后你要再卖唱片直接卖给我就行，这是一万元的预付款。”说着将一万元放到茶几上，然后又问：“你卖给刘冰多少钱一张？50？还是60？”

丁元英没有回答。

芮小丹说：“我出一百，别说竞争不公平。”她看看表，指针已经指向两点了，拿出新租的房门钥匙放到茶几上，又说：“房子租好了，已经付了一年的租金。搬家公司两点钟来搬家，我约了房东三点钟来交接房子，赶快收拾一下吧。”

话音还没落，楼下传来了卡车刹车、熄火的声音，丁元英走到窗户前往楼下一看，果然是搬家公司的车来了，从车上下来了几个人打开车厢。他知道，此刻再谈一万元现金和一箱唱片的去留问题显然不合时宜，当下不是解决问题的时候。

丁元英思考了一下，说：“芮小姐，我还没有装腔作势到可以无视可能发生的事情，但是你看到的东西不一定是个东西，天知、地知，不会有结果。”

芮小丹问：“什么不会有结果？”

丁元英哑口无言了。

芮小丹一笑说：“即便是呼之欲出你也讲不出，因为一说就错，这就像法律不能单纯以推理定罪，得允许在可能与事实之间存续一个演化的过程。”

第十一章

1

古城距离北京360公里，芮小丹坐了四个多小时的夜行列车，于早晨七点半抵达北京火车站。她随着出站的人潮走出站口，停下来往四周观望，看见一个小伙子高举着一块上面写着“芮小丹”的牌子，旁边站着一个男人。她认出了举牌子的小伙子，就是开车送丁元英来古城的小赵，在南村小区见过一面。

她一边快步走过去，一边张望，却看不见肖亚文的踪影，心里在纳闷：已经在电话里约好了要来的，怎么不见人呢？

小赵也认出了她，快步迎上来招呼道：“芮小姐，你好！”

芮小丹也笑着寒暄道：“你好。”

小赵介绍道：“这是我们韩总，正天集团总裁。”

正天是国内知名品牌，芮小丹没有想到这么一大早前来车站接她的竟是这个集团公司的总裁，这让她潜意识里感觉肖亚文已经来过了，而且回避了。她感到心里很不是滋味，也就是在这一刻，她脑海里不自觉地闪出了一个平时很少留意的词：阶层。

韩楚风衣着简洁而考究，沉稳的目光透着权威，礼貌而随和地说：“芮小姐，你好。我是元英的朋友韩楚风，咱们不客气了，上车吧。”

三人走到停车场，上了一辆黑色奔驰 S600 轿车，小伙子开车，韩楚风坐在前面，芮小丹坐在后面，汽车驶离北京站。

车上，韩楚风客气地说：“芮小姐，你的住处已经在正天饭店安排好了，你先住下忙你的事，我白天抽不出时间，咱们约定晚上我请你吃饭。”

芮小丹说：“谢谢，给韩总添麻烦了。待会儿我先和肖亚文联系，想趁中午的时间和她一起吃顿饭，下午没事，我想一个人去逛逛商场。”

韩楚风说：“肖小姐我认识，很不错的一个人。”

汽车开了 20 多分钟在正天饭店大门口停下，立刻有身穿制服的侍应生上前开车门。韩楚风带着芮小丹走进酒店，在大厅的电梯口等小赵。这期间，他们身边不断有来来往往的人与韩楚风打招呼，都以“韩总”称呼韩楚风。

片刻，小赵进来了，到总台拿上房间钥匙快步走来，三人一起乘电梯上了 19 层，由楼层的服务小姐带领到 1901 号房，打开房门进去。服务小姐向芮小丹简要介绍了一下服务内容和注意事项，韩楚风摆了一下手让她离开了。

韩楚风想了想说：“芮小姐，餐厅在二楼，我时间太紧，不能陪你吃早餐了。你坐了一路夜车，上午先休息，上午十一点半小赵来接你，你自由安排活动。下午你要逛商场就赏个光，让小赵陪你去我们正天商业大厦逛逛。”

芮小丹点点头，说：“行。”

韩楚风说：“那我就先告辞了。”

芮小丹把他们送到门口。

送走韩楚风，芮小丹关上门打量着这套由卧室、会客室、写字间、洗手间四部分构成的套房，每个房间都是精美的欧式风格设置，每件物品、每个细节都尽显奢华。眼前这套豪华套房以及刚刚发生的一切似乎在她周围形成了一种无所不在的压力，让她隐隐约约感觉到很不舒服。她在会客室的沙发上坐了一会儿，下楼吃早餐去了。

她心里很不平静，在去餐厅的路上脑子里还在想，想丁元英在闷热的房间里汗流浃背的样子，想他几十元变卖的唱片，心里禁不住生起一股敬佩与酸楚。

吃过早餐回到房间，她给肖亚文打电话，这时的肖亚文已经在公司上班了。电话里，她有意回避了为什么在车站没见到肖亚文的话题，而是直接约定一起吃午饭，肖亚文把地点定在了北京宏大写字楼大门口。

2

上午十一点二十五分，司机小赵准时往房间里打电话，通知芮小丹下楼。芮小丹已经做好了出门的准备，接到电话很快下楼，汽车在大门口停着，小赵站在汽车旁边，后排车门已经打开了。

小赵见芮小丹走来，迎上一步说：“芮小姐，请上车。”

芮小丹说：“谢谢。”坐进车里。

汽车行驶了半小时后，在宏大写字楼路边停下。芮小丹透过车窗看到，马路左侧是一排栅栏，大门两侧挂着许多文化团体的牌子，院子里是一幢大楼，楼前停着十几辆轿车。马路的右侧是几家装潢考究的饭店，饭店门前的汽车泊位都已经被占满了。

芮小丹远远地就看见肖亚文站在路边，汽车也就在她身边停下了。芮小丹下车亲热地与肖亚文拉了拉手，问：“等多久了？”

肖亚文说：“刚下班。小赵，你好！”

“肖小姐，你好！”小赵说，“你们吃饭，我一点半来接芮小姐。”

肖亚文对小赵点点头，歉意地说：“辛苦你了。”

小赵开车离开后，她们进了一家名叫“古来香”的餐馆，选了一张最角落、最便于谈话的桌子坐下。肖亚文没看菜谱就向服务小姐点了一壶菊花茶和两份传统菜，显然是这里的常客。服务小姐用一个精致的木托盘端来一壶茶和两只杯子。

肖亚文倒上两杯茶，将其中的一杯放到芮小丹面前，这才说：“我去过车站了，老远就看见了韩楚风，他现在是正天集团的总裁，你这面子大了，我再愣往上凑就不知趣了，悄没声儿地回来上班吧。要是连这点眼力见儿都没有，早就饿死了。”

芮小丹岔开了这个尴尬的话题，问：“现在忙什么？”

肖亚文说：“我在一家猎头公司打工，日子过得去。说你，你跟他怎么了？”

芮小丹说：“我想，我是爱上他了。”

肖亚文微微一怔，淡然道：“那剩下的就不用想了，下地狱吧。”

芮小丹问：“你怎么知道是地狱？”

肖亚文笑了笑，说：“你不老实，漏掉了一句话。完整的这句话应该是：如果你没动过那种心思，你怎么知道是地狱？但是你高估了我，也低估了我。说你高估，是因为我还没清高到不知道自己是谁；说你低估，是因为我还没天真到不知道自己要什么。”

芮小丹说：“言下之意，就是我不知道自己是谁了。”

肖亚文喝了一口茶，沉静而感慨地说：“女人哪，好多贱东西是骨子里生的，只要你是女人就扔不掉。连我这女人都知道这个，况且是那种明白人。我给他当过一年助理，不管他怎么尊重女士，都掩不住骨子里害怕女人，害怕就是鄙视，就是唯女子与小人难养。站在女人的角度，丁元英并不招女人喜欢，不实惠，没有女人想要的那些东西。这种人只能定位在熟人或朋友的位置上有意义，距离再近这点价值就毁掉了。”

芮小丹说：“言下之意，就是我把这点价值毁掉了，辜负了你。我现在已经不仅是尴尬了，而是有了犯罪感，也不用等以后的地狱，我已经在地狱了。”

肖亚文说：“你先好好听着，我还没说到地狱呢。我见过他前妻，也聊过几句，你可以参考参考他前妻说的话。她说，他永远都不会跟你吵架，他的每一个毛孔里都渗透着对世俗文化的居高临下的包容，包容到不屑于跟你讲道理，包容到让你自己觉得低俗、自卑，当你快要憋死、快要疯掉的时候，你能想到的就只有一个字，逃！”

芮小丹点点头说：“很实在，也很深刻，不像是推脱。”

肖亚文说：“逃，就是地狱。”

芮小丹说：“反对，这里不存在逃的问题。如果丁元英在一块石头上被绊倒两次，说明他是笨蛋，只能是他在地狱里受折磨，要逃也是他逃。”

肖亚文说：“所以，他不会让自己绊倒两次。而你，求之不得，就得受相思之苦。相思有多苦，古今的诗词都说尽了。你是女人，有女人的天性，一旦陷进去就很难自拔。丁元英这种人对女人没有意义，是女人就有贪嗔痴，没有贪嗔痴的女人是天国的女人。”

芮小丹说：“即便是地狱，我也得尝尝地狱是什么滋味。”

这时服务小姐送上了饭菜，两碗米饭，两份特色菜：古香狮子头。饭菜上桌暂时中断了话题，肖亚文拿起筷子说：“这个菜要趁热吃才好，先吃饭。”

吃了一会儿，肖亚文放下筷子用纸巾擦了一下嘴唇，诡秘地笑着说：“妹妹，女人最大的魔法就是色，而你恰恰是芳艳绝色，既执意要做，就把妹妹的十八般兵器全都用上，战他个翻云覆雨、溃不成军，我就成了娘家人，少不了将来沾你点仙气儿呢。”

芮小丹笑道："天哪，有这么教妹妹的姐姐吗？"

肖亚文优雅地一挥手说："这还用教？本能，说个教字都羞辱了造物主。"

两人又接着吃饭，边吃边聊，芮小丹将最近发生的事情简要讲了一些。

提到"变卖唱片"的情况，肖亚文暗自一惊，她曾经担心过陈茹拿走15万元会对丁元英在古城的生活有影响，却没想到会有这么严重。

肖亚文在心里默默盘算：该不该告诉她陈茹拿走15万元的事呢？不说，她会无意中把变卖唱片的事透露给韩楚风，那么陈茹私下向丁元英借钱的事就不再是个秘密了；说了，她见韩楚风就会刻意回避这个问题，从而承受很大的经济压力。如果自己拿钱资助丁元英，在这种敏感的时期显然不妥。思忖再三，肖亚文觉得在这个问题上应该保持沉默，毕竟陈茹借钱的事已经过去一年了，还是由韩楚风解决丁元英的生活费最为合适，各方面都得体，而这几个钱在韩楚风手里几乎可以忽略不计。

于是，肖亚文没有提及陈茹借钱的事，而是延续刚才的话题，说："其实，你这次来北京不如不来，见了韩楚风反而会给你添麻烦。"

芮小丹不解，问："为什么？"

肖亚文说："你等着看，韩楚风接待你的规格会很高。但是，你要真觉得你值这个规格那就错了，值这个规格的不是你，是丁元英。对于你，这个规格只会把你推向极端，要么让你自卑，要么让你像个贪便宜的小市侩，根本不给你恰如其分的选择。即便是你看透了这一点，人家待你好总没错，你诉苦都找不着地方。那个圈子不是你给人家过筛子，而是人家给你过筛子，本来你还有点自信，经他这么一关怀也就被摧残得差不多了。"

芮小丹说："我是来了解情况，如果被摧残，那也是应该了解的情况。"

肖亚文思索着，说："如果从丁元英给欧阳雪指定股票和担保来看，这倒让我觉得这事有点儿可能了，他不是跟欧阳雪计较面子得失，是在乎你的感受。"

芮小丹说："怜香惜玉，给女士几分面子而已。"

肖亚文说："可能，但也未必。丁元英是一诺千金的人，他在柏林是签过字的，承诺不再涉足股市。50万元的股票对于他在数量上可以不算什么，但是在性质上没有区别。这意味着什么？什么人值得他可以不惜违背诺言？"

3

将近一点半的时候，小赵准时来了，见过芮小丹和肖亚文之后，小伙子就到外面的汽车里等候。肖亚文付过账单，嘱咐芮小丹晚上与韩楚风见面的时候少吃一点，然后她们再去酒吧听音乐、喝咖啡，去小吃街吃夜宵。肖亚文快到上班时间了，两人在餐馆门口道别。

正天商业大厦坐落在北京的一条繁华大街上，大厦门前那片宽阔的广场在寸土寸金的地段格外具有人情味，也因此而更显得大气和雄浑。大厦正门的右侧有一块不大的停车场，停的全部都是集团内部具有领地特权的轿车。芮小丹乘坐的轿车刚一驶入就被值勤的保安识别出来，保安指挥着小赵将车停在一个他认为合适的泊位。

芮小丹下车后对小赵说："太麻烦你了，谢谢。你回去吧，我到里面随便看看，一会儿我坐出租车回去就行了。"

小赵想了一下，说："行，那我就不等你了。"

芮小丹向小赵礼貌地招了招手，然后进了商场。

商场里的装潢富丽堂皇，琳琅满目的商品让人目不暇接，无论是你来我往的顾客还是眼花缭乱的广告牌，处处都显示出大都市的新潮与时尚。芮小丹按照导购示意图的提示，直接上了五楼的时装商场，全神贯注地浏览着，时而驻足仔细审视某一件服装，时而到更衣间试穿一件自己特别感兴趣的衣服。不知不觉中两个多小时过去了，尽管她没打算买东西，但还是忍不住买了一条牛仔裤、一件休闲上衣。

芮小丹看看表，觉得该回去了，她需要时间准备一下，晚上她与韩楚风还有一次重要的谈话。但是，当她走到门口的时候，却意外地被商场保安迎面拦住了。

保安礼貌地说："芮小姐，请留步。"

芮小丹一听就立刻意识到她被人监视了，至少说明小赵并没有走，而是一直在这里等着接她。她客气地问："先生，有问题吗？"

保安说："请芮小姐跟我来，我们总经理在外面等您。"

芮小丹跟着保安往外走，一出大门就看见那辆黑色轿车还停在原处，小赵正和身边的一个中年男人说话。小赵看见芮小丹过来，迎上一步接过东西微笑着说："芮小姐，我来介绍一下，这位是商场的总经理马国安先生，你们在古城见过面。"

芮小丹记得在古城见他时别人是叫他"马主任"，刚过去一年，他已是正天商场的总经理了。她与马经理握握手，但不知道该说什么，所以只是礼节性地一笑。

马经理含糊其词地说："请芮小姐稍候，还有个箱子得装车上。"话音未落，只见一位穿西装的小伙子抱着一个纸箱急匆匆地向这边跑来，小赵打开汽车舱盖将箱子装进去。马经理见箱子装好了，这才说："芮小姐请上车。"

芮小丹上车后汽车随即就启动了，她见马经理向她挥手告别，也下意识地摆了摆手，整个过程芮小丹还没明白是怎么回事就结束了。

路上，芮小丹对小赵说："你不该等我，这样不合适。"

小赵说："这是我的工作。"

芮小丹不再说什么了。

到了正天饭店，小赵把汽车停到大门口。芮小丹下车后对小赵说："谢谢你，再见。"小赵只是笑笑，开车到停车场去了。

芮小丹乘电梯上到 19 楼，回到房间放下东西，然后去洗手间打开热水，就在她刚刚开始洗手的时候，门铃响了。芮小丹擦了一下手去开门，一看，原来小赵并没有走，正抱着那只纸箱子站在门口，于是赶快让他进来。

小赵放下箱子解释道："芮小姐，刚才我和马总都没敢告诉你，这箱子是给你的，你一进商场就有人跟着你，箱子里装的都是你在商场留意的衣服，这事是马总操办的，钱已经付过了，都记在了韩总的账上。我只是个司机，请芮小姐千万不要让我为难，我把箱子送到这里任务就算完成了。"

芮小丹这才明白韩楚风为什么刻意推荐她去正天商场，问道："一共多少钱？"

小赵答道："发票都在里面，大概 1.3 万元。"

芮小丹说："我知道了，你回去吧。"

于是小赵连声道谢，然后告辞了。

芮小丹打开纸箱，随手拿出几件衣服看看，果然都是她在商场里特别留意的衣服。她把衣服放回箱子，侧身躺到沙发上，陷入沉思。

4

晚上，韩楚风亲自开车来接芮小丹。

汽车开到使馆区，在一家名叫"夜巴黎大酒店"的高级饭店停下。这里名为饭店，却更像是一座贵族宫殿。进了酒店，两个古罗马骑士装束的门童端立两侧，向客人躬身致敬。一个身穿白色酒店制服的中年男子微笑着迎上来，引领他们在一张桌前坐下。

酒店里的服务员与众不同，全部都是中年男性。酒店的客人大多数是外国人，一个个举止文雅、气质不凡。这里的客人虽然不少，但是很安静，没有人高声说话。

韩楚风点过菜，然后家常地说："芮小姐，这里是国际贸易的第二交易所，来这里的人想办事的多，吃饱饭的少。但是今天请你来没有别的意思，就是为了让你吃好。你来北京就是客，我自然得尽到东家的厚道。"

芮小丹说："韩总，我来北京，是想向你了解点儿丁元英的情况。"

韩楚风用一种淡然的口吻说道："芮小姐，你是客人，我是东家，让你住好吃好，这没有问题。但是，你要和我在一张桌子上谈论丁元英，你凭什么？"

芮小丹沉默了片刻，平静地说："我以为丁元英第一个能想到的可以开口借钱的人该是君子之交，却原来也是个攀龙附凤的角色，是我想象力丰富了。我既来了，自当尊重您的高贵，只是我无以为凭，知趣了，告辞。"说完起身就走。

"慢！"韩楚风叫住了她，点了一下头说，"此无以为凭正是一凭，请坐，请！"

芮小丹思忖一下，重新回到座位。

韩楚风缓和了一点语气，说："元英这人不太容易说明白，不凭点什么，就只能是一个越说越大的问号，不是我存心要刁难你。"

芮小丹淡淡地说："住饭店，给衣服，到这儿吃饭……我还没给丁元英脱呢，您就给我扔了一块骨头，很有上流社会风度。如此一说我不如一只花瓶，充其量当了一回你们男人之间挥洒交情的酒瓶。”

韩楚风沉默着，一言不发，他的目光和神态渐渐发生着变化。

这时，酒水、菜点上桌了。但是，两个人谁也没有动餐具。

韩楚风思考了许久，终于开口了，说：“是花瓶还是红颜知己，得称称斤两才知道。礼数不周的地方，我这儿向你道歉了。衣服退掉，房费你付，这顿饭我请客，如何？只是你那个‘您’字还请改回来。”

芮小丹说：“谢谢。如果以后还有机会，也请韩总体谅我们穷人的难处，这种酒店我吃不起，那种饭店我住不起。”

“是我不上道儿了，对不起。”韩楚风呵呵一笑，刚才的不愉快顿时烟消云散，他拿起餐刀餐叉说，“去年马主任和小赵送元英去古城，回来就说看见了一个女警官，说那叫漂亮啊，今天一见果不其然。来，咱们边吃边聊。”

芮小丹尝了几道菜，喝了一口饮料，然后停下来等着韩楚风切入正题。

韩楚风拿起纸巾擦擦嘴，点上一支烟。他对芮小丹此次来见他的意图完全明白，却没有按照芮小丹预期的话题谈论丁元英，而是问道：“元英借钱是怎么回事？”

芮小丹把丁元英打电话借钱的前后经过说了一遍。

韩楚风沉思了片刻，说：“我想请你给我帮个忙，你回去的时候顺路帮我把元英的车开回去。这是我们之间的事，跟任何人都没关系。如果专程送一趟就得出两辆车，还得来回折腾，你顺路开回去只是一个单程。”

芮小丹说：“300 多公里的高速公路，还可以。”

韩楚风点点头，有确定和言谢的双重意思，然后歉意地说：“芮小姐，你来找我，我肯定会让你失望了。元英害怕女人是怕到骨子里了，教不得，斗不得，还不如花钱嫖娼来得明心见性。至于评价他这个人，我觉得有一句话就够了：元英是个明白人。”

芮小丹心里微微一颤，说不出是一种什么感觉。

5

当晚，芮小丹与韩楚风在夜巴黎大酒店面谈之后，晚上九点多韩楚风送芮小丹返回正天饭店。芮小丹稍事休息就按约定与肖亚文电话联系，两人在三里屯酒吧街见面。三里屯酒吧街是北京酒吧最有名气的地方，有纸醉金迷的歌舞场、有温馨浪漫的伊甸园、有高雅前卫的文化岛……无所不容。她们选择了一家名叫“密西西比河彼岸”的爵士酒吧，一边喝咖啡一边欣赏爵士乐演奏，感受着一种氛围、一种情绪。午夜，她们去北京著名的小吃街吃夜宵，一碗杏仁茶、一碟生煎包……从这头吃到那头。

芮小丹回到正天饭店休息时已经是深夜了，这一夜她躺在床上翻来覆去睡不着，她觉得自己与丁元英是站在一道峡谷对面的两个人，虽近在咫尺，而要走到一起却是如此遥远。

第二天上午十点，芮小丹收拾好自己的东西，按照与韩楚风约定的时间下楼，韩楚风和小赵已经在正天饭店的停车场等候了。韩楚风抽着烟，身旁停着两辆黑色轿车，一辆是正天总裁的奔驰 S600，一辆是韩楚风个人的宝马 730。

韩楚风等芮小丹走过来，拍了拍宝马车说：“就是这辆车，行车手续都在车里。”

芮小丹把挎包和买的几件新衣服放进车里，关上车门端详着车说：“真漂亮，我还从来没开过这么好的车。”

韩楚风笑了笑说："车况很好，你跑上几公里就不手生了。昨天我一直在想，你挂断元英电话的那个动作一定很漂亮，像个女侠。"

芮小丹客气地说："韩总，我这次来给你添麻烦了。"

韩楚风摆摆手，说："元英借钱的事你已经办了，我就不跟着添乱了，只给他带了30条烟和五万元零花钱。郑建时四月份回国的时候从安溪老家给他带了15斤铁观音，詹妮托建时给他带了20多张唱片，你回去一说他就知道。茶叶都是小袋真空包装，我一直放在冰柜里，品质不会有太大影响。"

芮小丹说："行。"

韩楚风说："你还得赶路，上车吧。"

芮小丹朝站在不远处的小赵摆了摆手示意道别，然后坐进车里发动车，系上安全带。她在检查行车证和养路费等上路手续时，发现车主的名字是韩楚风而并不是丁元英，但以自己时下的尴尬身份却也不便多问。

直到这时，韩楚风才以老大哥的语气交代了她几句话，说："元英不是个执着出人头地的人，有口饭吃就知足，喜欢清静，习惯一个人待着，这对女人而言是消极、孤僻，是不思进取。古城不是他的久留之地，他的资金在柏林被冻结了，得到1998年5月才能解冻，那时候他就有能力找个地方，买个房子，也许就这么无声无息过下去了。元英接受你，就意味着需要重新构建生活模式，这不是一件简单的事。"

韩楚风说完这番话后替她关上车门，挥挥手示意她开车。

芮小丹明白这番话的关照，落下车窗说了一句："谢谢！"她也向韩楚风挥了挥手，汽车打了一个弯儿驶出停车场，汇入了马路上的车流之中。

驶入全封闭的高速公路之后，大都市的喧嚣和繁华被远远地抛在了身后，眼前是辽阔的田野，农民正忙着夏收秋种。

芮小丹无心欣赏沿途的景色，她左手扶着方向盘，右手从提包里拿出墨镜戴上，落下车窗玻璃，强劲的风灌进车里，打在她的脸上。她回味着韩楚风刚刚说过的话，心里想：这个年代，执着出人头地并不难，难的恰恰是不执着出人头地。

第十二章

1

芮小丹到达古城是下午三点钟，快到南村小区时她用手机给丁元英打了个电话，一直没人接，这才突然想起他已经搬家了，于是掉转方向朝嘉禾园小区行驶，重新拨通新房子的电话，说韩楚风有东西带给他，请他下楼接一下。

汽车刚驶进嘉禾园小区，芮小丹远远地就看见丁元英站在楼下等着了，她在丁元英身边停下车。丁元英看着汽车，眼睛里闪过一丝困惑。

芮小丹下车，对丁元英笑了一下算是打招呼了，然后用钥匙打开后备厢盖，露出两个用胶带封好的纸箱，对他说："就是这两个箱子，你搬大的。"

丁元英搬起一只较大的纸箱先上楼了。

芮小丹背上自己的包，将汽车锁好，然后搬起另一只纸箱上楼，走到二楼时，丁元英又下来了，接过芮小丹手中的纸箱，两个人一起进到屋里。两人都知道，这是一个尴尬而微妙的时刻。

这套房子比南村小区的那套房子宽敞了许多，屋里的空调开着，一进门就感觉到了扑面而来的凉爽，家具的摆放基本按照原来的方式，因此有一个房间空着。由于刚搬进来的缘故，房间里的一些细节还没收拾。

丁元英放下箱子客气地说："你请坐。"

芮小丹坐下，把行车证和车钥匙一并放在茶几上说："韩楚风给你带了30条烟和五万块钱，铁观音是郑建时从老家带的，詹妮托郑建时给你带了20多张唱片。韩楚风让我把你的车开回来，可车主并不是你的名字，我也不好多问。"

丁元英沉默了片刻，说："楚风知道我不会开车，古城也用不着车。"

芮小丹一怔，问道："有问题吗？"

丁元英说："没有，是去年打赌他输的车，笑谈。"

芮小丹恍然大悟：丁元英不会开车，言下之意就是由她给丁元英开车。丁元英在古城没有用车的地方，唯一的就是生活用车。韩楚风在这个时候让她把车开回来，显然是用一种恰当而含蓄的方式向丁元英表明态度，承认她的存在。尽管芮小丹知道韩楚风的态度左右不了丁元英的决定，但心里还是升腾起一种感动。

丁元英说："欧阳雪来过了，钱已经给了她。我不会开车，也没地儿放，这车还得麻烦你给找个地方。"

芮小丹说："行，是我给你找麻烦了。"

丁元英用汽车钥匙划开纸箱上的封条，小纸箱里放的是整整一箱的三个五香烟和五万元现金，大纸箱里则装满了茶叶和唱片。

丁元英将唱片浏览了一遍，又拿剪刀打开一包铁观音倒在手上细看，脸上渐渐露出了笑容，说："好茶。"说着让芮小丹看，那种神情和动作就像是一个孩子在向别人炫耀自己的心爱之物，只见那些茶叶形似珍珠，粒粒饱满圆润，墨绿中隐隐透着油亮之色。

芮小丹说："我不懂茶道，看不出来。"

丁元英把茶几上的那只自动加热的小电热水壶拿起来，壶嘴突突地冒着蒸汽，他用开水将茶盅、公道杯、盖碗都烫了一遍，用红木制成的木勺舀上茶叶放进盖碗，冲入开水，用碗盖搅动几下，倒掉，再冲入开水，将泡好的汤汁透过滤网倒入公道杯，沉淀了一下，又倒入茶盅，再把这杯茶放在木制茶托上端到芮小丹面前。

芮小丹将杯子放在鼻端，一股清香就溢了出来，深吸一口气，香味直入肺腑，顿时感觉到神清气爽，禁不住说："好香！"她端起茶盅喝了一小口，立时满口余香，又接着说了两个字："好茶！"

丁元英端起茶盅一饮而尽，闭上眼睛品味了一下，赞许地点点头，放下茶盅，接着点上一支烟，满足地吸了一口。

芮小丹没有再喝那杯茶，拿起茶几上的行车证和车钥匙，站起身平静地看着丁元英的眼睛，平静地说："晚上我请你吃饭，等我电话。"

丁元英思忖了一下，问："去哪儿？"

芮小丹若隐若现地粲然一笑，说："别怕，今天没人跟你要饭钱了。"

2

芮小丹没有直接回家，而是先去了超市。

她平时就喜欢逛超市，喜欢那种自由、惬意的购物环境，即便什么都不买，看看也是一种享受。但是今天她却无心观赏那些琳琅满目的商品，而是提着购物篮直奔食品区，挑选已经盘算好的蔬菜、海鲜、肉食、茶叶，又去拿了几听高档啤酒，装了满满一篮子。

回到家，芮小丹把汽车停好，进屋就疲惫地躺在沙发上。

休息片刻，她起身到厨房开始做菜。她将菜肴按照自己的需要配置好，就留下最后一道炒的工序，然后把一道需要长时间细火慢煨的萝卜球扇贝汤放在火上炖着，腾出手去收拾房间。干完活，她打开热水器洗了个澡，用吹风机吹干头发后，这才坐在梳妆台前精心地化妆，接着是到卧室打开衣柜挑选衣服。

芮小丹选的是一件乳白色的纯棉衬衫和深色休闲长裤，这套服装的搭配与她那种独特的气质形成了浑然天成的效果。同样是乌黑的长发披在肩上，也同样是楚楚动人，只是她那双黑亮的眼睛少了几分平时的机敏，多了几分忧伤。

墙上的挂钟已经指向六点四十分了，她打电话通知丁元英20分钟后下楼，自己锁上门开车去嘉禾园小区。

丁元英在楼下等着，一言不发地被芮小丹带走了。

天黑了，路灯亮了，马路上充满各种喧闹的声音，风从开着的车窗吹进来，带着一股夏季的闷热气息。丁元英坐在后座上神情漠然地抽烟，直到汽车开进玫瑰园小区，丁元英才意识到吃饭的地点不是酒店。

丁元英跟着芮小丹进屋，打量着这套显得过分空荡的房子，自己到沙发上坐下。

芮小丹去厨房冲了一杯茶，连同一只空盘子放在丁元英面前，说："我给你准备了点儿西湖龙井，如果不合你的口味，你就将就着喝吧。我的烟缸已经扔了，你就用盘子吧。"

丁元英问："家里没人吗？"

芮小丹说："我父母离婚多年了，父亲在上海，母亲在法兰克福。这是我母亲落脚归乡的房子，其实古城已经没有亲人了。你先坐会儿，我去炒菜。"

一会儿工夫，芮小丹将做好的菜端出来，摆在茶几上，一盘虾仁拌西芹，一盘清炒西蓝花，最后才小心翼翼地端出一只砂锅，掀开锅盖，一股热腾腾的香气扑鼻而来，牛奶似的汤里面有一只只小圆球，看不出是什么东西。

她从砂锅里盛了一碗汤放在丁元英跟前，说："这是萝卜球扇贝汤，我跟饭店的大师傅学的，你尝尝味道。"

丁元英用小勺喝了一口，说："好汤。"

芮小丹倒了一杯啤酒递给丁元英，说："我不能喝酒，你喝。"

丁元英喝了一口啤酒，每样菜都尝了尝。

芮小丹问："你怎么看女人？说心底的那点儿东西。"

丁元英心里明白这是揭幕的前奏，于是坦率地说："女人是形式逻辑的典范，是辩证逻辑的障碍，我无意摧残女人，也不想被女人摧残。"

芮小丹说："女人就这么难养吗？"

丁元英说："红颜知己自古有之，这还得看男人是不是一杯好酒，自古又有几个男人能把自己酿到淡而又淡的名贵？这不是为之而可为的事，能混就混吧。"

芮小丹说："我想，以后我们像这样坐在一起的机会该是没有了。你是明白人，女人那点兜圈子的套路就免了，我今天请你来不为别的，就为履行个程序。"

丁元英知道迟早要经过这个程序，却不知道是以什么方式履行程序。

芮小丹站起来走进卧室关上门。过了片刻，当她走出来的时候，身上穿着一件月白色的丝绸睡袍，她缓步走到丁元英面前，轻轻一拉系着的腰带，那丝绸睡袍似水一样从身上滑落到地上，露出细腻、丰润的裸体，那美丽的曲线和动人魂魄的质感犹如浑然天成而又完美无瑕的白玉艺术品，每一寸肌肤、每一个细节都流淌着圣洁的光泽。

丁元英被这幅连魔鬼都无法亵渎的画面震撼了、惊呆了。

芮小丹平静地说："我把一个女人所能及的事都做了，包括我的廉耻和可能被你认为的淫荡，以后我就不遗憾了。现在你可以走了，结束了。"

丁元英久久凝视着芮小丹的裸体，冷静地说：“我是人，而且还没有进化到此时此刻可以无视本能。但是，我丁元英何德何能敢领受上苍这样的恩赐？”

他站起身，弯腰捡起那件睡衣，轻轻地给芮小丹裹在身上，又坐回到原处，望着她极其诚恳地说道：“你是一块玉，但我不是匠人，我不过是一个略懂投机之道的混子，充其量挣几个打发凡夫俗子的铜板。你要求的，是一种雄性文化的魂，我不能因为你没说出来而装不知道。接受你，就接受了一种高度，我没有这个自信。”

稍微停顿了一下，他说：“我自以为是有点学问的人，但是今天我得承认你给我上了一课，你让我用灵魂而不是文字去理解女人的圣洁。你这样做，是基于一种对应的人格，谢谢你能这样评价我，谢谢！”

丁元英说完起身向门口走去。

芮小丹伫立不动，说：“不能超越本能的男人，不算好汉。你让一个女人体验到了被征服的快感，谢谢你。”

房门悄无声息地在两个人之间关上了。

芮小丹猛地回头，已经不见了丁元英的身影，冰冷的门把他们隔在了两个世界里，彻骨的绝望仿佛使她的血液都凝固了，眼泪顺着脸颊淌下来。

3

芮小丹把头蒙在被子里，让自己尽情地哭泣，让泪水无拘无束地流淌。无论她怎样有心理准备，当这个结局来到的时候，她还是得用心碎去承受。

当她情绪渐渐平息一些的时候，她拿起电话打给欧阳雪。

欧阳雪听出了芮小丹的声音刚哭过，焦急地问：“小丹，出什么事了？”

芮小丹说：“丁元英刚走，都结束了，打个电话跟你说一声。”接着，她把刚才发生的事简单讲了几句。

欧阳雪在电话里沉默了好半天说不出话，显然无法理解这种极端之举，神情稍微镇定之后，她愤然而又讥讽地说：“你犯得着这么贱吗？”

芮小丹说：“贱吗？他要像狼一样扑过来那我就真贬值了，他这一走，倒让我看清楚我在他心里还值几两银子。”

欧阳雪说：“我不懂你们那种高层次的哑谜，换了我，早就恼羞成怒了。不过细想也有点道理，要是男人在那时候都能先想想责任，女人的日子就会好过点。”

芮小丹说：“这事你知道就行了，不说了。我挂了。”

“先别挂。”欧阳雪说，“股票的事我跟你说一声，我把你那 20 万也买成股票了，一共买了 70 万，就是说这钱已经和担保没关系了。”

芮小丹惊诧地说：“这不可以，犯规了。”

欧阳雪说：“可我心里承受不了，我要是那样，以后还怎么再往人堆儿里凑？到了这份上咱就充一回好汉吧，一看跌了咱就赶快逃哇。”

芮小丹说：“那你就碰运气吧，我这儿还有一桌子菜没收拾呢，不聊了。”

放下电话，她将桌上的酒菜收拾干净，又将厨房收拾干净，这才坐下来打开电脑，开始做她每天必修的功课。但是今天的日记她能写什么呢？她脑子里是一片空白，思绪漫无边际地飘荡，没有什么地方可以驻足。

她在日记里写道：你是那么执着于孤独吗？我就眼看着让你走了，可心在问我，那我又该怎么去疼你？

第十三章

1

炎热的夏天过去了，中秋节一天天临近。在这个秋高气爽的日子里，天空呈现清澈的蓝色，有丝絮般的云迹，又高又远，阳光无遮无拦地流泻下来。古城的大街上应时地出现了各种品牌的月饼广告，各种迹象都显示着“中秋节”这个象征团圆的节日即将到来。

芮小丹经过半个月的停职反省之后恢复了工作，她把全部的精力都投入到了紧张的工作中，把自己对丁元英的情感沉到了心底的最深处，成为一道内伤。

这天下午，刑警队在会议室召开周末例会，各专案组的负责人分别汇报工作，队长雷剑峰分析总结了一周的工作情况，对下一步的工作做了安排，最后说：“东郊出租车抢劫杀人案已经结案，这个组解散，阎守军、齐宏接手食品城盗窃案，周伟、芮小丹、徐东林到马王黑恶集团专案组。如果没有其他的问题，散会。”

周末例会结束后大家都散去，芮小丹回到办公室，周伟随后也来了，将“马王黑恶集团案”的材料放到她桌上说：“这材料我已经看过了，你看看，熟悉一下情况。”

芮小丹说：“行。”

她打开档案袋抽出材料翻阅起来，不时往记事本上做一些记录或提示。时间就这样不知不觉过去了，下班的时候同事们都走了，赵国强和周伟临走时叫她一起走，她说还有十几页就看完了，一个人留在办公室继续看材料。

马王黑恶集团是以马文涛、王明阳两人为首的黑恶势力犯罪集团。一号人物马文涛46岁，政法学院法律本科学历，原省检察院监察科科长，1986年辞职，同年在古城成立“名著图书文化有限公司”。此人社会阅历丰富，凶狠狡诈。二号人物王明阳38岁，美术学院本科学历，未婚，黑恶集团军师，此人精通法律和社会学，沉着、残忍，心理素质稳定，智商过人，曾亲自策划、指挥过12起恶性大案，内部人称“冷面诸葛”。

马王黑恶集团主要成员一共有19人，以文化公司为掩护大肆进行图书、音像制品的走私、盗版活动，已查明的犯罪金额接近11亿元，犯罪地区涉及全国16个大中城市。该集团内部为严肃纪律杀死一人，与其他城市黑帮火拼杀死两人、致残一人，抗拒执法重伤四人，报复杀死举报人和执法人员三人。马王黑恶集团的犯罪多在文化制品流通的其他城市，所以在古城并不为人所知，而“名著图书连锁店”以其高雅的文化形象和良好的服务态度在古城还有较好的口碑。

“马王黑恶集团案”是省公安厅非常关注的案子，由于该犯罪集团组织严密、个人素质较高，所以侦破工作很不顺利，目前只抓捕三人、击毙一人，尚有15名要犯在逃。

芮小丹全神贯注地看卷宗，直到光线很暗的时候她才发觉天已经黑了，起身打开电灯继续翻阅。这时她桌上的电话响了，是门岗值班员打来的，告诉她大门口有个30多岁的男人在等她，已经等几个小时了，问她什么时候能下班。

卷宗还有一点儿没看完，但大致的情况她已经了解了。她收起档案，关上灯、锁上门，经过刑警队值班室的时候与几个值班的同事打了招呼。她在心里纳闷：是谁在大门口等这么长时间呢？她想不出来。出了办公楼往大门远远一看她才知道，原来是冯世杰。

冯世杰等芮小丹走出大门，这才迎上几步神态窘迫地笑笑算打过招呼了。

芮小丹客气地说："对不起，不知道你在这儿等我。有事吗？"

冯世杰拘谨而恳切地说："是这样，你的音箱和机柜已经做好了，音箱正在调试。明天是大礼拜，我想请你去看看音箱和机柜满不满意，如果你觉得还可以就拉回来装机了，那堆机器压了叶晓明不少资金，他也挺着急。"

芮小丹说："叶晓明是商家，他应该把音响都装配好了再让我看。"

冯世杰解释道："他的音响店正在转让，店里除了货底已经不能再干什么了，一旦转让出去马上就得腾房子，在那儿调试音箱不合适，他把机器都放到木工房了，如果音箱有问题就地解决比较容易，到家里就困难了，场地和工具都不行，还是得再拉回来。"

芮小丹想了想，说："那就……明天上午去吧。"

冯世杰说："你定个时间地点，明天我去接你。你要觉得不方便就带上几个朋友。我没别的意思，我是说……"

芮小丹明白他的意思，说："明天上午九点我在玫瑰园小区北大门等你，路过维纳斯酒店接上欧阳雪，我们两个去就行了。"

"那好，就这么定了。"说完，冯世杰又问，"你现在去哪？我顺路送你一段，你等一下我先去把车开过来。"说着，他到大门旁边的停车场把汽车开出来。

芮小丹凭直觉觉得这事有点小题大做，这种似有似无的小题大做可以是一个人的性格或办事习惯，也可以是"微妙成分"的影子。她没有去多想，只是下意识地在脑子里闪过了一个微弱而模糊的感觉。尽管她不想搭这辆车，但出于礼貌还是上车了，说：“那就送我到维纳斯酒店，麻烦你了。”

到了维纳斯酒店芮小丹下车，冯世杰开车走了。

2

第二天上午古城起雾了，淡淡的雾像轻烟一般笼罩着树梢，稍远一点的景物都若隐若现地被雾包围，像浸在一杯被水冲淡了的牛奶里。芮小丹按约定准时到玫瑰园小区北大门口，冯世杰和欧阳雪已经先来一步，站在那辆切诺基吉普车旁边等候。

冯世杰的神态依然有些拘谨，打开车门说：“我出来早了，就先去接了欧阳小姐。今天有雾，咱们路上慢点走。”

三人都上了车，芮小丹和欧阳雪一起坐到后排。

王庙村距离古城市大约20公里，汽车下了环城路以后拐上了一条乡间柏油路，这条路尽管也是沥青铺成的，但是很窄，路面上积满了尘土，路的两旁堆着、晒着玉米、花生等一些农作物，使原本就不宽的路面更加狭窄了，田间地头随处可见下地干活儿的农民。20公里的路程走了一个多小时，到达王庙村时已经十点多了。

冯世杰并没有直接把车开到村里，而是开到了一片枣树林，将汽车停在枣林的一个窝棚前。举目望去，一大片枣树林铺展在眼前，朦胧薄雾笼罩的枣林，红红的枣子累累地挂满了树枝，将树枝都压弯了。枣林的地里除了枣树之外，大多都种着花生，也有零星的地块种了少许青菜，红枣与这些绿叶相衬，分外好看。空旷的田野一直延展到目所不及的天边，空气清新凉爽，没有城市的喧闹，看不见来去匆匆的人流。

枣林里有几个男人和妇女，有的在出花生，有的在摘枣。

芮小丹下车问："怎么到这儿来了？"

冯世杰所答非所问地指着地里出花生和摘枣的人解释说："这都是我们本家的，你们难得来一次，尝个新鲜，走的时候带点，都不是啥值钱的东西。"

欧阳雪敏感地说："冯先生，这从哪儿说起呢？"

冯世杰一边带着她们往枣林里走一边说："都是玩音响的发烧友，来了就是客嘛。本来我是想请你们尝尝农村的露水枣，可那得天不亮就出来，我怕你们误会就没敢说。咱这村是有名的贫困县里的贫困村，来个客人也真没啥好招待的。"

芮小丹这才清晰地意识到所谓看音箱是醉翁之意不在酒，但是已经来了，这个时候再说什么就已经不明智了。由于雾的关系，绿叶红枣上面凝结着晶莹的露珠，她摘了一颗带着露水的红枣，在手心里擦了擦，放进嘴里咬了一口，又脆又甜。

欧阳雪吃了一个，说："好脆，和买的枣还真不一样，就当是露水枣了。"

地里的妇女们拘谨地与芮小丹、欧阳雪她们打招呼。欧阳雪以前只听说过"打枣"这个词，但没见过真正的打枣，不解地问："冯先生，都说是打枣，怎么她们都是摘枣？"

冯世杰答道："打枣是用竿子敲，树下铺一大张塑料布，好的坏的都落下来。摘枣是只挑最好的，表皮也没有损伤，一般都是送礼。"

欧阳雪摘了几个又大又红的枣攥在手里，一边吃一边对冯世杰说："冯先生，这事你办得牵强了，一竿子到底吧，什么意思？"

冯世杰说："一会儿我带你们去看音箱机柜，这马上就到饭点儿了，到家里吃顿农村的饭也算尝个稀罕，我母亲和媳妇正在家里准备呢，吃完饭咱们就回去。其实我一直想请你们吃顿饭，今天到家门口了是个机会。不过，咱农村的饭和酒店的饭那可比不了。"

欧阳雪见芮小丹不言语，想必是心里有数，也就不再追问了。

他们在枣树林待了半个多小时，然后开车进了村子。芮小丹对冯世杰所说的“贫困县里的贫困村”才有了直观的感受。劣质的柏油路面残缺不全，道路两侧随处都能看到破旧不堪的土墙和长着荒草的老房子，玩耍的孩子穿着脏兮兮而又不合体的衣服，那是一幕只有在老电影里才能看到的凄凉景象。

冯世杰开着车从村子里走过时，一路不时有人跟他打招呼，他也家常地回应着。芮小丹从人们的神情和语调里能感觉到，人们是把冯世杰当成有钱的人仰慕着。

汽车开进一座虽然经过修修补补却仍然显得破落的院子，里面有几间房子，其中的一间是砖瓦结构的新房，墙面上用水泥和红漆画了一个不到一米高的十字架，有点儿宗教常识的人都知道，这是基督教的教堂。

教堂里传出来的是一个本地口音的女传教士传教的声音。

芮小丹和欧阳雪谁也没见过农村的基督教堂，冯世杰从她们的眼神里看出了好奇，停下车带她们走过去，只见教堂里面摆着一排排的长木凳，前面是一块大黑板，上面用粉笔写着：信主就能得解救，信主就能上天堂，幸福到永远……屋里聚集了 20 多个人，其中大部分是妇女，他们有着几乎同样虔诚的表情和神态以及因长年劳作而过早地显出衰老的皮肤。女传教士 30 多岁，正在给信徒读《圣经》。

门口的一个妇女低声问冯世杰：“你妈咋没来？”

冯世杰也低声回答：“家里来客人，做饭呢。”

妇女不满地嘀咕道：“光要自己的家，就不要主的家了。”

芮小丹和欧阳雪怕打扰传教，看一眼就出来了。

离教堂只有 20 多米远的几间房子就是木工作坊，里面有四个人正在干活儿，其中一个竟是叶晓明，但此刻的他像换了一个人似的，穿着一件不知从哪儿找来的旧工衣，脸上不像在音响店里见到的那样白净了，身上也挂了少许不知为何物的碎屑，他坐在一个半高的木凳子上翻阅着一本音响杂志，旁边放的全是万用表、电焊枪、螺丝刀之类装配音响的工具。其他三个人见冯世杰带着客人进来，便放下手里的活儿打招呼。经过介绍，他们是周国正、吴志明、李铁军，都是冯世杰一个村里的亲戚或朋友，年龄也都在二三十岁的样子。

屋里干活儿的人只有叶晓明跟芮小丹她们认识，他放下音响杂志站起来笑了笑说："这钱挣得真不容易，没想到会这么难。"

冯世杰插一句："那当然，这音箱比我那时候做的音箱复杂多了，根本不是一个档次，掂掂分量就不一样，一只就有18公斤，那还了得。"

这对音箱的大小与普通书架箱并无太大区别，但看上去非常结实，给人一种沉稳的、风吹雨打而不动的踏实感。箱体的颜色与丁元英的音箱一样都是黑色，漆面处理虽然还有个别细节不够精致，但几乎可以忽略，总体感觉确实很漂亮。音箱后面的八个接线柱没有用原套件的接线柱，而是专门定做的，大而精致，金灿灿的非常霸气。

机柜已经组装好了，八个仓位，颜色和漆面工艺与音箱的一样。机柜旁边码放着11台纸箱包装的音响机器和一个装满信号连接线的塑料袋。

叶晓明说："箱体用的是最好的板材，箱壁厚度32毫米，箱体全是用钢钎钉的，保你用一辈子不会生锈变形，漆面处理用的是钢琴漆的工艺，永远不会脱落，越擦越亮。16个接线柱是我擅自做主定做的，直径22毫米，高档无氧铜，24K加厚镀金，绝对是江湖霸主。这接线柱你要不落忍就给加600块钱成本，不给也行，谁让我擅自做主呢？别管谁用，只要经我的手就得做个有模有样的东西。"

芮小丹说："行，谢谢你。"

叶晓明说：“机柜肯定比丁先生的那台漂亮，尺寸虽然一样，但用料大，扎实。如果你觉得都还可以，我就把它拆成散件了，不然装不上车，吃完饭直接去你家组装。”

芮小丹说：“行，就照你说的办。”

3

离开木工作坊，汽车在村子狭窄的胡同里转了几个弯，停在一座普通宅院的门口，大铁门敞开着。冯世杰说：“这就是我老家，我父母都住在这里。”

这是一个标准的农家小院子，砖砌的围墙，红砖青瓦、坐北朝南的是正房，东边墙根下种着葡萄，搭着葡萄架。院子里长着的几棵碗口粗细、枝繁叶茂的槐树给小院撑起了一片阴凉，几只鸡在树荫下悠闲地啄来啄去寻找食物。

他们刚下车，就见一位年近60岁、面目慈祥的妇女和一个30岁左右的完全是都市装束的女子笑着迎了上来，在她们身后还跟着一位头发花白、身形消瘦的老人。冯世杰向芮小丹和欧阳雪介绍说：“这是我妈、我媳妇，这是我爸。”

芮小丹和欧阳雪礼貌地向老人问好。

冯母热情地说：“快进来坐，都进来。”

冯家院子中央摆着一张大方桌，四周放着长条木凳，桌子上面有花生、瓜子和水果。芮小丹他们刚一坐下，沏好的茶水就端上来了。冯母面带喜色，领着本家的一个妇女在厨房里张罗着做菜，进进出出中洋溢着一种热闹气氛。

冯世杰对芮小丹说：“你们先喝茶聊着，我去装车，马上就回来。”

大约过了20分钟冯世杰和叶晓明回来了。叶晓明和冯家的人显然很熟，一说一笑就好像这里也是他自己的家。

大家喝茶闲聊了几句，厨房那边就开始往这边上菜了，完全是农家风味的菜肴，摆了满满一桌子，却迟迟不见冯世杰的家人入座。

芮小丹问："大妈他们怎么不来吃饭？"

冯世杰说："他们不跟咱们一起吃，农村的老规矩。"说完指着桌上的一盘菜说："你们尝尝这个，可能你们没有吃过。"

芮小丹和欧阳雪都尝了一口，但都没吃出是什么东西。

冯世杰解释道："这叫煎灌肠，是本地的一种特产小吃，说白了就是穷人饭桌上的好东西，穷人买不起肉，就用猪血掺上面粉和盐灌到猪肠里，然后切成片用油煎着吃，权当是吃肉了。其实啥都不是，是穷啊。"

这顿饭显然是事先有所准备，在农家的待客习俗里已经是很高的规格，但是这顿饭吃的时间并不长，只半个小时就吃完了。饭桌上的每个人都知道，这顿饭吃了什么并不重要，重要的是通过这顿饭所传达出的某种信息。

吃过饭将要离开王庙村的时候，冯世杰本家的人不由分说将一袋子鲜枣和一袋子花生装上了车，几个人站在院子门口送客。这一幕给芮小丹留下了很深的印象，这个场面正如肖亚文所说：值这个规格的不是你，而是丁元英。

芮小丹禁不住心里暗自感叹，无论是韩楚风的高规格接待还是冯世杰的巧借机会热情款待，归根结底，都是因为自己是一个意图接近丁元英的女人，这使她既感到尴尬又感到悲哀，此时此刻，她才知道自己成了一件被人利用的工具。

4

返回古城的时候叶晓明跟车一起回来了，冯世杰为了避免冷场一边开车一边谈起了古城发烧友圈里的一些趣闻，到底是发烧友玩出来的，念发烧经一套接着一套。

冯世杰说：“我买音响的那年带了 8000 元去北京，整整转了七天哪，脚都磨出血泡了，每天住地下室啃方便面。音响买回来以后，我听了一天一夜没睡觉，夜里三点钟楼上楼下的人敲暖气管子向我抗议。那时候我那套音响在古城绝对是最霸气的，没想到这才几年哪，圈里的发烧友谁见了都说：这堆垃圾，赶紧从窗户扔出去吧。”

欧阳雪问：“你扔了吗？”

冯世杰说：“哪舍得呀，都是钱哪。那年我带了 300 块钱去北京买唱片，在几个唱片店转了一整天，钱都攥出汗了，到底也没舍得买，还是攥着钱回来了。”

芮小丹说：“那你的路费不就白花了。”

叶晓明插话说：“哪儿呀，都是搭便车。”

欧阳雪问：“你到城里几年了？”

冯世杰说：“我初中没上完就到城里跟师傅学电器修理，一晃十七八年了。我媳妇在银行工作，孩子才三岁，放到他姥姥那儿了。我在人民路开了个汽车美容店，也捎带着搞点电路修理、充气补胎什么的，日子马马虎虎还过得去。”

聊了一段路程之后，只要冯世杰没有话题车里就很快恢复沉寂，于是他又找到了一个新话题，说：“芮小姐，你还记得那个‘孤岛唱片’的老板吗？”

芮小丹说：“记得，叫刘冰。”

叶晓明说：“他可是恼着你了，本来他那店儿生意就不是太好，你把丁先生的唱片一断货他就更不好过了，我看他也撑不了多久了，早晚也得和我一样关门。”

欧阳雪说：“如果他那店就靠这个撑着，那还是关了吧。”

冯世杰说：“他这人干啥都没个常性，以前卖儿童服装，后来给人家开出租车，看见啥都折腾。他喜欢爵士乐，那东西神神道道的，我听不惯。”

……

他们就这样一边走着一边说着，不知不觉已进入市区，先到了维纳斯酒店。芮小丹下车后走到一边小声对欧阳雪说："车上的东西不收不合适，你让人去库房搬两箱酒装车上，不能让他空车回去。"

芮小丹和欧阳雪说话的时候，冯世杰和叶晓明已经抬着一袋枣往酒店里走，就在他们送到餐厅里一袋枣返回汽车又抬上另一袋花生往酒店里走的这个空当，欧阳雪带着两个小伙子每人搬着一箱酒放进车里。

冯世杰看见两箱酒，放好花生急忙跑回来，刚要从车里往下搬酒，被站在旁边的芮小丹挡住了，说："冯先生，礼尚往来嘛，不要客气了。"

冯世杰的脸一下子就被尴尬写满了，不知说什么是好。

芮小丹说："我和丁先生只是普通朋友，没有你想象的那种关系，即便有，你这样做也是对我不尊重，你把我当成什么了？"

冯世杰难为情地说："我……真没别的意思，就是……就是村里太穷了，我就是想找个高人给指条道儿，可丁先生这种人不是我们能够得着的。"

芮小丹说："很抱歉，我帮不了你。"

冯世杰说："对不起，是我冒昧了，真是对不起。但是这两箱酒说啥也得搬下来，这不是打我的脸吗？"

芮小丹说："现在不打你的脸就得打我的脸。男人的脸和女人的脸，你看看打哪个比较合适呢？"

冯世杰说："那当然不能打女人的脸。"

芮小丹说："那你就受点委屈了。"她说完，将汽车的后备厢盖关上，接着又说："你们先走一步，还在玫瑰园北大门碰头，我随后就到。"

冯世杰在一脸窘态中和叶晓明一起开车走了。

欧阳雪看着走远的汽车笑笑说:“看不出来，这小子还是个农村有志青年呢。”

芮小丹也笑了，说:“你把车钥匙给我，花生和枣你们留够了，剩下的装车上，我装完音响就挨家挨户给队里的人送去，放时间长就不鲜了。”

欧阳雪突然哈哈笑了起来，说:“你瞧你这脸蛋儿给你找的事，不过现在的高人是越来越多了，连家门都不报一下就把美女拿来使美人计了。”

芮小丹自嘲地说:“我这点色相连自己用着都不灵，还得让别人拿着当枪使。”

第十四章

1

芮小丹终于得到了她渴望已久的音响，这套音响不仅给房间平添了一份品位，也因为它与丁元英的不解之缘而成了她心底的一道内伤。她以为自己穷尽身心争取过就可以无悔而放下了，她以为履行过程序就可以心安了，但是，那种无以名状的痛楚却没有随着时间的流逝而淡化，反而在心底里悄悄增长、蔓延。

她真切品味了爱之苦，证到了心之地狱的真实不虚。为了逃避心苦，她将全部精力都投入到了紧张的工作当中，不愿让脑子静下来，难以忍受那种来自心底的痛，只有在夜深人静的时候她才把丁元英的面孔从心底浮现在脑海里，而伴随她的是音响里的《天国的女儿》和挥之不去的忧伤。

这天下午，古城下起了倾盆大雨，一道道闪电划破了乌云密布的天空，霹雳般的雷声仿佛就在头顶上炸开，天地间成了一片水的世界。

就在这个下雨的下午，刑警队侦查到了“马王黑恶集团案”的二号人物王明阳及手下七名同伙的藏匿地点，立即布置警力抓捕。王明阳一伙很快发现情况异常，迅速驾驶两辆轿车沿高速公路朝宜阳县方向逃窜，强行闯过公路检查站，残暴地开枪打死工作人员一名、重伤两名。在警方的围追堵截下，王明阳一伙弃车逃向高速公路东侧不远的一座砖窑场里，借助复杂地形负隅顽抗，这个地点位于宜阳县城北面，距古城 30 多公里。

刑警队 12 个人在队长雷剑峰的指挥下分三个方向朝砖窑场搜索靠近。

砖窑场的地形非常复杂，到处是一人多高的晾晒砖坯的墙和烧砖的窑洞。芮小丹在大雨中警惕地搜索前进，这时听到砖窑场东面传来了枪声，警方已经与罪犯交火了，警方的包围圈在一点点缩小，而公路那边也是警车一片，增援的警力已陆续赶到。

芮小丹沿一堵砖坯往响枪的方向靠近，就在她刚刚走出一堵砖坯的时候，突然，一个枪口从砖坯墙的另一侧伸出来顶到了她的头上。

芮小丹骤然一惊，心想：完了。随即她听到了一声果断而从容的扣动扳机的声音，然而意外的是，枪居然没有打响。她立刻意识到是颗臭弹，于是抓住这千分之一秒的机会，左手闪电般握住对方的手腕，侧身一个大背将对方摔倒在地，拧住他的胳膊夺下手枪，用枪顶住他的头，用腿将他死死压住，然后从腰间取出手铐。

芮小丹这才看清楚，此人不是别人，正是犯罪集团的二号人物王明阳。

正当芮小丹要将王明阳铐起来的时候，她猛然看见一个罪犯举枪正要向赵国强射击，因为赵国强正与另一个罪犯搏斗，那个举枪的罪犯不能瞄准射击目标。芮小丹手起枪响，一枪击中那个罪犯的头部，罪犯应声倒地，鲜血四溅。

被芮小丹摁在地上的王明阳看得清清楚楚，随口说了一声：“好枪法。”

芮小丹又气又好笑，心想都什么时候了这家伙还有心说这个。她迅速将王明阳的两只手铐住，这时赵国强已经把另一个罪犯制服了，他们把这两个人交给增援上来的武警，又继续朝响枪的地点奔去，那里已经有武警增援上去了，枪声响成一片。

砖窑场的围捕持续了半个多小时就结束了，击毙罪犯三人、击伤二人、生擒三人，警方无一伤亡。技术科的人在忙着现场勘验和给现场的罪犯尸体拍照，拍照过的尸体被抬到公路上的汽车里。现场的十几辆警车不停地闪烁着警灯，几十名武警、几十支枪在倾盆大雨和电闪雷鸣中显得威严而壮观。

现场清理之后队长下令收队，他们回到了高速公路上，武警和押解罪犯的车辆陆陆续续开始撤离。芮小丹站在桑塔纳警车旁边静静地看着眼前的一切，脑子里一片空白。

队长走了过来，说:“我都知道了，幸亏是颗臭弹。”

芮小丹喃喃地说:“我又杀人了。”

赵国强在一边说:“小姐，没搞错吧？你再慢点我就没命了。”

队长说:“还好，都过去了，王明阳还是个活的。小丹，你没事吧？”

芮小丹摇摇头，说:“队长，你们先走，能让我自己再待会儿吗？”

队长理解芮小丹作为女性的特殊心理，想了想说:“好吧，注意安全。回去以后先把湿衣服换了，别着凉。”

芮小丹站在雨中看着队长的警车走远了，这才坐进车里，把头埋在方向盘上，座位很快就被身上的雨水浸湿了，头上的雨水顺着长发往下淌。

大雨还在哗哗地下着，丝毫没有停下来的意思。

当芮小丹完全沉静下来的时候，这一刻她才真正从理性上体会到，死神又一次与她擦肩而过。她脑子里只有一个念头：如果刚才不是一颗臭弹，那她就再也见不到丁元英了。一想到可能再也见不到丁元英，她的心涌起了一股死一般的痛，眼泪默默地淌了下来。

感情的潮水不断在她内心撞击，她不知道自己是渐渐茫然了还是渐渐清醒了，下意识地拿出手机拨通了丁元英的电话。

“喂……”电话里传来了丁元英的声音。

就在丁元英的声音传进她耳朵的一瞬间，她的感情、她的绝望、她的心痛……像决堤的潮水一样倾泻而出，她“哇”的一声哭了。

丁元英紧张地问：“是芮小丹吗？出什么事了？”

芮小丹像一个受了委屈的孩子见到父亲一样大哭着说：“刚才我差点被打死，枪口就顶在我头上，是颗臭弹，我怕我死了以后就再也见不到你了……”

电话里沉默了。

芮小丹止住哭声，眼泪却仍然止不住地往下淌。

丁元英沉默了片刻，问道：“你在什么地方？”

芮小丹说：“在宜阳县城郊的高速公路上。”

丁元英又问：“路程有多少？回去走哪条路？”

芮小丹说：“30 多公里，进古城走北环路。”

丁元英说：“30 分钟后，我在北环路的路边等你。”

芮小丹呆住了，迟疑了片刻泣声问：“为什么？”

丁元英说：“此生得你红颜知己，足矣。”

丁元英说完挂了电话，而芮小丹关掉手机后突然有了一种虚脱的感觉。

2

由于大雨，路面上的雨水增加了车轮的阻力，能见度也很低，30 多公里的路程汽车行驶了近一个小时才到古城北环路。

一上北环路，芮小丹的目光就开始透过不断摆动着雨刷的风挡玻璃向路边搜索。她终于看见一个站在路边打着雨伞的模糊人影，她的心骤然狂跳起来，距离越来越近，她也看得越来越清，站在雨中的那个人正是丁元英。

她加大油门向丁元英冲去，接着是一个急刹车，接着从车上跳下来，接着是不顾一切地向丁元英跑过去，紧紧地将他抱住。

丁元英一只手举着雨伞，一只手爱抚地放到芮小丹头上。芮小丹把他手里的雨伞抓过来就扔掉了，好让他能用两只手将自己紧紧地揽入怀中。

这一刻，芮小丹的心被一种巨大的幸福充盈着，仿佛天地之间什么都不存在了，紧贴着丁元英湿淋淋的身体，她不由自主地失声哭了，所有的幸福、快乐、委屈，在这一刻都找到了接纳的地方。

疾驶而过的汽车溅起的雨水溅在他们早已被淋透了的身上，谁也没有留意。芮小丹把头埋在他怀里深深地呼吸了一下，压抑地说：“我刚才击毙了一个逃犯。”

丁元英心里一颤，这一颤里并不是心与心的理解，也不是男人与女人的感动，而是一种来自本能的不自觉的尊敬。当死亡、再生、刑罚、人道……交织在一起的时候，当这种复杂而残酷的感觉在同一时刻覆盖一个女人的时候，这个女人既没有亲历死亡的恐惧也没有成就英雄的豪迈，只有爱，只有对生命的敬畏。他什么也没说，只是一手抱住她的身子一手抚摸着她的头发，而爱抚和沉默胜过了所有的语言。

芮小丹沉醉了，在沉醉中她沉醉地说：“千言万语，赶快汇成一句话给我听。”

丁元英说：“好好干活儿。”

芮小丹一愣，马上明白了，羞涩地抬头看了他一眼说：“流氓！”然后踮起脚尖在他耳边轻轻地说：“走，回家。”

他们走到汽车旁边，芮小丹将丁元英推进副驾驶的座位，关上车门，然后她发动汽车朝玫瑰园小区疾驶而去。

停好车，芮小丹拉着丁元英的手疾步进了院子，打开房门后顺势用脚将门关上。

两个人沉醉在了长长的一吻里面，接着，芮小丹拉上所有的窗帘，又三下两下剥光了丁元英身上的湿衣服，一件一件扔到地板上，将他裹进被窝里。丁元英被大雨冻得冰凉的身体顿时感到了一种带有女性气息的温暖。

芮小丹到浴室用热水驱走了身体的寒冷，穿着那件丝绸睡衣坐到床边，顺手拧亮了床头的台灯，这时她才注意到丁元英的头发还是湿的，就拿了一条毛巾给他擦头发。

丁元英拉开芮小丹睡衣的腰带，睡衣敞开了，芮小丹丰满的乳房在柔和的灯光下随着急促的呼吸上下起伏着，散发出不可抗拒的诱惑力。他猛地抱住她，粗暴地将她压在身下。

灵与肉在这一刻交融了……

风暴般的激情在筋疲力尽之后渐渐平息，芮小丹白皙的脸上泛着红晕，更增添几分娇艳之色，她伏在丁元英身上，长长的睫毛微微颤动着，幸福地说："真想在这一刻，上帝把我们塑成一座雕像。"

丁元英说："那枪没响是老天给我机会，免了我负疚一辈子的苦。"

芮小丹陶醉地说："那还不如让那一枪响了，我就在你心里永恒了。"

丁元英说："衣服都湿透了，你去我那儿拿几件衣服，都在床头柜里。"

芮小丹起身从衣柜里找自己的衣服，穿好衣服将一件女式睡袍放到床上说："你要在屋里走走就裹上这个，别冻着。我得先回队里，下了班我去给你拿衣服。"

丁元英看了一眼睡袍往被子里缩了一下，那神态分明是说：成何体统。

芮小丹又拿出两本大影集和一个档案夹放到丁元英枕头边，吻了一下他的脸说："在家没事就看这个吧，我的情况都在里面，以后不许说你不了解我。乖乖待着，晚上我带你去逛小吃街。"说完，她拿上丁元英的房门钥匙匆匆关上门出去了。

丁元英倚在床头上打开档案夹，里面全都是各种证书和契约之类的文件，有警官大学的毕业证、律师执业资格证、警官授衔证、二等功嘉奖证、警官大学擒拿散打比赛女子组第三名证书、全省公安系统手枪射击比赛女子组第一名证书、四级英语证书、护照、德国永久居留签证、德语学时证书、街舞培训班结业证，等等。

档案夹里有几份空白的德国留学申请表和两份合同，合同文件一份是维纳斯酒店的股份协议书，一份是最近的嘉禾园小区的租房协议书。

芮小丹与欧阳雪的维纳斯酒店股份协议书签订时间是1989年4月，签约地点是北京中国警官大学女生宿舍，这就是说芮小丹早在上大学期间就已经投资维纳斯酒店了。协议显示芮小丹和欧阳雪各持有维纳斯酒店50%的股份，芮小丹不参与经营管理，欧阳雪以酒店利润的20%为动态酬金负责经营管理。协议显示的芮小丹一方的资金来源，是玫瑰园小区这套别墅的房屋抵押贷款。

这些证书和契约使丁元英对芮小丹有了一些更直观的了解，从中能看出她的勤奋、好学和超出一般女人的胆气。但是那张街舞培训班结业证让他有些困惑，他想象不出一个工作学习都非常紧张的女刑警怎么会有时间和兴趣去学跳街舞，他更想象不出以芮小丹的风度、气质在跳街舞时会是什么样子。

看完证书和契约，他把这些东西收进档案夹放到一边，翻开影集看芮小丹的照片，有她小时候在老房子照的，有在法兰克福上小学照的，有在古城上高中照的，也有在警官大学训练场照的，其中更多的照片是参加工作以后照的，这些照片也像一个小档案，记录了她的成长历程、亲人和社会关系。

影集里有一张五寸的照片引起了丁元英的兴趣，那是芮小丹牵着一条凶悍的大狼狗在一座山峰上拍的，山上的风很大，吹着她的长发和风衣，四周是群山和被山风吹动的树木，天上翻滚着阴沉的黑云，芮小丹忧郁而期待地凝望着远方，大狼狗张着嘴、伸着舌头、露出锋利的牙齿，一副凶悍而又乖乖的样子蹲在她身旁警觉地注视着前方。

丁元英想：这是一条警犬。他虽然不懂摄影，但是单凭感觉他就很喜欢这张照片，那是一种天使的美丽与狼狗的凶悍不对称地浑然一体的意境，让人心动。

3

古城刑警队的一号主审讯室里周伟、赵国强正在审讯王明阳，二号、三号的小审讯室同时在审讯其他两名“马王黑恶集团案”成员。队长和其他几个刑警在一号审讯室隔壁的机房里通过监视器的画面观察审讯室里的情况。

芮小丹走进机房，在别人的后面找了把椅子坐下，仔细地审视着这个被称为“冷血诸葛”的二号人物。王明阳比他的实际年龄显得年轻，戴着一副金丝边眼镜，白净、消瘦的脸上神色镇静、冷漠，丝毫没有一般犯人脸上的那种惊慌失措的表情，只看他文质彬彬的外表，很难与他所犯下的累累罪行联系起来。他浑身的衣服还是湿的，地上淌了一片水迹。

王明阳一直沉默着，始终不说一句话。

周伟用威慑的目光盯着王明阳，说：“不说话是没有用的，你那些事我们都掌握，现在就看你的态度，你是有文化的人，政策就不用我跟你多讲了。”

赵国强说：“王明阳，你现在唯一的出路就是老老实实地交代自己的罪行。”

王明阳还是沉默。

赵国强突然一拍桌子，厉声喝道：“敢做不敢当，你算什么汉子！”

这时王明阳开口了，却是不屑地说：“我不跟你这种没有修养的人讲话。”

赵国强愤怒地大声说道：“你还谈修养？你盗版走私杀人越货，你的修养在哪儿？”

王明阳将身体靠在椅背上，淡淡地说：“那是生存艺术，你不懂。”

周伟怒喝道：“顽固下去对你是没有好处的……”

王明阳嘴角挂着一丝冷笑，不再开口。

监视室里，队长神色凝重，缓缓地摇着头对身边的人说：“这样审下去不行，应该认真研究研究，找到一个合适的突破口。”

这次的审讯就这样结束了，办过了刑事拘留手续之后，芮小丹和五名刑警一起分两辆车将王明阳和另外两名案犯押往古城看守所。

4

傍晚，雨下得小了，但淅淅沥沥仍然没有停下来的迹象。

下了班，芮小丹乘中巴公共汽车到嘉禾园小区去给丁元英拿衣服鞋袜，然后去了一家大型超市买了一条三五香烟和两个漂亮的玻璃烟灰缸，匆匆赶回家，进屋后见丁元英还在被窝里等着，只见他侧身躺着，一只胳膊放在被子外面，另一只手托着头，那副凝神沉思的样子在她看来可爱极了。

她把衣服放到他身边问：“下午没睡会儿？”

“没有。”丁元英看着档案夹和影集说，“你很勤奋。”

芮小丹帮他穿衣服，说：“不是勤奋，是懈怠了没饭吃。”她给他穿上背心、衬衣，忽然依偎在他身上低声说：“抱着我……我今天还是打死了一个人，这是第二个了。”

丁元英说：“正法了一个罪犯包含打死了一个人，这就是法律价值。法理、道理都在那儿搁着，如果女性心理不适合刑警工作，那是性别问题。”

芮小丹说：“再干两年，就两年，我就去留学。”

丁元英问：“为什么是两年？为什么不是现在或者三年四年？”

这句话把芮小丹问得嫣然一笑，说：“再过两年我就老了，胳膊腿儿一不灵刑警队就不要我了。再过三四年就更老了，过了30岁申请留学就很难通过审批了。我喜欢刑警，能干一天是一天，可刑警这工作不适合女人，我也得早做打算，读个像样的法律学位，将来当个律师，总得给自己挣口饭吃。”

丁元英没再说什么，他看到的是一个完全人格独立的女人，她的现在以及她所设想的将来完全是她自己的生存支点，丝毫没有给“从属”与“依赖”留有空间。

沉默了一会儿，芮小丹起来说：“不想这些了，你不是爱喝工夫茶吗？待会儿我带你去吃古城的工夫面，你一定爱吃。”

芮小丹来到客厅把香烟、打火机和玻璃烟缸放到茶几上，又去厨房烧水，泡了一杯龙井茶端过来，这时丁元英正在客厅打开那套音响。

芮小丹放下茶杯说：“CD机里有唱片，还是你的那张。”

一曲《天国的女儿》播放出来，丁元英坐在沙发的正中央静静地听，然后又站到不同的角度听，过了一分多钟他问：“这套多少钱？”

芮小丹答道：“两万多一点，还行吗？”

丁元英说：“不是还行，是非常好，性价比很高。”

芮小丹把他推到沙发上坐下，骑到他腿上端过茶水喂他喝了一口，搂着他的脖子附到耳边轻轻地问：“那个，你好了吗？”

丁元英尴尬而坏坏地说：“顿悟天堂地狱的分别无二，证到极乐了。”

芮小丹笑了笑。

丁元英说：“有张照片我也想要，就是你和一只狼狗的那张。”

芮小丹说：“哦，那是我最喜欢的一张。我去洗一张大点的镶上镜框再给你，那条大狼狗就是你，好吗？没事我就牵着你遛遛。”

丁元英一笑说：“好，给扔口馒头就行。”

芮小丹从他腿上下来说：“你把这口水喝了，我去拿雨伞，现在就带你遛遛。”她把烟和打火机放进包里，去另一个房间拿雨伞。

丁元英接过雨伞跟芮小丹出门，走到门口随口一问：“工夫面馆就在附近吗？”

芮小丹说：“远着呢，但是到小区大门这段也得打伞哪。”

丁元英问：“那怎么不开车去？车不能开了吗？”

芮小丹说：“能开，在车库里，我不想开那辆车。”

丁元英问：“为什么？”

芮小丹觉得他的这个“为什么”倒是个问题了，说：“那种车是我能开的吗？”

丁元英拦住了她锁门的动作，说：“着相了。”

芮小丹没明白，问：“什么着相了？”

丁元英说：“佛教的一个术语，意思是执迷于表象而偏离本质。”

芮小丹犹豫了片刻，走过去打开车库门，开出那辆宝马轿车。

汽车在湿漉漉的马路上行驶发出“沙沙”的声音，蒙蒙细雨还在下，雨刮器慢速而有节奏地刮着风挡玻璃上的雨水，马路上倒映着夜幕下的灯光。因为开车这件事的微妙作用，两人在车里都没有说话，却都知道对方有话要说，都在等着对方先说。

终于还是芮小丹先开口了，她说：“你这样做让我很尴尬。怎么叫着相了？任何事物都得有一个体现它性质的相，只要着对了就是不着相。”

丁元英说：“行，离不二法门不远了。”

芮小丹欲言又止，默默无声地开车，沉默了许久之后沉静地说道：“元英，别让我觉得女人一脱裤子就什么都有了，给我留点儿尊重。”

丁元英心里在对她说：傻丫头，我对你不是尊重，是尊敬。

两人又沉默了片刻，芮小丹忽然笑了笑，问：“你和韩楚风打的什么赌？”

丁元英说：“正天总裁接班人的事。”他寥寥几语跟她讲了这件事，然后说：“朋友打赌这种事亦真亦不能真，这事先搁着，等以后找个机会再圆了。”

芮小丹说：“看不出，你们还有这种兴致。”

丁元英说：“我也看不出你还专门学过街舞，我想不出你跳街舞时是什么样子。”

芮小丹说：“你歧视街舞。”

丁元英说：“没有，只是觉得跟你的性格和工作有距离。”

芮小丹说：“工作需要，就学了。街舞是个非常随心所欲的舞蹈，能宣泄和张扬野性。你要好奇，哪天我跳给你看。”

两人说着，车就开到了“古风工夫面”馆。面馆内外灯火通明，门前密密麻麻停满了车辆，不断有客人进进出出。宽阔的大餐厅里人声嘈杂，像一个沸腾的会场，进门迎面是一个金匾，上写：古城一绝。餐厅的正前方墙壁上挂着一个横幅，写着“色鲜、香真、味正、形美”八个大字。芮小丹他们在服务生的引领下找了一张空桌子坐下，她从包里拿出烟和打火机放到丁元英面前。

丁元英四处一看，这才知道什么是工夫面。所谓工夫面就是手擀面条的一种特别精致的吃法，每张桌子有一只专门煮面条的锅，锅里是清水，不加任何调味，但是浇卤和小菜却有几十种之多，每次下锅的面条只有一口，每口面条都是刚出锅最新鲜的口感，每口面条都因不同的浇卤和小菜有不同的口味，把一口面条的境界吃到了极致。

片刻，全套的工夫面上桌了。芮小丹下了一口面条和几片青菜，稍煮了一会儿捞到一只小碗里，浇上卤配上小菜递给他，说：“就是这样吃，你尝尝。”

丁元英一口全扒进嘴里，还没下肚就说：“好！好吃！”

芮小丹望着他贪婪的吃相心里充满了恬静和幸福。

丁元英自己下了一口面条，说：“你也吃。”

此刻芮小丹就想这样静静地看着他，她摇摇头，看他吃了一锅又一锅，直到他自己都吃累了停下来歇歇，忽然问他：“你整天关在屋里受得了吗？就什么都不干吗？”

丁元英说：“上网，学习，什么都看看。”

芮小丹问：“研究什么？”

丁元英说：“谈不上研究，关注而已，对文化属性感兴趣。”

芮小丹问：“文化属性？没听过这个词，这个很重要吗？”

丁元英说：“透视社会依次有三个层面：技术、制度和文化。小到一个人，大到一个民族一个国家，任何一种命运归根结底都是那种文化属性的产物。强势文化造就强者，弱势文化造就弱者，这是规律，也可以理解为天道，不以人的意志为转移。”

芮小丹问：“什么是强势文化？什么又是弱势文化？”

丁元英说：“强势文化就是遵循事物规律的文化，弱势文化就是依赖强者的道德期望破格获取的文化，也是期望救主的文化。强势文化在武学上被称为‘秘籍’，而弱势文化由于易学、易懂、易用，成了流行品种。”

芮小丹把烟灰缸往他跟前推了推，免得他弹烟灰时落到旁边的食物上，说：“还是有学问的人会骂人，真尖刻。从字面上能理解一点，但知道又如何，怎么用呢？”

丁元英说：“无所用，无所不用。”

芮小丹说：“无所用，活个明白也行。无所不用呢？举个例子。”

丁元英想了一会儿，举例说：“比如说文化产业，文学、影视是扒拉灵魂的艺术，如果文学、影视的创作能破解更高思维空间的文化密码，那么它的功效就是启迪人的觉悟、震撼人的灵魂，这就是众生所需，就是功德、市场、名利，精神拯救的暴利与毒品麻醉的暴利完全等值，而且不必像贩毒那样要花招，没有心理成本和法律风险。”

芮小丹笑笑说：“那个我没看出来，倒是越看你越像个精装歹徒。”

丁元英说：“那个暴利不是由我决定的，是由人的主决定的，主让众生把他口袋里的钱掏出来，由不得他不掏，因为不是我让人有了灵，是上帝。”

芮小丹说：“你信主？”

丁元英说：“没有主，主义、主意从哪儿来？主无处不在，简单地说，支配人的价值取舍行为的那个东西就是主，就是文化属性。”

“不可思议。”芮小丹想了想，说，“比如一个心理素质非常稳定的死囚，如果知道了他头脑里的主，现在需要让他开口说话，有可能吗？”

丁元英说：“理论上讲只要判断正确就有可能，但在判断的实践上通常会有错误，所以可能的概率取决于错误的大小。”

芮小丹说：“今天差点打死我的那个人已经够判十次死刑了，常规的审讯已经根本不起作用，我能让他开口吗？”接着，她把王明阳的情况向丁元英介绍了一遍。

丁元英沉思了一会儿，说：“这个人需要一个句号，你可以帮他画一个。”

芮小丹问：“句号是什么？”

“灵魂归宿感。”丁元英解释说，“这是人性本能的需要，是人性，你帮他找块干净的地方归宿灵魂，他需要的不是忏悔，而是一个可以忏悔的理由。”

芮小丹问：“如果他不需要呢？”

丁元英说：“文明对于不能以人字来界定的人无能为力。”

“有道理。”芮小丹点点头，接着问，“那具体我该怎么做呢？”

丁元英又沉思了一会儿，说：“你至少需要三天的准备时间。”

芮小丹思索了一下，说：“好，我就申请三天，至少值得试试。”说着，她从包里拿出手机拨号，但是餐厅里的人声太嘈杂了，于是她走到餐厅外面打电话，过了十几分钟她打完电话回来坐下，把手机放回包里说：“好了，队长同意给我个机会，但愿别出丑。”

丁元英说：“死马当活马医，再糟，死马还能再死一回吗？”

的确，死马不能再死一回，但是死马还能再活一回吗？这显然是个矛盾。芮小丹不想再就这个问题探讨了，换了一个话题，问：“私募基金好好的，为什么停了？”

丁元英点上一支烟，答道：“股票的暴利并不产生于生产经营，而是产生于股票市场本身的投机性。它的运作动力是：

把你口袋里的钱装到我口袋里去。它的规则是：把大多数羊的肉填到极少数狼的嘴里。私募基金是从狼嘴里夹肉，这就要求你得比狼更黑更狠，但是心理成本也更高，而且又多了一重股市之外的风险。所以，得适可而止。”

芮小丹说：“真是魔鬼之道。”

丁元英说：“我没标榜过自己是好东西。”

芮小丹笑了，拿起筷子夹起一口面条下锅，喝了一口茶水，问他：“你不是说不想被女人摧残吗，怎么改主意了？”

丁元英在烟灰缸里拧灭烟头，说：“有招有数的感情，招数里是什么不去论它了。没招没数的感情，剩下的该是什么？”

芮小丹问：“是什么？”

丁元英答道：“就该是造物主给的那颗心了。”

芮小丹说：“这个我承受不起。如果你是那只狼狗，我已经是贪心的女人了。”

……

吃过晚饭，芮小丹把丁元英送回嘉禾园小区。

回到家，她在当晚的电脑日记里写道：你是什么人呢？你是我忍不住想疼的人，我把我积蓄了26年的能量在这一刻为你而迸发了。

我知道你要走，所以我珍惜疼你的每一天。

第十五章

1

古城看守所围墙高筑，高耸的监视塔和大门都站着全副武装的警卫，构成了一方圈禁罪恶的天地。刑警队的两辆警车停在看守所门口，队长雷剑峰和“马王黑恶集团案”专案组的成员来到看守所再次提审王明阳。芮小丹在丁元英的提示下经过三天的精心准备制订了一套审讯方案，今天担任王明阳的审讯员。

王明阳被狱警带进了审讯室，在专用的椅子上坐下，脸上那种冷漠的表情和镇定的态度与三天前似乎没有分别，他根本没有理会对面的女警官，他的目光毫无目的地停留在某个地方，似乎他的思想早已经飘出这十几平方米的审讯室。

芮小丹平静地问道：“王明阳，给了你三天的时间考虑，想好了没有？”

王明阳还是自己的那个套路，沉默。

芮小丹淡淡一笑，说：“你我枪口指着对方脑袋的时候都没害怕，怎么现在害怕了？”

王明阳这才收回目光，正视着芮小丹的眼睛，以同样平静的语气说：“更正一下，不是害怕，是说了多余。”

芮小丹问：“何谓多余？能解释一下吗？”

王明阳慢条斯理地说:“我说不说都是杀头，杀一次头与杀十次头没有分别。但是，我能从你们的无奈中获得不出卖他人的道义感，如此而已。”

芮小丹说:“很好，这说明你还有自我认同的需要，这是人性的特征，如果你连这个起码的需要都没有，我就有理由对你作为人的属性提出质疑。”

王明阳冷冷地说了一句:“激将法，不算高明。”

芮小丹沉着地说:“我也更正一下，不是激将，是说你还值得对话。杀一次头与杀十次头的确没有分别，但同理，法律的操作对一次以上的死刑忽略不计，我们也并非必须要听你说什么。所以，决定你那点满足与失落的权力不在你手里。”

王明阳不屑地一笑。

芮小丹接着说:“我不否认你的口供对本案的侦破有参考价值，但法律机器的运转不以口供为条件。尤其具体到本案，你的口供对量刑和侦破已经没有质的意义。”

王明阳反问道:“那你坐在这里干什么？”

芮小丹平和而庄重地说:“法律对程序和内容要求极限的严谨，但对一次以上的死刑忽略不计。我坐在这里，是法律和人道对我的工作要求，一是量化极限，二是给你的灵魂找一块净土，让你的精神站着。”

王明阳嘴角露出一丝轻蔑的微笑，说:“女士，说话不要太狂了。执法是你的职业，你尽可以执法谋生，但是与我王明阳谈经论道，你还不够资格。别拿你的职业去拔高你个人的规格，让人轻看。”

芮小丹平静地说:“这里不是擂台，你我既不是斗智也不是比学问，而是讲理。”

王明阳淡淡地问道:“讲谁的理？”

芮小丹说:“讲你的理，讲强盗的逻辑，如何？如果你连强盗的逻辑都讲不出来，那么法律要求的严谨极限对于你就只能量化到此了。”

王明阳说：“强盗的逻辑，直接获取，冒险，刺激。”

芮小丹针锋相对地说：“这样讲，似乎你还算一条好汉。但我以为，强盗的本质是破格获取，破格获取与直接获取是两个不同的概念。你们没有自信与强者在同一个规则下公平竞争，这只能说明你是弱者，因为弱势文化所追求的最高价值就是破格获取。所以，强盗的逻辑从本质上讲是最懦弱的生存哲学。所以，你不算好汉。”

王明阳心里一惊，他脸上的表情却丝毫没有变化，他有些不可思议地看着眼前这位年轻漂亮的女警官，她的语言一针见血直指事物本质，其丰富的学识和敏锐的思辨都不像是一般人，尤其不是一般女人所能具备。他不得不点点头，说：“我同意你的观点。那么，你给我找的那块净土在哪儿？请你拿出来让我看看。拯救灵魂是《圣经》的买卖，但是《圣经》不能让我臣服。你是否想让我觉得，你比《圣经》还神圣？”

芮小丹暗暗松了一口气，话题到此她心里更加有底了，于是不动声色地说：“我是微不足道的，但你既然讲到了《圣经》，那我们就从《圣经》谈起。至少你的态度告诉我，你还没有读懂《圣经》，所以你没有权利评价《圣经》。”

王明阳一扫起初的轻慢，心理上已经认定这位女警官在学识上是同一级别的对手，值得辩论一番，于是认真地说道：“《圣经》的理由是：因信着得救了，上天堂；因不信有罪了，下地狱。用这种哄孩子、吓孩子的方法让人去信，虽有利于基督教的实践，却也恰恰迎合了人的怕死的一面、贪婪的一面。这样的因果关系已经不给人以自觉、自省的机会，人连追求高尚的机会都没有，又何以高尚呢？”

芮小丹默默地看着王明阳，心想：以这个人的学识和素质，如果他不去犯罪，应该有一番作为，这样的人如果不是英雄，就一定是枭雄。

王明阳说完，等着芮小丹的回答。

芮小丹肯定了他的观点，说：“确实如你所说，如果神计划管理着人类历史的发展，那么饥饿、灾难、罪恶也该是神计划之中的事，所以人就有理由怀疑神是要拯救人还是要折腾人。如果神也是左手施舍的时候不让右手知道，那么全能的主就不需要这个永远的计划了，只需要以他的全能改变人性的罪性，注入人性的善性，人类就得以拯救了。但神没有这样做，神不想做无名救主，神需要报恩。”

当芮小丹在审讯室里与王明阳讨论《圣经》的时候，队长他们在监视室里全神贯注地看着审讯过程。赵国强一眼不眨地盯着显示屏自言自语道：“哎……有点门儿啊，平时真没看出来小丹还有这两下子。”

审讯室里，芮小丹与王明阳的讨论在继续进行。

王明阳说：“神是什么？神是根据人的需要造出来的。”

芮小丹说：“这就是《圣经》神学理论上存在的问题。《圣经》的教义如果不能经受逻辑学的检验，可能在实践上就会存在障碍。如果经受了逻辑学的检验，那表明神的思维即是人的思维，就会否定神性。换一种说法，神性如果附加上人性的期望值，神性就打了折扣。然而神性如果失去了人性的期望值，那么人还需要神吗？”

王明阳的脸上露出了一丝笑意，问道：“既然你我的观点一致，而我又没有资格评价《圣经》，那么，你的资格又是从哪儿掉下来的呢？”

芮小丹平静地说：“《圣经》神学是关于人类精神的学说，是关于人的灵魂净化、升华，人的行为高尚、正典的学说。一味地攻击或捍卫神的真实性与否，都是愚昧的表现。前者没有理解基督教的历史价值和社会价值，后者没有理解基督教的真正境界。”

王明阳说：“人类历史必须要穿越宗教隧道，可以理解。

但在当代历史条件下，《圣经》神学的社会价值在哪里？”

芮小丹说：“基督教的应许不以现实利益为交换，不参与社会利益的分配，这使得它能适应不同的生存空间，而它对信徒的道德要求无疑具有社会价值。”

王明阳轻蔑地问：“用哄孩子、吓孩子的方式？”

芮小丹说：“基督教相信，太高的道德平台需要太高的教育、太深的觉悟和太复杂的炼造过程，是一道靠人性本能很难迈进的窄门。于是，基督教便有了神与人的约，有了神的关于天国与火湖、永生与死亡的应许，让凡夫俗子因为恐惧死亡和向往天堂而守约。这是智与善的魔术，非读懂的人不能理解。但《圣经》告诉世人了，要进窄门。”

王明阳咄咄逼人地追问：“什么是窄门？”

芮小丹说：“不因上天堂与下地狱的因果关系而具有的极高人生境界，就是窄门。耶稣为拯救世人甘愿自己被钉在十字架上，是肉身的地狱，是灵魂的天堂。基督徒的得救缘于神的‘约’，缘于神的应许。但进不得窄门也同样缘于‘约’，缘于神的应许。窄门是基督道德理想的最高价值。”

王明阳无言以对，默默地看着芮小丹，眼睛里流露出钦佩的神色。

芮小丹说：“进了窄门，神立刻就会告诉你：我是不存在的，神就是你自己。但是，证到如此也并不究竟，神是什么？神即道，道法自然，如来。”

过了好一会儿，王明阳才惊叹地说了一句：“自愧弗如。”

芮小丹说：“《路加福音》里说：主啊，原谅他们，他们做的他们不知道。但此时此刻有一点你是知道的，你的生命需要一个让你的人性本能可以接受的句号。”

王明阳顿了一下，苍白地强调说：“好汉做事好汉当，我以生命赎罪了。”

芮小丹问道：“对一次以上的死刑，你拿什么赎罪？对于已经死去的亡灵和承受痛苦的生者，你拿什么赎罪？对于污染社会和败坏道德，你拿什么赎罪？”

王明阳说：“我讲了自己，就会连带出卖别人，这是一个心理问题，我的灵魂得到抚慰的本身就是我从这种出卖中得到的好处，我会看不起自己。”

芮小丹说：“出卖与背叛是两个概念。如果你是背叛邪恶，上帝都会加冕这种背叛。如果你的老大对一个将死之人清洗一下灵魂都不能理解，这种老大不评价也罢。现在摆在你面前的一个是无视江湖义气，一个是无视人性的尊严，你自己权衡。拿根稻草当柱子去支撑灵魂，至少让我觉得你对你的学识和智商不够尊重。”

王明阳沉思着，没有说话。

芮小丹说：“还人性一个清白，还社会一个公理，你的灵魂就得救了。”

王明阳问：“将死之人，得救了又有什么意义？”

芮小丹说：“一小时、一分钟都有意义。哪怕只有一分钟，人就有尊严了，上苍会赐你带着一颗纯净的心走进你灵魂的天国。”

王明阳故意以一种无赖的口吻问道：“如果我无视这些，就是不说呢？”

芮小丹盯着他的眼睛，用极其平静的口吻说：“文明对于不能以人字来界定的人无能为力，我除了鄙视和震惊，不会再有第三种反应。人的法则是，一颗阴暗的心永远托不起一张灿烂的脸，这不是卫道士的说教，这是人性。”

王明阳茫然地问：“天国在哪儿？”

芮小丹庄重地说：“天国在你心里。”

审讯室里的场面在审案过程中并不多见，几乎感觉不到审讯的气氛，更像是两个人在谈心。无论是王明阳的表情还是芮小丹的表情，都看不到对抗的成分。

王明阳折服了，有了一种欲将解脱的欣慰感，真诚地说："感谢上帝让我打你的那一枪是颗臭弹，谢谢你给了我一块净土。"

芮小丹说："想抽烟吗？我听说你抽三五烟。"

王明阳尴尬一笑说："我有自知之明，算了。"

芮小丹从公文包里拿出一包三五牌香烟和一只打火机走到王明阳跟前，递给他一支烟并给他点上，又回到座位。

王明阳说："谢谢。"

芮小丹说："不谢，这只是我对忏悔的人表达的一种态度。"

王明阳点燃香烟深深地吸了一口，平静地开始了自己的叙述。监控室里没有一个人说话，只有录音、录像设备在工作。

监视室里，队长皱着的眉头已经舒展开了，他已经看到了满意的结果，轻松地将身体靠在椅背上，说："我就不信，这丫头一夜就成精了。"

这次提审连续进行了八个小时，芮小丹和王明阳都没吃中午饭，当芮小丹走出审讯室的时候，已经是下午四点多钟了。

2

芮小丹下班后没有马上去找丁元英，而是沿着碧水河与大街之间的林荫小道独自漫步，她走了一段，在河边的石凳子上坐下，望着缓缓而流的河水凝神。

她在思考：他怎么知道哪只股票会涨？他怎么知道韩楚风打赌会输？他怎么知道王明阳会开口？如果说饮酒对诗、指定股票只是才气，那么给王明阳找一个忏悔的理由就没那么简单了。她不记得词典或辞海里有过"文化属性"这个词条，从字面上理解该是某种文化的性质、特点，她似有所悟，却又不得其解，而这个陌生的词已经引起她的注意，正是这个陌生的

“文化属性”让丁元英从欲望沉浮的名利场来到古城一个不为人知的角落，他是一个现实到不能再现实却又与现实格格不入的矛盾体。

她脑海里再次浮现出肖亚文说过的那些话：是魔、是鬼都可以，就是不是人……以我的智力，我理解不了这种人……他想一个人清静清静……他的每一个毛孔里都渗透着对世俗文化的居高临下的包容……丁元英这种人对女人没有意义，是女人就有贪嗔痴，没有贪嗔痴的女人是天国的女人……

她在河边想了很久很久，做出了一个连她自己都感到不可思议的决定。

她搭乘公交车先来到维纳斯酒店，此时正是夜幕降临的时候，酒店刚刚开始进入上人的高峰期，只见欧阳雪站在酒店门口和一位熟人在说着什么。欧阳雪见芮小丹来了，与那位熟人紧说了几句，那人就走开了。

欧阳雪上前说道：“这几天你真忙呀，连个电话都没有。”

芮小丹说：“恋爱了。”

欧阳雪惊讶地睁大眼睛说：“啊？这么大个事，怎么没跟我说一声？”

芮小丹笑笑说：“都死去活来了，能顾得上吗？”

欧阳雪说：“嘿，是我不识相了，第一时间得多忙啊，是顾不过来。”

芮小丹说：“我来开车，出去办点事。”

欧阳雪说：“那辆宝马呢？”

芮小丹说：“那种车是我能开的吗？”

欧阳雪从衣袋里拿出汽车钥匙递给她，说：“几天没见你了，吃了饭再走吧，你把恋爱经过跟姐姐汇报汇报，现在已经到饭点儿了。”

芮小丹笑道：“改天再向姐姐汇报，我已经和元英约好了一起吃晚饭。”

欧阳雪说："哎哟……都元英、元英地叫上了，好嘛！"

芮小丹问："如果股票真的挣钱了，你有什么打算？"

欧阳雪说："那还用打算？先把这辆破车换了。这次说什么也不能再买二手车了，让人家笑话。你是不是有想法？"

芮小丹说："元英整天这么闲着，得给他找点事干。古城不是他的久留之地，我也没奢望天长地久，让他干点事将来是个念想，有件事牵着也能多留他些日子。"

欧阳雪说："这才刚恋爱就盘算分手的事，太恐怖了，那还恋什么爱呀？再说，他连私募基金都不做了，你还能让他做什么？"欧阳雪特别加重了一下"你"字的语调。

芮小丹往汽车跟前走了几步，打开车门，转过身说："如果可能，我想就着王庙村那个茬儿让他出来干点事。"

欧阳雪惊讶了一下，脱口而出："扶贫？"

芮小丹更正道："不是扶贫，是搭冯世杰扶贫的车干点事，我知道该怎么做。"

欧阳雪说："不知道你怎么想的，你想筹多少钱？"

芮小丹说："看股票能挣多少，也看你能借给我多少，但是有一个底线，借你的钱不能超过我的酒店股份，必须是我能赔得起的数。我父亲的钱就先不管了，父女关系总有点要赖的资本。我管不住自己，就想贪一回。"

欧阳雪不解地问："贪什么？钱？"

芮小丹说："贪心。"

欧阳雪更疑惑了，说："你这种人……会贪心？"

芮小丹笑了笑，说："你要是换车，新车就别再算酒店的了，算你个人的。这辆旧车也别卖了，也算我个人的，分红的时候再扣我两万块钱。宝马不是咱们这阶层能开的车，元英在古城，有可能的话我还是想有辆车，有空带他出来溜达溜达。"

欧阳雪说："这车买的时候才四万，都开三年了还值四万哪？我看拿到车市上有没有人要都难说，你就让你那宝贝疙瘩坐这破车？”

芮小丹说：“到了我这儿，他就是穷人家的孩子了，有车坐就知足。”说着，她坐进车里发动着车，向欧阳雪招了一下手示意要走了，然后关上车门一踩油门发动汽车。

这时，欧阳雪忽然喊了一声：“小丹！”

芮小丹闻声随即一脚刹车站住，打开车门问：“怎么了？”

欧阳雪迟疑了一下，走过来扶着车门说：“小丹，这是不是就算开始了？”

芮小丹不解地问：“什么开始了？”

欧阳雪说：“从现在起咱们就算到了岔路口，以后就越走越远了。”

芮小丹心里一颤，这其中既有某种心绪的共鸣，更有一种亲情的感动。她刻意不经意地一笑说：“天！你想哪儿去了。”

一个“天”字驱散了欧阳雪眼神里的几许忧虑，她也笑了。

3

汽车在夜幕下的街灯里穿行，不多久就到了嘉禾园小区。芮小丹把车开到楼下，这才给丁元英打电话让他下楼。

丁元英下楼，见芮小丹站在汽车旁边用一种沉静而思虑的神态看着他，以为是对王明阳的审讯失败了，走过去说：“失败是常事，是我判断上有错误，不是你的错。”

芮小丹没有说话，默然打开车门坐进车里，等丁元英也上车了，她却没马上开车，而是扶着方向盘沉静地说：“元英，你是魔，是极品混混。”

丁元英明白了，说：“你要是真把这事看玄了，那就当真会出魔了。”

芮小丹说："神是道，道法自然，如来……这些连我自己都没明白的东西居然就把王明阳给蒙住了，你不只是会扒拉铜板，还会扒拉灵魂，现在我才知道你离我有多远。"

丁元英摇摇头，回应给芮小丹一个断然的否定，说："今天你既提到魔，我就跟你说句鬼话。你不知道你，所以你是你，如果你知道了你，你就不是你了。"

芮小丹沉静的神态丝毫没有因为丁元英一句让她根本听不懂的话而有所改变，既然是知道就不是，那就是不可知、无须知，也就更不必知道这句话与两人的距离究竟存在什么逻辑关系。她停顿了几秒钟，平静地问："元英，我可以跟你要个礼物吗？"

丁元英问："是我能做到的吗？"

芮小丹说："那点事，只要你想，你就能。"

丁元英说："那就没有问题了。"

芮小丹不再说什么，开车走了。

汽车驶出市区，下了环城路上了乡间的小柏油路。一轮明月挂在苍穹的边缘，银色的月光铺满了大地，照着这条绵延的小路。秋夜的星空晴朗透明，淡淡的白云像水波一样轻柔荡漾，很美。芮小丹不时地侧脸看一眼丁元英，心里充盈着忐忑的温馨。

丁元英终于忍不住问："这是去哪儿？"

芮小丹说："到了你就知道了。"

芮小丹凭着记忆穿过了一个又一个村庄，汽车开到了王庙村的村头停下，她自己下车四处眺望了一番，又沿着一条田间小路将汽车开上了河边的防洪堤。

丁元英下车，站在高高的河堤上望着不远处的村庄问："这是什么地方？"

月亮高照，柔和的月光把村庄笼罩在一片银黑的色调里，显得有些轮廓模糊。微风徐徐吹过，弥漫着一股田野特有的清新的气息。

芮小丹指着前方的村庄说:“这个村叫王庙村，是冯世杰的老家，有一百多户人家，是这个贫困县里最贫困的村子。这就是我跟你要的礼物，在这儿给我写一个神话。”

“神话？”丁元英一怔，在脑子里品味这两个字。

芮小丹说:“古城是留不住你的，我也没奢望天长地久。你给我留个念想，让我知道你曾经这样爱过我，我曾经这样做过女人，别让我把记忆都留在床上。”

丁元英沉思了片刻，说:“金银珠宝，不足以点缀你这样的女人。”

芮小丹轻轻摇摇头，淡然地说:“我没那么尊贵，我还没有清高到可以不谈钱，所以我努力工作养活自己。如果为钱，我会赤裸裸地在床上跟你要，不用跑到这儿跟你扭捏。跟你要汽车洋房，糟蹋你了。”

丁元英看了看芮小丹，眼神里投过一缕疑惑。

芮小丹问:“你知道你身上什么东西让我心动了？”

丁元英尴尬地说:“那个东西怎么好意思说呢。”

芮小丹一笑说:“想哪儿去了？低俗。”然后静静地说:“你身上有一种残酷的美，我愿意远远站在一边看着你，可你连私募基金都放弃了，还能对什么有兴趣？”

丁元英面无表情，下意识地将手伸进衣服口袋里去摸烟和打火机。烟和打火机都在芮小丹下车的时候装进了包里，她拿出来递给他。河堤上有风，丁元英用双手捂着打火机点上一支烟，默默地抽着，默默地望着眼前的村庄，脑子里不知在想些什么。

芮小丹说:“要做事就需要资本，如果股票真能赚到一倍以上的钱，我用酒店股份抵押至少能向欧阳雪借 30 万，我借父亲的钱先不还，再加上这个钱一倍以上的增值，理论上这一块你就有 70 万可以支配，这是个能赔得起的基数。即便股票略有亏损及时出逃，也能筹集到50万。钱多你想钱多的干法；钱少你想钱少的干法。我有工作，能养活自己，如果你真是扔块馒头就行，我连你也养活了。”

丁元英抽着烟思索了一会儿，说：“这世上原本就没什么神话，所谓的神话不过是常人的思维所不易理解的平常事。”

芮小丹说：“真是神的神，还神吗？但是如果要把几十万挨家挨户都发了，你吩咐我去做就行了，不必劳你大驾。按你的逻辑，王庙村这么穷应该是文化属性的必然产物，但是如果一个神话改变了这里，那你就得告诉我这又该是什么文化属性。”

丁元英仍然长久地沉思，等那支烟抽到只剩下三分之一的时候，他侧身向前挪了半步将芮小丹搂在怀里，抚摸着她的长发说：“聪明如你的女人，不多。奢华如你的女人，也不多。谢谢你这么在乎我。”

芮小丹心里涌起一股温柔，她把脸贴在他的胸前，说：“我就是在乎你，这事往最坏里说也能把你多留些日子。”

丁元英拍了拍她的头，换了一种轻松的口吻问：“拿了人家多少好处？”

芮小丹忍不住笑了，抬起头说：“一袋枣和一袋花生，还吃了人家一顿饭，但是我没那个觉悟，谁都别往这上面贴金。如果你有这个觉悟，那就另当别论了。”

丁元英说：“如果条件允许，这件事可以尝试，但肯定是个错误。”

芮小丹问：“为什么？”

丁元英说：“无论做什么，市场都不是一块无限大的蛋糕。神话的实质就是强力作用的杀富济贫，这就可能产生两个问题，一是杀富是不是破坏性开采市场资源？二是让井底的人扒着井沿看了一眼再掉下去是不是让他患上精神绝症？”

芮小丹说：“这事客观上毕竟是扶贫，难道扶贫还有错吗？

至于市场竞争，凡是合法的就是社会可以接受和允许存在的。先别去假设多么高的道德，站在一个警察的立场，这个社会只要人人能遵守法律就已经非常美好了。”

丁元英扔掉那个将要燃尽的烟头，意味深长地说：“行，先了解了解情况。”

芮小丹觉得，虽然此刻只是远远地在谈一种意向，但是“杀富济贫、精神绝症”这些词似乎已经让她嗅到了一股“招招见血、剑剑封喉”的寒气，或许这就是竞争？这就是人们所常说的商场如战场？

她挽住他的胳膊一伸手打开车门把他塞了进去，自己随即也上了车。临走时她又往车窗外看了看，那眼神似乎在说：今天是历史，这条河堤就是见证。

第十六章

1

古城人民路靠近西郊，这里集中了大大小小的五金电器和汽车维修门市，还有几家中小型的生活用品超市。冯世杰的汽车美容店在人民路的南端路东，主要经营汽车美容，也兼营汽车电路修理、安装汽车音响、充气补胎等杂项。

这天下午，汽车美容店的门前停着几辆汽车，几个身穿统一橘红色工作服的小伙子有的洗车、有的给汽车上蜡抛光。冯世杰也穿着与员工一样的工作服，只是他的工作服显得更旧一些，衣服上沾满了怎么也洗不掉的斑点油渍，他正在修理一辆黑色奥迪轿车的电路，两只手上都是油污。

这时，一辆桑塔纳警车开过来，冯世杰习惯地停下手里的活儿上前迎客，却忽然愣住了，从车里下来的不是顾客，而是身着警服的芮小丹。一种直觉的东西在他心里微微颤了一下，他热情而又拘谨地上前说道："芮小姐，你可是稀客呀。"

芮小丹寒暄里包含着询问，随和地问道："挺忙的吗？"

冯世杰谨慎地答道："还行，不是很忙。"

芮小丹直截了当地说："如果你对王庙村那件事还有兴趣，下午有时间可以去找丁元英谈谈，他在家里等你。他已经搬家了，现在住嘉禾园小区，这是地址。"她把一张早已准备好的纸条递给冯世杰。

冯世杰伸手接过来，他的手立刻在纸条上印上了一块黑黑的油渍，他看了一下地址，意识到这实际上是一个预示着某种可能性的信息，于是连声说："谢谢你，谢谢！"

芮小丹笑笑说："别谢我，我没那么仗义。"

冯世杰愣了一下，尴尬地说："嗬，看你这话说的。"

芮小丹说："我还有工作，就不打扰了，你忙吧。"说完她上了车，向冯世杰做了一个告辞的手势，开车走了。

冯世杰走到屋里把纸条放在桌上，拿起桌上的一团棉纱擦了擦手上的油污，点上一支烟坐在桌子旁边愣神，好像要从缭绕的烟雾中寻找答案。"谈谈"无疑是一个信号，意味着可能存在的机会，意味着仅仅通过一个人就可以获取与这个人的能力和社会阶层所连带的许多东西。也正是因为如此，这次谈话的重要性不言而喻。

想了一会儿，他拿起电话拨通了叶晓明的手机，先寒暄了一句："忙什么呢？"

叶晓明说："我和刘冰在音响店里，人家要动工装修了，通知我把货底拉走，我正要给你打电话呢，我想把货底先放你店里行吗？"

"行啊。"冯世杰答应过又问，"你找车了吗？"

叶晓明说："我待会儿叫辆出租车拉过去。"

冯世杰说："花那个钱干啥？我马上让车过去，我也正找你有事呢。"

叶晓明问："什么事？"

冯世杰说："刚才芮小姐来过了，丁先生约我下午去谈谈。"

"哦？"叶晓明颇感意外，仅从语气就能让冯世杰感觉到他对这个信息的关注，他停顿了一下说，"能谈就是好兆头，不可不当真，也不能全当真。"

冯世杰说："所以找你合计合计，见面再说吧。"

挂了电话，冯世杰出来把车钥匙递给一个正在洗车的小伙子说："小张，你到叶晓明店里把他的货底拉回来。"

小伙子把手里的高压洗车水枪交给别人，开上吉普车走了。

冯世杰又回到屋里，在库房打量了一会儿，腾出一块地方，这才又出去继续修车，心里却还在想着跟丁元英见面的事，同时也在琢磨刚才芮小丹那句"别谢我，我没那么仗义"的话，那是什么意思呢？他想来想去也没想透亮。

2

雅风音响行门前停着一辆承租方的蓝色双排座小卡车，几个民工有的从车上往下卸装修材料，有的正在拆卸原先门头上木头的支架，那块白底蓝字的"雅风发烧音响行"招牌已经被拆下来扔在了一边。大门右侧地上放着一些音响器材，叶晓明和刘冰一趟趟地从里面将那些音箱、功率放大器等东西搬出来放在门口。

小张开车过来了，把车停在双排座小卡车的后面，下车走向叶晓明。

叶晓明对刘冰说："你和小张先装车，屋里剩那点儿我自己就行了。"

店里的民工已经开始清理墙壁了，叶晓明抱着最后两台CD机向外走，抬头看见墙上写着的那行红字"誓为完美主义音响战至最后一兵一卒"，他不由自主地怔住了，只见尘屑飞扬之中，那行红字在装修工人的清除下变得支离破碎了，他的心像被什么尖锐的东西猛刺了一下，一股酸楚的滋味哽在胸腔。他嘴角露出一丝无奈的苦笑，而那些原本充满豪情和悲壮的字符在这一刻似乎也变成了一种无言的嘲讽。

他赶快走了出去。

东西已全部装上了车，刘冰在车上接过叶晓明手里的机器放好。叶晓明跟站在门口的新店主握了握手，说了几句生意场上的客套话，上车了。关车门的时候不知是无意还是因为失落，用力大了一些，车门发出嘭的一声闷响。

刘冰知道他心情不好，为了缓和气氛便开玩笑地说："嘿，嘿，哥哥，就算世杰是修车的咱也不能这样呀。"

汽车开动后，叶晓明摇摇头感叹道："玩高雅的钱不好挣啊。"

"呵呵，可谁不想玩高雅呢。"刘冰应了一句，然后问道，"啥事好兆头了？"

叶晓明说："就是你买他唱片的那个人，约世杰去谈谈。"

"哦——"刘冰半信半疑，说，"这人都穷得卖唱片了还能有什么实力？他没少到我店里送唱片，我怎么就没看出来他是个人物？"

叶晓明心不在焉地说了一句："你实在，除了钱看什么都没价值。"

汽车不一会儿就开到了汽车美容店，冯世杰还在修车，停下手里的活儿走过去对开车的小张说："卸车，地方我已经腾出来了。"

店里的人多，大家七手八脚就把货物搬进了屋里。卸完车，叶晓明和刘冰到水龙头跟前洗了洗手，然后来到冯世杰修车的旁边。

刘冰往发动机位置看了一眼随口问："啥毛病？"

"起动机坏了。"冯世杰答了一声，寒暄道，"你咋闲了？"

刘冰说："闲啥？给晓明帮忙呗。"

叶晓明说："他那儿又没生意，待着也是待着。"

冯世杰转入正题说："依你看，见了面该谈点什么？我心里真没个谱。"

叶晓明说："你是真糊涂还是装糊涂？发烧友的心是相通

的嘛，音响爱好搭台，招商引资唱戏，光脚的不怕穿鞋的，以诚相待呗。”

冯世杰说：“我还不知道光脚的不怕穿鞋的？可咱多少得有点想法吧？要是让你去王庙村帮农民种地，你去吗？”

叶晓明说：“还搞音响啊，咱不就是爱好这个嘛！他问你什么你就如实说什么，咱要有钱有势还用打他的主意？”

刘冰站在一边留心听着，生怕漏掉了哪句话。

冯世杰低着头把电路上的几颗螺丝上好，顺手将扳手放到保险杠上，抓起一团棉纱擦了擦手上的油渍对刘冰说：“帮个忙，上去发动一下试试。”

刘冰没上车，只是拉开车门把身子探进去，摸了一下排挡杆确定在空挡位置上，这才拧动车钥匙发动汽车，很顺利地就发动着了。

冯世杰从口袋里拿出香烟递给刘冰一支，自己也点上一支，对叶晓明说：“这事我刚才也琢磨了一会儿，我觉得最好咱俩一块儿去。”

叶晓明说：“人家是约你谈，又没约我，我去算什么？”

冯世杰说：“丁先生是什么人你比我清楚，这时候再扭捏你觉得有意思吗？我一个人也容易冷场，有你在场，这事成不成的以后都没啥可说。”

叶晓明想了想说：“那就……晚一会儿去，赶个饭点，请丁先生出来吃顿饭，成不成的也是个礼儿嘛。”

冯世杰这才觉得心里有点踏实了，说：“我去洗洗手换件衣服，先送刘冰回去，咱再出去转转找个合适的饭店，时间也就差不多了。”

刘冰说：“你们忙，不用管我，我就在这儿等着听信儿，晚上我请你们吃消夜。”

叶晓明瞟了刘冰一眼说：“哪儿跟哪儿呀？八字还没一撇呢。”

冯世杰也笑笑去屋里洗手换衣服了。

3

下午五点多钟将近傍晚的时候，冯世杰和叶晓明一起来到了丁元英的新居。毕竟在此之前有过接触，彼此之间并不显得有多少陌生。

丁元英请他们进屋落座，给他们递烟泡茶，几句寒暄过后他说：“我是外乡人，咱们萍水相逢都是音响的缘分，用圈里话说都是发烧友，如果我这人还能有点用处，那就挺好。客套话咱们不讲了，有什么就说什么。”

叶晓明尴尬地一笑说：“丁哥这么直爽，反倒让我们不好意思了。我们俩刚才转了转找了一家餐馆，想请丁哥吃顿饭。”

冯世杰注意到叶晓明是用“丁哥”称呼丁元英，这要比用“丁先生”更有人情味，而这时候再用“丁先生”就显得生分了。于是他也沿用了这个称呼，说：“上次在晓明的店里是我失礼了，当时就想请丁哥吃饭，没想到不但没请成，反倒是白吃了一顿，所以今天丁哥无论如何得给个面子。”

丁元英说：“我得知道这档子事的深浅。”

叶晓明说：“嘿，丁哥说哪儿去了！其实也没啥，就觉得丁哥是高人，想请丁哥给指条道儿。我和世杰都喜欢音响，能混的话还是想在音响方面混呗。”

冯世杰憨厚地一笑说：“我的想法芮小姐都知道，想必已经告诉丁哥了。”

丁元英沉思了片刻，说：“如果你们不忙的话，这顿饭还是我来请，买几个小菜咱们去王庙村，先四处走走，再叫上几个人喝酒聊天。”

叶晓明立刻明白了丁元英的用意，犹豫了一下说："丁哥要去，那就去吧。"

冯世杰马上掏出手机说："我给家里打个电话，让他们准备一下。"

丁元英摆摆手制止了他打电话，站起来说："聊天准备什么？随便点。"

三个人下了楼，冯世杰紧走几步为丁元英打开车门，汽车出了嘉禾园小区后向东拐了个弯，丁元英在小吃一条街买了一箱啤酒和一些卤鸭、腐竹、花生米之类的下酒小菜，然后他们驱车去了王庙村。当他们来到王庙村的时候，夕阳已经沉到了地平线以下，只留下最后一抹余晖在遥远的天际，这个小小的村庄在夕阳的余晖中呈现出一种远离现实的沉静，沉静之中又蕴藏着一派破败的凄凉。

冯世杰开着车熟练地在窄得勉强能容一辆车通过的小胡同里穿行，车开到冯世杰家的院门前停下。冯世杰的父母已经吃过晚饭，正在院子里跟两个来串门儿的亲戚坐着说话，见儿子带着客人回来，忙站起来迎接。叶晓明搬着一箱啤酒、冯世杰提着一塑料袋小菜与丁元英一起进了院子。叶晓明和冯家很熟，跟两位老人打过招呼就把啤酒搬到厨房去了。

冯世杰把丁元英介绍给父母，说："爸，妈，这是我朋友丁哥。"

丁元英礼貌地称呼道："大叔、大妈。"

冯世杰把手里的菜交给母亲，说："妈，我们还没吃饭呢。"

冯母接过菜说："你们先坐着说话，我这就去做饭。"

那两个串门儿的亲戚要走，冯世杰叫住了其中那个年轻人，说："国正，你去把志明和铁军叫来，咱几个陪丁哥喝酒。"

周国正答应着走了。

冯世杰对丁元英说："丁哥，趁这会儿没事出去走走？"

叶晓明说："我就不去了，我在这儿把酒菜摆上。"

于是，丁元英跟着冯世杰出了冯家院子。王庙村有一百多户人家，村里也只有两条十字相交的主街道。他们沿街漫步，冯世杰在向丁元英介绍村里情况的同时，也不时地回应一些跟他打招呼的乡亲。两个人没用多长时间就把村里转了一遍，这时候天色已经黑下来了，丁元英看到的是街上有几盏昏黄的路灯亮着，是坑洼不平的路面、东拉西扯的电线和破旧的老房子，情形跟芮小丹形容的基本一致。

转完了街道，冯世杰特意把丁元英带到几乎闲置的村民委员会、废弃的小学校、基督教堂和那间不久前曾经给芮小丹做过音箱的木工作坊。丁元英对王庙村的地形村貌、人口状况和经济状况有了一个初步的了解，他对男人娶不起媳妇和孩子上不起学之类的情况并不感到稀奇，但是有些人家居然穷到连一年四元钱的水费都交不起，这让他感到吃惊。

返回冯家的路上丁元英问："这村子里有没有在哪方面有技术专长的人？"

冯世杰答道："不多，能说得上话的就更少了。周国正、吴志明和李铁军几个人会点木匠活儿，志明的技术好一点。国正以前在县里的翻砂厂干过，后来厂子倒闭就回来了，就是你刚才在院子里见到的那个小伙子，听说技术不错，当时在厂里是生产骨干。再有就是村东头的刘大爷以前在古城机械修造厂干车工，早就退休了，现在也是在家里种地。"

丁元英问："这几个人跟你都是什么关系？"

冯世杰回答："远近都沾点亲，农村差不多都这样。丁哥的意思我明白，我说的这几个人都是我很了解也比较说得来的人，都是实实在在的庄稼人。"

丁元英点点头，说："一会儿把刘大爷也请来。"

回到冯世杰家，吴志明、周国正、李铁军几个人已经到了，院子里西厢房的房檐下挂了一只灯泡，光线虽不是很亮堂，但喝酒聊天是够用了。当院摆了一张圆桌，啤酒、酒杯和下酒小菜也已经摆好。

冯世杰给丁元英一一做了介绍，然后对李铁军说："铁军，你去把刘大爷请来。"

"哎。"李铁军答应一声，马上就去了。

几个人围桌而坐，但谁也没有动筷子。冯世杰说："丁哥，咱先喝吧，不用等了。"

丁元英拿出烟给每人递了一支，说："不忙，等等刘大爷。"

大伙儿抽着烟闲聊，过了十多分钟李铁军把刘大爷请来了。刘大爷六十多岁，头发已经花白，微微有些驼背，但身板很硬朗，穿着一件灰布衣裳，黑黝黝的脸上刻满了皱纹，眉宇之间透着一股庄稼人的朴实，几乎看不出是从工厂里退休的老工人。丁元英礼貌地站起来与刘大爷打招呼，给老人让座。

冯世杰等人都坐齐了，端起酒杯说："丁哥是我朋友，今天能到家里来我特别高兴。丁哥想找人喝酒聊天，我就把大伙儿请来了，没别的意思，喝酒闲聊，能喝的多喝，不能喝的少喝，喝好就行。来，先干一杯。"

大家纷纷举杯，一场不寻常的喝酒聊天就这样在一个农家小院里开始了。

丁元英给刘大爷倒酒，说："大爷，身子骨挺好？"

刘大爷用粗糙的大手拘谨地扶着酒杯表示礼貌，说："还行，庄稼活儿还能干点儿。"

丁元英像唠家常一样问："听说刘大爷是车工，干了多少年头？"

刘大爷说："从十六岁学徒一直干到退休，干别的咱不会，没文化。"

丁元英又问："咱村的地够种不够？"

李铁军插了一句，说："人均还不到两亩地，够啥？"

吴志明一杯啤酒下肚话头就来了，放下筷子说："够种又能咋样？就算有地，现在种地哪还有赚头，这费那费一扣，能落个填饱肚子就不错了，真不如出去打工。”

李铁军摇摇头说：“我出去打了三年工，落住啥了？你也得能找到活儿呀，就算找到了活儿你也得能拿到工钱哪，等好不容易拿到了工钱，路费吃住一除你还能剩几个？打工的太多了，你要找不到活儿还得往里赔呢。”

半天不吭声的周国正冒了一句：“妈的，一膀子力气没地儿使，这是啥事呀。”

丁元英问道：“世杰说你在县里的翻砂厂干过，那厂子为什么关了？”

周国正不屑地一笑说：“县里的国营翻砂厂生产普通农机具怎么能跟人家私人的翻砂厂竞争？又不是精密铸造，也不是高技术，人家私人当院搭个棚立个灶，凑个一两万块钱就干上了。国营厂的摊子多大？本来就是当官儿的多干活儿的少，干活儿的再出工不出力，你想那会是啥成本？谁来买你的东西？不关门才怪呢。”

冯世杰见丁元英只顾聊天没动筷子，就说：“丁哥，别光顾着说话，吃点东西。”

丁元英吃了几口菜，喝了一口啤酒，接着又跟大家东拉西扯地聊。

……

这天晚上酒桌上的气氛很热烈，大家围绕着农村的现状、各自的家庭、各人的苦恼以及思变的愿望等话题谈了很多，丁元英从大家无拘无束的牢骚、议论和无可奈何的叹息里了解到了许多情况，离开王庙村回到古城的时候已经是夜里十一点多钟了，冯世杰把丁元英送回嘉禾园小区，一直送到楼下。

丁元英在楼下临分手时说：“想干什么和能干什么是两码事，得根据条件判断，但有一点现在就可以肯定，无论从哪儿拉资金都会有个投资方的风险控制和资本权利问题，如果与你们的期望距离太大，现在的工作可能就没有意义。”

叶晓明问：“丁哥的意思是不是说投资方需要控股？”

丁元英说：“投资方至少应该持有51%的股权，以保证投资方在决策权上最大限度规避投资风险，在这个基础上才有可能给你们的股份垫资，或者叫借给你们资金入股，这就意味着无论给你们垫资多少，你们的股份总和不会超过49%，我不知道这会与你们的期望值有多大距离。”

冯世杰立刻表态说：“这还想啥？求之不得呢！”

叶晓明说：“我也没意见，起码有资金、有事业了。”

丁元英点点头，说：“我对音响市场的情况不了解，这几天先到网上看看，你们也把掌握的资料汇总一下送来。股份的事怎么分配，你们商量着拿个意见。”

叶晓明说：“好，我们商量商量。我那儿有不少资料，明天我收集一下给送来。天太晚了，丁哥早点休息，我们也回去了。”

丁元英等他们上车走了，这才上楼去。

4

从嘉禾园小区出来，两个人的情绪都处在一种亢奋状态，丝毫没有觉得困倦，一种近得几乎可以触摸到的希望在他们的心里升腾，此时的心情就像秋夜的星空明朗而悠远。

午夜时分，大街上的车辆已经稀少了，冯世杰驾车行驶在通畅的马路上，眼看前面快到一个路口了，问道：“我是送你回去还是到我那儿再聊会儿？”

叶晓明说：“回去也睡不着，去你那儿再聊会儿。”

冯世杰说：“都快十二点了，你说刘冰会不会还在店里等着？”

叶晓明说：“可能会，这种事要掺和就得赶第一时间，不用谁去教。”

果然，汽车驶入人民路不久冯世杰就远远地望见汽车美容店的大门敞开，店里店外灯火通明，刘冰和店里的两个小伙子坐在门口闲聊。刘冰显然一直注意着从正面方向驶过来的汽车，当他确认冯世杰的车过来了便马上起身到路边等着，其心情不言而喻。

汽车在路边还没停稳刘冰就凑到车窗前问：“怎么这么晚才回来？谈得咋样？”

冯世杰拉上手刹说：“陪丁哥去了趟王庙村，可能有戏。”

叶晓明说：“你就一直在这儿等着？”

一句“丁哥”的称呼已经让刘冰感觉到几分事态，他加重语气说：“我哪敢走啊？说好了请你们吃消夜。”

冯世杰看了看叶晓明，说：“在那儿光顾说话了，其实晚上还真没吃啥。要不咱到夜市找点啥吃的？总比在这儿干坐着强。”

叶晓明说：“行啊，不过先说好了，我请客。”

刘冰立刻敏感地质问：“你什么意思？”

叶晓明笑笑说：“我害怕。”

冯世杰吩咐两个员工关门休息，三个人又开车来到南华街夜市。

南华街夜市正是热闹的时候，各种食物的香气在微凉的风中飘荡着，摊主一边大声向过往的行人招揽生意，一边熟练地掂着手里的炒勺，油锅里嗞嗞啦啦的响声和呼呼腾起的火苗显得格外地引人食欲。

他们在一个家常小炒的摊位坐下，点了两个凉菜、两个热炒和三瓶啤酒。

刘冰问：“咋样啊？说说。”

冯世杰点上一支烟抽了一口说：“丁哥去村里看了看，跟村里的几个人聊了聊，刚才送丁哥的时候在楼下谈到了股份的事，就这些。至于干啥现在还不好说，丁哥现在主要是了解情况，总归是和音响有关系。”

菜上齐了，刘冰倒上啤酒喝了一口，说:“咱们可都是一个圈儿里的弟兄，这么多年的交情了，有什么好事可别忘了给兄弟留口汤喝。”

叶晓明说:“不敢喝你的酒就是怕这个，咱是找人家帮忙，八字还没一撇呢，干啥也不知道。你跟丁哥这么熟，真想掺和这事，你觉得我们替你去说合适吗？”

冯世杰说:“就是，要说还是你和丁哥最熟，再拐个弯就拿捏了。”

刘冰喝了半杯啤酒，吃了口菜，像是自言自语又像是要说服谁，念叨说:“我对丁哥说不上有恩起码也算帮过他，不管啥原因吧，他在作难的时候我帮他卖过三百多张唱片，等于帮他变现了 1.7 万多块钱呢。”

冯世杰和叶晓明都笑了起来，笑的意思不言而喻。冯世杰说:“你要跟丁哥说这个就有点不着调了，你那也叫帮忙？做生意都显黑了点。”

刘冰也觉得这话说得有些不着调了，嘿嘿笑了笑。

叶晓明一边慢条斯理地吃着喝着，一边说:“不管干什么，也不管事大事小，钱不够人家可以给咱垫资，但是出大头资金的这一方得控股，咱们这边总共只有 49%的股份，多个人头就多分出去一份。”

刘冰拱手抱拳说:“兄弟明白！兄弟明白！”

叶晓明说:“你要是真觉得没底，我给你支个着儿。你也学学世杰，去找芮小丹，毕竟都是古城人，好说话。”

刘冰满腹疑虑地说:“人家是干啥的？咱能够着跟人家说话？再说她把丁先生在我那儿的唱片都收购回去了，对我肯定没好印象，我找她帮忙能行吗？”

冯世杰说："芮小丹不是那种小度量的人，虽然她不一定会管这事，但是我觉得你从她那儿走走过场都管用。"

刘冰说："我觉得，只要是你们俩想干的事肯定错不了。我那店盘出去差不多也能有三万块钱，如果算我一份，我把店里的钱都投进来。"

冯世杰说："你那店再开下去连个桌子腿都剩不下了。"

叶晓明沉思了一会儿，问道："世杰，这事要是当真干了，你打算出多少钱？"

冯世杰不假思索地说："事是我挑的，有多少出多少呗，我估计能有个十几万吧。人家是帮咱做事，咱要是留一手就不地道了。"

叶晓明点点头说："是啊。可我手里那点钱加上货底也就六七万，拿不出手哇，也不知道人家这种高人一出手得是多大个摊子。"

冯世杰冲着叶晓明笑了笑，说："你不是说光脚的不怕穿鞋的嘛，要是到头来光脚的是他穿鞋的是咱，那可就闹笑话了。"

刘冰疑惑不解地说："我就这点不明白，丁先生真是高人吗？他都穷到卖唱片了，拿什么投资？会不会是骗子？"

……

三个人边吃边聊，度过了一个兴奋而又夹杂着猜疑的夜晚。

第十七章

1

刘冰的家住在古城河东新村32栋楼四单元一楼，这是一个80年代初建的居民小区，几十栋六层式楼房从外表看上去都一模一样。刘冰家的房子是75平方米户型，和所有的一楼住户一样在自家前面围了院子，盖起了小平房，小平房足有30多平方米，从里面隔成两间。刘冰一家四口人，妹妹已经出嫁了，父母退休在家，家里的房子本来够住，而刘冰却执意住在平房里，他更追求一个封闭的、可以发烧音响的环境。

刘冰住在平房里，跟其他家庭不同的是，他的平房与父母的房子完全隔离，唯一连通的一扇门也被他用砖墙封堵了，这使得他每天吃饭的时候都要多绕道十几米才能到家。他的两间房子一间用来做音响室，一间是卧室。音响室的设计虽然用的都是廉价的普通材料，但是做得很专业，对声音的共振、反射、扩散、隔音都做了处理，一看就是典型的发烧友。卧室里的布置也颇有音乐氛围，墙上挂有指挥大师和著名歌手的海报，电脑旁边放着音响和唱片方面的杂志，电脑上方挂着一张黑色胶木老唱片。

昨天晚上刘冰和叶晓明、冯世杰在南华街夜市喝酒聊天，深夜两点多才回家睡觉，凌晨四点就被一阵闹钟的铃声惊醒了，这是隔壁邻居赵阿姨每天早上扫马路的工作时间，接着是往三轮车上装工具的声音，然后院子的门开了又关，随后一切恢复了平静。

刘冰平常对这个声音已经习惯了，惊醒之后很快就能继续入睡，成了固定程序。但是今天他睡不着了，在黑暗中翻了个身，伸手在床头柜上摸到了香烟点燃，一边抽烟一边想自己的心事，烟头上那一点红光在黑暗中时亮时暗地闪烁着。

他生活在这个普通的工人家庭，父母有固定的退休金和医疗保险，他自己一直做点不固定的营生，没什么家庭负担，拮据的时候还时常能得到点父母的贴补。对他自己而言，生活说不上好，也说不上不好。这些年他做过不少事情，在酒店当过服务生，开过出租车，与人合伙卖过服装，现在经营一个小唱片店，都是挣几个小钱，而他的梦想是挣大钱，是过上流社会的生活。但是，那只是一个与很多人都一样的梦想，遥不可及。现实的情况是，他的唱片店生意越来越惨淡，盗版的不敢卖，正版的不挣钱，眼看就支撑不下去了。

自己能干什么呢？这对他来说一直是个问题。

刘冰清楚地记得他与丁元英第一次接触的情景。那是半年前的一个晚上，一个陌生的男人提着一兜子唱片走进了他的小店，陌生人向他说明了变卖唱片的来意，接着他一张一张看了唱片，居然张张都是可圈可点的原装进口唱片，与新唱片几乎没有差别，唯一的差别就是唱片上的印章。他几乎没怎么费力就把价格压到了50元一张，当场就成交了。从那以后陌生人就不定期地给他上门送货，每次都是现金交易，双方各得其所倒也默契。

他知道叶晓明和冯世杰围绕着这个人下了一些功夫，但是他怎么也不明白，一个落魄到变卖唱片的人怎么一下子就忽然变成了高人？他不敢全信却又不能不信，因为有芮小丹、叶晓明、冯世杰这样的人在用行动证明。如果真是高人，那么搭上他们这条船就是一个可遇而不可求的机会了，而关键的问题在于怎么才能搭上这条船？

他开始从另一个角度思考，无论如何丁元英是有困难才不得已而变卖唱片，无论如何他在这种交易中帮助丁元英解决了实际困难，这也是个不大不小的交情。现在他有困难，请丁元英帮个忙也在情理之中。机不可失，时不再来。

……

他想啊想啊，想得头昏脑涨，一直想到早晨七点钟起床。

深秋的早晨寒意很浓，路面上散落着从树上飘下来的枯叶，阵阵秋风吹过，枯叶在地上滚动着。

刘冰七点半就来到公安局大门口等待芮小丹，他站在离大门十多米远的人行道上的一个熊猫形果皮箱旁边抽烟，离汽车站牌很近，这样既能观察到从公共汽车上下来的人，也能观察到进入公安局上班的人员，这样就不会错过了芮小丹。

七点五十分左右，他看见身着警服的芮小丹从一辆加长的公共汽车上下来了，于是赶忙迎上去打招呼："芮小姐！"

芮小丹也看见了刘冰，意外地说："你怎么在这儿？"

刘冰上前一步说："芮小姐，我找你有事。"

芮小丹停住脚步，脸上掠过一丝诧异的神色，抬起手腕看了看手表说："你等我一会儿行吗？我得先去报个到，不然就迟到了。"

刘冰说："没关系，没关系，我就在这儿等着。"

望着芮小丹步履匆匆地走进了公安局的大门，刘冰不由得心里又在想：这丁元英到底是个什么人哪，值得芮小丹这样的女人去为他赎唱片。

过了十几分钟，芮小丹开着一辆桑塔纳警车出来了，她在大门口一处不影响交通的位置停下，下了车向刘冰招招手，刘冰快步走到近前。

芮小丹问："你是怎么找到这儿来的？有事吗？"

刘冰说："是冯世杰告诉我的。是这样，丁先生要跟晓明和世杰他们做点儿事，我和世杰他们关系都不错，我那小店也一直不景气，我是想请芮小姐……"

芮小丹做了一个阻止的手势没有让刘冰再说下去，委婉而明确地说："对不起，这不是我可以过问的事，你得去找他们。"

刘冰说："晓明和世杰都没意见，主要是得丁哥同意。"

芮小丹说："你和丁元英本来就认识，如果你认为需要丁元英同意你应该去找他，找我没有用，这完全是他们的事，我没权利过问。"

刘冰很尴尬，不知该说什么好了。

芮小丹思忖了一下，说："这样，我顺路送你一段，你去找丁元英谈谈。"

刘冰知道这就是冯世杰所说的走走过场，忙说："谢谢。"

刘冰上了警车，芮小丹一踩油门汽车上了宽阔的马路。刘冰坐在车里一言不发，这里既有唱片那件事的尴尬，也有来自他内心的一种压抑，怎么都不自在。芮小丹顺路把刘冰送到嘉禾园小区门口，告诉了他丁元英的具体住址，然后开车去执行任务了。

2

刘冰找到丁元英的房号按响了门铃。

丁元英开门见到刘冰时微微一怔："怎么是你？请进。"

由于过去是交易关系，现在角色的转换使刘冰很不自在，拘谨地说："丁哥，以前唱片的事真对不住。昨晚我和晓明他们在夜市喝酒，聊到一点多。早上我去找了芮小姐，刚才她开车把我送到小区门口就走了，是她让我来的。"

丁元英客气地请刘冰落座，刘冰的隐喻、暗示已经清楚地表明了来意，他给刘冰递过一支烟，随和地说："咱们是熟人了，唱片是咱们做生意，都好。"

坐在沙发上，刘冰真切地看到了近在咫尺的、曾经被叶晓明用惊叹语气描述过的那套天价音响。毕竟是发烧友，这一刻他似乎忘记了自己来这里的目的，用朝圣的目光凝视着这套平时只能是在画报里才能一饱眼福的音响，继而他激动地站起来走到音响面前，蹲下身子抚摸着 CD 机赞叹道："天哪，太棒了！"也就是在这"眼见为实"的一刻，他心里已经不知不觉地转变了对丁元英的质疑，尽管音响与高人之间并没有逻辑上的因果关系。

丁元英理解一个发烧友的感受，也就默不作声地等着。

时间一秒一秒地过去了，刘冰终于被这种寂静拉回到现实和理性，于是转过身重新回到沙发坐下，不好意思地说："没见过世面，让丁哥见笑了。听说丁哥要帮世杰和晓明他们做点事情，我今天来没别的意思，就是希望丁哥能给个机会。"

丁元英见刘冰一直拿着一支没点燃的烟，就把打火机伸过去为他点燃，然后自己再点上一支，抽了一口说："这是冯世杰张罗的事，我不过是跟着凑个热闹。你要有兴趣，只要冯世杰他们同意就行，我没权利替他们做这种决定。"

刘冰说："丁哥是控股方，当然是丁哥说了算。"

丁元英说："不是我控股，是投资方控股。如果这事有条件做，我在资本和冯世杰他们之间只是个媒婆，资本方的控股权是出于规避风险的考虑，并不改变冯世杰他们张罗这件事的性质，他们是这件事的真正主体。从经济利益上说你是从他们的锅里分一碗粥，掌勺的是他们，不是我，只要他们同意就没有问题。"

刘冰心里有了底，心放下了，神色也轻松了许多，说："古城的音响圈子也就是我们几个走得近，他们是怕丁哥不同意才让我来找你的。”

丁元英说：“那就没有问题了。”

刘冰说：“那我就谢谢丁哥了。我都想好了，这几天我就抓紧把店盘出去，有多少钱我就出多少钱，我这人你可能还不太了解……”

正当刘冰心情放松地刚要沿着话题往深处攀谈时，偏偏在这个时候门铃响了，刘冰不用猜就知道是叶晓明或冯世杰来给丁元英送音响市场方面的资料，因为昨天晚上在夜市吃饭时不止一次提到了这事，只是没想到他们会来得这么早。

等丁元英打开门，来人果然是叶晓明和冯世杰。叶晓明两只手里各提着一个沉甸甸的大塑料袋子，透过塑料就能看见里面装的全是杂志、报纸之类的文字资料。

刘冰站起来以特别“哥们儿”的语调说：“我就知道是你们俩。”

叶晓明从刘冰的神色和语气里已经解读了所以然，说：“哟，这么巧哇！”

刘冰笑着说：“是芮小姐送我来的。”

叶晓明把两大袋子资料放到沙发上说：“丁哥，能搜集到的都带来了。”

客厅的沙发上已经坐不下屋里的人，丁元英从里屋拿来两把折叠椅子放到茶几的另一侧让叶晓明和冯世杰也坐下，又去厨房的消毒柜里拿了几个小茶盅，坐回原位动手给他们烧水准备泡茶，说道：“趁着你们几个都在，刘冰的事你们给个意见。”

冯世杰说：“都是自己弟兄，只要丁哥不反对就一块儿干呗。”

“就是，都是水深火热的，都帮衬着点吧。”叶晓明笑着说道，然后从西装口袋里摸出一张纸条放到茶几上，接着又说，“丁哥，这是我经常上网的一些音响论坛的网址，那里也有不少信息，你可以上去看看。”

丁元英拿起纸条看了看，收进衣袋里，说：“有个问题不明白，小丹的音箱用的是乐圣旗舰的套件，那是乐圣公司看家的东西，为什么还允许代理商零售？”

这个问题叶晓明最有发言权，于是解释道：“乐圣旗舰套件有三个流向，一是发烧友自制音箱，有发烧和实惠两个优点。二是音响店贴牌的组装音箱，俗称超值版，价格比乐圣旗舰低500元，贴的是乐圣旗舰套件标志，不是乐圣注册商标，表示该音箱不是乐圣公司原装的乐圣旗舰。三是大城市的一些发烧工作室专门针对有钱人手工生产的豪华音箱，其中一部分使用乐圣旗舰套件。这三个流向走出的套件对乐圣旗舰的整个市场不会有影响，对提高乐圣品牌的知名度有好处。”

冯世杰补充道：“正规音响公司都有自己的品牌，不会买套件往别人脸上贴金，一般都采用散件组合搭配，突出自己的品牌。不是说乐圣的喇叭最好，而是说在这个价位上乐圣旗舰套件的性价比最高，如果抛开价格因素，还得说是欧美的老牌产品过硬。”

丁元英听明白了。

冯世杰侧身看了一眼音响，略显拘谨地笑着说：“丁哥，打开音响听听？”

丁元英说：“想听就开，唱片都在那屋的书柜里，自己挑。”

或许是发烧友嗜好唱片的天性，这一下让他们来了精神，居然没人开音响了，三人全都到书房里去浏览唱片，两个贴墙而立的书柜除了少许的工具书之外几乎放满了唱片，足有1000多张，这对他们无异于发现了一处宝藏。他们放下这张拿起那张，居然张张都是原装的世界著名唱片公司产品，有不少新唱片甚至在《CD圣经》和音响杂志上也没见过，刘冰和冯世杰嘴里除了“哇——”已经发不出别的声音了。

三人非常投入地挑了一会儿出来，冯世杰手里拿着几张他们只凭封面挑出来的不知片名和内容的唱片，叶晓明打开音响把其中一张放入CD机，音箱里立刻传出了一支以钢琴为主声、以小提琴齐奏为辅声的极具北非韵味的音乐，优美的旋律刚一响就把人打动了。

刘冰赞叹地直摇头说："不说了，真没啥可说的了，钢琴是一粒儿一粒儿地脆呀，小提琴油亮油亮的真像抹了油。"

水烧开后，丁元英把茶泡上，给每个人都倒上一杯分别放到茶托上。

冯世杰感叹地说："别说这套音响了，我听了芮小姐的那套音响回去以后就再也不开音响了，真不能听了，多明戈的嘴越听越大，海飞兹的琴越听越肥，受不了。"

叶晓明笑笑说："还是这种曲子听着舒服，前两天我听了一张民乐专集，个个都是苦大仇深，那个悲呀，二胡、马头琴全用上了。"

刘冰端起茶杯喝了一口，刚刚下肚就脱口而出："香啊！"然后放下茶托说："听这套音响真是灾难，以后再没兴趣磨机了，指望压块石板换个电容改变音质根本不解决问题，说到底还是得挣钱，好音质得凭银子拼出来。"

叶晓明见丁元英一直没说话，就喝光茶水站起来说："丁哥，资料你慢慢看，还需要了解什么就给我打电话。我们还有点别的事，就先回去了。"

冯世杰也站起来说："丁哥你忙，我们回去。"

丁元英确实有大量的资料等着要看，也就不再留他们。

刘冰三人下楼坐进吉普车里，冯世杰开上车驶离嘉禾园小区，三人的心情很愉快，也很兴奋，你一言我一语在车上聊起来。

冯世杰问坐在副驾驶位子上的叶晓明："你说，丁哥算不算发烧友？"

叶晓明说："不算，只能算个玩家。看人家这活法，听着音乐喝着茶，不急不躁的。”

刘冰从后座凑上前说：“丁哥这活法简直就是神仙过的日子，早知道会有今天，当初说啥也不能赚丁哥的钱哪。”

叶晓明说：“真有这心，现在把钱退了也不迟。”

刘冰说：“那怎么行，那不是打丁哥的脸嘛……哎，哥们儿，我突然想到，既然有人给咱投资了，那还用咱出钱吗？”

叶晓明闻声垂下头做了一个极夸张的昏厥状，说了网友聊天常用的一字话：“晕！”

冯世杰笑着说：“我要不是开车，也晕了。”

第十八章

1

下班时间已经过了，办公室里只剩下芮小丹一个人，她还在赶写一份结案材料，这是一个由侦查“马王黑恶集团案”派生出来的贩卖巨额假币的案子，经查实与“马王黑恶集团案”并无直接关系。写完之后，她把结案材料连同审讯笔录等相关文件放入卷宗锁进抽屉，又从另一个抽屉里拿出一个里面装有东西的档案袋，挎上包锁上门走了。

下楼梯时四周没人，她拿出手机给丁元英打电话，说：“乖，都闷在家里几天了，我带你出来散散心……现在就去找你。”但是她没想到楼梯口拐弯的走廊处有人，“胖子”赵国强正让队长雷剑峰看一份有关案子的材料，她的话正好让他们听到。

赵国强怪声怪气地笑道：“啧啧啧……还还……乖——好麻哟。”他故意把那个“乖”字的音拉得老长老长。

芮小丹不好意思地笑笑，继续下楼。

赵国强说：“哪能笑笑就算了？得请客呀，弟兄们早就瞄住你这顿饭啦。”

芮小丹停住脚步说：“啊？又要请客？我不是刚请过吗？”

赵国强哈哈笑着说：“那顿是你大难不死的请客，这顿是，乖——的请客。”

芮小丹笑道：“好，好，我请。”

出了公安局，她穿过马路来到一家珠宝商店，在加工首饰的柜台将一张定做首饰的凭证和650元现金交给营业员，营业员看了看订单，从柜台里取出一只红色丝绒的首饰盒递给她，她打开检查了一下，没有发现不符合要求的地方，又看了看发票，满意地走了。

取完首饰，她乘公共汽车去了嘉禾园小区。

神秘的礼物打破了丁元英沉寂的生活，这些天是他自从来到古城以来最紧张、最繁忙的日子，他从相关的杂志、广告、网站等所有可能的渠道了解音响行业的状况，分析、研究各种信息，思考针对王庙村经济的商业运作计划。

芮小丹摁动门铃，门开后见丁元英左手夹着一支抽了一半的香烟，脸色憔悴，头发乱蓬蓬的，眼睛里面布满了血丝，比起昨天的精神状态更疲惫。他的体力和脑力都已经严重透支，而且也是连续第六天不叠被、不洗茶具了，在这六天里每天都是芮小丹傍晚下了班再来给他收拾房间。房间全然不见了丁元英一向简洁、干净的风格，音响、电视和茶几上都落了一层薄薄的灰尘，原本一直清理得干净整洁的茶具上面残留着斑斑茶渍，卧室里面床上的被子堆成一团，书房的茶几和沙发上面堆满了各种音响行业的资料，两台笔记本电脑都开着，那台激光打印机正在打印从网上下载的资料。

芮小丹心疼地抚摸着他的头发说：“看看，都熬成这样了。”然后从档案袋抽出一个精致的玻璃镜框，镜框里是那张经过放大了的她和狼狗在山上的照片。

丁元英接过一看，满意地说：“好，这个好。”

芮小丹又从包里拿出红色丝绒的首饰盒，从里面拿出一个只有硬币大小的带着项链的椭圆形玉佩，说：“这是我在珠宝店定做的，不值几个钱，送给你。”

玉佩呈淡绿色，正面刻着一个正楷的“法”字，背面刻的是“1996年10月9日”的定做日期。玉佩有辟邪之意不言而喻，但是上面一个“法”字的含义也同样不言而喻。丁元英淡淡一笑说：“司法原则是无罪推定，我这还没做事就已经被假定有罪了。”

芮小丹把玉佩给他挂在脖子上，说：“自家的孩子就得多管着点，象征性戴三天，这三天不许摘了啊。咱把它掖在衬衣里外边就看不见，不怕人家笑咱娘娘叽叽。”

这时，打印机已经打印完毕，丁元英到书房把烟头在烟灰缸里熄灭，将芮小丹的相片放到电脑的旁边，整理打印好的文件。芮小丹则动手收拾房间，把床整理好，清洗茶具，将家具擦拭一新，房间里除了书房的文件资料多了一些，又恢复了平时的整洁。

干完活儿，芮小丹到书房在丁元英右侧的沙发上坐下，见丁元英皱着眉头，左手拇指按在太阳穴上，就问道：“是不是头疼？”

丁元英点点头。

芮小丹说：“你躺下，我给你按摩一下。”

丁元英平躺在沙发上，芮小丹搬了把小椅子坐下给他做头部按摩，她的手指在丁元英头部穴位上揉、按、敲、捏，问道：“有可能干点事吗？”

丁元英说：“有可能，王庙村做出来过音箱、机柜，但这事需要你和欧阳雪帮忙，需要你帮忙还有段距离，现在是需要用欧阳雪的一个空头名字做控股股东。”

芮小丹不解地问：“为什么？”

丁元英解释道：“一旦展开……”他一说话就习惯性地想坐起来。

芮小丹摁住他说：“还没完呢，你就躺着说吧。”

丁元英只好躺着解释道：“一旦展开，如果没有一个合法程序的控制权，到了关键时候局面就会失控。这个名义股东的人选需要具备人文背景、出资能力、平等身份三个条件，这三个条件欧阳雪都具备，用她的名字合适。如果名义股权下的红利归她、亏损归我，签一份承诺协议保证她不会由于公司行为而招致经济损失，这个条件她应该可以接受。”

芮小丹肯定地说：“欧阳雪不会去拿这种遮遮掩掩的好处。”

丁元英说：“样品音箱务必在明年6月以前进入欧洲，距现在不到八个月。北京国际音响展示会每三年一届，下届展示会是1998年5月15日，距现在还有18个月。这些都是这个计划里非常重要的环节，时间非常紧张。欧阳雪那里行不行都得尽快有个结论，如果不行就得马上作出调整。这事定不下来，后续工作都不能展开。”

芮小丹说：“能帮上的忙欧阳雪一定会帮，你先和她谈谈，听听她的意见。”

丁元英说：“你安排个时间。”

芮小丹为他理了理因为按摩而凌乱的头发，站起来说：“还安排什么，现在就去，我就是想带你出去溜达溜达。”

于是，丁元英关掉两台电脑和打印机，穿上一件外衣，拿上烟和打火机，两人锁上门下楼了，在小区门口叫了一辆出租车去了维纳斯酒店。

2

夜幕已经降临，维纳斯酒店也渐渐进入营业的高峰时段，从大街透过酒店的玻璃窗就能看到里面生意兴隆的景象。芮小丹到服务台问了一下，带着丁元英上到二楼。

此时的欧阳雪正在办公室里打电话，听到敲门声随口说了声“进来”，却没想到推门进来的是芮小丹，更没想到跟在后面的竟是丁元英，因为正在通话，所以只能用手势和表情表示热情，同时也匆匆结束了通话。

放下电话，欧阳雪走过来热情地与丁元英握手，说："是丁先生呀，你好，你好！早就说要摆酒谢罪，小丹一直不给机会，我也不敢冒昧。"

丁元英礼貌地笑笑没有说话，他不善于这种应酬。

欧阳雪大方地说："我和小丹情同姐妹，咱就是一家人了，以后该怎么称呼呢？就别先生小姐地叫了，以后我就叫你大哥吧。"

丁元英说："随意，随意。"

欧阳雪略想一下说："今天大哥给个面子，城南路刚开了一家苗族餐馆听说不错，我请大哥去尝尝，权当谢罪了。"

芮小丹插了一句说："欧阳，元英找你有事。"

"哦——"一听有事，欧阳雪的神色有了一丝异样的变化。自从芮小丹跟她提出借钱和以后汽车归个人的事之后，她就开始特别敏感。此刻她本能地感觉到丁元英亲自来找她一定不是小事，而且很可能是芮小丹所说"就着王庙村那茬儿让他出来干点事"的事。她心里有些隐隐的不安，但还是表现出自然的神态，说："那……咱们到小餐厅坐下聊吧。"

丁元英注意到了欧阳雪神态的微妙变化。

紧挨办公室的小餐厅空着，欧阳雪交代站在门口的服务小姐上好茶，并且通知值班经理这个餐厅不要再安排客人，他们三人在小餐厅坐下。

丁元英说："小丹想让我做点事，这你已经知道了，今天来就是想请你给我帮点忙。"丁元英的语气里特别强调了"请你给我帮点忙"的"我"字。

欧阳雪谨慎地笑笑问："我能给大哥帮什么忙呢？"

丁元英说："王庙村我去过了，也和冯世杰他们有些接触。我以为，如果以王庙村为生产基地，在北京注册公司运作市场，从理论上说拉动一下王庙村是有可能的。”

这时候餐厅服务员把刚刚沏好的一壶茶送来了，还有杯子和暖瓶。服务员正要按程序给大家倒水，欧阳雪做了个手势让她走开了。芮小丹端起茶壶倒上两杯茶，给欧阳雪和丁元英各送上一杯，没有给自己倒水。

欧阳雪的顾虑打消了，心情也开朗起来，对芮小丹说：“你不喝水？”

芮小丹站起来说：“你们谈，我去给元英找点吃的。”说完她就出去了。丁元英和欧阳雪都明白，芮小丹是主动回避，避免由于她的在场而影响双方的意思表达。

欧阳雪问：“大哥是说小丹借钱那事吗？”

丁元英摇摇头，放下手里的茶杯说：“用你一个空头名字做控股股东，通过你取得合法程序的控制权，条件是盈利归你、亏损归我。我承诺不因公司的行为而给你带来任何经济损失，你承诺不假戏真做和协议保密。”

欧阳雪没想到，所谓的帮忙原来仅仅是用她一个空头名字。不出资、不担风险，甚至什么都不用做就能坐收红利。如果是换一个场合或者换一个对象，她一定不会相信。但她现在面对的是丁元英，是一个有着特殊背景的事件和一个有着特殊需要的人。

欧阳雪问：“这样的好事，这人为什么是我？直接用你的名字不行吗？”

丁元英解释说：“不行，那就变味儿了，不但吃大户的心态会使这事很快垮掉，而且我这碗水也不好端了，端得再平也是不平。所以，我和小丹不能有任何经济利益在里面。找你帮忙，是因为你同时具备人文背景、出资能力和平等身份三个条件。”

欧阳雪自嘲地一笑说：“看，平等不平等的一动真格就都出来了，掖都掖不住。可这里边如果没有小丹什么事，你图什么？”

丁元英说：“这个问题很现实，相信以后还会有人问，但是我确实很难回答。如果我现实了，就不会有这件现实的事。有了这件现实的事，我就很难回答这个现实的问题。”

欧阳雪说：“这么绕着多累，你说扶贫不就得了。”但是话音刚落，她自己也觉得这个说法有问题，继而说：“那也不行，人家县长、书记这些父母官都不着急，你这八竿子打不着的关系扶的哪家子贫，谁信？”

丁元英说：“事物的缘起有很多因素，这个不去论它了。”

欧阳雪思忖着这件事，仅就帮忙而言，这么简单的事无须考虑，也无可拒绝，而且未尝不是一个很好的机会。她沉思了片刻说：“这不是坏事，往大里说还是个积德的事。这事与其说大哥让我帮忙，不如说大哥给我个机会。我相信大哥，但是这种偷偷摸摸的钱我挣不来，要让我干就来真的。我不知道需要出多少钱，要是输不起我就不往前凑了。”

丁元英说：“你的股票本利相加不会低于 100 万，所以无论真假，你名下的出资都是 100 万，这个必须要有根据。你的资金要到明年 5 月才能从股市退场，但是公司运作的资金不能等，所以无论真假，你都得先用股票和饭店抵押从北京融资，资金很快就到账，我给你做担保方。重要的是法律手续的真实，证明你是真实的投资人。”

欧阳雪说：“股票能挣多少钱我没想，有多少算多少吧，本来就是外财。但 50 万本金是实实在在的，其中有几万还是借的，这 50 万是我赔得起的底线。我没别的能耐，就会开饭馆，这事成不成我都开我的饭馆。我能不能问问，冯世杰他们出多少钱？”

丁元英回答：“他们可能会出一些，但可以忽略，本质上还是需要资本方给他们的股份垫资，如果他们不缺资金就不需要请你们吃枣了。公司运作到高峰期可能需要 300 万的资金，那时候是以公司的名义融资，风险底线是公司破产，绝对风险是你名下的100万和他们可能拿出来的投资，其中你给他们垫资的部分表示他们个人对你的负债。”

欧阳雪说：“赔到底就是股票连本带利的100万，还能承受。我说句实在话，这事没真的假的，就是我实实在在投资，我请大哥给我帮忙还不行吗？如果真赔了，白纸黑字我绝不会有半句怨言。能请到大哥这样的人帮我理财，我已经是天大的面子了。”

这时，小餐厅的门被推开了，一个服务员进来对欧阳雪说：“经理，小丹姐已经把饭准备好了，让我来问问现在可不可以上饭？”

欧阳雪用目光征询了一下丁元英，然后说：“可以，上饭吧。”

服务员闻声下去了。

丁元英说：“这不是件小事，你慎重考虑。考虑成熟了给我答复。”

欧阳雪说：“不是我不考虑，是这事就没什么可考虑。我就是心里有点不舒服，大哥既要帮他们还要防他们，稍微一想就不知道为什么了。”

丁元英说：“这事起因复杂，简单地说就是开发王庙村的廉价生产力资源，拉动王庙村经济，给叶晓明、冯世杰、刘冰他们一个成就事业的机会。”

欧阳雪一愣，惊叹道：“刘冰也凑进来了？天哪，这公司成发烧友俱乐部了。”

一会儿的工夫芮小丹来了，一个服务员跟在后面端着一只大托盘，托盘里是一碗热气腾腾的烩菜和一碗白生生的米饭，显然是一个人的份饭。服务员放下饭菜离开了，芮小丹把筷子、勺和辣椒、醋放到丁元英面前。

欧阳雪看了看烩菜和米饭，说：“这么简单，你就让我大哥吃这个？”

芮小丹说：“这就挺好。”

欧阳雪问：“你吃什么？”

芮小丹说：“我在厨房吃了几个包子。”

欧阳雪说：“刚才我一看大哥来了就知道准有事，心里就开始紧张。”

丁元英拿起筷子问：“紧张什么？”

欧阳雪笑了笑，说：“大哥不是一般人，想必对小丹的将来会有打算，我最担心的就是小丹从店里撤股，虽说以后还是朋友，可谁都知道那样就越走越远了。本来我们这儿过得好好的，你一来就不安全了，就给打乱了。”

丁元英这才明白，原来欧阳雪的神态变化是在担心这个。或许是因为他不了解欧阳雪与芮小丹的背景，所以他不太理解欧阳雪的敏感。暂且不管欧阳雪为什么担心芮小丹有没有从店里撤股的可能，至少从单纯的经济利益考虑，芮小丹从店里撤股只能对欧阳雪的收入更有利，而欧阳雪也并不缺乏收购芮小丹股份的资金。那么，欧阳雪与芮小丹之间更多的就应该是友情、理解和默契的相互需要。

这不是一个三言两语就能沟通的问题，丁元英笑着说：“小丹在你这儿有钱挣，为什么要撤股？我来不来古城小丹都要留学，也是越走越远。”

欧阳雪说：“不一样，一个是天涯咫尺，一个是咫尺天涯，能一样吗？”

芮小丹感愧地笑着说：“姐姐，我这脸上已经挂不住了，好像我真有多重要似的，不是那回事。这些年姐姐一直照顾我，没把我扫地出门就不错了。”

……

吃完饭丁元英就告辞了，欧阳雪执意让芮小丹开车送丁元英，她把汽车钥匙塞给了芮小丹，送他们到酒店门口，看着他们上车离去，这才转身回店里。

3

芮小丹驾驶汽车离开维纳斯酒店，不知是深秋的缘故还是心情的原因，她觉得今天的月光格外清冷，而秋风拂动树叶发出的“沙沙”声更衬托出夜的沉静。由于条件、背景等各方面的原因，她对欧阳雪支持针对王庙村的扶贫组建公司的态度有所预料，事实是欧阳雪的态度已经超出了丁元英的期望值。她的心情沉静之中夹杂着几分苍凉，一点儿没觉得是在做一件事情，而感觉是在体验一种与众不同的人生。

丁元英感觉汽车行驶的马路很陌生，问道：“这是去哪儿？”

芮小丹答道：“带你遛遛。”

汽车行驶了十几分钟来到古城最大的公园广场，广场上有喷泉、音乐、彩灯，老人和孩子成了这里夜生活的主角，只有为数不多的年轻人融于其中。休闲的人们在同一块场地和同一首音乐节奏里跳着不同风格的舞蹈，大秧歌与迪斯科舞在一起，减肥舞与课间操各得其所，四周的长椅上坐着好友或情侣，喷泉的周围是追逐打闹的孩子们。

芮小丹停好车，挽着丁元英的胳膊走进公园广场，在喷泉水池旁边站下，说：“我们家的老房子就在这儿，跟欧阳雪家住邻居，后来旧城改造都拆了。我五岁那年父母离婚，七岁跟母亲去了法兰克福，16岁回来读高中。记得拆房那年是1987年，我正在古城寄宿中学读高中，还专门跑来看了看，这里已经是一片废墟了。”

丁元英问：“你在法兰克福读书可以直接上大学，为什么又回来了？”

芮小丹说：“我父亲是导演，我母亲以前是话剧演员，他们都希望我考电影学院，将来当演员，我母亲就这样让我回来了，在古城读高中。我在法兰克福上了九年学，汉语已经快不会说了，要考电影学院不回来不行。但是，后来我报考了警官大学。”

丁元英问：“为什么？”

芮小丹说：“因为警察威风，当时就向往那种感觉。”

说话间，她发现旁边长椅上的两个人要离开，于是赶忙过去及时占住了位子，然后招手让丁元英过来，两人就有个坐的地方了，非常惬意。芮小丹愉快地说：“咱们等个节奏合适的曲子，看我给你露一手街舞。”

丁元英笑着点点头，然后说：“这边的事，就差你这儿咬个牙印了。样品音箱必须在明年6月以前进入欧洲，如果你能趁探亲捎带着办这事，这是最简便、最省钱的方法，这就要求你必须要在这个时间段请下来探亲假。”

芮小丹说：“我上次探亲是去年5月，到明年6月就两年了，符合规定，请探亲假不该是个问题。你考虑清楚了，我不懂专业，只能干点跑腿儿的事。”

丁元英说：“那点事，傻瓜去了都能办。”

芮小丹问：“你能确定我不比你说的那个傻瓜更傻吗？”

丁元英笑了，说：“确定。”

这时，广场上一首音乐曲终，接着响起了一支快节奏的曲子。芮小丹冲着丁元英灿烂地一笑，起身加入了跳舞的人群，她随着动感的音乐节奏进入舞蹈状态，只见她错步、提肩、转体……步伐轻盈而富有弹性，动作随心所欲而又节奏鲜明，充满了青春的热烈和野性的美，蕴含着一种独特的魅力。

忽然，一个年龄只有六七岁的小男孩跑到芮小丹面前对着她跳起街舞，小男孩穿着一身跳街舞特有的服装，样子调皮而可爱，一招一式都全身心投入。

丁元英惊讶地看着，渐渐地看呆了，突然间感觉生活是这么真实、这么美好，一种遥远而陌生的快乐在他心里悄然荡漾。然而，就在他忘我地沉浸在这种快乐中的时候，长椅空着的一半坐上了一个姑娘，这姑娘一下子就和他挤到了一起，硬是在另一头挤出了一块地方让她男朋友坐下，姑娘就背对着他与男朋友聊了起来。丁元英赶快站起躲到一边，姑娘冲着他胜利而得意地一笑，他就这么轻而易举被打败了。

街舞跳完了，小男孩像个江湖侠客似的对芮小丹说："还行，挺像回事儿的。"

芮小丹笑着说："小兄弟，这话应该是我对你说呀。"

小男孩眼睛一瞪说："说我？我还没给你露绝的呢！"

芮小丹亲昵地摸了摸小男孩的后脑勺，跟他招了招手再见，退出了跳舞区走到丁元英跟前，刚才椅子被姑娘挤占的一幕她已经看见了，就开心地笑了笑，挽着他朝停车的地方走去。走到汽车跟前两人坐进车里，停车场的管理员马上过来收费，芮小丹付过钱接过收据就准备点火发动车，却被丁元英伸手阻止了。

丁元英脸上呈现出一种少有的严肃神态，语调低沉而凝重地说："我有几句不能跟你讲理也无法给你解释所以然的话，希望你能听进去。关键一句：你应该辞职。请注意，是你应该，而不是我希望。只要你一分钟是警察，你这一分钟就必须要履行警察的天职，你就没有避险的权利。但是，国家机器不缺一个迟早要被淘汰的女刑警，而社会应该多一个有非常作为的人才，这不是通俗的英雄主义和通俗的平等意识可以理解的价值。"

芮小丹做了一个昏厥状靠在座椅背上，说："赶快把后半部分拿掉，这已经不是通俗的嘲讽了，是极品嘲讽。你这么严谨的人，怎么今天说了这么过头的话？"

丁元英沉静地说："我再重申一遍，我不能跟你讲理，也无法给你解释所以然。佛家常说'证到'这个词，却从来不告诉你‘证到’后面是什么，因为欲说欲解都不能，因为条件的条件的条件，因为因果的因果的因果，所以就有了如人饮水冷暖自知。我说过，你不知道你，所以你是你。”

芮小丹说：“这就对了，我就应该是我，为什么你非得让我不是我呢？既然是我知道了我就不是我，那就是不可知、不能知，那就别知了。”

丁元英感叹地说：“言语道断，一说就错。”

芮小丹启动汽车开上马路，车子开了很远她都没说一句话，而是在脑子里思考。等到汽车上了一条宽阔的车道，这才说道：“我是刑警，因为怕死而辞职，我做不到。你不该说出来，你应该知道，拒绝你该是一件多难的事。我相信你的思辨，你是站在你所能把握的条件上判断我的前途，但那是你的，不是我的。如果我不是我自己的，而是你的，那就不是我爱你了，那是你自己爱你自己，也就没有爱了。”

丁元英沉默不语，无奈地望着车窗外。这不是一个谁是谁非的问题，不存在价值取向的正确与错误，仅仅是一个价值考量的问题。但是，如果不是站在“作为价值”立场而是站在“人生价值”的立场，又很难说芮小丹的价值观考量不足。如果要用这种价值考量他自己……丁元英没有底气再想下去了，那就不是不足的问题了，而是没有。

汽车到了一个路口，丁元英对这个地方有印象，却发现汽车朝着嘉禾园小区相反的方向拐弯了，于是问道：“不是送我回去吗？”

芮小丹神秘地一笑说：“尽管你的话我不能接受，也不能全理解，但我还是爱听，归根结底都是你惦记着我。就凭这个，怎么也不能放你回去。”

丁元英自然明白“怎么也不能放你回去”的意思，憨憨地一笑，说：“我给公司取了个名字，叫格律诗，北京格律诗音响有限公司。”

芮小丹一听“格律诗”就脱口而出说：“好名字，规矩，雅致。你这种人居然能想出这么有情调的创意，不容易。”

汽车驶进玫瑰园小区，芮小丹把车停在房前，两人下了车。

丁元英经过车库的时候，看了一眼车库大门说：“这车你要不开就不能这么闲着，得拿出来让他们用，这事一展开少不了用车的地方。”

芮小丹拿出钥匙开门，一边说：“我只是保管，这种事你不用跟我商量。”

进屋打开灯，丁元英一眼就发现客厅里的陈设有了很大的变化，过去墙上的那些本来就不多的小镜框风景画和装饰物不见了，挂上了两张老式留声机的唱盘，一张是黑色的胶木唱盘，一张是红色塑料唱盘，音响旁边多了一个漂亮的CD存放盒。最大的变化是四方形的大茶几上新购置了一套与他那里一模一样的工夫茶具，只是茶杯略有不同。

丁元英说：“一个多星期没来，这么有品位了。”

芮小丹给他脱下外套挂到衣架上，让他换上棉拖鞋，笑着说：“你这是夸我呢还是夸你自己？我这都是照着你的生活习惯给你准备的，我离过这样的日子还远着呢。”

丁元英被她拉着到卫生间先洗手，回到客厅摁下电热壶的电源烧水准备泡茶。芮小丹把窗帘都拉上，然后打开音响，播放那张《天国的女儿》的唱片。

丁元英说：“你老听这张，不烦吗？”

芮小丹过来骑在他腿上双手搂着他的脖子，幸福地微笑着说：“不烦，百听不厌。你看看你，音乐、清茶、香烟、美女，浪迹天涯的最高境界也不过如此了。”

丁元英一侧身躺倒在沙发上，伸展开四肢做不设防状说：“无论文章怎么做，落笔都在床上，就别让我再眉来眼去了，一个字——”

芮小丹捂住他的嘴没让那个最直白的字吐出来，说：“多浪漫的事一经你的嘴过滤就只剩下本质了，一点儿情调都没了。我告诉你，今天你就得眉来眼去。”

丁元英一伸手说：“给多少钱。”

芮小丹说：“五毛，先赊着。”

丁元英说：“五毛？你买把菠菜都不够。”

芮小丹说：“那就一分都没了。”

丁元英说：“那还是要吧。”说着，他抱住她，两个人做了一个长长的吻。

芮小丹陶醉地闭上眼睛，喃喃道：“真想就这么死了，死在你怀里，然后你把我抛到大海里，我就是最幸福的女人。”

丁元英说：“你要死怎么也得在夜空里划道弧线，这算什么？”

芮小丹忽然站起来走到窗户前把窗帘拉开，又走到门旁边把电灯关掉了，屋里顿时漆黑一片。她借着微弱的月光走到窗前，对丁元英说：“到这儿来，从后面抱着我。”

丁元英从后边抱住了芮小丹。隔窗远望，秋夜的天空高远深邃，一颗颗星星像被水洗过似的，亮晶晶地点缀夜幕。月光像水银一般洒下来，将斑斑驳驳的树影印在地上。

芮小丹双手攥住丁元英的手，身子靠在他怀里，轻轻地说：“你看，夜色多美。到时候我就躺在你的怀里听音乐，听你给我讲天国、讲地狱，我就在你怀里悄悄死去了，我的坟墓上开满了细碎的勿忘我，在微雨的清晨，你穿过蜿蜒的小路而来，手里拿着一枝花在我的坟前默默伫立，啊……我就永远活在了你的心里。”

丁元英说：“你刚才是说去大海，怎么转眼又钻地下了？”

芮小丹笑了，想了想说：“不行，你还得把我抛海里，那你就伫立在海边吧，你望着无际的大海，落下了两滴狼狗的眼泪，然后浪迹天涯，又被一个美女收留了。”

丁元英笑了笑，松开手站在她旁边说：“我这两天就和韩楚风联系，从他那儿拆借资金先用着，等这事有点头绪了，我想去趟五台山，找个寺庙燃炷香、拜拜佛。”

芮小丹刚要说“你还讲迷信”，马上联想到那次关于“主”的讨论，要说的话就给咽回去了，想了想问道：“烧香拜佛，讨个什么呢？”

丁元英回答：“讨个心安。合了国法，还得看看合不合佛法。”

芮小丹问：“你做私募基金问过佛法没有？”

丁元英说：“私募基金跟你没关系，就不用问了。”

芮小丹深谙这其中的寓意，有一种备受呵护的幸福，灿烂一笑，歉意地说：“现在刑警队里太忙，谁都不好意思请假，我不能陪你去了。”

丁元英说：“请了假你也不便去，这事多少都有点寻经求道的意思，少不了楚风也去凑个热闹，带个女的就不合适了。”

芮小丹自嘲地一笑说：“是我自作多情了，可是我已经说过不能去了，你深深表示一下遗憾不就得了。”

丁元英望着窗外说：“这就是圆融世故，不显山不露水，各得其所。可品性这东西，今天缺个角、明天裂道缝，也就离塌陷不远了。”

芮小丹心底顿生一种融通契合的心灵感应，默默点了点头。

第十九章

1

10 月 26 日早上七点半，叶晓明和刘冰按约定来到玫瑰园小区大门口等着与芮小丹交接汽车。这个小区是古城为数不多的高收入阶层住宅区，此时正值上班时间，一辆辆各种牌子的中高档轿车鱼贯而出。叶、刘二人只知道在此从芮小丹手里接车，但并不知道要接的是什么车，所以对每辆出来的车都要看看司机，看得眼花缭乱。

当一辆挂着北京牌照的黑色宝马行驶过来的时候，刘冰放松了注意力，本能地觉得不可能会是这辆，可偏偏就是这辆车让他看到了芮小丹的面孔，他心跳突然加快了，用胳膊碰了碰叶晓明，惊讶地说："天，我没看错吧？是宝马！"

说话间汽车开到他们面前停下，刘冰等芮小丹刚一下车就略显拘谨地说："芮小姐，今天我们几个都去王庙村开会，丁哥怕欧阳小姐一个人来回不安全，就坐她的车去了，让我们来接这辆车。"

芮小丹礼貌地朝他们一笑，随和地说："不用小姐小姐的，叫我小丹就行了。车子昨天已经洗过了，手续都在车里，你们可以开走了。"

刘冰说："你开，先送你上班，待会儿我到车少的路上先熟悉熟悉车况。”

芮小丹没有推辞，说了声：“行，那你们就捎我一段。”于是上车继续驾驶。

刘冰坐在副驾驶的座位，一边留心看芮小丹操作，一边提一些司机遇到没开过的车型比较关心的问题，诸如转向灯的操作设置、仪表盘的功能设置、自动遥控启动等问题。

芮小丹解答了几句，然后说：“你开开就熟悉了，我也很少开这车，就是从北京开回来的时候一路熟悉了一点。”

叶晓明在后面笑着说：“刘冰，开这车可不能像你开出租车的时候横冲直撞啊。”

刘冰说：“那是。”

汽车不一会儿工夫就到了公安局门口，芮小丹下了车就去上班了。

刘冰接过来汽车缓缓地开动了，慢慢加速，很快就找到了驾驶的感觉，兴奋地说：“我的天，就跟抓在地上一样！想不到我刘冰还有开这种车的命。”

叶晓明也感叹地说：“真稳哪，跟世杰那辆破吉普就是不一样！”

刘冰把车开到一条道路宽阔而车辆稀少的路上放开车速跑了几趟，熟悉了这辆车的提速和制动性能，然后就朝王庙村驶去。路上，他困惑地说：“我看行车证上并不是丁哥的名字，丁哥这人穷不穷富不富的，你说他到底是什么人？图什么呀？”

叶晓明若有所思地说：“丁哥这些天没少去王庙村，现在突然又冒出来一个欧阳雪，这阵势我也吃不透了，他到底是要帮咱们呢还是要帮王庙村？到底是王庙村为咱们所用了还是咱们为王庙村所用了？”

刘冰说：“他就是帮王庙村，也得图个什么呀。”

叶晓明不假思索地说：“扶贫哪，那可是金边儿细瓷儿的功德。人家玩什么？玩的就是人堆儿里的不一样。”

他们一路聊着不知不觉过了40多分钟，汽车驶进王庙村的时候，街道上的村民纷纷下意识地投来异样的目光，刘冰在一种非常惬意的心情下把车开到了冯家小院的门口，门口停着冯世杰的吉普车，却不见欧阳雪的红色桑塔纳车。

冯母听到汽车的响声从院子里迎出来。

叶晓明问：“大妈，他们都在这儿吗？”

冯母和气地跟他们打招呼，说：“他们刚来就走了，说是在国正家开会。”

叶晓明说：“大妈您忙，我们去国正家。”

冯母问：“知道地方吧？村西头。”

叶晓明说：“知道。您忙吧。”

周国正家住在村西头，旁边有个不大的水塘和一个麦场。现在是深秋季节，麦场上晾晒的都是花生、芝麻、玉米之类的秋季农作物。水塘里已经没有水了，干枯的水塘变成了一个大坑，下大雨的时候成了村里排水的好去处。刘冰开车到村西头拐进胡同，果然看见欧阳雪的红色桑塔纳车停在周国正家旁边的麦场上，他把车停在桑塔纳车右侧保持两个车门的距离，以免开车门时磕碰了宝马。汽车刚一停下，很快就吸引来了玩耍的孩子和村里的几个年轻人。

2

周国正家的院子里摆了许多小凳子和一张低矮的老式农家饭桌，饭桌上摆放着两个暖瓶和十几个玻璃茶杯，丁元英的烟和打火机放在饭桌的一角。院子里该来参加会议的人都来了，有欧阳雪、冯世杰、李铁军、吴志明、刘大爷，还有一个文质彬彬、衣着朴素整洁的本村姑娘。此时周国正和刘大爷正和丁元英谈着什么，其他人都站在周围听着。

周国正一边用手比画着一边说：“把这棵树伐掉，鸡窝拆了，在这儿搭个棚子。炉子放到这边，焦炭、铁锭堆到东墙。刘家屯有个半吨的旧炉子闲着没用，人家愿意900块钱处理给咱，我去看过了，拿过来做点隔热处理就能用，保住机柜脚钉、定位片、音箱架子和接线柱的生产肯定没问题。炉子吊架咱自己做一个，不费啥事。”

刘大爷说：“有了咱自己的翻砂厂和车床加工，那成本一下子就降下来一大截儿。车床咱不一定要买新的，根据咱产品的质量要求能用就行，能省不少钱。”

丁元英问：“翻砂和车床这两块需要几个人？”

周国正回答：“平时有我和我媳妇两个人就行了，我爹也能过来帮帮忙，就是开炉的时候人手少了不行，到时候找他们几个来帮忙，干完了请他们吃顿饭，农村的家庭翻砂厂都是这个做法。翻砂这一块儿用工不能和喷漆比，他们手工打磨这一块用人多。”

刘大爷说：“车床这一块儿除了我之外最少还需要三个人，一是这活儿工序多，切削、打眼什么的得同时做。二是我年纪大了，尽量多带出来几个徒弟。”

这时，叶晓明和刘冰进来了，大家相互之间打了个招呼。

冯世杰问：“怎么这么晚才到？”

刘冰解释道：“送了趟小丹上班，又去熟悉熟悉车，就耽误了。”

丁元英说：“人到齐了，大家都坐，咱们开会了。”

大家各自找凳子围在饭桌旁边坐下。那个文质彬彬的本村姑娘找了一个不引人注目的位置坐下，拿出钢笔，打开文件夹放到两腿的平面上。

丁元英坐下说：“咱们人太多，大妈家里的院子小坐不下，这个会就在这儿开了。前些日子咱们把各种零零散散的条件都撮到一起过了过筛子，从大家的分析上看存在做点事情的可能。所以，咱们把这次会议叫作以组建北京格律诗音响有限公司为议题的预备股东扩大会议。预备股东会议为什么要扩大，因为公司与农户的关系需要大家知根知底。今天的会是拍板的会，会上说什么都行，会下说什么都不行，咬了牙印就要算数。今天咱们专门请了王庙村小学的赵丽静老师做会议记录，会后每个人都要审阅、签字，咱们将根据这个会议记录起草公司章程、制订工作计划。”

赵丽静腼腆地站起来向大家点点头示意，重新坐下准备记录。

丁元英说：“基于生成公司的背景和条件，公司将不以营利为唯一宗旨，公司致力于王庙村的脱贫致富，将把自身的发展与拉动王庙村的经济联系起来。但是这一条不允许写进公司章程，将以第一个公司决议的形式确定下来，不允许把扶贫用作商业目的，因为社会对公司的好感也是商业好处的一部分。”

刘冰当即就嘟囔了一句：“天，做好事还得偷偷摸摸的，连落个名都不行吗？”

丁元英说：“这不是一个道德境界问题，是市场生存的法则问题。这种好感不仅仅是我们强行摊派价值观，也不仅仅是腐蚀我们自身的竞争力，更说明我们不是靠产品征服市场而是靠作秀混迹市场，这种违背商业属性的人文评价最终将葬送这个公司。”

吴志明举了一下手示意发言，然后站起来先冲大家憨厚地笑笑，说：“既然会上说什么都行，会下说什么都不行，那我就提个问题。公司借钱给农户添置生产设备，咱知道这是公司为咱好，咱也从心里感激。可就是有一样，咱农村是啥条件，人家城里是啥条件，咱技术、设备、人才、资金，哪一样能跟人家比？这要是生产出来的东西卖不出去，农户借的那些钱可咋还哪，那不是越扶越贫了吗？你就算是赖账，那公司的钱也不是大风吹来的呀。”

丁元英回答：“只要农户挣不到钱就没有能力还钱，这是硬道理。公司选择了这种方式当然就选择了这种风险，不愿意承担这种风险的股东现在还有机会退出这种风险。”

叶晓明站起来问道：“丁哥，我冒昧问一句，那股东的前途在哪儿呢？”

丁元英说：“仅就这个公司而言，你们的前途就在这儿，就在王庙村。”

周国正的媳妇在一边捂着嘴“嘻嘻嘻”笑了起来，立刻招来了众人好奇的目光。周国正狠狠地瞪了媳妇一眼，低声训斥道：“这是开会，干啥呢你！”

周国正媳妇索性不捂嘴了，笑着说：“我知道是开会，可就是憋不住想笑。你说咱这穷村自己还不知道前途在哪儿呢，咋还叫人家城里人到这儿来找前途？”

一直没吭声的李铁军也开口了，说：“就是，咱王庙村有啥呀？”

这时，所有人的目光都聚集在了丁元英身上，那么多目光交汇在一个点上，汇成了一个硕大的问号，人们的心态已经不仅仅是局限在寻找答案，更是在寻找信心和希望。这正是丁元英所期待大家提出的核心问题，也正是这次预备股东会议为什么要“扩大”的用心所在，会议完全在按照丁元英的思路和节奏进行。

丁元英习惯地点上一支烟说：“王庙村家家有房子，有院子，有剩余劳力。咱们把转变观念这些不容易摸着的词都放到一边，一竿子到底。现在王庙村就差一样东西了，公司之所以敢在王庙村下决心，是相信王庙村有这样东西。”

大家你一句我一句地问：啥东西？啥东西呀？

丁元英说：“不怕吃苦受累。”

吴志明不以为然地说：“这叫啥东西呀，咱庄稼人要是怕吃苦受累，那不早饿死了？城里那些掏苦力的脏活儿累活儿，哪一样不是咱农村人去干的？”

丁元英把饭桌上的暖瓶放到地上，将杯子移到一边，从烟盒里抽出四支香烟，先用两支摆了一个平行的形状，两支烟的间距有十几厘米，说：“生存法则很简单，就是忍人所不忍，能人所不能。忍是一条线，能是一条线，两者的间距就是生存机会。”他又把另外两支烟放在原来两支烟的外侧，间距扩大到20多厘米，说：“如果咱们忍人所不忍，能人所不能，咱们就比别人多了一些生存机会。市场的生存竞争非常残酷，胜负往往就在毫厘之间，两败俱伤你比他多一口气，你就是赢家。”

周国正这时插言道：“忍的这条线咱没问题，可是能的这条线就不一定了，咱一帮农民都能生产出来的东西，人家先进的技术设备更能生产，咱拿啥跟人家竞争？”

丁元英说：“根据咱的条件，咱不能和人家现代化的生产方式硬碰，得扬长避短，拾遗补缺，学会夹缝里面求生存。咱们选择的产品必须具备几个特点，一是面向高消费阶层的高品质产品，社会总需求量有限，不足以承载现代化工业流水线，达不到盈利的最低批量生产基数。二是劳动密集型产品，一般的投资规模无法形成工业流水线生产。三是比较容易掌握和传授的技术，是人都能干，不是跟人家比技术，是比功夫，比劳动力资源和劳动力成本。四是可以分解加工的产品，每个农户都能利用家里的房屋和院子进行生产，不受场地条件的限制，不分男女老少，不分白天黑夜，咱们在家里拼的就是不要命。这个市场夹缝虽然很窄，但是成就王庙村和几个发烧友是足够了。”

刘大爷点点头说：“听你这么一讲，是有点道儿了。”

周国正也似乎明白了一些，说：“是这么个理儿呀。”

丁元英收起烟放进烟盒，接着说："咱们是在务农的基础上不出家门搞生产，生活、生产和务农一体化了，最大限度地开发利用农户的房屋、场地和闲置劳动力，没有基建和土地投资的包袱。生产体系旺销时可以快速启动，淡季时可以停产、限产，没有一般企业停产消耗的包袱。咱们不但得让产品在品质和价格上有竞争优势，而且得让整个生产体系具有很强的承受市场波动的抗击打能力，这样咱们就有可能比别人多一口气。"

吴志明一拍大腿说："就是呀，咱本来就是靠种庄稼吃饭，它就是停产、限产又能把咱咋的？还能让庄稼飞了不成？"

刘冰说："要死人家先死，人家死了咱就不用死。说白了就是这，你死我活。"

冯世杰跟在丁元英身边一直没说话，这时也感慨地说："机柜、音箱和音箱架子的重头戏都在漆面处理上，全靠打磨上的功夫，真成一张砂纸打天下了。"

这时的会场气氛已经不再像刚开始那样沉闷了，渐渐活跃起来，大家的眼睛里都有了一种信心，下边的窃窃私语也多了。冯世杰拿起暖瓶把十几只杯子逐一倒上水，先给最年长的刘大爷一杯，接着给丁元英和欧阳雪面前各放一杯，然后再给大家分发。

周国正媳妇问了一句："以后咱要挣很多钱了，还靠这个干法吗？"

丁元英喝了一口水说："有了好条件，大伙儿就会琢磨更好的干法，那是后话了。"

李铁军问："淡季的时候生产停了，那公司咋办？谁养着？"

丁元英解释道："公司与农户不是隶属关系，不是雇佣劳动关系，不存在谁照顾谁、谁施舍谁的问题，纯粹是债权债务关系，是公司与农户之间平等法律地位的、平等互惠互利的商业合作关系。从法律关系上说，农户不一定把产品卖给公司，公司也不一定经营王庙村的产品，这取决于双方的利益需要和良好的人文背景。公司的风险系数肯定会大于农户，这就要求公司必须以不断开拓市场和完善服务来抵御市场风险。”

李铁军明白了，点点头松了口气说：“哦，原来不是让农户摊派。”

这句话在人群中引起了一阵哄笑，冯世杰笑着说：“这摊派都摊成神经质了。”

丁元英也随着大家笑了，笑过之后说：“公司与农户协调立场、统一认识的事咱们就先扯到这儿，下面该谈股东出资的事，那得股东表态，就没我什么事了。”

四位股东相互看了看，还是冯世杰先发言了，说：“我是王庙村的人，这事也是我找丁哥来帮忙的，我实打实有多少拿多少，算上那辆车作价五万，我总共出 17 万。”

冯世杰的话音落下，会场上鸦雀无声。

欧阳雪见叶晓明和刘冰没有马上发言的意思，就举了一下手示意发言，说：“我参加这事就三个原因，一是大伙儿请大哥操持这事，我相信大哥。二是这事有扶贫的性质，是积德的事。三是我出的那些钱是我能赔得起的数。我出 100 万，但是得有个条件，公司的大事咱们可以商量，不过日常管理我做不了，一是不懂，二是没时间。如果大家同意我这个条件，我就算上一个。”

接着，刘冰举手发言，他窘迫地看了看大家，说：“我就有三万块钱，都出了。”

叶晓明说：“我也没啥钱，算上那些店里的货底我出七万。货底的事我跟丁哥和世杰都说过，他们也同意，能调换成乐圣旗舰套件的调换成套件，能调换成斯雷克功放的调换成功放，其他不能调换的就在公司调试音箱用，货底总共作价两万。”

丁元英说："出资的事都表态了，下一个议题是股份和分工的事，你们谁谈？"

冯世杰拿出一个记事本打开看着说："股份和分工的事这几天没少和晓明他们商量，今天就算定了。欧阳雪的股份是51%，叶晓明20%，刘冰13%，我16%。按这个计算，欧阳雪为叶晓明垫资18.4万元，为刘冰垫资13.51万元，为我垫资3.32万元。欧阳雪是董事长，负责融资和决策，没有具体管理的分工。叶晓明是总经理，负责全面管理工作。我和刘冰就别副总了，具体工作根据不同阶段由叶晓明分配，让干啥就干啥。"

周国正媳妇又小声嬉笑了一句："要全是老总，就一个兵都没了。"

丁元英说："从现在起，格律诗预备公司就存在了。我向公司谈两个硬指标，一是明年3月注册公司、申请音箱专利，二是明年6月要发到欧洲十套顶尖级工艺的音箱和配套的机柜、音箱脚架。这两个硬指标不存在争取、尽量这些弹性词，而是必须。围绕着这两个硬指标你们该准备专利资料的准备资料，该向农户下订单的下订单。农户这边有三个硬指标，明年3月必须注册个体工商户，明年4月必须完成发往欧洲的产品，明年6月必须得有批量的产品进入北京市场。为此，农户添置设备、培训技术该干什么干什么。马上要入冬了，这个冬天是不要命的冬天。"

李铁军一拳捶在手掌上激动地说："干吧！这时候不拼还等啥？"

周国正也说："就算是拼死了，也比这半死不活的强。"

然而，就在大家群情激奋的当口，刘冰忽然说："丁哥，我有个问题。欧阳小姐能给公司投资我们都很感谢，我说的话没有半点针对欧阳小姐的意思，我只是不明白，丁哥为什么不直接投资？我们还是觉得丁哥投资心里踏实。"

丁元英淡淡一笑说："不论我现在有没有钱，也不论我以后在不在古城，单从资本的意义上说，丁哥的钱和欧阳小姐的钱有什么不一样吗？"

大家心里谁都明白，但是谁都不会说出来，都抿着嘴笑。周国正唯恐心直口快的媳妇在这个节骨眼上得罪人，所以眼睛一直盯着媳妇，硬是把媳妇逼得大气不敢出一声。

叶晓明把这一切都看在眼里，就笑笑说："其实刘冰没别的意思，就是丁哥为这公司忙活了半天反倒没丁哥什么事了，看不出丁哥图什么，心里不踏实。"

刘冰连忙说："对，对，我就是这个意思。"

丁元英像老朋友唠家常一样说："我能在这儿说话是你们给我的面子，你们请我说我就多句嘴，你们不请我说我就闭上嘴。我的作用是把你们撮合到一起，建立一种市场经济的生存观念。说到图什么，先假定我是骗子，然后你们摸摸口袋里有没有值得骗子惦记的东西，如果没有，咱们就放心了。扶贫是个好名字，但是扶贫的不是我，是你们，是你们的人和你们的资本。我图什么呢？你们请我说话，说明我的话对你们有用，我就臭显能能了。"

一句"臭显能能"把大家说得都笑了。

丁元英说："如果大家没有人再提问题，咱们就可以散会了，散会前每个人都看看会议记录，如果记录属实就签上名字和日期，咱们就根据这个制定章程了。"

赵丽静把三张记录交给丁元英，不好意思地说："写字太快，有点潦草。重点内容都记下了，不是很全，写字的速度跟不上说话。我的名字已经签上了，让他们再看看。"

丁元英看了一眼说："挺好。谢谢你，谢谢！"然后把记录递给刘大爷，说："刘大爷您岁数大，您先看。"

刘大爷说："看啥呀，这还能有假？"说着跟赵丽静要过钢笔，在记录末端的空白处极生疏地签上了自己的名字和日期。

接着，其他人有的看看，有的没看，依次都签了名字，把最后的那页记录的空白处写得密密麻麻，签字的每一个人都是这次会议内容的见证者。

叶晓明最后一个签字，签完字把记录交给丁元英，有意无意地笑着说："丁哥一来，我们哥儿几个的前途就有救了。"

吴志明随即补上一句："王庙村的前途也有救了。"

丁元英是唯一没有签字的人，他随手把记录交给欧阳雪，不易被人察觉地微微皱了一下眉头，说："有了这种想法，就已经没救了。"

叶晓明和吴志明都没有意识到自己的话有什么问题，甚至还以为这是丁元英爱听的一句话，没想到却是这样的结果，只能尴尬地望着丁元英。

丁元英站起来说："散会前，咱们特别针对这个有救没救的事再絮叨两句。咱们翻开历史看看，你从哪一行哪一页能找到救世主救世的记录？没有，从来就没有，从来都是救人的被救了，被救的救了人。如果一定要讲救世主的话，那么符合和代表客观规律的文化就是救世主。这话在这儿讲有点转文了，具体到咱们当下这事，就是认准市场，吃别人吃不了的苦，受别人受不了的罪，做别人做不到的成本和质量。这个，就是你们的救世主。扶贫的本质在一个扶字，如果你根本就没打算自己站起来，老天爷来了都没用。好了，散会。"

格律诗公司预备股东扩大会议就此结束。

3

散会之后时间就接近中午了，丁元英考虑到维纳斯酒店中午上人的高峰需要欧阳雪回去照顾生意，自己也要回去起草

《公司章程》，就和欧阳雪先一步离开了王庙村。

欧阳雪驾车出了村口，问道：“大哥，由着他们买设备，资金会不会失控呢？”

丁元英说：“设备不能当钱花，农户生产、公司销售，利润双向透明，坑跑了你们或负债过高都不符合农户的利益，叶晓明和冯世杰他们会比你更关心这个问题。”

欧阳雪不好意思地说：“我就会开饭馆，对别的生意一点不懂。”

丁元英把车窗摇下一道缝，点上一支烟说：“会议记录放好了，将来有用。你回去把抵押借钱的文件做好，只把担保人和债权人该签字的地方空着就行。这个会下来农户就动起来筹划设备了，很快会有一个用钱的高峰期。”

欧阳雪说：“冯世杰他们的钱加起来有 20 万，可以先应应急。”

丁元英笑了，说：“你的钱不打头阵，账上一分钱也跟不进来。”

欧阳雪明白了，点点头说：“人家得探探虚实，也在理。”

从这句话以后停了好久两个人都没再说话，欧阳雪只顾着开车，丁元英不声不响地抽烟，谁也没有在意这种沉静。丁元英那支烟快要抽完的时候忽然觉察到了这个情况，他把烟头放进汽车烟灰缸里，推上烟灰缸问道：“怎么没声了？”

欧阳雪说：“等着大哥训话呀。大哥，中午小丹不在，你就在店里吃点吧，想吃什么就让厨房做去，吃完饭我把你送回去。”

丁元英说：“不用，我一去就耽误你照顾生意，你把我送到小吃街就行了，我去吃碗山西剔尖儿，再来碗不要钱的面汤，比吃你们的大餐自在。”

欧阳雪笑了笑，没再坚持，说：“大哥，咱们是闲聊，你要是不嫌我啰唆，我跟你絮叨絮叨我和小丹的事。”

丁元英说："能说的你就说。"

欧阳雪说："以前我和小丹两家住邻居，两家都是一个女儿，也都是父母离婚，有点相似的地方。但是……这一但是就不一样了，我是父母两头都嫌我累赘，母亲去哪儿了到现在都不知道，父亲又娶了个新老婆，我就成了儿歌里唱的那样，就怕爹爹娶后娘啊，有了个弟弟比我强啊，弟弟吃面我喝汤啊……"说到这里欧阳雪禁不住笑了起来，仿佛是在说一件与自己完全不相干的事，而这笑里又隐含着几分辛酸。

丁元英没有笑，继续抽着烟。

欧阳雪笑过之后接着说："那时候我喜欢到小丹家去玩，因为我一去小丹的母亲就给我拿好吃的，后来她们出国了。我12岁那年离家辍学，跑到马道街的一个小饭馆给老板娘磕了八个响头，脑门都磕出血了，老板娘不落忍给了我个择菜扫地的活儿，晚上饭馆的几个板凳一对就当床了。后来我自己摆馄饨摊儿，开小吃店，一天到晚拼了命地挣钱，就为在人堆儿里也能有个模样。"

丁元英点点头说："这已经很不简单了。"

欧阳雪说："我和小丹算有缘分，本来她家里是让她去上海读高中，可她不愿意跟她父亲在一起，就回古城读寄宿学校。当时我的小吃店就在寄宿学校附近，有一天店里来了几个同学吃饭，我听到有人叫小丹的名字，上去一问，还真是她，这才知道她是一个人在古城，以后我就常去看她，学校的伙食很单调，我就经常做点好吃的给她送去。"

丁元英说："原来你和小丹还有这么一段。"

欧阳雪看着前方的路，提速超过了前面的一辆农用机动三轮车，然后问："大哥，你知道维纳斯酒店是怎么开起来的吗？"

丁元英说："我只知道酒店的投资里有一部分资金是玫瑰园的房屋抵押贷款，其他的不清楚，但至少小丹的母亲同意这件事，因为房屋抵押贷款绕不开房屋所有权人。"

欧阳雪说:“当时我有个在黄金地段开酒店的机会，就是缺资金，实在没办法了我就去北京找小丹，小丹跟她母亲做工作促成了房屋抵押贷款。本来这钱说是借的，我是怕做赔了还不了钱才把她硬拉进股东，当时小丹正在读大学，根本没有经商的心思，我跟她说得天花乱坠，其实心里一点儿底都没。小丹心里什么都知道，可就是不捅破这层纸，一直给我留着面子。这事过去好多年了，我一直都忘不了。”

丁元英说:“小丹和她母亲能这样做，也是缘于对你有信心。”

欧阳雪说:“我忘不了这事不是因为小丹帮了我，是因为她尊重我，是因为她让我知道我也可以有面子。我为什么拼命挣钱，就是因为我知道自己没面子。我没亲人，也没什么文化，不管小丹将来是留学还是当律师，我都希望她别退出这个店，有个事连着我就有个伴儿，遇事有个商量心里就有个着落。”

欧阳雪语气平静地叙述着，那种平静更让人感觉到一种苍凉和感动。丁元英这时才真正理解了欧阳雪为什么会对芮小丹的去留问题如此敏感，因为那已经超出了一般朋友意义的友情和理解，那是一种精神和亲情的需要。

欧阳雪说:“我很佩服小丹，一点不娇气，胆子大主意也大，如果从办事上你根本看不出她是女孩子。小丹但凡贪慕点虚荣，凭她家的条件不会是现在的这种日子。”

丁元英说:“就因为她胆大主意大，所以她的将来不会让我去打算。”

4

预备股东扩大会议结束之后，大家在麦场送走丁元英，然后围着宝马车七嘴八舌议论一番，快到吃午饭的时间才渐渐散去，叶晓明、冯世杰、刘冰三人回到冯家。冯母已经把饭做好了，是烙饼、小米稀饭和几个炒菜，三人围坐在堂屋的饭桌旁边吃边聊。

冯世杰从柳条馍筐里拿了一块烙饼咬了一口，笑着说："真没想到蹦出一辆宝马，刘冰开上这车到大街上兜一圈儿，这谱摆大发了。"

刘冰摆摆手说："我是开车的，叶总是坐车的，是叶总的谱摆大发了。"

叶晓明低头吃饭，沉思了一会儿问："世杰，今天做会议记录是怎么回事？"

冯世杰说："我也不知道，丁哥让找个人做记录我就找了。"

叶晓明思忖着说："折腾了半天，人是咱古城的人，钱是咱古城的钱，丁哥还是没出一分哪。咱们要是按他说的去做，真做砸了谁担责任？说是光脚的不怕穿鞋的，可现在反倒成了他光脚咱穿鞋了，玩儿得真高。"

刘冰立刻警觉地问："那……咱的资金什么时候到位？"

叶晓明想了想说："欧阳雪是大股东，是董事长，咱办事得多看着点她的脸色，咱们跑得太靠前会不会让董事长不高兴呢？"

刘冰说："咱让丁哥把这辆车入股进来，这车就算不是新的，也得值个几十万吧。"

叶晓明说："晕！就算轮得着你坐，入了股咱就得把车钱分摊出来，你是坐得起还是养得起？用丁哥的说法，这叫强行摊派高消费。再说，这车并不是丁哥的名字。"

冯世杰说："晓明……"

刘冰立刻用手指敲敲桌子笑着说："叫叶总。"

冯世杰也笑了，点点头说："叶总，咱这么猜疑合适不合适？咱们到底是请人家帮忙还是成心找个冤大头坑一把？别管丁哥从哪儿拉来的资金，总之是拉来了。欧阳雪是好糊弄的吗？糊弄个十万八万的还可以，100万哪，搁谁身上谁不得掂量掂量？至少她得相信丁哥是实实在在帮咱们干事。就说这辆车吧，这车要是咱的咱舍不舍得这样拿出来用？”

刘冰刚喝下一口稀饭，放下碗说：“就是，就是。”

叶晓明抬眼看了看刘冰，不满地说：“就是什么？今天你当着那么多人说只有丁哥投资心里才踏实，你以为别人都听不出来吗？”

冯世杰说：“算了，算了，说点儿正事。那依你之见咱还干不干了？”

叶晓明纳闷地说：“这叫什么话，有点疑问就不干了，干了就不能有疑问？我见丁哥第一面就看出来他是高人，不然怎么会有今天的局面？”

冯世杰说：“那当然，所以选你当总经理。”

叶晓明也觉察到这样闲扯下去没多大意思，就问：“世杰，你在村里泡几天了，你估计农户买设备需要多少钱？”

冯世杰说：“我跟他们几个合计了一下，台锯、立铣机、旋床、车床、抛光机……加上翻砂、喷漆、跑电路这几块，怎么也得20万出头了。”

叶晓明说：“这事得严格把关，对农户报上来的单子咱们得到商家那里亲自看货，亲自谈价格，既不能贪图便宜买烂货，也不能花冤枉钱不实用。”

冯世杰说：“这事你放心，我知道分寸。”

叶晓明接下来犹豫片刻，还是问道：“咱们办公司，你的店怎么办？”

冯世杰说：“我和表弟商量好了，把店承包给他，这两年他在店里干得不错，业务也熟了。你放心，我绝对一门心思搞公司，我知道哪头轻哪头重。”

叶晓明喝完碗底的稀饭，放下碗筷拽一截儿餐巾纸擦擦嘴，笑道：“谁是高人？其实丁哥并不是高人，我更谈不上，真正的高人是冯世杰，丁哥也是世杰棋盘上的一颗棋子。王庙村要真是脱贫致富了，没人会记得丁哥，他也不可能为这点事待在古城。世杰可是本乡本土的功臣，报纸上吹乎吹乎，那就红了。”

刘冰急忙插言道：“没准儿还能混个乡长当当呢。”

冯世杰点上一支烟抽了一口，指着缭绕的烟雾笑着说：“我已经被你们吹得像那股烟儿一样飘起来了，我要是当了乡长，给咱们弟兄一人批两亩地，咱也盖个乡间别墅住住。”

刘冰陶醉地说：“我盖乡间别墅的时候得按最 Hi-Fi 的标准亲自设计一间听音室，摆一套八台后级的纯甲类胆机，专门在外面墙上挂一台变压器，邀请道上的大烧家来切磋，来一个震死一个。那时候有钱了，不用工作，衣食不愁，就是听听音乐、会会朋友，高雅得不得了，一进唱片店老板就知道爷来了，只有咱看不上的，没有咱不敢买的，谈古典、谈大师没咱不知道的。”

叶晓明看看手表说：“你醒醒吧，该出去操练了。”

刘冰伸手摁住叶晓明，余兴未尽地说：“别别，再畅想畅想，多过瘾哪！”

叶晓明和冯世杰都禁不住“嘿嘿”笑了。

第二十章

1

10月底的气温已经很凉了，冷飕飕的风不停地刮着，卷起阵阵尘沙和地上的落叶，尽管树上的叶子还没有完全落尽，零零落落地挂在树枝上，却早已失去了春夏之际那种水灵灵的神韵，冬天已经近在咫尺了。

古城有四个长途汽车站，上午九点多钟芮小丹在上班时间开着一辆警车送丁元英到长途汽车北站，一辆辆发往各地的长途客车依次排列，临近发车的售票员们在扯着嗓子叫客。芮小丹买了一张发往五台县的车票，座位靠着车窗。这班车离发车时间还有20多分钟，她提着丁元英的提包，在汽车旁边陪他说话。

芮小丹说："趁这会儿你抽支烟吧，上了车就不让抽烟了。"

丁元英点上一支烟说："你刚受过处分，今天又在上班时间私用公车。"

芮小丹说："以前是出格了，这次是捎带的。天冷了，到了山上气温更低，别忘了加衣裳。手机随身带着别嫌麻烦，有什么事必须在第一时间告诉我。我已经查过日历了，今天是农历九月十九，是观音菩萨出家纪念日，你们今天出门也跟着沾点仙气儿。"

丁元英笑笑说：“你怎么快成巫婆了？”

芮小丹说：“元英，你想过没有，如果那只股票没有挣到一倍以上的钱，你给欧阳雪定的出资额就显高了，这对她是个压力。”

丁元英说：“有可能，但这种可能性很小，而且可以补救。”

芮小丹问：“你怎么知道那只股票能挣一倍以上的钱呢？为什么一定要在明年5月卖掉？一般都认为明年香港回归、十五大召开都是股市利好的消息。”

丁元英说：“这个问题很复杂，有技术面、制度面、产业结构……很多因素，我跟你说不明白。这东西有点像禅，知之为不知，不知更非知。”

芮小丹说：“书店里教人炒股的书满柜台都是，怎么到了你这儿连说都不能说了。”

丁元英说：“真有赚钱的秘籍人家能告诉你？能那样赚钱也就不用写书了。”

芮小丹点点头：“也是。”

丁元英说：“香港回归是政治问题，是国家主权问题，至少近期不是经济问题。十五大是要解决政治、经济的基本策略问题，国有资产重组、债权变股权这些改革举措已经势在必行，这里面既有政治经济学，也有市场经济学，既要为改革开出一条道，又要分解改革的阵痛，这时的股市真真假假、大起大落。在这种背景下，你既得盯住庄家的黑手，也得盯住衙门的快刀，你得在狼嘴里有肉的时候下筷子，还得在衙门拔刀之前抽身。”

芮小丹一笑说：“朦朦胧胧更不懂了，就觉得后背发冷。”

两人在车边说着话，时间就过得很快。即将发车的时候售票员再次扯着嗓子喊道：五台的班车马上发车了啊，买过票的赶快上车，没买票的抓紧时间买票上车。

芮小丹把提包递给丁元英，看着他到座位坐下，目送着客车驶离长途汽车站。

2

五台山是中国四大佛教名山之一，位于五台县境内，由五座山峰环抱而成，五峰高耸，峰顶平坦宽阔，如垒土之台，故称五台山。

北京、古城、五台三地之间的距离相差无几，近似一个等边三角形。韩楚风以前曾经两次去过五台山，但都是在夏季避暑旅游，唯此次与丁元英相约而去有所不同，意在拜访大师谈经论道。为了这次参悟佛法之行，他推掉了手头所有的工作，独自一人驾驶一辆三菱吉普越野车前往五台县，在古城至五台县的最后一个国道收费站等候丁元英乘坐的班车。

韩楚风在收费站等了十几分钟，下午两点四十分，从古城至五台的班车驶抵收费站，丁元英从车上下来，与迎上来的韩楚风握手。北京一别，两人已是一年多没见面了，今日在这五台县的一个公路收费站相见自然是格外亲切。

丁元英把旅行包放进吉普车的后座，没有关车门，而是站在车门旁边点上一支香烟，实实在在地抽了一口，他已经有五个小时没抽烟了。

韩楚风说："到车上抽吧，得先找个吃饭的地方。"

丁元英说："不用找了，小丹说跟你在一起招贼，不让在路边吃饭，专门给准备了几个烧饼。这儿有路警候着，就在这儿吃。"说着，他从旅行包里拿出一个装着几个烧饼的小塑料袋和两个密封的瓶子放到后座上，瓶子里分别装着切得很薄的牛肉片和茶鸡蛋，然后又拿出一双一次性筷子和几瓶矿泉水。拿完食品，他又从包里拿出一个档案袋、一支钢笔和一盒红色印油，一并递给韩楚风。

韩楚风接过档案袋抽出《欧阳雪向韩楚风抵押借贷的协议书》看了一眼，绕到另一端坐到车里，打开钢笔一式三份签上名字，摁上手印，掏出纸巾擦擦手指上的印油。

丁元英敞着车门坐在韩楚风身边，把其中的两份文件连同钢笔和红色印油重新放回旅行包，歉意地说："古城一借钱，这几个月你就先手头紧点。"

韩楚风拿出一个烧饼，一边往烧饼里夹牛肉和茶鸡蛋，一边说："我这儿多少年都如一日，债权债务一锅粥，谈不上手头松点儿紧点儿，百儿八十万的怎么都能倒腾出来。陈茹从你那儿拿钱的事我都知道了，害得你穷得卖唱片，是我对不住你了。"

丁元英说："谁告诉你了？"

韩楚风大口嚼着烧饼，一边说："你有难处不告诉我，一定是有需要在我这儿避嫌的地方，除了我那口子给你找麻烦，我想不出还有谁能让你在我这儿避嫌，这不明摆着嘛。可这回你是里外不是人了，陈茹说你是成心给她难堪，哈哈……"

丁元英也笑道："给嫂子带个话，是我办事不周到，给她赔罪了。"

韩楚风把后座上的一个不大的黑皮包递给丁元英，说："钱在包里，一共 20 万，我多带了十万，准备了四个文件袋。五万块钱敲一扇门，多十万就多两次机会。如果连敲四扇门都是认钱不认人的主儿，咱们这趟就白跑了。佛子也是人嘛，现在的寺院都忙着赚钱，真正能静下心修持佛法的高僧已经不多了。"

丁元英扔掉烟头，从黑皮包拿出一个文件袋，将一万元一沓的现金装进去五沓放到一边备用，然后也夹了一个烧饼，说："到了佛家的地盘，就更得说随缘了。"

韩楚风坐在车里吃东西很不舒服，就下了车，一手拿烧饼一手拿矿泉水绕回丁元英坐的车门那边，身子倚着车门说："你到古城是图个清静，怎么又跟一帮发烧友扯上了？还惹出一档子扶贫的事。”

丁元英打开一瓶矿泉水喝了一口说：“小丹想要个礼物，就有了这档子事。王庙村是贫困县里的贫困村，小丹要的礼物就是在王庙村给她写个神话。”

韩楚风一下子愣住了，甚至忘记了嚼东西，片刻之后才定住神说：“神话？这种礼物闻所未闻。她跟这村子是什么关系？”

丁元英坐在车里面朝车门外，咽下一口烧饼说：“跟村子没关系，跟觉悟、境界也没关系，但是跟文化属性这个提法有关系，用她的话说，王庙村的穷既然是文化属性的产物，如果一个神话改变了村子，那又该怎么理解文化属性？”

韩楚风再一次愣住了，思索着说：“这才是其中的禅机。这丫头，不简单哪！”

丁元英说：“什么神话？不过是强力作用的杀富济贫，扒着井沿看一眼而已，不解决造血问题，谁敢拿着一个村子的农民去证明扒井沿儿看一眼的结果？那就不是错了，是罪。如果真理是人做出来的，那也不叫真理了，叫主义。”

韩楚风问：“既是杀富济贫，你杀谁？又济谁？”

丁元英没有直接回答，而是问道：“听说过乐圣公司吗？”

韩楚风说：“乐圣公司是中国 Hi-Fi 音响挑大旗的牌子，当家的叫林雨峰，音响界的名角儿，据说早年靠走私电器起家，白道黑道都蹚得很熟。”

丁元英说：“乐圣公司有 6400 万资产，从不涉足 AV 音响，在 Hi-Fi 音响市场占有 17%的份额。乐圣公司称自己只有矛，没有盾，永远都是进攻、进攻，是个霸气十足的音响公司，网上有人给乐圣旗舰音箱起了个江湖名字，叫独孤求败。”

韩楚风一脸不可思议的神态，谨慎地说：“杀富济贫，是得找个有点肉的大户。可就凭你这百十万的资金、几个发烧友和一帮等着扶贫的农民，可能吗？”

丁元英说："乐圣是因为矛的锐利而无须用盾，我这儿是既无矛可攻也无盾可守，就只能借用乐圣的矛了。我想，在北京摆摊儿，用柏林、伦敦、巴黎三个城市当托儿，让斯雷克公司当打手，让法院、媒体起哄，让伯爵电子公司投井下石，从乐圣公司碗里化点缘是有可能的，核心在一个小聪明上，小聪明的文章做好了，就能诱导乐圣公司的大聪明，而潜伏在小聪明中的，是大智若愚。"

韩楚风默默吃东西，沉默了许久之后忧虑地说："私募基金是狼嘴里夹肉，可这回是拔刀见血了，乐圣公司是林雨峰的私营企业，他能放过你吗？"

丁元英说："光脚的溅了穿鞋的一身泥，林雨峰虽败犹荣，仁者自有公论。他要因为这个杀了我，就得给自己立块无字碑了，写什么都寒碜，这种死后还得穷名给冤家托牌位的买卖，但凡有点脑子的人都干不出来。真杀了我，我就当下随缘了。"

韩楚风心里有数了，不再为这个忧虑，吃完烧饼喝了几口水，见丁元英也快吃完了，就上车准备发动汽车。丁元英把剩下的一口烧饼放进嘴里，收拾了一下后座的东西坐到前排副驾驶的座位，两人饭后都点了一支烟，开车上路了。

韩楚风开着车说："这盘菜不是人人都能吃的，如果扒着井沿儿看一眼再掉下去，那就真是饱了眼福，苦了贪心，又往地狱里陷了一截儿。"

丁元英说："所以，这事得拆分成发烧友的公司和农民的生产两个部分，允许几个股东去扒井沿儿，能不能爬上来取决于他们自己。对农户，从基础设置就不给他们期望天上掉馅饼的机会，我救不了他们，我能做的，就是通过一种方式让他们接受市场经济的生存观念，能救他们的只有他们自己。"

韩楚风沉思了一会儿，说："你是在农民的地盘上跟农民打交道，如果不把农户纳入公司统一管理，产品质量和成本怎么控制？各方面的利益矛盾怎么解决？”

丁元英说：“不能管，一管就死了，连解决问题的机会都没有。”

韩楚风不解，问道：“怎么讲？”

丁元英说：“农户生产，农民得从吃饭睡觉的房子里挤地方，得呼吸油漆的有毒气体和立铣、打磨的有害粉尘，得听各种生产噪声。这里有劳动时间问题，有使用童工和老年工的问题，有社会保险、劳动保护和环境污染的问题……农户能拼什么？拼的就是在不是人待的地方干不是人干的活儿，拼的就是不是人。如果纳入公司，公司在法律条款面前一天都活不下去，农民马上就会跑来跟我说这儿睡着太挤了，那儿干活儿不舒服，所有的矛盾都会转嫁为农户跟公司的矛盾，那时候就不是产品质量和成本问题了，是怎么伺候好爷的问题。”

韩楚风说：“一管就掉进坑里，有道理。可是不管，那就得乱成一锅粥了。”

丁元英往车窗外弹了弹烟灰说：“农户不是铁板一块，没了这个矛盾有那个矛盾，有利益驱动着，让他们自己斗去，用小农意识治小农意识。”

韩楚风问：“怎么个治法？”

丁元英说：“在各道工序的农户之间实行小农经济的买卖关系，打磨板子专业户向下料专业户买毛坯板，喷漆户向磨板子户买泥子板，包装户向喷漆户买成品板，现金交易，一环制约一环，谁出问题谁承担损失，不影响别人的利润。允许他们有一个出次品、报高价的过程，让市场去纠正他们，用经济杠杆解决质量、成本问题。这事不适合学院派的打法，我这是不入流的野套路。”

韩楚风轻轻点点头，说：“法无定法，存在决定意识。有道道。”

……

他们一路闲聊着驶向五台山，到了五台山的入山口付了每人 80 元的进山门票，继续沿着山路往山上行进。这个季节来五台山的游客已经不多了，越往山上走气温越低，连绵峰峦之中举目可见若隐若现的寺庙，让人不禁感到这座四大佛教名山之首的庄严与神秘，仿佛落进了一只在冥冥之中操纵一切悲欢离合的如来之手。

3

汽车沿着山路前行，沿途遇到过几座寺庙，都因为车辆不便通行而绕过了，直到接近顶峰的时候终于遇到了一座道路平坦而又便于停车的寺庙，走到近前才看清楚这座寺庙的名字叫“一禅寺”，寺院门口的停车场停着一辆旅游中巴，有几个闲散的游客。

一禅寺依山而建，是一座小有规模的寺院，门前钟楼雄伟壮观，具有中唐时期的建筑风格。两扇厚重的木门上布满了铜钉，院子里正对大门的是一棵巨大的古槐，此时已是叶落枝秃，只有苍劲的树身向人们诉说着岁月的沧桑。寺院的后面依山而上是一条陡峭的石梯路，长长的石阶好像一条蜿蜒的绸带一直向上延伸，渐隐于缭绕的云雾中。

丁元英和韩楚风下了车来到守门的僧人跟前，丁元英礼貌地说:“打扰师父，我们来五台山是希望有机会拜访一位佛法造诣精深的大师，烦请师父能指点一下。”

守门僧人答道:“阿弥陀佛！本寺的智玄住持就是施主所言佛法造诣精深的大师，法师深居简出精研佛法，不轻易会客。施主若是入寺参观请购买门票入内，若是拜见高僧请到其他寺庙造访，各寺庙都有高僧住持。阿弥陀佛！”

丁元英把装有五万元现金的文件袋递给守门僧人，说:

“麻烦师父，请你把这个交给智玄大师，就说有两位客人诚心求见。”

守门僧人接过文件袋单手作揖，说了声“请施主稍候”就进去禀报了，过了一会儿拿着文件袋回来交还给丁元英，说：“师父回话，非也。”

韩楚风当着守门僧人的面从自己手里的黑色皮包里又取出五万元现金，从丁元英手里拿过文件袋把钱装进去，重新递给守门僧人，说：“请师父再给通报一次。”

守门僧人接过文件袋又单手作揖，说了声“请施主稍候”就再次进去禀报了，过了一会儿又拿着文件袋回来交还给韩楚风，说：“师父回话，非也，非也。”

多了五万元，换回来的只是多了一个：非也。

十万元的进香都不能与大师见上一面，韩楚风一时没了主意。这时丁元英从怀里取出一个普通信封再次递给守门僧人，说：“请师父再辛苦一趟把这个交给大师，如果大师还是不肯接见，我们就不打扰了。”

守门僧人犹豫了一下，还是接过信封进去了。

门口只剩下丁元英和韩楚风两人。韩楚风不解地问：“什么招儿？”

丁元英说：“我诌的一首词，不是招儿的招儿，随缘吧。”

这次守门僧人进去的时间比较长，好一会儿空着手回来了，手里的信封已不见，这似乎是一个有希望的信息。果然，守门僧人走过来说：“两位施主请随我来。”

守门僧人前面带路领着二人进入寺院，穿过大佛殿时，见到大殿中央台面上端坐一尊金身大佛，周围是一些佛教法器，佛前燃着香火。出了大佛殿拐了几道弯来到明心阁，屋内青砖铺地，陈设简单，木制桌椅呈现出古旧的色泽，临门站着一位六十多岁身穿灰色僧袍的老者，他个子不高，身材消瘦，下颌的胡须已经花白了。

守门僧人恭敬地介绍道:“这位就是智玄大师。”接着对智玄大师双手合十躬身行礼低声道:“弟子告退。”又对客人合十行礼，这才退下。

智玄大师说:“两位施主，请坐下说话。”

明心阁的房子不是很大，四周墙壁上有一些佛教字画，屋内正中摆着一张老式方桌和四把木椅，三人围桌而坐，桌上放着丁元英的一首词和压在纸上的信封。智玄大师把信纸和信封轻轻往前推了一下，说:“敢问施主什么是真经?修行不取真经又修什么呢?”

韩楚风不知道这首词的内容，就势拿过看了一遍，上面写道——

悟

悟道休言天命，
修行勿取真经。
一悲一喜一枯荣，
哪个前生注定?

袈裟本无清净，
红尘不染性空。
幽幽古刹千年钟，
都是痴人说梦。

韩楚风马上明白了智玄大师为什么要提这样的问题，所不同的是，大师心里有解，而他心里无解，他在心里是真正地提问:什么是真经?修行不取真经还修什么?他觉得词中诸如“休言”“勿取”“痴人说梦”之类的用词过于激烈了，不太妥当。但此时他更关心的是丁元英如何回答这个问题，或者说他更想知道这个问题的答案。

丁元英回答道："大师考问晚辈自在情理之中，晚辈就斗胆妄言了。所谓真经，就是能够达到寂空涅槃的究竟法门，可悟不可修。修为成佛，在求。悟为明性，在知。修行以行制性，悟道以性施行，觉者由心生律，修者以律制心。不落恶果者有信无证，住因住果、住念住心，如是生灭。不昧因果者无住而住，无欲无不欲，无戒无不戒，如是涅槃。"

智玄大师含笑而问："不为成佛，那什么是佛教呢？"

丁元英说："佛乃觉性，非人，人人都有觉性不等于觉性就是人。人相可坏，觉性无生无灭，即觉即显，即障即尘蔽，无障不显，了障涅槃。觉行圆满之佛乃佛教人相之佛，圆满即止，即非无量。若佛有量，即非阿弥陀佛。佛法无量即觉行无量，无圆无不圆，无满无不满，亦无是名究竟圆满。晚辈个人以为，佛教以次第而分，从精深处说是得道天成的道法，道法如来不可思议，即非文化。从浅义处说是导人向善的教义，善恶本有人相、我相、众生相，即是文化。从众生处说是以贪制贪、以幻制幻的善巧，虽不灭败坏下流，却无碍抚慰灵魂的慈悲。"

智玄大师说："以施主之文笔言辞断不是佛门中人，施主参意不拘经文，自悟能达到这种境界已属难能可贵。以贫僧看来，施主已经踩到得道的门槛了，离得道只差一步，进则净土，退则凡尘，只是这一步难如登天。"

丁元英说："承蒙大师开示，惭愧！惭愧！佛门讲一个'缘'字，我与佛的缘站到门槛就算缘尽了，不进不出，亦邪亦正。于基督而言我进不得窄门，于佛而言我不可得道。我是几等的货色大师已从那首词里看得明白，装了斯文，露了痞性，满纸一个'嗔'字。今天来到佛门净地拜见大师，只为讨得一个心安。"

这时，一个小僧人走进来恭敬地对智玄大师合十行礼，说："师父，都准备好了。"说完转身退了出去。

智玄大师站起来说："两位施主，请到茗香阁一叙。"

丁元英和韩楚风跟着智玄大师出了明心阁，向左转穿过一道长廊，来到一间题名为"茗香阁"的房舍。茗香阁比刚才的明心阁大得多，进门迎面就看见墙上挂着一副横幅，上面写着"清净自在"四个潇洒飘逸的大字。横幅下面整齐地摆放着笔墨纸砚和一个紫檀木制成的围棋棋盘，棋盘上是两盒棋子。房间北墙的位置是一块以天然怪石当作的茶几，石面上摆着盖碗茶具、茶叶罐，茶几四周是几个树根凳子，主座位旁边是一个木炭炉子和一个装水的木桶，炉子上架着铜壶，壶里的水已经快开了，听得见嗡嗡的响声。

智玄大师伸手示意说："两位施主请坐。"待客人落座后智玄大师问道："施主以钱敲门，若是贫僧收下了钱呢？"

韩楚风答道："我们就走。如果是钱能买到的东西，就不必拜佛了。"

智玄大师豁然一笑，分别往盖碗里放入茶叶，提起冒着蒸汽的铜壶逐一将开水冲进三只盖碗，盖上碗盖说："这是寺里自制的茶，水是山上的泉水，请两位施主品尝。"

丁元英揭开碗盖，一股带着山野气息的清香扑鼻而来，只见碗中的茶汤呈淡绿色，碗底的茶叶根根形态秀美。他端起茶碗喝了一小口，禁不住地说了声："好茶。"

韩楚风端起茶品了一口，顿知此茶品质绝非一般，此情此景令他心生感慨，不禁想起了那副"坐，请坐，请上座；茶，上茶，上好茶"的对联。

智玄大师放下茶碗，说："施主上山并非为了佛理修证，有事不妨道来，贫僧虽老学无成，念句'阿弥陀佛'却还使得。"

于是，丁元英把"神话""扶贫"的来龙去脉以及已经做的和将要做的向智玄大师简要讲了一遍，并且着重解释了主观上的"杀富济贫"和文化属性思考。这显然已经不是简单的市场竞争，也不是简单的扶贫，而是基于一种社会文化认识的自我作为。

智玄大师听完之后沉思了许久，说：“施主已胜算在手，想必也应该计算到得手之后的情形，势必会招致有识之士的一片声讨、责骂。得救之道，岂能是杀富济贫？”

韩楚风随口一问：“那得救之道是什么？”

这一问使智玄大师突然怔住了，顿然明白了丁元英“杀富济贫”的用心和讨个心安的由来，说道：“投石击水，不起浪花也泛涟漪，妙在以扶贫而命题。当有识之士骂你比强盗还坏的时候，责骂者，责即为诊，诊而不医，无异于断为绝症，非仁人志士所为，也背不起这更大的骂名。故而，责必论道。”

丁元英说：“晚辈以为，传统观念的死结就在一个‘靠’字上，在家靠父母，出门靠朋友，靠上帝、靠菩萨、靠皇恩……总之靠什么都行，就是别靠自己。这是一个沉积了几千年的文化属性问题，非几次新文化运动就能开悟。晚辈无意评说道法，只在已经缘起的事情里顺水推舟，借英雄好汉的嗓子喊上两声，至少不违天道朝纲。”

韩楚风来五台山之前只知道丁元英要拜见高僧大德，少不了谈经论道，却并不知道丁元英拜佛的具体目的，直到这时才完全明白。

智玄大师说：“以施主之参悟，心做心是，何来讨个心安呢？”

丁元英说：“无忏无愧的是佛，晚辈一介凡夫，不过是多识几个字的嘴上功夫，并无证量可言。我知道人会骂我，我以为佛不会骂我，是晚辈以为，并非真不会挨骂。大师缘何为大师？我以为是代佛说话的觉者。”

智玄大师略微思忖了一下，说：“贫僧乃学佛之人，断不可代佛说话，亦非大师。得救之道自古仁人志士各有其说，百家争鸣。贫僧受不起施主一个‘讨’字，仅以修证之理如实观照，故送施主四个字：大爱不爱。”

丁元英双手合十给智玄大师恭敬地行了一个佛礼，说道：“谢大师！”

智玄大师说：“弱势得救之道，也有也没有。没有竞争的社会就没有活力，而竞争必然会产生贫富、等级，此乃天道，乃社会进步的必然代价。无弱，强焉在？一个‘强’字，弱已经在其中了。故而，佛度心苦，修的是一颗平常心。”

韩楚风因为先前不了解情况，所以一直没有参与谈话。此时听了智玄大师一番话心生感慨，说道：“佛教主张利和同均，大师坦言等级乃天道与代价，不拘门户之见，令晚辈十分敬佩。晚辈在想，如果强者在公开、合法的情况下都可以做到杀掠，那么在不公开、不合法的条件下，弱势还剩下多大空间？佛度心苦虽慈悲，但人毕竟还有物质的一面。”

智玄大师对韩楚风笑了笑，说：“施主不必拘礼，请讲。”

韩楚风说：“如果主流文化能在弱势群体期望破格获取与强势群体期望更高生命价值的社会需求之间建立一个连接的纽带，或许更有积极意义。强势群体仅仅适用一般的竞争规则是不够的，主流文化应该对强势道德提出更高的要求，构建强势文化体系，赋予强势群体更高的生命价值。当然，这首先是以不平等为先决条件的。”

智玄大师说：“利和同均，不平等已在其中。”

韩楚风说：“主流文化，当是推动社会进步、改善社会关系的文化。如果人的行为首先是政治的或宗教的需要，那么这种价值无疑也首先是政治的或宗教的价值。当社会将道德价值全部锁定在政治文化和宗教文化的时候，个人道德就没有价值空间了，既不利于鼓励强势对弱势的关注，也不利于社会整体道德素质由量变到质变的转化。”

智玄大师说：“施主的观点与佛教的主张并不矛盾，不同的是施主认为主流文化应该给强者个人一定的道德价值空间。贫僧以为，无论功德记在哪一家的账上，风调雨顺、国泰民安都将是众生的福报。”

韩楚风说：“只是，等级一直是我们社会文化的禁区，大家所以小心翼翼绕开禁区，是唯恐平等、尊严之类的东西受到伤害。”

喝过一道茶，智玄大师给大家续上一轮开水，对丁元英宽怀一笑，说：“释、道、儒是中国传统文化的三大体系，施主这一刀下去，一个都没幸免哪，哈哈哈……”

丁元英说：“不敢，不敢。释、道、儒均是博大精深的学派，支撑中华民族走过了几千年的文明历程，是伟大的文明。但是，社会在发展，传统文化毕竟是以皇恩浩荡为先决条件的文化，讲的都是皆空、无为、中庸的理，以抑制个性而求生求解。当今社会已经发展到了市场经济的民主与法制，诸家学说也面临一个如实观照而俱进的课题，是传统、还是传承？统则僵死，承则光大。”

智玄大师说：“施主尚未畅所欲言，不好。海纳百川，施主纵是沧海一粟，我佛也愿汇而融之。今日有缘一叙，自当请施主开诚布公，以利佛理修证。”

丁元英说：“晚辈叹服佛法究竟真理真相的辩证思维，如是不可思议。但是，晚辈以为佛教包括了佛法，而佛法有别于佛教。佛教以佛法证一，进而证究竟，最终是为给心找个不苦的理由，成佛，无量寿，极乐。佛教以假度真的方便法门住福相、住寿相、住果相，是以无执无我为名相的太极我执，致使佛教具有了迷信、宿命、贪执的弱势文化特征，已然障蔽佛法。晚辈以为，如果佛教能依佛法破除自身迷障，不住不拘个人解脱，以佛法的如是不可思议究竟生产力与文明的真理真相，则佛法的佛教即出离宗教的佛教，成为觉悟众生的大乘法度，慧于纲纪泽于民生，是名普度众生。”

智玄大师沉默不语，静静地看着丁元英，过了许久黯然感叹道：“得智的得智，化缘的化缘，烧香的烧香，坐禅的坐禅。”

丁元英和了一句：“各尽所能，各取所需。”

智玄大师说：“两位施主请随我来。”

丁元英和韩楚风随智玄大师走到书案近前，只见智玄大师在书案上展开一张一尺见方的宣纸，把丁元英的那首词放在旁边，研墨蘸笔，写道——

悟道方知天命
修行务取真经
一生一灭一枯荣
皆有因缘注定

写完之后智玄大师放下笔，说：“此‘天’非彼‘天’，非众生无明之天，亦非众生无明之命，此乃道天，因果不虚，故而改字‘方知’。修行不落恶果虽有信无证，却已无证有觉，已然是进步。能让迷者进步的经即是真经，真经即须务取。悲喜如是本无分别，当来则来，当去则去，皆有因缘注定，随心、随力、随缘。”

智玄大师信手把原句的“休言”改成了“方知”，把原句的“勿”改成了“务”，把原句的“悲、喜”改成了“生、灭”，把原句的“哪个前生”改成了“皆有因缘”。九个字的改动，理虽同是，而意思、意境、意气却全然不同，即灭嗔怒、我慢，直指究竟。

韩楚风看后赞叹地点点头，说：“精妙！九字之境，无证而证。”

丁元英再度给智玄大师恭敬地行了一个佛礼，说：“谢大师开示。”

智玄大师把修改过九字的上阕词送给丁元英，说道：“贫僧与施主的一阕之缘今日圆了上阕，贫僧九字不实之处还望施主修正。下阕贫僧不改了，留半阕缘待续，倘若施主在某年的某一日想改下阕了，如蒙不弃，可带着改过的下阕再来圆续半阕之缘。”

丁元英说：“承蒙大师不弃，一定。”

三人又回到各自的座位继续喝茶。

智玄大师端起茶碗呷了一口，放下，说：“施主身上乃三气居中啊。”

韩楚风不解其意，问：“哪三气？”

智玄大师答道：“三分静气，三分贵气，三分杀气。”

韩楚风闻声心里一颤，没有人能比他更了解丁元英了，这正是丁元英的真实品性。他惊叹大师的观察力，问道：“十分之气，还有一分呢？”

智玄大师说：“还有一气住于身中，游离心外——痞气。”

韩楚风脱口而出一个字：“绝！”

……

正说话间，一个中年僧人来到茗香阁，站在门口双手合十，对智玄大师说：“师父，大觉寺的慧明法师已经来了。”

智玄大师点了点头，对丁元英和韩楚风说：“施主稍候，贫僧去去就来。你们可先到后院走走，景致极好。今天就不要走了，晚上和慧明法师一起用斋，咱们随缘一叙。”

丁元英起身合十顶礼道：“谢大师！”

4

丁元英和韩楚风两人出了茗香阁，穿过一道拱形门来到一禅寺的后院，后院也是依山势而建，院中几棵环抱粗的古银杏树掩隐着几间禅房，飘了一地的落叶，远处传来隐隐约约的钟声，更加衬托出这千年古寺的清静幽谧。

两人踏着石级路向上走，后院的尽头是一个大石台，周围立着一圈石柱做的栏杆，栏杆之间有铁链相连。站在平台上放眼望去，只见远处重峦叠嶂，西下的夕阳像一枚金红色的果子挂在山尖上，强劲的山风带着一股浓浓的寒意。

韩楚风掏出烟给丁元英一支，问："佛门净地能抽烟吗？"

丁元英笑笑说："栏内是净，栏外是土，靠着栏杆就能抽。"

韩楚风也笑了，两人点上烟，韩楚风说："刚才有话没敢说，怕有吹捧之嫌，可又不吐不快，现在可以说了。扶贫的事若以次第而分，也有三个层面。一、天上掉馅饼的神话，实惠、破格，是为市井文化。二、最不道德的道德，明辨是非，是为哲人文化。三、不打碎点东西不足以缘起主题，大智大爱，是为英雄文化。"

丁元英说："不敢当，不敢当。"话音刚落，突然意识到了什么，自嘲道："咱们怎么转起文来了？可别恍恍惚惚以为自己也是大师了。"

韩楚风也意识到了，说："惯性，惯性，一下子收不回来了。"

两人哈哈一笑。

韩楚风面向群山，手抚着石栏说："这趟如果不来，真是人生一大憾事。只是你我都有谤佛之嫌，也不怕下了地狱？"

丁元英说："没有地狱，天堂焉在？总得有人在地狱待着，咱们就算上一个，不然天堂就没着落了。"

韩楚风笑了笑，说："一招杀富济贫引出得救之道的讨论，骂的是你，疼的却是传统观念。一年多不见你怎么有了这么高的境界？"

丁元英摆摆手说："哪里是境界，我还没冲动到为了让舆论溅几滴水花就去招惹那种骂名。当'得救之道'的讨论浮出水面，那就是我要送给小丹的礼物。"

韩楚风顿然目瞪口呆，脱口一声："啊？我的天！你知道这件事得折腾多少人？得惹多大动静？原来就是……就是给一个女人的礼物。”

丁元英说：“天下之道论到极致，百姓的柴米油盐。人生冷暖论到极致，男人女人的一个‘情’字。这两个极致我都没敢冒犯，不可以吗？”

韩楚风说：“可以，当然可以。只是你一向对女人敬而远之，这个弯子转得太大了。”

丁元英说：“佛说看山是山、看水是水，我只是依佛法如实观照，看摩登女郎是摩登女郎，看红颜知己是红颜知己。”

韩楚风望着远处连绵起伏的山峦，感叹道：“古有千金一笑之说，如今一看，那千金一笑又算得了什么？”

第二十一章

1

1997年1月5日，星期天。这一天是农历小寒，白晃晃的太阳当空照耀着，把温暖的阳光洒在大地，这是冬日里难得的一个好天气，连栖身在光秃树枝上的麻雀都显得比平时活跃了，跳来跳去发出叽叽喳喳的叫声，给这萧瑟的冬天增添了几许生气。

午饭过后，丁元英在家里开着电脑和激光打印机处理着各种有关王庙村农户生产经营的文件，都是按农户的要求，根据各个农户提供的口头记录内容而分别起草的文件，有合伙企业章程、家庭产业股东权协定、家庭安全生产条例、农户之间的各种订购合同、各种工序价格表等，茶几和沙发上到处是打印纸。

这时电话响了，丁元英拿起电话一听是欧阳雪。

欧阳雪在电话里拘谨地说："大哥，我在楼下，可以上去吗？"

丁元英说："上来。"

片刻，欧阳雪上来，丁元英打开门说："怎么这么客气了？"

欧阳雪摘下长围巾放到沙发上，笑笑说："我也不知道怎么就成这样了。大哥，我用分期付款买了辆新车，刚挂上牌子，今儿天气特别好，我带大哥坐新车出去兜兜风？”

丁元英有些诧异：“哦？买新车了？”

欧阳雪到电脑房间坐下，说：“三月份要注册公司了，以后少不了常去北京。本来我是想卖了股票再换车，那辆普桑买的时候就是二手车，又开几年了，已经破得不成样子。”

丁元英整理着不断从打印机里出来的文件，说：“你买车，不用跟谁解释。”

欧阳雪说：“是因为……那辆旧车小丹要了，作价四万，以后的车就归个人了。小丹开那个车，我总觉得有点……有点……我说不大清楚，就那个意思。”

丁元英明白了，笑笑说：“个人条件不同，没什么。你要带我兜风就兜到村里，我这儿有些文件要给农户送过去。”

欧阳雪说：“这是我分内的事，兜不兜风都得去。这就去吗？”

丁元英说：“待会儿，等这几份文件出了。”

欧阳雪点点头，拿出一张名片递上去，说：“大哥，这件事可能你已经知道了，刘冰给自己印了一盒名片，听说一天的工夫就发了几十张，见谁都给，刘主任这个称呼现在已经叫开了。咱们公司还没有注册，也没有办公室主任的编制，他连个招呼都不跟谁打就这样做，我是有点担心，大家一起共事这才刚刚开始就出这事。”

这是一张非常精致的名片，无论纸张还是印刷都是一流的，上面印着刘冰的名字和公司办公室主任的职务，名片右上方印有已经定稿但还尚未启用的蓝色公司徽章。

丁元英看了看，放下名片说：“这事在你们开会的时候可以提一提。”

欧阳雪说：“刘冰开着那辆宝马到处晃悠，有时候叶晓明工作用车都找不到人，刘冰报账的汽油费和手机费都特别高，冯世杰和叶晓明他们对这事挺有意见，只是碍于面子侧面跟我提了提。大哥，那车是谁的也没个说道，你觉得咱这小公司放一辆宝马车合适吗？”

丁元英说：“不管是谁的，先用着。北京那种地方，少不了得有辆车撑撑门面。”

打印好文件，丁元英把所有文件都装到一个牛皮纸的档案袋里，然后和欧阳雪下楼去王庙村。楼下停着一辆崭新的黑色广州本田 2.0 轿车，外观比普通桑塔纳时尚了许多。车里有一股新车装潢特有的气味，必须要打开点车窗通风，尽管天气很好，但时下毕竟是严冬，车速带起的风打在脸上仍然非常寒冷。

汽车进入乡间，行驶在一条只容两辆车交错而过的窄路上，欧阳雪放慢速度。路过一个村庄的时候，正赶上这里赶大集，平时冷冷清清的街道上人头攒动，非常热闹，原本就不宽的街道两边摆满了卖菜的、卖小吃和各种日用品的摊子，汽车缓慢地向前一点点挪动，用了 20 多分钟才通过这段道路。

2

冬天是农闲季节，但是王庙村这个冬天却没有闲着，最直观的景象是：蹲在墙根下晒太阳的人少了。

汽车开进那座虽然经过修修补补却仍然显得破落的院子，只见木工作坊门口停着那辆宝马轿车。离木工房 20 多米远的教堂门前停了许多自行车，也站了不少人，阵阵众人一起祈祷的声音从教堂里传出，显然教会在搞活动，邻近村的基督教徒都来了。

不知从什么时候起，公司的几个人有了一个不成文的规矩，不管谁来王庙村都得先到木工房报个到打个招呼。

木工作坊现在虽然还叫木工房，但是已经完全没有了木工房的含义。自从在王庙村搞了公司加农户以后，这个木工作坊就解散了，吴志明成了喷漆专业户，周国正成了翻砂专业户，李铁军成了下料专业户，这里的几台简易木工机械早就撤空了，房子由格律诗公司承租下来，做了叶晓明他们设在王庙村的办公室，一间用来测试音箱，一间摆了三张小床用来休息，还有一间是开会、办公的地方。

欧阳雪没下车就看见木工作坊的门锁着，于是一转方向去了就近的周国正家，因为周国正家的院子里冒着浓烟并蹿出老高的火苗，一看就知道是正在开炉。

来到周国正家，院子里的那棵树和鸡窝不见了，靠着西边的院墙搭起了一个大棚，面积大约占整个院子的四分之一，棚子底下铺着约半尺厚的沙土，沙土上列着一排排已经做好的沙形，沙形上面用来浇铸的小孔有的用东西盖着，有的已经浇铸了。有几个沙形由于铁水温度极高而裂开了，裂缝中竟有丝丝青色的火焰蹿出来。

翻砂的钢炉就架在露天，在鼓风机的催动下炉火熊熊地燃烧着，炉子上面是堆得冒尖的生铁和焦炭，下面是熔化到通红白炽的铁水。冯世杰和刘冰负责用磅秤将生铁和焦炭配好比例按周国正要求的时间和数量填入炉子，周国正两手握着一根钢钎控制炉子里的熔化，一边大声指挥着其他人，村里的几个年轻人早已端着浇铸用的长柄大勺子在一旁等候。两个壮汉将一根碗口粗的圆木杠插入钢炉一个特制的圆孔中，用力使钢炉倾斜，通红的铁水从出口流出来倒入大勺子里面，几个人迅速将铁水倒入沙形上面的浇铸孔里。这端勺的功夫也并不简单，浇铸的时候既要手快又不能抖，不但得有力气还得有熟练的技术。

大家围着炉子干活儿又累又热，个个浑身是汗，有的敞着怀，有的干脆把棉衣脱了就剩下一层毛衣。大家见丁元英和欧阳雪来了，一边忙着一边打招呼。周国正的媳妇赶忙送过来两个小板凳，然后又端来两杯开水。

丁元英把一份文件交给周国正的媳妇，说：“这是翻砂的合同范本，做好了。”

周国正的媳妇接过翻砂合同范本说：“谢谢丁哥。”

冯世杰也敞着怀，脸上被煤烟熏得黢黑。趁炉子里暂时不需要加料的工夫，他把柳条筐往丁元英和欧阳雪旁边扣着一扔，一屁股坐下随口说：“我的天，累死我了！丁哥，大冷天的你怎么来了？本来我们几个都说好了晚上要到你那儿去呢。也没啥要紧的事，就是想过去跟你聊聊。”

丁元英停顿了一下，所答非所问地说：“累死了，你死了吗？”

冯世杰一愣，讪讪一笑说：“嘿嘿，哪能真死呢。”

丁元英说：“以后不许说‘累死我了’这句话，只有一种情况可以说，就是你真的快累死了，还剩最后一口气。但是有个条件，说完就得死，不死不行。”

谁都没想到丁元英会说出这么一番话来，都愣住了。刘冰看了看丁元英，犹豫再三还是以开玩笑的口吻说：“丁哥，你比资本家还狠哪！”

周国正的媳妇接了一句：“刘主任，怎么跟丁哥说话哪？”

一个端勺的小伙子笑嘻嘻地说：“刘主任晕了，这关人家丁哥啥事？”

丁元英说：“想干成点事就记住两句话，别把别人不当人了，别把自己太当人了。就这点规律而言，天下乌鸦一般黑。”

冯世杰点点头说：“丁哥，我懂了。”

丁元英这才回到刚才的话题，说：“农户要的文件做好了，我来给他们送文件。欧阳也在这儿，有什么事待会儿到木工房再聊，我先去送文件。”

冯世杰说：“好，待会儿到木工房碰头。这边再出一炉就收工了，晓明在铁军家下音箱的料，这会儿差不多也该下完了。”

冯世杰和刘冰出来送丁元英，在门口看见了欧阳雪的新车，刘冰说：“哇，崭新崭新的车呀，还是董事长厉害，说买就买了。”

冯世杰说：“董事长再厉害，也没你刘主任的宝马厉害。”

欧阳雪笑笑没说什么，等丁元英上了车，一踩油门去了喷漆专业户吴志明家。

吴志明家的院子是王庙村几个专业户里面积最大的院子，用土坯圈起的围墙，跟别人家一样，坐北朝南的是正屋，西边是一间厨房和新盖的几间喷漆房。东边是一个棚子，下面停着一辆农用机动三轮车，旁边的木头支柱上拴着一条威风凛凛的大黑狗。他们家整个就成了一个小型喷漆厂，除了住人的屋子以外，能利用的地方都利用上了，墙上挂着的、地上摆在长凳子上的全是打上泥子的板子，走路都得处处留神。院子里一片繁忙景象，几个姑娘、媳妇聚在一起一边打磨着上好泥子的板子一边说着家常。

吴志明的媳妇坐在院子当中的小树墩上用砂纸打磨上过泥子的音箱外壳，这是个非常细致的活儿，对质量的要求很高。她非常耐心地一点一点用砂纸打磨着，不时还用手感觉一下光滑度。她的双手已经被这样的劳动风蚀得粗糙不堪，手指上的冻疮裂着血口子，手上、脸上和头发上蒙了一层干泥子粉尘。

趴在地上的黑狗听到门口有脚步声噌地站起来叫了几声，吴志明的媳妇抬头见是丁元英和欧阳雪来了，忙放下手里的活儿招呼道：“丁哥来啦，欧阳也来啦，进屋坐吧。志明正在屋里刷倒膜漆，我去叫他。”

丁元英说：“不用了，我还得去刘大爷和铁军那儿送文件。这四份是志明要的，一份合伙企业章程，一份家庭股东权协定，还有工序价格表和合同范本。”说着，他把四份文件交给吴志明的媳妇。

说话间，吴志明听见声音已经从喷漆房里出来了，摘下套袖和口罩走过来笑着说："听见你们说话我就赶紧出来，欧阳也来啦，这大冷天的你们跑啥呀，文件让他们带来就行了。"

欧阳雪说："你这儿用的怎么全都是女工啊？"

吴志明憨厚地笑着，搓着双手不好意思地说："打磨这活儿适合女的干，她们也能给家里多挣点钱。女的便宜，干活儿细，又比男的好管，就是速度慢一些。"

欧阳雪又问："她们天天都来你家上班吗？"

吴志明答道："这几个天天来，还有几个是把板子带回家去打磨，那样她们就能自己掌握时间了，反正我这里是计件算工钱的，干的活儿多就多挣钱，干得少就少挣。"

欧阳雪说："嫂子这么冷的天干这活儿，你也不给嫂子戴副手套？"

吴志明的媳妇笑呵呵地说："会上不是说要吃别人吃不了的苦嘛，戴手套根本干不了这细发活儿，人家喷漆的不收，俺这活儿就白干了。"

吴志明笑笑说："俺家也实行计件工资，她只要不耽误做饭看孩子，挣的钱都是她的私房钱。质量要求都一样，老婆不合格也不中。"

吴志明的媳妇说："话都说不囫囵，老婆咋不合格啦？"

吴志明笑道："都合格，都合格。"

丁元英说："你们忙，我去给刘大爷和铁军送文件。"

刘大爷家住临街，那台 CA6150 车床和一台小型车床就安置在临街的三间房里。车床这一块是格律诗公司在王庙村扶持农户的最大一块资金，除了车床还添置了台钻、切割机、电气焊等辅助设备，刘大爷收了两个学徒工，主要加工翻砂专业户的半成品，有机柜脚钉、机柜定位片、音箱脚架底盘、托盘等，也承接一些市面上的零活儿。

欧阳雪把车开到车床加工门市停下，和丁元英一起下车。

只见门口摆了一片切割机、电气焊的小设备，一个徒弟蹲在地上焊铁门，刘大爷在操作车床给音箱脚架的钢管套丝，另一个徒弟操作台钻往机柜定位片上钻孔。

丁元英一下车，随便碰上什么人都会和他打招呼，他俨然已经成了王庙村的一员。欧阳雪看着他给刘大爷送文件，忽然心生感慨。她知道他在古城一直过着足不出户的日子，现在他三天两头待在王庙村，有时候还住在村里，这使她看到了他的另一面，她很难用理性把这种不同的两面在同一个人身上联系起来。

丁元英像唠家常似的跟老人聊了几句，临走时说：“大爷，接线柱套丝别忘了把镀金的量算进去，如果现在正好，镀上金就拧不动了。”

刘大爷说：“干一辈子了，咱知道这个。晓明也嘱咐过几次，你就放心吧。”

来到下料专业户李铁军家，老远就听到尖厉刺耳的噪声。

下料的院子里搭了一个大棚，大棚底下是台锯、线锯、立铣机、黏合压力机等设备，台锯、线锯开板子扬起的粉灰和立铣机扬起的粉灰弥漫在空气中，机器的轰鸣里夹杂着一阵阵尖厉刺耳的声音，几个干活儿的人穿着厚厚的棉袄，戴着口罩，浑身上下都是灰尘和木屑。开好的密度板整齐地摞在一边，经过立铣整形的密度板分类摞在另一边。巨大的噪声、飞扬的粉灰和一个个像土人一样的操作工构成了一副王庙村独有的生产场面。

李铁军停下手里的活儿摘掉口罩大声问：“丁哥，啥时候来的？”在这种巨大噪声里说话，声音小了根本听不见。

丁元英大声说：“我刚来。这是下料的几份文件，你收好了。”

李铁军接过文件看了看，先去放到屋里。

一个背对着他们正在操作立铣机的人听到说话回过头，原来是叶晓明，他也是落了一身粉灰，穿着一身不知从哪儿弄来的农村大棉袄，如果不摘掉口罩从正面看根本认不出来。他放下手里的活儿向丁元英指了指大门，意思是：到门外说话。

院子大门外隔了一道院墙屏蔽，噪声就小了一些。叶晓明走到大门外摘掉口罩对欧阳雪笑着说："哎哟，是董事长大人驾到，失敬！失敬！真换车了？雷厉风行啊。"

欧阳雪也笑了，说："你看，刚想对你肃然起敬，你这话里就带刺儿了。"

叶晓明说："别别，董事长可千万别表扬，这批料是出口音箱的料，我是对他们不放心才亲自下手的，我是担不起这耽误出口的责任。"

丁元英说："世杰说你们要找我，我刚才跟他们说好了待会儿在木工房碰头。"

叶晓明说："钢琴漆面的音箱昨天装好了一对，还有一对箱体志明的媳妇正在打磨。音质我听了比小丹的那对音箱要好，说明板材质量可以，我就把这批音箱的料下了。我这儿还有几块板就下完了，换一回衣服很麻烦，你们等我一会儿，咱们一块儿过去。"

欧阳雪说："好，我们等你一会儿。"

3

叶晓明下完15对音箱的板材，专门放到一个位置，反复跟李铁军交代必须有他和冯世杰两人在场监督的情况才可以合成箱体。换过衣服，他和丁元英、欧阳雪三人回到木工房的时候，冯世杰和刘冰已经在那里等候了，他们先去音响室看音箱。

欧阳雪小心翼翼地抚摸着那对音箱，惊讶地说："没想到做得这么好，我简直都有点不敢相信。这比小丹的那对音箱漂亮多了，像从流水线上下来的一样。”

冯世杰笑道：“外行了吧？这种效果只能手工做出来，因为倒膜漆一次只能处理一个水平面，固化风干了以后才能处理另一面，固化漆面和液态漆面的所有衔接处都在棱角上，非常难处理，机械化流水线绝对做不到。”

叶晓明说：“小丹的音箱是喷漆，这是一遍遍刷的钢琴漆，一遍遍抛光抛出来的，没有可比性，那时候是啥设备？现在是啥设备？整个工艺都不一样。”

丁元英仔仔细细看了音箱的每一处，说：“棱角、接口做得可以，颜色和漆面的饱满度也不错，就是抛光还不够理想，不均匀。”

冯世杰说：“抛光机太大，转速又高，单靠人抱着音箱抛光很危险，稍不小心人就卷进去了，受力的稳定性也不好。这事我跟刘大爷和志明都说了，设计一个带轨道的托架，花不了几个钱，又安全又稳定。”

叶晓明说：“这次就做了两对试验性音箱，只要有了抛光托架，这个问题就解决了。出口的音箱下了15对的料，把所有可能出现的问题都考虑进去了，这个丁哥可以放心。”

丁元英说：“行，打开听听。”

刘冰打开音响，放了一张世界三大男高音的唱片。丁元英分别听了小音量、中音量和大音量，对音质比较满意。

冯世杰说：“丁哥，这可是咱们公司的镇山之宝啊，起个名字吧。”

丁元英问：“音响圈里惯例的做法是什么？”

叶晓明说：“都是旗舰、一号什么的叫法。”

丁元英说：“那就入乡随俗，叫格律诗一号。”

看完音箱大家来到办公室，数九寒冬，空旷的屋里只生了一个像水桶大小的煤火，冷得像个冰窖。冯世杰给每人倒了一杯开水，不为喝水，就为暖暖手。

叶晓明从抽屉里拿出一沓文件递给丁元英，说："丁哥，本来我们说晚上去找你，也没啥大事，就是工作上的事跟你汇报一下，有些不明白的事想问问。音箱申请专利的资料都准备好了，公司章程我们几个都看了，没啥意见，都签了字。音箱和机柜的两个商标我画了几张设计草图，你定个图案、标牌档次和数量，我就让标牌厂做了。还有个事就是得把你的那套音响拉过来，用顶级器材和不同的推法都推推，做个全面比较。"

丁元英看了公司章程的股东签名、申请专利的资料和商标设计草图，说："音箱必须做全面比较，器材你们随时可以去搬。音箱专利的申请项目还不够，必须要把五寸单元和六寸单元极限小的面板设计和黄金组合的面板设计全部申请专利，不能给仿造者留下任何一点机会。音箱的商标设计不能只用格律诗三个字的头一个字母，咱们不是有影响的大公司，人家看了不知道什么意思。格律诗三个字的英文字母并不长，手写一个就可以当商标。"

叶晓明看看大家，笑着说："丁哥，那就把这个露脸的机会给我吧，我手写一个，先下功夫练上几天，没准儿以后我就跟着音箱出名了呢。"

刘冰说："那你得声明不能跟公司要版权，不然我写，我不要版权。"

叶晓明说："能有个露脸的机会就不错了，还要什么版权？"

丁元英说："可以，就让晓明写了。还有什么问题？"

冯世杰说："趁着丁哥、董事长和叶总都在，我先说个事。教会找咱提过几次了，想从咱这儿找点适合妇女干的活儿，一是能让困难家庭感受到主的慈爱，二是她们能从工资里拿出10%奉献给基督，教会也能增加点经费。现在生产刚刚开始，半成品包装这一块还没启动，这活儿也比较适合妇女，是不是能考虑一下。”

丁元英说：“包装这一块没有启动，是因为王庙村根本就不存在成品包装，只存在半成品包装。成品包装必须放在北京，否则就不是北京格律诗公司制造了，而成了北京格律诗公司委托古城王庙村板材加工厂制造，一是不利于市场运作，二是增加了成本。包装箱在北京就地印制，双头丝直接从河北厂家发到北京，不能在王庙村和北京之间来回兜圈子。”

刘冰说：“这事我跟你妈解释过好几次了，既然是主的慈爱就让她们找主去，上帝都全能了还办不了这点事？咱要是帮了她们就是主的慈爱，那咱不就成了上帝？要是真有上帝怪罪下来，咱指不定会遭啥报应呢。”

冯世杰不满地说：“你又说这种谬论。”

刘冰说：“我谬论，那你说个不谬的。”

丁元英说：“谁适合干就扶持谁，这是扶持资金的使用原则。如果教会利用自己的组织能把这个事情做好，那就让她们干去，都是王庙村的人，主不主的那是人家的事。”

欧阳雪说：“我没意见，只要教会适合干就给她们吧。”

叶晓明说：“我也没意见，通过。”说完看了冯世杰一眼。

冯世杰马上站起来说：“那我去告诉她们一声，板上钉钉了。”说着就出去了。

叶晓明转换了话题，说：“丁哥，有几件事我们私下议了议，还是心里没底，我归纳了一下有这么几条：一是格律诗公司真能靠音箱吃饭吗？二是我们听着出口、测评、代理这些词都跟听故事似的，真有那么容易吗？三是即便真能做到，那得花多少钱哪？四是为什么一定要赶在6月操作？再就是音箱有没有必要申请专利？双组分是以牺牲效率换取音质和响度，能不能得到业内人士的认同还是一个未知数，如果音箱做不起来，那所有的钱就白花了，反倒是给人家的喇叭、功放做了广告，咱们成了冤大头。”

这时，冯世杰已经给教会报信回来了，重新坐到他原来的位置。

丁元英说："音箱不一定能当饭吃，但它是公司的形象和名片，是你们挤进音响圈的入场券。出口的难易取决于海关商检，取决于音箱、机柜的材料是否符合国际商检要求，只要符合要求，交给出口代理公司办就行了。测评是一种商业服务，谁花钱都能办。代理是一个弹性词，代理关系的成立取决于双方开出的条件。"

冯世杰问："咱们能开出什么条件？"

丁元英回答："格律诗音箱需要伦敦、柏林、巴黎三个城市做烘托，使用说明书里需要权威、客观的测评，需要中、德、英、法四种语言，需要诸如英国总代理这样的标称，为此我们准备付出八套音响的代价。另外两套是我个人购买，与公司行为没有关系。"

刘冰说："八套音响，怎么也得 20 多万，乐圣和斯雷克该偷着乐了，本来还没啥可吹的，这下可有的吹了，咱把人家没做到的事都做了。"

丁元英说："乐圣和斯雷克是两家权威音响公司，不管他们在这上面怎么做文章，总得先把你格律诗挂在笔头子上，你一夜之间就能和乐圣、斯雷克称兄道弟，该知足了。"

冯世杰点点头说："对呀，也是这个理。"

丁元英拿出烟点上一支，刘冰也拿出自己的烟，一看烟盒里已经空了，就习惯地攥成一团随手丢到煤火旁边的炉渣上，丁元英见状把烟递给他。

刘冰接过烟盒从里面抽出一支点上，说："还是丁哥的洋烟好。"

冯世杰说："也给咱来一支洋烟。"

刘冰又把烟盒递给冯世杰。三个人一起抽烟，房子里马上弥漫起了香烟的气味。

丁元英接着说："为什么要赶在6月份操作？因为小丹的探亲假是两年一次，5月份以后才有请假条件。办这事的人需要有护照、签证，有外语能力，熟悉当地的情况。小丹符合这些条件，趁探亲假的机会办这事比较合适。"

叶晓明说："是公司委托她去还是她趁探亲捎带着办？咱实话实说，这也是关系到钱的问题。如果是公司委托她去，那路费、劳务费、食宿、翻译什么的也不少钱呢。"

丁元英说："是小丹捎带着办公司的事。"

欧阳雪忍不住插了一句："叶总，你这样揣度小丹我觉得不大合适。"

刘冰赶紧打圆场，说："晓明也是为公司考虑，其实心里真没啥。"

叶晓明说："丁哥刚才分析得都有道理，可我们还是感觉挺空泛的，好像抓不住实际的东西。不管怎么说我们对专利、测评、代理的这些事有看法，我们的意思是趁花钱的事还没有真正铺开，现在改变主意还来得及，踏踏实实做机柜，逐步向音箱市场渗透。如果是公司决议我们执行，但是我们保留意见，至少我个人持保留意见。"

欧阳雪说："你们当初找大哥帮忙是出于什么考虑我不知道，我找大哥帮忙是因为我相信大哥，也因此承担这种相信的风险，否则我就不知道找大哥帮忙的意义在哪儿了。如果你们需要一个决议的形式，那我就表个态，今天的这个会就是决议。"

刘冰问道："丁哥，咱们的机柜真能有市场吗？"

丁元英说："只要生产音响的厂家存在着，你的产品就能有市场，除非你不行。"

冯世杰说："我是有啥说啥，不管咋说我也是王庙村的人，站在王庙村的角度考虑，有时候我也有一种担心，万一将来公司靠不住了可咋办？"

丁元英说："有人、有枪、有地盘，还愁没有番号吗？"

欧阳雪没想到这个偶然的"聊聊"演变成了一次正式的会议，而且会议的内容多少让她感到有些不愉快，毕竟一切才刚刚开始，公司内部就出现了较大的意见分歧，这使她不得不对公司的前途产生担忧。

这时冯世杰说："丁哥，我们几个都没见过世面，免不了身上有小家子气，说多说少的你别往心里去，工作该咋干咋干。"

丁元英说："过了年就该考虑公司运作了，商业保密的事有必要提一下。在座的都是生意人，都明白商业机密的重要性，法律上也有明确规定。公司的生产、成本、利润、资金状况、经营状况等，是公司的最高商业机密。大家议一议，拿个意见。"

冯世杰说："这种事谁也不会故意说，就怕无意说漏了嘴。"

叶晓明看了看刘冰，说："现在讨论的就是无意说漏了嘴怎么办？要不要负责？"

刘冰也看了叶晓明一眼，说："你看我干啥？谁泄密谁卷铺盖走人。"

叶晓明说："我怕你那张吹牛的嘴没根弦把门。"

丁元英说："干什么事守什么规矩，如果大家的意见一致，你们起草一份公司保密责任协议，每个人都签一份，有个章程。"

叶晓明说："行，这协议我来起草吧。"

丁元英说："如果没有其他的事，咱们就散会了。"

欧阳雪说："散会之前我说一句，就是刘主任印名片的事，希望以后有什么事能事先跟大伙打个招呼，至少得跟叶总打个招呼。我说完了。"

刘冰小声嘀咕了一句："干的干死，歇的歇死。"

4

散会的时候天色已是傍晚，家家户户该吃晚饭了，叶晓明他们要去冯世杰家吃饭，欧阳雪也要回酒店照顾生意，大家在木工房门口分手。

丁元英刚要上车，就听教堂那边冯母在喊："世杰，叫住元英，先别走。"话音未落只见她热情地笑着朝这边快步走来。

冯世杰说："丁哥，可能是教会请你去吃圣餐。"

刘冰说："吃啥圣餐，是想拉丁哥入教，他们都说过好几次了。"

丁元英问："谁带钱了？先给我点。"

欧阳雪一边从包里掏钱一边问："要多少？"

叶晓明笑笑说："圣餐哪，那可是上帝赐的。俺吃过，吃一回奉献个十块八块的。丁哥去吃恐怕十块八块的打不住吧？"

欧阳雪拿出两张百元面值的钱递给丁元英一张，自己也攥了一张。

冯世杰说："太多了，丁哥给50、欧阳给20就不少，日子还长着呢。"

欧阳雪笑着说："算了，不能让上帝再找钱哪。"

教堂离木工房只有20多米，冯母说话间就来到了近前，对丁元英和欧阳雪说："咱这儿马上开饭了，吃圣餐有福啊，吃了饭再走吧，一块儿说说话。"

叶晓明他们三人上车了，上车前叶晓明对冯母笑着说："大妈，您带丁哥和董事长去吃圣餐，俺去你家食人间烟火了。"说完他们开车走了。

丁元英把100元钱递给冯母，说："大妈，吃饭可以，我不懂这儿的规矩，这钱就交给您了，多了少了您别介意。”

欧阳雪也赶快把钱给冯母。

冯母接过钱对丁元英和欧阳雪庄严地各说了一句：愿主赐福与你！然后又说：“哎呀，你误会了，不是这个意思。早就想跟你说说话了，一直得不到机会。”

教堂门口的树上挂着一只100瓦的临时电灯，遍地是信徒自己带来的小凳子、小马扎，屋里屋外都是人。教堂外面的窗户下摆着一张桌子，桌子上有一个上了锁的小木箱子，上方有一个专门供人往里面投钱的孔。教堂隔壁是一间教会的伙房，平时不用，只在有活动的时候才临时开伙，有五六个妇女在忙着做饭。

丁元英到伙房看了看，一个小鼓风机在地上呼呼地吹着炉子，一口大锅熬了满满一锅玉米糊糊菜粥，里面有菠菜、粉条、豆腐丁，黄澄澄、白生生、绿莹莹，咕嘟咕嘟沸腾着，香气扑鼻，惹得人忍不住直咽口水。

有人从教堂里搬来长条凳子当饭桌，冯母招呼丁元英和欧阳雪围着长条凳子坐下，不一会儿专门管送饭的人就把热腾腾的玉米糊糊菜粥和馒头送来了。每个信徒在进餐前都念叨了几句祈祷词，丁元英和欧阳雪就免了这道程序，直接吃了。在这里吃圣餐并不像电影里看到的那样庄严，妇女们有说有笑，非常热闹。

吃过圣餐，不知什么时候丁元英周围已经坐了好几个人，还有两个男人，都是40多岁的模样，其中一个人的肤色和穿戴像是城里人。

冯母介绍道：“这是刘牧师，这几个是邻村教会的人，没啥事，咱说说话。”

王庙村的一个妇女先说：“元英，你信教吧，信了教你就得救了。”

冯母说：“元英，大妈知道你是好人，真是为你好。俺没文化，也说不出啥道理，就知道你要是不信主，你做再多的好事也不能进天堂，只有信主你才能得救。”

一个中年妇先祈祷了一句：主内肢体平安！然后说：“我现在就给你讲道，你听了以后才能信。咱都洗过澡吧，你发现没有，不管你咋搓你都搓不干净，搓到啥时候都有灰，为啥呢？因为上帝是用泥造的人，只有主能让咱躲过深渊。教会是耶稣的身体，是道成肉身在地上的延续，在天父面前没有身份地位、富贵贫贱的世俗偏见，耶稣赐给每一个信他名跟随他的人以不朽的生命，耶和华是咱的牧者，咱必不致缺乏，反得永生……”她口若悬河地把听来的、自己理解的和背诵下来的一口气倒了出来。

王庙村的那个妇女给她递了一杯水，说：“嫂子，你喝口水，别着急慢慢说。”

中年妇女接过杯子却并不喝，还是不歇气地往下说：“你先别说话，你这一说话我就连不上了，还得从头开始。咱这里不需要讲理，你只要信就行了，信就能得救。知道《圣经》吧？创世纪的时候上帝干啥呢……”那情形是要从《圣经》的创世纪一直说下去了。

那个男的大概也听不下去了，摆摆手打断她的话，说：“嫂子，你这样讲不行，人家大兄弟是有文化的人，你得讲道理。”说着，将脸转向丁元英：“兄弟，我这么跟你说吧，你信不信有天堂？到时候俺都上天堂了，就你没去，你心里啥滋味？”

丁元英只是静静地听着，一句话也没说。

这时刘牧师说了一句：“丁先生，你应该回答这个兄弟的问题。”

丁元英说：“如果是骆驼穿针的天堂，我敬仰他们，因为我做不到。”

刘牧师一怔，下意识看了看丁元英。“天堂”二字解文解意皆是心性，这个问题看似简单，而正信正解、直心直入的回答却没有几个，多为貌似觉悟的华丽之词。让刘牧师心里为之一颤的是，问者是随心一问，答者是随心一答，并无思量。

刘牧师问：“你信神吗？”

丁元英说：“信，了妄唯真即是神。”

刘牧师思忖片刻，说：“了妄唯真，那神和人是什么关系？”

丁元英说：“不一不异。”

刘牧师说：“天国远了，没人能救得了你，你走吧。”

丁元英起身告辞，客气地说：“打扰了。”

冯母着急地说：“元英啊，你就信呗！信就得救了！”

第二十二章

1

大雪纷纷扬扬地下着，古城到处是一片银白。再过十几天又到春节了。

今天是1月17日，星期五，是欧阳雪和芮小丹约定好了酒店年终分红的日子。芮小丹下班回到家换下警服，淡淡地化了化妆，开着那辆已经属于她的红色桑塔纳轿车去维纳斯酒店。冬日天短，这时候天色已经完全黑了下来，街边的路灯都亮了，在灯光的映照下能够清晰地看见寒风挟着雪花盘旋飞舞，路上的行人有的打伞，有的竖起衣领匆匆赶路。

维纳斯酒店内外灯火通明，为春节而布置的门面在霓虹灯光里焕然一新，挂在门头的两盏红色宫灯更显出一种喜洋洋的气氛。酒店门口停着各种车辆，指挥停车的侍应生身上落满了雪花。芮小丹停好车进入酒店，站在服务台旁边的欧阳雪看见她，两人相视一笑往楼上走去，楼上的办公室里很暖和，刚一开门就感觉到暖气扑面而来，芮小丹脱下白色羽绒服搭在沙发靠背上，到欧阳雪的办公桌前坐下。

欧阳雪从保险柜里拿出年终分红的账单和现金放到芮小丹面前，笑着说："看你打扮得这么漂亮，又有活动了。"

芮小丹说："天冷，带他出去吃顿火锅。"

芮小丹看了一下分红账单，今年酒店的纯利润是246177元。欧阳雪20%的管理股分红49235元，50%的资本股分红98470元，合计分红147705元，扣除50%的新增资本35000元和其他费用，实分111585元。芮小丹50%的资本股分红98470元，扣除50%的新增资本35000元和其他费用，实分61180元。酒店的资本扣除折旧和不良资产，有效资本现在共有116万元，两人各持有58万元的股金。

芮小丹思索了片刻，拿起桌上的计算器算了一下，从分红里取出22080元放到欧阳雪面前说："你漏算了三笔账，一笔是两万元车钱，一笔是今年我四次请客，请队里的同事吃饭是三次，因为音响的事请元英一次，都是400元的标准。一笔是给冯世杰的两箱酒，20元一瓶，两箱是24瓶。"

欧阳雪说："请刑警队的人吃饭不能算你的钱，我想请还请不来呢。这事我都跟你说过多少次了，店里有了你，少了多少黑道的麻烦。"

芮小丹说："国家条例规定公务员不得参与营利性的经营活动，我只是投资入股，从来没有参与过经营活动。本来这就是擦边球，你再一推我就掉进去了。"

欧阳雪说："股票的事，格律诗公司控股的事，事事都在那儿摆着，那辆老掉牙的车我再跟你算账，我成什么了？"

芮小丹说："股票和公司是你和元英的事，别扯上我，我没那本事。"

欧阳雪说："你这不是较真儿嘛，这倒成了我讨巧卖乖了。那辆车已经从酒店资产里剔除了，四万元里本身就有你两万，这样吧，我心黑点，你再拿一万就够了。"

芮小丹拿回一万，把分红账单和现金放进包里说："没别的事，我走了。"

欧阳雪送芮小丹到门口，望着飞扬的雪花说："过年了，我想请大哥吃顿饭，你帮我游说游说，定个日子。我记得除了那次刁难他的酒席，他就吃过店里一碗烩菜。”

芮小丹说：“你能叫他大哥就不用请，用请的还是你大哥吗？”说完她坐进车里发动着汽车，朝欧阳雪笑着摆摆手，开车走了。

2

来到嘉禾园小区，芮小丹从楼下看到丁元英房间的窗户没有亮灯，心里有些疑惑：是出去买东西了，还是在沙发上睡着了？她上楼拿出钥匙打开房门，屋里迎面扑来一股浓浓的香烟味，烟头在黑暗里闪着微弱的亮光。她开灯、关上门，只见丁元英在沙发上仰靠着，拿烟的右手横搭在沙发的靠背上。

芮小丹走过去说：“怎么不开灯，禅定哪？”

丁元英听到“禅定”两个字笑了笑，说：“参你探亲的禅。”

芮小丹从包里拿出刚才分红的钱放到茶几上，说：“你不是说公司那点事傻瓜去了都能办吗？那就没问题了。这是我分红的钱，出去吃饭就不带着了，先放这儿。”

丁元英说：“不是公司的事，是参你。”

芮小丹一愣，说：“参我？我有什么好参的。”

丁元英说：“以你的条件，如果你从法兰克福回中国探亲可能更符合逻辑习惯。至少在普通人眼里，你的生存状态是一种病态。”

芮小丹到卧室把丁元英的羽绒服拿来，淡淡一笑说：“因为警察不挣钱，如果我在法兰克福待着就不是病态了，如果我是回国投资的富婆也不是病态了。这问题一直有人问，我听多了。我什么都不是，就这样。”

丁元英说：“酒店股份的收入是你工资的几倍，如果你没有这部分收入，或者如果欧阳雪当初把生意做赔了，现在的你会是什么状况？或辞职去找别的财路？或正在法兰克福大学读书？那这个圈子就兜得太大了，你当时还没幼稚到不知道警察的工资是多少，当初不报考警察不是更简单吗？”

芮小丹不解地问：“你今天怎么啦？你想推导出来什么？”

丁元英在烟缸里把烟头熄灭，说：“所以，你的生存状态不是病态，用佛教的话说是自性无所挂碍，是自在。自在是什么？就是解脱。参来参去，我不如你。”

原来如此！

芮小丹不再去理会他的“禅定”，把香烟和打火机装进包里，说：“乖，快醒醒，咱不禅定了，带你出去吃火锅，再禅下去就禅傻了。”

丁元英换上鞋穿上羽绒服，两人下楼了。芮小丹从车里拿出一块抹布把落在挡风玻璃上的雪擦掉，启动汽车，打开暖风和雨刮器，驶离嘉禾园小区。大街上的车辆由于路滑都开得很慢，飞扬的雪花在汽车大灯的光柱里晶莹闪亮，下雪的城市在夜色的灯光里原来是如此美丽，似乎少了几分寒冷，多了几许温馨。

丁元英坐在车里望着满大街的春节气氛，说：“春节一过就是市场淡季，租门面房的机会比较多。你跟肖亚文联系一下，请她帮忙给公司租间房子。”

芮小丹专注地开着车，问：“具体什么要求？地段？面积？价格？”

丁元英说：“开个音响店，你告诉她用途就行，她会给你考虑。”

芮小丹说：“行，我跟她联系。”说完，她行驶了一段路程，忽然冷不丁地问道：“你对叶晓明这个人有什么评价。”

丁元英说：“到目前为止，我对叶晓明的评价只有一句话，叶晓明是聪明人。但是评价一个人仅仅用聪明或不聪明，那是不够的。”

汽车在一条车流量很大的路段上遇到了塞车，车子在雪路上走走停停，行进缓慢，20多分钟后他们才来到龙门阵火锅城。

火锅店由一楼大排档火锅、二楼雅座火锅和三楼包厢火锅三部分组成，以一楼大排档火锅生意最为火爆，餐厅里人头攒动，沸沸腾腾，每张桌子上都旁若无人地摆上十几碟，人们围着火锅边吃边聊，海阔天空地拉家常、说笑话，无拘无束，其乐融融。

进入餐厅，两人找了一张客人刚走还没有撤席的桌子坐下，等着服务员先来撤席。由于是排档式火锅，桌子都不大，也不考究，桌子摆放得非常拥挤，却也更显出热闹和红火的气氛。服务员们忙得团团转，不时还得听上几句顾客不耐烦的催促。

旁边一张桌子坐着两个20多岁的年轻人，通红的脸上泛着油光，桌子下面摆了一堆空啤酒瓶。其中一个正用饱经沧桑的语气对同伴说：“我现在什么都没了，老婆离了，工作丢了，身子骨也垮了，要是换个人早死了，也就是我，坚强活下来了……”

芮小丹无意中看到了，那张年轻的脸和那种饱经沧桑的语气实在让人忍不住想笑，她怕笑出来惹上不愉快，就把脸转到一边忍着。

这边，一个做派斯文的男人正以一种娇柔的语调对一位女士说：“王小姐，我跟你咨询个情况。请问你们单位有没有大龄青年？括弧，女性。”

女士显然对这种斯文有些不悦，礼貌而又嘲讽地说：“有，括弧，难看。”

芮小丹感觉自己实在忍不住要笑出来了，而丁元英用菜谱挡着脸正在笑，于是赶快站起来拉上丁元英就离开，上到二楼站在楼梯口笑了起来，说：“怎么这么巧啊，全让咱们给赶上了，就凭这一笑这趟也没白来。”

二楼雅座餐厅从桌椅、餐具到环境装饰都比较考究，空间也宽敞了许多，只是客人少了一些，不如一楼的气氛热烈。他们选了一个靠窗户的位置坐下，既方便说话又能看到大街上的雪景，非常惬意。服务员送来茶水，递上菜单。芮小丹要了一个鸳鸯火锅，点了海鲜、牛肉、豆腐、蔬菜几盘菜和一瓶啤酒，从包里把丁元英的香烟和打火机拿出来。

火锅和佐料很快就上来了，两人边吃边聊。

丁元英问：“国外你都去过哪些地方？”

芮小丹说：“太远的地方没去过，也就是巴黎、伦敦、罗马几个城市。去过莫斯科几次，都是因为转机停几个小时，看看红场，逛逛特威尔大街。”

丁元英说：“给你个建议，探亲返回的时候拐个弯儿，到耶路撒冷看看。”

芮小丹说：“耶路撒冷？一点儿也不顺路，那得绕多大个圈子。”

丁元英说：“我去过，绕不了多大圈子。耶路撒冷是世界三大宗教圣地，真主、上帝和耶稣都在了，有条件还是应该去看看，增加点见识。”

芮小丹问：“什么意图？”

丁元英说：“旅游就是意图，开阔眼界、增长见识就是意图。”

芮小丹说：“你既建议就有道理，行，到时候我拐个弯儿去一趟。”

丁元英往火锅里下了半盘牛肉、半盘鱿鱼片，然后喝啤酒等着开锅。

芮小丹问：“知道我是怎么看你在古城吗？”

丁元英说:“不知道。”

芮小丹话未出口先笑了，说:“你在古城，所谓的清静清静，其本质就是出家。如果不是我以美色舍身相救，你剃了头就是和尚。”

丁元英也笑了，说:“我也纳闷，怎么老没涅槃？原来是等你宽怀一度。”

芮小丹对这种极品理证、极品爱情且极品淫秽的语言付之一笑，喝了一口茶水，放下杯子说道:“你是谁？我是谁？这些问题我也想过。咱们两个活得不一样，我活得很简单，你活得太复杂，不是平行的两条线，是交叉而过。但是，这于我已经够了。”

丁元英说:“这不是简单和复杂的问题，是生存境界不一样。你活得是自性自在，不昧因果，通俗点说就是平平淡淡才是真。我是想活个明白，还在思索的圈子里晃悠，离你的境界还差着几个位格。”

芮小丹说:“我在那么高的境界上，我怎么不知道？”

丁元英说:“你自性本来，无须知道。这是根性的范畴，不是根器、智慧。”

芮小丹自嘲地一笑说:“真会抚慰我们众生啊！”

丁元英问:“你为什么要当警察？为什么在普通人眼里那是病态？”

芮小丹说:“怎么又回到这个问题了？类似这种话我听多了，要么说我傻，要么就是想挖掘点思想火花什么的，我从不回答这种问题。那么多人都干警察，怎么一到我这儿就不一样了？说到底就是因为我有德国居留身份就金贵了。”

丁元英说:“德国居留没有价值吗？我就曾经为一纸永久居留身份在柏林熬了十年，为这个去工作、买房子、纳税。德国居留身份意味着很多东西，高收入、高福利，不愁生老病死，自由出入欧美国家，在国人面前有身份、有面子，过去甚至还有华侨商店的待遇。”

芮小丹说：“出国的人肯定得为居留权奋斗，我母亲连国籍都加入了。但是……这个我不说了，你把但是后面的东西说出来。”

丁元英说：“但是，你得到的，是人家德国人能够给一个中国人的东西，包括你在中国人面前的优越感。总有些东西是人家不能给你的，比如你永远是边缘人，你融入不了别人的主流社会。你不用表白，也不用提醒，人家错待不了你。警察是主流社会的标志，你在德国做不到，在中国就能做到，这是国籍和血统给你的权利，这就是祖国。”

芮小丹本能地伸出右手，做出一个握手的表示，随即与丁元英伸出的手握在一起，夸张地上下摇动了两下，笑着说：“同志！同志啊！”然后松开手感慨地说：“没有在国外待过的人很难理解主流社会这个词对于一个普通公民究竟意味着什么。为什么呢？因为他们就生活在主流社会，他们不缺祖国，缺的只是一点钞票，所以不理解。我就是觉得警察威风，我就想要那种感觉，这和思想火花没关系。”

丁元英说：“所以，你活得不是简单，是奢侈，是你首先得放下点什么，这不是一般人所能理解的奢侈。从世间法上说你是病态，从出世法上说你是奢侈，当有人笑话耶稣是傻子的时候，其实谁都不傻，仅仅是两种价值观不兼容。”

芮小丹亲昵地低语道：“我已经飘飘然了，现在就想度你涅槃。”

丁元英笑了笑，说：“我和你不一样的地方，仅在这一件事上就可见一斑。我在柏林前后待了12年，你能感受到的我都感受了，你是想到了就做，该拿的拿该放的放，自性作为不昧因果。我呢？就在那里参哪参哪，没完没了，越想活个明白就越不明白，一直参到了死胡同里出不来，就蹲在墙根打瞌睡。"

芮小丹说:"你参给我,我能出来。如果我出不来,我就不是你说的自性本来。"

丁元英说:"你沿着出国的感受往下参,跟着就参到一个问题:中国为什么落后?你必然从现象参到制度、参到文化,因为任何一种命运,归根结底都是那种文化的产物。五千年的文化积淀足以让你拍着胸脯说:我们有文化。但是,五千年的文化积淀却不能让你挺着胸脯回答:我们有什么文化?因为有文化和有什么文化不是一个概念。"

芮小丹问:"那你说是什么文化?"

丁元英说:"是皇天在上的文化,是救主、救恩的文化。如果一个民族的文化从骨子里就是弱势文化属性,怎么可能去承载强势文化的政治、经济?衡量一种文化属性不是看它积淀的时间长短,而是看它与客观规律的距离远近。五千年的文化是光辉、是灿烂,这个没有问题。但是,传统和习俗得过过客观规律的筛子。"

芮小丹说:"我不懂多深的理论,只能说自己的感觉。第一,这不是咱们可以操心的问题,是拿了这个薪水、享受这个阶层既得利益的人应该操心的问题。第二,改革和转变观念已经给中国带来了很大的变化,但是改革和转变观念不能脱离国情和国民素质,这不是谁一着急就能解决的问题,中国需要时间。"

丁元英说:"是个很客观的认识。再往下参。"

芮小丹说:"要是我就参到头了,该干什么干什么,好好打算自己的生活。再往下参还能参什么?你参给我看看。"

丁元英说:"我就又回到起初的问题上了,中国为什么落后?然后又是一轮现象、制度和文化,然后又落到中国需要时间,就像一个永远走不出去的圆。所以说我不如你,我还在思索的圈子里晃悠,不该作为的不作为就是作为,能活个明白就不错了。”

芮小丹笑了，说:“你是大狼狗，闲着没事就蹲在墙根打瞌睡吧。”

丁元英憨憨一笑。

第二十三章

1

正月初七，天气不是很冷，天空还飘着零星雪花。冬季天短，虽然才傍晚六点钟，可天色已经暗下来了。

芮小丹下了班匆匆走出公安局，上了等在门口的本田轿车。下班时段路上车多，欧阳雪小心驶入车道，向高速公路驶去。

欧阳雪说：“我带了几块蛋糕，天黑了，路上不敢停车吃饭。”

芮小丹系上安全带，说：“亚文说了，到了北京她请客，晚饭一块儿吃了。”

欧阳雪说：“带这么多钱开夜车去北京，我还是头一次，心里挺虚的。你说，要是路上真遇到歹徒，我该怎么办呢？”

芮小丹说：“不慌就行，越慌越不知道怎么办。”

欧阳雪问：“要是真遇上歹徒，你开枪了算不算犯错误？”

芮小丹笑了笑，说：“这趟保镖是个警察职业的边缘问题，警察就不能有朋友了？就不能跟朋友出去办个事了？哪条法律规定警察的朋友就不受法律保护了？”

欧阳雪说：“就是，警察的朋友也是人民群众的一员哪。”

春节已过，下一个节日是正月十五，按中国人的传统习俗，只有过了正月十五才算真正过完了大年，各行各业都还没有正式开工，所以高速公路上往来的车辆不多，道路两旁是黑沉沉的田野，一切都笼罩在浓浓的夜幕里。

她们中途没有停车，也没有遇上歹徒，一路平安。经过近四个小时的行驶，进入北京市区已经是晚上十点钟了。北京街头依然还沉浸在节日的五彩缤纷里，满街的大红灯笼处处预示着传统灯会的不日到来。

汽车到了预先跟肖亚文约好的地方，芮小丹远远就看见肖亚文和一个女士站在一家尚未开张的精品服装店门前，她们旁边还站着一个20多岁的小伙子。

汽车在精品服装店门前停下，肖亚文迎上几步与下车的芮小丹相视一笑打了招呼，然后与欧阳雪握手，热情地寒暄道："欧阳，你好，你好！"

欧阳雪也热情地说："亚文！咱们在电话里聊过，今天终于见面了。"

肖亚文说："我来介绍一下，这是我朋友张静，这是小杨，杨晋忠。这是我大学同学芮小丹，这位就是要在北京开店的欧阳雪。"

张静与芮小丹和欧阳雪分别握握手，然后说："欧阳小姐，知道你们很忙，怕耽误你们时间，所以就赶在这儿见面了。亚文说你们要招个服务员，这是我舅舅的孩子，打小在四川农村长大，会开车，1994年在北京考的本子，给个体出租车干过一年，熟悉北京道路，基本符合你们要求的条件。我跟亚文在德语班的时候就认识，关系特好。我表弟人特老实，身体结实，从不多嘴多事，就知道干活儿，保证不会给你们惹麻烦。"

欧阳雪问："小杨以前都干过什么工作？"

张静说："小杨23岁，初中文化，来北京七年了，干过建筑工、个体出租车司机、饭店服务员，一直住在我父母家里，管得特别严。工资什么的都好说，你们觉得他干活儿值多少钱就给多少钱，需要他夜里值班就让他住店里，不需要值班就让他回家住，怎么都行。我了解亚文，不靠谱的事她不会张罗，家里也希望小杨能找个稍微稳定点的工作。”

欧阳雪说：“亚文找的人知根知底，不会有问题。我们是打算在北京开个店，但是将来能不能做下去，能走多远，谁心里都没个谱，只怕耽误了小杨的前途。只要张小姐和小杨不嫌弃，这事就可以定了，什么时候上班我托亚文通知你们。”

张静说：“那就太谢谢欧阳小姐了，谢谢！我知道你们时间很紧，就不打扰了。你看能不能另外抽个时间，咱们找个饭店坐坐。”

欧阳雪说：“张小姐客气了，我们也是希望能找个知根知底的人，谈不上谁谢谁。咱们都得谢谢亚文，有她帮忙咱们才都合适了。”

肖亚文看了看表，说：“都是朋友，不客气了。张姐，那边已经跟房东约好了十点半见面，没时间了，有话咱们以后再聊，今天就到这儿吧。”

张静说：“好的，你们忙，我们先告辞了，有机会一定一起坐坐。”

张静和小杨搭乘一辆出租车先走了。

芮小丹对肖亚文说：“你路熟，你开吧。”

肖亚文上了司机座位，芮小丹让欧阳雪坐在肖亚文旁边，以便她们谈事情，自己则坐在后排座位，三人朝跟房屋出租方约定的地点驶去。

肖亚文说：“你们交代的事基本都办了，这是几家附近比较有信誉的代理公司和一份房屋租赁合同。”说着腾出手从排挡杆旁边的手袋里摸出几张纸递给欧阳雪。

欧阳雪展开纸看了看，房屋租赁合同是两份，其中一份是房东与前任承租人的房屋租赁合同参考范本。新的房屋租赁合同条款更加详细，租赁期限三年，年租金24万，每年提前一个月预交全年房租。另外单独有一张纸，上面写着四家代理公司的信息——

北京信义工商注册代理公司　电话　地址
北京惠雅迪财务代理事务所　电话　地址
北京诚诚专利代理事务所　电话　地址
北京欧华进出口代理公司　电话　地址

欧阳雪收起代理公司名单，说：“谢谢，太麻烦你了。”

肖亚文说：“嘿，可别说谢，都是些问路跑腿的事，本来就不是个事。”说完之后觉得表达不当，似有夸口之嫌，又笑道：“还好都不是个事，大事我也办不了哇。”

欧阳雪说：“这些对我们可都是大事。”

肖亚文说：“仓库我联系了几家，条件都还可以，就是远了点。仓库不比门面房，你们注册公司和装修房子都需要时间，我也就没急着定下来，还有时间找更合适的。门面房我觉得还可以，地理位置跟卖音响的比较扎堆儿。春节前那些天我下了班就逛音响店，看人家的房子是什么结构，每个房间都派什么用场，基本有这么个规律，展厅一到两间、小型周转库房一间、听音室一间、办公室和休息室各一间。”

欧阳雪笑笑说：“我什么都不说了，再说又是客套话。”

肖亚文笑道：“还是说了，而且又多安了一句。”

欧阳雪哈哈笑道：“真不说了，你脑子太快，我都不敢说话了。”

说话间，汽车开到一条大街上。夜已深了，春节期间大街两边除了几家饭店和超市在营业外，很多商店还没有开始营业。欧阳雪留意观察，这是一个音响店比较集中的地方，不但有音响店，还有几家很有规模的音像商店。

肖亚文靠路边停下车，说："这条路也叫影音大街，看，路对面亮灯的那个59号房，就是这个门面房，以前经营音像制品，牌子还在。现在离十点半还有十几分钟，咱们把这条街的环境从头看一遍，再看看相邻的一条街，了解一下这里的商业环境。"

汽车低速行驶着，欧阳雪看到将要承租的店面左右两边不远处有一家"发烧音响行"和一家"创世极品影音"音响店，再往前走又有五六家诸如"家庭影院"和音响器材生产厂家专卖店之类的字号。拐进相邻的一条街，这条街上的音响商店更为集中，也更有规模，都是一些国内外的知名品牌，其中就有著名的乐圣音响专卖店和斯雷克音响专卖店。

欧阳雪看着看着，她的神思在不知不觉中恍恍惚惚地飘到了王庙村，脑海里浮现出吴志明的媳妇那双裂着血口子的手和叶晓明那满头满身的锯末粉灰。看着这些一个个雄踞一方的大品牌音响店，一时之间她怎么也不能把那些画面和这里联系起来，恍若是一个梦境。

返回门面房时，欧阳雪说："好，真是一头扎到音响堆儿里了。"

肖亚文说："如果房子也合适，就能签了。房租跟去年持平，已经谈到极限了。"

肖亚文在店面门前停下车，旁边已经停着一辆深蓝色桑塔纳轿车，车边站着三个身材魁梧的壮汉，像是保护房东交易安全的人。肖亚文三人下车，这时从店里出来一男一女，都是40多岁，举止神态一看就是夫妻。

肖亚文介绍道："这是房东赵云哲先生，这是赵夫人，这是承租方欧阳雪小姐。"因为芮小丹与租房没有直接关系，为了突出欧阳雪的承租人身份，肖亚文没有介绍芮小丹。

欧阳雪与房东夫妇握握手，大家进屋看房子。

芮小丹进屋后问："赵先生，门口站着的那三个是什么人？"

赵云哲解释道："都是自己人，怕交付房租的时候不安全。"

芮小丹没再说什么。

这套门面房分为一大四小五个房间，房子经过简单的装修，水、电、暖一应俱全，里面打扫得很干净，除了两张旧桌子和几把椅子之外没有别的东西，一目了然。临街前厅并列的两扇卷闸门每扇都有四米宽，两扇大幅的玻璃门打开也有三米宽。

大家一边看房子，房东赵云哲一边给欧阳雪介绍说："这房子肖小姐已经反复看过好多遍了，开音响店没这么合适的。这儿的门脸儿可是不愁租啊，黄金地段，春节前就有好几个主儿盯上了，我看肖小姐知书达理的挺实在，不像个多事的人，你们也能接受预付全年房租的条件，就决定给你们了，房租一分钱没涨。"

欧阳雪客气地说："多谢赵先生和夫人照顾。房子挺合适，合同我也看了，如果没有其他问题，我们互验身份和房契就可以签合同付款了。"

赵云哲说："好的，好的。"说着示意夫人拿东西。

赵夫人取下夹在腋下的挎包，从中拿出合同文本、身份证、户口簿、房产证及碳墨笔、印章、印油等东西，而赵云哲则打开手提的一个蓝色帆布提兜，原来里面装的是一台验钞机，他把验钞机放到桌上，接通墙壁上的插座电源。

欧阳雪拿出包里的24万现金也放到桌上。

这时，芮小丹对肖亚文说："你们签合同付款，我到门口看看，趁这会儿给韩大哥打个电话，到了北京得给大哥请个安，再晚就打扰人家休息了。"

芮小丹到门口向四周观察了一下，周围很平静，保护房东交易安全的三个壮汉还在桑塔纳轿车旁边守着。她拿出手机找出韩楚风的手机号码，很快拨通了。

芮小丹说："是韩大哥吗？我是小丹，打扰你休息了吧？"

电话里，韩楚风意外而高兴地说："小丹？你好，你好！没休息，刚散会，几个朋友正坐这儿闲扯呢。有什么事，你说。"

芮小丹说："没事。我刚到北京，给大哥打个电话，问个好，请个安。我和欧阳雪开车来的，凌晨四点还得赶回古城上班，这会儿先打个电话有礼了。"

韩楚风赶忙说："可不敢这么说，使不得，使不得！那你这趟来不是公务了，什么事非得赶这么急？需要帮忙吗？"

芮小丹解释说："元英他们要在北京开个音响店，托亚文找个门面房，这个地段的房子很难找，谈好了就得抓紧签合同，免得节外生枝。这儿没事，不需要帮忙。"

韩楚风问："你现在具体在什么位置？合同签好了没有？"

芮小丹说："我在影音大街59号，合同正在签，签完了我们回亚文那儿休息。"

韩楚风说："现在刚十点多，时间还早呢。你们待在那儿别动，我马上派人过去，咱们找个地方喝酒聊天，春节、十五一块儿过了。"

芮小丹说："大哥，这就不好了，这就让我打这个电话不自在了。"

韩楚风在电话里笑道："错了，本来挺自在，让你这一把握差点儿不自在了。"

芮小丹稍稍迟疑了一下，顿解了韩楚风的意思，笑了笑说："哦？给俺晋级了，谢大哥提拔。可是亚文已经说好了她请客，还是不合适。"

韩楚风说："亚文这都挺熟的，不拘这个，好吧？见面再聊了。"

挂了电话，芮小丹回到店里，只见赵云哲和欧阳雪在一式两份的合同上分别签名、摁红手印，肖亚文看着赵夫人将一沓沓现金放入验钞机查验真伪和数目。签合同付款完毕，赵云哲将房门钥匙交给欧阳雪，把钱和验钞机收进帆布袋里。欧阳雪和肖亚文将赵云哲和赵夫人送出门去，大家握手道别，房东一行五人开车走了。

肖亚文看房东的汽车走远了，问芮小丹："给韩总打过电话了？"

芮小丹说："打了，韩大哥说一块儿聚餐，还说与亚文都挺熟的，不拘这个。"

肖亚文停顿了一下，说："噢，那就不拘吧。"

欧阳雪没大注意这些细节，而是看着店门满意地说："这门开得不错，宽哪，白天车停在门口，晚上直接开到店里，既安全方便，还省得花钱找车库了。"

肖亚文说："小车还行，大车进不去。"

欧阳雪说："送货的车就买辆十几万的面包车，晚上锁好停门口。"

肖亚文笑笑说："十几万的车丢了就不心疼了？"

欧阳雪说："当然心疼，疼死了，可那也比丢个一百多万的车好受点。"

芮小丹看着她们爽快地笑，自己也想跟着她们笑，却笑不出来，心里总有一缕不可言喻的不畅。上次她来北京，肖亚文到了车站又悄然走开了。这次她来北京，肖亚文想请朋友吃顿饭却欲做不能。尽管每个人的生活里都会有这样那样的尴尬，但是肖亚文的两次尴尬毕竟都与她有关系，而她对此却既不能说什么，更不能做什么。

这时，一辆奥迪轿车稳稳地开过来在店门口停下，从车里下来一个身材高挑、气质优雅的女子，礼貌地问道："请问，是芮小丹小姐吗？"

芮小丹说："是我。"

女子上前一步与芮小丹握握手，说："你好！我姓周，是韩总的办公室秘书，韩总在老庄稼汉烩菜馆订了位子，让我来接各位。”

于是，芮小丹她们熄灯锁门，跟随周秘书的车前去老庄稼汉烩菜馆。

2

冬天的夜里十一点已经算是深夜了，老庄稼汉烩菜馆的店里店外仍然灯火通明。周秘书和欧阳雪停好车，大家步入熙熙攘攘的大餐厅。韩楚风、李志江、马经理和司机小赵已经先一步到了，看见她们进来了便起身相迎。

大家一番握手礼让，落座。

老庄稼汉烩菜馆以经营豫北农村的烩菜为主，这里既没有路边小店的过分简陋，也没有商务宴请饭店的极度奢华，特别适合于家庭聚餐或朋友宴请。一尺多直径的陶瓷大盆架在餐桌的慢火上，鸡鸭鱼肉、粉条豆腐以及萝卜白菜一起入盆煨炖，不讲刀功，不讲造型，更不讲菜品的尊贵寓意，就讲一个好吃实惠。

服务员递上菜谱，韩楚风接过菜谱放到一边，根本不用看就点菜：“来个不放辣椒的大盆大杂烩菜，上几个农家小炒，一瓶五粮液，一瓶白葡萄，再来几个杏仁露和可乐。要八个中碗的杂面条，现在不下，什么时候下面再通知你。”

服务员记好菜单离开了。

韩楚风点上一支烟，说：“你们之间有的还不认识，我介绍一下。这是我和元英的朋友李志江，志江古玩店经理。这是芮小丹，古城公安局刑警。这位是欧阳雪，古城维纳斯酒店经理，也是即将开业的北京格律诗音响公司董事长，虽然我们没见过面，但是在格律诗公司融资的事上有过合作。这位是正天商业大厦的马总……”

因为韩楚风强调了李志江是丁元英的朋友，芮小丹起身与李志江握握手。其他人则是相互点头一笑，表示礼貌。

介绍了在座的宾客，韩楚风为舒缓大家的陌生感，找了个话题说：“这家的杂面条是个绝活儿，单锅炝锅，单锅下面，放上当年晒干的红薯叶，全北京就这儿一碗。”

马经理说：“红薯叶每年只有一季，据老板说为了供应这个餐馆，全村家家户户都晒红薯叶，挑嫩叶子采，淘洗干净，大火烫熟捞出，这才能晾晒。”

李志江笑着说：“你照这法子开个店试试，准关门。”

马经理说：“那当然，真秘籍秘法传了，老板锅里汤就少了。”

说话间，大盆烩菜和酒水陆续上桌了。

大家倒上酒水，韩楚风端起酒杯说：“今天机缘巧合大家聚在一起，很高兴。欧阳雪她们刚刚租下了门面房，咱们就为欧阳雪的音响公司早日开业，干一杯！”

大家一起举杯，有的是白酒，有的是饮料。

韩楚风对肖亚文说：“欧阳雪他们对北京不熟悉，不管他们请你帮什么忙，有为难的地方言语一声，不定谁能伸把手呢。”

肖亚文笑着说：“他们就是找个店面、租个仓库，再打听几个正经的代理公司，都是些跑跑腿就能办的事。真有为难的事他们不找我，我也办不了。”

韩楚风问了一句：“租仓库？店里没库房吗？”

肖亚文说：“有，真想挤能挤出来两间，店里货物周转足够了。可丁总要的是150—200平方米的库房，特别要求防火、防盗、防潮，那就不是短期周转的普通货物了。”

韩楚风对丁元英的意图了解一些，马上想到那仓库是用于储存音箱的地方。一对音箱的成本可以用两对乐圣旗舰的成本推算，至少也得3000元，几百对音箱就是一两百万，确实不是短期周转的普通货物，也确实需要对防火、防盗、防潮有特殊要求。

于是韩楚风问："你找的仓库在什么地方？"

肖亚文说："联系了几家，条件还可以，就是远了点，还没最后定下来。欧阳他们离开业还有段时间，开了业也不一定马上就用仓库，我再多找几家看看。"

韩楚风手一挥说："这点事你不用跑了，找马总，交租金就行。"

肖亚文说："这个我没想，也不能去。如果用马总的仓库，丁总一个电话就行了，不会从我这儿绕个圈子。丁总既然差我，想必是这点小事不值得惊扰马总。"

马经理说："哪里，哪里，谈不上惊扰。"

李志江笑着说："我要是元英也不找你，到哪儿花钱都能办的事，干吗落你个人情？"

马经理说："这话说的，那就是元英想落亚文个人情了？"

韩楚风说："差矣，亚文和小丹的关系根本谈不上人情。"

马经理说："那就是元英见外了，回头我打电话批评他。"然后对肖亚文说："正天商业大厦的负一层和负二层都是仓库区，大部分服务于进场的商户，一部分租给大厦周围有背景关系的商户，虽然租金贵点，可还都打破了头往里挤。正天商业大厦的仓库不是简单地租房子，而是有专门管理，保安、消防、通风都有保障，就像银行出租的保管箱，不用你派人守着，车辆一脚油门到库房，进出货物特别方便。"

肖亚文说："行，这两天我就去正天商业大厦联系。谢谢马总。"

马经理说："千万别提谢，一提我跟元英和韩总都生分了。"

韩楚风招呼大家说："都别闲着，吃菜。"

吃了一通烩菜，喝了几轮酒水，肖亚文放下筷子说："韩总，今天大家都很高兴，我也有几句话想说说，说得不好请韩总指正。”

韩楚风说：“喝酒聊天，扯到哪儿算哪儿，你说。”

肖亚文说：“记得有一次丁总请韩总吃饭的时候酒桌上闲聊，我问丁总，为人处世怎么才能做到恰到好处？丁总说，恰到好处是‘正好’，‘正好’是假的，不是究竟本来，是假的就立不住。我不懂，就问他什么是究竟本来？他说‘一切’。我还是不懂，就说你就告诉我应该怎么做吧。丁总说了一句话，随缘惜缘不攀缘。这句话让我印象很深，也听懂了，我一直记着。”

韩楚风点点头说：“是有这么回事。”

肖亚文说：“上次小丹来北京，我请假去车站接她，老远就看见韩总了，小赵站在旁边举着一块牌子。我知道，当时我再往前走一步就是攀缘，我就去上班了。今天机缘巧合，有幸跟大家坐在一起，本来是我请朋友吃饭，可转眼之间我就成了跟朋友混吃的一双筷子。如果是随缘惜缘的本来，我希望韩总能给我一个请朋友吃顿饭的机会。”

韩楚风感慨地轻轻一拍桌子，说：“没有如果，本来就是。今天你买单了。”

李志江点点头说：“就是啊，如果是楚风买单，除了小丹，在座的都是多出的筷子。如果是亚文买单，桌上找不出一双多余的筷子。”

芮小丹微微一笑，心里的那缕不可言喻的不畅顿时烟消云散了。

3

吃过晚饭已经是午夜十二点多了，大家在老庄稼汉烩菜馆门口道别，芮小丹三人开车去肖亚文的住处。午夜的北京从沸腾中沉静下来，然而灯火辉煌的饭店、酒吧依然吸引着喜欢夜生活的人们，一路上不时能看到生活依旧在午夜律动。午夜的马路显得很宽、很美，漫天飞舞的细小雪花在灯光的照射下晶莹闪亮，别有一种风情。

来到一个叫“都市新村”的住宅小区，肖亚文在26号楼下找个泊位停好车，三人乘电梯到了18楼，肖亚文取出钥匙打开房门。

刚一进门暖融融的气息就扑面而来，让人感觉放松、舒服。这是一间大约30平方米的小套型公寓住宅，线条简洁的装修起到了延展空间的作用，除了电脑、电视和几件必需的家具之外，没有多余的东西，房子虽小却能让人感到温馨、恬静。

三个人进屋脱下外套挂在门口的衣架上，屋里只有两双棉拖鞋，肖亚文让欧阳雪和芮小丹穿了，自己去卫生间拿了一双塑料拖鞋换上。

肖亚文到卧室从床体的箱子里拿出一条新被子和一条毛毯，说：“你们两个睡床，一人一条被子。我睡沙发，盖一条毛毯。这儿的暖气还可以，不冷。”

芮小丹说：“再过两个多小时就得动身了，难得见个面，说说话。”

肖亚文一边铺床一边说：“好哇，待会儿我去煮咖啡，谁困了谁就先睡会儿。”

欧阳雪说：“小丹得睡会儿，我到家就没事了，她回去还得上一天班，上了高速公路也得她开车，我的技术跑高速路不行，这天还飘着雪花，路况也不好。”

肖亚文说：“就是，得让小丹睡会儿。我跟小丹也没什么可聊的，太了解了。咱们俩那年就为古城租房的事通过几次电话，一直没机会坐一块儿聊聊。”

芮小丹一笑说：“这显得我娇气，把你们赶到客厅，自己霸占一张大床。可我真不困，躺床上也睡不着。”

欧阳雪说："那也得睡。"

肖亚文说："刑警哪个不是能熬能睡？你早锻炼出来了，躺下就睡着。"

芮小丹仰身倒在柔软的床上，说："好，我睡睡试试。"

铺好床，欧阳雪和肖亚文从卧室出来，关上门到客厅。

肖亚文将咖啡壶、咖啡豆、咖啡杯、咖啡勺、方糖等全套东西摆到茶几上，倒上水、接通加热电源，熟练地按煮咖啡的程序操作。

欧阳雪说："白领女人跟普通女人就是不一样，生活讲究个情调、品位。"

肖亚文笑道："不是品位，是省钱。平时我自己舍不得喝，都是有同事、朋友来的时候才煮点，咖啡馆太贵，请不起，省点钱还得尽着交房租呢。我这儿的房子太小了，来个朋友连个睡的地方都没有，委屈你们了。"

欧阳雪打量着房子，说："房子不错，一个人住很舒服。"

肖亚文说："就这么巴掌点地方，工资的一半都得填给它。"

欧阳雪问："你是哪儿的人？"

肖亚文说："小丹没告诉你这个？我家在武汉，考到北京了，大学毕业没回去，一直在北京漂着。家里我最小，又是女孩儿，没人指望我，走哪儿算哪儿。"

欧阳雪问："那年你去法兰克福找小丹，怎么没留在德国发展呢？"

肖亚文笑笑说："我那是工作签证，跟小丹的不一样，过期就作废了。我学德语的时候是想去德国，毕竟小丹母亲在德国，从经济担保、食宿、工作各方面都能有个照应。可等我德语学成了，也改主意了。"

欧阳雪问："为什么？"

肖亚文说："德国的移民法不比从前了，特别苛刻。先别说我能不能过去，就是去了又能怎么样？只有留学居留这一条路，拿了学位还是得回来打工。也许嫁个有德国国籍的男人是条路，可为个居留身份我得把自己卖了，这还有意义吗？既然怎么都是打工，就不如早打工早攒钱，等有条件了自己开个公司，自己给自己解放了。”

欧阳雪说：“小丹你知道，嘴严，不大说跟当时无关的事。以前我对你不了解，今天在酒桌上看你跟韩总说那些话，特别让我佩服，一点儿不端着。”

肖亚文一笑说：“手里空空的，拿什么端呢？”

咖啡壶的温度到了沸点，肖亚文把两只杯子放上咖啡伴侣和方糖，冲上咖啡，顿时屋里弥漫着诱人的咖啡浓香，而就在这时卧室的门开了，芮小丹走了出来。

欧阳雪问：“你怎么出来了？不睡啦？”

芮小丹说：“睡不着，闻见香味就出来了。”

肖亚文又拿出一个杯子，给芮小丹冲了一杯咖啡。芮小丹不在场的时候，肖亚文与欧阳雪毕竟还有一点拘谨。芮小丹一来，气氛顿时就轻松了。

肖亚文喝了一口咖啡，问：“欧阳，你比我大两岁吧？”

欧阳雪笑道：“今年29了，是周岁，不敢说虚岁啦。”

肖亚文问：“那怎么到现在还没成家呢？”

欧阳雪说：“你不是也没嫁出去嘛。”

肖亚文说：“我呀？我在等那个能把我糊弄住的人呢。”

欧阳雪问：“怎么这么说呢？”

肖亚文说：“只有对我有意思的人才会来糊弄我，不能糊弄住我的人我不会上当。男女那点感情的事从古到今有几个是真的？能糊弄住就权当是真的了。”

欧阳雪笑了，说：“我估计你是嫁不出去了。”

肖亚文问：“那你呢？”

欧阳雪说：“嫁汉嫁汉，穿衣吃饭。我自己挣衣挣饭了，就不用卖自己了。”

肖亚文说："也不全是穿衣吃饭，还是有个感情问题。"

欧阳雪说："你都说了，有点感情基本上也是假的。我虽然没多少文化，可婚姻那点事我还是想明白了。亲爹亲娘都靠不住，人家男人凭什么要养活女人？就是因为女人能让男人那个。我看过那种片子，男的使劲，女的叫唤，女人跟男人讨点吃穿还真不容易。女人为什么害怕第三者插足？就是因为她的那东西无效了，人家的那东西有效了，那东西得有效才能当吃当喝。婚姻有什么用？能离婚就没用，有用的就是分男人点财产。"

肖亚文放下杯子说："姐姐，高见哪！"

欧阳雪说："我一想到嫁个男人在我身上翻来滚去，还得吃我的、喝我的，我心里就受不了。"

肖亚文笑道："这个嘛，你得问小丹哪，她有经验。"

芮小丹说："你们说话我一句没敢插嘴，别把我掺和进去。"

欧阳雪说："就你有经验，不问你问谁？"

芮小丹说："你那还是嫁汉吃饭的观念，你认为男人靠不住，也不想为孤独去冒生存风险，吃饭毕竟比上床重要。当女人不需要通过支付性去换取生活资料的时候，当男人不需要支付生活资料而征服女人的时候，那时候你就愿意上床了。"

欧阳雪说："那时候就不用上床了。"

芮小丹问："为什么？"

欧阳雪说："早过更年期啦。"

三人哈哈一阵大笑。

肖亚文说："说到男女之事，我有个拆文解字的段子，正宗亚文版本，又分贬义版和褒义版，且绝无分号。今天高兴，给你们表一段。"

芮小丹还没听就先忍不住笑了，说："亚文虽是大家闺秀，可黄段子堪称一绝。"

肖亚文拿起咖啡伴侣瓶子，像说书先生一样拍了一下醒木，说："奸字，女字旁加一个干字。奸者，污秽也。干女为奸，女干亦为奸。"

三人又是一阵哈哈大笑。

肖亚文又拍了一下咖啡伴侣醒木说："刚才是贬义版，现在说褒义版。歌字，哥字旁加一个欠字。歌者，情之声也。欠哥之声为歌，哥欠之声亦为歌。"

芮小丹和欧阳雪笑得直不起腰来，芮小丹一边笑一边说："这段子太黄了，你可是警官大学的高才生，一肚子学问全用在这儿了。"

肖亚文说："那就给你们来个高雅的，绝对真实版。你们见过丁总骂人没有？我肯定你们没见过，但是我就见过一次。丁总骂人，那才真正是堪称一绝。"

欧阳雪说："大哥也会骂人？"

肖亚文说："有一次丁总遇见一个多年不见的熟人，这人就请丁总吃饭。这人原是学理工的，后来改行做音乐评论人，满腮胡子，头发老长，扎个马尾辫，手腕戴个珠镯子，就是那种一看就有文化气质的扮相。席间这人不停地高谈阔论，谈艺术，谈音乐，极力想给丁总一个高雅脱俗的印象，连我都看出来了。丁总听着，很少说句话，直到散席在餐馆门口道别的时候，丁总给他留联系电话，出问题了。"

肖亚文喝了一口咖啡润润嗓子，接着说："丁总没名片，我就拿出记事本写号码，丁总说一个我就记一个，从手机到座机，从北京到柏林，从司机到助理，留了七个电话，写满了三页，那个臭显的俗啊，浑身洋溢着暴发户的小家子气，那人都等得不耐烦了，终于带着一脸的轻蔑逃走了。我想来想去不明白，就问丁总，我说：丁总，咱有那么俗吗？丁总说了一句话，差点儿没让我从车里掉下来。"

欧阳雪急切地问："什么话？"

肖亚文说："丁总说，那样他就高雅了。"

第二十四章

1

1997年3月19日，格律诗音响店在路人的不经意中悄然开业了，没有彩带花篮和庆典仪式，只有新买的客货两用面包车和那辆宝马轿车显示着小店的某种实力。

春寒乍暖，春节刚过一个多月，此时正值市场销售的淡季，然而音响店在开业的当天就卖出了五套四仓机柜、一套两仓机柜和两对音箱脚架，营业额超过3000元，一星期之后日营业额就攀升到5000多元。格律诗音响机柜既不同于广东的铁皮管材料分层叠加式机架，也不同于家具式电视柜，更不同于简易、廉价的板式机架，它以极具发烧和尊贵的个性迎合了发烧一族和有闲阶层的消费需要。唯一缺憾的是，音响机架毕竟只是音响的辅助器材，格律诗音响店作为音响公司却并没有真正意义上的音响产品。

格律诗音箱迟迟没有摆上货架是出于避免被他人抢注专利的考虑，开业以来叶晓明和刘冰的精力也着重放在注册商标和申请专利这些基础工作上。

4月初的一天下午，北京下起了小雨。

叶晓明和刘冰从诚诚专利代理事务所出来匆匆钻进宝马轿车，叶晓明一上车就用棉纸擦拭公文包上的雨水。刘冰也擦了擦公文包，发动汽车，打开雨刮器上路了。

叶晓明舒了一口气，说：“行了，办完这桩心里就踏实了。”

刘冰说：“咱回去就把音响摆上，开音响店的没音响，多别扭啊，咋看都像家具店。”

叶晓明笑笑，拿出手机边拨号边自语道：“事情办妥了，跟董事长汇报汇报工作。”拨通号码把手机放到耳边，说：“董事长，专利的事办妥了，多交了50%的加急费……出口代理的事现在还不急嘛，我先去咨询一下……知道，欧华进出口代理公司……董事长，音箱可以摆出来了，套件和功放的事也该谈了，初来乍到的也该跟同行联络联络感情，我的意思是请乐圣和斯雷克的人出去吃顿饭，规格高点，得多花两个，算咱格律诗有个姿态吧……那怎么行呢，还是跟你打个招呼，免得查账的时候说不清了……好，好，再见。”

刘冰不屑地说：“你是总经理，请人吃顿饭还用跟她打招呼？”

叶晓明说：“礼多人不怪嘛。”

汽车开了20多分钟来到北京欧华进出口代理公司，这是一座六层楼的独立建筑，外墙壁全部是深灰色石板贴面，停车场地面是花岗岩铺设，四周是用不锈钢柱子和粗铁链围成的护栏，停车场里停满了各种轿车。

刘冰在靠近路边的位置停下车，说：“你就咨询一下，下着雨，我就不下去了。”

叶晓明夹着公文包一个人下车了，一路小跑进了大楼。

刘冰落下车窗玻璃，点上一支香烟，侧着身子悠闲地观赏车窗外的雨景。宽阔的马路上车来人往，树木被小雨洗刷一新，空气清凉、湿润，雨点儿淅淅沥沥地落着，在地上不规则地跳跃，发出美妙的沙沙声，仿佛是一首年代久远的老歌在耳边回响，能把人的思绪带向一个无拘无束的自由境地，让人有一种宁静的归依感。

置身于首都圣地，坐在舒适的汽车里听轻柔的雨声，真是一种惬意的享受。刘冰觉得自己像做梦一样，一夜之间就步入了一个以前只能远远仰视的阶层。

过了半个小时，叶晓明从大楼里出来了，又是一路小跑钻进车里。

刘冰看着叶晓明从包里取出一份出口代理咨询材料，问：“下一站去哪儿？”

叶晓明说：“去仓库提一套音响。”

刘冰开车出了停车场，说：“北京是不一样，啥都讲代理，有钱干啥都省事。”

叶晓明看着出口代理咨询材料，自己念叨着：“原来商检还有这么多说道，这份材料得给世杰传真过去，像油漆、板材、黏合剂这些材料得跟厂家索要质量检测证明……出口代理费按营业额的5%收取……运输费、报关费、商检费、仓储费、港口运杂费、保险费、银行手续费……这得多少钱哪，又不是真有市场。”

刘冰笑着问：“叶总，坐着宝马在北京城出入大公司，找到点感觉没有？”

叶晓明说：“这云里雾里的，谁敢当真哪。”

刘冰说：“天塌砸大家，有个儿高的人顶着呢，怕啥？”

下雨天，马路上的车辆明显少了一些，不像平时那样拥堵不堪了。来到正天商业大厦地下仓库的入口，刘冰向门卫出示证件、登记，进入仓库，在63号门前停下车，仓库区的值班员再次核对特许出入证件和库房号码，才准许打开房门。

100多平方米的库房靠南墙放着一批平展的音箱包装纸箱，靠北墙放着18对已经包装好的格律诗音箱，旁边是一套电源、CD机、功放和线材。

叶晓明说：“音箱搬两对放后排车座上，其他都放后备厢里。”

两人动手往车上搬音响，音箱特别娇贵，两人一次抬一只。叶晓明干着活儿说：“如果按我的意思，我不会把音响店开到现在的位置，更不会租这个仓库，不摆这种花架子。北京地面太大了，应该把音响店开到东城边上，充分发挥车辆的优势，基本放弃零售市场，以批发为主，立足北京，兼顾天津市场。”

刘冰说：“这话开会的时候你咋不说？现在说这有啥用？”

叶晓明说：“说了也没用，人家得按套路来。”

装好车，两人离开仓库返回音响店。

格律诗音响店的门被面包车的尾部堵着，起落式的后车门敞开，小杨一个人吃力地抱着一个整包装的机柜往车上装，车尾堵着店门，既缩短了搬运的距离，也避免了纸包装箱被雨水打湿，但是堵塞了道路，过往的路人只能从旁边绕行。

刘冰被面包车堵着开不过去，停下车，叶晓明和刘冰下来帮着抬机柜。

小杨说：“再搬一套棕四亚就够了，一共五套。”棕四亚是机柜颜色、仓位和漆面工艺的简称，棕表示棕色，四表示四仓位，亚表示亚光漆面。

叶晓明说：“下雨天也能走点货，还不错。”

小杨乐呵呵地说：“下午卖了一套，人家有车直接拉走了。还有一套付了定金，店里走不开，说好了六点以后给人家送去。慧通打电话要四套，待会儿一趟都办了。”

装好机柜，小杨把面包车停回原来的车位，刘冰跟着把轿车停到门口，三个人卸下音响器材之后，刘冰也把车停回自己的车位。

叶晓明和刘冰都是资深发烧友，对音响的摆位自然是行家里手，也早就设计好了音响摆放的位置，就等着音箱可以亮相的这一天。在叶晓明的指挥下，店里的空间重新布置，音响占据了室内中心，正对着沙发、茶几，音响机架产品被分布在音响位置的两边，这样既能突出音响，又不弱化音响机架的展示，也有利于声音扩散和减少驻音。

重量超常的格律诗音箱摆在重量超常的特制音箱脚架上，被十台器材伺候，无疑是霸气十足的。尽管只有一款音箱，但是摆了一套音响的店里毕竟有了一点音响店的氛围，至少像个音响店了。音响摆好之后，叶晓明从办公室的文件柜里拿出一个早已备好的木制 CD 盒，里面装有 30 张唱片，唱片的数量虽然不多，却都是从叶晓明、冯世杰和刘冰三人各自的收藏中精选出来的发烧天碟，张张顶星戴花，如雷贯耳。

刘冰站到沙发后面端详了一番，等叶晓明接上电源打开音响，播放一曲罗德里戈的《阿兰胡埃斯小提琴协奏曲》，琴声激情、凄美而哀愁，仿佛一片片揉碎的心在秋风里飘落，有一种撼人魂魄的力量。刘冰陶醉地点点头，说："有点音响店的意思了。"

叶晓明调试好音响，关掉电源，将挑选好的三张唱片放到机柜上，转过身说："现在咱们开个小会，有几句话交代一下。待会儿刘冰和我去斯雷克订购器材，情况允许的话咱想请赵总和乐圣的于总晚上一块儿吃顿饭，气氛好的话再请他们到店里坐坐。以前我在古城代理斯雷克和乐圣品牌，跟赵总和于总都挺熟，咱公司用乐圣套件，用斯雷克功放，于公于私都需要搞好关系，今天人家可能来，也可能不来，但是咱得做好人家来的准备。"

刘冰笑着说："啰唆，你就说注意事项吧。"

叶晓明说："一是大方，别跟没见过世面似的；二是热情，但也别过分了，别让人觉得咱非要巴结谁；三是脑子多根弦，不该问的别问，不该多嘴的别多嘴。"

刘冰问小杨："叶总的话记住了？"

小杨说："记住了。"

叶晓明对刘冰说："我主要是说你呢！给你留点面子，晕！"

刘冰说:“这话还用跟我交代?嘁!”

2

斯雷克电子有限公司北京分公司的音响店与格律诗音响店相隔一条大街，而斯雷克音响店与乐圣音响店则在同一条街上，两家相距不到100米。斯雷克是中国Hi-Fi功放的知名品牌，斯雷克功放与乐圣旗舰音箱的搭配通常被发烧友称为穷人的劳斯莱斯。

斯雷克音响店一楼是店面，楼上是办公室。音响店以销售本公司产品为主，兼营德国、日本、英国几个国际著名品牌的音响器材。

刘冰在斯雷克音响店门口停好车，跟在叶晓明身后走进店里，见总经理赵忠涛正与一位朋友谈论一款CD机的表现。赵忠涛不到40岁，瘦高个，额头沧桑地落着几缕头发，戴一副深度近视眼镜，穿一件老式对襟紫红褂，像一位老学究。赵忠涛是地道的广州人，却能讲一口地道的京腔，他比老北京还老北京，做北京人的生意特别能给顾客亲近感。

赵忠涛一见叶晓明马上热情地迎上来寒暄道:“晓明老弟，你好，你好!”

叶晓明也与赵忠涛握手寒暄道:“赵总好!”

赵忠涛笑呵呵地说:“听说那条街新开了一家音响店，差人过去瞅了一眼，嘿，原来是你晓明老弟，本想过去讨个喜庆，愣被你的宝马给吓回来了，哈哈哈……去年我还真以为你关门了，没想到转眼就混到京城了，不简单哪!”

叶晓明拱手抱拳笑道:“朋友帮忙，糊里糊涂瞎混呗。”然后回头看了一下刘冰，刘冰立刻递上一张订货单，叶晓明把订货单交给赵忠涛，接着说:“小弟初来乍到，不知道京城这池水的深浅，还有劳赵总多给点化着点儿。”

赵忠涛接过订货单一看，表情沉静下来，说：“走，到办公室谈。”

清单上的内容是——

斯雷克音响电源：24 台

斯雷克功放前级：24 台

斯雷克功放后级：48 台

瑟林达签名版分体 CD 机：12 套

注一：电源、功放的电压宽带为 110V50Hz—240V50Hz

注二：24 台后级功放中，其中六台功放在后部加装小旋钮电位器

上了二楼办公室，赵忠涛请叶晓明和刘冰落座，又看了一遍订货单，问：“单子上的货得值十几万，你是在店里卖呢，还是有别的用场？线材呢？音箱线、信号线？你这个好像是配套的，12 套 CD 机，有 12 台电源、12 套前后级就够了，怎么刚好都多一倍呢？国内的电压是 200V 到 240V，有必要宽到 110V 吗？其中六台功放在后部加装电位器，后级功放的音量已经有前级控制，加个电位器不是多此一举吗？”

叶晓明解释道：“器材是配置格律诗音箱出口用的，出口十套，备份两套。法国的电压是 127V—220V，英国是 240V，德国是 220V。一对音箱要两台电源、两台前级和四台后级推动。瑟林达签名版的分体 CD 机本来就是双路输出和宽带电压，不用改动。线材和插头我们从厂家定做了一批，用格律诗的包装。加装电位器我跟你说不清，你加就是了。”

赵忠涛惊讶地问：“你们能造音箱？什么音箱得用那么多功放？还出口西欧？”

叶晓明笑了笑说："试试呗，先蹚蹚路，全靠斯雷克功放和乐圣旗舰套件的帮衬。"

赵忠涛思忖了片刻，说："行，按你的要求加宽电压、加装电位器，质量我们也会特别注意，别到欧洲砸了斯雷克的牌子。只是这批货是特制，价格上多少会有些浮动，而且按公司规定你得先付了定金。"

叶晓明说："没问题，你说个数。"

赵忠涛说："十几万的货，定金一万吧。"

刘冰马上从公文包里拿出备好的一万元交给赵忠涛，赵忠涛核对了一下钱数，给叶晓明开了一张定金收据，这笔订购音响器材的业务就此完成了。

叶晓明收起定金收据，说："还有个事，请赵总无论如何给个面子。"

赵忠涛急忙挥手说："言重了，言重了。有事你说，没准儿能帮上忙呢。"

叶晓明说："早就想请赵总和于总一块儿坐坐，我今天来，订货不是最主要的，就是想请二位赏光吃顿饭，只是怕赵总误解才先办了订货的事，绝没有借吃饭砍价的意思。赵总面子大，还得有劳赵总帮我约一下于总。"

赵忠涛说："你给我送单生意，该我摆酒道谢才是，晚上这顿饭我做东了。"说着拿起办公桌上的电话，拨通后说："志伟吗？我忠涛哇，晚上有空儿吗？下雨闲着没事，找个地儿喝酒闲侃呗……真没事……也没外人……来了你就知道了……行，快点啊。"

赵忠涛放下电话说："行了，志伟一会儿就过来。"

叶晓明客气地说："赵总，要是这点面子你都不给，那我就告辞了，下回再请。"说着当真就要下楼，表示出没有半点商量的余地。

赵忠涛忙说："别价呀……也好，也好，下回算我的，来日方长。”

三人下楼，在室内离店门一米多远的地方站着闲聊，等深圳乐圣音响有限公司北京分公司音响店的总经理于志伟。由于两家音响店相距不到 100 米，于志伟很快就到了。

于志伟在门口收起湿淋淋的雨伞，进门笑呵呵地说：“一见宝马就知道晓明驾到，真人终于露相了，不容易啊，幸会！幸会！”

叶晓明笑着说：“到了北京没有及时拜访二位，得罪，得罪。今天晚上我做东，这顿饭权当兄弟谢罪了。”

于志伟说：“一听说是你开店就想去聊聊，可闹不清你啥来头了，不敢造次呀。本想你开张的时候会送张帖子什么的，可左等右等也没邀请的意思，好没面子……赵哥，你看人家晓明混的，不飞则已，一飞冲天。惭愧，惭愧啊！”

刘冰在旁边一直没有搭话的机会，只是赔着笑，此时想为叶晓明解解围，就故意看了看手表，提醒道：“叶总，到饭点儿了，再晚烤鸭店就没车位了。”

叶晓明笑道：“不说了，啥都不说了，上车。”

于志伟看了看刘冰，对叶晓明说：“这朋友挺面熟，好像以前见过。”

刘冰说：“我叫刘冰，以前陪叶总去你那儿进货见过。”说着他拿出两张名片给于志伟和赵忠涛各递一张，客套地道：“请多关照，请多关照。”

于志伟看过名片与刘冰握握手，说：“是刘主任，幸会！幸会！”

赵忠涛也冲刘冰点头笑笑，问叶晓明：“吃哪家的烤鸭？”

叶晓明想当然地说：“全聚德嘛。”

赵忠涛一笑说：“外行了不是，全聚德是真不错，名气也大，可老北京都知道，烤鸭要论起辈分，那还得说便宜坊，600 年历史了，焖炉烤鸭不见明火，那叫个地道。”

于志伟说:“全聚德去过，应该尝尝便宜坊。”

叶晓明说:“你不说我还真不知道。那就便宜坊了，你坐前面领路。”

3

便宜坊是北京最老的一家烤鸭店，历经时代变迁，一直延续着正宗传统焖炉烤鸭和山东风味菜肴的经营特色，“文化大革命”期间曾一度更名“新鲁餐厅”,“文化大革命”之后又恢复了原来的字号。便宜坊营业面积2000多平方米，大餐厅和雅间能同时容纳上千人就餐，餐厅的装潢华丽、气派，既有鲜明的时代气息，又不失老字号的亲切感。

步入便宜坊的店门，叶晓明问迎面过来的服务员:“有雅间吗？”

服务员答道:“有。”

赵忠涛说:“雅间没气氛，冷冷清清不是那个味儿了。”

于志伟也说:“大餐厅好，热闹。”

大餐厅里嘈杂喧闹，食客如云，一派生意红火的景象。四人在服务员的引领下找到一张桌子落座，另有服务员随即上茶。

赵忠涛拿出一包万宝路香烟给于志伟和刘冰各递一支，于志伟拿出打火机给赵忠涛和刘冰依次点上，将自己的一包剑牌香烟放到桌上，自己也点上一支。在座的都知道叶晓明不会抽烟，所以谁也没去给他让烟。

叶晓明把菜谱递给赵忠涛，说:“赵总是老大哥，你来点菜。”

赵忠涛推辞道:“谁都不是常来，简单点。”

叶晓明看了看菜谱，也没看出个名堂，干脆对服务员说:

“一个烤鸭，四个热菜，两个凉菜，拣最能代表便宜坊特色的招牌菜，荤素给搭配一下，要一瓶茅台……”

赵忠涛赶忙插话道：“不要茅台，来瓶65度老北京二锅头。四个热菜太多吃不完，去掉两个。这位兄弟开车不能喝酒，来两听饮料。”

叶晓明笑着说：“赵总，别这么给俺省钱哪，一顿饭俺还请得起。”

赵忠涛说：“这儿的菜量大，这些菜能吃完就不错了。在北京老字号吃饭，就得喝老北京二锅头，真正发烧级的烈性酒，非得喝出个闲云孤鹤的境界那才叫地道。”

等菜的时候，刘冰默不作声地抽烟，不经意地翻阅着菜谱，听叶晓明与客人聊天。菜谱上的单价从十几元、几十元到上百元不等，过去每当他经过豪华饭店都会忍不住地想，那里面究竟是一番怎样的景象？吃一顿饭究竟要花多少钱？他放下菜谱，环视着餐厅的豪华装饰和食客们旁若无人的吃相，这让他有一种置身于花花世界的眩晕感，仿佛有一种命运的力量把一个原本遥不可及的世界拉到了他的面前。他惬意地舒了口长气，眼睛里悄然流露出一种踌躇满志的神情，感觉自己手里隐隐约约抓住了什么东西。

两个凉菜和酒水先上来了，大家礼让着开始喝酒。由于相互都是商业关系，并没有个人之间的朋友交往，所以谈不出更实际的内容，更多的都是些边缘话题。

席间，刚刚碰完一轮酒，于志伟放下酒杯说：“叶总，你那辆车真气派。”

这句话看似不经意，然而如果漫无边际地沿着这个话题聊下去，却可以通过这辆车道出一些公司背景的信息。叶晓明听出了弦外之音，用拿着筷子的手摆了摆，一笑说：“俺可没那造化，车子再好也是人家的，不像你们，好赖车都是自己的。”

于志伟用两手夸张地一挡，笑着说：“别，可不敢‘你的你的’这么说，那你是不想让俺混了。那车是给总公司领导来京预备的，俺可没混到配车的级别。”

赵忠涛也笑了笑说：“我那破吉普也叫车？怕是你站旁边都嫌寒碜。”

叶晓明笑着朝赵忠涛一抱拳，说：“赵总，兄弟没得罪过你吧？”

大家哈哈一笑。

这时两个热菜上桌了，一个扒三丝鱼翅，一个金鱼鸭掌，都是便宜坊的招牌菜。两道热菜刚上桌，一辆小餐车就推到了桌前，盘子里放着一只烤好的鸭子，外皮丰满、酥脆，呈枣红色，鲜艳油亮，令人垂涎欲滴。戴着白帽的厨师当场操刀，手法娴熟地将烤鸭切成薄薄的片状，码入洁白的盘子，每一片都有肥有瘦，皮酥肉嫩。

荷叶饼抹上一点甜面酱，放上鸭片、葱条卷成筒状，一口下去，那滋味美得……一个个如入神仙之境，优哉游哉。

……

酒足饭饱，叶晓明一行四人悠然、惬意地走出便宜坊烤鸭店。外面的小雨还在淅淅沥沥地下着，雨水在地面映照着绚丽的灯火，给雄浑的北京增添了几分柔美。

上车后，叶晓明不失时机地说：“二位，没啥事到店里坐坐吧，给指导指导。”

于志伟说：“虽然是迟到的邀请，也不错啊。”

赵忠涛说：“好，好，我也正想看看你的玩法怎么就得在后级上加装电位器。”

刘冰开车行驶在宽阔的大街上，流水般的车灯如同一条流动的河。他用眼角的余光瞥了一眼叶晓明，心里很是佩服，他觉得叶晓明处理事情什么时候都是头脑清醒，无论什么场合都能做到不温不火，恰到好处。

来到格律诗公司音响店，刘冰把车靠近店门停下，这样大家一下车就可以进店里，避免被雨水淋湿衣服，然后再开到泊位停车。

赵忠涛和于志伟下车的时候都不约而同地驻足了一下，抬头看了看霓虹灯映衬下的红底金字“格律诗音响有限公司”的门头。

小杨见总经理和客人到了，就拉开门站到一边，礼貌地点头微笑，只见三个人的眼睛和神态都有几分酒后的亢奋，从身边走过的时候散发出一股酒气。

叶晓明介绍道：“这是小杨。”然后又对小杨说：“烧上水，泡茶。”

赵忠涛进门说：“格律诗，这字号起得不错，不俗。”

叶晓明说：“朋友帮忙给起的。”

赵忠涛和于志伟各自环视了一下前厅的商品陈设，品种繁多的音响机架产品并没有引起他们的注意，因为音响机架在任何音响店都属于辅助商品，完全服务于音响器材。他们的目光不约而同地都落在了那套孤零零而又特别的音响上，于志伟的目光聚焦在那对仿乐圣旗舰却又多出一个高音、一个低音和一个倒相孔的音箱上，赵忠涛的目光聚焦在那八台斯雷克公司的功放、电源上，两人眼睛里打出的都是一个问号。

叶晓明做了一个“请”的手势指向沙发，说：“坐，坐。”

赵忠涛说：“里边，里边。”

赵忠涛所说的“里边”是指听音室，叶晓明作为开过音响店的人自然明白，然而格律诗音响店没有独立听音室，如果他解释又可能产生误会，似有阻止客人之嫌，于是只能陪着客人往里间走，进了音响机架库房。

库房里井然有序地排列着音箱脚架和音响机柜的组装散件，以及各种规格、型号和颜色的包装箱纸板，库房中央是一个包装台，平台上面放着打包机、打包带之类的东西，台子下面是一些诸如脚钉、双头丝、空心柱、地板垫片等常用的通用件。这里显然既是库房又是成品包装间，完全是根据顾客购买的型号和颜色即时进行包装。

于志伟不解地问："叶总，怎么来库房了？听音室呢？"

赵忠涛也问："你这是音响店还是机架专卖店？"

刘冰在一边听了忍不住微微一笑。

叶晓明尴尬地笑了笑，说："东门那间本来是用作听音室的，没啥器材可摆的，就没急着装修，当杂物室用了，晚上还能住个人。我要说没听音室好像怕你们看似的，其实就连那套音响也是今天刚摆上，不然真成家具店了。"

于志伟说："叶总，你也是个烧家了，怎么把音响店开成这样了？开始听人家说我还不大相信呢，今天一看还真是这样。"

叶晓明笑着说："瞎混吧，谁家没本难念的经啊。"

大家回到前厅，可赵忠涛和于志伟谁都没有坐下，而是围着那套音响仔细打量。这才是叶晓明希望展示的一面，这是作为经营音响公司的人能与同行对话的基本条件。于志伟的目光从八个金灿灿的接线柱一路延伸到两台前级、四台后级，赵忠涛的目光则从四台后级一路延伸到八个硕大的接线柱。

两人都是音响行家，看出了其中的名堂，惊讶了。

音箱明码标价 11600 元，也让人惊讶。

于志伟没有急于评价，而是说："开一声，听听。"

叶晓明再次做了一个"请"的手势指向沙发，说："坐，坐。"

这次赵忠涛和于志伟都落座了。叶晓明打开音响，播放一首事先准备好的曲子，那是一首穆特演奏的《流浪者之歌》小提琴协奏曲，激愤、苍凉的琴声激荡而出。

当音响发出第一声的时候，赵忠涛脱口叫道："好声！"

于志伟情不自禁地点了点头，半张着嘴听音响播放。尽管这套音响没有听音室，缺少专业的吸音、扩散和隔声设施，也缺少发烧听音室高雅气氛的烘托，但是好声音本身的魅力已经足够了，不再需要无谓的修饰和点缀。

大家静静地听了八分多钟，直到曲子结束。

曲终，赵忠涛这才回过神，走过去站在右侧再次打量音响，感叹道："一条线哪，多过硬的一条线，不拐弯、不打折！上帝，过去都算白活了……怎么想出来的呢……这哪里是发烧啊，这简直就是发烧土匪！服气……玩出文化了！"

于志伟走到音箱跟前，用手指敲敲箱壁，从声音判断箱壁的厚度和密度，然后习惯性地两个手掌夹住音箱试图掂量一下音箱的分量，但是音箱像焊在脚架上一样纹丝未动，他不得不换了一种方法抱住音箱，这才抬起来感觉分量。

于志伟小心翼翼地放下音箱，感叹地说："两组套件做到一起，增加一倍的推动，损失中低频反射效率，拿掉假低频，增加真声的密度和量感……原来竟是如此简单！土匪，真是土匪……洋洋洒洒不拘一格，真玩儿出文化了。"

叶晓明说："总算挽回了点面子，俺得见好就收啊，不说这个了，听音乐。"

于志伟含而不露地说："好思路，值得借鉴，建议乐圣总部生产一批。"

赵忠涛似谈笑非谈笑地说："我代表斯雷克公司强烈支持，你们走一对箱子，斯雷克功放就翻一番哪，岂有不支持之理！"

叶晓明笑着说："那会行？俺这箱子已经报了七项专利，全凭它填饱肚子呢。"

于志伟神会，一笑带过，问："跟乐圣旗舰比，你这箱子算天价了，供货怎么走？"

叶晓明答道："7600元。"

赵忠涛感觉到了气氛的微妙变化，今晚的闲聊不知不觉正往敏感的话题靠近，如果继续下去则有可能不愉快，于是顺手拿起一张唱片说："来，来，听音乐。"

机柜上的三张唱片是叶晓明事先挑好的，是三个《流浪者之歌》的不同版本，赵忠涛无论拿到哪一张都会是同一个内容，都会引出同样的话题。

叶晓明看着赵忠涛手里的唱片，不失时机地以不经意的语气说了一句："这三个版本我比较来比较去，穆特到底是女人哪，还是欠点儿。"

赵忠涛说："哦？那可是卡拉扬的弟子，偶像级人物。"

于志伟在即将涉及敏感话题的边缘也止步了，拿起机柜上的另两张海飞兹和弗雷德里曼演奏版本的唱片，说："这三个版本的我也比较过，你怎么看？"

这时，小杨把四只茶杯和茶叶桶放到茶几上，又去把烧好的开水和暖瓶拿来，沏了四杯龙井茶，灌好暖瓶，把水壶放到一个不碍事的地方。

叶晓明说："坐，坐，喝茶聊着。"

大家再次坐回沙发，抽着烟，喝着茶，谈论音乐。

叶晓明把三个版本的唱片拿在手里说："我个人感觉，穆特拉的《流浪者之歌》只能说不错，还称不上一个好字，全是些悲凉、悲伤、悲戚的东西，完全没有弗雷德里曼诠释的那种悲愤、悲壮、悲怆，像宫廷贵妇的哀怨，少了点吉卜赛人不屈的精神。穆特的手是一双女人的手，是上帝给她的，她怎么都抹不去上帝给她的脂粉气。"

刘冰曾经听冯世杰说过这段关于《流浪者之歌》版本的故事，自然心知肚明，但是不得不佩服叶晓明能在这种场合把丁元英的话变成自己的东西巧妙地用了一遍，这不但提升了他自己的形象，也有利于格律诗公司的形象。

赵忠涛轻轻点点头，问："那海飞兹呢？"

叶晓明说："海飞兹虽然是小提琴大师，但他拉的也不是最高境界，炫技了，多了一点匠气。穆特是心到手没到，海飞兹是手到心没到，只有弗雷德里曼是手到心到。”

于志伟佩服地说：“晓明，我已经不能不对你肃然起敬了。”

赵忠涛也恍然地说：“不简单哪晓明，过去我还真小看你了。”

叶晓明连忙说：“见笑，见笑。我这儿收藏了一张奶妈碟，至少我是伴着这张奶妈碟烧过来的，你们一听就有感觉。”

叶晓明和刘冰都注意到了“叶总”与“晓明”之间称谓上的微妙变化。

叶晓明起身过去挑了一张唱片播放，一个圣洁、博大而悲悯的声音从遥远的天际史诗般倾泻而下，仿佛是一条垂落展开的通往天国的道路。

于志伟激动地说：“《天国的女儿》……没错，奶妈碟！太棒了，鸡皮疙瘩掉了一地，过瘾，过瘾，外带七个感叹号！”

赵忠涛说：“经典旋律，这是能把石头变成诗人的曲子。”

叶晓明关小了点音量，回到座位笑着说：“天堂之路，一点一点征服吧。”

赵忠涛弹了一下烟灰，悠然地说：“嘁！这么弱智的观点！一瓶老北京二锅头已经闲云孤鹤了，再有《天国的女儿》这么一醉，不用征服天堂了，我们已经坐拥天堂了。”

于志伟感叹地说：“以前是真烧啊，现在有点降温了。换好器材、添好碟子，处处都得要钱哪，口袋里的钱还没感觉就空了。唉，不敢回想以前的发烧经历，太辛酸了，一想起就百感交集，真想泪流成河啊。”

叶晓明一笑说：“去年我就烧干了，正式宣布破产。”

赵忠涛不以为然地说：“我经常破产，都已经懒得宣布了。我的生活就像被人强奸，如果真的无力反抗，那就好好享受吧。”

大家畅然一笑。

此情此景，刘冰心里默默地感叹：这才是生活啊！

第二十五章

1

芮小丹如期请假，赴德国探亲假30天。

今天是1997年6月12日，星期四，是假期的第二天，清晨一起床她就忙着洗漱化妆，按计划今天她将飞往海南三亚去见正在那里拍戏的父亲，归还去年借父亲的20万元借款，也就此去看望一下父亲。按当时她给父亲的口头约定，还款日期再有十几天就要到期了。

欧阳雪根据丁元英规定的时间在5月19日把手中的股票全部卖掉了，那只股票去年买进时是每股九元，而十个月之后该股涨到了24.4元，涨幅达171%，70万元的股金毛利达到119.7万元，其中芮小丹的20万元，股金毛利是34.2万元，然而由于当时的特殊背景，这笔利润的归属却无从界定，阴错阳差地成了芮小丹与丁元英的第一笔共同财产。

芮小丹化过妆正在衣柜里挑选衣服，这时欧阳雪如约而来，她来送芮小丹去机场。芮小丹去开门，两人一起来到卧室。

芮小丹挑来挑去，还是选中了去年夏天在北京正天商业大厦购买的那条瘦窄型强调体形的浅色牛仔裤和那件淡红色休闲上衣，配一双低帮的休闲运动鞋。这是她一贯的装束，无论颜色怎么变化，基本搭配不会有大的改变，既可休闲又可随时应付执行任务的场合。今天的装束有所不同的是牛仔裤的款式和休闲上衣的颜色，显然没有兼顾工作需要，流畅的曲线表露无遗，淡雅、妩媚之中蕴含着几分野性。

换好衣服，两人来到客厅，芮小丹又检查了一遍现金、证件、机票等物品。她的挎包里装有21万元现金，其中一万是5%的年息。

欧阳雪看着20万元原来是用于股票担保的现金，不由得想到了股票，感慨地说："这次买股票真是长见识了，真不是谁想去炒股都能炒。想想那些小散户真可怜，整天仰着脖子看大盘，眼睁睁看着血汗钱被人家卷走了。见识过这一回，我这辈子都不会再买股票了。"

欧阳雪一连用了三个"真"字。

芮小丹说："都说股市是精英的坟墓，咱们这些小鱼小虾根本不敢往上凑，咱们要是去炒股，怕是连个坟墓都找不着。"

一切准备妥当，两人出门了。

芮小丹刚坐进汽车，手机铃响。她拿出手机一看，是局长的电话。公安局局长在上班之前的这个时间给一个已经请了探亲假的警员打电话，这让芮小丹心里一紧张，至少存在着因为突发事件而取消假期的可能。

局长在电话里问："小丹，你在什么地方？"

芮小丹回答："在家门口的车上，正准备去机场。局长，有任务吗？"

局长说："今天上午执行王明阳死刑，刚才看守所来电话，说王明阳希望行刑前能跟你见一面，我还没有答复，先征求一下你个人的意见，你接不接受？有没有时间？"

芮小丹看看表，时间是七点四十五分，距离航班起飞时间还有两个半小时。航班在起飞前三十分钟停办乘机手续，再扣除路上三十五分钟，还有一个多小时的时间，看守所和机场是同一个方向，如果路上不碰上严重塞车的话，时间还来得及。

芮小丹回答：“局长，我是十点十五分的班机，估计还有一个多小时的净时间，如果看守所和法院方面同意，我现在去看守所时间还来得及，可以见一面。”

局长说：“好，我通知他们，你现在就去看守所。”

挂了电话，芮小丹推门下车，匆忙拿出钥匙开家门。

欧阳雪也下车跟过来问：“还得换警服吗？”

芮小丹说：“得换，这不仅仅是个人行为。”

欧阳雪说：“那你再回家换衣服就来不及了，这一路没地方换衣服。”

芮小丹说：“衣服我带着，到了三亚再换。”

回到卧室，芮小丹穿上警服和平跟皮鞋，顷刻间就从一个美丽的女郎变成了一个端庄的警察。她把换下来的衣服装进一个袋子，然后和欧阳雪匆忙驱车赶往古城看守所。

2

赶到古城看守所，汽车停在大铁门外，欧阳雪坐在车里等候。芮小丹在门口的商店买了一盒三五烟，到门岗出示证件办理过准入手续，在一名狱警的带领下走进监区，穿过两道铁门进入一幢三层楼，一楼东侧几间房子是死囚室，此时的死囚室周围已是戒备森严。

狱警把芮小丹带进一间值班室，先与所长见了面。

由于平时的工作交往彼此都熟悉，所长直接说：“情况是这样，昨天下午法院向王明阳宣布了执行死刑令，今天上午九点行刑。王明阳早就交代过不让家里人来看他，说是来了他也不见，也不让家里人去收尸，他自己安排了后事，花了点钱委托殡葬公司办了，连骨灰都不让留。这八个月他还是比较配合的，一直没闹过事，今天早上他提出希望能跟你见一面，说是你抓的他，他打你的那枪没打响，还亲眼看见你击毙了他的朋友，后来审讯也是你，总的来说对咱警察的执法挺服气。要走的人了，也不是过分的要求，能做的咱就做点。”

芮小丹点点头说：“行，我知道。”

芮小丹跟着狱警走进第二死囚室，室内有狱警、武警、法官、检察官。王明阳身上已经没有了脚镣手铐，取而代之的是绳子，双腿被捆绑着，留有一点可以走碎步的间隙，双手从背后捆绑着，完全失去了手臂的活动自由。王明阳坐在椅子上，保持着一个平和而有尊严的姿势，神色异常平静，没有任何表情。室内的气氛沉闷而凝重，此刻他是这里的主角，这个在黑恶集团内部被称为“冷面诸葛”的军师人物终于走到了他生命的尽头。

在场的检察官和法官芮小丹都认识，相互点头一笑打个招呼。狱警拿来一把椅子让芮小丹坐在王明阳面前，芮小丹的出现让王明阳死一般沉寂的目光里闪过一丝感动。

芮小丹问检察官：“可以给他抽支烟吗？”

检察官点点头说：“可以。”

芮小丹把一盒烟递给法警，法警拿出一支烟放到王明阳嘴上，给他点上。

王明阳抽了一口烟，对芮小丹和法警说：“谢谢，谢谢。”

芮小丹没有经历过这样的沉重场面，看着这个曾经顶着自己脑袋开枪的死囚，想来想去找不出一句合适的话说。

还是王明阳先开口了，他只能叼着烟说话：“本来我只是提个要求，没想到你会来。刚听所长说你正在休探亲假，我不知道，真抱歉。”

芮小丹说：“没什么。”

王明阳说：“我的枪从来没发生过哑弹，你是唯一的一次。

你现在还活着取决于一次偶然的哑弹，我亲眼看着你打死了我的朋友，咱们还谈过《圣经》的救赎，这也算生死之交吧，所以临走前有机会的话还是想见一面。”

芮小丹说：“我不知道这种时候该说什么合适，我看你很平静，心安就好。”

王明阳停了一会儿，说：“你枪法很好，我老想起你开枪的那个场面，真漂亮。有时候我也想，一个女人亲手结束了一个人的生命该是什么感受？”

芮小丹说：“很矛盾，心理上肯定有影响。”

王明阳抽了一口烟，问：“因为一个偶然活下来了，后怕吗？”

芮小丹说：“后怕、庆幸，都有。”

王明阳说：“我对你说过的一句话想了很久，挺佩服。神即道，道法自然，如来。一句话把基督、道家和佛教的精义都概括了，你这个年龄不该有这样的学识。”

芮小丹说：“事实上我也没有，现炒现卖的，但是道理不虚。”

王明阳牵动嘴角微笑了一下。

这时，外面传来了一阵汽车发动机的声音，刑车到了。

一名法官进来说：“时间到了，押解囚犯上车。”

所长走过来对王明阳说：“见过面了，就到这儿吧，一路走好。”

王明阳对所长、芮小丹和狱警说：“谢谢，谢谢关照。”

法警把王明阳嘴上的烟取下，两名武警上来押解王明阳。

监狱走廊里，王明阳等四名死囚从各死囚室被依次带出，尾随其后的还有在其他死囚室采访的几名记者。死囚里有人哭叫，记者的照相机也闪烁不停。

芮小丹先于刑车出了看守所，和欧阳雪站在车旁等着刑车驶出。大门很快就开了，一队警车驶出看守所，在尖厉的警笛声中驶向刑场。

目送死亡，她的心情复杂而沉重，那是一种天性使然的悲悯。

3

经过四个小时的空中旅途，芮小丹于下午两点二十分到达三亚凤凰机场。这次父亲仍然没时间来接她，来人是剧组的制片主任，姓黄，40多岁，那辆马自达轿车前风挡玻璃竖着的是一块《天国之恋》摄制组的牌子。

黄主任接上芮小丹之后驱车前往蜈支洲岛拍摄地。

蜈支洲岛距离凤凰机场将近40公里，是一个旅游度假的小岛，岛上风光秀丽，海水清澈透明，沙滩洁白如玉，美丽自然的景观令人心旷神怡。《天国之恋》摄制组在海边的沙滩上实景拍摄，沙滩背后就是剧组住宿的酒店。

美丽的风光驱散了芮小丹从死囚室里带出的沉重，心情豁然开朗。

拍摄现场，芮伟峰穿着他那身似乎永远不变的标准导演装束，太阳帽，导演马甲，胸前挂着扩音器。此时正在拍一场海滩戏，一位漂亮的泳装女郎迎着海风、踏着沙滩朝一个蓝色太阳伞走去，太阳伞下有圆桌、椅子、饮料和名牌香烟。

芮伟峰看见了女儿，只是朝女儿微笑着点了一下头示意，然后继续工作。

黄主任对芮小丹介绍说："今天是最理想的天气，得赶戏。你看，从早上六点钟拍到现在一直没休息，大伙儿到现在连午饭还没吃呢。"

芮小丹附和了一句："是挺辛苦。"

那边，芮伟峰对着扩音器喊一声："停！"然后走过去给女演员讲戏，又拍一遍。终于等来芮伟峰做了一个满意的手势，说：“OK！”

收工了，摄制组人员一个个又累又饿，像刚从球场下来一样疲惫地返回酒店。

芮小丹走到父亲跟前大大方方地叫了一声：“爸。”这一声与一年前的那一声已经有了本质的变化，没有了拘谨与隔阂，完全是自然流露的亲情。

芮伟峰非常高兴，脸上洋溢着满足的笑容，接过女儿手里的警帽和提包说：“走，先带你去看房间。我特意给你订了一个朝海的房间，风景非常好。”

芮小丹跟着父亲往酒店走去。

芮伟峰问：“你怎么穿着警服来了？”

芮小丹把穿警服的原因解释了一下，至于王明阳为什么在行刑前提出要见她，她只说是因为她抓捕和审讯了王明阳，没有提及哑弹和击毙通缉犯的事，以免父亲担心。

尽管如此，芮伟峰仍是担心地说：“那工作……真不适合女孩子。”

回到酒店，芮小丹在服务台补办了住宿手续，父女二人先来到四楼芮小丹的房间。芮伟峰把女儿安置好，然后回二楼自己房间。芮小丹换下警服，换上了原先的那身衣服，带着那只装有21万元现金的挎包去二楼父亲的房间。刚到门口，正赶上餐厅的服务员往各个剧组人员的房间送盒饭，芮小丹就直接给自己也领了一份套餐。

父女二人把领到的两份套餐放到茶几上，芮伟峰问：“你也没吃午饭？”

芮小丹说：“机票打折，机上供餐也打折了，没吃。”说着她去关上门，然后从挎包里取出21万元现金放到父亲面前，说：“爸，这是21万，其中一万是利息。”

芮伟峰脸色一下子变了，不悦地说：“原来你不是来看我，是来给我送钱哪！谁说是借给你了？要送钱还用跑一趟？汇过来就是了。”

芮小丹笑笑说：“借钱的时候来，还钱的时候就不来了，那像什么？我说的就是借，没说是要。我要是跟您要钱，绝不会是这个数。”

芮伟峰问：“那得是多少呢？”

芮小丹打开盒饭，说：“我要是堕落了，能要多少钱您想吧。我要没堕落，就不需要您的钱。论孝道，我该挣钱孝敬您，可您这消费门槛太高了。”

芮伟峰只能先收起钱，然后和女儿一起吃饭。

芮小丹吃着饭，问：“爸，您拍的这个戏是什么意思？”

芮伟峰说：“看名字，《天国之恋》嘛！你知道《天国的女儿》这张唱片吗？”

芮小丹说：“知道，很经典的一张唱片。”

芮伟峰说：“编剧就是被唱片的音乐激发了灵感，写出了《天国之恋》的剧本。刚才拍的那场戏是女主角在海边度假，偶然碰上了一个男子，两人一见钟情，后来就演绎出一段天国之恋，很感人，特别是感动年轻人。”

芮小丹说：“爸，我现在终于知道您为什么没熬成大师了。”

芮伟峰说：“那我告诉你，《天国之恋》拍出来没准就是大师之作。”

芮小丹轻轻摇摇头，笑着说：“我怕您老生气，不敢说。”

芮伟峰大度地扬了扬筷子说：“闲聊嘛，生什么气？你大胆说。”

芮小丹停下筷子，说：“爸，那我就说了。这个《天国之恋》哪，充其量是一个想成为大师的导演拍了一个想成为大师的电影，或者说是一个还不知道‘天国’为何物的导演拍了一个拿‘天国之恋’吓唬人的电影。”

芮伟峰不悦地放下筷子，刚想说什么，自觉不妥，又重新拿起筷子。

芮小丹灿烂一笑说："看看，革命革到自己头上就不革命了。"

芮伟峰说："没关系，你说。"

芮小丹说："既然是天国之恋，那个女主角演的就该是天国之女了。您看她演的，举手投足都是在说'你看我是女人'。'我是女人'与'你看我是女人'不一样，前者是女人的本色使然，后者是提醒别人注意她的性别，这里有细微而本质的差别，而提醒别人注意她性别的女人至少可以肯定不会是天国之女。但是问题不在这儿，问题是您老人家跑过去给人家说戏，人家是按照您对天国之女的理解表演。只有您知道天国是什么，您才可能知道天国之女是什么，才有可能知道天国之恋该是怎么个恋法。"

芮伟峰愣住了，诧异地看着女儿。

芮小丹说："您不用这么看我，这根本就没什么。这就是破案，一个细节就能解读出来很多东西，这是一个刑警最基本的素质。"

芮伟峰再次放下筷子，这次是平和的心态，说："这天国嘛，是一个抽象的概念，每个人的理解都不一样，就像人们常说的禅一样，不可说，一说就错。"

芮小丹又是一笑，说："爸，吃饭吧，不说这个了。"

芮伟峰说："要说，一定要说。闺女大了，能交流了，好啊。"

芮小丹说："那您这个'一说就错'是不是一说呢？您这个一说错不错呢？"

女儿的一句话又把芮伟峰给说愣住了，说错不是，说对还不是，顿时觉得在女儿面前颜面有些挂不住，想了一下，绕开了"禅"的对与错，说："关于天国，我和编剧专门讨论过这个问题。天国是每个人心里最理想而又不可能实现的那个境界，那么天国之女就应该是最美丽、最善良、最温柔的女子，天国之恋就应该是最浪漫、最不可得的爱情。”

芮小丹低头吃饭，不言语了。

芮伟峰等了一会儿，催促道：“说话呀，怎么不说了？”

芮小丹点点头说：“您那样理解也行，各持己见。”

芮伟峰说：“这丫头，你这是什么讨论态度？接着说！”

芮小丹半撒娇半乞求地说：“爸，您放过我吧，我不想跟您说这个了。您那个观念还停留在儒家、政治和神话传说的一锅粥里，观念不对称，说不明白。”

芮伟峰说：“你爹这个导演就那么臭吗？我还真跟你较上真了！你说，不说不行！说得对你爹服气，说得不对你爹也给你上一课。”

芮小丹索性把盒饭和筷子都放下，说：“您说天国是每个人心里最理想而又不可能实现的那个境界，错！那不叫天国，那叫幻想，那是您和编剧的天国，不是观众的天国，因为按您的解释，每个人的天国都不一样嘛。您说天国之女是最美丽、最善良的女子，错！天国里有丑有恶吗？只是您和编剧的天国里有丑有恶，如果没有，那您的‘美’和‘善’是从哪儿来的？您说天国之恋是最浪漫、最不可得的爱情，错！至少在您和编剧的天国之恋里就可得了嘛，无非是大海、沙滩、美女，外加一顶太阳伞和两把塑料椅子。”

芮伟峰刚才那股激动的情绪突然消失得无影无踪，他沉静下来久久地审视着女儿，沉思了许久之后平静地问：“那你说，天国是什么？”

芮小丹说：“先声明，我这是鹦鹉学舌，我也是因为《天国的女儿》这张唱片向别人请教过类似的问题。天是什么？天是神，是上帝，是创造万物者，是全能全知者，是遍在不可见者……一句话，天是道，是事物规律和自然法则。这个观点您同意吗？”

芮伟峰想了想，说：“同意。”

芮小丹说：“那么，参禅悟道至天人合一的那种境界，就是天国。道法自然，不具美丑善恶的属性，有美丑善恶分别的是人，不是天。天国之女是觉悟到天国境界的女人，是没有人的贪嗔痴的女人。天国之恋，是唯有觉悟到天国境界的人才可能演绎出的爱情。”

芮伟峰饭也不吃了，从茶几上拿起烟点上一支，静静地抽。

芮小丹说：“爸，几句闲聊，您还真生气了？我来看您要是什么话都不说，那您觉得我正常吗？见面总得说话吧，那不是话头赶到这儿了嘛。”

芮伟峰摇摇头，感叹了一句：“当初，你真应该考电影学院。”然后又问：“你申请留学办到什么程度了？”

芮小丹答道：“审核证明办好了，这次趁探亲的机会就向法兰克福大学提交材料，准备申请明年冬季学期入学，读法律硕士。”

芮伟峰突然用手指敲敲茶几说：“你不能读法律，我不赞成，即便你办好了留学手续也不能去读，这次你必须得听你爹的，我必须要对你的前途负责。你去读影视编剧，我给你联系学校，学费、食宿通通不用你操心。”

芮小丹一愣：“影视编剧？”

芮伟峰说：“你的艺术感觉不错，也很有见解。当演员不行了，但你可以写剧本，你的法律知识和刑警阅历都能用上，有理论、有生活素材，我的经验都能传授给你。现在的艺术就剩下小感觉、小情调了，缺的就是一把骨头，骨头就是见解，就是魂。一部好的影视作品最关键的是什么？是首先得有一个好本子。你爹在这个圈子里蹚了几十年，不愁资金、不愁制作、不愁发行，就愁没好本子。你看你多好的条件，你要是写出一个好本子，那就不给别人拍了，自己开公司自己拍。你知道一部好戏能挣多少钱？少则几百万，多则上千万，够你当警察几辈子挣的钱。一部好戏，你走到哪儿都是个人物。这些，你懂吗？”

芮小丹说：“爸，您描绘得确实很诱人，但您忽略了两个问题。第一，我跟您谈的是对事物的认识、观点，不是艺术。如果这就是艺术，那刑侦专家、哲学家、政治家就都可以当编剧了。至少我没这种自信，如果我是哲学家、政治家，我也不用当编剧了。第二，干什么事情都要有基础、有兴趣。我既没自信又没感觉也没有想表达的冲动，我的基础就是法律知识和工作经验，我的自信和兴趣就是当律师。”

芮伟峰有些激动，站起来走了几步，说：“一个女孩子当什么律师，有几个当事人肯花钱请女律师？一年到头挣不了几个大子儿，整天拉动着面部肌肉强词夺理，整天得为填饱肚子拉生意。你现在是年轻，老了怎么办？将来一把年纪了还站在法庭上吵吵嚷嚷，你说那是什么形象？你连最基本的生存都没保障，还谈什么女性的优雅、情调、品位？”

芮小丹没想到千里迢迢来看父亲，才刚刚见面就发生这样的冲突。她不想与父亲再谈这个问题，默默地把盒饭收拾到一个塑料袋里，放进垃圾桶。

芮伟峰说：“这事不着急，你住几天，我慢慢给你做工作。”

芮小丹说：“您不用做工作，我今天晚上就回去，我不想在这儿影响您的心情。我也想挣大钱过好日子，但是如果我是为了挣大钱过好日子去当编剧，我既挣不来大钱也写不出好剧本。您熬了几十年没熬成大师，就在于此。如果我的能力只能让我穷困潦倒，那穷困潦倒就是我的价值。”

第二十六章

1

6月17日上午八点半，芮小丹在北京首都国际机场乘坐汉莎航空公司的航班前往德国，经过十个小时的飞行，于当地时间上午十一点多抵达法兰克福，在法兰克福机场转机飞抵柏林达斯科尼费尔德机场。

芮小丹作为丁元英的女友来柏林办事，按照一般习惯丁元英应该事先通知柏林的朋友有所接应。但是丁元英没有这样做，他谁都没有通知。

芮小丹的行李只有一个旅行包和一只皮箱，再就是挎在肩上的那个棕色挎包，主要是随身衣物、茶叶和商务文件。下了飞机，她以机场大厅的电子时钟为准调整了手表时间，此时是柏林时间下午两点二十分。出了机场，她乘出租车进入市区来到布尔伦布大街23号楼，按地址从第二单元上到五楼，拿出钥匙打开511号丁元英住宅的房门。

房间的窗帘遮住了窗户，里面的光线很暗。她站在门口朝里面打量了一下，静静的房间里是一种长久无人居住的气息，家具都被床单遮盖着。她进屋关上房门，拉开窗帘，敞开所有的窗户，让夏日的阳光和新鲜空气倾泻进来，然后揭开家具上的床单。

接着她开始动手打扫房间，从厨房到卫生间，从客厅到卧室。

这显然是一套二手房子，房顶、墙壁、地板和门窗都已经年代久远，依然保持着原来的装修。工夫茶的茶盘比古城用的那个略小一点，茶具也不尽相同。沙发是藏红色的，除了颜色不同，款式和个头与古城的那种沙发几乎一模一样。这套房子是德国人的风格，只有空荡的厨房、发烧音响和那张像床一样大的沙发能表示这是丁元英的住宅，在这里除了简单还是简单，找不到情趣和意境，找不到想象力。

芮小丹一看这房子的状态就知道这是丁元英当时为申请德国居留权而购买的房子，不是完全出于居住的考虑。居留权利与居留许可不同，居留权利为无时间和地点的限制，并不附带条件和附加规定的居留许可，类似于美国的绿卡，被称为永久居留。德国移民法对外国人移民限制非常严格，外国公民在德国连续居留满八年以上者，有固定收入和住所，生活费有保障，至少交纳了 60 个月以上的应付款额，才可以申请永久居留。

由于房间里的陈设过于简单，芮小丹用了一个多小时就把房间打扫得干干净净，换上了新床单，从壁柜里拿出用塑料袋密封的毛毯、枕头给自己布置了一张舒舒服服的床。

收拾停当，她本想泡杯茶休息一会儿，看看表时间已经到了下午四点，她把重要文件和现金锁进壁式保险柜里，然后锁上门出去，乘出租车去奥斯威库大街，来到北京欧华进出口代理公司柏林办事处。

这个办事处门面不大，进门就是一间办公室，有几张办公桌和两台电脑，工作人员都是中国人。她向一名工作人员说明来意，出示了提货手续和护照、身份证等证件。

工作人员很热情，验过提货单和证件说：“没问题，您办个手续就可以提货了。您的货物一共是六个单件，占了一个仓储货位，寄存了22天，另外您需要汽车和搬运工。您需要把货物运到哪里？您把代管费、装卸费和运输费交付就可以提货了。”

芮小丹说：“今天只提两件，一件送到菩提树大街中华园饭店，一件送到选帝侯大街索林特博彩俱乐部，剩下的四件我过几天再取。”

工作人员说：“可以，但是我必须向您说明，存四件仍然是按一个仓储货位计费，运两件也是按一个车次计费，因为这都是最低基数，请您谅解。”

芮小丹付过代管费、装卸费和运输费，工作人员给仓库打了一个电话，过了20多分钟门口开来一辆乳白色厢式客货两用汽车，车上有四个搬运工和两件音响器材，每件是一个长1.5米、高1.2米、宽1米的木制包装箱，一个包装箱里是一套包括音响机柜、音箱脚架在内的全套音响器材。工作人员让芮小丹坐到副驾驶位置带路，汽车驶向菩提树大街。

菩提树大街是柏林东部最繁华的地方，也是欧洲著名的林荫大道，大街自巴黎广场延伸，两侧有教堂、歌剧院、美术馆等建筑，斯普雷河从宫殿大桥下缓缓流过。中华园饭店就坐落在这条大街上，饭店的门面装饰华丽，挂着两盏红灯笼，门前的两根柱子上雕刻着两条具有象征性的金色飞龙，过往的人一看就知道是家中国餐馆。

汽车在中华园饭店门口停下，芮小丹上前向迎宾侍应生说道：“对不起打扰一下，请问郑建时先生在吗？我从大陆来，郑先生的朋友给他带了点东西，麻烦您给通报一下，看东西卸在哪儿合适。”

一个“卸”字使侍应生有些不解，他走过去往车里看了看大木箱这才明白，说：“郑经理不在，您稍等，我去叫大堂经理。”

片刻，一个30多岁、身着饭店制服的女大堂经理出来，热情地说："郑经理不在，请问您贵姓？箱子里是什么东西？我帮您打电话联系一下。"

芮小丹回答："免贵姓芮，芮小丹。箱子里是一套音响。"

女大堂经理拿出手机给郑建时打电话，说了几句之后把电话递给芮小丹，说："郑经理在安溪茶艺馆，他请您接电话。"

芮小丹拿起电话说："郑先生您好，我是丁元英的朋友芮小丹，我来柏林办事，元英给您带了一套音响，我已经送来了，您看卸在饭店可以吗？"

郑建时在电话里热情地说："是芮小丹？知道，知道，听楚风说过几次。小丹哪，你可千万别您您的，我比元英大两岁，你叫我郑大哥就成。元英一失踪就是两年，现在总算有点音信了，好哇。你先让他们卸车，我这儿有几个朋友喝茶，我一会儿就过去。"

芮小丹说："郑大哥你忙，我卸了车还要去选帝侯大街给詹妮小姐送一套，我用的是一家代理公司办事处的车，还有司机和几个装卸工，不能等你了。"

郑建时说："好，好，我一会儿去索林特找你，待会儿见。"

木箱子装车的时候一定是用装载车装上去的，但是卸车的时候就困难了，完全靠两根绳子、两块滑板和几根木杠一点点从车上滑下来，然后用绳子把两头捆绑结实，一头穿进去一根木杠，由四个壮汉肩扛抬进饭店。

卸下一套音响，芮小丹随车又去选帝侯大街。

索林特博彩俱乐部的门面装饰气派非凡，巨大的霓虹灯群即使在白天也依然闪烁着璀璨的光芒，一派金碧辉煌，让人立刻有了一种花花绿绿、纸醉金迷的感觉。门口的两侧站着身穿制服的保安，警惕而谦卑地迎来送往客人，进出的都是一些绅士淑女打扮的男男女女。

汽车停到博彩俱乐部门口引起了保安的警惕，一名保安上前礼貌地询问："女士，请问您为什么把车停到这里？您需要帮忙吗？”

芮小丹下车用德语答道：“詹妮小姐的中国朋友给她带了一套音响，请您和詹妮小姐联系一下，看看东西卸到什么地方合适。”

保安看了看车上的箱子，马上用对讲机和上司联系。

一个40多岁、黄头发、蓝眼睛的中年德国男人从卡西诺里走出来，他打量了一下芮小丹，又看了看车里的箱子，说：“女士，这里不能停车卸货，让保安带司机先把车开到后院等着，先不要卸车。我是詹妮小姐的助理辛格，董事长在办公室有客人，请您跟我来。”

于是保安带着司机把车开走了，芮小丹跟着辛格进入索林特大楼。

经过卡西诺大厅，几乎每一大型轮盘赌台都挤满了人，每个人的输赢都通过不同的表情和声音表达出来，或惊叫，或叹息。尽管芮小丹在德国曾度过七年的少年时光，但是作为中国警察，她还是感受到了不同社会制度的强烈反差。中国的法律禁止赌博，中国的传统意识一直视赌为恶，而恰恰是海外的中国人落了一个嗜赌的名声，令人感慨，不知道中国人是被压抑了太久跑到西方来宣泄了，还是西方人根本就不担心人民学坏了。

乘电梯上到六楼，芮小丹跟随辛格来到詹妮的办公室，詹妮正在和几位身着阿拉伯服装的客人谈话，见芮小丹进来了，就向几位阿拉伯客人示意稍候，然后带着几许疑惑起身相迎。芮小丹看眼前的这位女性美丽洒脱、风度不凡，却怎么也不能把她和赌场这个词联系在一起，而当这个词必须和这个女人联系在一起的时候，这个女人就一定不简单了。

芮小丹与詹妮握握手用德语说道：“詹妮小姐您好，我是丁元英的朋友芮小丹，从中国古城来。元英给您和郑先生各送了一套音响，我刚从郑先生的中华园饭店过来，您的这套已经送来了，就在楼下的车里。”

詹妮惊讶了一下，没想到是丁元英的朋友来访，也没想到芮小丹的德语讲得这么好，马上热情地说：“你就是丁元英的那个女朋友？哦……你比韩楚风说的更漂亮！”

芮小丹礼貌地一笑，等待詹妮的下文。

詹妮说：“丁元英是音响玩家，他送的音响一定不一般。”然后对辛格说：“收下，让音响师找个房间装起来，装好了我去看看。通知客房部给芮小姐安排好住宿。你带芮小姐到古典酒吧等我一会儿，我和客人谈完了事情就过去。”

芮小丹说：“詹妮小姐，刚才我已经收拾好了元英的房子，谢谢。您很忙，我就不打扰了。我有您的电话，晚上我跟您联系，如果组装音响有什么问题请您告诉我。”

詹妮想了想，说：“我和丁元英是多年的朋友，你是丁元英的朋友，又是从中国远道而来的客人，到了这里你听我安排，请吧。”

芮小丹不好过于推辞，于是说：“谢谢。”就先告辞了，随辛格一起下楼。

辛格一离开詹妮的办公室就接连打了两个电话，一是通知楼下的保安可以卸车，二是通知格贝森找个房间组装音响。

古典酒吧室如其名，古色古香的吧台挂着各式各样的美酒，墙壁上展示着古典艺术家的临摹作品，吧厅里飘着咖啡浓香，也流动着低声而略显伤感的钢琴，仿佛让人走进了一个古老而幽静的城堡。辛格找一个安静的角落请芮小丹坐下，服务员随即就过来了。

辛格先问：“小姐，您喝点什么？”

芮小丹点了一个既比较经济又非常适宜的饮料，说：“一杯咖啡。”

辛格等咖啡送来，客气地说：“您慢用，需要什么就吩咐服务员，我过会儿再来。”然后他走到吧台跟收银员说了几句，大概是交代付账方式的事情。

芮小丹就这样一个人品着咖啡、听着若即若离的钢琴声静静等待。过了十几分钟詹妮一个人来了，手里拿着一只比钱包大一点的白色皮包，脸上流露着热情的微笑。芮小丹站起来朝詹妮一笑表示礼貌，詹妮在芮小丹的对面落座，服务员走了过来。

詹妮也要了一杯咖啡，然后从包里拿出一盒女士香烟点上一支，歉意地说："对不起，让你久等了。怎么称呼你呢？"

芮小丹说："叫我小丹就行。"

詹妮微笑着说："你叫我詹妮，不要用您，也不要用小姐，这样就很好。我看你的德语讲得很好，在哪儿学的？"

芮小丹回答："我七岁跟母亲来法兰克福，在法兰克福上学七年。"

詹妮明白了，点了点头说："我和丁元英、韩楚风在柏林大学就认识了，他们都是很优秀的人，博学，有头脑。韩楚风是干大事的人，正统；而丁元英更像个魔鬼，是那种永远不会活给别人看的人，很难说他比教徒更好还是比强盗更坏。"

没说几句，辛格走到詹妮近前说："董事长，中华园饭店的郑建时先生来了。"

詹妮说："请！"

辛格走到一旁打电话。

片刻，郑建时来了，老远就用流利的德语跟詹妮打招呼："你好！你好！"跟詹妮握手之后又跟芮小丹握手，改用汉语说："你好！你好！"

詹妮做了一个手势请郑建时落座，而辛格则对郑建时说："郑先生，芮小姐的德语讲得很好，如果您能用德语交谈会对詹妮小姐礼貌一些，谢谢。"

郑建时点点头说："好的，好的。"他向走到近前询问的服务员点了一杯咖啡，然后用德语问芮小丹："住处安排了吗？"

芮小丹答道："安排好了。"

郑建时纳闷地说："小丹，你刚下飞机就送音响，那音响应该是早就到柏林了。"

芮小丹说："已经到货20多天了，是委托北京欧华进出口代理公司承办的，往柏林发了六套，还往巴黎、伦敦各发了两套。"

詹妮问道："小丹，你这次来办什么事？"

芮小丹说："公司这边就两件事，一是请柏林的权威机构测评音箱和整套音响，取得两份测评文件；二是在柏林、伦敦、巴黎三个城市各找一个格律诗音箱和示范音响的该国总代理，取得签约文件。元英说公司需要这些文件，需要把这些文件一并收进有英、汉、德、法四种语言的音箱使用说明书里。"

郑建时说："哦……是不是古城扶贫的那档子事？都折腾到伦敦、巴黎了？"

詹妮不解地问："扶贫是什么意思？是丁元英的扶贫吗？"

芮小丹以前还真没细想过"扶贫"这个词的确切含义，想了想说："扶贫是一个比较有中国背景的词，与西方的救助有些近似，大概意思是帮助农村的贫困农民通过他们的努力摆脱贫困。元英做的这事有扶贫的性质，但也包含了个人原因和学术成分。"

服务员把咖啡送来了，郑建时喝了一小口，然后以抱怨的口吻说："这个元英，你来了他也不事先打个招呼，这边也好有个安排。那些货物跟我说一声什么事都办了，还用找什么代理公司？不过，签约英、法、德三个国家的总代理可能不是件简单的事。你这次来有什么需要帮忙的尽管说，千万别见外了。"

芮小丹说："谢谢，不用了。我是来法兰克福看我母亲，元英让我趁探亲的机会顺便办点公司的事，本来我不敢接，他说这事傻瓜来了都能办，我就接了。”说完她笑了笑。

詹妮也笑了笑，弹弹烟灰说：“元英这个人最怕给别人添麻烦，他让我对中国的一句话很有印象，‘君子之交淡如水’。”

郑建时看了一下手表，已经快七点了，说：“有什么话咱们待会儿慢慢聊，我已经安排了晚饭，我就是来请二位的，一是给小丹接风，二是詹妮很久没来小店坐坐了。”

詹妮说：“不可以，你们来到这里就是我的客人，郑先生不必客气。”

郑建时说：“不行，今天你们二位一定要赏光，不然就让我没面子了。”

就在郑建时争执晚饭做东的时候，一直待在旁边的辛格接了一个电话，挂了电话随即走过来对詹妮说：“董事长，音响马上组装好了，但是这套音响的推动方式很特别，格贝森说理论上可以有几十种变化，不知道哪一种是最佳连接方式，希望芮小姐能提示一下。”

詹妮站起来说：“小丹、郑先生，我们一起去看看。”

辛格带领大家到六楼的一间小型会议室，大约有40平方米，音响师和两个帮手把音响靠西墙装配起来，就差连接信号线了。詹妮对音响的印象就是一台功放、一台CD机和一对音箱，但是眼前的这套器材让她愣住了，精致的音响机柜居然有十仓位，居然每个仓位都摆有一台机器，一对稳如磐石的音箱脚架上放着一对光泽醉人的黑色音箱。

辛格介绍道：“这是芮小姐，这是音响师格贝森。”

芮小丹与格贝森握握手，放下包就开始忙碌。她对这种双组分的信号线连接方法驾轻就熟，一边给格贝森示范连接信号线一边解释说：“这对音箱从单台合并机推动到多台前后级推动有30多种变化，发烧友可以根据自己的器材而选择。这套器材是双组分层推动，因此定做了双组信号输出CD机和双组输出输入前级，侧重高音一组的低音推动功放加装了降低振幅的装置，是另一组的修正和补充，这样就能适应不同的唱片和环境调试出一个所期望的音质。全频振幅滤波与选通滤波不同，全频振幅滤波最大限度地减少了音乐信号损失。”

郑建时说：“你讲得还挺专业。”

芮小丹笑笑说：“就这么几句台词，来之前我都背熟了。”

格贝森说：“全频振幅滤波？没听到过这个词。”

芮小丹给格贝森示范着连接、调试好音响，格贝森拿了两张唱片，先将一张柴可夫斯基的《佛罗伦萨回忆》放入CD机，分别以不同音量播放了其中的一个片段，然后又以此方法播放了另一张《欧洲前卫音乐》的唱片，感觉这套音响对人声和乐器的表现力。

詹妮看到音响之后始终没有说话，一直是一种若有所思的神态。等两张唱片的片段都听完了，她对格贝森说：“谈谈你的评价，有什么就说什么。”

格贝森有些兴奋，说：“这么多器材服侍一对小音箱，这绝对是一种不对称的美。这么小的音箱，音量开到听力承受的极限仍不失真，非常难得。这套器材组合出来的音质如果以质论价，我认为在三万马克以上不为过分，但是这套音响的魅力不只是在于它的霸气，更在于它的极具发烧性的创意，能想到这种创意的人一定是个疯子。”

詹妮微微点点头，想了想说道：“你，跟我们一起去吃饭，凡涉及音响方面的事知道什么就说什么。”然后对郑建时笑着说：“郑先生，那我们就去你那儿打扰了。”

郑建时热情地说：“请，请。”

辛格马上打电话安排车辆、保安等事宜，詹妮、芮小丹、郑建时、格贝森、辛格五人也随即乘电梯下楼了。

这时的选帝侯大街已经完全沉浸在夜幕里，充满了靓丽与妩媚，犹如一条璀璨迷人的项链，而此时的索林特博彩俱乐部门前则更有一种只有在夜幕里才倍显奢华的景致。詹妮一行五人走出大门，司机和保镖已经在门口等候了，一辆宝马V12和一辆奔驰C200一前一后停着，宝马V12型轿车身材魁梧、气派非凡，格外引人注目。郑建时是自己开车来的，走在最前面，芮小丹和詹妮坐一辆车跟在其后，后面一辆是詹妮的保镖车。

中华园饭店的大堂经理接到郑建时的电话已经在门口迎候了，一行人上到二楼餐厅，大餐厅除了几张已经预订出去的桌子几乎客满，詹妮、芮小丹等人在郑建时的陪同下坐在一张靠东南角的桌子旁，两个司机和两个保镖四人坐在旁边的桌子，酒水、菜肴陆续上桌。

席间，詹妮问道："小丹，中国没有电声方面的权威测评机构吗？来德国测评，从各方面讲，测评成本都太高了。"

郑建时随口接过话题说："中国有句俗话，叫作'外来的和尚好念经'，东方的产品接受西方的检验肯定更有说服力。但是这种俗招儿早几年就被国人使滥了，想不到现在又让元英捡起来了，不会是推陈出新吧？"

詹妮问："音箱测评有把握吗？"

芮小丹说："音箱的喇叭用的是中国深圳乐圣音响公司的多项专利技术喇叭，早在几年前就经过了权威机构和专家的鉴定，也经过了几年发烧族市场的检验。"

这时，格贝森插言道："小姐，我注意到音箱上GeLuShi的牌子，你们只是用别人的喇叭制作音箱，严格地说，属于你们的只有箱体和推动这款音箱的理念。你们花钱测评音箱和整套音响都没有问题，但问题是，你们的箱体在音箱和整套音响里只占有很小的比例，尤其是音箱，这就是说你们是在给别人做工作而不是给自己，这个钱就花得没有意义。"

詹妮没有对格贝森的话做出反应，而是又问道："取得两份测评文件不困难，只要花钱就能办到，但是取得三份总代理的签约文件不困难吗？”

芮小丹答道：“是否困难取决于代理的条件，元英的条件是一套铺货底、一套代销，不要代理商出一分钱，不需要广告和销售业绩，代理期限三年，三年内如果代销的一套没有售出则在终止合同后自动归代理商所有，这就是说用两套音响换取一种市场的可能，如果代理商没有合作诚意而只是想要那两套音响，也只需要在一份没有任何法律责任的文件上签字就可以了。按商业授权惯例，代理授权分为两个文本，一个是代理合同的具体条款文本，一个是授权代理的明示文本。”

格贝森说：“用两套音响换取一纸根本没有约束力的合同，更没有意义。”

郑建时思索着说：“这种洋包装的俗招儿都被人家使滥扔掉了，元英捡起来能推出什么新呢？怎么看都没什么意思，可元英不会去做没意思的事，更不会拿着扶贫的钱瞎折腾。那还是有意思，那……是什么意思呢？”

芮小丹说：“商业上的事我不懂，说不出来什么。记得元英在筹划公司的时候说过一句话，说是合了国法，还得看看合不合佛法，所以他和楚风大哥两个人到五台山的一禅寺去拜佛了。我想，既合国法又合佛法的事，就不管它是什么意思了。”

詹妮淡淡一笑说：“如果是旁观者都能看出来的意思，那就没意思了。”

郑建时点点头，说：“小丹，如果是这样的代理条件，你把这个机会给我，我拿着这两份人情去伦敦、巴黎的侨领圈子联络感情。我的斯雷特姆贸易公司是洋名字，我用这个公司跟你再签一个欧洲总代理，以后你们的音响由我向他们供货，我两头知根知底，没生意我不损失什么，有生意我多了一条财路。代理的事就这样定了，你也不用来回跑了。”

芮小丹说：“今天晚上我和元英联系一下，你也可以直接跟他联系，如果不是给郑大哥添太多的麻烦，我想可以。”

郑建时说：“好的，好的。”

詹妮说：“小丹，丁元英的意图既然不在欧洲市场而只是做形象和影响，代理的事这样办就很好。音响测评比较简单，交给格贝森去办就行了，让他先把测评报价咨询清楚，避免价格歧视。”

芮小丹客气地说：“我一来，还是给你们添麻烦了。”

郑建时见大家只顾说话不吃菜，就招呼道：“客气了，客气了，来来，大家吃菜，尝尝正宗口味的白斩鸡……这道佛跳墙，那可是中国的名菜，连我这个皈依持戒的人都经常起心动念，哈哈哈……笑谈，笑谈。”

詹妮不会使筷子，用西餐餐具的刀叉和汤匙尝了尝白斩鸡和佛跳墙，连连点头称赞，然后风趣地说：“饭店每天杀生，杀生是佛教大戒。我见过你喝酒，酒算不算戒？”

郑建时说：“偶尔喝酒是不得已而为之，杀生嘛，我是坚持不亲手杀、不亲眼见、不亲自做的原则，我是凡夫，还没成佛嘛，还得过日子。”

詹妮说：“我认为丁元英对佛教的态度比较可取，不迷信。”

郑建时笑笑说：“丁元英那套是外道，我辩不过他不是因为我错了，是因为我没他脑子好使，没他有文化。佛教的一而二、二而一我到现在都没完全搞明白，那得禅悟，是上上根性人的差事。我就念佛，一句阿弥陀佛什么都有了。”

或许是条件反射的缘故，芮小丹一听到郑建时说“一而二、二而一”和“禅悟”就想起了有一次和丁元英讨论“去二不着一”，不觉淡淡地一笑。

……

回到住处，她拉上窗帘，烧上开水，从提包里拿出自己从古城带来的铁观音茶叶放到茶几上，然后到卫生间冲了一个热水澡，穿上睡衣坐在沙发上泡茶。香气浓郁的工夫茶、宽大的沙发、发烧音响……这里的情景让她一点也没觉得自己是在柏林，好像就在古城。

2

第二天早上，芮小丹按约定在布尔伦布大街23号楼下等候。郑建时准时赶到，两人驱车去奥斯威库大街北京欧华进出口代理公司柏林办事处提取余下的四套音响。

车上，郑建时说："昨天晚上我和元英通过电话了。"

芮小丹说："我知道，我已经把格律诗公司全权代表委托书写好了。格贝森上午去咨询技术测评报价，让我等他的电话。"

郑建时说："代理的事我去办，你把公司印章和伦敦、巴黎的提货手续给我，办这些事大概需要一个星期，你在法兰克福等消息就行了，有什么情况我和元英直接联系。"

芮小丹把一个事先准备好的文件袋拿出来放到方向盘前边的台面上，说："所有手续都在里面了，路费是3000美元，如果不够你先垫着，办完了一块儿结算。"

郑建时操纵着方向盘没吭声，停了片刻闲聊似的说："昨晚我和元英聊了几句他筹划公司扶贫的事，说他境界高了。他说，不要拔高这事，就当养了一盆花儿吧，能不能成活还两说着。我说，这是布施的善举，既是一盆花儿，我也随喜浇瓢水吧。你说你是探亲捎带着办这事，我就不能联络侨务工作也捎带一下吗？你站在我这个位置想想，如果我连这点便宜都占了，别说我是个皈依之人，我连个凡夫俗子都不如。所以，你给我留点面子。"

芮小丹把文件袋里的3000美元拿出来，又把文件袋放回原处。

郑建时这才满意地笑了。

到了北京欧华进出口代理公司柏林办事处，芮小丹去房子里办理提货手续，郑建时待在车里等候，他把文件袋里的资料浏览了一遍，重点看了看两份价格表。

北京格律诗公司欧洲市场供货价
货币单位：美元
格律诗音箱（对）……………………………1460
格律诗十仓音响机柜（台）…………………135
格律诗音箱脚架（对）………………………105
格律诗成品音源信号线（套）………………185
格律诗成品音箱线（套）……………………115
斯雷克功放前级（台）………………………190
斯雷克功放后级（台）………………………180
斯雷克音响电源（台）………………………110
瑟林达签名版 CD 机（套）………………… 785

他看着供货价格表，在心里逐项默算：1460 加上 135 加 105……两台前级 380……四台后级 720……两台电源 220……整套一共是 4105 美元，约合 8000 马克，36000 元人民币。他算完了供货价，接着详细查看欧洲市场指定销售价。

北京格律诗公司欧洲市场指定销售价
货币单位：美元
格律诗音箱（对）……………………………3600
格律诗十仓音响机柜（台）…………………270
格律诗音箱脚架（对）………………………210
格律诗成品音源信号线（套）………………370

格律诗成品音箱线（套）……………………230
斯雷克功放前级（台）……………………320
斯雷克功放后级（台）……………………280
斯雷克音响电源（台）……………………210
瑟林达签名版 CD 机（套）………………785

在供货价与指定销售价的差价里，音箱的差价最大，仅一项就差价 2140 美元。他再次看着指定销售价格表在心里逐一核算：3600 加上 270 加 210……两台前级 640……四台后级 1120……两台电源 420……整套指定销售价一共是 7645 美元，约合 14800 马克，将近七万元人民币。

芮小丹办完提货手续出来，将六套音响的报关单交给郑建时。等了一会儿，装好四套音响的汽车来了，郑建时开车前面带路朝中华园饭店行驶，一直开进饭店的后院，欧华代理公司的装卸工将四只箱子抬进一间仓库。

郑建时站在仓库大门边上问芮小丹："我看了价格表，瑟林达签名版 CD 机完全没有给零售商留利润，这是你们的疏忽还是别的原因？"

芮小丹笑笑说："不是疏忽，是没办法。瑟林达 CD 机不是国产的，拿不到国内一级代理价，最多能拿二级批发价。785 美元是瑟林达公司这款 CD 机的全球统一零售价，格律诗公司从二级批发价买来再加上出口代理费和运费，已经超出了 785 美元。如果将来格律诗音箱有市场，代理商可以向顾客推荐其他品牌的 CD 机。"

郑建时这才明白了。

四只箱子入库后时间还不到十点，芮小丹说："郑大哥，你这边有事我就不打扰了，我去逛逛卡迪威百货大楼，再去柏林墙旧址看看，就这样等格贝森的电话。"

郑建时说："好，我现在去找侨联的朋友，顺便送你一趟。"

郑建时把芮小丹送到卡迪威百货大楼，然后就去忙他的事情了。

卡迪威是欧洲最著名的百货大楼之一，从时装到化妆品，从图书到音像……各类商品应有尽有，这里是购物的天堂，也是新潮流的展示，很多顾客都是来自世界各地的游客。芮小丹独自一人在繁华熙攘的百货大楼悠闲地浏览，她并不想买什么，只是想看看。货架上的商品让人眼花缭乱，昂贵的价格也让人瞠目结舌。

从一楼逛到顶楼，顶楼是有名的食品区，她在一处快餐排档看见很多人在排队，走到近前一看，原来是咖喱香肠汉堡和薯条，想必是口味独特，于是也加入了排队的行列，买了一份套餐端到餐桌坐下来慢慢品尝，味道果然好极了。

吃过午餐出了卡迪威百货大楼，她沿大街一路逛下来，出了这家店进那家店，不知不觉几个小时过去了，来到勃兰登堡门，这座著名的建筑是德国分裂和统一的标志，云集了众多的旅游者参观。她是第二次来这里，第一次来时她还小，那时候柏林墙还没有拆除，她只知道墙的两边是两个不同的世界，并没有留下太深的印象。

时隔多年之后再次来到柏林墙，小时候的那些记忆已经完全不复存在了，这里已是一片和平、美丽的景致。因为下午她可能要去参加音响测评，所以出门时没有带照相机，想花钱照一张一次成像的照片，犹豫了一下还是放弃了这个念头，因为一次成像的照片质量不能让人满意，还是自己带相机来照比较随意。

来到一处柏林墙旧址，墙体已经很陈旧了，上面眼花缭乱地涂着游人的签名、口号和各种主题的漫画，墙边摆放着鲜花、十字架等纪念物，纪念冲破柏林围墙丧生的民众，据说总共有 5000 多人越过柏林墙逃出，255 人在越境时死亡。

芮小丹在一个出售柏林墙水泥块的摊位停下，看到每个水泥块上都贴着前民主德国的国徽，摊位上还有一些前民主德国人民军的军用品，诸如望远镜、武装带、帽徽等。她拿起一块鸡蛋大小的水泥块问摊主：“这个最少多少钱能卖？”

摊主说：“那不写着嘛，25 马克。”

芮小丹说：“五马克可以吗？”

摊主似乎有些愠怒，说：“沉重、血腥的柏林墙就这么不值钱吗？”

芮小丹说：“如果不是有感于历史，谁花钱买一块水泥？好吧，十马克。”

摊主不屑一顾地摇摇头，不理睬了。

这时芮小丹的手机响了，她打开手机回应，是格贝森的电话。

格贝森说：“芮小姐，音响已经装车拉走了，我让他们到了以后先组装器材。现在情况有些变化，你们从网上查到的尼科研究所并不是柏林最权威的声学鉴定机构，现在联系的是米哈根电声学技术实验中心，你不知道地址。你在哪里？我现在去接你。”

芮小丹说：“我在柏林墙旧址一个卖水泥块的摊位，旁边有一个录像厅。”

格贝森说：“好，我知道那个地方。你不要走开，我很快就赶到。”

芮小丹关上手机，想着要不要花 25 马克买一个水泥块，因为没有这个水泥块也并不影响她把今天看到的柏林墙旧址作为信息储存进大脑，她觉得价格太高了，还不如到音像超市买几张记录柏林墙历史的电影光盘。想到这里，她离开摊位朝马路边走去。

摊主突然说了一声：“小姐，请等一下。”

芮小丹站下，转过身问道：“您愿意成交了？”

摊主把那个水泥块放进小包装盒里，说：“为了让你记住这段历史，卖给你了。”

芮小丹付了十马克，接过包装盒说：“谢谢。”心想，这是典型的德国模式的思维，一个水泥块的讨价还价也得严谨到有根有据，绝不含糊。

她在路边等了十几分钟，一辆白色轿车开过来停下，格贝森向她招招手示意上车，她打开车门上去，汽车随即开走了。

格贝森解释说：“柏林类似的研究机构有七家，包括大学的声学研究所。米哈根电声学技术实验中心是一个半商业半学术的研究机构，在世界电声学领域享有很高声誉。两项的测试收费是 2700 马克，比尼科研究所收费高出 900 马克，但测试结果更具权威性。”

芮小丹说：“非常好，谢谢。”

这就是说尼科研究所同样的两项测试，丁元英在网上洽谈的价格是 4000 马克，而格贝森作为德国人面谈的价格是 1800 马克，价格歧视高达一倍多。2700 马克大约折合 1500 美元，而芮小丹为此准备了 3000 美元，由于郑建时没有接受 3000 美元差旅费，所以她的包里现在有 6000 美元，支付测试费足够了。

汽车穿过几条大街向近郊驶去，来到米哈根电声学技术实验中心，这里几乎不像是个技术研究机构，更像是一个花园，实验中心的建筑被茂密的花木笼罩着，朴素而整洁。实验中心的门口停着几辆汽车，其中一辆奔驰面包车就是送音响器材的汽车，车上没有人，显然工作人员已经把器材搬进去了。

格贝森停下车和芮小丹走进实验中心，实验中心负责该项目的工程师把一张测试项目收费单交给格贝森，带他们到财务室交费，芮小丹付了两项测试费和两式四份精装版文本费共计 1530 美元。之后，工程师给他们简短介绍了测试的工作程序和注意事项，带他们进入消声室，进入消声室之前每个人都换上了特制的软底拖鞋。消声室里，格贝森的两个助手正在组装音响，司机在一旁帮忙。

这个消声室有40平方米，没有窗户，没有自然光线，完全是灯光照明，通风设施经过严格的声音过滤器。室内表面全部覆盖了吸声材料，有玻璃棉、泡沫塑料和羊毛织物，房顶和墙壁密密麻麻布满了不规则形状的乳白色楔子。这里仅从隔离外部噪声的意义上说是一个与世隔绝的空间，从自由声场的意义上说又是一个模拟的自然空间，寂静到几乎能听到一个人的脉搏跳动，空旷到几乎没有任何声音反射。

测试仪器是德国克里拉默公司的诺特H3-103电脑测试系统，从不同角度和距离采集声音，通过线路传输到另一个房间对频响、阻抗等多项特性进行单项及综合分析，记录数据绘制曲线图。单项测评音箱所使用的CD机和功放机是世界顶尖级的德国莱茵之声公司旗舰C09分体CD机、旗舰C2-04真空管前级和MC-2电子管后级。CD唱片是星际唱片公司至尊级金装版《天国的女儿》发烧天碟，囊括了人声、乐器、频段等测试要求。

芮小丹看不懂那些置放在各个角度的麦克风和设备器材，但是放在CD机上的那张金装版《天国的女儿》发烧天碟她熟悉，如果说她以前对这张唱片认识还不够的话，那么此时此刻米哈根电声学技术实验中心让她重新认识了这张唱片，想到丁元英也有这张珍贵的唱片，她在激动之余也有几分得意。

音响器材组装完毕，格贝森的两个助手和司机退出消声室，只留下格贝森、芮小丹和实验中心的工程师三人。工程师的左耳朵上戴着一个很小的无线耳机，领口上挂着一只微型麦克风，他与隔壁的操作人员协调好了之后，测试正式开始。

测试的第一个项目是格律诗公司双组分分级推动理念的整套音响，芮小丹熟悉这套音响的特性，所以由她亲自操作，她凭借平时的听感来控制两组声音的匹配融合。测试过程很烦琐，工程师一会儿要求大音量一会儿要求小音量，一会儿是这支曲子一会儿是那支曲子，一会儿测试人声一会儿测试器乐，其间不断地与测试系统控制台协调。

音响测试进行了一个多小时，下一个项目是单独测试音箱。格贝森带着助手和司机把音响器材撤下来装回车里，只留下一对格律诗音箱。芮小丹把四根接线柱常规推动模式的连接插件安装好，也退出了消声室，剩下的就是工程师的工作了。

格贝森见司机和两个助手都坐在面包车里等着，就对司机说：“你们先回去，大家没必要都在这里等着，还剩一对音箱我带回去就行了。”

司机说：“好的。”

于是面包车先开走了。

格贝森问芮小丹：“紧张吗？”

芮小丹说：“不是太紧张，因为音箱喇叭早就有结论了。”

格贝森说：“客观测评很重要，但是音响的很多音乐感是技术手段测不出来的，所以主观测评也重要。音乐感，只能由人的感觉去判断。”

芮小丹问：“主观测评，就是专家的听感测评吗？”

格贝森说：“基本上是的，但是也包括了音响用户的听觉评价。辛格先生交代，测评报告一出来马上给他送去，董事长很关心这件事。”

……

芮小丹和格贝森在汽车旁边闲聊着，过了40多分钟，工程师出来告诉他们音箱测试的声音采集程序已经完成，音箱可以收回了。芮小丹和格贝森到消声室一人抱一只音箱装进车里，然后跟工程师到消声室隔壁的电脑测试系统控制房去取测试报告。

电脑测试系统控制房里的四周摆满了各种各样的仪器和文件处理设备，有几个技术人员在工作。这是一套自动化的电脑测试系统，从数据分析、绘制图表、综合评价到编辑打印全部自动完成，由工作人员在装订设备上装订成精致的正式文本，最后由该部门负责人在正式文本上签字，盖上米哈根电声学技术实验中心印章。

音响测试项目的文本已经出来了，音箱测试的数据处理还在进行。工程师在一式两份的文本上签名之后，芮小丹代表北京格律诗公司在文本的送检方代表栏下签名。

过了20多分钟，音箱测试结果的文本也出来了，两项测试耗时近四个小时，将近傍晚六点的时候，他们离开米哈根电声学技术实验中心。芮小丹看不懂各种测试图和各种数据所表达的意思，只从综合评价的文字表达上感觉测试结果不错。

开车前格贝森对测试结果做了解释，说："频响曲线和后沿累积衰减谱都比较理想，音箱的灵敏度低了一些，这是某些高级音箱的共同特性。从音箱和音响的测试图来看，尽管你们的器材配置不如莱茵之声，但声音的平衡度、量感和透析力却比莱茵之声更好，这说明一个问题，双组分分层推动确实有它明显的优点。"

芮小丹的心完全放下了，说："谢谢，我们走吧。时间还早，如果不麻烦的话请您先送我去中华园饭店，我把测评报告给郑先生送一份，他去谈代理能用得上。"

格贝森启动了汽车，说："好吧，先去中华园饭店。"

芮小丹拿出手机拨通了郑建时的电话，说："郑大哥吗……我是小丹，我们刚离开米哈根电声学技术实验中心，测评报告文本已经出来了，测试结果很好。"

郑建时高兴地说："好啊，随喜！随喜！"

芮小丹说："我先去饭店把测评报告给你送一份，你去谈代理用得上。我在这里已经没事了，待会儿我去和詹妮小姐道个别，再去把元英的房子收拾一下，今天晚上我就赶回法兰克福，我已经两年没去看母亲了。"

郑建时说："好的，好的，我一会儿在楼下等你。"

打完电话，芮小丹望着车窗出神，她很想第一时间把测试结果告诉丁元英，这毕竟是件高兴的事，但是她也知道跟他说这个是多余的，这个结果是他预料之中的事，而且此时正是北京时间午夜，他正在梦乡里呢。

第二十七章

1

夏季的夜晚，法兰克福的莱茵河南岸沉浸在德国风格的啤酒文化里，几乎所有饭店和酒吧的室外场地都摆上了桌椅，室外的顾客总是多于室内的顾客，德国是一个与啤酒有不解之缘的民族，德国人喜欢露天饮酒的那一份悠然。

紫竹园酒店的露天酒吧同样聚集着许多顾客，每个人面前都放着一只硕大的啤酒杯，有些人干脆连碟小菜也不要，就这么随意地喝着。这里没有耀眼的霓虹灯，没有奢华富丽的装饰，只有莱茵河水面幽静的波光和徐徐而来的凉风，人们在自然而浪漫的氛围里交谈，时而碰一下酒杯，时而发出愉快的笑声。

店主张慧敏此时正站在酒店门口与一个50多岁的男人说话，冷不丁从身后传来一个喜悦而清脆的声音："妈！"把她吓了一跳，她熟悉这声音，回头一看惊喜地愣住了，竟然是自己的女儿芮小丹，立刻惊讶道："哎哟……是你这死丫头！你这是从哪儿掉下来的？快把你妈吓死了。"嘴上说着，双臂已经伸出上前拥抱。

芮小丹放下行李与母亲紧紧拥抱在一起，然后说："我从柏林来，在柏林办点事情待了两天。这次来我没敢告诉您，我怕您又是提前一星期睡不着觉了。”

芮母慈爱地打量着女儿，说：“一晃，又是两年了。来，你们先认识一下，这位是你戚叔，戚伯。老戚，这就是我女儿小丹。”

芮小丹与戚伯握握手说：“戚叔您好！”

戚伯还没来得及反应就已经被芮小丹的动作连带着伸出了手。

芮母以嗔怪的口吻说：“小丹，怎么这么没大没小的，跟你戚叔也握手？”

戚伯显得有些拘谨，说：“没关系，没关系。”

芮小丹不知所以然，她在心里纳闷了一下：难道我还得让他拥抱一下不成？但她马上明白了不是这个意思，而是另一个信息：母亲与这个男人不是一般的关系。这时候她留心打量这个男人：身材不是很高，稍微有些发胖，面相朴实，额头上的头发夹杂着几缕白发，穿一件竖条休闲衬衣和一条灰色裤子，给人的印象是个比较朴素、务实的人。

芮母问：“吃饭了吗？”

芮小丹说：“没呢，急着往回赶。”

戚伯说：“先把行李放车里吧，待会儿你陪小丹回去，这里有我照看着就行了。”说着他就要伸手去地上拿行李。

芮小丹赶忙自己拿起行李，从母亲手里接过汽车钥匙，到泊位那辆自家的白色女士轿车旁把行李放进车里。

戚伯说：“你们坐外边吧，外边宽敞。你们先聊着，我到里面照看照看。”说完朝芮小丹客气地笑笑，主动回避了。

母女二人找一张空桌位坐下，芮母问女儿：“想吃点什么？”

芮小丹说：“随便吃点什么都行，炒盘米饭吧。”

芮母吩咐服务员说：“一份什锦蛋炒饭，一个竹笋香菇汤。”

芮小丹到店里洗洗手回到座位，笑着问母亲：“妈，戚叔是什么人？”

芮母说："这个回家再说。你去柏林办什么事？"

芮小丹说："是欧阳他们公司音响测评的事，几句话跟您说不清楚，不是什么大事。"

芮母说："我是怕你不打招呼就去办留学的事了。申请留学的材料带了吗？"

芮小丹答道："带来了。"

芮母说："你今年都27了，一个女孩子整天拿着枪打打杀杀总不是个常事，家里人也跟着你担心。女人哪，一晃就老得没样子了，妈是过来人，看得比你明白。趁你现在还不算老，赶紧给自己找个着落。"

芮小丹说："妈，您不用操心，我心里有数，我还不知道给自己挣口饭吃嘛。"

芮母说："你爸为你留学的事来过几个电话，让我给你做工作，不想让你读法律，想让你读戏剧创作，他说如果你同意，他去给你联系国内的学校，他说他在这方面有很多经验可以传给你，也是想在你身上有个寄托。"

芮小丹说："我学的干的都是法律。"

芮母说："你爸说这正是你的优势，说你脑子好使，用心学上几年，出来正是干点事的时候。考大学你违背了一次他的意愿，本来他还指望你成龙成凤呢，可你当警察去了。妈这一生很失败，演了十年的戏也没成个角儿，就守着这个小店过了一辈子。"

芮小丹说："妈，我的事我自己做主，我爸不能要求我为了他的寄托而生活，我干我能干的事，如果干没兴趣的事也干不好。"

这时，服务员把什锦蛋炒饭和竹笋香菇汤送来了。芮小丹低头吃饭，不想再谈这个话题了。尽管父亲是导演，尽管父亲与她是血缘关系，但是这并不妨碍她觉得"戏剧创作"这个词离她太遥远，无异于天方夜谭。

芮母看着女儿吃饭，看了一会儿问道：“你跟他处得还好吗？”芮母此时讲的“他”显然是指丁元英。

芮小丹说：“目前挺好。”

芮母一怔，说：“什么叫目前挺好？”

芮小丹说：“爱情得两厢情愿，我爱人家是一码事，人家爱不爱我是另一码事，没准儿哪天人家就不爱我了，您和我爸不就是个例子嘛。”

芮母点点头，又问：“你们发展到什么程度了？”

芮小丹说：“妈，都是成年人了，尊重一下人家的隐私好不好？”

芮母说：“终身大事还是慎重点好，糟糠之妻不下堂的年代已经过去了。”

芮小丹说：“就是这个‘糟糠之妻不下堂’把中国妇女害惨了，因为我可以是糟糠，因为糟糠可以不下堂。如果糟糠之妻早下堂，中国妇女不是现在这个素质。女人不是因为被爱才可爱，而是因为可爱才被爱。如果我再老，刑警队也不会淘汰我，我就不用留学了。”

芮母诧异地看着女儿，似乎芮小丹不是她印象里的那个女儿了，愣了片刻说：“难怪你爸说你脑子好使，说得是挺精透。”

……

芮母等女儿吃完饭，看了看表说：“快十一点了，你先去开车，我到里面跟你戚叔打个招呼，这里让他照应着，咱们回家了。”

于是芮小丹去开车，她把白色轿车从泊位退出来，掉转了一下方向，打开副驾驶车门等母亲上车。母亲从饭店里出来的时候，戚伯也跟了出来。芮小丹等母亲上了车，又礼貌地跟戚伯挥手道别，这才开车上路。

路上，芮小丹问：“妈，他到底是戚叔还是戚伯？”

芮母说："戚伯是他的名字，你不就得叫戚叔嘛。"

芮小丹一笑说："看人家这名字起的，任你怎么叫辈分上都占便宜。"

芮母也笑了，说："好好开你的车，贫嘴！"

芮小丹母亲的家住在舍纳尔大街72号公寓八楼19号，舍纳尔大街距离紫竹园酒店不到六公里，开车十分钟就到了。72号公寓不属于小区型住宅群，是一座独立大型建筑，楼高22层，每层楼有十几套住宅，户型大小不等，居住的大多是中产阶级人家。

汽车开进72号公寓地下停车场，芮小丹停好汽车，和母亲一起乘电梯上楼。八楼19号房子是阳台朝东的户型，房屋价格略贵一些。这是一套96平方米的住房，当时的房价是24万马克，芮小丹的母亲用了九年的时间还清分期付款。房子里一直保持着母女两人居住时的格式，两间卧室、一间书房，只是芮小丹卧室里的陈设发生了一些变化，小床换成了大床，床单、被褥和装饰品也都不见了童年的稚气。

回到家，芮小丹拿上内衣、睡衣去浴室放水洗澡，芮母则把女儿卧室的床单、被褥、枕巾全部更换一新，把自动电热壶的水再沸腾后沏上一杯清茶，从书房里拿出两份文件，然后把茶水和文件一并放到女儿卧室的床头柜上。

芮小丹穿着睡衣从浴室里出来，尚且潮湿的头发在睡衣的后背洇出少许湿痕。她见母亲坐在客厅的沙发上，就走过去。

芮母站起来说："天太晚了，你早点休息，床已经给你铺好了。"

芮小丹说："妈，我每次来的头一天您不是都得跟我聊到后半夜嘛。"

芮母说："你到床上躺着我跟你说话，你困了就睡。"

芮小丹到卧室一看，不但床单、被褥、枕巾更换一新，连沏好的茶都放到床头柜上，一股暖融融的亲情夹带着几分负疚涌过心头，说了声：“妈，谢谢您。”

芮母说：“怎么跟妈说话哪？上床好好待着。这么多年你不在妈身边，妈也不能好好照顾你，总觉得欠你太多了，心里不是滋味。”

芮小丹说：“妈，这话该是我说，您要再说这个，还让不让我活了？”

芮母坐在床沿，右腿盘在床上面对着女儿说：“我跟你说说我和你戚叔的事，你也都看出来了。戚伯是广东人，54岁，以前在汉堡开粤菜馆，1986年离婚时粤菜馆给前妻了，自己到法兰克福给人家当大厨，1994年自己又开了一个粤菜馆。他有一个女儿跟着他前妻，已经成家了。我跟戚伯也是最近这两年才接触得多些，他是个老实人，很本分，不爱说话。妈今年52岁了，有个合适的伴儿互相照应着对两个人都好，你在外面也放点心，你说呢？”

芮小丹说：“妈，这是个人感情的事，得自己把握，我什么都不能说。只要您愿意我就赞成，只要是您接受的人我就接受，是您跟这个人过日子，最重要的是您的感受。”

芮母端过杯子让女儿喝了口茶，又拿起两份文件递给女儿说：“这事基本上定了，等条件成熟了就操办。你先把这两份文件看看，妈有话跟你说。”

芮小丹趴在床上看文件，一份是《戚伯与张慧敏共同出资购买房子的协议》，协议主要内容是两人出于自愿结为夫妻和将来各自财产问题的考虑，决定双方各出资12万马克购买一套房子用于共同生活，将来无论谁先走一步，双方子女均不得对房屋产权提出要求。另一份文件是《戚伯与张慧敏共同生活后关于各自财产问题的协议》，协议主要内容是双方结为夫妻后除协议规定的共同财产外，双方保持各自财产的独立所有权和独立处置权，各自的财产由各自的子女完全独立继承。

芮母说：“妈跟你交个底，古城那套房子是给你买的，一是你在那儿工作，二是想着你可能会在那儿结婚。紫竹园酒店的股份写给你一半当初是为了你的居留权，从分红上说没有实际意义，因为挣的钱都是留给你的，现在已经存了30多万马克。妈早就入了德国籍，社会保险什么都有，不需要什么钱了，最放不下的就是你。这些财产不敢一下子给你，是怕你被男人骗了，怕你从经济上伤筋动骨，所以给你把握着点。”

芮小丹说：“妈，我在古城住您那么大的房子，又用房子贷款跟欧阳开店，作为成年人我已经拿您的很多了。我不知道将来有没有能力报答您，也不敢说将来不向您索取了，但是可能的话我希望做到这一点，所以我不想听您说这些。我想，在我没有能力的时候，我能做的就是尽量不给您添麻烦。”

芮母说：“傻丫头，你过得好，妈就好。”

芮小丹笑了，说：“那您就好吧，我非常好。”

芮母说：“这次来怎么没见你抽烟哪？”

芮小丹说：“戒了，元英不喜欢女人抽烟。”

芮母说：“真是一物降一物，他到底是个什么人呢？你爸说过，你看上的这个人，一定是你驾驭不了的人。”

芮小丹说：“妈，您又问这个，我不是早跟您说过了嘛，他就是个混混，除了这个我还真想不出更合适的词。”

芮母说：“你是警察，怎么能爱上这种人呢？”

芮小丹说：“说他混混，是因为不知道该把他往哪种文化堆儿里归置，不是您理解的那种混混。我不赞成我爸的观点，爱和驾驭没有逻辑关系，除非人格商品化，否则没有吃亏占便宜的概念。本来嘛，做男人就去承受男人的东西，做女人就去承受女人的东西。就比如您吧，您不想承受就可以不承受了吗？”

芮母再一次感觉到了女儿的变化，感叹道：“小丹，这几年你真的长大了。有时候我就想啊，女人什么是福？明白就是福，明白了才知道怎么做。可老天就偏偏让女人生得傻，等明白过来也人老珠黄了。”

……

母女俩你一言我一语，不知不觉又聊到了下半夜。

2

法兰克福大学是德国最著名的前十所大学之一，建校于1914年，注册学生人数将近四万名。德国公立大学学费全免，法律对学生打工和乘车旅行都有优惠规定。法兰克福是座金融帝国，素有莱茵河畔的曼哈顿之称。这里的优惠条件和国际大都会气质吸引着来自世界一百多个国家的留学生，是德国大学留学生比例最高的学府。

在德国留学最大的费用是房租，其次是吃饭。芮小丹除了省却这两方面的费用，还能在自己家的酒店里稳定打工，在打工和食宿的过程中就自然而然陪伴了母亲。所以，她选择在法兰克福大学就读成本最低、最合理。

芮小丹驾车来到法兰克福大学留学审核处，把车子停在留学审核处的停车场，拿上全部的留学材料，然后步入留学审核处大楼。留学审核处的房间很大，里面有工作人员和申请入学者许多人，申请入学者有的正在被接待，有的坐在椅子上排队等候。

芮小丹排队等了20多分钟，留学审核处的一名工作人员接待了她，核对了她的登记账号和申请证明记录，然后请她出示证明材料。芮小丹把申请留学文件悉数提交，有中国警官大学入学注册证明、大学毕业证书、德语学时证明、护照和永久居留有效签证复印件、纳税证明、社会保险证明、个人履历证明、法兰克福市政厅复印件公证证明、律师执业证、就读大学和志愿专业申请表……

工作人员看了看材料，问："您选择的入学时间是 1998 年 10 月冬季学期，您确定时间没填错吗？是 1997 年 10 月还是 1998 年 10 月？"

芮小丹回答："确定，是 1998 年 10 月冬季学期，就是明年。"

工作人员说："那么，您把申请材料留下就可以了。我们将在 30 天内按您的地址给您寄出审核答复，如果您被录取，我们将在您入学前两个月给您寄去入学通知书。"

芮小丹说了声："谢谢。"起身告辞。

走出法兰克福大学留学审核处，芮小丹心里突然生起一种天高地阔的舒畅感觉，连眼神里都流淌着一缕温馨和满足。她知道自己的情况符合留学条件，但是不知道校方是否同意她隔年份报名，如果不同意，她明年还需要再申请一次，而组织一回材料非常烦琐。这样她与丁元英又有了一年的相守、一年的幸福。

芮小丹惬意地开着车行驶在大街上，车窗敞开着，凉爽的风吹动着她的头发，吹拂着她愉悦的心，她向法兰克福一家比较大的伊丹音像超市驶去。

来到伊丹音像超市，她在停车场找了个位置停好车。音像超市从一楼到三楼全部是经营来自世界各地著名音像公司的音像产品，超市的货架、摆设和环境都经过精心设计，产品有清晰的分类，醒目的标牌上有各种说明，从细微之处使顾客感到方便和舒适。如果哪个音乐发烧友来到了这里，那就无异于步入了天堂。

芮小丹很快找到了她想要的 VCD 影碟，一套记录柏林墙历史的上下两集纪录片，这里卖的纪录片可能要比柏林墙旅游景点卖的纪录片价格高一些，但版本可能是最好的。纪录片是德语解说，这对于她和丁元英都不是问题。

买了这套 VCD 影碟，芮小丹继续在音像超市浏览，一流的购物环境和一流的唱片自然也标着一流的价格，她每每在心里将马克和人民币换算一下，每张唱片都在150元人民币以上，看来看去，没发现有什么特别想买的唱片。

芮小丹出了超市，开车走了大约半个小时来到跳蚤市场。这个跳蚤市场是一条东西走向的街道，平时比较冷清，只有每星期开市的这天才会很热闹。里面没有地方停车，她找了个较近的停车场把车放好，步行了几分钟去市场。

她很熟悉这个跳蚤市场，每次探亲她都会来这里逛街，这里的商品价格非常低廉，据说有相当一部分是走私品，也有一部分是留学生和打工族从本国带来的比较有特色的服装或工艺品，很多摊位就是在地上铺一块布，上面放几件东西就开始做生意了。芮小丹来这里并没有明确的购买目的，碰上合适的就买，碰不上合适的就逛逛，纯粹是一种休闲和享受。

她在一个摊位上发现了一件休闲男装，暗黄色，款式非常简洁，面料很厚实，标价35马克。在她看来，这件衣服的颜色、款式、面料搭配得近乎完美，这件男装如果穿在女人身上特别能体现女性与众不同的典雅和内在的文化气质。她挑了一件最小号的搭在身上比了比，还是稍微大了一点，但是可以接受。她与摊主经过反复的讨价还价，最终以50马克买了相同的两件。

不知不觉逛到了市场的文化区，这里有老唱机、老唱片，甚至还有十几年前的海报和杂志等，她在一个卖唱片的摊位停下，看看有没有感兴趣的老唱片。

摊主是一个装束和发型都很另类的德国青年，长头发，戴眼镜，光膀子穿一件又短又小的无袖牛仔上衣，裤子却是又肥又大，既像嬉皮士又像摇滚歌手。他看一个东方女子在摊位停下入神地浏览唱片，就热情地问道：“小姐，您喜欢哪一类的音乐？我帮您推荐。”

芮小丹看到一张俗名“黑老头”的LD影碟，这张CD可是大名鼎鼎，在丁元英的收藏里早就有了，但是还没有演奏版的 LD 影碟。她拿起来看了看，标价竟然是 170 马克，就毫不犹豫地放下了。

摊主拿出另一张名为《流血的墙》LD 影碟递去，介绍说："这是一张绝版的午夜兄弟乐队在推倒柏林墙的废墟上的现场演唱会，很有收藏价值。"

芮小丹连价格都没看一眼就放下了，说："也许很好，我欣赏不了。"

摊主说："你还没看怎么知道不好呢？我这里的都是珍品。"

芮小丹说："我听过这个乐队 CD 版的现场演唱会。"

摊主说："哦？那你说怎么不好？"

芮小丹说："我没说不好，我是说也许很好，是我欣赏不了。我听不出来是柏林墙沾了午夜兄弟乐队的光还是午夜兄弟乐队沾了柏林墙的光。"

摊主一愣，那表情分明是：遇到行家了。他犹豫了一下，从箱子里拿出一张 CD 唱片递给芮小丹，说："你要是懂行，看看这个。"

芮小丹一过手就感觉这可能是一张好唱片，分量沉甸甸的，CD 盒的手感非常舒服。仔细去看，这张唱片名为《无法忘记的那一天》，里面收入了五首演奏曲和七首演唱曲，有钢琴协奏曲和独奏曲，有小提琴协奏曲和独奏曲，有美、英、德、法四个国家的七位著名女歌手各自的演唱，所有 12 首曲子演绎的都是一首歌曲：《黑色的星期天》。这是一张保存很好的旧唱片，原标价是 35 马克，标签是 1994 年的，已经发黄了。

芮小丹在网上听过至少三个版本的这首曲子，这是 1930 年一位匈牙利钢琴师因为失恋写成的一首曲子，曲名为《黑色的星期天》或《忧郁的星期天》，据说有 100 多人听了这首曲子而自杀，以至于美国及欧洲诸多国家的电台特别召开了一次会议，呼吁欧美各国联合抵制这首《黑色的星期天》，不断的自杀和传说终于把这首曲子变成了神话。1968年，这首歌曲的作者也以跳楼自杀的方式结束了自己的一生。

芮小丹说："我在网上听过几个演唱版本。"

摊主不屑地说："MP3的效果怎么能诠释震慑灵魂的作品？这张唱片收录了全世界这首曲子最经典的版本，全球限量发行20万张，你现在到任何一家唱片店里都绝对买不到。12个最经典的版本，极致的灵魂震慑，我甚至需要考虑卖给你是不是危及了你的生命。"

芮小丹问道："你听过吗？"

摊主说："我当然听过。"

芮小丹笑笑说："那就没有问题了。"她打开唱片检查了一下，碟片上没有划痕，就从皮包拿出钱数了35马克递给摊主，说："这张唱片我买了。"

摊主摇摇头说："这个价格我收货都收不到，你最少要付70马克。"

70马克是整整翻了一倍，折合人民币300多元，芮小丹犹豫了片刻还是买下了。

第二十八章

1

今天是芮小丹来德国探亲的第12天，也是她在法兰克福度过的第十天。

芮小丹在法兰克福期间恰逢紫竹园酒店里有个洗碗工的空缺，她没让母亲招工，自己顶了这个岗位。洗碗的活儿在餐馆里是最累的工种，她每天的大部分时间都是待在酒店的洗碗间里刷盘子，也兼干一些打杂的差事，如切菜、端盘子、清理台面、倒垃圾，一天做下来累得筋疲力尽，腿都抬不起来，倒在床上就睡，连做梦的力气都没有了。只有这样她才能不让自己的大脑去思想，才能缓解她思念丁元英的辛苦。

她七岁跟母亲来到法兰克福，在这个城市里度过了七年的少年时光，她在国内读书期间每年的寒暑假期也要过来，工作以后这是她第三次来探亲。她从来没有像现在这样感觉时间这么漫长，在没有丁元英的日子里，时间居然每一分每一秒都是这么难熬。

母亲看在眼里，嘴上不说却心里明白。

过了中午，紫竹园酒店也就过了客流的高峰期，餐厅和露天酒吧的客人逐渐少了，几个服务员也不像刚才那样忙碌了。餐厅不忙，洗碗间里却该忙了，碗池里各种各样的盘子、碗以及其他餐具堆成了一座小山。芮小丹穿着紫竹园酒店天蓝色的制服，系着围裙戴着乳胶手套，弯着腰趴在半人高的水池旁边刷盘子，耳朵听到的是流水声和各种瓷器的碰撞声，眼睛看到的都是圆盆、圆盘、圆碗、圆……

就在芮小丹快要把水池里的餐具洗完的时候，放在她旁边台子上的手机响了。她心里猛然一颤，本能地想到这是郑建时的电话，因为国内的朋友知道她在德国是不会轻易往她手机上打电话的，谁都清楚手机国际漫游的高额话费。她等待郑建时的这个电话已经等得太急切了，如果音箱代理的事情办好了，那就意味着她在德国的事情全部办完了。

她摘下手套打开手机，果然是郑建时的电话。

郑建时说："小丹吗？我是郑建时，我在火车上，再有 20 多分钟就到总站了。音箱代理的事已经全部办妥了，我到站以后怎么跟你联系？"

芮小丹说："我马上去总站接你，在总站的正门碰头，总站正门。"

郑建时说："总站正门，好的，好的。"

芮小丹问："郑大哥，你还没吃饭吧？"

郑建时说："还没呢，下火车再说。待会儿车站见。"

挂了电话，芮小丹匆匆把剩下的餐具洗好，也顾不上往消毒柜里摆了，到更衣间换了衣服拿上皮包，来到服务台向母亲告假，母亲正拿着计算器核对中午的营业账目。

芮小丹走到母亲跟前兴奋而低声地说："妈，刚才接到郑大哥的电话，我的事情办完了！给我车钥匙，我去火车总站接郑大哥，他还没吃饭，您给准备几个好菜，千万别放鱼肉，他是佛教徒，持戒的。餐具都洗好了还没往消毒柜里放，我时间来不及了。"

芮母把车钥匙给她，然后从柜台里拿出一块电视屏幕大小的招工牌子对旁边的一个南斯拉夫籍女服务员说："贝雅，把这个挂出去，洗碗工。”招工牌子的两面都有德文，一面写的是：招聘服务员。另一面写的是：招聘洗碗工。

芮小丹说：“这就给炒了？”

芮母连头都没抬一下，一边算账一边不紧不慢地说：“你等的不就是这个电话吗？你也来十几天了，看我也看了，事情办完就早点回去吧。”

芮小丹被母亲一语中的，既窘迫又内疚，低声道：“妈，我不知道该怎么跟您说。”

芮母说：“我这儿挺好，你该忙什么忙什么，别让我为你操心就行了。”

芮小丹拿上车钥匙出去了，走出门的时候还回头看了一眼挂在门口的那块招工牌子，那块牌子是用塑料板做的，已经用了很多年，喷上去的油漆字都褪色了。她发动着汽车，朝着法兰克福火车总站驶去。

法兰克福火车总站位于市区，是欧洲最繁忙的火车站，车站有24个站台，几乎每时每刻都有欧洲各地的国际列车在这里驶入、驶出，平均每天的客运量将近26万人。车站地下层有近郊列车、市内列车和购物中心，车站正门前面就是有名的恺撒大街。

芮小丹停好车来到火车总站正门，没等多久就见郑建时提着一只公文包走出站，她迎上去与郑建时握了握手，说：“郑大哥，麻烦你了。”

郑建时说：“都是自己人，不用客气。”

芮小丹说：“我让我妈准备饭了，到了法兰克福你怎么也得到我家店里吃顿饭，有什么话咱们到饭桌上再聊，走吧。”

郑建时说：“我把情况跟你谈谈，下午就回去了。”

芮小丹说：“吃过饭我送你到机场火车站，飞机、火车，什么赶点坐什么。”

两人走到火车总站停车场上车，芮小丹驾车回紫竹园酒店。

路上，郑建时说："小丹，你气色不大好。"

芮小丹说："这些天在餐馆里刷盘子，有点累吧。"

郑建时笑笑说："你大老远来一趟，你妈舍得让你刷盘子？"

芮小丹说："我十几岁就到店里打杂挣零花钱，家里已经习惯了。"

郑建时点点头说："好，好哇！"

午餐时间已过，紫竹园酒店露天酒吧的遮阳伞下坐着七八个喝酒聊天的客人。芮小丹进酒店的时候看门口挂着的那块招工牌子已经不见了，这里就是这样，挂上招工牌子一会儿的工夫就会有人来应聘。

芮小丹把郑建时向母亲做了介绍，然后说："妈，郑大哥吃过饭还要赶回柏林。"

芮母说："菜都配好了，你们聊，我这就让厨房做去。"

芮小丹选了一张餐厅东南角的五号餐桌请郑建时入座，这个位置与其他几位喝酒的顾客互不影响，便于谈话。服务员沏好一壶茶端来，给两个杯子都倒上。

郑建时从包里取出音响测评报告、格律诗公司印章、现金、代理协议、照片等一堆东西放到桌上，先把四份代理协议和一沓照片递给芮小丹，解释道："代理的事按咱们说好的条件都办妥了，签约现场和音响在店里的陈设都拍了照片。我想，也许格律诗公司以后做宣传彩页的时候能用得上。"

芮小丹先看那沓照片，有郑建时与代理商签字、握手、碰杯的场景，有整套音响在音响店里作为商品陈列的场景，有格律诗音箱在货架上的特写，有柏林、巴黎、伦敦三个城市各自音响店门面的全景，照片里的人物除了郑建时之外全是金发碧眼的洋面孔……她一张一张地看着，忽然有一种异样的感觉，恍惚这一切都是在梦境而不是真实的存在。那些音箱、机柜，那座遥远的王庙村，那群名叫叶晓明、冯世杰、李铁军、周国正的人们……所有这一切都与这几个欧洲国际大都市有了某种虚幻的联系。

芮小丹接着看四份代理协议，这四个代理公司分别是：

格律诗音箱欧洲总代理……柏林斯雷特姆贸易公司
格律诗音箱德国总代理……柏林格尔斯勒视听电器公司
格律诗音箱英国总代理……伦敦梅洛林音响电器公司
格律诗音箱法国总代理……巴黎诺尔圣西视听电器公司

郑建时指了指现金说："音响卖出去了两套，格贝森懂音响，他买了一套。辛格一看音响师买了，也赶紧跟着买了一套。花 8000 马克的钱去买三万马克的音质享受，这个账不用算就出来。这是 16000 马克，你收下。"

芮小丹高兴地说："太好了，不管怎么说也是开张了。"

郑建时说："还有件事，米哈根电声学技术实验中心的测评报告出来以后，詹妮心里有底了，委托柏林《音响世界》杂志社对格律诗音箱组织一次专家测评，也叫主观测评吧，要求杂志社邀请的评委里除了德国专家以外至少要有一名中国专家和一名日本专家，意思是增加点国际化的含金量，有个中国专家也便于测评结果在中国本土传播。"

芮小丹心里一沉，问："这得花多少钱？"

郑建时说："好像是 11 万马克，现在花钱还是小事，问题是这事闹大了。"

芮小丹问："怎么了？"

郑建时说："杂志社拿到佣金以后又拓展了思路，打算再征集最多九个名额的音箱有偿测评，号称十款音箱大测评，这样就能在一个炉灶上赚更多的钱，当然其他音箱的参评费要比格律诗音箱低得多。詹妮同意了，因为这就成了国际性的音箱测评，格律诗音箱再输也是第十名，怎么都是赢。可我担心，这戏做过头了还是不是元英的本意？”

芮小丹问：“詹妮这样做仅仅为尽点地主之谊吗？”

郑建时说：“有尽地主之谊的成分，也有其他的考虑。詹妮是什么人？没点知进退的道行能压得住索林特那种场子？私募基金她押了一把净赚900万马克，元英的500万马克在她手里流通三年，她知道元英是谁，她也需要这个机会。”

芮小丹思忖了一下说：“我不知道这里的背景，还是不问的好。”

这时服务员把饭菜端上来了，主食是米饭，三菜一汤是香菇小白菜、青椒炒鸡蛋、素烧豆腐和一碗三丝汤，三丝就是粉丝、豆腐丝和海带丝。

芮母跟过来歉意地说：“郑先生，小丹让做几个好菜，可是厨师没做过素斋，店里也没有素斋备料，所以临时拼凑了几个，您多包涵。”

郑建时说：“哪里，你们能这样照顾我，非常感谢！”

芮母说：“您慢用。”

芮小丹说：“你先吃饭，我也不打扰了，我去把这些东西放起来。”说着，她把桌上的印章、文件、现金收到一起，走到服务台跟母亲说：“妈，待会儿我去机场车站送郑大哥，这些东西您先帮我收着，放在车里不安全。”

母亲说：“你跟我来办公室。”

芮小丹跟母亲走进酒店办公室，母亲打开保险柜，把芮小丹的东西放进去，又从保险柜里拿出两沓事先准备好的现金，锁上柜门。

芮母拿着两沓钱说：“你在店里干了八天，每天工作11个小时，去掉两个半天给你按七天算，工钱一共是1386马克。这5000是妈给你的，来回的路费和想给你买点东西的钱都包括在里面了，自己喜欢什么就买点什么，看看给欧阳、亚文她们带点什么合适，机票该订就去订了，准备准备回去吧。”说完把两沓钱递给芮小丹。

芮小丹说："工钱我要，那钱我不要，我跟您说了我不缺钱花。"

芮母嗔怪地责令道："这孩子，挣是挣的，给是给的，让你拿着你就拿着，顶嘴？"

芮小丹不再争执，接过钱低声说："妈，想一个人就这么苦吗？"

芮母说："做人就苦，没这个苦有那个苦，你这么聪明还问这种傻问题？"

芮小丹黯然一笑，说："妈，我去过机场车站就直接回柏林的家了，柏林那边的事我得跟元英说说，回国的事也得跟他先打个招呼，晚上我来接您。要谈的事太多，我得用电脑上网跟他聊，不然电话费太多了。"

芮母说："你也没吃饭呢，没事了就自己找点吃的去。"

……

郑建时将要吃完饭的时候，见芮小丹走过来了，他把碗里的米饭吃完，拿餐巾纸擦了擦嘴说："挺好，挺好，菜做得不错。"

芮小丹笑笑说："郑大哥吃素斋，谁请你吃饭都简单。"

郑建时说："事情都办了，饭也吃好了，小丹，那我就回了。"

芮小丹说："好，我送你去机场车站。"

郑建时拿起皮包起身，对走过来的芮母礼貌地说："大妈您忙着，我回去了。"

芮母把他们送到门口，直到他们驶离紫竹园酒店。

法兰克福机场是欧洲最大的航空港，也是德国最大的交通枢纽，机场一共有五层，机场车站就是建在机场地下层的火车站，地下一层的列车通往德国各大城市。由于航班和列车聚于一处，所以从这里出行非常方便。芮小丹把车开到机场底层的停车场，然后去查看了最近一班的火车和班机，郑建时买了一张三点十分的机票，他们在登机入口处握手道别。

送走了郑建时，芮小丹忽然觉得浑身无力，又累又饿。她知道，这是因为格律诗公司的事办完了，母亲也同意让她提前回国了，她的那颗不安静的心放下了。她在大厅的椅子上坐了一会儿，无心地听着大厅里一遍一遍不知道是什么内容的广播，茫然地看着眼前走过来走过去的人们，脑子里却下意识地浮现出古城，浮现出几张聪明的面孔。

她不由自主地想：谁是聪明人呢？叶晓明、冯世杰、刘冰他们都是聪明人，他们可以不必知道柏林、巴黎、北京能做什么，不必知道韩楚风、詹妮、郑建时是何许人，不必知道资金从哪里来，不必知道人情这东西将来要回应什么……总之，只要有丁元英就行了。他们知道用了一个丁元英也就用了他的知识、智慧和社会关系，用了他的一切可用之处，他们是聪明人。

那么，聪明与智慧在多大程度上能兼容呢？她想。

芮小丹回到柏林的家已经是下午三点多钟了，这时候是北京时间夜里十点多，她知道丁元英在这个时间还不会睡觉。她从冰箱里拿了两片面包抹了点果酱夹上，拿了一瓶矿泉水，一边吃着一边走到书房打开电脑，然后拿起电话拨号。

电话拨通后，芮小丹说："元英，我是小丹。郑大哥来过了，吃过饭就回柏林了，我送他到机场刚回来。你现在把电脑打开，上到中华佛教网站注册个名字进到佛法聊天室，我的昵称叫丑小鸭，你上来找我，咱们在文字聊天室用密谈聊。"

丁元英说："打字太麻烦，就在电话里说。"

芮小丹说："把那么多事情说清楚得好多电话费，能省的为什么不省？文字聊，聊完了以后我还要把你说过的话粘贴下来慢慢看呢，这么不善解人意。好，挂了。"

她挂了电话，操作电脑上到中华佛教网站进入佛法聊天室，点击功能菜单里的打开包厢选项，界面出现警告：您的包厢已经开启！包厢的用途是把跟您相关的话分屏显示，并不起保密的作用，如要保密仍需选择“密谈”选项！她再点击“密谈”选项。

等了一会儿，一个名叫“老汉憨憨”的昵称用密谈对她说：“小丹，我是元英，我已经在包厢密谈里，你可以开始了。”

芮小丹一看见“老汉憨憨”的昵称就笑了，她把四份代理协议和卖出两套音响的事向丁元英讲了一下，又讲了詹妮委托柏林《音响世界》杂志社对格律诗音箱组织专家测评以及事态演化的事。她只客观地讲事情，没有任何个人判断。

丁元英对詹妮的“委托测评”打出了八个字：头上安头，妇人之见。

谈完了公事，接下来他们开始谈私事——

芮小丹：这里的事已经办完了，我想这几天就直接回去，不从耶路撒冷绕道了，一绕道又得多耽搁几天。

丁元英：这样不好，你探亲的目的就是陪你母亲。如果你在执行任务，你也能说句“我想你了”就回家吗？

芮小丹：反对！条件设置错误！那是没选择，这是有选择。我妈看我心不在这儿，已经同意让我回去。我想你了，很想。

丁元英：确定回来？

芮小丹：确定，我一分钟都等不及了。

这时，丁元英停止了打字，两个人的对话停滞了，一分钟、两分钟……芮小丹在心里揣度：他生气了，一定是生气了。她打出一行字：你生气了？

屏幕上没有回应。

等了一会儿她想：他是不是掉线了？于是打出一串问号，

“老汉憨憨”的昵称还在，这说明他没有掉线。又等了一会儿，丁元英还没有回应，她决定陈述自己的观点，一边斟酌着词汇一边打字：元英，我是警察，就连我这个警察也没有像你那样完全活在“应该”里，你看看你，做什么都是应该、应该，整个人都活在“应该”里，活在“如法、如是”的规律里，我们就不能往“我想”里活一点吗？活得像计算机一样精确，连接吻都纳入了程序，生活精确到这种程度好吗？对此我有看法，我申诉……

就在她将要打完这段文字还没有点击发送的时候，屏幕上出现了丁元英发送的文字。

丁元英：我刚向北京机场售票处咨询过，北京到特拉维夫的航班每星期有两个班次，后天有一班，北京时间十五点五十分起飞，当地时间二十一点十分降落。我明天早上坐飞机去北京，这样就能当天拿到签证，出行就有把握了。从法兰克福到特拉维夫的航班很多，你根据我的班次协调一下时间，我们在特拉维夫见面。

芮小丹看完文字呆住了，血流加快，心跳加快，这个突如其来而且完全是意想不到的好消息让她不知所措。停了十几秒钟她把打好的那段话删掉，改成：你在赌气，你还是想让我绕道耶路撒冷。

丁元英：在你看来，我对“我想你了”就可以那么无动于衷吗？“我想你了”和“必要信息储备”两条思路不必矛盾，它们的交会点就在耶路撒冷。

芮小丹一时不知道该怎样表达自己的激动，突然想到了聊天室界面上的“表情短语”功能，于是选择了一个“感动”的代码发送出去，屏幕上就出现了这样的文字：丑小鸭被感动得咧着大嘴哇哇大哭，鼻涕眼泪流得一塌糊涂。

丁元英：有个条件，我去特拉维夫不便让人知道。

芮小丹：为什么？

丁元英：性隐私，明眼人一看就知道这是万里送身，我这老脸挂不住。

芮小丹：哈哈哈……个人隐私受法律保护，好吧。如果你和我一起游览耶路撒冷，那就不是信息储备了，是永恒的记忆。不是我狡辩，透视文化不是人人能做到的，我自己看也看不出门道，无非是女人的小感觉、小情调这些空洞的东西。

她打完这行字，又在“表情短语”功能里点击发送了两个代码，一个是：丑小鸭听了老汉憨憨的话，口吐白沫，昏倒在地！一个是：丑小鸭拿出一张狗皮膏药，在小炉上细细地煨热后，“啪”地捂住了老汉憨憨的嘴巴！

她看着电脑屏幕，心里洋溢着幸福的暖流。

2

本－古里安国际机场的钟表终于指向了二十一点五十分，候机大厅里回响着声音柔美的播音小姐用希伯来语和英语播出的最新航班信息，液晶显示屏上也滚动播出相同的信息，从北京到特拉维夫的航班已经正点降落。

尽管飞机降落后乘客通过海关仍需要时间，芮小丹还是禁不住从椅子上站起来往出口处靠近，实际上那里已经聚集了许多接机的人，有人拿着写好名字的牌子，有的人明知无效也下意识地往通道里张望。由于巴以冲突，本－古里安机场无疑是世界上安全戒备最严格的机场，大厅里到处是荷枪实弹的警卫，冷静而警惕地注视着大厅里的每一个人。

芮小丹比丁元英乘坐的班机提前三个多小时到达特拉维夫，她在沿海岸线的佩瓦提沃酒店以她和丁元英两个人的名字订了标准为 85 美元的双人房，在酒店兑换了 500 美元的以色列货币谢克尔，洗过澡稍作休息，提前半个多小时来到机场等候。

经过一段焦急的等待，一队推着大包拎着小包的乘客终于出现了，乘客沿着通道有秩序地鱼贯而出，许多人远远地就开始东张西望搜寻接机的亲友。芮小丹在乘客的列队里发现了丁元英，他穿着一条浅灰色裤子和一件浅蓝色休闲衬衣，几乎没有带任何行李，唯一可以称作行李的就是左手拎着的那个普通到不能再普通的购物塑料袋，而且里面并没有装多少东西，没有半点出国旅游的扮相，更像是刚从小卖部里买了东西出来。

芮小丹迎上去，来不及拥抱就焦急地问："行李呢？"

丁元英示意了一下塑料袋说："夏天不用带衣服。"

芮小丹当即做了一个夸张的昏厥状，接着扑上去抱住他陶醉地说："你就这样出国旅游了？哦……宝贝儿，你太可爱了！"

丁元英问："旅馆订好了？"

芮小丹说："旅馆订了，机票也订了。先去吃饭吧，吃完饭再回旅馆。"

他们出了候机大厅，在门口叫了一辆出租车去市区。本-古里安机场距离市区不到20公里，出租车行驶了20多分钟到了 Hayarkon 大街。特拉维夫是以色列最大的城市，具有欧美的大都市风格，也是以色列的经济、文化中心，夜生活非常丰富，是著名的不夜城，各种酒吧、饭店生意兴隆，顾客大多是年轻人和来自世界各地的游客。

芮小丹和丁元英在 Hayarkon 大街佩瓦提沃酒店旁边的一家餐馆吃了一顿以色列风味的晚餐，西红柿黄瓜沙拉、大盘烤肉、饼子和一个汤，两人要了一大杯啤酒分成两杯喝。这是一个幸福的时刻，芮小丹从丁元英的特拉维夫之行再一次感到了她在他心里的存在，作为女人，还有什么能比"爱着"和"被爱着"更让人满足呢。

吃完饭时间已经过了午夜，他们回到酒店，丁元英在服务台出示护照核对身份再次做了住宿登记，两人乘电梯到 15 楼，进了 1508 号房。芮小丹把希伯来语和英语两种文字的提示牌“请勿打扰”挂在门外，关上门后又按下门锁。

丁元英把那个塑料袋“行李”放到茶几上，拉开窗帘，从 15 楼往下看，前方是一片茫茫大海，海上轮船的灯光在夜幕下的海面上像一座华丽的宫殿。芮小丹过来拉上窗帘，把他推到床边摁倒在床上，脱掉他的鞋骑在他身上。

丁元英问：“不眉来眼去了？”

芮小丹灿烂一笑说：“这次就免了。”

丁元英说：“明心见性了。”

芮小丹解开宽松衬衫的纽扣，露出精美的蕾丝提花文胸，半透明面料使丰满的乳房若隐若现。她低下头看着他，柔软而黑亮的长发散落在肩上。白嫩的肌肤、美丽的脸庞、性感的身体曲线、滋润的嘴唇、长而浓密的睫毛、迷人的眼睛……她的所有这些女性之美都在向他传递着一种摄人魂魄的诱惑。

芮小丹深情地问：“现在你想去哪儿？”

丁元英笑道：“万里送身威严扫地，天堂地狱随你了。”

芮小丹说：“那我就让你上天堂下地狱，分别无二。”说着，她去解他的扣子。

……

汹涌澎湃的激情之后，丁元英已经全然没了力气，疲惫地躺在床上。芮小丹沉醉地侧枕在他胳膊上，一只手放在他另一面肩头。她久久没有说话，就这样平静地感受着。这个时候，仿佛一片树叶都能惊扰这天籁的寂静。

过了许久，芮小丹低声说：“你不是送身，你还是想让我绕道耶路撒冷，你只是不想强迫我，我也不能因为你没说出来而装不知道。也许我该自己来，可我控制不住自己，还是让你来了。不管多么歉疚，我还是很高兴。”

丁元英迷迷糊糊地说了一句：“老婆，我……困了……”

芮小丹抬头一看，他居然已经睡着了。她将薄被子往上拉拉把他盖好，熄灭壁灯。

次日，芮小丹一早就起来做出游的准备，洗漱化妆换好衣服，检查照相机和胶卷，把信用卡、护照、机票放到她的包里统一保管。九点多钟丁元英睡醒了，休息了一夜，时差适应过来了，旅途的疲劳也恢复过来。十点钟，他们离开酒店乘出租车前往耶路撒冷。特拉维夫距离耶路撒冷60公里，汽车一个多小时到了耶路撒冷老城。

耶路撒冷是基督教、伊斯兰教和犹太教的三大宗教圣地，历史在这里沉积了太多的哀怨与仇恨，也凝结了太多的祈祷、叹息、鲜血、眼泪……据犹太圣经《塔木德》说：上帝给了世界十分美丽，九分给了耶路撒冷。于是就有后人说：上帝给了世界十分哀愁，九分给了耶路撒冷。当上帝耶和华、耶稣基督和真主安拉聚集在同一块土地上的时候，世界就再也没有什么地方能像耶路撒冷这样令人沉思……

两人走在熙熙攘攘的老城街道上，随处可以看到商贩、游人、乞丐、警察、教徒以及身穿防弹背心荷枪实弹的以色列士兵，商贩的叫卖声、教堂的钟声、远处的警报声、装甲车的轰鸣声混作一团。芮小丹过去只在电视里看到关于人体炸弹和军事报复的报道，而没有亲身到过这里的人无法感受那近在咫尺和随时随地的危险，她从人们的眼睛里看到的是一种本来的、嵌入心灵而已经无须外露的恐惧。

丁元英说："两次世界大战不过打了十年，而在本世纪巴以冲突就打了50年，什么样的民族能承受这样的苦难？可上帝和真主都没能拯救他们，世界上再没有什么地方能像这里让人明白这个真理真相。"

芮小丹说："我不来也知道，原本就没什么救主。"

丁元英说："你的知道是自觉，现在是让你觉他。知道这个道理的人很多，但多是呈道理和知识存在，不是自觉。道理和知识是没用的，只是有用的一个条件，用才有用。让你觉他什么？觉他的无明，觉他的道理和知识的没用。”

芮小丹一笑说：“老爷，提醒您一下，自觉、觉他的是佛，我能考虑的是怎么自己谋生养活自己，不用圣人养才能不招致难养。一个小女子，能让佛省省心就不错了。”

丁元英也笑了笑，说：“觉他，是有可能更好地谋生，没有谁可以普度众生。很多东西不必当下明白，信息储备也只是有用的一个条件。”

芮小丹笑笑，说：“你对我的将来有所指向，可以理解。人嘛，都希望他人能按照自己的意志存在，成为自己所期望的那种人。”

丁元英说：“不为错，但是不究竟，不了义。”

芮小丹问：“那怎么才算究竟了义？”

丁元英说：“不是我希望你成为哪种人，而是你本该成为哪种人。”

芮小丹又笑了，说：“居然有本该成为哪种人的人，那不就是天命嘛，不可思议。”

丁元英说：“你那也不叫不可思议，叫不懂。”

芮小丹一愣，迟疑了片刻说：“是不懂，那你说什么是不可思议？”

丁元英没有马上回答，而是拿出打火机在手里不经意地摆弄着，突然抛向芮小丹，芮小丹猝不及防，疾手将打火机接住。

芮小丹拿着打火机，问：“什么意思？”

丁元英反问：“接打火机的时候，你思了吗？议了吗？”

芮小丹答道：“没有，也来不及思议，本能。”

丁元英说：“这说明你在接打火机的这一道上已经涅槃了，不思不议了。不可思议一词不是众生道里的对神秘事物的描述，而是如是、本来、就是如此，容不得你思议。也是一种告诫、提示，是告诉你不可以思议，由不得你思议。从数学逻辑上说，一加一等于二，容得了你思议吗？不容，这就告诉你了，一加一等于二是规律，规律不以人的意志为转移，你只能认识、遵循，不可思议。”

芮小丹点点头：“原来是这个意思。”随后又质疑地问：“那你也不能说，谁本该成为哪种人也是规律吧？”

丁元英解释说：“不是说谁本该成为哪种人是规律，而是说谁本该成为哪种人是条件的可能，因果不虚，因果是规、是律，不可思议。”

芮小丹在街头的一家摊铺停下，买了两块名叫“贝克拉夫”的点心，在给丁元英分一块的时候忽然问道：“如果现在真有一颗炸弹在这儿爆炸，那会怎么样？”

丁元英说：“可能就死了。”

芮小丹说：“说的就是死了，死了那会怎么样？”

丁元英说：“那就不存在怎么样了。”

芮小丹说：“不，仍然存在，那时爱就永恒了。”

丁元英问：“那你是该祈祷有炸弹还是该祈祷没炸弹？”

芮小丹一笑说：“存在和永恒我都能接受，有没有又有什么分别？”

丁元英也笑了，说：“这见解了不得，直指心性，快得道了。”

来到西墙广场，也就是著名的犹太教圣地“哭墙”，远远地望去，哭墙不远处的空地上停着以色列的军车和救护车，手持冲锋枪的士兵警惕地注视着哭墙这边的动静，似乎随时都有可能发生流血事件。哭墙被隔栏分成男女两部分，朝圣的人群里有虔诚的教徒、有游客，也有持枪的以色列士兵。哭墙旁边有专门给朝圣的人发放小帽子的地方，哭墙是流离失所的犹太民族最神圣的精神家园，犹太教徒相信，哭墙流泪是他们的救主弥赛亚降临的先兆，所以凡是来这里的人都必须要戴上帽子，让头直接对着上帝被视为是对上帝的不恭敬。

芮小丹把照相机的支架拿出来调整好角度，用这种办法以哭墙为背景照了几张合影，然后戴上事先准备好的遮阳帽一个人去了哭墙。祈祷的两个区，男性的祈祷区在中心位置，比女性的祈祷区宽敞，这让她暗自感叹，即便是在大爱的上帝面前也同样是男性受优待，而女性只能被恩赐到一个角落。

哭墙的石缝里塞了许多朝圣者写着祈祷词的纸条，据说只要把祈祷词留在哭墙里祈祷就会灵验。芮小丹拿出记事本和钢笔也写了一句祈祷词，把那页纸撕下来叠好塞进石缝里。那页纸上写的是：亲爱的，上帝赐予你快乐！她学着别人的样子祈祷，对着哭墙念念有词：亲爱的，上帝赐予你快乐！亲爱的，上帝赐予你快乐！亲爱的……

在她旁边，一个犹太妇女亲吻着哭墙祈祷，失声哭泣。

回到广场，丁元英仍以哭墙为背景给她照了几张相，然后说："祈祷是这儿的人生活的一部分，你说他们在祈祷什么？"

芮小丹说了两个字："和平。"

丁元英问："如果你是上帝，面对耶路撒冷你会怎么样？"

这次芮小丹只说了一个字："哭！"

第二十九章

7月下旬，格律诗公司印刷了1000本精致的格律诗音箱使用说明书，说明书分别用英、法、德、汉四种语言详细介绍了双组分音箱的32种推动的接线方法，出示了柏林米哈根电声学技术实验中心的测试报告，明示了格律诗音箱的欧洲总代理和英、法、德三个国家总代理的公司名称和地址。

格律诗音箱随即摆上了北京格律诗公司音响店的货架，售价是11600元，演示这款音箱的器材仍然是广州斯雷克公司的前后级功率放大器和瑟林达签名版CD机。由于店里绝大部分产品都是音响机架，一套音响和几对音箱摆在店里显得有些不伦不类。

8月中旬，国内音响界权威双月刊杂志《时代音响》发表了周志涛先生题为《柏林五国专家十款音箱大测评纪实》的文章，同时摘要转载了德国、法国、英国、日本和中国香港、台湾等多家权威音响杂志对此次音箱测评活动的报道，由于参评的音箱大多是世界知名公司的知名品牌，格律诗音箱赫然出现在这些品牌的行列里，仅在文字上俨然已是世界名箱。

格律诗公司选择这个时候向乐圣公司提出了合同期为一年的每月订购100套乐圣旗舰音箱套件的意向。

深圳乐圣音响制造有限公司的总部设在深圳巴比伦大厦九楼，这是一座20多层的商用办公楼，九楼以电梯间为界，东边的一半是乐圣公司，西边的一半是一家房地产公司，除了偶尔走动的人，整层办公楼显得很安静。

乐圣公司是林雨峰从汕头市一个音响店创业到收购一家街道扬声器厂逐步发展起来的音响有限公司，林雨峰占60%的股份，其他两名音响工程师和两名高级管理人员以技术和管理才能入股，各占10%的股份，公司于1993年从汕头迁移到深圳工业区。林雨峰对公司采用资本股和利润股分离的结构方式，他本人虽然持有60%的股权，但是按20%的利润股分红，其余40%的利润则分配给公司中层管理人员。这种机制强化了公司的凝聚力，使公司在不到十年的时间里一跃成为Hi-Fi音响界的知名企业，在36个大中城市设有经销商，在北京、上海、成都、武汉、广州、南京六个城市设立乐圣公司直销店，乐圣音箱以其独到的音响理念、先进的技术和诚信的服务动摇了欧美洋货一统天下的格局。

巴比伦大厦九楼9018号房间是乐圣音响制造有限公司董事长林雨峰的办公室，尽管外面骄阳似火，宽大的办公室里却清凉舒适，点缀在房间角落的几棵青翠的盆栽植物更让人感觉到森森凉意。林雨峰40多岁，中等身材，眼神冷静而锐利，眼角和额头有少许不太明显的皱纹。此时他正坐在办公桌前翻阅一份公司文件。

这时，乐圣公司总经理赵青手里拿着一些材料进来，说道："董事长，北京有个情况跟你汇报一下。"

林雨峰放下文件，问："什么事？"

赵青把手里的材料放到林雨峰面前，说："北京这家公司想订购旗舰套件，只要喇叭和分频器，不要接线柱、接线盒和阻尼板，每月要100套，合同期一年。一家公司一年吃进1200套，这个量说大不大、说小不小，志伟拿不定主意，就把资料托人带过来了。我看了看也吃不准，还是来找你拿个意见。"

林雨峰翻阅了一下《格律诗音箱使用说明书》和《时代音响》发表的《柏林五国专家十款音箱大测评纪实》的文章，笑笑说:“这么老套的招法居然还有人在用，不可思议。这公司还挺能闹腾，什么背景？”

赵青说:“格律诗公司是今年3月开业的，当时店里只经营音响机架一种产品，总经理叶晓明以前是乐圣的古城代理商。这个公司从一开业就引起了志伟他们的注意，因为叶总坐的是一辆北京牌照的宝马730轿车，这与一个小店铺很不相称。志伟根据车牌号通过关系了解情况，那辆宝马车是一辆私家车，车主是正天集团总裁韩楚风，而格律诗公司租用的仓库正是正天商业大厦地下停车场的房子。据说这辆车子韩楚风在1996年7月送给了一个叫丁元英的朋友使用，这个人就住在古城。”

林雨峰说:“韩楚风在商界是个人物，这个背景不小。”

赵青接着说:“叶晓明以前在古城开一家雅风发烧音响行，后来倒闭了，古城一时没有够资质的代理商，这条线就搁置了。叶晓明做代理期间跟志伟挺熟，在北京也经常来往。据志伟了解，叶晓明与丁元英并没有关系，与韩楚风更没有关系。格律诗公司是由三个发烧友参加和一个女投资人控股的有限公司，四个股东都是古城人，生产基地在古城。丁元英的女朋友是女投资人的朋友，丁元英因为女朋友的缘故给女投资人帮忙，是这么一种关系，丁元英应该是个幕后支着儿帮忙的角色。”

林雨峰想了想，自语道:“丁元英？没听说过这个人。”

赵青说:“丁元英是韩楚风在柏林大学的校友，一直在柏林工作，曾经在北京一家证券公司干过两年，据说是个音响玩家，有一套价值40多万元的音响。格律诗公司既没有丁元英的利益，也没有韩楚风的利益，这种小公司也不可能承载他们这种人的期望值。但是这两个人的名字毕竟存在，所以志伟还是觉得应该慎重，说到底是担心放出去的套件数量过大会冲击了咱们的市场。”

林雨峰问："格律诗公司已经买走了多少套件？"

赵青答道："志伟查了一下，叶晓明清理货底时用两对乐圣旗舰调换了六套套件，今年1月又买了30套，一共36套，能做18对格律诗音箱。他们往欧洲发了十对，现在手里还应该有八对。4月这款音箱在他们店里摆出来了，售价是11600元。喊价够黑的，欧洲价都喊到三万了。这种一加一的设计够野的，也不怕行家笑话。"

林雨峰又看了看《时代音响》杂志里显示的格律诗音箱在欧洲的价格，说："斯雷克公司为了自己的利益不会笑话双组分设计，甚至功放厂家都会支持，这样可以多卖机器。"

赵青说："这单生意从我个人考虑，我觉得这个量并不是很大，每月100套只能做出50对格律诗音箱，不应该对咱们有影响。他们毕竟是用咱们的单元，这本身就是对乐圣旗舰的评价和宣传，况且供货权掌握在咱们手里，根据情况随时都可以给他们断货。"

林雨峰沉思了许久，说："给他们，但不是每月100套，而是一年一次的1000套。价格上多做点让步，得让他们算下来比每月进100套划算，往1000套里赶他们。如果是100套的零打碎敲，这单生意就不谈了，他们真想要就到柜台拿零售价去。"

赵青一怔，停了片刻说："你是说，他们的音箱根本就卖不出去。"

林雨峰点点头说："中国音箱没有过硬的牌子很难打进欧洲市场，万元级音箱在国内也不可能有规模市场，他们很快就会发现市场不是他们想象的那么回事。如果按每月100套的思路去谈，不管纸上写多少，实际能执行的只有第一个月的100套。100套摊到12个月里每月才划八套，还谈什么价格和特殊要求？给他们1000套，然后等着他们退货。这是一锤子买卖，但是让咱们给他擦屁股就不是原来的价了。"

赵青会意地笑了，说：“这批货按他们的要求没有接线盒和阻尼板，也没有贴牌，他们就是想零售也卖不出去，只有退货一条路，这样一来一去就赚了他们两次钱。”

林雨峰说：“通知营销部认真策划一下，买进六对格律诗音箱，价格定高点，多要几本说明书，多搞几本这一期的《时代音响》杂志，根据格律诗音箱在欧洲的事实结合咱们的需要撰写推销词，给六个重点城市的直销店每店放上一套，把格律诗音箱当成托儿，把格律诗公司当成乐圣公司的品牌秀。告诉志伟，想办法促成这笔生意。让人家为你作秀，总得给人家披件行头，你不供货他们就去找别人，不能把这个品牌秀往别人怀里推。”

赵青说：“好，好啊！不管这个支着儿的丁元英喝了多少洋墨水，没有核心技术和踏踏实实的经营态度，靠这种玩玄虚的投机之道走不了多远，充其量也就是作作秀而已，到头来都是为他人作嫁衣裳。”

林雨峰用手指敲了敲《时代音响》杂志，说：“这位丁先生，他还当真了！”

第三十章

1

当1000套没有接线柱、接线盒、阻尼板和组装贴牌的乐圣旗舰套件一箱箱码进格律诗公司仓库的时候，这笔110万的生意让乐圣公司犯下了一个无可挽回的错误。

格律诗公司在平静中度过了九个月，迎来了1998年5月15日开幕的两年一届的北京国际音响展示会。在这九个月里，叶晓明、刘冰和小杨三人每天在音响店营业的空闲时间里组装格律诗音箱，少则两三对，多则五六对，日积月累，不到半年就完成了全部500对音箱的组装，再以后这批音箱就静静地摆在仓库里。这期间，只有乐圣公司以每对7600元的批发价买走了六对音箱用于乐圣旗舰的促销，没有发生过一例普通顾客的消费性购买。

显然，丁元英是寄希望于这届国际音响展示会。然而，叶晓明、刘冰和冯世杰三人却实在不能相信一届音响展示会能给格律诗音箱带来转机，因为两对乐圣旗舰的零售价加起来还不足8000元，格律诗音箱是被11600元不切实际的价格封杀了。

今天是5月14日，也是各展商布置展品的最后一天。

这届北京国际音响展示会将会址选在了五星级酒店的北京碧野山庄大酒店，本届展示会的规模之大、规格之豪华、参展费用之昂贵，都非往届展示会可比。展厅分布在三、四、五三个楼层，观众可乘坐电梯也可步行楼梯进入各层展室。实力雄厚的国内外知名品牌公司几乎全部集中在三楼的大展厅，而四楼、五楼的中小型展室多为品牌代理商和生产厂家，也有个别摩机一族的创意音响一展风采，以寻求合作商机。

格律诗公司的展室设在四楼，作为一家小公司租用一间22平方米的展室，相比那些只租用九平方米的商家而言，这已经是很奢华了。格律诗公司的陈设并无特别之处，也效仿其他公司的常规做法，将一只音箱锯掉了一个侧板，真实地展示出音箱内部的材料、工艺和设计理念，另一只完整的音箱竖立在解剖音箱旁边。推动格律诗音箱所使用的音源、电源和功放仍然是始终如一的黄金搭配：两台斯雷克音响电源，两台瑟林达签名版分体CD机，两台斯雷克前级功放，四台斯雷克后级功放。在格律诗音箱摆位的另一侧，与之做比较的是丁元英的那套价值40多万元的欧美名牌音响。

阿尔纳分体CD机上面立着一块横板，上面写道——

> 或许您对阿尔纳与KTA47的价格有所耳闻，格律诗音箱的音响配置在音质上当然不如阿尔纳与KTA47的组合，音质至少有2%的差距，而价格更有2150%的差距。如果您为了追求完美而不惜多支付43万元，我宁肯忍受2%的缺陷而拿43万元去买房子。

由于格律诗公司的展品只有一款双组分音箱，这在任何一位行家眼里都是一件只有傻瓜和疯子才能干出来的事。但是既然参展了，叶晓明还是精心布置唯一的一件展品，尽可能突出格律诗音箱的独特性和唯一性。

叶晓明站在门口再次审视了一遍摆位，说："就这样吧。"

刘冰在往饮水机旁边摆放一次性水杯，随口说："就一对箱子，也只能这样了。咱这对箱子，除了给乐圣旗舰当托儿没别的用。”

叶晓明困惑而无奈地摇摇头，自言自语地说：“20多万哪，我真是想不明白，咱这种情况参加这种音响大展，到底有多大意义？”

刘冰拿起挂在胸前的参展商出入证看了看，说：“要非说有啥意义，好歹咱也算玩过这种大场面了。以前咱都是参观音响大展，现在是参加，是置身其中啊。”

接下来，叶晓明和刘冰开始调试两套音响，放了一张试音碟。

正在试音，欧阳雪和冯世杰回来了，两人各自抱着一只纸箱子。欧阳雪抱的那只箱子分量较轻，是50张本届展示会的纪念CD唱片。冯世杰抱的那只箱子分量较重，是50本广告宣传性质的纪念会刊，这些纪念品都是包含在参展费里由组委会按展费比例发放的。

叶晓明见欧阳雪抱着箱子，赶忙接过来，放到音响前的空地上。

刘冰关小了音量。

冯世杰也放下箱子，环视了一下房间，说：“也行，就是东西少了点。”

叶晓明问欧阳雪：“你看这样行吗？”

欧阳雪笑笑说：“我不懂这个，怎么都行。本来我就不该来，来了也是个摆设。”

叶晓明说：“这么大个事，董事长不来怎么行。”

冯世杰说：“都布置好了，给丁哥打个电话说一声吧。”

叶晓明说：“行，我这就打。”说着拿出手机到房间外面打电话去了。

刘冰和冯世杰继续调试音响，调好了一套调试另一套，欧阳雪在一边看着。

过了一会儿叶晓明进来了，示意刘冰关了音响，说："丁哥有话，让咱们现在全都回古城开会，两辆车都开回去。我已经通知小杨马上把店门关了，让他来这儿值班。"

几个人都愣住了，眼神里分明都在问：出什么事了？

刘冰不解地说："丁哥也真是的，明天展会就开幕，有啥事不能在电话里说，非得让这么多人来回跑七八百公里？这不是折腾人嘛。"

叶晓明说："让你开会就开会，哪儿来那么多废话。"

欧阳雪从箱子里拿了三张纪念CD和三本会刊装进一个塑料袋里，说："既然大哥让回去开会，那咱们就跑一趟吧。我先去房间准备一下，待会儿小杨来了跟我说一声，我到楼下等你们。这三份纪念品我自己留一份，给小丹和大哥送一份。"

刘冰也说："那好，我下去备车了，先去加油。"

欧阳雪和刘冰一前一后出去了。

冯世杰看了看表，疑惑地说："现在四点，赶到古城天就黑了，连夜还得赶回来，这里面肯定有事。如果是一般的事，丁哥打个电话交代一声就行了，不必非得回去。可啥事这么当紧呢？四个人为啥非得回去两辆车呢？"

叶晓明沉思了片刻，说："肯定是他认为打个电话咱不一定会照办的事，那就肯定是有根本冲突的大事。两辆车都回去，是不是要返回的时候拉人呢？如果是为了拉人，啥事需要增加人手呢？只有一件事，就是在展示会期间音箱销售一空，人手忙不过来。"

冯世杰脱口而出："大幅降价！"

叶晓明思索着说："是啊，是降价，可降到什么程度他能断定咱们会反对呢？咱的音箱成本是3290元，赔本销售他肯定不干，那是什么意思呢……我的天……明白了，我突然明白了……原来他兜了那么大的圈子，就是为了这个！"

冯世杰问："为了啥？"

叶晓明说："市场都知道格律诗音箱用的是两副乐圣旗舰套件，如果他把价格降到跟乐圣旗舰一样或者比乐圣旗舰还低，那会怎么样？"

冯世杰说："那还用说，那就把乐圣旗舰顶死了。噢……我明白了！可是……乐圣是咱能惹得起的主儿吗？要是把乐圣惹急了，那咱还在圈里混不混了？"

叶晓明惊悸地说："真够狠的呀，也真够阴的，可是惹错人了。"

2

格律诗公司的四个股东下午四点半出发，晚上八点多到达古城，晚饭都没顾上吃就直接来到嘉禾园小区，在丁元英的客厅里开会。

丁元英说："展示会明天就要开幕了，今天召集大家开会是要宣布一个决定。之所以选择这个时候宣布，是因为布展工作已经结束，不存在干扰布展的问题了。两年一届的最有影响的展示会，各参展商的亮相都在这关键的三天，格律诗公司能不能实现预期的参展目的也在这三天。我起草了一个公告，已经打印好了，你们先看看。"

丁元英从里屋拿来一卷宽两尺多的白纸，展开之后是大幅打印机打印的类似法院布告大小的五张公告，公告全文如下——

北京格律诗音响有限公司
关于格律诗一号双组分音箱平价销售的公告

借北京国际音响展示会音响经销商与音响爱好

者云集之际，本公司决定平价销售格律诗一号双组分音箱，公司批发价由原来的7600元降价至3400元，降价幅度55.26%。全国统一建议零售价由原来的11600元降价至3900元，降价幅度66.37%。每个城市限售一家音响店，每家音响店限售25对音箱，500对音箱售完为止。

本公司对格律诗一号音箱的价格调整仅限于中国大陆地区，不包括西欧地区。

格律诗音箱品质承诺：一、格律诗公司只生产此一款式、一版本音箱，没有第二种款式和第二种版本；二、此平价销售的格律诗音箱与西欧销售的格律诗音箱品质完全一致，如有任何差别，本公司将以零售价3900元的十倍给予惩罚性赔偿。

特此公告

北京格律诗音响有限公司

1998年5月16日

冯世杰看了看叶晓明，意思是：果然不出你的预料。

丁元英平静地说："以前在该不该参展的问题上已经有过争议了，我再次重申这点，会上有什么意见都提出来，可以吵架，也可以拍桌子骂娘。但是，如果没有可以站得住脚的反对理由，散了会就必须得执行。"

冯世杰问："丁哥，那咱们还剩下多少利润？"

丁元英答道："一对音箱赚110元，还剩3.2%的利润。"

冯世杰问："3.2%的利润，还没有银行的利息高，这生意往后还怎么做？"

丁元英说："银行是年息，而公司的资本效益不仅取决于利润率，同时还取决于资本周转频率。眼下即使公司在音箱上是零利润，只要王庙村农民挣到了加工费，就有意义。事实上是音响机架养着公司，为了音箱将来有挣钱的可能，现在就得撕开个口子。”

叶晓明问：“为什么要这样做？要达到什么目的？”

丁元英回答：“不这样做音箱卖不出去，不足以昭示格律诗音箱的低成本、高质量。”

叶晓明说：“我同意降价，但是不同意降到挑起争端的程度。”

丁元英说：“不降到这个程度就不足以销售一空，不销售一空就不足以成事。”

叶晓明说：“丁哥，乐圣待咱不薄，要套件说句话人家就给了，啥要求都满足，价格还给优惠了不少。咱这么干是不是有点恩将仇报，让圈里人戳脊梁骨？”

丁元英说：“乐圣与格律诗没有恩典基础，我也没看出来这是恩典，这只是买卖双方的一笔交易。即便是恩典，需要报恩的恩典就不再是恩典了，还是交易。格律诗是公司，不是江湖道场，不经营恩典交易。”

刘冰问了一句：“那扶贫算什么？”

丁元英说：“不是算，就是你想干的一件事。如果你的扶贫是恩典，是需要农民感恩戴德，那你进错庙了，这不是民心工程，你也不需要谁的拥戴。”

叶晓明想了一下，说：“在北京我们是外乡人，我对乐圣的背景多少也有些了解，格律诗音箱也依赖乐圣旗舰套件，咱跟乐圣找碴儿不管从哪方面说都是鸡蛋碰石头。这低头不见抬头见的，以后怎么跟人家打交道？我不知道会出什么事，但是肯定会出事。我就向丁哥提一个问题，出了事谁负责？”

丁元英说：“这是公司行为，由公司负责。”

叶晓明嘴角微微动了一下，强忍着没讥笑出来，说：“这是少数人的行为，更露骨点说是你的个人行为，不是我们大多数人的意见，不能代表公司。”

丁元英平静而耐心地解释道：“这是股权行为，是超过半数表决权的决定，有公司法和公司章程为依据。加入公司，就意味着承认和遵守这些规则。”

叶晓明说：“我想问问丁哥，我们是不是可以请你帮忙，也可以不请你帮忙？”

丁元英说：“可以。如果你们不需要我了，我就不代表你们了。如果欧阳雪允许修改当时约定的出资条件，我这就可以退席了。”

欧阳雪当即表态：“我不允许。”

叶晓明说：“董事长，你该有自己的立场。你没立场，我们就得陪着你当傀儡。”

欧阳雪说：“你们可以不需要大哥帮忙，那是你们的权利。但是我委托大哥做我的股权代理，那也是我的权利。我也想问问叶总，大哥一退席我就懂音响市场了吗？我就不是傀儡了吗？说到立场，我什么都不懂怎么有立场？当初如果不是大哥答应帮我代理股权，就是再能赔得起的数我也不会出一分钱，一分钱也是钱，也得先有了信任再说。”

叶晓明无奈了，说：“好吧，我执行董事会的决定，但还是保留意见。”

丁元英说：“公告日期定在16日，避开第一天的预热期。考虑到销售展开以后可能人手不够，欧阳和世杰可以临时从各自的店里抽调几个人过去帮忙，帮忙期间这些人的工资由公司发放，食宿安排好，注意安全。”

欧阳雪说：“世杰店里人少，我店里人多，从我店里抽调几个人就行了。”

冯世杰说：“没事，没事，你店里出三个，我店里出三个。”

刘冰这时候插言道：“世杰就别抽调人了，我找两个朋友帮忙，一来都懂音响，拆拆卸卸的手不生。二来可以免费参观大展，他们开了眼界，我也落了人情。”

丁元英说：“具体事务你们商量，不耽误你们时间了，散会。”

3

1998年5月16日，星期六，北京国际音响展示会开幕的第二天。

这一天是音响展示会的高潮，场外的彩旗迎风招展，大幅广告满目皆是，前来参观的商家和顾客人数明显增多。参观门票100元一张，每位入场的人都随门票赠送一份大展会刊和一张由日本压盘制作的纪念CD唱片。每个楼层的入口处都有热闹的发烧天碟热卖、歌星签名售唱片、发烧轩主及乐评人签名售书之类的活动。

格律诗四个股东从古城带来了六个人，对展会期间的工作做了明确分工。欧阳雪负责与组委会之间的联络，叶晓明负责展室的大宗业务接洽和指挥各销售环节的协作，刘冰带着他的两个朋友负责展会上的零售业务，冯世杰带着他的两个人在正天商业大厦地下停车场格律诗公司的仓库负责接待从展示会转来的各地经销商的批发业务，小杨带着两个从维纳斯酒店抽调的人守在音响店负责零售和机动送货任务。

刘冰的情绪很好，以东道主的身份陪着两个从古城来的发烧友在展厅里四处浏览，谈论着哪一款音箱音质好、哪一种配置最完美，等等。刘冰带两个朋友来北京，或多或少都有些虚荣和炫耀的成分，他们看到的是宝马轿车，是开在首都的音响店，是参加中国最高规格音响展示会的场面。他们看到的，已经不是过去那个在橱窗里卖唱片的刘冰了。

叶晓明的心情则是另一种境地，他觉得自己正置身于一种强力旋涡里，身不由己，茫然无措，不知道这个旋涡会把自己带到什么地方。

上午九点半，叶晓明把加盖过格律诗公司印章的公告交给刘冰，让他到一楼大厅的公告栏、场外的公告栏和三、四、五楼展厅的入口处张贴。

就在格律诗公司贴出公告的40分钟后，斯雷克公司有了反应，张贴公告宣布：斯雷克一款电源、一款前级功放、一款后级功放在展示会期间价格下调3%。公告是用毛笔和红纸写成的，张贴的时候还墨迹未干，显然是临时决定。这三款机器恰恰是推动格律诗音箱黄金搭配的机器，斯雷克公司意识到了500对格律诗音箱将给他们带来一笔几百万的生意。

两家公司一前一后贴出公告，立刻引起了经销商及生产商的关注。格律诗公司的展室沸腾了，斯雷克公司的展室拥挤了。

第三十一章

格律诗公司在北京国际音响展示会上将500对格律诗音箱以3400元的批发价在一天之内销售一空，分布在全国20多个大中城市。有多家媒体预测，格律诗音箱的低价销售将点燃音响市场价格战的导火索，音响市场在消费者持币观望的心态下开始显现出冷市。乐圣公司的声誉受到严重冲击，网上开始出现追崇乐圣旗舰发烧友的文章和帖子，惊呼上当，指责乐圣公司暴利过黑，乐圣公司整个销售系统几乎陷入停滞。

价格，这个古老的经济杠杆发挥了它与生俱来的效应。乐圣公司迅速做出反应，董事会经过研究决定以《中华人民共和国反不正当竞争法》为依据起诉格律诗公司。

1997年6月3日下午，深圳巴比伦大厦九楼乐圣音响制造有限公司会议室，董事长秘书方惠芬将椭圆形会议桌擦拭一新，在每个席位上都摆放了一瓶矿泉水、一个烟灰缸和三份与会议内容相关的文件，一份是会议议题，一份是格律诗事件给乐圣公司的生产经营直接造成的经济损失，一份是乐圣公司对格律诗音箱最低成本的综合评估报告。

下午两点半，参加会议的18名乐圣公司中高层管理干部如约而至，这是乐圣公司历史上为数不多的将六城市直属公司经理一次召回深圳总部议事的会议，会议还特别邀请诉讼代理人蒋汉臣律师出席。

董事长林雨峰首先发言，说道：“情况大家都知道了，有人摸了老虎屁股，而且摸完了没给钱。董事会一致通过决定起诉格律诗公司，授权赵青出任原告方代表，委托明华律师事务所蒋汉臣律师做我方诉讼代理。今天特别邀请蒋律师出席会议，是为了让蒋律师更全面地了解我方的情况和意图。现在取证工作已经基本完成，在正式提起诉讼之前跟大家通报一下情况，把各种观点和疑问都拿出来充分讨论，统一思想，达成共识。”

总经理赵青环视了一下与会人员，说道：“格律诗事件的实质是两对箱子的价值卖了一对箱子的价钱，这个行为向市场输入了这样一个错误信息：乐圣旗舰是以一对箱子的价值卖了两对箱子的价钱。这势必导致消费者心理不平衡，甚至对乐圣品牌的反感和排斥，乐圣将不再是最受发烧友信赖的品牌，过去所有的努力和荣誉都将被欺骗两个字重新注解，这就意味着乐圣旗舰可能被淘汰出市场，也就意味着乐圣的整个生产销售系统全面陷入瘫痪。企业凭的就是一块牌子，牌子倒了，跟着就是多米诺骨牌效应。”

林雨峰说：“这不是危言耸听，这是事实。我们请蒋律师就诉讼的法律问题向大家做一个简要介绍，大家有问题可以直接和蒋律师探讨。”

蒋律师习惯性地往上扶了扶眼镜，说：“根据我们收集的证据可以认定，格律诗公司违反了反不正当竞争法的两项规定，一是以排挤对手为目的低于成本价销售商品，二是伪造商品产地。格律诗公司以低于成本价销售以乐圣旗舰套件为主要组件的格律诗音箱，目的在于排挤乐圣公司，其行为指向非常明确。根据《中华人民共和国反不正当竞争法》第四章第二十条的规定，乐圣公司有权要求格律诗公司公开赔礼道歉，承担损害赔偿责任。这个案子的法律关系并不复杂，关键是证据，证据站住脚，胜诉就有把握。”

生产部经理拿起一沓证据材料向大家示意了一下，说：“我们拆解了格律诗音箱，从这款音箱的工艺和材料上看，单凭经验就能断定 3400 元的成本绝对做不出来。广东是音箱的主要产地，从工艺、规模到成本都有很大优势，其生产成本也最具代表性。我们把这款音箱先后送到九个音箱生产厂家、12 位音箱制造行业专家、音响行业协会和技术检测部门分别进行成本评估，取得了 23 份成本评价意见书，评价结果全部显示这款音箱的生产成本高于 3400 元，合理成本应该在 4200 元至 4500 元之间。据此可以断定，格律诗音箱的成本绝对高于它的销售价。请注意，是绝对。”

财务部经理一直盯着面前那份《格律诗音箱最低成本综合评估报告》在思索着什么，对成本评估报告上的每一项数据都不放过。

乐圣旗舰套件……………………………1100 × 2 = 2200 元

特大号纯铜 24K 镀金接线柱………45 元 / 枚 × 8 枚 × 2 = 720 元

箱内音箱线………………………………12 元 / 米 × 0.5 米 / 根 × 16 根 × 2 = 192 元

音箱板材…………………………………120 元

音箱使用说明书…………………………20 元

高档吸音棉………………………………5 元 × 2 = 10 元

高级阻尼板………………………………40 元 × 2 = 80 元

铝制双孔高音板…………………………35 元 × 2 = 70 元

铜制商标标牌……………………………3 元 × 2 = 6 元

铜制参数明示牌…………………………5 元 × 2 = 10 元

成品包装…………………………………18 元

……

财务部经理举手示意发言，说：“我总担心，我们会不会因为受心理倾向的影响把格律诗音箱成本评估高了。比如接线柱一项，我们13元一只的接线柱已经是发烧级了，而格律诗音箱的接线柱却被估到了45元。从音箱组件分析成本，焦点在箱体上，从箱体的物理成本和工艺成本两项分析，焦点又集中在工艺成本上，也是变数最多、最不透明的一项。我们的资产负债率在75%以上，我想提醒各位，谨慎、谨慎、再谨慎，务求必胜。”

武汉分公司经理不解地问：“这和资产负债率有什么关系？”

财务部经理解释说：“如果败诉，我们就会陷入困境。对于债权人而言，资产负债率越低风险就越小。一旦我们失去了靠现有资产走出困境的能力，在债权人眼里75%的资产负债率就已经等于资不抵债，因为你的炉灶不再蒸馒头了，你现有的馒头也贬值了，资产的变现所得肯定低于账面价值，那时候退货的和讨债的就会一拥而来，我们将夹在经销商和债权人之间腹背受敌，不会有半点人情面子可言。我同意赵总的观点，只要我们败诉，我们实际上就已经越过了破产警戒线。”

生产部经理说：“我们正是为了避免受心理倾向的影响，所以对格律诗音箱的成本评估采取了就低不就高的评估原则。比如接线柱一项，我们的接线柱是发烧友级的，而格律诗音箱的接线柱却是发烧土匪级的，重量是乐圣旗舰接线柱的五倍，正常估价不会低于60元。箱体成本的焦点确实集中在工艺成本上，一块25毫米厚的板子直接使用与两块18毫米厚的板子冷压黏合、竹钉加固成36毫米的板子然后再使用，音质有区别，成本更有区别。尤其是分面分次钢琴油漆覆面、分面分次阻尼材料浇灌、预留分频器支架、漆面反复打磨抛光等，那成本就没谱了，也只能用‘发烧土匪’这个词来形容。这款音箱不仅仅是真材实料的问题，一个字，野！里里外外都透着一个野字。”

南京分公司经理说：“格律诗音箱用的是咱们的单元套件，

得罪了咱们，他们以后怎么往下做呢？这不是自己堵自己的路吗？”

生产部经理说：“他们不必非用咱们的套件，用进口的，用其他公司的，都可以。但是他们把乐圣旗舰货真价实的形象毁掉了，把格律诗音箱质优价廉的形象树起来了。”

北京分公司经理于志伟说：“我对成本评估没有异议，但对诉讼理由的伪造产地一项感觉理由牵强，这与损害赔偿没有直接关系，有没有揭短骂街之嫌？而且，600万的赔偿要求有没有讹诈之嫌？这些处理不当，有可能贬损公司形象。”

蒋律师以大家风范的姿态淡淡一笑，说道：“伪造商品产地是反不正当竞争法明确禁止的行为，此项诉讼理由的意义不在于跟损害赔偿有没有直接关系，而在于辅助证据链，争取印象分，暗示和强化法官的心理倾向。”

市场部经理拿起《乐圣公司经济损失估测报告》说：“这个文件大家都看了，公司六家直属经销商，36家代理商，统计乐圣旗舰存货2170对，生产部库存331对，生产线停工半成品100对，总计2601对。因受格律诗音箱的价格打压，必须降价一半才有可能被市场接受。每对音箱按1950元的损失计算，仅此一项就损失500万元。再加上停产滞销造成的房租、工资、机构无效运行、名誉损失费等，600万元的赔偿要求不算过分。”

蒋律师说：“从诉讼技巧上说，虽然诉讼请求是一回事，法院支持多少是另一回事，但是绝对不可不主张。从决胜策略上说，乐圣公司是叫牌的一方，格律诗公司只能跟进，没有选择，600万元的争议标的对他们有威慑作用，以他们那点资产，仅律师费一项打赢官司也是破产，诉前就动摇他们的心理防线。当然，律师事务所也是高标的的受益者。”

人事部经理发言道：“我有个疑问，乐圣与格律诗既没有旧怨也没有利益冲突，甚至从优惠价提供套件以及志伟与叶晓明的交往上看，两家的关系还很融洽，那么格律诗公司为什么要这么做？是出于回笼资金的考虑还是蓄谋已久？如果是蓄谋已久，那就说明有战略上的考虑，那么他们最终要达到的目的是什么？”

蒋律师说：“如果他们知道会被起诉，也知道会败诉，那就只有一种解释，逼你这种知名企业跟他打官司，道个歉，赔你十万八万，搞个噱头讨好发烧友，以新闻效应提升品牌知名度，花钱不多影响不小。但是这个事件根本没有十万八万的概念，你停产滞销的时间即便只按三个月诉讼期计算，直接损失也在300万元，够他们破产三次。只有一种情况可以导致我们败诉，就是他们的音箱成本合理，那这个合理就是从天上掉下来的，非神即鬼。我们和法官都是无神论者，如果乐圣不是和人斗，而是和神斗，真败诉了也是虽败犹荣。”

人事部经理微微皱了一下眉头，说：“我不能完全同意蒋律师的说法，我觉得有情绪化和精神胜利法的成分。我们面对的是200多张嘴吃饭的问题，是董事长倾注了十几年心血的基业，不是一句虽败犹荣就能放下的。”

……

会议在一种严肃而必胜的氛围里进行，每位与会者都发表了自己的意见或建议，会议对诉讼的重点问题进行了充分讨论。

林雨峰认真听取大家的意见，观察会议进程。此时他从座位上站起来，说道：“格律诗事件无论对方是出于什么动机，客观上都已经把双方逼到了你死我活的境地。我说过，乐圣公司只有矛，没有盾，最好的防御就是进攻。因此，我对起诉组做如下要求：一、以吃掉格律诗公司为目的，以损害赔偿导致他们一夜之间资不抵债为手段，拒绝任何形式的调解，务求置敌于死地。二、在诉讼过程中要特别强调格律诗音箱的发烧设计和苛刻工艺，既表现我们实事求是的胸襟，又能更有力地说明成本，也为胜诉后运作这款音箱做铺垫。三、拨专款找几个写手，在报刊和网上大造声势，充分利用这个事件的新闻效应提升乐圣的信誉和品牌知名度，进一步巩固市场，强化乐圣公司在 Hi-Fi 领域的权威地位。”

总经理赵青说：“这一战，是乐圣与格律诗的生死之战，双方都是一口气的事，喘过这口气就活，喘不上来就死。吃掉格律诗，我们就传递出了一个信息：老虎屁股摸不得。”

第三十二章

1

叶晓明担心的事情终于发生了。

1998 年 6 月 16 日上午，一辆法院的面包车在格律诗音响店的门前停下，从车里下来两个穿法官制服的男人，抬头看了看音响店的牌子，走进店里。刘冰和小杨出车送货，店里只剩下叶晓明一个人，店里这时没有顾客，他正拿着鸡毛掸拂拭音响机柜上的灰尘，看见两个法官进来，心里已经明白了几分，但仍以接待顾客的方式迎了上去。

一个法官问道:“请问，这里是格律诗公司吗？”

叶晓明答道:“是。”

法官又问:“公司负责人在吗？”

叶晓明说:“在，我就是，我是公司经理叶晓明，请问您有什么事？”

法官打开公文包从里面拿出几份文件递给叶晓明，说:“我们是法院的，本院已经受理深圳乐圣音响有限公司起诉你公司不正当竞争一案，今天向你公司送达原告诉状副本、应诉通知书和举证责任通知书，请你签收一下。”

叶晓明在送达回执上签过名字和日期，法官收起回执走了。

法院的人走后，叶晓明把乐圣公司的起诉书副本仔细看了一遍，他怎么都没想到，乐圣公司居然提出了600万元的损害赔偿请求。600万元的争议标的，这对于小小的格律诗公司无疑是一个迈不过去的诉讼门槛，怎么可能打得起这么天价的官司？他脑子一下就蒙了，这哪里是起诉，这分明是要置格律诗公司于死地。他意识到：完了！

不多时，刘冰和小杨送货回来了。刘冰一进门就见叶晓明的神色不对，看他手里拿着不知什么内容的文件，问道：“咋啦，有事？”

叶晓明说：“你来一下。”

两人进了里间的办公室，叶晓明关上门把那三份法院文书递给刘冰。

刘冰看过起诉书副本，焦虑而沉重地说：“我肏，600万，这不是往死里整吗？乐圣不是好惹的，早晚都有这一天，躲不过去。”

叶晓明摘下眼镜慢慢地、仔细地用衣角擦拭着，这个动作几乎是无意识的，只是为了缓解一下心里的紧张，说道：“林雨峰是中国Hi-Fi音响界有头有脸的人物，不是谁想碰一下就能碰的，格律诗公司不死，林雨峰的面子拾不起来，丁哥这次是惹错人了。”

刘冰说：“这么大个事，赶紧给丁哥打电话吧，拿个主意。”

叶晓明说：“丁哥的意思还用问吗？砸锅卖铁也得打，可你打得起吗？600万元的标的按15%的诉讼成本算就是90万元，你跟不跟？别说咱本来就理亏，打赢了又怎么样？丁元英是站着说话不腰疼，说句过分的话，崽卖爷田心不疼啊！”

刘冰说：“你是总经理，你说该咋办？”

叶晓明沉思了许久，说：“先别给他们打电话，回古城。这事得先跟世杰商量，得咱的意见一致了再说，不能再让丁元英牵着走了。你去备车，我跟小杨交代一下。”

刘冰答应一声，马上出去备车了。

2

刘冰凭借宝马轿车优越的性能和自己娴熟的驾驶技术朝着古城一路疾驰。

300多公里的路程，叶晓明一路几乎没有说话，一直在凝神思考。他很失望，对公司的前途失望，对丁元英失望。这位所谓的高人都干了些什么？都是一些花拳绣腿的东西，纯粹是为了表现自己的不一样而标新立异，虚荣，说到底就是个虚荣。他心里一直认为丁元英是带领着一支没有受过训练的游击队在生搬硬套正规军作战，扎的架势虽然好看，但显然是行不通的。这一年多是白干了，就目前的形势而言，能够回到起点就是最好的结果，只要走错一步就会跌到负数，一个毁灭性的负数。想到北京的公司、国外的鉴定，想到王庙村那飞扬的粉尘和刺耳的噪声，一切都像是一场梦、一个笑话……

叶晓明和刘冰下午两点多赶到王庙村，当汽车开到木工房临时办公室门口的时候，冯世杰闻声迎了出来，心里正在纳闷：怎么两个人都回来了？回来也不事先通知一声？他从两人异样的眼神里似乎感觉到了什么。

冯世杰笑呵呵地问："你们怎么回来了？"

刘冰表情严峻地说："出事了，进屋说吧。"

木工房临时办公室依然是那样简陋，房间里闷热，还散发着一股在闷热和潮湿的作用下农村土房特有的气味，一只吊扇有气无力地转动着，发出"吱吱"的响声。这里没有凉爽的空调，也没有幽雅的环境，与北京的格律诗公司相比完全是不同的两个世界。

叶晓明进屋后把三份法院文书递给冯世杰，说："你先看看吧。”

冯世杰坐到办公桌前，先看了内容较短的应诉通知书和举证责任通知书，然后再看原告诉状副本，看过之后用手拍了拍诉状，说：“600万，真够狠哪！先别说输赢，光诉讼费就能把人活活拖死。这官司……打不起。”

刘冰说：“这是往死里整呢。”

叶晓明说：“打输了是穷光蛋，打赢了还是穷光蛋。林雨峰是啥人物？那是大风大浪里蹚出来的，人家既敢捅这马蜂窝就肯定得有几分把握。”

冯世杰问：“咱就真的没一点胜诉的可能？”

叶晓明说：“人家乐圣公司没招咱没惹咱，音响展示会这一把是冲谁捅刀子连傻瓜都看得出来。你拍拍良心问自己，咱到底是不是不正当竞争？”

冯世杰说：“凭良心说，是。”

叶晓明说：“有些事是不打官司没人较真，一打官司就都成事了，比如环保、童工和劳动权益保障，这都是明面上的东西，想捂都捂不住，捂住了违法这头就捂不住音箱生产成本的那头，否则你凭什么比人家的成本低？你可以跟法官说那都是王庙村农民的事，跟公司没关系，但是王庙村跟公司到底有没有关系，咱心里比谁都清楚。俗话说真的假不了，假的真不了，人家法官吃的就是这碗饭，由得了你去耍这点小聪明？”

冯世杰摸出一支烟点上，沉默着抽了几口，然后忧心忡忡地说：“要是败诉……那可就惨了，公司破产不说，咱还得欠欧阳雪一身债。”

叶晓明说：“这就是当初为什么刘冰要提出让丁元英投资的原因，欧阳雪的钱和丁元英的钱肯定不一样，有啥区别咱就别说了，总之是欠丁元英的钱可以欠着，欠欧阳雪的钱不能欠着。如果败诉，我损失了七万投资不说，还得欠欧阳雪垫资的18万，18万哪，我哪年哪月能挣回来？哪年哪月能还清？”

刘冰说："如果败诉，我得欠欧阳雪13万，肏，跳楼吧！世杰比咱们还好一点，只欠欧阳雪三万，咬咬牙好歹还能还上。"

冯世杰说："也不知道丁哥是咋想的，净玩玄的。"

刘冰极不满而又带着几分轻蔑地说："本来这么做着就挺好，非得玩什么花样，好像不玩点花样显不出他是高人似的。"

叶晓明说："败诉对丁元英没有任何损失，不连筋不带肉啊。"

冯世杰说："情况就这样了，说咋办吧。"

叶晓明沉静地说："我的意见，求和。"

冯世杰当即说："求和？丁哥不会同意。他既做了，就没打算求和。"

叶晓明说："求和还需要他同意吗？他不是说过嘛，咱请他说他就多句嘴，咱不请他说他就闭上嘴。咱这小本生意，经不起丁哥这种高人耍大牌，玩不起啊！"

冯世杰说："求和，你不能两个肩膀扛着一张嘴去，总得有点表示。"

叶晓明说："我想，十万是一大关吧，表示一下道歉的意思，给乐圣一个台阶。我毕竟做过乐圣公司的代理，多少跟乐圣有点人缘，行不行起码得试试。"

冯世杰停了片刻，说："试试可以，我看希望不大，看这阵势，乐圣公司是要把格律诗往死里整呢。求和就等于跟丁哥决裂了，欧阳雪是控股方，以后这关系还怎么处？如果求和不成呢，咱咋收场？"

叶晓明说："能处就处，不能处也不强求。如果求和不成，退股。"

冯世杰说："退股可不简单，公司法规定股东不能抽逃资金，只能转让股份。如果欧阳雪不同意呢？没人收购你退给谁去？"

叶晓明说："那也得讲理吧，是谁的决定导致了这种局面？

当时咱们就反对，她欧阳雪就是不听嘛，现在让咱们跟着承担后果，这合理吗？”

冯世杰为难地说：“那……咱就把欧阳雪给坑了。”

叶晓明更正道：“是丁元英把她坑了，她得去找丁元英讨说法，跟咱说不着。”

冯世杰再三思忖着，一个劲地抽烟，直抽得那支烟只剩下过滤嘴了，扔掉，眼睛盯着桌上的起诉书又迟疑了半天，终于说：“好吧，我同意。”

刘冰接着表态：“我也同意。”

叶晓明心里有底了，果断地说：“咱们现在去找欧阳雪开股东会，据理力争。如果欧阳雪不采纳求和，咱就当场退股；如果她同意求和，世杰马上去订明天的机票，我和她一块儿去深圳，一个董事长，一个总经理，登门道歉，够规格了。刘冰去北京守摊子，一旦接到求和失败的电话马上带着公司手续回古城，那就要摊牌了，咱们不能坐着等死。”

冯世杰说：“只能这样了，就照你说的办。”

于是，叶晓明、刘冰和冯世杰三人分别开着两辆车赶往古城市区。

3

叶晓明他们到达维纳斯酒店的时间是下午四点多，酒店还没有开始晚餐营业，门口空空荡荡的停车位只停着欧阳雪的那辆本田轿车。三人下了车推门进入酒店，只见大餐厅的吧台旁边整整齐齐地站着一排酒店员工，欧阳雪正在给员工训话。

欧阳雪见到叶晓明、冯世杰和刘冰个个表情严肃地同时出现在眼前，一种不祥的预感袭上心头，她对餐厅领班交代了几句，让领班继续强调餐厅服务出现的问题和特别应该注意的事项，自己走到叶晓明他们近前。

叶晓明低声说：“董事长，乐圣公司有动作了。”说着，他把原告诉状副本、应诉通知书和举证责任通知书一并交给欧阳雪。

欧阳雪看了一眼标题，说：“到办公室谈吧。”

来到二楼办公室，欧阳雪打开空调，从冰箱里拿出三个听装可口可乐分给大家，然后坐到办公桌前看乐圣公司的起诉书，尽管她对音响展示会降价抛售音箱的后果早有预料，然而当她看到乐圣公司提出600万元的诉讼赔偿请求时，心里还是猛地一沉。毫无疑问，无论是胜诉还是败诉，乐圣公司都是要把格律诗公司置于死地。

当初叶晓明他们曾明确表示反对低价抛售音箱，最终是她以董事长和大股东的权力否决了三人的反对意见，这使她此刻在心理上处于一种被动的地位。她把起诉书悄然放下，深深呼吸了一口气，缓解一下胸口沉闷的感觉，问道：“你们什么意见？”

叶晓明以老成的语气说：“这事是秃头上的虱子，明摆着，打赢打输都是死。既然打不起也输不起，我们三个商量了个意见，求和。格律诗公司拿出最高规格，董事长和总经理亲自去深圳登门道歉，附带十万元道歉礼金。当然，求和未必真能走得通，走不通了再做打算也不迟。只是……丁哥一直没少给公司帮忙，这次就别打扰丁哥了。”

欧阳雪想了想，说：“求和可以，但道歉我不同意。做生意就是竞争，咱们的成本是真实的，事实上音箱赚钱了，只是赚多赚少的问题，道歉没有道理。”

刘冰一听就急了，但极力压抑着自己的情绪说：“董事长，这都刀架脖子上了，咱就别硬撑着了，你撑得起，我们撑不起呀，你就为我们受点委屈行吗？”

叶晓明说："董事长，公司从组建到现在，有很多事我们与丁哥的意见不一致，但是所有的事没有一件采纳过我们的意见。现在是非常时期，公司毕竟是咱们自己的事，这次求和不管是对了还是错了，我希望董事长能给我们小股东一次机会，哪怕一次，也算董事长承认我们小股东的存在。"

这时，冯世杰也插言道："董事长，丁哥的决定肯定有丁哥的道理，无非是借乐圣旗舰影响打格律诗的品牌，也是为公司好。如果求和能避免打官司，咱不是既达到了目的又省了一大笔诉讼费吗？其实道个歉也没啥，人一辈子谁还没个低头的时候。"

此刻欧阳雪考虑的不是求和结果，而是求和本身的性质。道歉和道歉礼金实际上就等于格律诗公司承认了不正当竞争，并以十万元作为损害赔偿。如果乐圣公司的目的是要置格律诗公司于死地，道歉和道歉礼金非但解决不了问题，反而会助长乐圣公司的气势，使本来就一团迷雾的局面更加复杂。

欧阳雪经过慎重考虑，说："如果一定要道歉，只能按商业摩擦的不愉快道歉，性质是私下调解、协商，不能按违法道歉，是不是违法得由法院说了算。如果乐圣不是以置格律诗于死地为目的，这个结果他们应该可以接受。如果是置于死地的目的，道歉和礼金不但不能解决问题，反而等于格律诗承认了不正当竞争，那会死得更快。"

叶晓明听了之后点点头说道："也有道理。"

冯世杰说："我同意。"

刘冰说："我也同意。"

叶晓明起身说："那就决定了，我和董事长去深圳。刘冰回北京守摊子，世杰去订明天的机票，请董事长把十万元的支票准备好。"

于是，一个简短的股东会议结束了。

第三十三章

1

深圳乐圣音响公司的生产基地地处深圳工业园区，距公司总部所在地九公里，由扬声器生产线、音箱生产线、音响技术研究所和职工食堂及宿舍四部分组成，生产区与生活区仅一墙之隔，大多数员工都是来自四川、安徽、河南的打工妹。由于格律诗事件导致停产，厂区内一片冷清，只能看到保安巡视的身影。

乐圣公司音响技术研究所设在扬声器生产车间的顶楼，此时林雨峰和赵青正在消音室里看音响技术人员测试一款尚在研发中的顶级闺房音箱。所谓“闺房音箱”，顾名思义就是特别针对大家闺秀生活品位和女性审美的音箱，外观设计小巧、精致、华贵，音质上不追求恢宏震撼，而是追求纯净、淡雅、飘逸。

一曲《遗落在塞纳河的梦》正在播放，赵青的手机响了，这在此时的消音室里无疑是一种噪声，他马上走出去到室外接听电话，消音室里的人继续测试音箱。

一曲终了，一名工程师说：“仪器测试指标不错，听感上好像缓冲还欠一点，还是显得有点直白，不够含蓄。”

林雨峰尽管面临着停产、诉讼这些烦心的事，但他毕竟是在商海里摔打出来的人，已经习惯了商业圈里的磕磕碰碰，找不到那种大喜大悲的感觉了。今天他的心情不错，听完了工程师的音质评价之后，说："中高频没根，站不住。这不像喇叭的问题，是容积不够，箱壁太薄也是个原因。现在是呆而不厚，飘而不逸。"

另一位年轻的箱体设计员问："董事长，我这款红色木纹弧度板还可以吧？"

林雨峰没有正面回答可不可以，而是笑了笑说："这外观设计你得掌握一个法则，给女人的东西你得突出没文化的文化、没品位的品位，就是彰显、说明她有文化品位。给男人的东西呢，你就得突出不流俗的俗，得有嚼头。"

年轻的技术员佩服地说："董事长，您这是美学的哲学呀。"

林雨峰随之一句："拍马屁，当心我给你小鞋穿。"

技术员说："我知道，女人得突出张扬、抢眼。"

这时，刚接完电话的赵青走进来，说："董事长，有点情况。"

林雨峰随赵青出了消音室，走到十几米外的走廊玻璃窗下停住。

赵青说："格律诗公司来人了，一个是董事长欧阳雪，一个是总经理叶晓明，现在就在接待室，方秘书正接待他们。他们是昨天上午接到的起诉书，来谈和。"

林雨峰微微一怔，格律诗公司仅在接到起诉书的第二天就赶到深圳求和，这已经到了失态的程度，他不乏轻蔑地说："这么快？"

赵青会意地一笑，说："格律诗希望庭外调解，开出个大概价码，可以按商业摩擦的不愉快道歉，拿出十万元作为道歉礼金。"

林雨峰说："十万？买根棒棒糖合适了，丁先生也不嫌寒碜。"

赵青问:“怎么答复?”

林雨峰说:“这还用考虑?送上门的机会,得作作秀。”他看了看手表,现在的时间是下午三点十五分,然后略微思索了一下,接着说:“你先去应酬一下,约定明天上午九点双方代表在公司会议室正式谈判,然后去找几家媒体,明天现场采访庭外调解情况。通知公关部准备几份合适的礼品,给记者每人送一份。”

赵青有些疑惑地说:“格律诗这不是不打自招吗?这里会不会有什么圈套?”

林雨峰说:“有圈套也得接招儿,难道他们登门道歉还能证明咱们理亏不成?就算是商业摩擦,擦伤的医疗费也得付嘛。”

赵青说:“论损失,就是把格律诗通吃了也不够填窟窿。十万元,差距太大了,根本没有可谈的平台,他们是真不知道还是故作姿态?”

林雨峰说:“怎么都肉麻,所以作作秀打发他们回去。”

决定了这件应对格律诗公司求和的事,赵青马上去布置工作了,林雨峰又回到消音室继续与音响技术人员讨论关于闺房音箱的产品开发问题。

2

欧阳雪从小到大很少离开过古城,去过最远的地方是北京,是为了考察、借鉴特色餐馆的经营模式。这次来深圳她是第一次出远门,第一次坐飞机,第一次住星级酒店。或许她不乏这种消费的经济能力,却实实在在没有萌生过这种消费的念头。

在这座以淘金、圆梦和现代感闻名的城市里,她觉得每个人都是那样行色匆匆，每双眼睛都充满了寻寻觅觅，很难说清那究竟是一种自信的活力还是一种生存的焦虑，这让她庆幸自己有一份可以驾轻就熟的营生，从而享受一份近乎奢侈的从容。

例行了与乐圣公司的预备接洽，双方约定明天上午九点在乐圣公司总部会议室举行正式谈判，欧阳雪和叶晓明乘出租车离开乐圣公司返回入住的粤秀园酒店。这是一家位于商业区的三星级酒店，叶晓明的房间在六楼，而欧阳雪的房间则开在了12楼。

出租车到了粤秀园酒店，两人下车，欧阳雪并没有进酒店的意思，只是下意识地看了看手表，问道："叶总，快到晚饭时间了，你怎么安排？"

这个"你"怎么安排显然是表示"我"已经有安排，叶晓明自然明白，说："晚上我随便吃点什么，你要有事你去忙，我得再准备准备明天的谈判。"

欧阳雪说："谈判的事我一点不懂，也帮不上什么忙。这次难得来趟深圳，来之前我在网上查了几家特色餐馆，想去看看。"

叶晓明说："行，你忙，我先上去了。"

叶晓明回酒店，欧阳雪在酒店门口要了一辆出租车。

出租车刚刚起步，司机问道："小姐，您去哪里？"

欧阳雪说："赣菜酒家。"

出租车行驶了不到20分钟来到赣菜酒家，餐馆门前停满了汽车，欧阳雪在离餐馆还有30多米远的地方下了车，走到近前一看，赣菜酒家的门面右侧一字排开摆着三口两米多高的大瓦缸，一看便知是以江西的瓦罐煨汤为招牌菜的餐馆，从门面的装饰到餐厅里的桌椅餐具都体现着正宗的江西民间习俗。网上的文章里介绍说，赣菜酒家的原料都是每天从江西空运过来，以保证赣菜风味的醇正。

欧阳雪在餐厅选了一个位子坐下，要了一个瓦罐煨汤，一个赣南荷香卤肉，主食要了一个南昌炒米粉。其实她不是为了吃什么，是以一个就餐的理由待在这里，观察别人的经营理念和服务特点，大到就餐环境的创意，小到服务员的每个动作细节。她认定自己除了开餐馆什么都不会干，所以对餐饮业心存一种特殊的感情，或者说是感恩。这个行业允许她可以从摆地摊卖馄饨到开面馆、开酒店，允许她从一个很低的门槛逐渐发展。

她尝了一口瓦罐煨汤，味道鲜香醇厚，确实不错，比起古城那几家所谓的瓦罐煨汤似有天壤之别。她一边慢慢悠悠地就餐，一边细心四处观察，过了 20 多分钟没喝几口汤，也没吃几口菜。她不敢吃饱了，得留点肚子应付下几家餐馆。

然而，她却在不知不觉中走神了，毕竟她是格律诗公司的董事长，毕竟格律诗公司出了大事，毕竟她是来深圳与乐圣公司谈判的。

尽管她对“求和”的成败与否并不关心，因为那不是她可以关心的事，她从加入公司的动机和条件就已经决定了这一点，但是求和成败以外的事却不能不让她有所思考，一种隐隐的预感不时地从她心底渗透出来，这种预感告诉她，丁元英与叶、冯、刘三人已经走不了多远了，一个明显的迹象是，他们已经完全排斥了丁元英。这就意味着，她与这三位股东也走不了多远了，因为丁元英是她的股权代理人。也正因为如此，所以叶晓明接到起诉书后既没有在第一时间通知丁元英，也没有在第一时间通知她，而是先与冯世杰和刘冰商量出一致意见之后才来通知她这个所谓的董事长。

她在想，按照叶、冯、刘三人的逻辑，这场官司只要打起来，打赢打输都是死，唯一的出路就是避免诉讼发生。那么，如果这次求和不成呢?

她似乎已经看到了即将要发生的事情。

3

第二天上午八点五十分，叶晓明和欧阳雪如约来到乐圣公司总部，在乐圣公司公关部经理的引领下步入会议室。一进门，叶晓明和欧阳雪都同时怔住了——会议室里不仅有乐圣公司的谈判代表，还有几家媒体记者，记者的人数远远超过了谈判代表的人数。几道令人眩晕的闪光灯闪烁之后，叶晓明和欧阳雪入座谈判席。

乐圣公司的谈判代表是董事长林雨峰和总经理赵青，职位规格和代表人数与格律诗公司一样，这给人一种诚恳和谦卑的印象，充分显示出乐圣公司作为东道主和强势一方对于一个小公司的尊重。林雨峰和赵青都是经常出入商业场面的人，对于摄像机、闪光灯和麦克风之类的东西早已经习以为常了，举止和神态都是那样从容、得体。

叶晓明和欧阳雪哪里见过这种阵势，面对着摄像机和麦克风，谈判还没开始就已经背负了谈判主题之外的心理压力。或许是由于期望值和关注程度的不同，叶晓明的神态显得更局促一些，而欧阳雪在紧张之中则更有一种懊悔和愠怒。

欧阳雪克制着自己的情绪，问道：“赵总，请这么多记者是什么意思？”

赵青平静地解释道：“这场诉讼是中国音响业第一例反不正当竞争案，社会和媒体都引起了广泛关注，尤其业内人士和音响发烧友更为关注，这很正常。”

林雨峰一点没有音响界风云人物的架子，客气地说：“欧阳小姐、叶先生，欢迎你们能到本公司来，我们开始吧。”

叶晓明没想到林雨峰会参加谈判，那是一个传奇人物，一个让他无法触摸的高度，而现在他是以对手的身份与这个人平等地坐在同一张桌子上谈判，无论谈判结果如何，这对于叶晓明而言无疑都成为了一种标志。

叶晓明拘谨而恳切地将他事先准备好的开场白讲了出来，说道："林先生，作为普通发烧友和乐圣品牌的前代理商，我对您和乐圣公司都非常敬仰，首先我要感谢乐圣公司曾经对雅风音响行和格律诗公司的支持，谢谢！无论出于什么原因，客观上已经造成了我们两家公司的摩擦，我对本公司的过失感到不安，对贵公司表示道歉并愿意做出适当补偿。"

赵青说："敬仰一词于林董事长和本公司都不敢担当，请叶总收回。我注意到叶总的谈话里用了'我''过失'和'补偿'三个词，我们认为，我们是同格律诗公司谈判，而不是您个人。如果贵公司不认为自己的行为是不正当竞争，那就谈不上道歉和补偿。如果贵公司认为自己的行为是不正当竞争，那就不是补偿的性质，是损害赔偿的性质。我们可以接受道歉和赔偿，但是我们不能接受不明不白的道歉和赔偿。"

叶晓明懊悔不已，他的发言本来是要用"我们"二字，一紧张把"们"字漏掉了，这就成了一个不知天高地厚的大笑话。他想解释一下漏掉的"们"字，却又怕越描越黑，也许还不如忽略过去得体。更让他无以应对的是，对方一下就将问题推到了非此即彼的极端，此也不是，彼也不是，一点儿不留回旋的余地。

叶晓明只能选择沉默。

赵青平静地说："好，我们先搁置争议，继续讨论下面的问题。我们先假定'补偿'这个词的含义不确定，那么贵公司准备怎么量化这个补偿呢？"

叶晓明答道："十万，这是我们所能承受的极限。"

赵青淡淡一笑，说："叶先生，我理解你们的心情，我们也寄希望于谈判，但是我们不能忽略谈判平台的承载力。我们很遗憾，彼此距离太大了，大到使我们提出谈判条件成为无意义。因此，我们有些认识上的偏差还需要由法律去矫正。”

赵青的话就等于宣布：谈判破裂。

叶晓明在心里暗暗自语：这事是哈巴狗扎了个狼架势，现在真被人家当狼打了。他为这次谈判做了一些准备，比如怎样致开场白营造积极基调，怎样通过对方的身体语言获得各种信息，怎样避免陷入僵局……然而眼前的一幕告诉他，他的准备纯属多余。

欧阳雪觉得自己坐在那儿就像一个被人愚弄的小丑，这时她才意识到同意“求和”是自己犯的一个多么大的错误。想到大哥当初为什么找她用一个空头名字，就是为了控股权、决策权和否决权。如果是人人都能看明白的事，那就不需要请高人了。大哥在决策之前预见不到这场诉讼吗？不可能。大哥从一年前就开始为音响展示会储备音箱，一定有他的考虑。现在死与不死只是叶、冯、刘三人和乐圣公司的判断，至少大哥还没判断。

即便是死，既然求和与不求和的结果都是死，那又何必这么窝窝囊囊地死？临死前喊两句口号好歹也是个气节。

欧阳雪把目光落在了乐圣公司的最高权力人物林雨峰身上，镇定地说：“林先生，你们的观点是出于肯定能打赢这场官司，我认为不一定。想想看，如果你们败诉了呢？那么现在的谈判对你们就有价值。”

“败诉？”林雨峰自语了一句，从容地站起来，从容地走到窗前指了指窗户，以绅士的语调和做派说了一句不太绅士的话，“如果公理都不在了，我就从这儿跳下去。”

紧随林雨峰的是记者的摄像机镜头、闪光灯和麦克风，音响界风云人物语出惊人，而谁都知道林雨峰所指的“这儿”是巴比伦大厦九楼的窗户。

林雨峰一语锁定了这场作秀的谈判。

第三十四章

1

求和失败，叶晓明和欧阳雪于当日下午四点半乘班机回到古城。

将要走出机场出口的时候，欧阳雪意外地看见冯世杰和刘冰在出口处等候，而此时的刘冰本应该在北京照常工作。她心里一沉，凭直觉就知道将有更严重的事情发生。她心里尚存一线希望，希望她的直觉错了，否则他们太快的反应就会让人感觉太多的悲哀。

然而，事实上叶、冯、刘三人都是在按预定的计划进行，叶晓明在短暂的谈判失败之后回到粤秀园酒店就给刘冰打了电话，通知刘冰按原计划带上全部公司手续回古城，按原计划在第一时间同时向欧阳雪提出退股的要求。既然求和失败，那么格律诗公司就已经成了死亡之地，在这个公司里多待一分钟就意味着多一分危险。

冯世杰客气而又不自然地迎上一步，想寒暄却说不出口。

刘冰接过欧阳雪手里大包小包的深圳特产，寒暄一句："董事长辛苦啦！"

四人走向停车场的时候，叶晓明有意走在欧阳雪的后面，以询问的目光与身旁的刘冰对视了一下，刘冰点点头，示意都准备好了。

上车时，冯世杰主动坐到了副驾驶位置，把后座留给了叶晓明和欧阳雪，这样既能避开直接与欧阳雪对视，又便于叶晓明与欧阳雪谈话。

汽车驶离机场不久，叶晓明终于摊牌了，说：“董事长，事情到了这种地步，我也就没什么可隐瞒了。直说吧，我们三个要求退股。当然，公司法规定股东……”

欧阳雪一抬手打断了叶晓明的解释，冷冷地说了两个字：“可以。”

叶、冯、刘三人谁都没有想到欧阳雪会这么简单地答应了，他们原以为欧阳雪会以公司法和创建公司的背景为理由一口拒绝，因为一旦格律诗公司败诉，此时接受股份转让就意味着承担了这一部分股份的法律责任，也就意味着在资不抵债时将失去全部股金，在这种特殊背景下与其说是转让股份，不如说是转嫁危机。如果欧阳雪拒绝，如果双方经过摆事实讲道理而达成妥协，他们三人会感觉心理平衡一些，而欧阳雪这样的态度让车里的三个男人均有一种被女人轻视的感觉。

叶晓明停了一会儿，说：“我也不想辩解什么，也没啥可辩的。音箱测评、音箱说明书这些事咱就不说了，公司去年8月以前销售利润不抵经营成本，一直亏损，8月以后销售量上来了才开始赢利，截至今年6月赢利17万，好不容易才看到点希望，音响展示会一下子就花掉了23万，还是亏损。照这么折腾下去，谁也受不了。”

欧阳雪沉默不语，一句话都不想说。

汽车开到维纳斯酒店，欧阳雪注意到刘冰不是把车停在路边，而是直接把车开到了停车位上，于是下了车问道：“就现在吗？”

叶晓明说：“手续他们都带来了，不费啥事，也免得董事长老记挂着这事心烦。”

欧阳雪说:“好，到办公室吧。”

酒店里的服务员看到经理回来了，马上出来两个人帮着拿东西。欧阳雪交代他们把深圳特产——南山荔枝、龙岗鸡、金龟橘等食品放到冰箱里，然后带着叶、冯、刘三人上楼，在经过会计室的时候，她推开门让会计也来办公室。

欧阳雪打开办公室的门请叶晓明他们落座，对随后进来的会计吩咐道:“你带两个人去银行提30万现金送来，注意安全。”

会计走后，欧阳雪关上门说:“开始吧。”

叶晓明从刘冰手里接过公文包，取出公司印章、三份股东出资证明、公司办公室及店铺钥匙、冯世杰负责的进出货物账目、叶晓明负责的公司经营账目等。最后，叶晓明拿出了一沓由刘冰事先打印好的空白股份转让协议。

欧阳雪从保险柜里取出三张叶、冯、刘三人的垫资借据分别还给他们个人，拿起空白股份转让协议看了看，无非是卖方自愿转让、买方自愿收购的内容，原股份金额不变，空白协议上就差填写上名字、金额、日期。

欧阳雪说:“你们填写，我签字。”

三人分别填写好各自的股份转让协议，每人一式两份，欧阳雪看过后没有异议，拿起笔依次签上自己的名字，然后大家用红色印油分别在各自的协议上摁手印。

银行离维纳斯酒店不远，会计很快就取上钱送来了，放下钱随即离开。欧阳雪先付了刘冰的三万元，接着付叶晓明的七万元，两人拿到钱后给欧阳雪写了各自的现金收讫条。

欧阳雪没有马上给冯世杰数钱，而是先问道:“你的17万包括那辆吉普车，当初作价是五万，现在过去了一年多，该折价多少呢？你说个数。”

冯世杰尴尬地说:“那车一直都是我开，折啥价呀，还按原来的算。”

欧阳雪数出 12 万元推到冯世杰面前。

冯世杰只写了一张 17 万元的收讫条交给欧阳雪，但没接钱，说："董事长，你看能不能这样，王庙村农户一共欠公司 31 万，你把农户欠公司的钱转到我身上 17 万，那这一部分就不受公司诉讼的影响了，村里建个生产体系不容易，能保多少保多少。"

冯世杰的意思就是公司向他个人转让 17 万元的债权，一旦格律诗公司败诉，这 17 万元债权已经脱离公司，就不在执行范围之内了。

欧阳雪从保险柜里取出扶贫资金账本和一沓农户借款欠条放到冯世杰面前，说："都在这里了，你想保哪一块自己挑吧。"

冯世杰选择了几块最核心的机械设备农户借款，从农户借款条里抽出这些借据，经过计算一共是 19.4 万，超出转让股份 2.4 万元。

冯世杰说："董事长，这些农户的借条我先拿走，我再给你打个 2.4 万元的欠条，一个星期之内我一定把钱给你送来。"

欧阳雪说："可以。"

冯世杰写完 2.4 万元的借据递给欧阳雪，他尽量避开那双沉静到近乎鄙夷的眼睛，却仍然鬼使神差地问了一句："董事长，这边的事你也没跟丁哥打个招呼？"

欧阳雪淡淡地说："不是你们说这次就别打扰丁哥了吗？打个招呼又怎么样，大哥能挡住你们退股？"

办理过公司手续交接和签署股份转让协议，欧阳雪以为这样就可以了，结束了，却没想到刘冰忽然站起来说："董事长，我也不怕你们笑话，我有个要求，我虽然不是股东了，可是还想留在公司里干，给我个打工的机会行不行？"

刘冰拿到退股的钱居然还能提出这种要求，连叶晓明和冯世杰都惊讶得目瞪口呆。

欧阳雪惊讶得差点没晕过去，说："既然公司都垮了，你给谁打工去？"

刘冰讪讪地笑着说："现在不是还没垮嘛。"

欧阳雪迟疑了片刻，说："你愿意，那就打工吧。"

刘冰随即说："那我就把叶总的工作先接过来，明天就回北京。"

刘冰在承受一种心理压力的同时也释放了另一种心理压力，他达到了有效避险与保留希望的双重目的，一颗提着的心终于放下了。

2

叶、冯、刘三人拿到了各自想要的东西走出维纳斯酒店，上车的时候，叶晓明和冯世杰都不约而同地感到了一种不自然，似乎这辆宝马轿车突然变得陌生了。

叶晓明坐在副驾驶位置，刚关上车门就笑着说了一句："你小子，真不要脸！"

刘冰一边发动汽车一边说："我也想要脸，可我真舍不得撒手这辆车，舍不得这种生活的感觉。这感觉，真他妈太好了，扛不住啊！"

叶晓明叹息道："多好的局面哪，人家玩一把大牌就完了。"

冯世杰在后面半开玩笑地说："刘冰，你这是巧夺总经理大权哪。我是说万一，万一这次公司没垮，你这打工的咋说也是公司元老，以后见面就得叫你刘总了。"

汽车驶上马路，刘冰这才想起来不知道去哪儿，忙问："现在去哪儿？"

叶晓明说："去嘉禾园，这事跟丁元英打个招呼就算过去了，好聚好散嘛。”

刘冰朝嘉禾园小区驶去，一边开车，一边沿着刚才的话题说：“谁是高人？我赞成晓明的观点，人家世杰是高人，连资金带人才给王庙村整了个生产基地，还没付一分工钱。公司垮了，自己出去跑销售；万一公司没垮，公司离了王庙村照样玩不转。”

冯世杰长嘘了一口气，内疚地说：“我肏！仔细想想，我都不知道咱算个啥东西。人家丁哥图啥？欧阳雪又图个啥？我晕！晕死！”

叶晓明讥讽地说：“你晕？我倒！这话现在说多没劲，签协议之前你咋不说？”

冯世杰说：“我看了，咱几个都是烂泥扶不上墙的货。”

叶晓明说：“倒！连晕带倒！你啥时候不立牌坊了，我啥时候再醒过来。”

……

汽车很快开到嘉禾园小区，停在丁元英的楼下。因为车里有十万元现金和将近20万元的借款条，刘冰在车里守候，叶晓明和冯世杰两人上楼敲门。

丁元英开门，一见是叶晓明就寒暄道：“什么时候回来了？”

叶晓明说：“回来两天了，一直忙。”

这时，芮小丹系着围裙从厨房里出来，热情地招呼道：“来得正巧，我正择菜呢，都别走了，我多炒几个菜，晚饭就在这儿吃了。”

叶晓明忙说：“不用了，刘冰还在下面等着呢，我们跟丁哥说几句话就走。”

芮小丹从叶晓明和冯世杰的神色里看出了异常，也就不再礼让了。

叶晓明没再往沙发处走，而是站在门旁边说：“丁哥，我们跟董事长商量了一下退出公司了，欧阳雪收购了我们三个的股份，已经办过了手续，我们来跟你打个招呼。”

芮小丹愣住了。

丁元英问：“为什么？”

叶晓明说：“乐圣公司起诉了，诉格律诗公司不正当竞争，要求损害赔偿600万元。法院前天送来了起诉书，我和董事长昨天去了深圳，今天上午求和谈判失败，下午刚回来。起诉书在董事长手里，公司的手续我已经交接清楚了。”

丁元英明白了，客气地说：“自己的事，是该自己拿主意。”

叶晓明歉意地说：“小家子气，没见过世面，丁哥多包涵。”

丁元英说：“你们商量妥了就好，别的没什么。”

叶晓明说：“那好，丁哥你忙，我们回去了。”

冯世杰说：“等一下，我有几句话要跟丁哥和小丹说。”

叶晓明不听也知道冯世杰大概要说什么，无非是些道歉的话，于是说：“行，你跟丁哥先聊着，我到车里等你。”说着，叶晓明告辞了。

冯世杰说：“丁哥，有件事都过去两年多了，一直在我心里压着，我也一直想找个机会跟你说，不然心里一直别扭。你还记得那年你和小丹去晓明店里拿唱片吧？那次我对丁哥特别不礼貌，其实我是故意找碴儿。”

丁元英说：“过去的事，不提了。”

冯世杰说：“可我当时是故意的，是想找个碴儿搭腔，再请丁哥吃顿饭套套近乎。这事我一直觉得是欺骗，今天说了，你们就知道了，我也不压着了。”

芮小丹笑笑说：“谈不上欺骗，元英当时就说了嘛，问你‘咱们两个谁成心？’你把元英挤对得一通转文，怎么能不知道呢？没事。”

咱们两个谁成心——冯世杰回忆起了当时是有这句话，只是没往心里去，更没理会其中的意思。原来人家当时就知道，之所以一通转文是给你面子、给你台阶。他突然觉得自己很没意思，突然惊疑：自己对公司前途的判断会不会也是个自以为是的小聪明？

冯世杰尴尬地说："丁哥、小丹，打枣的事，退股的事，真对不起了。"说完，他也没再道别，直接开门走了。

丁元英默然关上门。

3

转让股份的过程终于结束了，欧阳雪把自己反锁在办公室里，坐回办公桌前，她望着满桌子的账本、协议、现金，恍恍惚惚像是做了一场梦，有一种仿佛虚脱的疲惫感。她伏在桌子上，把脸埋在两只叠加的胳膊里，哭了。

她心口堵得难受，就是想哭。

哭了几分钟她觉得心里好受点了，情绪也渐渐平息下来。她抬起头，用两只手臂垫着下巴，安静而茫然地看着前方。她想，去深圳求和肯定是个错误，那么接受退股是意气用事还是别无选择？肯定两者都有。接受退股，最坏的结果就是在100万元投资风险的底线上再增加30万元，不是不能承受；拒绝退股，一定会招来无休止的争论、抱怨、指责，归根结底还是把矛头指向大哥，而大哥不会跟他们计较，最终还是接受退股。

即使拒绝了退股，这样合作下去还有多大意思？

她就不明白一个问题：格律诗公司到底是谁的事？是谁非要找高人指条道？是谁需要通过格律诗公司解决生存和事业问题？

商业投资就要承担商业投资的风险，请高人决策就要承担请高人决策的风险，这是天经地义的事，不能承担的风险就不要凑热闹，怎么就可以……可以……这样？！

想来想去，她觉得自己做得没错，别无选择，她宁肯格律诗公司破产倒闭，也不想与他们再合作了。至于官司打不打，至于格律诗公司是胜诉还是败诉，随便了，她还是好好开自己的饭馆，去干自己能干的营生。

想到这里，她站起身收拾桌子，把该放进保险柜的东西通通放进保险柜。现在，她能做的就是去找大哥，剩下的事情已经不是她可以考虑的了。她重新化过妆，换了一套比较休闲的衣服，带上法院文书，到楼下的食品储藏室拿上一些刚从深圳带来的南山荔枝、龙岗鸡和金龟橘，对餐厅领班交代了几句酒店的事，开车去了嘉禾园小区。

在嘉禾园小区里面的车道上，她的车与刘冰开的车迎面驶过，两辆车都下意识地减慢了一下速度，却仍然一掠而过，谁都没有停下。刚才他们还在一起签署协议，现在已经是形同陌路了。她觉得还是这样一掠而过好一点，彼此都不至于尴尬。

停车上楼，这时候她的心情已经非常平静了。

丁元英开门请欧阳雪进屋，对着厨房说："小丹，欧阳来了。"

芮小丹在厨房里答应一声。

欧阳雪把右手的袋子并到左手上，腾出右手从挎包里拿出三份法院文书和三份股份转让协议交给丁元英，然后从肩上摘下挎包放到沙发上，提着南山荔枝、龙岗鸡和金龟橘进厨房，把深圳特产食品放到厨台上。只见厨台上放着几个鸡蛋和一把刚择了一半的韭菜，显然是要做韭菜炒鸡蛋。电饭锅里的大米还没有淘洗，芮小丹正在洗手。

欧阳雪说："你这口饭吃到嘴里还早着呢，别做了，一会儿咱们出去吃。"

芮小丹说："我也是刚下班，就这一把韭菜到现在没择完，叶晓明他们刚走。"

欧阳雪说："知道，刚才路上碰见了。"

芮小丹注意到欧阳雪眼睛里的哭痕，问道："哭了？"

欧阳雪说："能不哭吗？公司都成幼儿园了，我又不是阿姨，气死我了！"

芮小丹笑了笑，洗了一颗荔枝剥开放进嘴里，点点头说："好吃！"然后把厨台上的食品一并往冰箱里归置，说："算了，这顿饭我也没信心做了，你们先说事，说完了事咱们去尝尝你说的那家苗族餐馆。"

欧阳雪环视着厨房笑道："厨具越来越多，这小日子慢慢就算过上了。"

来到客厅，欧阳雪把这两天发生的事情简要讲了一遍。

丁元英一边看文件一边听欧阳雪的叙述，当他听到冯世杰置换农户债权时笑了笑，听到刘冰要求留在公司打工时又笑了笑，只是听到林雨峰当着众多记者声称如果没有公理就跳楼时神色沉重了一下。看完起诉书和股份转让协议，他把文件放到茶几上。

芮小丹认真地听着，格律诗公司的缘起与她有着直接的关系，她对公司命运的关注有着与公司股东完全不同的角度，那是一种实践、一种证明。诉讼事件于王庙村是神话的序幕还是败笔的开始？退股事件是文化属性的产物还是判断能力的局限？合法的杀富济贫是不是社会可以接受和允许存在的合法竞争……总之，那个神话所需要的、实践了的和能够证明的东西逐渐浮出水面了。

欧阳雪说："现在公司就剩我一个人了，怎么办呢？我除了开饭馆不会干别的，现在就是没官司我也管不了这公司，更别说有官司了。"

丁元英说："先应诉，不经过诉讼不好处理。败诉了，简单，都是人家的，省事；胜诉了公司就值钱了，也简单，想卖就卖了，想托管就托管，重组、自营也可以，随你了。"

欧阳雪说："我咨询过律师收费，从15%到30%不等，600万元的争议标的，就按15%计算也得90万元，那还不如把公司给律师算了。”

丁元英笑了，说:“谁给你规定打官司一定要请律师？这官司不复杂，能把证据实事求是说清楚就行。肖亚文素质不错，有一定的法律知识和商务经验，跟你们也熟悉，你的公司可以出20万元请她做诉讼代理。你去北京找她谈谈，征求一下她的意见。”

欧阳雪说:“如果是亚文都能打的官司，那小丹也能打了？”

丁元英说:“能，但不适合。肖亚文接这案子也存在和工作发生冲突的问题，只是冲突成本低。小丹的工作性质不适合在媒体露面，时间也不好协调。”

芮小丹笑着说:“20万？眼都红了。就这点事，给五万我就给你们打了。”

欧阳雪问:“大哥，你说咱是不是不正当竞争？”

丁元英说:“小丹是律师，你问她。”

芮小丹说:“至少现在我仍然认为，只要是合法的竞争就是正当的竞争。如果合法的竞争体现了不正当竞争，那不是竞争本身的问题，一定是法律的问题。这个案子的法律关系并不复杂，复杂的是观念、角度、立场。我现在说不好，我需要思考。”

欧阳雪说:“连你都需要思考，那我就更不想了。”

我需要思考……

我需要思考？

突然，芮小丹被这句话本身触动了。

第三十五章

1

中午，北京宏大写字楼七楼西区的“快餐区”像往常一样喧闹起来，所谓“快餐区”就是楼梯拐角的一块空地，几家快餐公司的快餐车在这里供应盒饭。大多数员工都是打好了盒饭带到办公室去吃，也有人在快餐车旁边临时摆放的矮桌就餐。

肖亚文要了一份米饭和一份三元的素菜拼盘，和“红太阳人才中介公司”的几个同事一起坐着马扎围着一张矮桌边吃边说笑，嘈杂中忽听背后有个声音叫她：“亚文。”这声音离她很近，既熟悉又陌生。

肖亚文回头一看，没想到居然是欧阳雪，肩上挎着一只棕色皮包正冲着她微笑，旁边还站着小杨。她站起身惊讶地说：“欧阳？怎么是你？”

欧阳雪笑笑没说话。

肖亚文问：“小丹呢？”

欧阳雪说：“小丹没来，出差了。”

肖亚文说：“怎么没先打个电话？我就不买盒饭了。”

小杨说：“董事长不让打电话，本来是想请你出去吃饭的，路上有个禁止右转的标志我没看见，违章罚款耽误了点时间，就来晚了。”

欧阳雪说："我是想看看你这边的情况。"

肖亚文笑笑说："我这儿有什么好看的，就这样。那咱们下去吃饭吧，马路对面有家餐馆挺不错，小丹吃过。"

欧阳雪一笑说："你都吃上了，我还不省了请你一顿？小杨，去打饭。"

小杨问："你吃什么？"

欧阳雪说："什么都行，把饭菜打到一起。"

肖亚文听欧阳雪这么说，自然明白欧阳雪的用意，就先把自己吃了一半的饭菜合到一个饭盒里，等小杨把盒饭打来了，两人端着盒饭到僻静一点的地方边吃边聊。

肖亚文关切地问："你从古城一个人开车过来？"

欧阳雪说："不是，带了两个跑堂，在音响店待着呢。"

肖亚文这才放心了，问："找我有事吗？"

欧阳雪说："乐圣把格律诗起诉了。"

肖亚文说："知道，报纸都登出来了，说格律诗摸了老虎屁股，这事闹大了。"

欧阳雪说："我把公司所有的材料都带来了，大哥让我来找你，想请你做格律诗公司的诉讼代理，代理费20万。"

肖亚文一愣，说："我做诉讼代理？那怎么行？"

欧阳雪说："大哥说你素质不错，有一定的法律知识和商务经验，说这官司不复杂，能把证据实事求是说清楚就行。听大哥的意思，只要你不嫌钱少就没问题。"

肖亚文说："这不是钱的问题，格律诗是丁总操持的扶贫公司，我能有个拍马屁的机会就不错了，哪儿还敢再要扶贫的钱？问题是，我行吗？"

欧阳雪说："大哥让我来找你就肯定有他的考虑，行不行的先不谈，你看过材料心里才能有数。先谈你，你能不能接？这事从时间上对你的工作肯定会有影响，我是担心这个。"

肖亚文一笑说："我要是能打赢这么有影响的官司，那我就露脸了，履历表上又多了一项纪录，只会对我工作更有利。小丹是律师，她对我代理这案子怎么看？”

欧阳雪笑笑没有回答。

肖亚文笑了，说："那就肯定不是什么好话。你说吧，我脸皮厚，能挺住。"

欧阳雪说："不是你想的那样。"

肖亚文着急地说："快说呀，别把我急死了。"

欧阳雪说："我要是说了，你不能有其他误解。小丹的原话是：20万？眼都红了。就这点事，给五万我就给你们打了。"

肖亚文哈哈一笑说："哈哈，她一看我挣钱就眼红了。既然丁总和小丹都这么说，那就是我能应付了？行，这案子我接了，但是有个条件，再别提什么代理费了。"

欧阳雪说："那不行，找你帮忙就是因为请不起律师，20万已经是很省钱了。"

肖亚文摇摇头，说："如果真是请不起律师的案子，丁总在这之前就不做了，也不会让你来找我。谁都想挣钱，可挣钱不是这个挣法。"

欧阳雪说："行，代理费也可以先不谈。"

肖亚文说："你把材料留下，我先看看，熟悉熟悉情况。你在音响店休息不方便，我住的地方你也去过，我把门钥匙给你，下午你到我那儿休息，晚上咱们再商量。"

欧阳雪说："不了，我先把小杨送回去，下午我到炊具大世界看看，趁着来这趟给酒店采购点东西。我知道你这儿了，快下班的时候我来接你，咱们一块儿去你那儿。"

吃过午饭，欧阳雪把公司材料交给了肖亚文。

2

周末的下午，红太阳人才中介公司与大多数公司一样，已经不办理重要业务了。紧张忙碌了一周的员工们此时的心情格外放松，都在盘算着怎么度周末了。

办公室里的人唯独肖亚文没有放松，反而更紧张了。虽然格律诗的文件并不多，账目也不复杂，肖亚文还是从中午十二点半一直看到下午五点多，记了整整三张纸的内容提示和关键问题提示。她通过公司文件和财务报表厘清了公司的基本状况，对公司的股份结构、经营模式和市场前景有了一个初步的了解。

她从四张往返深圳的机票、两张深圳粤秀园酒店的住宿发票和叶、冯、刘转让股份的协议推断出，欧阳雪和叶晓明是16日接到乐圣公司的起诉书，17日到深圳议和，18日返回古城的当天叶、冯、刘三人就转让股份了。

她不难想象叶、冯、刘三人对诉讼结果和公司前景的悲观，也不难想象欧阳雪在股份转让协议上签字时的情境和心情。

肖亚文对刘冰与格律诗公司签订的聘用合同感到不可思议，从时间、纸张和字迹上看显然是在股份转让协议签字的同时签订了聘用合同。从欧阳雪参与公司组建、为其他三名股东垫资、接受三名股东退股和与刘冰签订聘用合同，她对欧阳雪有了一些了解。

临近下班的时候，肖亚文把公司材料收拾好，走到办公室中央对大家说："同志们请注意了，同志们请注意了，请听我发布一个广告。"

同事们的目光一齐向她投过来。

肖亚文说："明天是大礼拜，谁有家用数码摄像机请借本人一用，本人有急用。本人有过索尼330的使用经验，无须烦劳您手把手传授使用……"

一位男同事打断了她的话，说："我那儿有台三星低档机，你拿去凑合着用吧。"

另一位女同事站起来说："就你那破机子还能出人影吗？我那台就是330机，亚文要用连说明书都不用看。亚文，待会儿下班你跟我一块儿回家拿去，用我的。"

肖亚文分别对两位同事说："谢了，谢了。"

另一位女同事站起来说："大家注意了，大家注意了，我也有新闻要发布。"

同事们的目光又一齐投向这位女同事。

这位女同事说："我宣布，亚文同志——恋爱啦！"

大家都笑了。

女同事问道："亚文用摄像机记录最幸福的时刻，只说声谢谢就行了吗？"

大家一齐说："不行！"

女同事又问："怎么办？"

大家又一齐说："吃大餐！"

肖亚文说："同志们，今天这套程序启动错了。"

大家又按照程序的台词一齐说："有意见吃过大餐再提。"

肖亚文笑了，说："好吧，星期一下班聚餐，老地方。"

说笑中到了下班时间。

肖亚文和那位借家用数码摄像机的女同事一起下楼，欧阳雪已经在楼下等候了。肖亚文向欧阳雪说明先去同事家取数码摄像机，欧阳雪不认识路，就由肖亚文开车。汽车在下班时间的车流高峰期艰难行驶了40分钟进入一个小区，在一幢白色住宅楼前停下。

肖亚文对同事说："我不上去了，在这儿等你。"

同事说："上来坐会儿吧，吃过饭再走，一点儿都不麻烦。"

肖亚文说："不了，我还有事，改天吧。"

同事劝让不下，只得自己上楼了，几分钟后拿着数码摄像机专用包出来，说："电池是满的，不用充电，直接用就行了。充电器、软件和连接线都在包里。"

肖亚文把包放进车里，说："谢谢。你上去吧，我走了。"

出了小区，汽车汇入大街的车流，向肖亚文的住所行驶。

肖亚文问："东西买了吗？"

欧阳雪说："买了，都在后备厢里。晚上想吃什么？"

肖亚文说："你到了这儿我就是东家，得你说。"

欧阳雪说："要让我说，我还是先说官司吧，材料你都看过了？"

肖亚文说："看过了，明天去古城。"

欧阳雪不解地问："去古城？去古城你借摄像机做什么？"

肖亚文解释道："到王庙村取证，实地拍摄生产过程。"

欧阳雪问："你已经有数了？"

肖亚文说："不是我有数，是这事本来就有定数。以我对丁总的了解，丁总不可能没有预见到这场诉讼，既然他预见到了却又不去规避，那就只有一种解释，就是这场诉讼绝不是偶然的、被动的，而是经过设计和预期的，是计划的一部分。既然是计划的一部分，丁总一定是要通过这场诉讼达到什么目的。至于诉讼代理，如果我不打这个官司，那么打这场官司的人就很可能是小丹。"

欧阳雪说："亚文，你行啊！那……依你看，大哥要通过诉讼达到什么目的呢？"

肖亚文说："至少，通过诉讼过程的媒体报道让市场了解了格律诗产品的低成本、高质量，提高了品牌知名度。如果乐圣败诉，除了合作可能就没多少选择了。如果合作，格律诗公司至少在两三年内就会有一个高速发展期。"

欧阳雪说："我没看出来。"

肖亚文笑了笑，说："你不是没看出来，是根本就没看，你心思不在这上面。我同意丁总的看法，这官司并不复杂，只要能把证据说清楚就行。"

肖亚文只顾说话了，临近一个路口没注意红绿灯的时间与车速的配合，将要通过路口的时候，绿灯突然变成了红灯，尽管她紧急刹车，但是惯性还是推着汽车越过了停车线，只见交警立刻做出手势，示意她将车停到指定路边。

肖亚文笑道："看，得意忘形，老天立刻就给点教训。"

欧阳雪拿出一张百元面钞放到仪表盘上，说："你是给公司办事，这钱得公司出。"

肖亚文伸手把钱塞了回去，说："公司是让我办事，没让我违章。"她把车开到指定路边停下，此时交警正在处理前一起违章车辆，暂时顾不上这边。

欧阳雪和肖亚文一起下车，站在车旁边等候交警来处理。

肖亚文说："欧阳，我想问你个不该问的问题。"

欧阳雪说："我还能有什么不该问的事？你问什么都行。"

肖亚文问："古城和北京这两边你都得兼顾，胜诉了以后你怎么打算？"

欧阳雪说："我愁的就是这事，顾不过来，也没能力管，真败诉倒真省心了，也就没机会愁了。大哥说等胜诉以后公司值钱了，想卖就卖，想托管就托管。可我卖给谁呢？托管给谁呢？当初我就跟大哥说了，出资可以，让我管理不行，公司在我手里早晚是个倒闭。我赔点钱还有饭店，可公司一停，王庙村的生产就得跟着停，眼下让农户自己去做市场，从资金到人才都不现实，那就把人家给害了。"

肖亚文摇摇头说："不是你想的那样。如果胜诉，你至少有三种选择：一是自愿让乐圣公司兼并，乐圣求之不得；二是聘用职业经理人，利润分账；三是委托冯世杰经营，这正符合冯世杰想为王庙村办点事的初衷。就像丁总说的，想卖就卖，想托管就托管。”

说话间交警过来了，先是一个漂亮的敬礼，然后是查验执照、指出违章事实，接着是态度和蔼地开具罚款单，整套程序干净、利落。

肖亚文交过罚款，延续刚才的话题说：“欧阳，我有个趁火打劫的非分之想，如果冒犯了你，我先道歉了。”

欧阳雪说：“你还没说呢，道的什么歉？”

肖亚文说：“如果可能，我想买你一部分股份，加入你的公司。”

欧阳雪一怔，停顿片刻冷静地说：“你想好了再说，说出来我可就当真了。”

肖亚文说：“下午看过材料我就有想法了，只是觉得有趁火打劫之嫌，不好开口。但是如果等胜诉了以后再提，我还不如现在趁火打劫心里干净点儿。我想让你相信我入不入股都不影响打好官司，可这本来就是一块擦不掉的黑，只能黑着了。”

欧阳雪说：“天哪，要不是在大街上我就拥抱你啦！我去写字楼看你的情况，就是想打你的主意。我是想等打完了官司再跟你提这事，要是你不嫌弃，你就把这公司管起来。”

这时，交警在那边喊道：“嗨嗨！那辆车怎么还不走？找罚呢？”

两人这才醒过神，赶快上车走了。

车上，欧阳雪高兴地说：“你看，这就叫烈火干柴、两厢情愿，多好啊！”

肖亚文说：“我盘算了一下，能凑31万。”

欧阳雪说：“你必须得等打完官司再入股，万一败诉了不能把你拖累进去。你要入股就必须得控股，得有绝对权力，不然还是没人管，没有意义。资金不是问题，还按原来的垫资方式。你是小丹和大哥都信得过的人，有知识也有能力，你接公司我放心。”

肖亚文说：“我的机会就在于败诉的风险，等打完官司，我就不该有机会了。如果可以胜诉以后再入股，以叶晓明他们的资历，他们理当比我有优先权。胜诉以后公司升值，如果按升值后的股价入股，我就得承担更多的负债；如果按现在的股价入股，我得到的就是叶晓明他们理当优先得到而没有得到的东西，我还不如人家来得光明磊落。所以，我的机会就在于败诉的风险，在于应诉之前。我本来就是个打工的，输了接着打工。对我来说，能有个往牌桌上凑的机会就已经很不错了。”

欧阳雪沉思了许久，说：“如果乐圣公司对诉讼没信心，这官司他们还打吗？如果叶晓明他们能跟你一样想，他们还退股吗？为什么你们的看法那么不一样？”

肖亚文说：“这个很难说清楚，每个人的立场、观念、心态和思维模式都不一样，获取的信息量和解读信息的方式也不一样。”

欧阳雪问：“你持51%的股份，股值65万，可以吗？”

肖亚文说：“有两点我得提醒你：第一，如果是51%的股权转让，一旦败诉，负债的部分我无力偿还，有可能这辈子我都还不完；第二，不管是谁控股，都得预留出一块股份准备吸收一个人，这个人就是冯世杰，他是连接公司与王庙村的纽带。除非公司改变宗旨和经营方向，否则，没有冯世杰的格律诗是与王庙村走不了多远的格律诗，而吸收冯世杰入股的先决条件是，等公司胜诉没风险了，等格律诗与乐圣的合作成定局了。”

欧阳雪说：“我这儿你不用考虑，只要不让我管公司，股不股份的没关系。我就认一个傻理儿，守住餐馆就能活命。别的事再好，我去做可能会饿死。”

肖亚文说："没股份不行，这公司少了谁也不能少你欧阳雪。"

欧阳雪说："这话就是假客套了。"

肖亚文微微一笑，说："问题是，假客套不能当饭吃。格律诗扶起王庙村之时，就是格律诗受制于王庙村之日，而格律诗的价值也就在于此。万一将来公司不行了，我就把音响店改成餐馆，有你这么多年的经验垫底，我也饿不死了。"

……

3

欧阳雪在肖亚文那里住了一夜，两人商量公司的事情睡得很晚，肖亚文依旧像上次那样睡在沙发上。第二天早上两人洗漱化妆之后就动身了，先到音响店接上两个维纳斯酒店的小伙子一起吃早饭，然后朝古城驶去。不紧不慢行驶了四个小时到达古城，把两个小伙子送回酒店，上午十一点多来到嘉禾园小区。

欧阳雪摁响门铃。

肖亚文是私募基金解散后第一次与丁元英见面，虽然她与芮小丹和公司都有来往，但是她与丁元英的背景还停留在私募基金，一见面就习惯地问候："丁总您好。"

丁元英对肖亚文的到来并不感到意外，热情地说："是亚文哪，请进，请进。"

肖亚文把数码摄像机和挎包放到沙发一侧，坐下说："丁总，一晃都三年了。"

丁元英笑道："别丁总丁总的，我早就不总了。"

欧阳雪在一旁说："叫丁总多别扭，你跟我一样叫大哥吧。"

肖亚文拘谨地一笑，说："好啊，大哥，那我就套近乎了。"

欧阳雪无意间看见放电脑的房间从大茶几到大沙发摆了一片唱片，唱片盒、封套和唱片凌乱不堪，于是问道：“大哥，你这是干什么呢？”

丁元英说：“挑曲子，编张唱片。”

欧阳雪没听懂，问：“编唱片？唱片还能自己编吗？”

丁元英说：“能，把各种交响乐和协奏曲里面最好听的小提琴片段截取出来，用软件编辑、修饰，编一张自己爱听的唱片。”

欧阳雪听懂了，说：“那你也给我编一张吧，我放车里听。”

丁元英问：“你是指这张还是另编一张？”

欧阳雪说：“另编一张，我不要那种太艺术的，好听就行。”

丁元英笑了，说：“好听就是艺术，只是每个人的好听标准不一样。”

欧阳雪想了想，说：“算了，唱片的事待会儿再说，先说正事。大哥，昨天下午我跟亚文谈了，我想请亚文接管公司，亚文也希望入股公司，都想到一块儿了。亚文这趟是来王庙村取证，实地拍摄生产过程。亚文入股的事，还得听听大哥和小丹的意见。”

丁元英说：“亚文入股，低于或持平控股线意义都不大。”

欧阳雪说：“亚文出资30万，其余部分按垫资处理，亚文持51%的股份，这样大哥就解放了，我也解放了。我持29%的股份，剩下的20%预留。亚文的意思，等将来乐圣跟格律诗合作了，那时候就没风险了，再争取把冯世杰吸收进来。”

丁元英为她们烧水泡茶，听着欧阳雪介绍情况。洗完茶杯，他用毛巾擦着杯子，眼睛注视着肖亚文，淡淡地问了一句：“你怎么肯定乐圣会跟格律诗合作？”

肖亚文回答：“我站在乐圣的立场考虑，只有合作才符合乐圣的根本利益。”

丁元英又问："吸收冯世杰，你是出于不得已还是想给他一个机会？"

肖亚文说："是不得已。格律诗的生存基础在王庙村，而王庙村的命脉在格律诗，除了这种本质的依存关系之外，冯世杰是连接两者人际关系的一条重要纽带。"

丁元英说："比起托管、转让，亚文接管公司我认为是比较好的一种结果，我想小丹也会赞成。但是，胜诉概率高不等于胜诉，败诉的可能性一直存在，亚文对这一点必须得有清醒认识，必须对败诉的后果有充分的心理准备。"

肖亚文说："败诉了，我还去打工，从哪儿来到哪儿去。等老得打工都没人要了，我就摆个小摊、开个小店。这不是我愿不愿意的事情，是我必须得这样。如果我这辈子都没把债务还清，那欧阳也只能认倒霉了。"

这很像是一场简单的考试，肖亚文的判断都在事物的本质上。丁元英当初在私募基金招聘助理的时候也是这么简单问了几句话，今天的情形几乎是当年的重现。所不同的是，当年是招聘雇员，而今天是为格律诗公司选择掌门人。

丁元英说："行，就是你了。"

肖亚文说："我得把手头的工作有个交代了才能辞职，猎头公司的联络工作很忌讳中途换人，我还需要点时间。我对格律诗和农户的情况只是初步了解，吃透也需要时间。我的意思是，我和欧阳的股份转让协议等办完辞职手续之后再签，而且放弃 15 日内应向法院提交的答辩状，从交换证据阶段开始应诉。"

丁元英说："那都是你自己的事了。"

肖亚文说："还有就是那辆宝马车，这辆车无论从产权还是从级别都不适合放在格律诗公司，我想这几天就让刘冰把车给你开回来。"

欧阳雪不知什么时候拿出了一个计算器在算着什么，这时插话道："宝马车放公司里确实不合适，但是公司没辆车装门面也不合适，亚文进进出出都代表着公司形象。昨天晚上我跟亚文商量了一下，打算公司买辆车，30万价位的，得比我这辆车稍微好点儿。"

丁元英说："这是个茬口。亚文买完了车，直接把宝马还给楚风就行了。"

铁观音茶泡好了，丁元英给每人倒上一杯，然后自己点上一支烟。这是他的习惯，好像喝茶的时候没有一支烟就少了点什么。

肖亚文端起茶托品了一口热腾腾的茶，说："真香！好久没跟丁总一起喝茶了。以前我见了丁总就紧张，生怕哪件事没办好就给炒了。现在改叫大哥了，还是紧张。"

丁元英笑了笑，问："你怕我？"

肖亚文说："当然怕，你一皱眉头我就得到财务室结账去。"

丁元英说："你要怕我，你敢把我放到古城？"

肖亚文做了一个无可奈何状，说："大哥，天地良心，我冤枉啊！我只是想通过小丹的关照保持联系，能有机会跟大哥学点东西。我胆子再大，还没大到敢打小丹的主意，更没大到敢打大哥的主意，你们是什么人？什么看不明白？可我就没想到……小丹这样的女人居然也会勾引男人？大哥这种刚出苦海的男人居然还会跳入火坑？"

丁元英尴尬一笑，说："是我贼性不改，勾引人家良家女子。"

欧阳雪见公司的事谈完了，就合上计算器说："大哥，这场诉讼让我有个想法，我得趁现在有条件置一套音响，我一个女人家，将来再想置这种发烧土匪级的音响就太难了。"

丁元英说："公司都是你的，你把那套样机搬走就行了。"

欧阳雪说："所以，我要解决的不是音响，是唱片。记得大哥说过，平均每张唱片能挑出来两支好听的曲子就不错。大哥这儿有1300张唱片，能挑出来2600首曲子，长曲子和短曲子平均一下，一张盘能装13首，就是200张。刻录盘按20元一张，成本4000元。大哥的1300张唱片平均按130元计算，我就节省了16.5万。大哥得给我出个曲目表，得让我知道哪支曲子叫什么名字，谁的作品。我就轻轻烧一下，不需要原装进口。”

肖亚文往沙发靠背一仰，说：“天！世界上最后一个坚强的女人也晕倒了！”

欧阳雪说：“你晕什么？”

肖亚文说：“这是大哥这种鉴赏力的行家从国内、国外最权威的唱片店里像大海捞针一样挑选出来的1300张精华，再从精华里挑选最好的版本里最经典的曲目，你的欣赏水准一下子就从零度升到了沸点。这样的水准还轻轻烧一下，真发烧友也得晕倒。”

欧阳雪兴奋了，说：“哈哈，那我就可以闯荡江湖了？大哥，拜托啦！”

第三十六章

1

6月23日下午两点三十七分，一列从武汉方向驶来的列车进入古城火车站第一站台，熙熙攘攘的站台会集了刚刚下车的旅客和将要上车的旅客，站台靠南边一点的位置停着两辆古城公安局的警车，刑警队长雷剑峰和警员马林、徐丽红几个在站台边上等候。周伟、王福田和芮小丹三人押着一男一女两名从武汉追捕的贩毒嫌疑人从九号车厢下车，雷队长上前问候了几句，大家随即上车返回刑警队。

抓捕小组从古城追踪到南京，从南京追踪到武汉，整整绕了一个大三角，经过四天四夜的紧张奔袭，人已经很疲惫。回到刑警队汇报完抓捕小组的工作，雷队长派车把周伟、王福田和芮小丹三人分别送回家休息，准许明天放假一天。

芮小丹早已经习惯了刑警工作的紧张和劳累，这对于她早已经不再是个问题，然而这些天她的大脑却一直处在一种持续的思考状态，工作中一有空闲就会思考她生活里最近发生的一系列的事情，她的思想和心理正在经历一次从未有过的冲击。

为什么丁元英能在光天化日之下挖出一个陷阱?

为什么乐圣公司能眼睁睁地跳了进去?

为什么叶、冯、刘面对同一个事实却得出了截然相反的判断?

为什么……

从整个事件里，她没有看到丁元英有任何能让人感到“神”的招式，每一件具体的事都是普通人能做到的普通事。他的的确确是在公开、公平的条件下合理、合法地竞争，一切都是公开的，没有任何秘密和违法可言，所谓的“神话”竟是这么平淡、简单。

原来能做到实事求是就是神话!

原来能说老实话、能办老实事的人就是神!

因此可见，让人做到实事求是有多难，让人做到说老实话、办老实事有多难，而做到的人却成了说鬼话、办鬼事，倒行逆施。

这个世界怎么了?

芮小丹心里非常清楚，当乐圣公司败诉的时候，当法律作出无奈判决的时候，社会舆论不会沉默，丁元英这个一向寻求清静的人最终将在有识之士的斥责声中落得一个阴险狡诈的恶名，而格律诗事件留给人们的却是一次关于得救之道的思考。正如詹妮所言，很难说他比教徒更好还是比强盗更坏。

那是唯有她才能读懂的一个字——爱。

……

回到家里，芮小丹先洗了一个热水澡，洗去了几天的风尘，也洗去了几分疲惫。她裹着浴巾在浴室的镜子前用吹风机吹干湿漉漉的头发，然后到卧室里换衣服、化妆。她一边化妆一边思忖着今天的时间安排，忽然想到了什么，放下睫毛夹走到书房，她从书桌的抽屉里拿出纸笔写了几段话，拿上这张字条又回到卧室继续化妆。

化好妆，她把那张字条放进挎包里，特意找了一个矿泉水的空包装箱，锁上家门，打开车库大门，开车去了位于古城西区的川府大酒店，买了一瓶五粮液酒，买了红油肚丝、生拌豆腐丝、凉拌鸭掌三个凉菜和宫保鸡丁、麻婆豆腐、盐爆鱿鱼三个热菜，三个热菜选的都是可以回锅加热的菜，打包，连酒带菜放入纸箱里。

一箱酒菜装上车，芮小丹拿出手机给丁元英打电话："乖，我回来了……你十分钟以后下楼，我去接你……不在外面吃，我已经准备好了。"

挂了电话，芮小丹开车直奔嘉禾园小区。

丁元英已经在楼下等候，芮小丹远远就看见了，只要一见到那个熟悉的身影，她心里就会涌起一股满足感，脸上就会浮现出灿烂的笑容。

丁元英上了车，说："肖亚文来过了，前几天来王庙村取证据，她说不收代理费，希望有机会入股公司。欧阳雪正愁公司没人管，一拍即合，已经签了股份转让协议，肖亚文认购了叶晓明他们退掉的股份，这样一来，公司既不用转让也不用托管了。"

芮小丹一愣，刹那间就反应过来了，高兴地说："那太好了，亚文那么精明，这公司让她管理肯定有希望，对欧阳和亚文都合适。"

也就是在这一刹那，芮小丹脑海里突然浮现出1995年5月在法兰克福与肖亚文见面的情景，肖亚文说的那段话犹在耳边萦绕：认识这个人就是开了一扇窗户，就能看到不一样的东西，听到不一样的声音，能让你思考、觉悟，这已经够了。其他还有很多，比如机会、帮助，我不确定。这个在一般人看来可能不重要，但是我知道这个很重要。

她油然一笑，心里暗暗自语：白领就是白领，不简单。

车子掉转过方向在小区的干道上慢速行驶，芮小丹腾出右手从挎包里摸出那张写好的字条递给丁元英，说："给你写了张条子，你看看。"

丁元英打开一看，上面写着——

这些天我想了很多很多，关于文化属性，关于你和我，关于乐圣公司与王庙村，关于已经发生的和可以预见的……我从来没有像现在这样这么沉溺于思考，好像突然有很多很多话要跟你说，有很多很多问题要跟你讨论。

你送给我的礼物不是神话，是觉悟。

你与传统习俗格格不入，这使你不愉快，也给周围的人带来不愉快。如你所说，不该作为的不作为就是作为。你确实适合清静，还是乖乖在屋里待着吧。

归纳了几个问题，请你回答——

问题 1. 我不想当律师了，突然有一种想写作的冲动，写小说，写剧本，揭示不同文化属性的人生命运。你对此怎么评价？草率？心血来潮？

问题 2. 你对我开始厌烦了吗？

问题 3. 当我去法兰克福大学读研的时候，你会在哪儿？

丁元英看过之后说："第二个问题命题错误，答即有错。"

芮小丹心里美滋滋的，问："那就是根本不烦了？怎么见得？"

丁元英说："那儿。心不动，它不干活儿。"

芮小丹说："男人最不可靠的就是那儿，都怕闲着，信用等级最差。"

丁元英说："所以，一门深入才有了证明力。"

芮小丹习以为常地笑了笑，说："如果流氓协会竞选会长，你肯定是相当有竞争力的候选人。除了这个，你就不能有其他的回答吗？"

丁元英说："不能，只要是需要证明的感情就有错。"

芮小丹心里更得意了，转而又问："你说，酒这东西是乱性还是见性？"

丁元英说："见酒性，乱理性。喝多了话多，没分寸。"

芮小丹说："我认为是见真性，乱假性。"

丁元英笑了，说："那你就是给人挖坑下套了，不喝你的酒就是怕露真性，喝了你的酒说明平时都是假性，怎么都不真。你这是审犯人审多了，职业思维模式。"

芮小丹说："记得1995年在南村小区楼下我第一次见到你的时候，你一身酒气，我看你就像个流氓，后来才知道你并不喝酒，楚风大哥跟你喝酒就是为了听你说酒话。今天我特意给你买了一瓶白酒，我陪你喝酒，我也听听你说酒话。"

两人一路聊着到了玫瑰园小区，芮小丹小心翼翼把一箱子酒菜搬下车，丁元英这才知道原来酒菜就在车上。芮小丹打开车库大门，把汽车开进了车库。丁元英自然明白，今夜肯定是不能回去了，而今夜要谈的事情也绝不仅仅是温情浪漫的事情。

2

芮小丹一阵忙碌，先摆上餐具、香烟、饮料，再焖上大米饭，预备酒后的主食，把三个凉菜装盘，把三个炒菜回锅加热了一遍，一桌酒席准备好了。这情景似曾熟悉，两年前的这个季节也是她请丁元英喝酒，两年后的今天心境已全然不同。两人的杯子一样，都是喝纯净水用的玻璃杯，只是芮小丹的杯子里是可乐，而丁元英的杯子里是白酒。

丁元英看了看杯子里的酒，足有四两。

芮小丹端起半杯可乐说："酒，慢慢喝，别喝醉了就行。今天是我问，你答，海阔天空聊到哪儿算哪儿。来，干一杯！"

丁元英喝过酒，说:“先回答你字条上的第一个问题，你不是可以做，也不是我或你父亲希望你做，而是你适合这样做。人从根本上只面对两个问题：一是生存，得活下来；二是得回答生命价值的问题，让心有个安住。”

芮小丹问:“你安住了吗？”

丁元英笑笑说:“没有，我痞性太重，牧师都说我没救了。”

芮小丹长长叹息了一声，压抑地说:“杀富济贫，破坏性开采市场资源，让井底的人患上精神绝症，这些都已经可以预见了，我也有了犯罪感。如果林雨峰真跳楼了，我就更觉得有罪了，这和击毙罪犯不一样。可我就不明白了，扶贫错了吗？法律承认和允许的竞争错了吗？如果农民不靠自己所能，那贫困农民的出路在哪儿？怎么才能得救？这根本不是就事论事可以回答的问题，还得落到文化属性上，还得说觉悟。”

丁元英说:“因此我认为，中国应该多一个由你注册的强势文化传播公司，你应该整合你的社会关系资源，埋头学几年、十几年，吸纳、整合零散能量，从你的第一本书、第一个剧本、第一部电视剧做起，用小说的形象思维和影视艺术的语言去揭示文化属性与命运的因果关系，去传播强势文化的逻辑、道德、价值观。”

芮小丹说:“我就是想做这件事，心里非常冲动。不管我是不是不自量力，我就为这个去留学，争取有一天我能以我的方式告诉别人，神就是道，道就是规律，规律如来，容不得你思议，按规律办事的人就是神。”

丁元英端起酒杯，说:“为你的这个觉，碰一下。”

芮小丹确实觉得这是一件值得干杯的事，喝了一口可乐，然后问:“当我在法兰克福大学读研的时候，你会在哪儿？”

丁元英问:“你希望我在哪儿？”

芮小丹说:“我希望你待在布尔伦布大街的老房子，这是一个适当的距离。太近，我静不下心学习；太远，我太痛苦。

我一边学习一边打工，既能多陪母亲还能攒点零花钱，每个周末我去柏林看你，这样我每过一天就离周末近了一点，每天都生活在希望里。”

丁元英说：“那我就在柏林待着。”

芮小丹说：“我希望的和你原来既定的不是一回事，我是问你，在你没认识我之前你对将来是怎么打算的？你不可能在古城临时一辈子。”

丁元英答道：“我原打算……不，是理想……等有钱了我就在柏林近郊买一套像你这样的房子，做一间特别隔声的听音室，上下左右没有邻居，没人敲暖气管抗议，能把音响开到听力的极限，音质至真至纯，能被《伏尔加河》《新大陆》这种排山倒海的音乐淹没，不知道自己是谁，不知道自己在哪儿，那就行了。”

芮小丹说：“在柏林买这样的房子就不是这个价钱了，也不是这个生活成本。”

丁元英说：“没钱的时候就选择既清静又生活成本低的地方，有条件了就选择更清静点的地方。在柏林你不必担心买到假手机、注水肉，不必为电话故障一趟趟求电信商，不必为当官的汽车闯红灯动肝火，法律、治安和社会服务环境都要好一点。我没什么志向，就想不招谁不惹谁地过自己的日子。”

芮小丹说：“女人与男人的对话方式只有两个，要么躺着，要么站着。所以，我总愿意把你想象成一个流浪街头的醉汉，想收留你，却不敢想象收留你的门槛有多高。你说过，给你扔块馒头就行，可你要的这块馒头太大了，我这个穷家养不活你。”

丁元英又喝了一口，只一会儿工夫杯子里的酒就快见底了，吃了几口红油肚丝和生拌豆腐丝，问：“为什么要养活我？”

芮小丹回答：“心理，女人的心理需要。和你在一起，我还没自信到不需要证明是站着跟你对话，而上帝给了你一根那东西，你生来就不需要证明。”

丁元英说："如果这么养着，我也就剩那根东西有点用了。"

芮小丹微微一笑，说："所以你的思辨得有点用，我的打算和你的打算需要结合，需要建立一个结构。说到底还是我太贪了，还想天长地久，还想站着对话。告诉我，你认为我将来做文化公司能挣多少钱？然后根据这个参数给我一个设计建议。"

丁元英说："我在1996年就提过，国家机器不缺一个迟早要被淘汰的女刑警，而社会应该多一个有非常作为的人才。以你的条件、阅历和人际资源，只要你努力，你在15年内至少能挣到1000万。我给你两个建议，一是你不以求职应聘为生，要学位意义不大，应该什么有用学什么，不影响创作、经营，学个十年八年的，就为有个学习环境。"

芮小丹感到吃惊，既为挣钱的估计吃惊，也为学习态度吃惊。

丁元英喝一口酒，点上一支烟，接着说："二是我借给你500万，3%的年息，第15年一次偿还本息725万。你预支这笔钱在柏林买一套这样的房子，养着我。房子按2%的折旧计算，15年折旧150万，加上15年的利息225万，你的绝对风险是375万，这就是你要证明站着对话的代价。于我而言是经营资本，于你而言是收留我。"

芮小丹往酒杯里添了一点酒，问："如果五年以后你嫌我老了呢？"

丁元英说："有可能，而且不止这一个如果。也许五年以后你嫌我平庸了，也许有一天你把我扫地出门了，但这都不影响独立的债权债务关系，也不改变今天的事实。五年以后我不嫌你老，你就可以不老了吗？五年以后我变成了一个色狼，值得你回头看一眼吗？"

芮小丹笑了笑，端起杯子说："采纳你的建议，定案！"

丁元英端起杯子说："为中国的文化圈即将多出一个声音，

干杯！”

几巡酒过后，夜幕在不知不觉中已经悄悄降临了，屋子里的光线越来越暗。芮小丹起身去开灯，拉上窗帘，然后坐回原处。她看了看酒瓶，酒瓶里的酒已经下去了一多半，杯子里剩下的酒也不多了，这时候的丁元英已经有了几分醉意。

芮小丹问：“今天喝不少了，还喝吗？”

丁元英说：“就是你说我像流氓的那次，我和韩楚风两个人喝了两瓶，括弧，没喝完就都倒了。今天你把我两年前的建议采纳了，我很高兴，得喝。”

芮小丹说：“只要不是我觉到、悟到的，你给不了我，给了我也拿不住，叶晓明他们就是例子。只有我自己觉到、悟到的，我才有可能做到，我能做到的才是我的。”

由于酒精的作用，丁元英浑身燥热，说话的兴致更浓了，有几分醉态地说：“不管是文化艺术还是生存艺术，有道无术，术尚可求也。有术无道，止于术。你的前途在哪儿？就在无明众生，众生没有真理真相，只有好恶，所以你才有价值。觉悟天道，是名开天眼。你需要的就是一双天眼，一双剥离了政治、文化、传统、道德、宗教之分别的眼睛，然后再如实观照政治、文化、传统，把被文化、道德颠倒的真理、真相颠倒过来，随便你怎么写怎么拍都是新意和深度，这就是钱，就是名利、成就、价值，随便你能说的什么。”

芮小丹笑而不语，知道丁元英这是在说酒话了。酒话虽然少了点分寸和聚焦，却是更赤裸裸的心里话，这让她感到亲切、安逸和温馨。

丁元英又喝了一口酒，兴致盎然地说：“用道眼看与用人眼看一样吗？不一样。什么叫特殊感觉？什么叫立意要高、挖掘要深？那不是挖地沟，想挖多深挖多深。也不是爬楼梯，想爬多高爬多高。不在那一道上，你不可能会看到那一道的真相。立意要高、挖掘要深，充其量是个猜测和揣度的版本，不得究竟。”

芮小丹注意到，丁元英刚喝过一口酒却又端起杯子去喝，一口把杯子里的酒喝干，已经有些下意识动作，她觉得再喝下去就要醉了。

丁元英在酒劲的渗透下漫无边际地说：“昨天下午我一个人坐在屋里听音乐，听苏联红军合唱团的《伏尔加河》曲子，听了很多遍，脑子里浮现着俄罗斯抗击拿破仑、抗击希特勒的画面，很伤感，心里很不是个滋味。俄罗斯是个伟大的民族，历史上没有什么人能战胜他们，但是在世界两大阵营50多年的意识形态对抗里，他们却输在了他们还没有完全读懂的文化里，而美国尊重客观规律的文化最终使他们得到了靠飞机大炮不能得到的胜利，以至于联合国都成了一个失宠的王妃。在中国，有人动不动就拿民主指责共产党，可是他们根本就不知道，中国的政治文化也是传统文化的牺牲品。把几千年沉积的文化属性问题全都记到一个只有几十年历史的政党账上，这不公平，也不是真实的国情……”

丁元英说到这里有些激动，下意识地又要端酒杯，发现杯子里空了，看看芮小丹，见芮小丹并没有给他倒酒的意思，就想自己倒酒，却被芮小丹阻止了。

芮小丹说：“你不能再喝了，再喝就醉了。”

丁元英酒兴正起，说：“今天这个日子不醉，更待何时？”

芮小丹果断而坚决地把那半瓶酒拿开了，随手摁下电热壶的电源，准备烧水给丁元英泡工夫茶。她把烟和打火机递给丁元英，温柔一笑说：“小傻瓜，正因为今天有特殊意义才更不能喝醉，喝醉你就不好好干活儿了。”

丁元英说：“都半斤酒下肚了，货色肯定打了折扣。”

第三十七章

1

1998年7月3日，星期五。早上，芮小丹刚上班就被叫到局长办公室。

局长没有像平时接见下属那样先让座，而是直截了当地说：“小丹，给你两个小时的准备时间，两小时以后我派车送你去省厅刑侦处报到。这次出去时间可能会长一些，要特别注意保密。有问题吗？”

芮小丹想了想说：“没什么好准备的，冰箱里没多少东西，水电气都关着。让车子在我门口停一下就可以，我去拿几件衣服。”

局长把介绍信递给她说：“那好，你们现在就走，我通知司机。”

等芮小丹走到楼下，小车队的司机小刘已经站在一辆桑塔纳警车旁边等候了。芮小丹上了车，到家里拿了几件衣服和洗漱用品就去了省城明川。

明川距古城180公里，一路全是封闭高速公路，两个半小时就到了明川，直接开进省公安厅大院，芮小丹独自一人来到刑侦处报到，工作人员把她带到徐处长办公室。

徐处长见芮小丹到了，热情地从椅子上站起来招呼她坐下，接过她递过来的介绍信看了一下，说："你们局长已经来过电话了，知道你这个时间到，这边的人也到齐了。你先看看这个，回头咱们到会议室谈案子。"徐处长说着将桌上的一张通缉令递给芮小丹。

> 公安部通缉令（A级）编号：公缉…………号
>
> 吴成祥，男，1954年4月17日出生，汉族，祖籍陕西延安，身份证号：…………护照号：…………大学文化，原任中国银行明川市分行行长，现批捕在逃。身高1.76米左右，中等身材，讲普通话略带陕西口音，懂英语。该人涉嫌贪污3700万元巨额公款，各地公安机关要立即部署查缉工作。发现该人即予拘留，并速告公安部刑事侦查局。对发现线索的举报人、缉捕有功的单位和个人将给予20万元奖励。

芮小丹看了一下，这是一张一年多以前的通缉令，是由省厅刑侦处直接经办的案子，这个案子在媒体和网上有很多报道，尤其是在本省内几乎路人皆知。

徐处长和蔼地笑着说："小丹，我印象中你这是第三次被借调吧？第一次是拐卖妇女团伙的案子，第二次是爆炸抢劫运钞车的案子，你表现都不错。"

芮小丹说："我干的都是跑龙套的差使，不值一提。我知道自己有多大能耐，能给前辈们跑个龙套已经很荣幸了。"

这时，处长秘书走进来对徐处长说："徐处，都准备好了。"

徐处长起身说："走，咱们到会议室谈。"

徐处长他们三人来到一间小会议室，屋里已经有三个人，其中一人在摆弄一台投影机，显然是技术工作人员。另外两个30多岁身着便装的男人芮小丹认识，一个是明川刑警队的侦查员黄文贤，一个是省厅刑侦处的侦查员曾华，过去因为工作关系都曾有过接触。

芮小丹热情地与他们握手寒暄了几句，几个人坐下。工作人员拉上遮光窗帘，打开投影机，大屏幕上出现了犯罪嫌疑人吴成祥早期与银行职员参加企业文化活动的画面。

秘书手里拿着一根两尺多长的教杆向大家介绍案情，说："原任中国银行明川市分行行长的吴成祥涉嫌贪污巨额公款一案，由于吴成祥逃到哥伦比亚后随即失踪，其他方面又没有可靠的线索，致使这个案子一度搁浅。根据我们目前掌握的情况，吴成祥的大部分赃款还藏匿在国内，他从一开始就给自己留了后手，一旦国外的资金被查封他还有机会重来。他在哥伦比亚改换身份进入洪都拉斯，以洪都拉斯护照进入美国。出售护照的大多是经济不发达国家，出售护照成了这些国家的一大财政收入，吴成祥利用这一点逃避警方追查。"

画面切换到广州一条大街的"楠楠健美中心"的门口，进入健身房，一个 20 多岁的女子正在教十几个女学员做健美操，旁边有一些多功能器、腹肌板、哑铃架等健身器械。这个女子身材曲线优美，相貌端庄、漂亮。

秘书用教杆指着屏幕上的年轻女子说："该女子叫沈楠，现年 27 岁，祖籍陕西秦谷县，与吴成祥是同乡，原是明川市歌舞团舞蹈演员，一度与吴成祥关系密切，她在吴成祥案发前 16 个月辞职，在广州开了这家健身房，距今已有三年与吴成祥没有联系。但是我们推测，这正是吴成祥精心策划的一部分，避免将来引发不必要的线索。吴成祥现在要解决三个问题：一是他自己在美国的合法长期居留；二是洗钱，以合法形式把钱转移到美国；三是把沈楠合法移民到美国。这都不是一般人能接的活儿，也不是一般人能支付得起的费用。吴成祥最终要达到的是两个人在美国一起生活的目的。"

画面切换到美国著名的纽约时代广场，一个穿灰色风衣的中年男人在广场上散步，此人中等身高，神态沉稳，举止做派都是上流社会的特征。

秘书的教杆指向这个中年男人说："在中国香港警方和美国国际刑警组织的协助下，我们设计了一个在美国、中国香港和内地之间从事洗钱和非法移民活动的香港人林青，他的公开身份是纽约圣勒斯担保公司第五大股东。吴成祥委托的人经过我们多方诱导，已经开始和林青正面接触，如果不出意外，实质性的交易将在不久后进行。"

讲到这里，投影关掉了，秘书和工作人员拉开窗帘，大家围椭圆形会议桌而坐，那个技术工作人员随即离开了会议室。

徐处长拿出一包烟给大家分发，也递给芮小丹一支，说："你也来一支。"

芮小丹尴尬一笑说："就是那次执行任务抽了一段，早就戒了。"

徐处长笑着说："这就怪不得我了，是林青给你设计的，抽得像都不行，是会抽烟，而且只抽公爵牌子的香烟。你这次的任务就是去广州的一座别墅给林青当二奶，你是佐证林青身份真实的细节之一，通过你的形象、谈吐、气质，表明你是那个阶层的名贵花瓶。"

"二奶"是指被男人以金钱等物质利益供养的婚外女性，以姿色和文化水平的差异又分为不同档次，从某种程度上讲也是包养人身份和财富的象征。

芮小丹接过烟尴尬地说："怎么到了我这儿除了坐台就是二奶？就不能让我干点别的？"

大家都笑了。

徐处长说："这个专案组分为四个独立小组，你们三人是一个小组，曾华任组长，刚才给你们看的是仅限于你们小组需要了解的情况，各组之间不发生联系，不通报情况，不允许打听其他组的人员、任务，一切行动由指挥部统一协调指挥。你们这个组的任务就是围绕着芮小丹的工作展开线索，确保在沈楠这个环节上不能出现问题。沈楠一定会以某种借口主动接近芮小丹，摸底、试探，一旦让她感觉有疑点，仅仅这一个环节的瑕疵就足以让吴成祥缩回去，所有的人力、物力、财力都将前功尽弃，几千万的巨款就将石沉大海。”

曾华郑重地点点头说：“我们明白。”

徐处长给秘书做了一个手势，秘书会意，从公文包里取出一套规定角色的证件放到芮小丹面前，然后徐处长说：“小丹，你现在把证件和武器交出来，从现在起你就得研究规定角色。你的枪，在你需要枪的时候会有人给你送去。”

芮小丹把汽车驾驶证、持枪证、身份证、工作证、手枪、手铐、枪套、子弹夹以及房门的钥匙、手机等物品全部交了出来，在面前摆了一大片。

2

古风岛并不是一座完全意义上的小岛，三面临海，一面与广州街区相连。进入古风岛地势越走越高，一座座规模不等、风格迥异的别墅依次呈现出来。阳光洒在安静的路面上，一条小河在高大榕树茂密枝叶的掩映下无声地流淌着一股清幽，50多座花园式独立庭院被格调和闲情浸泡着，无论是谁，匆匆的脚步走到这里也会变得缓慢下来，一股贵族阶层的气息就这样无须装饰而不经意地显现出来。

古风岛39号是户名林青的私人住宅，这是一套两层楼的建筑，花园、车库、欧式壁炉、美式沙发……该有的都有了，以显示房子主人的尊贵。房子的装修风格与家具的款式色调互相映衬，演绎着高雅与时尚。现代化的音响设备与天然石料的电视墙融合在一起，仿佛能让人听到古典与现代的对话。

芮小丹以规定角色的身份住进了古风岛39号，这座别墅与她母亲在古城玫瑰园小区买的别墅已经完全不是一个概念了，如果把玫瑰园的别墅搬到这里那就不能再叫别墅了，只能称之为一套独立建筑的房子。

她从住进这里的那一刻就不再是芮小丹了，她叫夏雨，28岁，北京人，南京外语学院毕业，原是中国进出口公司国际贸易部德语翻译，1994年8月辞职。她的合法职业是受雇于39号住宅的业主林青，看守这套房子。她有了一套新的身份，诸如北京居民身份证、北京机动车辆驾驶证、广州外来人口暂住证、广州博大图书馆借书证、广州万国大厦优惠消费卡、广州中国人民银行存折……

芮小丹住进了古风岛以后的头几天总是早出晚归，她的角色要求她必须是熟悉这个城市的人。她从穿着的服装、使用的化妆品乃至一个打火机这样的细节都进行了精心的设计，她把一般情况下的联络方式和紧急情况下的联络方式以及原则、纪律和夏雨与林青的关系背景都一一牢记于心，她等待着沈楠这个人物的出现。

一个星期之后的一天下午，芮小丹正在一个佛教网站的文字聊天室里看别人聊天，忽然门铃响了，她走到厅门打开摄像监控，监视器的屏幕上出现了一个身材健美、着装时尚的漂亮女子站在花园门口，手里提着一只棕色皮箱。此人正是沈楠，她终于登场了。

芮小丹拿起对讲话筒说："对不起，我不认识你。请问您是哪位？"

沈楠解释道："是夏雨小姐吧？我是楠楠健美中心的，我叫沈楠。我的一个朋友从美国回来，他的一个叫林青的朋友托他给你捎点东西，说你知道这事。我的这个朋友因为赶飞机来不及亲自给你送来，就委托我转交。呵呵，真绕嘴。"

芮小丹说："哦，捎东西这事我知道，那太麻烦您了，您请进。"说着她摁了一下电控开关，门开了。她也把房门打开，在门口迎候客人。

几句寒暄，芮小丹接过箱子，等沈楠换上拖鞋后请客人到客厅入座，然后从冰箱里拿出一瓶饮料放到沈楠面前，客气地说："您请。"

沈楠大大方方打开饮料喝了一口，笑笑说："你别您您的称呼，太客气了，你叫我小楠就行。那朋友说捎的东西里有个打火机必须得用Zippo牌专用的汽油，飞机上不让带请你谅解。不过没关系，Zippo专卖店能买到。"

芮小丹把茶几上还开着的笔记本电脑往旁边推了一点腾出一块地方，把棕色皮箱放到上面打开，一件接着一件翻东西找那只打火机，她把比较占地方的一个手袋和两条牛仔裤拿出来放到沙发上，很快找到了一只精美的打火机包装盒。

坐在旁边的沈楠看着东西惊叹道："哇，全是世界名牌啊！"

打火机是美国Zippo贵金属年鉴版，精美绝伦。手袋是法国品牌Fendi最新推出的一款形象高贵的经典。香水是美国KL-NOS以标志贵族女性为主题的呕心代表作。内衣是有着五十多年历史、只针对少部分人奢侈的wglmorz品牌，永远演绎女人的美好、性感和与众不同的诱惑。牛仔裤是美国名牌Levi's设计的一款超低身女装牛仔裤，苛刻的版型和最佳的水洗效果尽显性感、活力与自信。

沈楠用羡慕的口吻说："你先生真疼你啊。"

芮小丹点上一支烟抽了一口，平静地说："你朋友没告诉你吗？连这里的保安都知道我是干什么的，你就不用给我留着那层窗户纸了，我就是人们常说的那种二奶。"

沈楠一怔，不免觉得有几分尴尬，说："其实……你气质很好，一点儿都不像。我见过这样的人，整天就知道购物、打麻将。"

芮小丹说："没什么像不像的，价钱不同而已。"

沈楠说："你不怕吗？这个是要按重婚罪论处的呀。"

芮小丹说:“人家雇我看房子,犯什么罪?”

沈楠问:“为什么要干这个呢?”

芮小丹说:“为钱。”

沈楠又问:“你以前做什么工作?”

芮小丹回答:“翻译。”

沈楠说:“你这么漂亮,又有才气,可以出国呀,也可以嫁给一个有钱的男人。”

芮小丹弹弹烟灰说:“外国不是我们家厨房,不是我想进就进的。有钱的男人也不是菜市场里的鸡蛋,不是我想抓一个就抓一个。沈小姐,咱们谈的不是一个社会阶层的话题。”

沈楠看了一眼茶几上的笔记本电脑,不动声色地改变了话题,说:“我看你上的是佛教网站,你信佛了?”

芮小丹说:“我还谈什么信佛?无聊的时候看别人聊天打发日子。”

沈楠眼看着这个话题已经谈不下去了,就看看手表说:“哟,时候不早了,我那边还有生意,就不打扰了。我觉得你很有修养,咱们今天能认识就是缘分,改天我来看你。”

芮小丹问:“你是怎么来的?”

沈楠说:“我坐出租车来的。”

芮小丹说:“哦,那我开车送你回去。”

沈楠并不推辞,而是愉快地站起来说:“那太好了,你正好到我那儿认认门,我那健身房虽算不上高档,可马马虎虎还说得过去,以后你可以常来玩。”

芮小丹关掉茶几上的笔记本电脑,把烟放进包里,换上鞋和沈楠一块儿出去,先用小遥控器打开车库大门,再用另一个遥控器发动着里面的一辆黑色凌志汽车,进去把车开出来,重新锁上车库大门。

沈楠上车坐在副驾驶座位,说:“到西康路。”

此时正是下班时间,正值交通流量的高峰。芮小丹避开车辆拥挤的路段，熟练地绕道高速行驶，显得对广州的街道非常熟悉，用了 20 多分钟来到西康路楠楠健美中心。她把车停在路边等沈楠下车，而汽车在这个位置是不可以停留的，这很明显她是不打算进去了。

沈楠说:“都到家门口了，进来坐坐吧，别让我太没面子。”

芮小丹谦卑地犹豫了一下，还是把车开上去停在健美中心门前的汽车泊位。夏雨这个角色需要恰到好处的自卑，这是她内在人格矛盾的一个重要特征。

楠楠健美中心的健身场地有 100 多平方米，开着两台柜式空调，通风很好，几乎感觉不到装修材料和地毯的气味。健身器材有规则地排列在场地的一侧，大约有 20 个人在以不同方式健身。屋顶上星星点点的灯光柔和地打在每一处角落，既不炫目也不暗淡。

芮小丹在经过一台哑铃架的时候，一个欧洲相貌的小伙子目不转睛地看着她，等她刚走过去就听那个小伙子用德语小声自语了一句话，中文意思是:“我操，正点！”

不管是在中国还是在德国，生活中类似这样的事情芮小丹见多了，她对这种事的通常做法是不去理睬，但是今天的情况则不同，她需要用这种自然的事端自然地佐证她的身份，于是停下脚步，回头用流利的德语说了一句:“小子，请你嘴巴放干净点！”

小伙子愣住了，瞪大了眼睛说:“你……你听懂了？我以为你听不懂呢，对不起！”

芮小丹用德语问:“听不懂又怎样？”

小伙子尴尬一笑，懒懒地解释道:“如果你没听懂，你肯定会以为我说:小姐，你真漂亮啊！你高兴了，我也高兴了。”

沈楠一句没听懂，小伙子显然是这里的常客，沈楠过来问他:“怎么啦？”

小伙子不好意思地用生硬的汉语说:“对不起，我刚才说了一句不礼貌的话。”

沈楠又问芮小丹：“夏雨，他说你什么了？”

芮小丹说：“算了，他道过歉了。”

两人又往里走了几步，走到一块操练的方毯上，沈楠说：“怎么样？还过得去吧？”

芮小丹说：“挺好的。”

沈楠带芮小丹走到一台多功能器旁边，笑着说：“来，你也试试。”然后招手叫过来一个女教练，交代说：“你给夏小姐讲讲怎么用，我去一下办公室马上就过来。”沈楠说完对芮小丹笑了笑，快步去办公室了。

女教练热情地给芮小丹讲解多功能器的使用，还夹带着一些演示动作。芮小丹心想：不能做动作，也许一个不经意的细节就能被行家看出来是受过专业训练的。于是她只是听女教练讲解，不断地问东问西，一点儿没有上机操作的意思。

沈楠很快回来了，女教练对芮小丹礼貌地笑了笑走开。沈楠把一张刚刚填好的会员卡递给芮小丹，笑着说：“一点小意思，拿不出手，你可不能不给面子哦。”

这是一张一年的健身消费卡，芮小丹说：“这不可以。”

沈楠爽快地笑着说：“咱们一见面我就觉得有缘分，看着你就赏心悦目，跟你说话特别舒服。你放心，我还不算个太穷的朋友，吃顿饭、逛个街还能对付。”

芮小丹不宜再推让，便收下了说：“那就多谢了。”

沈楠看看表说：“已经到饭点了，你第一次来我这儿，说什么也不能让你空着肚子回去呀。走，我请客，咱们到美食大世界去吃珍珠生煎馒头。”

芮小丹说：“不了，改天我请你吧，我想回去了。”

沈楠的分寸也把握得恰如其分，说：“也好，日子还长着呢，改天咱们再聚。”

芮小丹告辞了，沈楠送她到门口，直到她的车在马路上走远。

回到古风岛，芮小丹把今天与沈楠接触的过程在脑子里认真梳理了一遍，包括每句话和每个细节，没有发现有不得当的地方，这才去厨房简单煮了一碗速冻馄饨吃了，吃过晚饭洗了个热水澡，时间就到了晚上八点多，她打开电脑上网。

芮小丹打开一个名为“海阔天空”的网站，输入用户名和密码后点击“登录”按钮，这时出现了几十个不同编码的进入端口，点击一个编码为“3128”的端口，界面再次提示输入密码，她又输入一组特定的密码，终于出现了文字对话窗口，这是特殊情况下公安内部绝对保密的信息传递方式。

她打出一行字：老板吗？我是夏雨。

对方打字道：老板不在，我是值班经理，请讲。

芮小丹：礼物收到了，已经与沈楠正面接触。

值班经理：你对自己的表现评价如何？

芮小丹：还可以。

值班经理：很好。沈楠登场是一个标志性信息，从推测上升到了推定，但是这不能成为法律上的证据，健美中心的会员来自各个方面，有几个国外的朋友不算异常。

芮小丹：明白。

值班经理：你准备对礼物怎么处理？

芮小丹：为难，一点不动似乎不合情理。

值班经理：裤子、手袋和打火机必须得用，其他的可以不动，以合乎情理为标准。

芮小丹：太贵了，以后不会强卖给我然后再扣我工资吧？

值班经理：哈哈，那可没准儿，制度也有个灵活掌握，还得看老板啊。好好干，等受到奖励用奖金抵扣也不错嘛。为了工作适当破费点，无碍。

值班经理：有消息说你不想干刑警了，打算出国留学。

芮小丹：经理，这个问题不在汇报工作范围之内吧？

值班经理：呵呵，闲聊几句，无碍。

芮小丹：不是不想干刑警，是女人老得快也淘汰得快，跑不动就成累赘了。

值班经理：唉，可惜了，你是个不错的刑警，你们局长都说你脑子好使。

芮小丹：哦？备受鼓舞！哈哈……

3

自从沈楠给芮小丹送过一次东西之后，两人渐渐有了一些接触，沈楠去古风岛找过几次芮小丹，芮小丹也约沈楠出来喝茶，半个月的交往使她们彼此不再陌生了。这天傍晚，芮小丹接到沈楠的电话，约她去云南米线城一起吃晚饭。芮小丹开车来到云南米线城的大餐厅，远远看见沈楠已经占好了位子在等候了。

芮小丹刚坐下，沈楠就把两张电话费收据和两张查询话费的话单交给她，说："下午我去电信局交费，顺便把你的也交了，省得你再跑一趟。"

芮小丹心想：用这样的方法查我的电话，好一个擦边球！她看了一下，座机和手机两项加在一起不到100元，就拿出100元递给沈楠，说："谢谢你，连这点小事都想着我。"

沈楠接过钱随手放到桌上，笑笑说："一会儿拿这个买单，就当我请你吃饭了。上两次都是你请我，我也不能太不自觉了。"

芮小丹一笑没说什么，招手叫服务员过来，点了三个小菜、一瓶啤酒和两份米线，然后拿出公爵牌香烟，用那只贵金属年鉴版的Zippo牌打火机点上一支烟，动作娴熟、自然而优雅，一派有闲阶层女性的浪漫风情。

沈楠下意识地欣赏着面前的这个女人，禁不住在心里自语：她真漂亮！她冲着芮小丹愉快地一笑，说："夏雨，我今天约你出来是想跟你商量个事，希望你有兴致，别像那张健身卡似的一次都没来，就为应付我个面子。"

芮小丹问："什么事？"

沈楠说："我想出去旅游几天，换换心境，可一个人出去太孤单，又找不到合适的人做伴。你有时间，咱们又谈得来，咱们两个结伴儿旅游是最好了。"

芮小丹说："这大热天的，去哪儿也不如在家里待着。"

这时，服务员把啤酒和小菜送来了。沈楠倒上两杯啤酒，两人碰了一下杯子每人喝了一小口，品尝了时令小菜，然后继续刚才的话题。

沈楠说："我老家在陕西秦谷，小时候跟我父亲回去过几次，就知道那地方穷，哪知道还有壶口瀑布和黄帝陵这么有名的地方。我想去陕西玩几天，看看兵马俑、华清池，看看壶口瀑布、黄帝陵，尝尝正宗的羊肉泡馍，顺便也回老家看看。"

芮小丹弹了弹烟灰说："我跟你比不了，你是自由人，我可由不得自己，不能想干什么就干什么。"

沈楠说："林先生这么宠着你，这点小事还能不同意？我就是想有个伴儿，你就当陪我出去玩了，所有花费都归我。"

芮小丹说："那就更不行了，我要去就自己出钱。其实谁不愿意出去旅游？我是不想让人家觉得我蹬着鼻子上脸。这事我不能答应你，得先问问林青。"

沈楠说："这容易，你现在就给他打个电话问问。"

芮小丹说："现在是纽约时间早晨七点多，这个时候打电话不合适。"

沈楠看看手表说："已经快八点了，该起床了。"

芮小丹在沈楠的再三催促下拿出手机，拨通了林青的电话。

林青："夏雨吗？"

芮小丹："是我。对不起，这么早打扰你休息了。"

林青："没有，我刚起来。有事吗？"

芮小丹："有个朋友想约我出去旅游几天，我想听听你的意见。"

林青："挺好啊，出去散散心，别老在屋里闷着。"

芮小丹："那我就答应人家了？"

林青："行啊，只要你开心就好。你在哪儿呢？怎么这么大噪声？"

芮小丹："我和朋友在云南米线城的大餐厅，这会儿吃饭的人多。"

林青："那你们先吃饭，回头我再给你打电话。"

芮小丹："好，我先挂了。你多注意身体，想你！"

芮小丹挂了电话，把手机放进手袋。餐厅里的声音太嘈杂了，沈楠根本听不到林青在电话里说了什么，只能听到芮小丹的声音。从芮小丹的言辞里沈楠得知，林青已经同意了。

沈楠非常高兴，端起啤酒杯说："太好了，来，就为这个干一杯！"

就在两人喝啤酒的时候，服务员把两份过桥米线上桌了，转眼间桌子上摆了一大片。云南过桥米线由精制高温汤、各类薄片嫩肉和时鲜蔬菜三部分组成，汤表面浮一层热鸡油起保温作用，肉片有海参、肚头、鱿鱼、鲜鸡脯等，时鲜蔬菜有豌豆尖、韭菜苔、豆芽等五六个品种。吃的时候先将嫩肉片放入油汤碗内烫熟，然后再将蔬菜、米线放入汤碗内烫熟，根据个人不同口味加入精盐、味精、胡椒粉、辣椒油等调料食用，非常鲜嫩可口。

两人把各自的米线自烹自调忙活了一阵，美美地吃起来。

吃饭间，沈楠冷不丁地冒了一句："夏雨，你的话费不多呀。"

芮小丹说："我打给谁呢？"

沈楠说："以后你闷了就给我打电话，我陪你聊。"

芮小丹说："陪我聊，你的生意还做不做了？"

沈楠关切地说："夏雨，你以后就这么过下去了？"

芮小丹放下筷子，用餐巾纸擦擦嘴唇悻悻一笑说："怎么可能？我已经28岁了，一天不如一天水灵，这个游戏的规则是只容你花开，不容你凋谢。"

……

这天晚上在沈楠的提议下，芮小丹经过林青的许可，在这顿晚饭上商定了去陕西旅游的事，她们谈到了旅游路线、费用预算，甚至连雨伞、塑料汤匙、药品这些细节都想到了，最后约定三天的准备时间，三天后飞往旅行的第一站——西安。

芮小丹回到别墅已经是晚上九点了，她第一件事就是打开电脑和指挥部联系，她必须在第一时间把这个新情况向指挥部报告。

她打出一行字：是老板吗？

对方打字道：我是老板，知道你那里有情况，已经等你多时了。

芮小丹：到陕西旅游的事，初步商定三天后飞西安。林青同意我赴陕，能否理解为是指挥部的意见？另：今天沈楠以帮我交电话费为名查询了我的通信记录。

老板：一、林青同意你赴陕是指挥部的意见；二、你的身份设置经得起调查；三、沈楠不敢贸然调查你，一查就暴露了她自己，她调查你的前提是首先保证自己没有嫌疑；四、对沈楠的陕西之行你有什么判断？

芮小丹：我仅根据这里的情况做两点判断：一、延安、秦谷是吴成祥和沈楠的老家，沈楠的陕西之行不可能是单纯的旅游，而应该是吴成祥行动计划的一部分，意在给人以取赃款的假象而试探、观察。二、沈楠不知道也不会参与赃款的藏匿、提取，这里既有吴成祥对她保护的成分，也有对她不信任的成分。因此，我认为不能也没必要对沈楠实施监控，沈楠的周围一定还有第三只眼睛，否则吴成祥策划她的陕西之行就没有意义了。

老板：正确。通报一个你需要了解的情况，吴成祥的代理人已经明确通知林青，吴成祥为了防止赃款转移过程中的黑吃黑，已经通过代理人与广州的黑社会达成交易，出100万元买你夏雨的人头，以此制约林青。

芮小丹：哈哈，我的头有这么值钱？

老板：杀手已经先一步抵达西安，以后会步步先于你们，以便于他们观察和隐蔽。吴成祥让沈楠拉上你有三个目的：一是让旅游的事实成立，为出行的真实意图做掩护；二是试探虚实，陕西这里安全，广州那里就会有动作，一旦他们发现陕西这里有人跟踪，广州和纽约那边就会立即停止；三是防止赃款转移的黑吃黑，拿你做人质。

芮小丹：明白。

老板：你们组的曾华和黄文贤今晚连夜开车赶往西安。延安是吴成祥的老家，他当行长期间曾为老家做过事情，目前尚不完全清楚吴成祥在延安的社会关系。陕西警方出于保密的考虑，从秦谷抽调三名刑警配合你们这次行动，他们熟悉当地的情况。

芮小丹：明白。

老板：你的安全不仅取决于你们这个组，其他组的行动不慎也会波及你的安全，你要特别小心。一旦情况紧急，会有人把武器给你送去。

芮小丹：明白。

老板：熟悉西安吗？

芮小丹：旅游去过一次，执行任务去过一次。我和沈楠讲的是没去过，以免旅游的理由牵强，让他们生疑。

老板：所以，要特别注意细节，慎之又慎。

第三十八章

1998年6月25日夜，上海伯爵音响制造有限公司董事长苏逸文结束了他在加拿大的商务活动，一行三人乘多伦多至上海的航班飞抵上海虹桥国际机场，刚出关口就被在大厅迎候多时的公司下属接走，两辆豪华轿车匆匆驶离机场。

伯爵公司早年是一家专门生产扬声器的街道民办企业，经过几十年的发展成为中国家庭影院音响的龙头企业，主要生产扬声器、音箱、AV功放等产品，资产2.1亿，其产品占家庭影院音响市场27%的份额，在Hi-Fi音响领域也有一席之地。伯爵公司与乐圣公司的区别在于，伯爵产品是针对普通家庭的娱乐音响，而乐圣产品是特别针对音乐发烧友和音响发烧友的发烧级高保真音响。伯爵品牌大众化产品的经营规模和市场效益非乐圣品牌可比，而乐圣品牌的品位形象和精神贵族化身又非伯爵品牌可及。

苏逸文40多岁，身材瘦高，略有些秃顶，四方脸，五官端正，穿着一件白衬衫，领带打得一板一眼，戴一副金丝边眼镜，文质彬彬的，但透过镜片，能看到一双敏锐、精明而沉静的眼睛，那是一种平淡的却又是高高在上的目光。

两辆车驶进伯爵公司厂区大门，在公司大楼前停下，整幢大厦静悄悄的，只有少数办公室还亮着灯。一行人来到三楼会议室，各部门负责人早已经到齐了，大家纷纷站起来跟董事长打招呼，苏逸文示意大家入座。

总经理付子清说："董事长刚下飞机就连夜主持这个会议，会议的重要性已经无须我再强调。格律诗事件已经沸沸扬扬，乐圣公司已经正式起诉格律诗公司。今天的会议就是研究乐圣与格律诗诉讼案可能会对伯爵公司产生的连带影响，并据此拿出相应对策。”

苏逸文说：“市场调研部提交的电子邮件报告我看过了，还是请刘部长先谈谈情况。”

伯爵公司的市场调研部名为市场调研，实际上就是公司的情报机构。

市场调研部刘家明部长站起来发言：“调研部认为这不是一件简单的商业纠纷案，也并非不关伯爵公司痛痒，格律诗事件有理由被解读为音响价格战的序幕，消费者有理由产生持币观望态度，事实上伯爵公司的销售已经受到了影响，而我们的警觉在于，如果格律诗是有计划、有预谋的攻击行动，一旦攻击乐圣得手，双方的优势互补就可能对伯爵构成威胁。这不是我们想不想卷入的问题，而是想不想都得被卷进去。”

刘部长的话音一落，会议室里就变得鸦雀无声了。在座的其他干部大多都保持了沉默的态度，眼睛里却分明写着：危言耸听。毕竟，格律诗只是一家仅有百万资产的小公司，还没有强大到可以翻云覆雨，而伯爵公司主营AV音响，虽然在Hi-Fi领域略有渗透，但毕竟不是主营业务。况且，乐圣已经拒绝了格律诗代表的求和，诉讼胜负几乎已见分晓，格律诗事件很可能只是音响市场的一个小插曲，谈不上对伯爵公司构成威胁。

总经理说：“我们都知道80年代初靠收录机起家的雅艺音响，雅艺固定资产从30万发展到两个亿用了十年的时间，而从两个亿到破产只用了三年的时间。一个称职的干部应该善于远远地就能发现可能存在的危机，不仅在还没有形成威胁之前就预先化解，而且还要转化为可以利用的发展机会。轻敌、迟钝是商家的坟墓，谁犯戒埋谁。”

苏逸文看了一眼刘部长，示意他继续发言。

刘部长说："乐圣一次性卖给格律诗1000副套件显然是在利用对方的幼稚和盲目，格律诗事件也就有可能是一次简单的清仓甩卖。但是，基于什么人做什么事这个守恒定律，只要我们看看组织、策划格律诗事件的核心人物是何许人，真相就一目了然了。我们知道格律诗的幕后人物是丁元英，我们通过各种渠道调查此人，此人是柏林大学经济学硕士，先后就职于柏林H.N.S国际金融投资公司、北京通达证券公司、柏林《世界经济周刊》经济发展战略研究员。此人在1994年6月创办私募基金，据业内人士估计，私募基金受托资本最少超过两亿元人民币，在不到一年的时间里从股市至少卷走两个亿。此人性格孤僻，不善交往，也没什么名气，但是真正了解他的人都有一个共同评价——鬼才。面对这样一个鬼才，我们还能说格律诗事件只是简单的清仓甩卖吗？"

总经理付子清补充道："格律诗是在与乐圣1比50的资本力量对比下发起攻击的，如果按此推论，一旦格律诗和乐圣优势互补，他们与伯爵的资本力量对比将缩小到1比4，格律诗又为什么不敢对伯爵发起攻击呢？"

苏逸文说："我们对很多情况还不了解，但是并不妨碍我们去做一个最基本的判断，谁胜诉对伯爵公司的威胁更大？是乐圣还是格律诗？"

销售部部长许家玉说："当然是格律诗胜诉对伯爵有威胁，因为乐圣胜诉只是各自退回原位，而格律诗胜诉则意味着他们掌握了更低成本的生产方式，价格是法宝，市场规律就吃这一套。伯爵产品全部在上海生产，综合成本比广东还要偏高，比格律诗就更高。"

企划部部长王振光也表态道："我同意许部长的意见。"

苏逸文看了看其他几位干部。

其他几位干部纷纷表态：我们也持这个观点。

苏逸文说："我们希望乐圣公司是一场虚惊，我们也希望这场诉讼只是 Hi-Fi 领域的龙争虎斗，但是这不妨碍我们预警在先和创造机会。因此我建议，伯爵公司以董事会的名义正式向格律诗提出我们愿以 650 万元的价格收购其公司，同时向媒体公开发布消息。”

650 万！这个天价的数字把在场的人惊呆了。

王振光脱口而出：“为什么？”

苏逸文说：“这里面有很多为什么，你问的是哪一个？”

王振光问：“为什么要收购格律诗？为什么是 650 万？”

苏逸文回答：“收购格律诗是预警和创造机会的需要，200 万收购是趁火打劫，400 万是抛媚眼。乐圣向格律诗提出 600 万的损害赔偿要求，说明格律诗有这个能量，我们在这个数上添加 50 万以示与争议标的有区别。”

财务部部长黄秋明说：“乐圣的 600 万赔偿要求是诉讼战术需要，是虚的。如果乐圣败诉真正的损失不止 600 万，如果胜诉实际损失达不到 600 万，我们尚不知道格律诗公司能不能胜诉，如果盲目收购，被告主体就会发生转移，就成了伯爵应对这场诉讼。”

苏逸文说：“你不接近它、不了解它，你怎么知道它值不值 600 万？你怎么知道它会不会胜诉？你又怎么知道该不该收购？你接近它了没有？看清楚了没有？谈判了没有？”

众人恍然大悟！

付子清解释道：“伯爵公司作为中国音响业首席，应该有显示身份和气度的表态。假如格律诗音箱成本合理，假如乐圣被挤出市场，即便伯爵真用 650 万收购格律诗，我们保守估算了一下，伯爵以纳入囊中的乐圣旗舰和格律诗音箱的双重优势大举挺进 Hi-Fi 市场，既降低发烧门槛又迎合发烧友追求个性的需要，至少能产生 1.4 亿的市场效益。这就是马太效应：你有，给你更多；你没有，把你原来的都拿走。”

许家玉说：“虚中有实，实中有虚，好！问题是，丁元英看不出来吗？”

苏逸文淡淡地说：“所以，那只是问个好，作个揖，一份人情而已。既然是格律诗胜诉对伯爵不利，那就做个姿态，礼尚在先，免得日后都撕破脸皮。这个动作要快，要在他们交换证据之前心里都没底的时候发布消息，过期就不值钱了。”

众人的表情里除了叹服，已经找不出多余的内容了。

第三十九章

1

刘冰的身子倚着门框，默默地抽着烟，默默地看着这位集董事长与总经理职务于一身的女人把宝马轿车开走了，心里空空荡荡不是个滋味。

这辆车他是在王庙村召开预备股东会议那天接手的，在两年零四个月的时间里，这辆车一直跟他朝夕相处，形影相随，俨然已经成了他生活的一部分。宝马是财富、实力与地位的象征，是令人神往的梦想。尽管养车的费用很高，而他从来不必为养车的费用担心，所有的汽油费、停车费、违章罚款都由公司付账。他喜欢那种驾驶宝马在都市里穿行的感觉，他喜欢西装革履从宝马车下来的时候那种被人仰视与羡慕的目光。

此刻这一切都成为了过去，而门前的车位也由原来的宝马变成了崭新的白色奥迪。肖总自己会开车，不需要他这个司机了。

他没有料到，情况会这样地剧变，这种剧变意味着即使公司胜诉他也没有出任总经理的机会了。他想不明白，为什么诉讼结果还没出来公司股权就发生了根本变化？为什么肖亚文会在诉讼前景凶多吉少的情况下入股公司？她又是根据什么判断出格律诗会胜诉？

刘冰正在黯然神伤，忽听有人搭腔："刘主任，闲着哪。"

刘冰这才注意到马路边有两个熟人走过来，看样子刚下出租车。来人是朝阳区慧通音响机架专卖店的店主杜小川，慧通店的部分机架从格律诗公司进货。

刘冰等杜小川走到近前，招呼道："杜老板可有日子没来了。"

杜小川说："淡季，不走货。"

刘冰请杜小川进店里，问道："需要啥货？"

杜小川说："四仓钢琴漆黑色五套，棕色两套，亚光黑色三套，原木贴面两套。两仓钢琴漆黑色三套，棕色两套。双柱音箱架两对，单柱音箱架一对……"

刘冰一边听一边用笔记到纸上，然后把货单放到茶几上，说："小杨去送货了，一会儿就回来。咱先把货搬到门口，待会儿好装车。"

于是两人就动手搬货。

正在干活儿的时候，门口来了一辆灰色保时捷豪华跑车，这辆车没有停到车位，正巧赶上小杨的车也送货回来，保时捷车挡住了面包车的通道，面包车只能在后面等着。一位戴墨镜的女士从保时捷车里出来，跑车这才开到车位，让开了通道。小杨看到门口的货物，直接把车停在了最方便装车的位置。

刘冰见女士往店里走，就上前招呼道："小姐，您请进，请随便看看。"

话音未落，又有一辆高级轿车开过来，在面包车的正前方停下，从车里下来两个穿白衬衣打领带的男人，轿车完全堵住了面包车的去路。刘冰见状快步走出去对两个下车的男人客气地说："对不起先生，您的车不能停在这儿，这辆车装完货就得出去。"

其中一个身材略胖的男人解释道："我们是上海伯爵音响制造公司北京办事处的，来找格律诗公司的负责人，只待两分钟就走。”

伯爵公司是AV音响领域大名鼎鼎的企业，他们来干什么？刘冰怔了一下，本能地联想到了眼前的诉讼，于是谨慎地说：“肖总不在，我叫刘冰，是格律诗公司办公室主任，你们有什么事可以跟我说，我负责转告。”说着，他拿出一张名片递过去。

胖男人接过名片看了看，收起，从公文包里取出一份文件交给刘冰，说：“这是经伯爵公司董事会讨论决定的意向书，本公司对贵公司的经营模式很感兴趣，意向出价650万收购贵公司。这个消息将在明天见报，本公司期待贵公司的答复。”

刘冰拿着意向书惊呆了，甚至不敢相信这是事实。

胖男人拿出钢笔和回执单，说：“刘先生，麻烦您在回执单上签个名字。”他等刘冰签上日期和名字，礼貌地与刘冰握手告别，坐上车走了。

刘冰目送着伯爵公司的车消失在车流里，忽然发现小杨和杜小川站在他旁边两眼出神地望着他，就说：“看我干啥？装车呀！”然后对身旁的女士客气地说：“小姐，您请进。”

这时，女士旁边又多了一个男士，显然是这位女士的司机。

刘冰将女士请进店里，热情地问道：“小姐，请问您想看点什么？”

女士环视了一下音响店里的陈设，指了指那套陈列的音响说：“我就要这套音响，包括配套的机柜和音箱架子。”

刘冰歉意地说：“对不起，没货。请您到门口看看玻璃上贴着的告示。”

女士说：“我的人昨天来过，看见告示了，也看见了这套音响。”

刘冰说：“如果这套能卖，早就卖出去了，等不到现在。实在抱歉，您再到别的店里看看吧。这套音响是样品机，总经理有过交代，不能卖。”

女士说："我有音响，论牌子比你这响，论价钱能买你这个三套，可我就看上了你这套音响，如果在别的店里能买到我就不到你这儿了。你不用抱歉，随你开个价吧。"

这时，杜小川走过来说："车装好了，结账吧。"

刘冰仍然歉意地对女士说："实在对不起，这真不是价钱问题，您还是请回吧。我得跟这位先生结账，失陪了。"

刘冰带杜小川到收银台的电脑前结算、收钱、开发票，抬眼一看，那位女士并没有离开的意思，反而在沙发上坐了下来，随手拿起茶几上的一本音响杂志翻阅，她的司机蹲在音响前端详一台台器材，也是一副不急不躁的神情。刘冰在店里工作一年多了，见识过各种各样的玩家，对眼前这位富贵女士的执着并不感到稀奇。此刻他的心思已经不在这单不能做的生意上了，而在那张伯爵公司的收购意向书上。

杜小川拿上发票上了面包车，小杨开车走了。

刘冰坐在电脑前没动，心里想，事实已经摆在那儿了，伯爵公司既然肯出650万，说明公司的价值肯定大于650万。他在电脑上算了一下，当初他有13%的股份，按650万的收购价计算，他可以分到84万，减去欧阳雪给他垫资的13万，还剩下71万。也就是说，他退出公司的代价至少是71万。

71万,一个让人吐血的数字!

他给肖亚文算了一笔账：51%的股份，肖亚文在入股的几天内就赚了300万。

刘冰心理不平衡了，极度的不平衡。是他们这些人艰苦创业了两年多，是他们死打硬拼才打下了今天的局面，可他们却一无所有，而肖亚文却不费吹灰之力就摘到了果实，就连他这个公司元老也得向一个小女人"肖总、肖总"地称呼……

他真是不明白了，肖亚文是根据什么判断格律诗公司会胜诉？伯爵公司又是根据什么判断格律诗公司会胜诉？为什么欧阳雪那么痛快就答应了他们退股？为什么他们刚刚退股肖亚文就控制了公司？为什么肖亚文刚一入股就有伯爵公司高价收购公司？这些是不是丁元英预料之中的事？是不是人家早有打算……

他在思忖，要不要给叶晓明和冯世杰打个电话通报情况，听听他们的反应？

这时，那位女士走过来问道："师傅，忙完了没有？"

刘冰关上电脑，略显不耐烦地说："您请回吧，等也没用。跟您说过了那是样机，总经理交代过不能卖，您不能让我为这事丢了工作吧？"

女士问："门口那辆白色奥迪是你们的车吗？"

刘冰说："是。这跟音响有什么关系？"

女士说："车在，说明经理没走远。既然你做不了主，就请你把经理叫来，我跟你们经理交涉。我今天来了，就没打算空着手回去。"

一直在旁边没说话的司机这时忍不住了，说："朋友，你知道这位小姐是谁吗？别说买你的音响，就是白用都是给格律诗这牌子面子。你不懂，叫当家的过来说话。"

刘冰心说，你就是皇朝天子来贴金也贴不到我刘冰口袋里。他并不在乎这个女人是何方显贵，但是顾客有这个要求，如果不应答就可能招来投诉，而且伯爵公司送来意向书的事也应该及时向总经理汇报，免得招惹不必要的麻烦。

于是，他拿起了电话。

2

肖亚文驾驶着宝马轿车去正天集团总部大楼，她提前到了十几分钟，就在楼下等了十几分钟，然后按照预约的时间十六点三十分准时来到正天集团总裁韩楚风的办公室。

她约见韩楚风的时候并没有说明具体来意，而实际上她是受丁元英的委托来向韩楚风归还宝马车的。为了还车，她昨天下午就把宝马送到了附近一家信誉好的汽车维修服务公司进行常规保养，今天上午又到一家信誉好的汽车美容店从里到外做了五个小时的全车美容，然后把油箱加满。经过美容的宝马车内饰一尘不染，车表如水晶般光润。

周秘书与肖亚文有过一面之交，点头一笑说："韩总正等你。"

肖亚文轻轻敲了一下门，听到韩楚风"请进"的声音后推门进去，见韩楚风正从沙发上站起来。办公室里只有韩楚风一个人，而满屋子的烟雾和沙发旁的几把椅子以及茶几上三个满是烟头的烟灰缸说明，这里刚才还是一番热闹场面。

韩楚风热情地说："请坐，请坐。"

肖亚文坐下，从挎包里拿出宝马车的全部手续和车钥匙放到茶几上，说："韩总，大哥委托我把车给您送来。小丹有辆车，公司刚买了新车，您那辆车用不上了。"

韩楚风一愣，说："你又是大哥又是公司，这口气里有东西嘛。"

肖亚文拘谨地笑了笑，说："在丁总面前晃悠几年，长级了，正赶上有个机会，就混进公司了。"接着，她简要介绍了一下最近发生的事情。

韩楚风笑了，说："一年多不见，都成格律诗掌门了，好、好啊。只是那辆车是我输给元英的，不能再送回来。"

肖亚文说："大哥说了，车子用了两年多，意思到了。小丹有车，他也确实用不上。"

韩楚风手一挥说："行，随他吧。"

这时，肖亚文的手机响了，她歉意地看了看韩楚风，然后接听电话。

电话是刘冰打来的，说："肖总，刚才上海伯爵电子公司北京办事处的人送来一份收购意向书，提出以650万元收购格律诗，还说这消息明天见报，这个情况我跟你说一下。再就是店里有个女顾客来半天了，非要买那套样机，怎么解释都不行，要直接跟你谈，你看这事该咋处理？你是不是回来一趟？”

肖亚文说：“那套样机欧阳已经买了，不能卖。我一会儿就回去。”

办公室里很静，刘冰的嗓门又大，电话里的内容韩楚风无意间听得清清楚楚，他一下子就想起了那年去五台山的时候丁元英提及过伯爵公司这个名字，现在这个名字果然以落井投石的方式出现了。他见肖亚文关了手机，就笑道：“亚文，看你文文静静的，我还真想不出你站在法庭上会是怎么个风采。”

肖亚文不好意思地一笑，停了一下说：“韩总，公司有个事我想跟您咨询一下，要是有什么不妥的地方您别生气。”

韩楚风说：“咨询又不是做决定，你说。”

肖亚文说：“公司租用正天商业大厦地下仓库的合同是今年10月底到期，当时多租了几个月是考虑音箱存在销不出去的可能，现在那个仓库已经没用了，如果现在还有人想租，我的意思是在正天商业大厦不受损失的情况下能不能提前解除租赁合同，这样公司就能节省四万多元的房租。我想咨询的是，如果我去正天商业大厦谈这事合不合适？正天商业大厦有没有可能退四个月的房租？如果正天商业大厦可能有损失我就不谈了。”

韩楚风说：“谈不上损失，那仓库随时都能租出去，我看你可以找马总提提。”他思忖了片刻，说：“马总他们几个刚走，你现在下楼到大门口等着，我给马总打个电话，你们在楼下的广场见面。记着，就你们两个谈，有个意向了再走程序。”

肖亚文拿上挎包起身说：“谢谢韩总，那我去了。”

肖亚文下楼来到正天总部大楼广场，此时的烈日已经斜向了西边，但是依然像火球一样烤着大地。她在门口巡视了一下，见广场的一角有个漂亮的自行车停车棚，这个位置紧挨着停车场，于是走过去站在车棚的阴凉下等候。

一会儿，一辆黑色奥迪 A6 轿车驶过来，在离她有十几米的车位停下，正天商业大厦的马总经理从车里出来，朝她做了一个打招呼的手势。

肖亚文几步走过去与马经理握手，寒暄道："对不起，给您添麻烦了。"

马经理笑着说："意思我都知道了，可以理解。你待会儿还要去哪儿？"

肖亚文说："谈完了事我就回音响店了。"

马经理拉开车门说："那就上车吧，我送你，咱们车上聊。"

肖亚文上车，等车开动了之后问："马总，您看这事为难吗？"

马经理说："退你四个月的房租，再赔你一个月租金的违约金。你就在店里等着，过几天我派人找你协商，你在协议上签个字收钱就行了。"

肖亚文说："我违约了，你们还赔我违约金？那不行，谁的面子也不能这么办事。"

马经理笑笑说："这事要办就得有违约的一方，不是你违约就是我违约，谁违约都得付违约金。那块地方想租的人多着呢，我必须是为了照顾关系才不惜跟你违约租给他人，不违约就不够意思，违约才有价值。你要不想害我就接受违约金，这个钱是承租方出，正天商业大厦不会有任何损失。承租方出了钱还得感激我，不出钱反而不是个人情了。"

肖亚文明白了，感叹地说："长了一回见识，真黑呀！"

马经理哈哈一阵大笑，然后摇摇头感慨地说："不是咱想黑，是不黑不行啊！用元英的话说，这世界要不是黑白颠倒，那还叫众生吗？那该叫天国了。"

……

两人一路聊着到了格律诗音响店，肖亚文下车，马经理开车走了。肖亚文看了看面包车旁边的那辆保时捷豪华跑车，走进店里。

小杨正拿一条毛巾擦汗，看样子也是刚进门。

刘冰在接待两位挑选音响机柜的年轻夫妻，见总经理来了，就对那位女士说：“这是我们公司的董事长兼总经理，你的事跟她一个人说就行了。”然后从收银台拿来伯爵公司的收购意向书交给肖亚文，说：“肖总，这就是伯爵公司送来的意向书。”

肖亚文草草看了一眼意向书，收进包里，问女士：“小姐，是您要买音响吗？”

女士将信将疑地打量着肖亚文，问道：“你是管事的？”

肖亚文说：“是的。让您等了这么久，我很抱歉。请允许我向您解释，这套音响不仅是样机，而且已经售出了，买这套音响的也是一位女士。所以确实很抱歉，这套音响确实不能卖给您，还请您多谅解。”

女士问：“就是你把音响界搞得沸沸扬扬？”

肖亚文答道：“我没那么大能量，也不能回答您这个问题。”

女士说：“我是歌手楚婕，很喜欢音响，朋友都叫我39婆，都烧到39度昏头了。其实我对国产音响并不感兴趣，最近到法国演出，逛音响店的时候发现了这种两台前级四台后级的推法，当场就镇住了，一打听还是国产的，回来我就找这套音响，已经买不到了。”

女士说着摘下墨镜，果然是当红摇滚歌星楚婕。

肖亚文说：“楚婕小姐，我很喜欢您的歌。幸会，幸会！”

楚婕说：“好剑得卖给好剑客，好音响得卖给喜欢它的人。我工作很忙的，今天在这儿等了这么久，不拿到音响我是不会走的。你说样机已经售出了，可样机还在。你既没标识售出也没标识非卖品，我就有理由认为是可以购买的商品。”

这下肖亚文作难了，说：“楚小姐，这套音响真已经售出了，买主是欧阳小姐，她既是我的朋友又是公司股东，因为这对音箱是最早的一批，她想留一套原汁原味的。也因为她是公司股东，样机一提走店里就空了，所以还一直在这儿摆着。”

楚婕说：“那我就更得要了，我就要第一版原汁原味的。”

肖亚文想了一下，说：“我是真被您感动了，可我也真作难了。这样吧，我给欧阳打个电话，您跟她说，她要同意您就拉走，她要不同意您也别让我作难了。”

楚婕说：“好，你打吧，我跟她说。”

肖亚文从挎包里拿出手机拨通了欧阳雪的电话，把情况向欧阳雪介绍了一遍，然后把手机递给楚婕。

只听欧阳雪在电话里说：“楚小姐，你好，你好！我很喜欢你唱的歌，感谢你这么喜欢格律诗音箱，我同意那套样机转让给你，感谢你对我们公司的支持。”

楚婕激动地说：“欧阳小姐，谢谢你，太谢谢你啦！”

肖亚文对小杨说：“打包，装车吧。”

刘冰过来说：“小杨，你先把机柜和音箱架给人家送去，这儿我来，这么一堆器材拆下来包装得点时间呢，我装好估计你也就回来了。”

于是，小杨就去为那两位年轻夫妻送货。

刘冰在拆卸和包装音响，肖亚文、楚婕和楚婕的司机一起帮忙。

3

天黑了，沸腾了一天的都市转眼又沉落在灯火的海洋里。

那套音响终于还是被那位执着的女士买走了，店里的布局发生了变化，原先摆放音响的位置立刻显得空了一块。肖亚文经过反复观察、思量，和刘冰、小杨一起把商品进行了重新摆位，使空间与商品协调、合理。

忙到晚上八点多，肖亚文在前厅隔壁的储藏间把拖把和抹布洗干净，凑着水龙头洗了一把脸，用纸巾吸干脸上和手上的水，到前厅的收银台拿上挎包，又退到门口对重新布置的环境审视了一遍，这才对刘冰和小杨说："行，今天就到这儿吧。"

刘冰非常想问一下肖亚文对伯爵公司意向书的态度，话到嘴边突然意识到自己已经不是股东了，那不是雇员可以打听的问题，于是话就变成了："肖总，店里人手不够。"

肖亚文说："先这么维持着，等诉讼有个结果了再说。现在招人，一旦败诉了，人家刚上班就失业，那就把人家耽误了。你们锁上门吃饭去吧，早点休息。"

肖亚文推门出去了，走到崭新的白色奥迪车前打开车门坐进去，落下车窗通风。在太阳下晒了一天的车厢不但闷热，而且还有一股新车特有的装饰材料的气味。就在她启动车的时候，她从后视镜里看见小杨正在给店门外层的栅栏铁门上锁，而刘冰则站在门口呆呆地望着这边，那失落的神态好像是谁抢走了他的东西。

刘冰失落的神态让肖亚文心里瞬间滋生出一种莫名的悲悯，好像她就是那个抢了刘冰东西的歹人。她把车倒出来调整好方向，然后顺着出口上了马路。她理解刘冰的感受，也明白刘冰的思想变化。毕竟她这个警官大学的本科生在北京打工六年了，毕竟她有了六年的社会阅历。她知道，当人一旦从危险里跳出来，他就不再去关注这个事物的危险了，他的目光就会全部落在这个事物的利益上，这就是人。

夏日的晚风吹进车窗，吹拂在她的脸上，这样的情景很容易让人唤起清爽、飘逸和自由的感觉，然而她却全然没有在意，她的心被一场决定命运的诉讼牵着，不得不去没完没了地假设、推断，再假设、再推断……自从她接手了案子，她就没有睡过一个安稳觉，尤其是在接管了公司的短短几天里，她的脸颊消瘦了，眼睛里隐隐有了血丝。

但是，她是快乐的。

她注意到了自己的变化，她已经有好几天没穿职业装了，而穿衣服时也不再去考虑老板和公司对职业女性的形象要求，她可以穿自己所喜欢的那些简洁而得体、休闲而淡雅的更符合自己个性的衣服。这让她顿悟：原来女人可以不穿职业装也是一种权利。

汽车快要开到她居住的小区了，可她没有一点食欲，也没有做饭的兴致，特别想找个清静幽雅的地方待一会儿，让脑子好好放松一下，但是又舍不得花那种消费，犹豫了片刻还是决定消费一回，于是车到路口她掉转方向朝一条北京有名的酒吧街驶去。

本来做诉讼代理就是一件劳神的事，现在又凭空冒出来一个收购意向书，而格律诗与伯爵公司既没有利害关系也没有商业往来，这件事与当前的诉讼有没有关系？伯爵公司的意图是什么？这些都是个谜，必须得有个清晰的答案。她当然可以打电话向丁元英请教，但必须得是经过她思考而不得其解的时候。她觉得，她能争取到一个可以通过请教和询问帮助她判断事物的朋友就已经很幸运了，而越是这样，她就越需要让朋友对她有信心。

来到酒吧街，她在一个名叫“怀旧咖啡屋”的店前停下车。

怀旧咖啡屋是一个刻意突出怀旧情调的小店，店面虽不大，装饰也说不上豪华，却以其独特的个性而具有一定的文化内涵。一张老唱片、一个红袖章、一顶旧军帽……不经意的一件东西都能把人带回逝去的那段岁月。这里的顾客多为 40 岁左右的中年人，也有个别喜欢这种情调的年轻人，他们品着咖啡，在背景音乐与柔和的光线下低语而谈。

肖亚文在一张靠窗户的桌子前坐下，这个位置既可以享受咖啡屋的清静，又能观赏窗外的夜景，玻璃窗隔离了外面的声音，看着窗外犹如观赏一部无声电影。她喜欢这里质朴而执着的文化氛围，也喜欢观察有阅历的人交谈时的那种沉稳的神态。

要了一杯咖啡，她从包里拿出那张收购意向书再次审阅，看意向内容，看伯爵公司董事会的落款和公章，看伯爵公司董事长的签字。

不经意间，对面坐过来一个30多岁的男子，面目英俊，穿着高级短袖衬衫，留一头潇洒的发型，左手端一杯红酒，用最老套的方式问："小姐，我能请您喝杯咖啡吗？"

肖亚文对这种司空见惯的搭讪一向很反感，说："谢谢。不可以。"

男子对女士的这种回答显然也是听多了，并不介意，仍按经典套路说："被您拒绝真是一件让人愉快的事，您很漂亮，而被您拒绝更让我感到了您内在的修养。"

肖亚文一听就知道这是老手了，她不想因为这种文明的纠缠坏了心情，也觉得这种男人也应该给他点摧残，于是说："喝杯咖啡倒也没什么，然后呢？"

男子说："然后就闲聊聊。"

肖亚文又问："然后呢？"

男子怔了一下，说："然后……就没然后了。"

肖亚文说："那您为什么不请男士而一定要请女士呢？您不够诚实，而且您千万别说秀色可餐，那样的话您就坐到一边餐去，连咖啡钱都省了。"

男子有了一点尴尬，说："然后？然后就认识了。"

肖亚文仍问："然后呢？"

男子说："投缘的话，就会有一些交往，成了朋友。"

肖亚文继续问："然后呢？"

男子说："然后……就真没然后了。"

肖亚文摇摇头一笑，说："然后就上床了，不然您大可以秀色可餐。您看，一杯咖啡承载着这么伟大的使命，您还是留着有的放矢吧。"

男子尴尬难当，问了一句："那您来这种地方干什么？"

肖亚文说："那就得把这儿的老板请出来回答了，或是怀旧咖啡屋误解了您，或是您误解了怀旧咖啡屋。"

男子起身走开了。

肖亚文恢复了清静，继续思考伯爵公司意向书的问题。她静静地坐了三个小时，三个小时之后她得出了一个判断：格律诗的生产成本对伯爵公司可能有潜在威胁，伯爵公司此举只是虚晃一枪而已，意图不在于收购，而在于接近、了解。

她觉得伯爵公司给她上了一课，题目叫：居安思危。

第四十章

1

窗外下着蒙蒙细雨，林雨峰独自一人久久地站在办公室窗口从九楼的高处向雾蒙蒙的天空凝望，他不是在看什么，而是在想什么。办公室里寂静无声，只有墙上的电子表发出的轻微响声，电子表的指针离开八点半的位置，向八点三十五分靠近。

今天是法院指定本案诉讼双方交换证据的日期，法院在三天前就把通知下到了乐圣公司北京音响店，定于 1998 年 7 月 13 日上午八点半在法院第四审判庭交换证据，赵青和蒋律师已于昨天晚上抵达北京。尽管林雨峰对诉讼有信心，但信心毕竟不是结果，他心里还是隐隐萌动着一种无以名状的不安。

格律诗公司没有在法院规定的期限内提交应诉答辩状，放弃了一次答辩权利。自从叶晓明来深圳求和之后，叶晓明和冯世杰就再也没有在格律诗音响店出现过。这些说明什么呢？是对方从一开始就没打算打这场官司，还是格律诗公司内部出了问题？林雨峰在想：对方能拿出什么证据呢？如果像放弃答辩一样放弃举证，那就意味着乐圣公司不战而胜，但是，格律诗公司这种可能性有多大呢？

他从八点半开始等赵青的电话，如果格律诗公司放弃举证，那就成了乐圣公司单方面举证，时间不会太长，赵青的电话可能很快就会打过来。如果赵青在半个小时之内没有电话打过来，这个时间可能说明格律诗公司参加了举证，证据交换正在进行。

林雨峰时而在窗户旁伫立，时而坐到沙发上，时而又在房间里踱步，时间就这样一分一秒地过去了。当时间过了九点，他的思路全部集中在对方可能举出什么证据的问题上，这个时间使他确信，格律诗公司举证了。他被一种矛盾的心理困惑着，他实在想不出格律诗公司能举出什么有力的证据，而他的自信却又实实在在经受着没有理由的冲击。

九点二十七分，寂静的屋子里响起了清脆的电话铃声。林雨峰急忙走到办公桌前看来电显示号码，正是赵青的电话。他心里紧张了一下，但还是等到电话铃响到第三声的时候才从容拿起电话，同样以从容的语气说："赵青吗？我是雨峰。"

电话里夹杂着大街嘈杂的声音，显然打电话的位置已经不在法院的房间里。赵青斟酌着词语说："雨峰，情况……不太好。对方的证据很充分，格律诗实际上是个扶贫公司，完全是贫困村的农户式生产，一句话，在不是人待的地方干不是人干的活儿，跟老电影里的资本家一样，根本不是工业生产的成本概念，幕后策划是丁元英。现在志伟送我们去机场，能赶十一点三十五分的班机，详细情况电话里说不清楚，下午见了面再谈。证据里有录像资料，你让方秘书准备一下 VCD 播放设备。蒋律师刚才已经向阎所长通报了情况，败诉……几乎是定局了，可能需要考虑败诉以后的应对问题，你得……有个心理准备。"

林雨峰心里陡然一沉，轻轻放下电话。形势骤然发生变化完全出乎了他的预料，他的脑子突然呈现出一片空白，他的心也由隐隐萌动的不安突然变成了一种失重。败诉……农户式生产……丁元英……扶贫……这几个词不停地在他脑海里交替闪现。

他在沙发上静坐了半个小时，连续抽了三支烟。无论在此之前他怎样分析败诉后果，那都是建立在一种“理论可能”的心态上，而从来没有真正从“现实可能”的心态上去深思这件事，他总觉得那种可能性离他很遥远，遥远到只能发生在别人身上。当“败诉”的概念突然以“定局”的形式输入他脑海的时候，他就必须要用有血有肉的心去承受了。

半个小时后他从沙发上起来，拿上汽车钥匙走出办公室，对值班室的方秘书说：“我出去一下，不带电话了，手机在桌上，有电话你帮我应酬一下。赵总是十一点三十五分的班机，证据里有 VCD 录像资料，你找人把会议室的播放设备搬到办公室，下午两点半以前到机场接赵总，我三点钟在办公室等他们。”

方秘书点点头，说：“好的，我记下了。”

林雨峰乘电梯下楼，踏着细雨走到大厦停车场乐圣公司的泊车区，这里停着乐圣公司五辆轿车和两辆中型货车，他的车是一辆黑色尼桑。他发动着汽车，打开雨刮器清除掉风挡玻璃上的雨水，沿马路向东驶去。

2

汽车穿过几条大街，在城市边缘的一座大型商务建筑楼前停下，大楼正门两侧的墙上镶满了各类公司的牌子，一楼四周的门面也都是装潢精美的商号。林雨峰停车的位置是深圳萨罗尼艺术传播有限公司，大门两侧站着两个身着藏蓝色制服的保安。

一名保安见林雨峰走过来，恭敬而热情地打招呼：“林哥，好久没来了。”

林雨峰和蔼地问："周总在吗？"

保安答道："在排练厅。"

林雨峰径自去了排练厅，还没有进门就听见里面传出节奏强劲的音乐和女声演唱，推开厚重的大门，里面是一个500多平方米的大厅，大厅深处是一组宏伟而又具有一种历史沧桑感的大型布景，几根粗大精美却又断裂斑驳的古罗马特征的石柱或立或卧地散布在地上，背景是大片蔚蓝色的天空和丝丝缕缕的白云，如果在电视上看，无论如何难辨真假。周围是一些录音、录像设备和扯得遍地都是的电线。

排练区里，除了灯光和音响人员之外，一个留着长发和大胡子的导演手里拿着一根教鞭指挥排练，导演脸上没有一丝表情，严厉的目光像刀子一样锐利地盯着演员。三名拿着麦克风演唱的女孩子都在20岁左右，个个都是身材修长、美丽出众，在音乐和舞姿的渲染下更彰显出青春魅力。距离排练区十几米远的地方有几张长椅，其中一张椅子上坐着两个人在观看排练，椅子前面的桌子上放着烟灰缸、茶水、钥匙、手机等物品。

椅子上的人听到了脚步声，其中一个侧脸一看，立刻举手招呼了一下，回过头对旁边的人说："周总，雨峰来了。"

被称作"周总"的人叫周剑华，40多岁，是深圳萨罗尼艺术传播有限公司的董事长兼总经理，与林雨峰是同乡好友，早年在汕头起家，七年前来深圳开办酒店和夜总会，在黑道里有一定影响。此人头脑冷静，社会阅历丰富。

周剑华闻声起身迎上去，愉快地与林雨峰握手说："是雨峰啊，你怎么闲了？"

林雨峰笑笑说："生产销售都停了，闲着没事，找你聊聊。"

周剑华说："坐，坐。我这儿上了一档新花样，革命少女三人组合，用新配器、新唱法翻唱老革命歌曲，没准儿能火上一把，也是一种革命传统教育。你欣赏音乐比我在行，今天来了，帮我指点指点。"

林雨峰坐下说:“这是舞台综合艺术，听我指点，你怕是连成本都收不回来。前几天赵青跟我说，你们几个在金海饭店的酒桌上把我给批判了。”

周剑华的助手自觉回避了，到音响师的位置找了张椅子坐下。

周剑华把香烟和打火机递过去，一笑说:“那天凑到一块儿喝酒，又聊起你们起诉格律诗公司的那档子事，我和几个老总就数叨了你几句。赵青说我们不懂，说那是战略需要。我们觉得，你在处理对方求和的问题上有些欠妥。杀人不过头点地，何必再弄帮记者给人家抖搂抖搂?搞得满城风雨。你是音响界有头有脸的人物，得注意点风度。”

这时，排练区传来导演的大声呵斥:“停，停！”音乐声戛然而止，三位少女不知所措地看着导演。导演用教鞭指着一个金色头发的姑娘说:“你，把刚才的动作再做一次。”

金发姑娘做了几个舞蹈动作，导演的教鞭在空中挥舞了一下，姑娘随即摆着造型停止了舞动。导演皱着眉头走过去，伸出一只脚在那个姑娘的小腿上分别踢了两下，手里的教鞭敲着姑娘纤细的腰部说:“这样不对，腿要分开，臀部往下压一点儿。再来一遍。”

导演做了个手势，示意放音乐。音乐响起，三个姑娘随着音乐舞动、歌唱，却不料导演再度不满地喊道:“停！停！停！跟你们说过多少次了，动作要美，要有力度。”他用教鞭敲着黑发姑娘的小腹，“向后向后”。黑发姑娘赶紧将小腹向后缩。导演呵斥道:“我再重复一遍，是舒展风情，不是卖弄风骚，要严格把握情和骚的区别。”

排练继续进行。

林雨峰点上烟，说:“现在已经不是风度的问题了，刚才赵青从北京来电话，证据交换刚进行完，格律诗居然是个扶贫的公司，是贫困村的农户式生产。愣的碰上了不要命的，败诉基本上已成定局，真他妈见鬼了。”

周剑华愣住了，重复了一句：“扶贫？”

林雨峰说：“扶贫，农户式生产，那种场面能想象得出来。”

周剑华沉默了片刻，说：“你的大话都被媒体炒开锅了，真要败诉，怎么收场啊！”

林雨峰淡淡地说：“说大话是为了打击对方的信心，煽动媒体造声势。你以为我不说那句大话就可以不跳楼了吗？跟那个没有关系。市场一死，整个公司全死，跟着就是债主一窝蜂上门讨债，再接下来就是破产拍卖，我难道还去摆地摊糊口不成？事情到了这种地步，就不能不去关注一下那位幕后的丁先生了。”

周剑华起身说：“这儿不是说这种事的地方，走，到我办公室去谈。”

两人离开排练厅来到周剑华的董事长办公室，周剑华从冰箱里拿出两瓶饮料递给林雨峰一瓶，两人面对面在沙发上坐下。

周剑华说：“雨峰，恕我直言，你这种性格早晚是要栽跟头，即便没有格律诗事件，你也会在别的事上栽跟头。赵青第一次跟我聊这事的时候我就说，这事不能掉以轻心，就凭丁元英是正天集团总裁的朋友，就凭韩楚风送给他的那辆车，这个人物就肯定不简单。”

林雨峰说：“我正是基于这些背景去判断格律诗公司的情况，所以只往规范、现代的模式上考虑了，谁能想到几个发烧友的公司还扶的哪家子贫呢？从另一方面说，丁元英与他们确实没有利益关系，甚至原来根本就不认识，志伟去年就知道这个情况，不是现在。”

周剑华说：“也许，这事从一开始就是一个圈套。”

林雨峰说：“不是也许，而是就是。赵青他们坐十一点多的班机回来，下午就得和蒋律师讨论这件事，无非是撤诉或继续打下去的问题，我得拿出来个意见。”

周剑华问："威胁他？还是除掉他？收买肯定不行，伯爵公司已经开出天价了，如果能收买，现在应诉的就该是伯爵公司。"

林雨峰说："以你的处世方式，你会怎么处理？我想听听你的意见。"

周剑华从沙发上站起来，在房间里默默地踱来踱去，沉思了很久之后从林雨峰后面拍了一下他的肩膀，伤感地说："雨峰，算了！咱不玩音响了，潮起潮落是常有的事，不必太放在心上。你到我这儿来，想单干我帮你支一摊子，想热闹咱们就一个锅里搅和，乐圣那摊子交给赵青他们随便折腾去吧。"

林雨峰问："中国音响的餐桌上就真多我林雨峰一把椅子？"

周剑华说："杀人不难，杀了人不留麻烦难，杀手和知情人是你一辈子的隐患。不留麻烦也不难，到澳门指定的赌场输掉100万就没隐患，什么价位享受什么服务。当然，你出得起100万，破产以后你也出得起。好，不留隐患也容易了，但是不留心病难，你背着一条人命过日子，这是一辈子无药可治的绝症。这些，仅仅是其一，还有其二、其三。"

林雨峰点点头，说："有道理。说说其二。"

周剑华说："杀了一个丁元英乐圣公司就能得救吗？不会，只能垮得更快，因为你是做市场，社会形象和公众评价就是你企业的命根子。黑道上每天都在杀人，你看有几个是为了杀人而杀人的？都是为了逐利。如果市场救不了你，那么杀这个人的意义在哪儿？如果竞争不过人家就去杀人，你就是把全世界的奖杯都抢回家又有几分含金量？丁元英真跟你有深仇大恨吗？人家好歹是扶贫。你是真怕穷吗？你是丢不起面子。"

林雨峰再次点点头，说："同意。"

周剑华继续分析道："其三，黑道不是谁家的独家买卖，你能花钱买到的东西，别人也一定能。100万只能买你刑事责任的安全，但是买不了你其他方面的安全。韩楚风能把一辆

100多万的车送给丁元英，那得是多知己的朋友，正天集团总裁缺不缺那点买你命的钱？赵青说赞助十大音箱测评的是个经营赌场的女人，一般的朋友能不能做到这一点？这个女人缺不缺那点买你命的钱？除掉对手是为了自己能活得更好，如果是为了给自己掘墓，那么杀这个人的意义又在哪儿？”

林雨峰说：“看来，弱肉强食的法则放到哪儿都适用。”

周剑华说：“这些还都只是权衡利弊的东西，最重要的，你林雨峰对中国Hi-Fi音响也是个有功之人，是发烧友心目中的英雄，就为这，你这辈子都活值了，无论躺着站着都该是条好汉。这个污点你沾不得，只要沾上，别说你这辈子都擦不干净，你从前所有的成就感都会被葬送，你有多少钱也不妨碍发烧友评价你是个渣子。”

林雨峰身子无力地往后一躺，嘴角泛起一丝苦笑，感叹地说：“如果败诉只是舍几个钱的问题，我就没这么闹心了。脸蛋子啊！那可不是女人涂脂抹粉的脸蛋子！”

周剑华发自肺腑地说：“老弟，哥哥我不是好人，是过来的坏人，我是真把你当成朋友才说了几句人话。别人可以那样做，你不能。你在这种时候来找我这种朋友，潜意识里就有通过那种方式解决问题的念头。我在黑道混了这么多年，比你清楚，黑道不是万能的，道就是规矩，既有所能就必有所不能。争凶斗狠的那不叫黑道，那叫地痞流氓。”

周剑华走到办公室套间的休息室，从床头柜里拿出一支史密斯—韦森CS45手枪，又从文件柜里找出一个崭新的黑色高级公文包，把手枪装进公文包里，回到办公室在林雨峰的对面坐下，取出手枪放到茶几上，把枪柄转到林雨峰的方向往前一推，说：“这是支好枪，里面有七发子弹。不管你有没有那种念头，至少不能经过我的手脏了你的名字，如果有一天你真想杀了他，就面对面正人君子地给他一枪。既然杀了丁元英你也活不了，就别花那个贼头贼脑的窝囊钱了，有这100万留给你手下的弟兄，总比扔在那种烂筐里有功德。”

林雨峰拿起手枪看了看，放回包里拉上拉锁，拿起包站起来说：“听老兄一番话，我这心里有点数了。枪我先收着，谢谢！”

周剑华说：“我还是那句话，潮起潮落是常有的事，别太放在心上。”说着，他送林雨峰出了办公室，一直送到萨罗尼公司门口，两人在蒙蒙细雨中道别。

3

林雨峰从萨罗尼公司出来后没有回乐圣公司，他很想找一处清净幽雅的地方独自一个人静静地待会儿，自然就想到了咖啡屋。他开着车在市区的大街上巡视，在一条不太繁华的街道上发现了一个名叫老树藤的咖啡屋。

他下车前看了一眼车座上的那个放有手枪的黑色公文包，刚走了几步，觉得把枪留在车里不妥，就回来打开车门把公文包拿上，这才重新锁上车门进了咖啡屋。

老树藤咖啡屋是以老树和青藤为背景营造出一种远古森林氛围的咖啡屋，室内与自然光线完全隔绝，柔和的灯光明暗有别地照在室内不同的位置，清雅、幽静之中散发着一缕淡淡的野性，有许多看似不经意的地方摆着哲学、音乐、电影之类的书籍，若有若无的音乐从人们感觉不到的方位弥漫到每一个角落，让人恍若置身于遥远、圣洁的精神家园，舒缓着闯荡红尘的疲惫与无奈。

白天是咖啡屋最清静的时候，客人很少。咖啡屋深处的一角有位男子在品茶读书，褐色石板的茶桌上摆着一只古朴的陶艺花瓶，里面插着一枝鲜红的玫瑰。吧台是用厚厚的、带着原木树皮的棕色木板铺制，三名或光头或留长发的男子聚在一起，时而碰杯时而一笑，大概是在谈论前卫艺术和深邃的思想。

林雨峰找了一处旁边布满树藤的位子坐下，要了一杯40元价位的高品质咖啡。他要这杯咖啡并不是为了喝，就为占个位子。与其说他需要清静，不如说他需要消化这种突然的变化给他带来的心理波动，他不仅需要正视和接受现实，更需要应对现实。

林雨峰静静地坐着，偶尔端起杯子闻一闻咖啡的浓香，慢慢地品上一点点。他手里的香烟也是偶尔抽一口，更多的时候是香烟在他手里燃烧。他的外表是沉静的，而过于沉静的外表恰恰诠释着他内心的沉重，他被一种溃败的情绪笼罩着，严峻的现实与刚烈的性格绷紧了他的每一根神经。

乐圣公司已经把事态炒得沸沸扬扬，已经与格律诗公司形成了你死我活的态势。伯爵公司以宣布高价收购格律诗公司的方式一边送顺水人情一边落井下石，斯雷克公司以功放适度降价的方式既半推半就又坐收渔利，看似各怀心事地乱成一锅粥了，而从某种意义上讲他们已经与格律诗公司形成了不自觉的利益同盟。

伯爵公司的销售网络、国外知名品牌喇叭、格律诗的低成本制造，这三个优势元素的组合对乐圣公司的市场究竟有多大威胁呢？如果败诉，乐圣的经营体系真会瘫痪吗？就真这么不堪一击吗？还有没有井水不犯河水的可能呢？思前想后，他觉得如果在这些问题上再抱什么幻想就是自欺欺人了，无论出于什么原因，市场都是企业永恒的死穴，市场一死，企业的躯体再庞大也是一具僵尸。纵观商场惨败的案例，因为一着不慎而导致全盘皆输的案例举不胜举，自己怎么就不从中汲取点教训呢？

他在心里懊悔地叹息：都是那1000副套件的一招儿失手，聪明反被聪明误！人哪，千万别以为你比别人聪明多少，天下没有白掉的馅饼！

拿人家的音箱当托儿，拿1000副套件给人家设陷阱，拿诉讼置人家于死地，自以为高人一等，而当结果变为败诉的时候，所有的智慧都变成了愚蠢。是自己拱手给人家1000副套件使两家的音箱有了可比性，是自己的起诉和新闻炒作使自己成了格律诗公司成本与扶贫的义务宣传员。乐圣用自己的核心技术和自己的知名品牌打败了自己，用自己的矛刺穿自己的死穴……耻辱！耻辱啊！

极端的自尊心让他胸口像塞了一团棉花似的堵得难受，有一种要憋死的窒息感。格律诗够狠，伯爵够阴，斯雷克够损，乐圣够蠢。一向自负而刚强的他第一次体会到了什么叫欲哭无泪，什么叫欲诉无声。

局势的发展不幸真被财务部经理那天的发言言中了，一旦乐圣公司失去了靠现有资产走出困境的能力，在债权人眼里75%的资产负债率就已经等于资不抵债，因为乐圣的炉灶不再蒸馒头了，现有的馒头也贬值了，资产的变现所得肯定低于账面价值。

那么，败诉之后债权人会如何选择呢？破产清算、拍卖，品牌一文不值了，固定资产贬值了，市场网络价值蒸发了，团队的人才集合资源流失了……有限的有形资产卖给谁？谁来承担债务……破产显然是下策，是债权人最不愿看到的结局。债权人最希望看到的是乐圣公司能够依靠现有资产走出困境，而走出困境的唯一出路是依托现有的格局与格律诗合作，继续向格律诗公司提供乐圣旗舰套件，转而由乐圣的网络销售格律诗音箱，这样还能保持喇叭生产线和销售系统，乐圣的品牌、技术和团队资源还有价值，停掉的只是乐圣旗舰，PVC音箱生产线还能继续生产电脑音箱、汽车音箱和商用音箱。如果从这个角度看，乐圣与格律诗就成了优势互补，反而强化了市场竞争力。

债权人一定会是这样的选择，而且债权人提出这种要求一旦被乐圣公司股东拒绝，公司将很快进入破产程序，继而由债权人合法地进行资产重组。或许，这正是丁元英策划格律诗事件的真正目的，也是格律诗拒绝伯爵公司收购的原因所在。

如此分析，即使败诉也是你林雨峰个人的失败，而乐圣公司仍然有出路。

那么，现在就撤诉、求和？这样能保住自己大股东的地位和利益……这个念头仅仅是在林雨峰的脑子里闪了一下，他的心就立刻被一种巨大的绞痛覆盖了，眼前油然浮现出这样一幅屈辱的画面：一个气质高贵的女子被一个无赖强奸了，欲哭无泪，状告无门，周围是无数双怜悯的眼睛，只得含辱蒙羞地哀求那个无赖：你娶了我吧。

他的心在问自己：你林雨峰的手也会在这种屈辱的文件上签字？

他突然很后悔去找周剑华，大有惊慌失措与慌不择路之态。你林雨峰到底是一只虎还是一只猫？难道过去真的是得势的小猫雄似虎？难道今天真的是失利的老虎不如猫？你的雄风哪儿去了？你的荣誉，你的豪迈，你的尊严……

4

林雨峰在老树藤咖啡屋守着一杯咖啡独坐了两个多小时，临走那杯咖啡也没喝完。两点半他回到公司办公室，见办公室的西墙多了一张桌子，桌上放着一台大电视和一台 VCD 播放机，沙发和茶几也移动了位置，便于舒适地观看电视。

他把装有手枪的公文包锁进保险柜，到卫生间拧开洗手池的水龙头，捧起冰凉的水一次次扑在脸上，擦完脸精神顿时为之一振。他不想在与赵青和蒋律师见面的时候留下消沉沮丧的印象，他需要让他们看到属于林雨峰的一种精神、一种心态。他从得到“情况不太好”的信息到即将与赵青、蒋律师见面，时间仅仅相隔了五个小时，五个小时里他已经走过了一次凌乱复杂的心路历程，重新梳理思路，以既定的心态面对严峻局面。

下午三点十分，方秘书从机场接赵青和蒋律师回来，一同进门的还有深圳明华律师事务所阎希成所长。

林雨峰与阎所长握手，寒暄地问：“阎所长，你怎么也来了？”

阎所长说：“北京那边刚交换过证据汉臣就给我打电话了，我也去机场接他们了，来的路上跟汉臣通了通情况，见你之前先定定事务所这边的调子。”

赵青见林雨峰的神态依然是平常的样子，眉宇之间流溢着典型的决策人物所具备的那种果敢与自信，而在他的想象中，此刻的林雨峰应该是被懊恼、羞辱和绝望交织在一起的沉重感所笼罩。他感到一丝宽慰，仿佛一口深不见底的枯井忽然透进了一缕亮光。

蒋律师从公文包里取出格律诗公司的证据资料，说：“董事长、阎所长，咱们先把格律诗的证据研究一下，然后再细说。”

方秘书在茶几上把四瓶矿泉水摆好，退出时把办公室的门关上。

被告方北京格律诗公司出示的证据——

北京格律诗公司音箱喇叭、箱体、接线柱、标牌、包装箱等音箱组件进货发票

北京格律诗音箱成本明细表

1996 年 10 月 26 日的《格律诗公司预备股东扩大会议记录》

1997 年 3 月 7 日的《格律诗音响有限公司关于公司宗旨

的决议》

古城王庙村与北京格律诗公司音箱箱体的订购合同

古城王庙村个体工商户音响机架生产过程录像

古城王庙村个体工商户经营执照、个体工商户证词、证人出庭做证名单

古城王庙村个体工商户成本核算表、生产成本原始记录

……

证据证明：1. 格律诗音箱的产地是北京，没有伪造产地，没有对商品质量做引人误解的虚假表示。2. 格律诗公司没有以低于成本的价格销售商品。

赵青打开电视机，把证据光盘放入 VCD 播放机，电视画面上出现了王庙村以家庭为单位的个体工商户生产音响机架的画面，从板材下料到型材冷压黏合，从底色喷涂到钢琴漆手工打磨，从翻砂铸造到车床加工……每一道工序都是在低矮破旧的农舍里进行的，院子里成了加工厂，正屋厢房都成了仓库，农民吃饭、生活、睡觉的空间已经被压缩到仿佛可以忽略不计的程度，从事生产的人有男人、妇女、老人、孩子，没有常规的厂房、宿舍、食堂，没有吸尘、降噪防护设备，没有防毒面具、工作服、手套……

画面里的一个不易被人注意的细节让林雨峰心里为之一颤，那是拍摄一家农户打磨板子的镜头，左下角远处的一位母亲从地上捡起一块被女儿丢弃的砂纸，母亲用手触摸了一下砂纸的表面，认为砂纸还能用，就把女儿手里的新砂纸夺下来，将旧砂纸重新塞给她，并且生气地朝女儿背上打了一下，而那个女孩的年龄看上去最多也不过十岁，因为她的书包在旁边放着，胸前还系着红领巾。

林雨峰惊呆了，格律诗公司这么精致的音箱竟然是在这种简陋、恶劣的条件下生产出来的，不可思议！而这种生产成本

的控制已经细化到一张小小的砂纸！

蒋律师说："这样的生产方式没有土地、厂房和管理设施投资，没有安全保护、环境污染和各种社会保险的成本，没有固定资产折旧，没有休假日，没有用工条件限制……这种干法几乎是原始资本主义的奴隶榨取式生产，这种成本和法律制度规范下的工业化生产根本没有可比性。"

阎所长问："这些情况你们北京方面连一点蛛丝马迹都没察觉到吗？"

赵青说："商业保密是常识，把无可夸耀的部分遮盖起来是人的本能。我们看到的是格律诗音箱的德国权威机构测评报告，是格律诗音箱欧洲总代理和伦敦、柏林、巴黎这些欧洲名城，是高档的音箱和精致的说明书，是宝马轿车，是丁元英这种人的背景，很难想象这些正统的东西怎么能和画面里的东西联系在一起。"

林雨峰指着《格律诗公司法人代表身份证明》的文件问："这个肖亚文是什么人？怎么她成了格律诗公司的法人代表？"

赵青从资料里抽出相关的文件递给林雨峰，解释道："肖亚文参加了证据交换，我们和法官都质询了这个问题。格律诗公司求和失败之后，叶晓明、冯世杰和刘冰三个股东担心败诉会给他们个人带来经济损失，就把各自的股权全部转让给了欧阳雪。在这之后，肖亚文出资35万和负债40万从欧阳雪手里购得51%的股权，她就成了董事长兼总经理和公司法人代表，也是这次被告方的诉讼代表。这个女人是警官大学毕业的，很有气质，有一定法律知识和社会阅历，此前就职一家猎头公司。"

蒋律师说："这次交换证据是正式开庭前的预备庭，证据表明，以比对商品成本胜诉的可能性已经不存在。那么，我们以反不正当竞争为起诉理由的法律根据是什么？格律诗公司的生产违反了劳动法、环境保护法和禁止使用童工的相关规定，这种违法的生产方式使格律诗公司的产品低于正常的生产成本，反映到市场上就形成不公平竞争。如果产品从生产阶段就已经存在不正当竞争了，那么市场销售阶段所延续的必然是不正当竞争。”

阎所长为了让林雨峰能清晰理解蒋律师的意思，像背经书一样罗列了《中华人民共和国劳动法》第 53 条、第 54 条的规定，《中华人民共和国环境保护法》第 24 条的规定，国务院令第 81 号《禁止使用童工规定》第 4 条的规定。

蒋律师说：“格律诗公司没有递交应诉答辩书，原因就是他们股东内部出了乱子，已经顾不上应诉答辩了。这个情况说明一个问题，叶、冯、刘三人对胜诉没有信心，所以及时脱离了公司。他们是最了解公司情况的人，他们判断出败诉可能性的根据是什么？焦点也在生产方式上，正是生产阶段的不正当竞争让他们得出了可能败诉的结论。”

阎所长说：“雨峰，格律诗公司只是前台做戏，你的真正对手是丁元英，无论作为诉讼代理还是作为朋友我都必须要告诉你，胜诉的把握不大。要证明被告在生产阶段存在不正当竞争，就必须首先证明生产农户与格律诗公司的隶属关系。在丁元英的设计里公司与农户是一个体系里的两个部分，千真万确是一回事。但是，要证明这一点非常困难，个体户再小也是法人，一纸工商执照就把这种实质上的隶属关系变成了法律上的商业关系，很难说法庭在客观真实与法律真实之间会采信哪一个。而且，即便隶属关系成立也未必就能胜诉，客观上的不正当竞争不等于法律上的不正当竞争。违反了上述法律是否可以构成不正当竞争？如果适用反倾销法没有问题，而中国的法律在这方面还是一个空白。”

赵青问：“叶、冯、刘三人不知道这个道理吗？可他们得出的是相反的结论。既然关注的焦点都一样，他们的根据是什么？”

蒋律师解释道："观念，传统观念！一是传统的'事实胜于雄辩'的观念，二是传统的疑罪从有的观念，三是传统的青天大老爷的观念。中国人一直接受简单的文化思维教育，他们相信法律是神圣的，绝不会冤枉一个好人，也绝不会放过一个坏人。"

阎所长说："雨峰，基于胜诉把握不大，如果你提出撤诉，我能理解。拿了委托人的钱打不赢官司，我们也不体面。但是，撤诉就等于承认了格律诗音箱的价格，依此类推，乐圣旗舰的价格就应该在2000元以内，乐圣旗舰的成本显然不具备这种承受力，其后果可想而知。我以为，败诉了，省这两个钱救不了乐圣。胜诉了，花这两个钱不算什么。打是死，不打也是死，打下去可能还有一线希望，不如拼死一搏。诉讼代理费可以做些调整，分为胜诉和败诉两档，胜诉按原合同150%计费，败诉按原合同50%计费。"

林雨峰问："怎么个还有一线希望？"

阎所长说："被告将1996年的《格律诗公司预备股东扩大会议记录》作为证据提出，目的是证明农户与公司从来就不存在隶属关系，从而规避商品产地和榨取式生产两个问题。这就'此地无银三百两'了，无可避免地会将这位丁先生露出水面。我们对格律诗公司扶贫的宗旨不做质疑，会议记录和公司宗旨恰恰证明丁元英是整个体系的策划者，也恰恰证明丁元英早在公司还没有成立的时候就已经策划好了这场官司，现在他们之所以不需要律师，是因为丁元英已经为这场官司做了两年的准备，公司和农户从来就没存在过真正的独立。"

林雨峰默默地点点头。

蒋律师将一瓶矿泉水打开递过去。

阎所长喝了一口水润润嗓子，继续说："格律诗事件表面上是侵害了乐圣公司一家，而实质上是冲击了整个音箱市场，甚至更大的范围。最可怕的是它传播了一种观念：我可以这样竞争。一旦这种观念被法律默许，各行各业凡是适合这种生产方式的产品都会卷入这种恶性竞争，扰乱市场价格秩序。法庭有义务本着公共利益的原则、诚实信用的原则和保护正当竞争的原则，依法维护市场经济秩序和社会公共利益。”

林雨峰关上电视，从VCD播放机里取出证据光盘，把所有证据资料归置到一起推给阎所长，说：“老阎，乐圣的荣辱就托付给你了，四个字：拼死一搏。一会儿赵青带你们去电脑机房复制两套证据，我们没事的时候也研究研究。你重新起草一份代理合同，代理费就按你说的办。”

阎所长示意蒋律师收起证据资料，起身与林雨峰握手告辞，说：“雨峰，我们一定会全力以赴，你放心。你们也多考虑考虑，有什么想法随时联系。”

于是，赵青带阎所长和蒋律师去电脑机房复制证据。

5

办公室里剩下林雨峰一个人，他疲惫地在双人沙发上躺下，头枕着沙发扶手，两只脚搭在另一端的扶手上，手里拿着一支烟，眼睛望着屋顶凝神，脑子里想着《格律诗公司预备股东扩大会议记录》里的一句话：两败俱伤你比他多一口气，你就是赢家。

这时，他听到方秘书熟悉的敲门声，于是迅速起身恢复平时的威仪，然后以平时习惯的语气说：“进来。”

方秘书进来问：“董事长，要不要把电视和VCD机撤掉？”

林雨峰说：“不撤，先放几天。”

方秘书又问：“快到下班时间了，董事长还有没有其他安排？”方秘书的意思是指需不需要通知重要部门的负责人留下来研究证据的事情。

林雨峰说："没有。下了班都回去。"

方秘书出去了。

林雨峰又在沙发上躺了一会儿，忽然起来到办公桌写了一张留言条，把留言条贴在办公室门上，虚掩上门，然后下楼了。条上写着：赵青，门没锁，你先等我一会儿，我下去买点东西马上就回来。

林雨峰出了大楼来到附近的一条街道，找到一家小酒馆，在摆满时令小菜的柜台前看过来看过去，买了一包卤花生米、一包卤豆腐干和一包卤凤爪，买了两瓶高度数白酒，要了两双一次性卫生筷子，拎着一袋子酒菜回到办公室。

这时乐圣公司的人已经下班了，走廊里静悄悄的，办公室门上的留言条也不见了，显然赵青已经复制完证据回来了。

林雨峰关上门把酒菜放到茶几上，豪爽地说："喝酒，借酒消愁。"

赵青诧异地看了他一眼，从袋子里取出酒菜说："雨峰，这可不像是你呀。"

茶几的一端放着两套复制的证据材料，另一多半摆上了食品袋装的三个小菜。林雨峰从饮水机上拿来两只一次性纸杯倒上两个半杯的酒，自己先端起杯喝了一口，说："你那儿一个电话，我这心里闹得连中午饭都没吃，都是人哪。"

赵青喝了一口酒，说："雨峰，你觉得阎所长的话靠谱吗？"

林雨峰说："律师的理要是都能当饭吃，法官就得饿死了。资本往成本低的地方流动是经济规律，发达国家的劳动密集型产业都往贫穷国家迁移，就是因为廉价劳动力嘛。"

赵青不解地问："那你为什么还答应了？即便是按50%计费也得几十万，事态到了这种地步，还有花这个钱的必要吗？"

林雨峰淡淡地说："撤诉？求和？被人强奸了连呻吟一下都没有，马上提着裤子说：你得娶我。乐圣得多贱哪，这块牌子还值钱吗？"

赵青叹了口气说："唉——两难哪！我在想，如果我们扩张速度不是太快，如果资本运用再谨慎点，如果不是负债率过高，如果没有伯爵公司的落井下石……也许我们和格律诗还能对峙下去。"

林雨峰说："没有也许，这个跟负债率和资本运用不当也没关系，失去市场的生产体系即便负债率是零，该倒闭也得倒闭。格律诗吃的是机柜，根本就没吃音箱的饭，音箱是他们在生存的基础上求发展，你跟人家对峙什么？两败俱伤他比你多一口气，他就是赢家。格律诗拒绝了伯爵，就是给你留了条路，知足吧。丁元英的意图就是逼你合作，乐圣的套件和销售网络，格律诗的箱体和生产基地，这就是丁元英的目的，扶贫。"

赵青点点头说："从我们利用格律诗音箱促销乐圣旗舰的时候，我们以为格律诗是为他人作嫁衣，实际上已经掉进陷阱了，一旦被逼得走投无路也只能合作。"

林雨峰说："正因为如此，官司输赢都得打。侥幸打赢了更好，打输了，说明法律默许那种剥削榨取的生产方式，那时候你再同流合污就无可指责，那叫逼良为娼。最重要的，是通过诉讼的合法形式揭露丁元英伪君子的真实面目，社会舆论自有评说，让他在有识之士的声讨中臭名昭著。我是输家，丁元英也休想成为赢家。"

赵青拍案说道："好，我赞成！如果中国也有类似反倾销的法律，中国的Hi-Fi市场能轮得着他丁元英说话？他们那样榨取农民居然还叫扶贫，天理何在？一边是洋人对中国的产品实施反倾销，一边是国人在自己窝里恶性竞争，天理又何在？"

林雨峰摆了摆手说："这些话留给蒋律师到法庭上抖搂吧，归根到底，乐圣既不输在法律也不输在国情，是输在我林雨峰。这场诉讼对两个公司已经不重要了，实际上已经成了我和丁元英个人之间的较量，而且没有赢家。”

两人又喝了一轮酒，林雨峰起身去打开电视机，把证据光盘放入VCD机，再次观看王庙村农民生产的场景。

赵青看着画面说：“雨峰，从格律诗股东的素质和王庙村这帮农民来看，其实丁元英根本没有能力运作这款音箱。”

林雨峰说：“不，他正在运作这款音箱。”

赵青轻蔑地说：“想合作大大方方提出来，何必出这种损招儿！”

林雨峰笑道：“别说这风凉话，不过过招儿，你能把小小的格律诗放到眼里？”

赵青嘲讽而无奈地说：“这么一来，小小的格律诗一夜之间就和乐圣齐名了。嘁！砖头瓦块都成精了。”

林雨峰喝了一口酒，悠然地点上一支烟，不紧不慢地说：“砖头瓦块成不了精，能成精的就不是砖头瓦块。可惜叶晓明这帮发烧友有眼无珠，刚一听到枪响就吓跑了。王庙村的农民一盘散沙，格律诗的股东各怀心思，又是前方告急又是后院起火，也真难为丁先生了。能在这么一盘实力悬殊的棋局走出一着一剑封喉的妙手，平心而论，经典。”

赵青说：“有一个问题我不明白，丁元英为什么不把诉讼前景告诉叶晓明他们？如果他承诺对诉讼结果负责，叶晓明他们还会临阵脱逃吗？他究竟想不想帮他们？”

林雨峰说：“如果是你，你会承诺吗？靠封官许愿捏在一起，你能指望这样的队伍去攻城拔寨？丁元英是明白人，扶不起来的硬扶，到头来会摔得更惨。”

赵青忽然感觉林雨峰的话里话外有一种异样的情绪，疑惑地说：“雨峰，我怎么越听你说话越觉得不对劲儿，你整个是局外人在评论，好像这事跟你没关系了。”

林雨峰没有正面回答赵青的问题，而是说：“北京一辆车不够用，这两天我把车里的东西归置一下，开庭前你把我这辆车也调过去，不管胜诉败诉我都得会会这位丁先生。乐圣的失败是我林雨峰个人的失败，该我兜的我自己兜着。”

赵青心里咯噔一下，惊异地问：“你的意思……是脱离公司？还是……”第二问他没有说出来，显然是指败诉就跳楼那种可能。

林雨峰抽了一口烟，平静地说：“我林雨峰苦撑十几年，好歹也为中国音响树起过一块牌子，可以了，何必再做一副丧家犬的样子给人看。”

第四十一章

1

7 月 28 日，芮小丹和沈楠乘坐中国南方航空公司的 757 客机十五点半从广州起飞，十七点五十分抵达西安咸阳国际机场，又乘坐半个多小时的出租车前往西安环城西路，住进提前预订的西安秦都酒店。这是一家坐落于城墙之畔的四星级酒店，距离市中心大约 67 公里，周围有古城墙、钟楼等一些景观。

她们两人住了一个标准间，刚刚安顿下来就与酒店的出租车队接洽次日包车游览兵马俑和华清池的事宜，提前办好了诸如签合同、交订金的例行手续。稍事休息，时间已经是晚上八点多了，两人这才叫了一辆出租车去吃晚饭，来到西安的第一顿饭自然得是名声显赫的东关正街老孙家饭庄的牛羊肉泡馍了。

虽然饭时高峰已过，但是老孙家饭庄的生意却丝毫不减，饭店里依然是宾客如潮。芮小丹和沈楠两人一瓶啤酒两碟小菜，一边闲聊一边不紧不慢地掰着虎背菊花心的坨坨馍，都掰成黄豆一样大小的颗粒，直到这碗饭出锅送来一尝，与平时吃过的牛羊肉泡馍大不一样，肉烂汤浓、香醇味美，果然是名不虚传。

第二天上午九点，她们乘坐一辆包租的桑塔纳轿车去50多公里外的秦始皇陵及兵马俑景点游览。芮小丹带了足够的胶卷，几乎是见一处拍照一处，表现出的完全是初次到此游览的陌生和惊奇，相比之下，沈楠在不经意的细节里反而流露了几许心不在焉，一些不够严谨的话语和神态也不难让人判断出她肯定曾经游览过西安的景点。有意思的是，两人都知道秦始皇陵迄今为止尚没有挖掘，所能看到的只是一座巨大的土堆，没有太大的观赏性，但还是得怀着极大的兴致去看个究竟。下午返回的时候去华清池游览，恰好赶上一个旅游团在此，这使她们能够一边看着杨玉环奉诏温泉宫的大型壁画，一边听讲解员描述开元二十八年唐玄宗在骊山温泉宫第一次召见杨玉环的情景。

当晚，她们去了古色古香的北院门小吃街，幽幽的青石板路，一块块诱人的招牌，让人思量吃了这一家就漏掉了那一家，无论是粉汤羊血、粉蒸羊肉、涮牛肚、灌汤包子，不吃哪一家都是一种遗憾。这个浓缩着民风民俗的小吃街夜市触动了芮小丹心底的温柔，因为这都是丁元英最爱吃的风味，如果这时候在她身边的是丁元英，那该有多幸福啊！

第三天清晨芮小丹和沈楠早早就退了客房，按旅行计划乘坐每周四西安至延安的航班飞往延安，上午九点三十五分抵达延安机场。延安地处黄土高原南部，以中国革命圣地举世闻名，也是历史文化名城。她们在王家坪的二星级酒店延安圣地宾馆入住，从这里走出200米就是著名的王家坪革命纪念馆。

如果是纯粹的旅游，她们到达延安后完全可以马上租车前往壶口瀑布，壶口瀑布距离延安200公里，最多四个小时即可到达，而游览壶口瀑布也只需要两三个小时，只是返回延安的时候天色晚一点而已。但是沈楠正是以时间紧张为由决定次日早晨出发，理由是这样可以保证在天黑以前返回延安，这对两个女子出游会更安全一些。沈楠提议，下午这段时间两个人分别活动，芮小丹可以去延安就近的景点看看，诸如王家坪革命纪念馆、杨家岭革命旧址等地方，她负责联系明天的包车和采购明天出游的饮料、食品。

延安是吴成祥的老家，到了延安也就到了敏感区。沈楠的决定既在情理之中，也可以让有心者往异处猜疑，毕竟是一下午的时间两个人分开单独活动了，妙就妙在只可意会不可言传，怎么猜都是错。

芮小丹充分尊重沈楠的意见，吃过午饭后她就带上照相机自己一个人去附近的几个景点游览了，到王家坪革命纪念馆参观了 1937 年至 1947 年中共中央革命军事委员会和八路军的总司令部，到凤凰山革命旧址参观了红军总参谋部旧址、朱德故居、刘伯承故居，到杨家岭革命旧址参观了中央大礼堂、中央办公厅楼。她知道自己的周围一定有一双窥视她的眼睛，她也知道在这双眼睛的后面还有一双监视那双眼睛的眼睛，他们都在暗处。

芮小丹没有刻意去表现什么，而是真正以一个旅游者的心态参观、拍照，她每到一处都看得很认真，不知不觉几个小时过去了。她把附近的几个景点游览了一遍，又逛了几条延安的主要街道，下午五点多回到宾馆，无事可做，一个人在房间里看电视。

沈楠直到晚上七点多才回来，只对回来晚表示了一下歉意，也没有过多解释什么，东西确实买回来了一堆，有明天路上的吃的喝的，更多的是给老家的亲戚准备的礼物，而采购这些东西也确确实实需要一番工夫。

这天晚上，她们到延安城里有名的回族风味小吃街吃饭，品尝了延安人最喜爱的一道小吃羊杂碎。羊杂碎把羊的头、蹄、血、肝、心、肠、肚混合烩制而成，吃的就是一个又杂又碎，加上辣面、香菜、葱丝，味道酸中有辣，汤鲜味美。

次日，也就是她们陕西之旅的第四天，吃过早餐她们就乘坐花五百元包租的吉普车前往壶口瀑布。黄河壶口瀑布是中国的第二大瀑布，历来有天下黄河一壶收的美誉，黄河水面从几百米的宽度突然收缩为几十米，在壶口处无可凭依，骤然跌下30多米深的壶底，飞瀑轰鸣，气势宏伟，其震撼非亲临其境无法领略。

游览过壶口瀑布，芮小丹和沈楠在当日天黑之前返回了延安。壶口瀑布是她们这次旅游计划里的最后一个景点，下一站是沈楠的老家秦谷，而沈楠去老家探亲则是她们这次旅行的最后一个项目，也是第二个敏感区。无论是旅游还是双方的行动，都接近尾声了。

秦谷县是一个地处黄土高原、一直没有摆脱靠吃补贴过日子的贫困县，财政自给率不到30%。全县人口有30多万，以农业为主，属于温暖带半干旱大陆性气候，地表支离破碎，地形复杂，水土流失严重，一部分是丘陵沟壑区，大部分是风沙滩区。

芮小丹和沈楠8月1日下午一点多到达秦谷县，由于路况的原因，140多公里的路程汽车颠簸了将近五个小时。她们在秦谷宾馆入住，秦谷宾馆就是县招待所，是县城里住宿条件最好的旅馆。秦谷县城不是很大，主要街道虽然都修成了柏油路，但是只有几个主要的十字路口设置了红绿灯交通岗和分车道隔离栏。几条主干街道的店铺集中一些，店铺前面的人行道都铺了彩色瓷砖，街道上人来车往，自有一番陕北县城的民俗风情。

沈楠的爷爷、奶奶、三叔、小姑都在秦谷县城，三叔和爷爷、奶奶住在一起。芮小丹出于礼节陪沈楠一道去了沈楠的爷爷家，也给两位老人带了礼物，是在延安购买的四盒名牌老年人营养保健口服液。尽到了礼节的芮小丹在他们家略坐了一会儿就回宾馆了，晚饭时被沈楠请去参加了两位老人为孙女操办的家庭酒席，席间，她们决定明天早上乘坐八点四十分的班车返回延安。

2

8月1日晚上九点，芮小丹在沈楠的爷爷家吃过晚饭一个人回旅馆休息，沈楠则留在爷爷家里过夜，能多一些时间陪老人唠唠家常。

芮小丹判断，吴成祥决定实施提取、转移赃款的时间应该是第二天下午，这个时间是她们返回延安之后、飞回广州之前，吴成祥既要在确信沈楠的行动没有受到跟踪、监控的条件下作出实施的决定，还要防范转移赃款过程中的黑吃黑，而“夏雨”在延安滞留期间完全处在无从防范的状态，是最便于杀手下手、也是最有效威胁她人身安全的地段。基于这些条件的判断，芮小丹认为在双方行动的开始之前还会有将近20个小时的平静。

于是，她心情悠闲地看电视，直到夜里十一点多才入睡。

芮小丹刚入睡不久就被一阵电话铃声突然惊醒了，她打开床头灯的时候下意识地看了看手表，这时是午夜十二点四十分，在这个敏感的地点和敏感的时间有电话使她的职业本能立刻意识到：有情况。她拿起电话，听到的是组长曾华的声音。

曾华说：“小丹吗？我是曾华，不好意思打扰你休息了。我们几个刚从延安赶过来，我和黄文贤在二楼217号房，你来一下，咱们商量商量工作。”

芮小丹问：“你怎么知道沈楠今天晚上不在这儿住？”

曾华说：“下午延安那边一行动就通知秦谷公安局把沈楠监控了，我怎么会不知道？具体情况咱们见面再谈，总之这一网是成功了。”

芮小丹穿好衣服拎上皮包匆匆去了217号房，黄文贤过来开门，三人围茶几而坐。

曾华先从提包里取出芮小丹的手枪、手铐、工作证、汽车驾驶证等物品还给她，又拿起手枪看了看，轻松地说："这回用不上了，你能囫囵个坐这儿，我们两个也就踏实了。"

芮小丹收起证件、武器，问："怎么回事？我以为会在明天下午开始行动。"

曾华说："是啊，我们也是这么想的，谁知道吴成祥是怎么分析杀手提供的情报，愣是今天下午就行动了，是不是想来个逆向思维？文贤，你把情况跟小丹介绍一下。"

黄文贤摆摆手说："我嘴笨，还是你说吧。"

曾华说："现在的情况是这样，今天下午——"

黄文贤说："已经过零点了，是昨天。"

曾华笑笑说："对，是昨天。昨天下午四点五十分指挥部下达行动命令，根据指挥部通报的情况，在纽约中美警方联手抓获吴成祥，当时这小子还在被窝里。在广州，抓获吴成祥的姐姐吴慧娟和吴成祥的代理人董海山，缴获75万美元、420万元无记名式国债、13张大额存单，150万元人民币现金，总计人民币2370万元，还捎带端掉一个广州黑帮团伙。在延安抓获两名杀手，一个叫胡笑天，一个叫马志强，现在就剩下秦谷的一个沈楠了。总之没费一枪一弹，广州、纽约、延安三个地方一起拿下。"

芮小丹心里的一块石头落地，舒了一口气说："太好了，我就担心在我这儿出问题，真担不起这个责任。"

黄文贤轻松地笑着说："这个案子漂亮，直到收网吴成祥都没怀疑到对手是警方，主要都防范在黑吃黑了。还有那两个杀手，刚到西安就被咱们盯上了，呵呵，还是不够专业啊。"

曾华说："那两个杀手羁押在延安看守所，我和文贤突审了三个多小时，审讯记录已经传真给指挥部，然后我们就连夜赶过来，秦谷的三个同志都回家休息了。指挥部已经派专人飞延安押解两个杀手，他们坐飞机回去，咱们带枪的走陆路回去。情况大致就是这样，现在还有个沈楠没抓，所以咱们把这边的工作商量一下。”

芮小丹说：“你是组长，你安排就是了。”

曾华笑了，先给黄文贤递一支烟，自己点上一支，然后又递给芮小丹一支，说：“承蒙二位抬举，这次配合得不错，这个案子一完，我这小官也就当到头了。”

芮小丹没接烟，说：“夏雨的角色演完了，我就戒了。”说着把包里还剩下的几盒公爵牌香烟拿出来放到桌上，又说：“这个你们拿去抽，我用不着了。”

黄文贤说：“戒什么？咱们这工作没时没点的，就得靠烟撑着点。”

芮小丹笑笑说：“我男朋友不喜欢女人抽烟，别为这个把我休了。”

黄文贤一笑说：“咱怕他？”

芮小丹笑道：“怕。”

曾华说：“商界风云人物吧？再不济也是官场上哪颗冉冉升起的新星。”

芮小丹说：“哪里，一个流浪的小混混。”

曾华说：“文贤你听听，看人家这浪漫的水平！”

黄文贤拿起一包公爵牌香烟看了看，风趣地说：“就是，再看人家赶的这差事，住别墅坐飞机，天天吃香的喝辣的，走到哪儿我们都得屁颠屁颠后面跟着，这都是命啊！就是你那支枪太破了，回去跟你们局长说换个好的。你这枪和人家黑帮的一比，寒碜！”

黄文贤从包里拿出两支缴获的手枪递过去，两支都是德国沃尔特公司生产的P88型自动手枪，口径九毫米，弹匣容量15发，重量900克，无论弹容、重量、口径、性能、外形设计和制作工艺都与64式手枪有很大差异。64式警用手枪是沿用军队的制式武器，而警察与军队的作战环境有很大的不同，所以存在一些缺陷，尤其是在可靠性方面。

芮小丹拿起P88型手枪欣赏了一番，赞叹道："好枪！"

曾华笑着说："是好枪，可这两支枪都是冲你来的。"

芮小丹笑着说："我命大，有你们保护。"

曾华说："我们计划这样，上午八点去抓捕沈楠，突审，然后马上把审讯笔录传真给指挥部。下午咱们找个地方摆两桌酒席，请秦谷的同志吃顿饭表示答谢，明天早上五点出发返回明川，走山西的临汾、长治。秦谷到明川大约900公里，大部分是国道和高速公路，有十几个小时就到了，天黑以前可以到家。"

黄文贤解释说："本来是人家秦谷的同志要给咱们饯行，可咱知道秦谷是贫困县，本来经费就紧张，人家又是给咱们帮忙。曾华的意思，这个钱回去能报了就报，不能报了咱们三个把这个钱出了。"

芮小丹说："行，这个没问题。抓捕沈楠我想提个建议，尽量不要惊动她的亲戚，既是照顾老人的感情和沈楠的脸面，也避免不必要的麻烦，所以警车不宜靠得太近，也不要鸣警笛挂警灯，我觉得去两个人就行。还有就是谁审沈楠？审讯方案侧重哪个方向？可不可以把吴成祥已经落网的信息告诉她？"

曾华说："这个我请示过，吴成祥落网的信息可以告诉她，以免她还抱什么幻想。审讯沈楠还是由你来比较合适，你们彼此了解，不啰唆。根据吴慧娟的交代来看，沈楠知道的情况并不多，毕竟在吴成祥看来沈楠还不能算最可靠。"

3

早上八点，芮小丹和曾华在秦谷县公安局一名刑警的陪同下开车来到沈楠的爷爷家实施抓捕沈楠，沈楠的爷爷家住在秦谷县城东街的一处老宅院。芮小丹让汽车停在离宅院20多米远的地方，自己一个人走到宅院门口往沈楠的手机上打电话。

电话接通后，芮小丹说："我在门口，请你出来一下，我有话要和你单独谈。"

电话里，沈楠敏感地迟疑了一下，还是说："好，我就来。"

过了一会儿，沈楠一个人出来了，一见面仍若无其事地说："夏雨，你怎么来了？我正要动身呢，不是说好了在长途汽车站会合吗？"

芮小丹也迟疑了一下，说："沈楠，你涉嫌吴成祥卷逃公款一案被刑事拘留了，这是拘留证。车就停在那边，车上的警用标志都拿掉了，如果你不想惊扰两位老人，你就不要让他们送你了，回去道个别，跟我一起上车。"

尽管刚才的电话已经让沈楠有预感，但是当芮小丹当面跟她讲这番话的时候，她还是惊呆了，几乎不敢相信这突如其来的变化，她拿着拘留证惊疑地问："你……是警察？"

芮小丹说："是的。"

沈楠呆怔了片刻，把拘留证递回去，说："我怎么跟他们解释呢？我就说你朋友的车到延安办事，知道你在秦谷就来接你一趟。"

芮小丹说："可以。"

沈楠说："好吧，给我几分钟，我马上就出来。"

沈楠进屋不大会儿工夫就拎着包出来了，身后跟着她的爷爷、奶奶、三叔、三婶依依不舍地相送。沈楠一再推辞不让他们送了，然后和芮小丹一起走到汽车跟前上去，汽车随即驶离这座老宅，直奔秦谷县公安局。

曾华、黄文贤和芮小丹三人在秦谷县公安局审讯室里审讯沈楠，按预定的方案，芮小丹担任主审员，黄文贤做笔录。

沈楠在刚上汽车的时候还有些惶惶不安，但是到了秦谷县公安局以后反而镇定了，经过了回答姓名、年龄、籍贯这些例行的提问之后，她说："谢谢你们去抓我的时候考虑到了我爷爷、奶奶，这让我很感动。我想知道，你真是警察吗？"

芮小丹说："是的。"

沈楠说："可惜了你这张脸蛋儿，当警察！"

芮小丹说："这与本案无关，你只谈与本案有关的问题。"

沈楠嘴角露出一丝冷笑，用嘲讽的语气说："那也得从你开始，你得先拍桌子让我放老实点，提醒我这是什么地方，然后再告诉我坦白从宽、抗拒从严。"

芮小丹语气平和地说："沈楠，你是有民事行为能力和公民人格的人，请你自重。如果你对警察的司法实践有看法，可以通过正当的途径表达。我个人和你之间没有恩怨，现在是你和法律之间的问题，你应该明白这个逻辑关系。"

沈楠说："我没有犯罪，没什么可说的。"

芮小丹说："你可以沉默，但是你的沉默可能会使控方和法庭做出对你不利的推断。"

沈楠说："你威胁我。"

芮小丹说："不，我是在告知你作为犯罪嫌疑人对这个问题的知情权。任何公民不受强迫自证其罪，你在侦查起诉阶段也有权对自己做无罪或罪轻的辩解，你的沉默也不能成为法庭定罪的依据。但是，坦白、沉默、狡辩、辩解……都是对推断和量刑有影响的因素。审讯作为取证手段之一，不仅取证你有罪，也取证你无罪。"

沈楠问："你们凭什么说我有罪？"

芮小丹说："在你未经法院审判并被确认有罪之前，不会有人说你有罪，只能说你是犯罪嫌疑人。吴成祥已经被中美警方联手抓获，引渡只是个时间问题。吴成祥的姐姐吴慧娟和吴成祥的代理人董海山在广州被抓获，缴获赃款2000多万。吴成祥付给广州黑帮100万元买夏雨的性命，两名杀手在延安被抓获，这是缴获杀手的武器。”

芮小丹把那两支德国 P88 型自动手枪放到桌上。

沈楠的表情随着芮小丹层层递进的语言渐渐发生变化，从抵触、平和到恐惧，那些熟悉的人名、可怕的数字和桌上的那两支手枪让她最终呆住了。如果说她先前的惶惶不安只是为失去情人和失去出国以后的富贵生活而懊恼、沮丧，那么现在的恐惧则是失去自由的铁门、铁窗和由此而断送的一生。同谋，藏匿、转移赃款的同谋？谋杀的同谋？二者只要有一个罪名成立就意味着一生的毁灭。

芮小丹注视着沈楠惊恐的眼神，问：“你确实没什么可说的吗？”

沈楠说：“有，但我不知道从哪儿说起，还是你问吧，如果有撒谎我负法律责任。”

芮小丹问：“你在吴成祥案发前一年离开明川去广州，这事与吴成祥有没有关系？”

沈楠回答：“有。吴成祥说可以让我出国，可以让我过国外上流社会的生活。怎么才能过上那样的生活？那么多的钱能从哪儿来？不用说谁都能想得到。我对他说，你能给我什么那是次要的，但是你至少别剥夺我什么，比如自由。后来他跟我说，你去广州发展吧，开饭馆、卖服装干什么都行，明川不适合你。我觉得这是个机会，我就去了。”

芮小丹问：“什么机会？”

沈楠回答：“我想过明川可能会有事情发生，那明川就是一块是非之地。但是我决定去广州还是出于我个人发展的考虑，一般地说，舞蹈的艺术生命太短了，如果有机会还是得趁着年轻多挣点钱。我有舞蹈的特长，广州消费指数比较高，开健身房生意好做一些。吴成祥的姐姐吴慧娟在广州开酒楼，我到广州人生地不熟也能有个照应。”

芮小丹问：“你以前知道吴成祥在美国的详细地址吗？”

沈楠回答："不知道，他也不可能告诉我，除了危险没有任何意义。"

芮小丹问："当初吴成祥为什么没让你去存这些钱呢？"

沈楠回答："我不否认有保护我的考虑，但我觉得更多的还是对我不信任。这个道理明摆着，如果我有了钱我就不需要有钱的男人了，我会需要有内涵的男人。"

芮小丹问："你替夏雨交电话费打印话单，是出于什么考虑？"

沈楠回答："我知道你会怀疑我调查你，但我确实只是朋友之间正常的帮忙。"

芮小丹问："约夏雨去陕西旅游是谁的主意？"

沈楠回答："是吴成祥的主意，他说广州的气候闷热，可以约上夏雨去陕西的兵马俑和壶口瀑布旅游几天，路上有个伴儿，也能联络联络感情，顺便再回老家看看。我就是照着他说的那样理解的，如果我知道这趟旅游有可能使我成为犯罪嫌疑人，我肯定不会去。"

芮小丹问："离开广州以后的旅游期间，你和吴成祥通过电话没有？"

沈楠回答："没有。他没来过电话，我也没打过电话。"

芮小丹问："你知道在旅游期间有人跟踪吗？"

沈楠回答："不知道，吴成祥没告诉过我。"

……

曾华坐在旁边一直默默地抽烟、观察、分析，这时插问了一句："沈楠，如果你在旅游期间发现夏雨是警察，你会怎么处理？"

沈楠回答："我还没傻到顺着你的思路说：我就打电话给吴成祥报信。我只能如实回答你，没有发生你说的如果，即便有这个如果，夏雨是不是警察关我什么事？"

曾华笑了笑，对芮小丹说："好了，就到这儿吧。"

黄文贤把讯问笔录拿给沈楠看了一遍，笔录与芮小丹的提问和沈楠的回答完全一致，沈楠签上名字，摁上手印，被黄文贤带出去了。

曾华看着笔录说:“沈楠的口供不管怎么理解，基本事实是清楚的，她没必要在这些问题上撒谎，因为一查就清楚。也就是说，她从一开始就为自己划定了安全区，就像她对吴成祥说的，你能给我什么是次要的，至少你别剥夺我什么。”

芮小丹说:“如果经过查实沈楠在旅游期间确实没有和吴成祥通过电话，那她就应该庆幸了，这会让她比较容易地说清楚。如果没有其他方面的直接证据，控方仅靠现有的事实和推理指控她有罪，肯定不能成立。”

曾华感叹地摇摇头说:“沈楠的脑子够使啊，能让吴成祥这么聪明的男人围着她折腾来折腾去，到头来人家掉脑袋了，她还是一身清白，那吴成祥是没事瞎折腾什么？”

芮小丹一边收拾桌子上的东西一边笑着说:“组长，这和案情无关吧？依组长之见，吴成祥的手铐另一头铐上沈楠，那男人的心理就平衡了？”

曾华说:“倒不是那个意思，我是说这人哪……都怎么了？”

4

下午四点，曾华、黄文贤、芮小丹三人在秦谷宾馆的临时餐厅里与餐厅部经理在商洽酒席的规格、菜品和费用。秦谷县挂钩扶贫会议在秦谷县宾馆举行，参加会议的是临近省份的一个经济发达城市的工商界代表，大小餐厅的桌位已经订满了。餐厅部经理临时给曾华他们腾出了一间小会议室当餐厅，房间的面积摆下两桌酒席绰绰有余。餐桌刚刚布置过，铺上了雪白的台布，每张桌子可安排八位客人，每个席位前都放一套瓷碟、酒杯之类的餐具。

这时，秦谷县刑警队的王队长进来了。王队长不到40岁，是陕西警方从秦谷县公安局抽调的三名刑警之一，几天来与曾华、黄文贤他们一起从西安到延安，从延安到秦谷，相互已经很熟悉了。

曾华见王队长进来便赶忙起身相迎，握着手热情地说："王队，你来得正好，正说着待会儿去找你呢。我这场子是拉上了，可请神还得有劳你王队呀。"

王队长说："哎呀，你看这事弄得，弟兄们来到咱这门上还得让弟兄们请咱喝酒，穷亲戚，不好意思。曾华，我找你……是有点私事，咋说呢，还得说不好意思。"

曾华说："老王，有事你就直说，能办的就办，不能办的咱再想办法。"

王队长说："是这样，老母亲得了胆结石住县医院，下午出院了。咱这地方偏僻，班车一天就早上、中午发两趟。咱局里的车坏了一辆，还有两辆没回来……"

曾华听明白了，说："老王，是用车吧？"

王队长不好意思地点点头说："就是，就是，不算太远，就在红寨沟乡大柳庄，有40公里，老母亲和弟媳妇两个人，我去送一趟，两个多小时就回来。"

曾华一笑说："你不能走，你王队一走我请谁去？六点钟下班，下了班你不把人直接请到这儿来，人家谁回了家还好意思再专门跑到这儿来吃你顿饭？你得帮我盯着请人去。"

黄文贤说："王队不能走，王队一走我们这儿冷场了。这样，我跑一趟。"

这时，芮小丹接过话茬说："还是我去吧，两桌酒席，你们两个一人陪一桌。我不会喝酒，一个女的凑在桌上老爷们儿说话也不方便。40公里，我两个小时就回来了。"

王队长犹豫了一下说："这合适吗？"

芮小丹笑着说："这还是问题吗？"

曾华想了想，拿出车钥匙说："行，那你就跑一趟吧。"

芮小丹接过车钥匙跟王队长出去了，宾馆停车场值班亭下的阴凉处站着一位60多岁的农村大娘和一个30多岁的农村妇女，她们旁边放着一个用床单包裹的被褥包裹和一网兜毛巾、茶缸、脸盆之类的日用品。王队长上前拎起最重的被褥包裹，芮小丹则拎上那网兜日用品，小心地搀扶老人朝汽车走去。

王队长扶母亲上车，让弟媳妇坐在母亲身边照应，又把行李装好，然后走到司机车门对正发动着汽车的芮小丹客气地说："不好意思，麻烦你了。这条路好记，你回来的时候顺着大路一直往南走就到县城了。"

芮小丹点点头说："行，我知道，你去忙吧。"

汽车出了县城北门不久就没有柏油路了，也随之进入了一个荒凉地带，媳妇靠上前给芮小丹指路说："大妹子，顺着这条路一直走不拐弯儿就到了。"

芮小丹回头答道："好，我记住了。"

汽车走了一段路，大娘忽然问道："闺女，这车能不能开快点？"

芮小丹以为大娘是着急回家，就笑着解释说："大娘，车开得不慢，咱这儿路不好，再快就颠了。您不用着急，一会儿就到家了。"

大娘说："俺不是着急回家，俺是说这车跟以前坐的不一样，它咋不颠了呢？这车一不颠俺还不习惯了，忽悠忽悠的，头晕，想吐，你开快点颠颠中不中？"

芮小丹明白了，这是八汽缸发动机的丰田沙漠王越野车，这款车的价格跟普通吉普车相差几十万元，其马力、越野性能和舒适性都远非普通越野车可比，大娘乍一坐这个车可能会有晕船的感觉。于是，芮小丹关掉空调，打开车窗，提高车速。大娘看着车窗外，被高速行驶的汽车颠簸着，有了方位感，反而适应了。

芮小丹在陕北风沙滩区的土路上以80公里的时速行驶，汽车经过的道路扬起一条长长的黄土狼烟，只用了40分钟就开到了红寨沟乡的大柳庄，她把大娘和媳妇送到家里，然后就驱车返回。

路程走到一多半的时候，芮小丹远远看见前面的路边停着一辆汽车，车边有几个人，有的站着，有的蹲着，好像是车坏了在更换轮胎。她放慢车速，一是出于安全，二是避免扬起尘土袭扰别人，尤其是快要走到近前的时候，她把车速放得更慢了。那是一辆普通型两驱动北京切诺基吉普车，车边有四个人，两个人蹲在地上给刚刚换上的轮胎紧固螺丝，两个站在旁边抽着烟说话。

就在芮小丹从这几个人身边经过的时候，确切地说是她与一个站着抽烟的人迎面擦身而过的一瞬间，她突然被一张熟悉的脸惊呆了！那人竟然是“9·13”银行爆炸抢劫案犯罪集团的首犯黄福海，那是一张贴在刑警队的通缉令专栏里让她看了两年多的脸。就在这一刻她浑身的血液仿佛凝固了，从心底里冒出一声惊叹：天哪，这是真的吗？！

芮小丹注意到，被她疑似黄福海的人在警车经过的一瞬间也在注意这辆车，不是留意这辆车的警灯警笛，而是在注意这辆车的车牌号。现在不是惊叹巧合的时候，至于他们从什么地方来？为什么会出现在这里？要到什么地方去……这些问题都顾不上考虑了。

她的第一个本能反应就是给丁元英打电话，这也是她这次出来执行任务第一次与丁元英通话。她一边开车一边打开手机，马上就接通了：“元英吗……听着，别打断我。我在陕北风沙滩区的一条返回县城的土路上，不管怎么巧了，总之是碰见了通缉犯黄福海，他是古城三起武装抢劫银行案的首犯，还有三个没看清楚，他们正在路边给吉普车换轮胎。这儿离秦谷县城只有15公里，开车20分钟就到。”

丁元英在电话里沉默了，一个字也没说，就这样沉默了几秒钟。

芮小丹挂断了电话，她用的是广州的手机号，而丁元英的座机又没有来电显示，他就是想再联系电话也打不进来了。

芮小丹接着拨通了组长曾华的手机：“曾华吗？我是小丹，我在返回县城的路上意外和古城‘9·13’银行爆炸抢劫案的通缉犯黄福海遭遇，他们有四个人，开一辆两驱动北京切诺基吉普车，应该判断他们持有武器。我的位置距离县城大约15公里，具体地名不详，请求增援，完毕。”

芮小丹打完电话当即就把手机电源关掉了，这使她可以不受干扰，能够冷静下来集中精力应对眼前的突发事件。如果那人是黄福海，那么另外三个人当中很可能就有同时被通缉的主犯吴建军和刘东昌。芮小丹在与那些人拉开500多米的距离以后停下车，一边检查枪支弹药一边观察地形，脑子里在迅速酝酿制敌方案。

六四式手枪里弹夹是满的，有七粒子弹。这块地形不错，四周一片开阔的荒漠，寸草不生，说路不是路，说没路又到处能当路走，完全可以利用汽车越野能力强的优势在这块开阔地里周旋。敌强我弱，而且这些人都知道自己犯的是死罪，都是杀人不眨眼的亡命徒，要歼灭或制服对方不现实，战斗目的只能定位在阻止这伙暴徒进入县城，只能把他们往黄土坡里赶，拖住就行。他们的汽车已经没有备胎了，只要打掉一个轮子他们就跑不了……

她想：对方根据警车的车牌号可能已经有所察觉了，如果他们在汽车经过这里时突然停车袭击怎么办？在近在咫尺的距离一支枪对四支枪，她必死无疑。或者，对方的汽车直接掉头往黄土高原深处开了，在两辆汽车追逐、射击的情况下要想既保证安全又打掉轮胎，非常困难，子弹的射程只有50米，距离稍微一远子弹打到轮胎上就不起作用了。

但是她判断：出现这种可能性的概率不大。看见警车会让他们紧张，看见明川的警车会让他们更紧张，但是明川的警车毕竟还不同于古城的警车，他们还不能确定就一定是冲着他们来的。不到最后一刻，他们还是寄希望于是一个巧合、一场虚惊。因为如果是冲着他们来的，刚才在他们更换轮胎的时候警方就应该动手了。所以，不到万不得已他们不会主动采取攻击，也不能掉转方向，一掉转方向就有做贼心虚之嫌，不打自招，反而暴露了自己。他们没有选择，只能继续往县城方向走，必须利用对方的求生心理，冒险停在这里等他们经过而争取先发制人的机会，这时最好的求生就是不求生。

她在想：自己的汽车性能好、枪法好，实战经验相对丰富。对方没有受过专业训练、枪法不准、对抗经验不足。一旦打响，争夺汽车就成了他们的首要目的，如果没有汽车，要想在这片荒沙地里逃跑几乎不可能。所以，要利用他们这个心理，让他们追击，人的两条腿怎么也跑不过越野车的四个轮子，拖住他们就是目的……不能让他们以汽车为掩体，得让他们的身体完全暴露出来，一旦有机会，必须要沉着冷静、一枪毙命，给他们心理威慑。如果他们分散跑，就盯住他们的老大黄福海不放，他们就会分而不散，还得聚回来……但是如果是看错了人，那么袭击民用车辆免不了要受处分了……

芮小丹在估算着时间，从时间上推算黄福海他们的汽车应该过来了，可汽车却迟迟没有过来，这个时间或许可以说明他们也在分析、决断。在实枪荷弹的战斗打响之前，双方的心理较量实际上已经开始了。

北京切诺基吉普车终于按照原来的方向开过来了，而且保持在 60 公里的时速，这个车速在这样的路况下属于正常车速，这就说明对方或许是寄希望于这是一个巧合，或许是想靠近了以后突然发动袭击。芮小丹紧张地从后视镜看着对方的车子渐渐靠近，她把座椅的靠背后放，身子尽量后移避开窗口，握住手枪准备随时射击。这一刻她觉得自己是在赌博，赌自己的判断和性命。

切诺基吉普车在经过沙漠王越野车的一瞬间并没有紧急刹车，也就是在这刹那间芮小丹闪电般跳下车，朝着近在咫尺的切诺基吉普车的右后轮胎连开三枪，又闪电般跳上车大油门急转方向飞快撤离。一辆被打坏轮胎的车在惯性的作用下往南冲，一辆马力强劲的车往北疾驰，等对方停下车，两辆车的距离已经拉开了几十米。

切诺基吉普车由于右后轮爆胎而横在路边，车身明显倾斜了一个角。芮小丹悬着的一颗心放下了，这个回合的胜利对于她具有决定性的“战略”意义。同时她也知道，如果说刚才他们还不能确定警车上有几个警察的话，那么他们现在可以确定对手只有一个女警察了，这会助长他们的士气，但也容易使他们轻敌。

司机下车了，这是一个二十七八岁的男子，体格强壮，皮肤晒得黝黑，穿一条牛仔裤和一件深蓝衬衣。他下车看了看被子弹击穿的轮胎，然后一边走过来一边扯着嗓门愤怒地向芮小丹喊话。芮小丹停下车但没有熄火，她提着手枪下了车，旷野一片寂静，身边只有丰田越野车发动机微弱的声音，男子的喊话声听得清清楚楚，是地道的陕西口音。

男子喊道：“你是警察还是土匪？你啥意思嘛？这是俺私家车，你凭啥打坏俺的车？你看你给俺车上的顾客都吓成啥了嘛？警察咋了，警察就可以不讲理吗……”

芮小丹眼看着男子一步步靠近，距离从50米到40米、30米，她想：是我真打错了还是对方企图接近我突然发起攻击？车上的人没下来是真被吓住了还是怕被认出来？现在仍然是心理战，如果我让他确信警方没有误会就是冲着他们来的，只要我突然一举枪，他就会本能地做出反应，真假虚实也就一目了然了。只要对方拔出了枪就必须一枪击毙他，只有一枪毙命才能起到震慑对方心理的作用。

当男子接近到20米左右的时候，芮小丹突然做了一个举枪射击的动作，这个动作原本就是虚中有实、实中有虚，男子立刻做出了本能的反应，右手迅速伸到后腰处拔枪，芮小丹在看到枪的刹那间心里踏实了，心到手到，随着一声枪响，男子还没来得及扣动扳机就将做了一半的动作定格了，随之重重倒在地上。

就在枪响的同时车里的三个人从车里冲了出来，个个都握着手枪。芮小丹在手枪的有效射程之外，看到他们成群冲过来，立刻跳上车朝沙滩深处开，又在安全的距离停下。这时黄福海他们的心里也踏实了，谁都不抱幻想了，就是一个字：打！

黄福海跑到倒下的男子跟前抱起他的头托在怀里，连叫了几声："震明！震明！"名叫震明的男子左眼上方的脑门部位中弹，已经死了。黄福海一看中弹的部位若有所悟，轻轻放下死者，捡起死者的手枪，满脸杀气地挥舞着枪喊道："我知道你是谁了，你不是明川的，你是古城的，你姓芮，芮警官，我听说过你的枪法。早他妈知道有今天，老子在古城就把你干掉了，还轮得着让你在这儿给爷找麻烦！"

芮小丹这时完全看清楚了，这三人正是被通缉的暴力犯罪集团首犯黄福海、主犯吴建军和刘东昌。她站在车门旁边冷静地观察，等着他们上来围攻抢夺汽车。这个时候她已经完全掌握了战斗的主动权，用游击的打法赢得时间。

这时黄福海让刘东昌从腰里解下一个特制的黑色真皮腰带，扯开拉锁拿出两沓百元面值的现金举起来冲着芮小丹大声喊道："芮警官，我知道咱们是偶然撞上的，古城离这儿八九百公里，咱们能在这儿碰上那得是多大的缘分。这腰带里有30万，是我们哥儿几个出去找活儿的盘缠，你全拿去。咱们前世无冤今世无仇，你放我条生路日后我一定报答！”

芮小丹摇摇头。

黄福海手一挥，三人一边无效地射击一边向芮小丹冲过来，黄福海两手各提着一支枪冲在最前面。芮小丹并不急于后撤，而是等到他们将要进入子弹射程的时候才开车再走一段距离。三人跑得气喘吁吁站下，芮小丹也再次停下车等他们。

黄福海看出了芮小丹的意图，几个人商量了一下，然后分成三个方向跑了，似乎是在各自逃命。芮小丹等他们跑出一段距离之后，加大油门朝着黄福海一个人追去，其他两个人见状马上回过头想对芮小丹形成包围之势，但是又慑于芮小丹的枪法而不敢单独靠前，三人只得又聚在一起，只有把火力集中在一处才能比较安全，但是时间就这样一分一秒过去了。

随着时间的延续，黄福海越来越感觉到危险，他必须要在大队警察增援到来之前夺取汽车逃命。于是他带着两人在一处凹陷的沙坑里卧倒，一边监视芮小丹一边商量对策。他用异样的眼光看了看吴建军，说道：“建军，这样拖下去县城里的警察和武警很快就会赶到，咱们被抓住是死，拼死也是死。如果有人能逃出去，将来还可以照顾弟兄们的家人。”

吴建军穿一件老式的军用迷彩服，他先撩起衣服拍了拍绑在身上的一排炸药，然后一挽袖子说：“大哥，我懂你的意思，道理我也明白，咱这次出门就没打算活着回来。到了这时候咱就别啰唆了，你就说让我咋办，再说个天地良心的数，就行了。”

黄福海说：“如果我和东昌能逃过这一劫，养老送终的话我做不到就不说了，我给你家送去50万，我如果食言就让天打雷劈，东昌也可以杀了我。”

吴建军说：“横竖都是个死，拜托大哥了！你说咋办？”

黄福海横着心说：“那……兄弟，大哥就对不住了。你拿着枪往外跑，就当是精神崩溃了，该喊什么喊什么，我和东昌就朝你开枪，你倒下的时候把枪扔了，别扔太远，我和东昌开始往两个方向逃跑，她在追我们之前必须得先下你的枪，还得看你死没死，你求她救你，然后就在她捡枪的时候抱住她引爆炸药。电子引爆装置她再快也躲不及，就算她没炸死也没有战斗力了，我和东昌就开车往山里逃。”

吴建军说：“那要是我已经被你们打死了咋办？”

黄福海说：“那就是我和东昌的命该绝了。”

吴建军不再多想，想多了只会拖延时间、动摇意志，而结果没有区别。于是他突然跳出沙坑像发了疯似的往外跑，一边跑一边歇斯底里地喊道：“我受不了啦！我要疯啦！我投降啊！我不想死啊……”

黄福海厉声喊道：“回来！回来！我开枪了！”

吴建军俨然已经失控了，继续奔跑。黄福海和刘东昌跳出沙坑追出几步，朝吴建军的背后连开数枪，吴建军应声倒地。接着，黄福海和刘东昌好像紧急商量了几句，然后朝两个相反的方向分头逃跑了。

芮小丹远远地观察着，也疑惑了，判断不清楚是真是假，因为罪犯在心理极度紧张的情况下发生精神崩溃是很常见的现象。她冷静观察了一会儿，眼看着黄福海和刘东昌一点点跑远了，心想：黄福海再怎么跑也跑不过汽车轮子，而吴建军的枪不能丢弃在这里。况且，她的手枪里只剩下三颗子弹了，即使追上黄福海子弹也不富余了。

芮小丹把车开到离吴建军十几米的地方，下车用枪指着吴建军谨慎靠近，随时准备处置突发情况。吴建军背部、臀部、腿部多处中弹，衣服、裤子和地上都被血染红了，身体在抽搐着，他抬眼看了一下芮小丹，嘴里绝望而无力地说：“救救我……救救我……”芮小丹心里掠过一股无奈的怜悯，也就在这一刻她稍稍放松了警惕，就在她弯腰去捡那支六四军用手枪的一瞬间，吴建军突然伸出双手抱住了她的双腿拼尽全身力气猛地一拉，芮小丹失去平衡倒在地上，双脚被吴建军压在胸下，在这一瞬间她听到了一声“咔嚓”的微弱响声，还没来得及做出反应就又听得一声“轰”的爆炸声，剧烈的爆炸气浪把她掀到一边。

炸药包在吴建军的胸部爆炸，他被炸得血肉横飞，当场毙命。

芮小丹倒地的时候本能地用左胳膊垫住身子，所以倒地时是侧身，爆炸之后她感到小腿部位、右手、右脸部剧烈疼痛，挣扎着一动才发现两脚已经被炸掉了，右手和右脸部不但有严重的火药灼伤，而且由于火药里掺入了大量铁屑，铁屑形状不一的颗粒密密麻麻扎进皮肤里，疼得让人不能忍受。她在纳闷，自己居然没有被炸死。但是她也清醒地意识到自己是毁容了，残废了，再也不漂亮，再也站不起来了。

或许是训练有素的缘故，即使是爆炸过后芮小丹的两只手里仍然各握着一把枪，她忍着剧痛检查子弹，吴建军的枪里也只剩下三颗子弹，他身上的弹夹已经炸飞了。她把仅有的子弹全部装进自己的弹夹，现在枪里就有六颗子弹了。

芮小丹艰难地往汽车跟前爬了几米，以便更有效地用枪射击轮胎，这是她唯一所能做的事情了。就在这时，一个戏剧性的情况发生了，爆炸之后刘东昌没有按计划返回攻击，而是仍然朝着西北方向自己逃命，他不但带着枪，还带着30万元现金。

黄福海冲着刘东昌愤怒地喊道：“回来！你给我回来！老子杀了你！没有汽车你他妈跑得了吗？笨蛋！”他一边喊叫一边朝刘东昌“啪、啪”放了几枪。其实这么远的距离刘东昌未必能听得到他的喊叫，而子弹更是不起一点作用，他也仅仅是发泄一下而已。

刘东昌是真的精神崩溃了。

芮小丹心想：原来他们内部也不是铁板一块。但是她对刘东昌的跑与不跑已经不放在心上了，到了这个时候他们谁也跑不掉了，因为增援警力很快就赶到，而她自己已经没有战斗力了，多一个刘东昌与少一个刘东昌没有区别，她只要再把丰田越野车的两个前轮胎打掉就可以，黄福海与她的距离无论如何也不可能在她打掉轮胎之前杀掉她了。

黄福海自己站在那儿愣神，他也在奇怪，居然没把芮小丹炸死。现在他最担心的就是芮小丹把丰田越野车的轮胎打掉，想了一下，忽然大声喊道："芮警官你听着，一个女人敢这么玩儿，有种！我黄某佩服！我早晚是个死，不逃了。我作过很多恶，今天我就做件积德的事，我把枪扔了，我送你去医院，你流血过多会死的。"喊话之后黄福海把两支枪扔掉，撩起灰色休闲衬衣和背心转了一周，把裤子口袋掏空了翻出来，又拉起裤腿，示意身上没有藏匿武器，然后向芮小丹走去。

芮小丹看在眼里，心里笑道：这个傻瓜，耍这种小聪明，还是贪生哪！她等黄福海走到近前有八九米的时候，使尽力气微弱地喊道："站住，否则我开枪了！"

黄福海站下了，说："我缴械了，你向我开枪就犯法了，再说我是来救你的，你向我开枪也不人道，所以你不能开枪。"说着他继续往前走。

芮小丹果断开枪，一枪打在黄福海右小腿上，使他单腿跪地。

黄福海挣扎着站起来，一瘸一拐地仍然往前移动，说："我真是来救你的，相信我。"

芮小丹又开了一枪，这一枪打在黄福海左小腿上，使他双腿跪在地上。

这时，从远处传来了警笛和汽车的轰鸣声，芮小丹抬眼望去，只见五六辆汽车风驰电掣般朝这边驶来，有警车，有轿车，甚至还有一辆红色出租车，车队卷起一片浩浩荡荡的黄土，非常壮观。芮小丹恍恍惚惚觉得像是电影的画面，心里感叹：如果这是拍电影，她一定有机会重拍一条，她会这样处理、那样处理……

黄福海看着警察的车队飞快逼近，突然哀求道："芮警官，您发发慈悲给我一枪吧，我早晚是个死，你现在一颗子弹就成全我了，省得政府再给我治伤、吃喝、起诉，省下点钱也算我给社会做过奉献了。"

芮小丹说："你刚才有机会。"

黄福海说："我太贪了，刚才还想活。"

芮小丹说："你没武器，我没权利处决你。"

黄福海用一种求死不能的人才会有的绝望声音喊道："废话，老子要有武器还用求你？"

芮小丹不理睬他了，看着车队开过来，许多警察、武警还没等车停稳就冲下来，她看见了曾华、黄文贤、王队长……脑海里却浮现出那年春节前丁元英扛一箱方便面的情景，心里黯然自语：乖，我以后不能再疼你了，自己去找吃的吧。她吃力地撑起一点身子，把枪伸进胸部顶住心脏扣动了扳机，随着砰的一声枪响，她自杀了。

近在咫尺的黄福海眼看着芮小丹开枪自杀，他被眼前的情景惊呆了，他的嘴不由自主地张大、定格却发不出任何声音。

在场所有的人都被这一幕惊呆了！

第四十二章

1

芮小丹自杀了，人们事后可以提出很多种能使芮小丹避险的战法，也可以提出很多种芮小丹不应该自杀的理由，然而当时的真实情况就是那样。

由于芮小丹此次执行的是省公安厅刑侦处的任务，与古城公安局没有案件关系，所以组长曾华并没有直接与古城公安局联系，而是首先在第一时间迅速将秦谷的情况向直属上级刑侦处徐处长报告，再由徐处长代表省公安厅刑侦处将情况向古城公安局通报。古城公安局得到的通报情况是——

芮小丹在送秦谷刑警队王队长的家属回家后返回秦谷县的路上与通缉犯意外遭遇，在与通缉犯交火前曾打过两个电话，第一个电话是打给古城的男朋友丁元英，内容不详。第二个电话是打给组长曾华，内容是说明情况，请求增援。

芮小丹在交火中击毙通缉犯当地同伙一名，击伤通缉首犯黄福海双腿。吴建军自杀性爆炸死亡。芮小丹双脚被炸掉，右手和右脸部有严重灼伤和大量铁屑嵌入，严重毁容。芮小丹在增援警察接近现场时开枪击中心脏自杀。

抓获通缉犯黄福海和刘东昌，缴获现金31.14万元，北京切诺基吉普车一辆，六四式手枪四支，子弹 52 发，手机两部。

芮小丹遗物：手机一部，现金 528 元，通信录一本，挎包一只，钥匙一串。通信录中已经查到芮小丹的父亲芮伟峰和芮小丹的母亲张慧敏两人的电话号码。

芮小丹的自杀行为给古城公安局的善后工作带来了一系列问题，省厅刑侦处与古城公安局通过电话会议商议，作出如下处理意见——

第一，善后工作由古城公安局具体负责。

第二，基于芮小丹是自杀的事实，本着不提倡、不鼓励、不默许警察自杀的原则，决定对芮小丹不授予烈士称号，不做宣传，不发抚恤金，不记功，不以组织名义开追悼会。

第三，立即对芮小丹打给丁元英的电话进行调查取证，立即对案件事实进行取证，在通知芮小丹家属的同时一并告知案件事实，给家属一个对处理决定消化、理解的时间，避免无谓的误解、矛盾，保证善后工作顺利进行。

第四，在与芮小丹家属的正式见面会上宣布对芮小丹的“五不”处理决定。

第五，省公安厅刑侦处和古城公安局的领导连夜赶赴秦谷县，以组织名义对芮小丹家属表示慰问，以个人名义参加告别仪式。

电话会议作出善后工作部署之后，省公安厅刑侦处政委于当夜九点率几名属下驱车从明川出发赶赴秦谷，古城公安局副局长和刑警队长及两名刑警队员当夜九点半驱车从古城出发赶赴秦谷。从时间上考虑，越野车途经山西太原进入陕西前往秦谷，大约 900 公里的路程需要 15 个小时，次日中午即可抵达秦谷，是最快的路线选择。

芮小丹在从警的六年里曾经多次被省公安厅刑侦处抽调执行重大案件的侦破任务，历次都是出色完成任务。在古城公安局刑警队，她是为数不多的坚持在刑侦一线的女性，无论是本职工作还是人际关系都得到领导和同事的较高评价。因此，芮小丹的善后工作引起了省市两级公安机关的格外关注。

芮小丹的自杀给每个领导和同事的心理都带来了一个感情上的矛盾，每个人都明白芮小丹的做法避免了一切后续事情的发生，没有事迹、没有病房、没有慰问，她的死使她不会成为任何人的负担，甚至不会让别人为此支付一滴赞美的笔墨。

人们在猜想：芮小丹在向自己心脏开枪的那一刻心里是怎么想的，是对生活失去信心的绝望和懦弱，还是续写她悲壮的英雄梦？

2

芮小丹的电话意味着什么，丁元英心里如明镜一般。

在芮小丹执行任务的一个月里，这是她第一次给他打电话。时间一分一秒地过去，丁元英从来没有感到时间像现在这样漫长，他的精神紧张到了窒息，他的心像是悬在深渊的边崖。他在做着各种假想，也许正在追捕……也许正在周旋……也许正在审讯……他是一个证到“一切有为法，应作如是观”的人，他是一个从来不会去做祈祷、只判断事物和接受结果的人，而今天，他做不到“如是观”了，他祈祷，不住地祈祷……

不管感情驱使他做多少种幸运的假想，而理性却清楚地告诉他：小丹不幸了。因为两个小时过去了，在这种特殊时刻，如果芮小丹已经脱险，她一定会在第一时间报平安。

果然，晚上将近八点的时候门外传来了敲门声，来人正是两名身着警服的人，这使他心存的最后一念幻想粉碎了。来者自我介绍，两位是古城刑警队的王福田和赵国强，既是来调查芮小丹的电话，也是来通知芮小丹的情况。

丁元英请他们坐下，直接问：“小丹还活着吗？”

王福田和赵国强都是经验丰富的刑警，并没有马上回答丁元英的问题。赵国强从公文包里拿出一盒印泥、笔和一沓稿纸放在茶几上，客气地说：“丁先生，小丹的情况我们随后再谈。据我们了解，小丹在今天下午五点半给你打过一个电话，通话时间是36秒。我们需要做个笔录，详细了解这个电话的具体内容，请你回忆一下当时你们的原话。”

丁元英尽可能地把芮小丹的原话复述了一遍，说：“小丹的原话就是这样，即便有出入也是个别词句，意思不会有出入。”

赵国强一字不漏地做着笔录。

王福田问：“然后呢？你说了什么？”

丁元英回答：“我什么也没说，停了几秒小丹挂断了。”

王福田不解地问：“你怎么可能什么都没说呢？至少会有个提醒、有个嘱咐吧？”

丁元英说：“小丹有六年警龄，不用嘱咐。”

王福田的情绪有了一点变化，说：“用不用是一回事，嘱咐不嘱咐是另一回事。”

丁元英沉默了，他无法回答这个问题。

王福田不满地看了丁元英一眼，思索了片刻，问：“你确定小丹就说了那些吗？就没有再说别的话了吗？你再仔细回忆一下。”

丁元英说：“确定，小丹就说了那些。”

王福田又思索了片刻，问：“你认为小丹告诉你那些话是什么意思？或者是她希望你能说点什么？按纪律她是不该把案情告诉亲属的，可是她告诉你了。”

芮小丹的这个电话在常人的判断里只能有两种解释：1. 诀别。这是一个合格刑警的自然做法。2. 芮小丹处于职业本能与求生本能的矛盾中，她在这种矛盾的心理驱使下给他打了电话，期望他能给她一个影响她心理倾向的意见。

丁元英心里非常清楚，王福田和赵国强作为芮小丹的同事当然倾向于第一种解释，可以通过他的证词排除第二种解释，突出芮小丹作为刑警临危不惧的正面形象。

丁元英更清楚，无论是哪一种解释都会带出一个他对芮小丹的感情问题。如果是第一种解释，人们会质问：以他与芮小丹的感情，既然他知道是诀别为什么不阻止？他怎么可以无动于衷？如果是第二种解释，人们会哀叹：当芮小丹期望他说一句话决定选择的时候，而他却给了她一个高尚而残酷的沉默。虽然有两种解释，但是这个问题无论怎么判断，都会推导出他对芮小丹面临生命危险却漠然视之的结论。

如果按第二种解释推导，那么他对芮小丹的死也应负有一定责任。

然而，芮小丹作为合格刑警还需要证明吗？“证明”即是对她的不尊重。他对芮小丹的感情还需要别人的理解吗？“需要理解”即是对这种感情的亵渎。

丁元英答道：“我只讲事实，不认为。”

王福田与赵国强相互对视了一眼，意思是：只能这样了。于是赵国强将询问笔录递给丁元英，说：“你看一下，如果没有出入就请写个日期签个名，按几个手印。”

丁元英看了看记录的内容，拿起笔在问话记录下面签上日期和自己的名字，然后用手指蘸了蘸印泥按了几个手印。

赵国强收好询问笔录，说：“丁先生，你是小丹的男朋友，我们是小丹的同事，也是很好的朋友。虽然我们没接触过，但是刑警队的人都知道你，也知道小丹对你的感情。现在我代表古城刑警队通知你，小丹已经不在了，是自杀。”

王福田说："情况是这样……"他把通报过来的情况复述了一遍，然后说："如果你知道小丹其他亲友的电话，也请你代为转告。那……我们就告辞了。"

赵国强走到门口，转过身说："丁先生，我没想到你会这样对待小丹，作为小丹的战友我对你感到失望，也为小丹那么在乎你感到不值。"

古城刑警队的两个人走了。

丁元英用纸巾擦了擦手指上的印泥，想着要不要给欧阳雪打电话，因为8月5日法院开庭，欧阳雪和肖亚文都在北京做开庭前的最后准备，这个时候告诉她们这个消息显然会对她们的状态有影响。思忖再三，他还是拿起了电话。这两个人都是芮小丹最好的朋友，这么大的事如果不告诉她们，这种心理责任负担不起。

电话里，他刚说了几句就从欧阳雪的声音里听到她哭了。

打完这个电话，他打开电脑上网查询秦谷县的地理位置，查询交通路线，查询古城机场的航班方向和时间。距离秦谷最近的机场是宁夏回族自治区的银川河东机场，古城没有直通银川的航班，只能从西安中转。古城到西安的最早的航班是明天上午九点半，西安到银川的航班有十二点五十分一班，正好赶上。从银川到秦谷不到300公里，坐汽车四个多小时，也就是明天傍晚可以赶到秦谷。

确定了去秦谷的路线和时间，他开始做出行的准备。有什么可准备的呢？无非是带点路费而已。他去卧室的写字台抽屉取钱的时候，看见了和钱放在一起的那枚刻着"法"字的椭圆形玉佩。他拿在手上，看了看上面的"法"字，看了看背面的日期，而写字台上镜框里的芮小丹也正站在山峰朝他凝望，那被山风吹散的长发，那忧郁而期待的眼神……

丁元英伸过手去，轻轻抚摸着芮小丹的脸庞和长发，心里喃喃自语道："当生则生，当死则死，来去自如。丫头，不简单哪。”

他像平常一样打开音响，芮小丹最爱听的那支《天国的女儿》旋律充满了整个空间，在音乐声中，他在客厅里缓缓地踱步，踱了一会儿又坐到沙发上，开始慢条斯理地整理工夫茶具。他将茶杯、闻香杯、公道杯、盖碗一一用毛巾仔细地擦拭，那种专注神情似乎是在做着一件极精细的工作。

然而，无论他怎么对抗、舒缓、掩饰，都无济于心头的疼，那是一种心如刀绞、无可忍受、无可遏抑的——疼。他以为他是明白人，他以为他可以从容、达观，但是当他静静地泡好一杯茶静静地喝到嘴里的时候，这杯茶却被喉咙的一团东西堵住了，也就是在他试图咽下这杯茶的一瞬间，一股生理无法控制的东西突然从胸腔喷出，他本能地紧闭上嘴，快步走到卫生间的洗手池，吐出的是一口鲜红鲜红的血。

过去他一直认为伤心吐血是文学的夸张描写，而这一刻让他体会了，那不是文人的夸张描写，那是没到那个伤心处。也就在这一刻，他的理性、他的坚强……崩溃了！

他突然浑身无力，眼前金星乱舞，似有千万根针刺入心脏。那种像岩浆一样爆发出来的绞痛撕心裂肺，胸腔哽咽得让人想哭都哭不出来。他打开水龙头冲掉血迹，擦擦嘴，到客厅关掉音响和电热壶，关掉所有的灯，无力地伏在床上。

不知过了多久，忽然床头的电话响了，他在黑暗中摸索着拿起电话。

电话是王福田打来的，他客气地说：“丁先生，很抱歉，这种时候还打扰你。小丹的父亲刚给局里打过电话，说是有几句话让转达给你，言辞有些过激。”

丁元英说：“没关系，请讲。”

王福田说：“芮先生的意思是，他们家不欢迎你，不希望在秦谷见到你，就是拒绝你参加小丹的后事。丁先生，我们只能尊重家属的要求，请你不要去秦谷，避免大家在秦谷发生不愉快。希望你理解小丹父亲的心情，也希望你配合我们的工作。”

丁元英问：“是因为小丹的那个电话吗？”

王福田说：“是的，芮先生不能接受你对小丹的态度。”

丁元英说：“行，我不去。”

放下电话，打开台灯，他伸手拿来写字台上芮小丹的照片，躺在床上凝神地看。

这张照片是和那枚玉佩同一天拿来的，他清清楚楚地记得那一天，先是与欧阳雪谈股东出资，然后是小丹在公园广场跳街舞，后来在小丹家里听音乐。就是在那天晚上，在公园广场，他曾告诉她：只要你一分钟是警察，你这一分钟就必须要履行警察的天职，你就没有避险的权利；但是，国家机器不缺一个迟早要被淘汰的女刑警，而社会应该多一个有非常作为的人才，这不是通俗的英雄主义和通俗的平等意识可以理解的价值。

而眼前的一切竟不幸被他言中了。

也是在那天晚上，她依偎在他怀里陶醉地说：到时候我就躺在你的怀里听音乐，听你给我讲天国、讲地狱，我就在你怀里悄悄死去了，我的坟墓上开满了细碎的勿忘我，在微雨的清晨，你穿过蜿蜒的小路而来，手里拿着一枝花在我的坟前默默伫立……不行，你还得把我抛海里，你望着无际的大海，落下了两滴狼狗的眼泪……

而今……而今……他甚至都不可能知道她的墓地在哪儿。她留给他的是永生的魂和永恒的美，是关于“作为价值”与“人生价值”更深刻、更本质的思考。

3

古城公安局和省公安厅刑侦处两路人员驱车昼夜兼程 900

公里，历时15个小时，于3日中午十二点二十分抵达秦谷。

欧阳雪、肖亚文8月2日晚在北京接到丁元英的电话得知芮小丹不幸的消息，而此时距离开庭只剩下两天的时间。两人在泪水和悲痛中搁置了所有的工作，迅速查询能够最快抵达秦谷的交通路线，于8月3日上午乘坐北京至银川十点十五分的班机，上午十一点五十五分飞抵银川河东机场，下午一点乘出租车行程四个小时，傍晚十七点二十分到达秦谷。

芮伟峰8月2日晚在上海的家里接到古城公安局的电话通知和传真笔录，传真笔录里有数名刑警的目击证言，有通缉犯黄福海、刘东昌的目击证言，这些目击证言在证明芮小丹与通缉犯交火的真实情况的同时，也证明了芮小丹自杀的事实。

然而在这些证言笔录里，唯有丁元英的那份询问笔录让悲痛中的芮伟峰愤怒了，他了解女儿对这个男人的感情，他坚信这个男人能够影响女儿的决定，所以他无法接受这个男人高尚而残酷的沉默，无法接受这个男人对女儿面临生命危险的漠视。他认定丁元英对女儿的死负有一定责任，因此拒绝丁元英前往秦谷。

被芮伟峰阻止前往秦谷的还有一个人，那就是芮小丹的母亲张慧敏。芮伟峰既向前妻告知了情况，又阻止张慧敏回国。这不仅是因为张慧敏是德国籍办理中国签证需要时间，更重要的是张慧敏的精神和身体很可能经受不起这样的打击。

芮伟峰在两名弟子的陪同下于8月3日从上海虹桥机场登机，乘坐八点五十分飞往银川的航班，中途经停西安，下午一点降落银川机场，受到了银川影视界朋友的接待，与代表警方前去接机的曾华、黄文贤见了面，两辆车于傍晚六点到达秦谷。

当晚，警方与芮小丹家属、亲友的见面协调会在秦谷宾馆会议室举行，参加会议的有古城公安局副局长，有刑警队长雷剑峰，刑警周伟、马林，有省公安厅刑侦处政委和陕西警方的官员，有曾华、黄文贤和秦谷县刑警队王队长，其中雷剑峰、周伟、马林等人都是以芮小丹同事和朋友的身份列席会议的。

芮伟峰、欧阳雪、肖亚文作为芮小丹家属、亲友参加会议。

会议预定两个议程，一是移交遗物，出具证明，宣布并解释古城公安局的决定。二是听取家属的意见、要求，商议告别仪式的主办和日期。会上，各方领导相继发言，对芮家的不幸表示哀悼和慰问，对芮小丹的表现给予高度评价。之后，古城公安局副局长向芮伟峰移交芮小丹的遗物和秦谷县公安局出具的死亡证明。

古城公安局副局长陈述了公安局方面的意见，说道："坦率地说，这是我从警几十年来最难启齿的一次发言。在座的各位心里都明白小丹，但是站在广义的社会伦理的角度，自杀毕竟被普遍认为是一种消极的人生态度，特别是警察自杀，社会影响更不好。因此，古城公安局基于小丹是自杀的事实，决定对芮小丹不授予烈士称号，不做宣传，不发抚恤金，不记功，不以组织名义开追悼会。这很残酷，但这就是我们必须要面对的社会价值体系。"

芮伟峰花白的头发显得有些凌乱，拿着香烟的手微微颤抖，他一支接一支地抽烟，燃烧的香烟仿佛成了一个支点，支撑着他的精神不至于垮掉。这时，他表态道："人没了，什么都无所谓了。我没要求，也没意见，只求尽快结束这一切，结束这种场景的煎熬。"

副局长说："基于同样的理由，芮小丹的人身保险将得不到保险公司的理赔。局里研究决定，芮小丹发生在秦谷的善后费用将由古城公安局承担。"

芮伟峰说："这个我不接受，这不是情绪，也不是风格，是我的女儿必须由我打发。"

……

由于芮伟峰不提任何要求，当晚的见面协调会进行得很顺利，没有出现常见的那种家属纠缠不清的情况。会上商定明天上午举行告别仪式，明确了各项事务的具体分工，明确了具体的时间、地点、规格、步骤，以及领导发言、发言的顺序，其中包括刑警队长雷剑峰代表古城全体刑警队员的发言。

欧阳雪和肖亚文在协调会上一直没有发言，她们的身份既不是家属也不是单位，没有法定权利，也就没有实质的发言权。

肖亚文只在上大学的时候见过一次芮伟峰，芮小丹在她面前极少提到父亲，她在电视里偶尔会看到他出现在访谈类的节目里。欧阳雪从小就认识芮伟峰，或许是因为他和自己的父亲都是离婚的男人，或许是因为小丹的态度，总之她对这个人的印象很淡漠。

肖亚文心里很不赞成在告别仪式上念悼词的做法，她很困惑，这不是评职称，也不是求职应聘，悼词是念给谁听呢？在座的这些人还需要通过悼词了解小丹吗？小丹还需要通过悼词被说明吗？小丹从来活的都是自己，没活给别人，如今不在了，不能自主了，就得由着好心的人们按照他们的方式摆布了，只是他们不知道，他们越是这样做，却是离那个真实的芮小丹越来越远。但是，那是他们的真心，也是他们的权利。

肖亚文只在会议临近结束的时候提了一个问题，她说："我和欧阳作为小丹的朋友向芮叔提个问题，小丹会被安置在什么地方？是老家古城，还是上海？"

芮伟峰回答："小丹跟我回上海。"

肖亚文又问："我们通过什么方式知道小丹的墓址？"

芮伟峰说："这个问题我不想在这个场合回答。"

肖亚文沉默了。

4

1998年8月4日上午九点半，芮小丹的告别仪式在秦谷县殡仪馆举行。

秦谷县殡仪馆在县城东面，离县城大约三公里的距离，炎炎烈日下，周围是看不到尽头的黄土荒滩，白墙围起来几栋青砖灰瓦的平房和高高耸立的巨大烟囱在这个地方显得更加孤零、凄凉，由于当地的风沙，殡仪馆里那几棵原本就不高的树上落了一层厚厚的尘土，几乎将原来的绿色都遮盖住了。

告别厅里，芮小丹的遗体安放在十几个花圈的后面，她穿着警服，警徽以下的身体被一条洁白的绸缎覆盖着，脸上受伤的一侧被一束鲜花遮挡。几位领导做了短暂的讲话，最后是刑警队长雷剑峰代表古城全体刑警队员致悼词。

欧阳雪站在那里根本就没听清别人在说什么，她脑子里转来转去都是芮小丹的脸，心里一直无法接受芮小丹已经不在人世的事实。这些年来她对芮小丹有一种不是血缘却胜似血缘的感情，突然之间，一直在支撑她精神的东西失衡了，内心的绞痛使她真切地体验到了一种失去亲人的滋味，身边的一切都像是一部遥远而虚幻的电影。

芮伟峰无法承受眼前的情景，转身出去了。

肖亚文感觉到胸口像被重锤撞击了一样，胸闷、哽咽、疼痛。她想放声痛哭，又怕招来别人劝慰，只能压抑着、忍受着。

告别仪式结束之后，各位来宾按程序依次退场，殡仪馆的工作人员将把遗体推走。肖亚文和欧阳雪迟迟不忍离开，目送着推车向侧门离去。

就在推车即将消失的时候，肖亚文突然发现了什么，急叫一声："等一下！"

这声急迫而真切的女性尖叫让殡仪馆的工作人员停下了脚步，使刚刚出了告别厅门口的人不由自主地回身打量，包括欧阳雪也没明白发生了什么事情。

肖亚文快步追上推车，把手伸进白绸下面应该是芮小丹双脚的位置摸了一下，果然是空空荡荡，情急之下脱口说了句："小丹不能没穿鞋就走。"说着脱下自己的两只皮鞋放进芮小丹双脚的位置，这才允许工作人员推走。

门口回身张望的几个负责具体事宜的刑警惊讶地你看我、我看你，一个个眼神里充满了自责与懊悔，分明是在自责：怎么没有想到这个细节？

芮伟峰一见肖亚文光着脚出来，当即就明白了，对银川的朋友说："你去开车，带亚文到县城买双鞋。"

欧阳雪说："你光着脚别跑了，我去给你买鞋。"

肖亚文说："行，你去吧，买36码的，我在这儿和芮叔说几句话。"

旁边的人知道肖亚文和芮伟峰有话要说，于是都到休息室去了。芮伟峰往门口台阶的左侧走了几步，台阶下边有一棵大树，树下有一片阴凉。

芮伟峰说："待会儿你们不用租车了，坐我们的车回银川。听说你们明天开庭，也真难为你们了。银川到北京的班机下午六点有一趟，你们到了北京还有点时间。"

肖亚文直截了当地问："芮叔，您什么时候告诉我们小丹的墓址？"

芮伟峰说："如果你承诺丁元英不会来打扰小丹，我安置好了就通知你。"

肖亚文说："我不能。"

芮伟峰说："那我就无能为力了。小丹是我女儿，是我的掌上明珠。我女儿有机会避险而没能避险，如果是小丹不听丁元英劝阻，那我无话可说。但事实不是这样，事实是丁元英连一句担心的话都没说，我甚至都能想象出来小丹当时的心情。这个情况我会如实告诉小丹的母亲，我们有权对小丹的墓地保密，有权保护我们的感情不受伤害。”

肖亚文说：“通缉犯是四名死罪的武装暴徒，离县城只有20分钟路程，任何一个警察都会明白，如果让这样的武装暴徒进城会对群众生命安全有多大威胁。”

芮伟峰说：“那是小丹的事，我说的是丁元英。丁元英的话对小丹有没有影响？”

肖亚文答道：“有。”

芮伟峰又问：“有多大影响？”

肖亚文回答：“很大。”

芮伟峰说：“但他沉默了，我女儿没了，这对一个父亲已经足够了！他失去的只是一个女人，他还可以有第二个、第三个，可我失去的是女儿，不可替换，不可再生。就为这个我不能原谅他，也用不着他拿着一堆高尚再来看小丹。”

肖亚文注视着这个眼角和唇边带着深刻的皱纹、鬓边的头发已经花白了的老人，那种掩饰不住的痛苦使他看上去显得更加憔悴、苍老。她完全能理解老人的心情，却不能赞同他的道理，于是拿出一张名片递过去，说：“您想保密，那是您的权利。如果您改主意了，请您告诉我。我想说的是，您根本不了解小丹，而您凭借的也仅仅是血缘的权利。”

最后一句话让芮伟峰愠怒了，本来就悲痛的心情更加堵闷，顿时感觉到头重脚轻，脑子里嗡嗡作响，身上一阵阵地出冷汗。他勉强支撑着想抽支烟，可是拿打火机的手却不受控制地发抖，打了几下也没打着火，于是把打火机一扔，走了。

肖亚文光着脚坐在台阶上捂着脸，哭了。泪水顺着脸颊滑落下来，嗓子里像被什么东西哽住了似的，连哭声几乎都发不出来。她只觉得芮小丹短暂的一生就像一颗美丽的流星划过天际，划出一道凄艳绚丽的光芒，转瞬间就消失了。

她所能够留住的，只有心里的那道凄艳的光芒。

第四十三章

1

1998年8月5日下午两点，中国音响界第一例反不正当竞争诉讼案在北京正式开庭审理，法院第四审判庭国徽高悬，审判长高坐法台正中，审判员分坐两边。原告深圳乐圣音响有限公司由法人代表赵青总经理、诉讼代理阎希成、蒋汉臣律师三人出庭，被告北京格律诗音响有限公司由董事长欧阳雪和总经理肖亚文两人出庭。

此案由于媒体的前期炒作以及商业伦理、音响价格走势、伯爵公司高价收购、败诉即跳楼等诸多热点，已引起社会广泛关注，法庭旁听区座无虚席，有来自16家新闻媒体派出的记者，有音响业内人士，有社会问题研究机构的人士，也有音响发烧友。庭审情况，北京星际有线电视台法律频道向北京地区进行现场直播。

此时，在距离法庭12公里之外的北京梅林宫饭店，还有一个人正独自坐在豪华套房的客厅里通过有线电视关注着庭审进展，这个人就是此案的核心人物——林雨峰。

他坐在宽大、舒适的沙发里，面前的茶几上摆着一瓶冰镇的可口可乐、一包香烟和一只玻璃烟灰缸，电视里庭审的声音夹杂着房间里中央空调微弱的响声。他静静地看着电视里庭审的场面，旁听区的座无虚席和诸多新闻媒体的参与让他感到宽慰，他对诉讼结果已经不放在心上了，他所期待的是真相大白，是通过庭审把幕后的丁元英推到媒体评论的前台。法庭里唯一让他感到不舒服的是坐在被告席上的仅仅是两个20多岁的女子，格律诗公司连个律师都没请，这其中既有人数、性别、年龄、专业的不对称，又有强弩之末与四两拨千斤的不对称，这使乐圣公司的阵容既成了两个女子的陪衬，又受到了丁元英的轻视。

电视里，法庭调查阶段正在进行——

原告代理人蒋汉臣律师正在发言："被告以违反《劳动法》《环境保护法》和禁止使用童工的相关规定为手段获得产品低于正常的生产成本，以伪造商品产地的方式对商品质量做引人误解的虚假表示，从产品的生产阶段就已经存在不正当竞争，那么延续到市场的也必然是不正当竞争。被告以低于成本价销售以乐圣旗舰套件为主要组件的格律诗音箱，势必会使不明真相的消费者误以为乐圣公司的产品暴利，以致产生反感和排斥，致使乐圣将不再是最受发烧友信赖的品牌。被告的不正当竞争行为已经造成乐圣公司生产销售系统全面陷入瘫痪，严重损害了乐圣公司的经济利益和品牌形象，必须依法承担侵害责任。"

接着，蒋律师向法庭出示证据。

蒋律师出示的证据里除了音箱生产厂家、音箱制造行业专家、音响行业协会、技术检测部门分别出具的23份成本评价意见书和一份由乐圣公司计算的格律诗音箱最低成本综合评估报告，更重要的证据是原本由被告提出的证据，一份是1996年10月26日的《格律诗公司预备股东扩大会议记录》，一份是1997年3月7日的《格律诗音响有限公司关于公司宗旨的决议》，还有一张古城王庙村个体工商户音响机架生产过程录像光盘。

蒋律师经过审判长的准许，当庭播放了农民生产过程录像，然后发言道："为了说明事实真相，我们就不能不提到一位表面上似乎与本案无关的重要人物，那就是格律诗公司和王庙村生产基地的总策划人丁元英。我们钦佩丁先生与格律诗公司扶贫的善举，但是正如大家所看到的，这种生产方式没有土地、厂房的投资，没有安全保护、环境污染和各种社会保险的成本，没有休假，没有福利，没有老人和孩子的概念……这种所谓的扶贫就是让我们的农民兄弟不惜牺牲家园和健康而在那种恶劣的条件下廉价出卖劳动力，以换取格律诗公司得以实施不正当竞争的本钱，无异于奴隶式的剥削、榨取，这种成本与法制与文明的工业化生产根本没有可比性。"

法庭现场是两台摄像机同时拍摄，镜头不断地转换、变化。林雨峰一边专注地看着蒋律师发言，一边更加专注地观察记者和旁听群众的表情反应。蒋律师的发言情绪激愤、措辞严厉，列举了有关法律依据，阐明了原告主张。当蒋律师提到"总策划人丁元英"的时候，记者和旁听群众都不同程度地呈现出诧异和探究的表情。

根据法庭调查顺序，下面将由被告方格律诗公司的当事人阐述观点。

肖亚文毕竟是警官大学刑侦系毕业而又有一些社会阅历的女人，心理素质稳定。她拿起早已准备好的应诉提纲镇定地发言道："审判长，各位法官，刚才原告代理律师已经向法庭陈述了事件经过，我就不再重复了。在此，我向法庭陈述如下几点意见：一、凡是商业竞争都具有排他性，因此我对本公司合法竞争的排他性不做辩解。二、原告诉称我方伪造商品产地的说法没有事实根据，如果从王庙村订购箱体就算商品产地，那么乐圣旗舰套件占格律诗音箱63%的成本，其音箱产地就可以标识深圳吗？没有法律根据。三、王庙村个体工商户与格律诗公司是否存在隶属关系不是由哪个人口头认定的，是要以事实为根据，事实上是两者之间的关系完全是独立法人之间的债权债务关系，是市场经济的商务互动关系。”接着，肖亚文向法庭出示了如下证据：

北京格律诗公司音箱喇叭、箱体、接线柱、标牌、包装箱等音箱组件进货发票

北京格律诗音箱成本明细表

1996年10月26日的《格律诗公司预备股东扩大会议记录》

1997年3月7日的《格律诗音响有限公司关于公司宗旨的决议》

古城王庙村与北京格律诗公司音箱箱体的订购合同

古城王庙村个体工商户音响机架生产过程录像

古城王庙村个体工商户经营执照、个体工商户证词

古城王庙村个体工商户成本核算表、生产成本原始记录

……

原告和被告双方经过法庭陈述和出示证据之后，法庭调查的焦点很快明晰了。诉讼双方都清楚，事实不一定胜于雄辩，事实得益于雄辩。法院追求法律真实与客观真实相一致，但是追求与实际之间本身就存在距离，法院通过证据最终认定的是法律真实。

审判长说：“原告之所以诉称被告伪造商品产地及王庙村个体工商户与格律诗公司是隶属关系，其证据作用是为了证明被告在产品生产阶段就已经存在不正当竞争。现在本案的焦点问题是：一、王庙村个体工商户与格律诗公司是否存在隶属关系？二、王庙村个体工商户的生产方式是否构成不正当竞争？请双方就这两个焦点问题提出证据和辩论意见。”

肖亚文说：“审判长，我请求法庭准许我方的证人出庭做证。”

审判长说：“准许。”

于是，王庙村个体工商户四个证人进入法庭证人席，这四个人分别是：记录1996年格律诗公司预备股东扩大会议的王庙村小学教师赵丽静、王庙村基督教教会包装场王曼、王庙村板材加工厂李铁军、王庙村漆面加工厂吴志明。他们从来没有经历过这样的场面，或许由于紧张，或许是法庭的空调在这么多人的屋子里已经不足以达到制冷降温的效果，他们的脸上都沁出了细小的汗珠。

电视台趁法庭对证人进行身份确认和证人义务、法律责任提示的例行程序空当，不失时机地插播一段商业广告。令人眼花缭乱的广告取代了王庙村六个证人的画面，广告一个接着一个，好像没完没了似的。林雨峰也趁电视插播广告之际喝了一口饮料，点上一支烟，身体靠到沙发上稍事放松。

广告之后画面切换到法庭，来自古城王庙村的四个证人逐一当庭做证——

第一个做证的是王庙村小学教师赵丽静，她说："我是教师，对村里的生产情况不是太了解，我只证明1996年那份格律诗公司预备股东扩大会议的记录是我亲手写的，当时他们在会上说什么我就记什么，后来每个开会的人都在会议记录上签了名字。"

蒋律师问："为什么要做这个会议记录？"

赵丽静回答："我不知道，可能丁哥的意思是留个凭证，证明大家当时都同意了他提的那个干法，避免以后有人埋怨，事后埋怨这种事在农村不稀罕。"

第二个做证的是王庙村板材加工厂李铁军，他说："欧阳找俺几个来北京当证人，让俺告诉法院俺和格律诗公司是啥关系，俺想来想去也不知道该咋说。你要说没关系吧，那公司借给俺钱买设备，买生产材料；你要说有关系吧，俺就没有跟公司搭过边儿，公司只跟包装户签合同，包装户才跟俺签合同，俺只和打磨户签合同。俺从包装户接订单和订金，自己买板子下料，再卖给打磨户，打磨户把泥子打磨好了就卖给漆面加工户，漆面加工户抛光好了就卖给包装户，就是一道工序一道工序卖下去，全都是现金交易。”

李铁军的证言像一段绕口令，让许多人听着都忍不住笑了。

第三个做证的是王庙村基督教教会包装厂王曼，这是一个20多岁的姑娘，也是一个虔诚的基督教信徒，她先在胸前画了一下十字，这才说：“我向主起誓，我说的都是实话。王庙村的包装户就是基督教会，要说公司跟包装户有啥关系，除了公司借给包装户收购产品的资金之外，就是和公司签订合同的关系，教会基本上都是妇女，挣个包装费。”

蒋律师问：“什么产品？产品和包装上有没有你们的生产标识？价格是谁定的？”

王曼回答：“最开始没啥价格，干完以后一核算就有价格了，时间一长价格就越来越清楚了。产品不一定，有机柜板子，有音箱的空箱子，合同订啥俺就做啥。商标没有，咱这又不是成型的东西，都是按合同做的半成品零件。其实说白了，就是公司帮助王庙村的农民建了一个生产体系，公司要想把钱收回来，就必须得给农户订单。农户也知道这个道理，你把价格抬上去了，公司的产品卖不出去，农户也挣不到钱。”

蒋律师冷不丁问道：“公司给你们开多少工资？”

王曼被这个莫名其妙的问题问得愣了一下，纳闷地回答：“没人给开工资，农户挣的都是利润的钱，干不好的有时候还赔钱。”

肖亚文立刻向审判长说：“抗议！原告律师是在诱导证人。”

审判长说：“抗议有效，请原告代理律师注意。”

蒋律师马上歉意地说：“我收回刚才的问题。”

第四个做证的是王庙村漆面加工厂吴志明，他说：“他们几个把该说的都说了，我也不知道该说啥了，再说也还是那些，真的假不了，假的真不了。凭良心说，俺王庙村的农民都不想让公司输官司，再咋说人家公司也是扶贫，公司垮了俺就没订单，俺还欠着一屁股债可咋办哪，俺也不想坑了公司，人总得有点良心吧？”

蒋律师问：“公司不管你们，谁来控制成本、质量？谁来监督劳动效率？”

吴志明说：“监督啥，那不是给人打工，那是自己的生意，你想偷懒、想浪费随便，一道一道工序都是连本带利的现金交易，出了问题你卖不出去就算窝手里了，一赔就是连本带利地赔，关别人啥事？谁也不会去做这冤大头。”

蒋律师说：“你们知不知道，你们的那种生产方式违反了《劳动法》《环境保护法》和禁止使用童工的规定，是违法行为。你们很苦，包括你们的孩子和老人，你们有权要求自己的合法权益，有权要求合理的劳动报酬，你们不是谁的奴隶。”

吴志明一听就来气了，说：“你这人咋说话呢，农民种地算不算生产？农村哪家的孩子不到地里干活儿？我咋从来没见有人管过，那就不是使用童工了？都别说那好听的，俺村是贫困县里的贫困村，能有个活儿干就不错了。城里咋啦？到城里就能跟城里人一样了？还不是照样干最脏最苦的活儿，到头来连工钱都不给，还不如俺现在这样呢。俺就信丁哥说的那句话，别把自己太当人了，吃人家吃不了的苦，受人家受不了的罪，做人家做不到的成本和质量。除了这，再说啥都是假的。”

蒋律师问：“你们是只接受格律诗公司的订单还是其他订单都接受？如果乐圣公司或其他公司也向你们订购箱体，你们能接受吗？”

吴志明说：“那俺巴不得呢！只要是俺能做的，俺都接，越多越好。丁哥从一开始就跟俺说这个道理，俺也是为了将来能多接活儿这才拼命的，要不然图啥？”

蒋律师早在开庭前就已经把格律诗公司的证据研究得精透，此时明知向证人问不出什么结果，但是还得这样问，不能放过一丝一毫的机会。

证人做证之后退席，庭审继续进行。

审判长问：“诉讼双方除了现有的证据，还有没有新的举证？”

蒋律师说：“我有问题需要向原告当事人欧阳雪提问。”

审判长说：“准许。”

蒋律师说：“我在向欧阳小姐提问之前先向法庭读两段1996年格律诗公司预备股东扩大会议记录，先把一个基本事实确定下来。”

这两段记录是：

第一段记录是欧阳雪发言：我参加这事就三个原因：一是大伙儿请大哥操持这事，我相信大哥。二是这事有扶贫的性质，是积德的事。三是我出的那些钱是我能赔得起的数。我出100万，但是得有个条件，公司的大事咱们可以商量，不过日常管理我做不了，一是不懂，二是没时间。如果大家同意我这个条件，我就算上一个。

第二段记录是丁元英发言：从现在起，格律诗预备公司就存在了。我向公司谈两个硬指标，一是明年3月注册公司、申请音箱专利，二是明年6月要发到欧洲十套顶尖级工艺的音箱和配套的机柜、音箱脚架。这两个硬指标不存在争取、尽量这些弹性词，而是必须。围绕着这两个硬指标你们该准备专利资料的准备资料，该向农户下订单的下订单。农户这边有三个硬指标，明年3月必须注册个体工商户，明年4月必须完成发往欧洲的产品。明年6月必须得有批量的产品进入北京市场。为此，农户添置设备、培训技术该干什么干什么。马上要入冬了，这个冬天是不要命的冬天。

蒋律师提问道："欧阳小姐，格律诗公司在你加入之前的酝酿阶段就已经确定了扶贫的性质，包括已经确定的生产方式和经营方式，用你的话来表达就是大哥操持这事。你作为格律诗公司51%股份的控股股东，一不懂技术，二不懂管理，三没有时间。我请问，你后来是通过什么方式履行董事长的职责？丁元英在会议上说，我向公司谈两个硬指标，这两个硬指标不存在争取、尽量这些弹性词，而是必须。他还说，农户这边有三个硬指标，农户必须如何如何。显然，丁元英不是在和谁协商，是在下达命令。我再请问，股东和农户有没有可能违抗丁元英的命令？公司和农户在丁元英的手里是不是一盘棋？"

欧阳雪答道："第一个问题，公司有大事我会找大哥帮我拿个主意，就是丁元英。第二个问题，股东和农户不可能违抗命令，因为是他们请大哥帮忙的，是他们给了丁元英命令的权力，包括我。你请人家帮忙就要听人家的，不然就别请。我感觉，公司和农户在丁元英手里是一盘棋，他既得考虑农户的前途也得考虑公司的前途。农户如果只是打工的就没有长远前途，也就没有做一番事业靠市场生存的积极性。公司的产品如果完全被农户控制，公司就不安全，公司必须得保持一种靠市场也能订购配件的选择。所以，丁元英让农户和公司既从产权上独立又在市场上联系，不然只会越扶越贫，还得把公司搭进去。"

蒋律师说："刚才农户说到城里干活儿连工钱都不给，还不如这样。我们不否认社会上有这种现象，但这并不表示因为彼更违法而使此就合法。客观存在与法律允许是两个概念，社会上违法犯罪每天都在发生，不等于因为存在就可以允许存在。由于诸多方面的原因，农民兄弟缺乏对复杂事物核心规律的判断以及自我维权意识，我们可以理解，也感到很痛心。如果没有格律诗公司的组织策划和资金支持，就没有王庙村这些专门针对格律诗公司产品生产的个体工商户。如果没有公司的订单，这些个体工商户就无法生存。格律诗公司实际上是以市场经济的方式达到行政管理的目的，因为农户没有选择，本质上还是隶属关系。”

肖亚文反驳道：“市场经济的依存关系不等于资产权利的隶属关系，如果对方律师认为两者属性等同，请你拿出法律依据。扶贫不是给予，不是慈善，是向农民输入一种市场经济的生存观念，建立市场经济的生存方式，丁元英先生正是基于这样的考虑才从产权的根本上让农户独立。王庙村穷是客观条件，过去几十年输血式的扶贫为什么越扶越贫？就是因为农民在等救世主。丁先生用产权独立的方式告诉农户，从来就没有救世主，要改变自己的命运只能靠农民自己。转变了观念的农户有条件要上，没有条件创造条件也要上，这正是我们党一贯倡导的艰苦奋斗的光荣传统。”

蒋律师不假思索地说：“反对！过去是给党干，现在是给自己干。”

肖亚文立刻对审判长说：“反对！审判长，我认为原告代理律师不可以把党的利益与贫困农民的利益相对立。”

审判长立刻说道：“反对有效，法庭提请原告律师注意自己的言辞。”

蒋律师懊悔自己犯了一个不高明的错误，只得再次歉意地说：“对不起，口误，我收回刚才的那句话。”

肖亚文说：“原告律师出于推定格律诗公司不正当竞争的需要而无视事实主观认定公司与农户是隶属关系，已经背离了以事实为根据的法律原则。如果原告认为王庙村个体工商户的生产方式构成了不正当竞争，第一要拿出法律依据，第二要明确起诉对象。”

蒋律师说：“贵公司从 1997 年拿到乐圣旗舰套件到 1998 年一直在生产，却没有一对音箱进入市场，全部集中在音响博览会一次低价售出，其用心路人皆知。贵公司把低成本的好处过滤走了，把不是人的境遇和违法的麻烦留给农民了，这就是贵公司所谓的扶贫？可悲的是，贵公司拿到了好处连承认的勇气都没有。”

肖亚文说：“本公司无意昭示扶贫的意图，原告律师指责本公司是剥削榨取，那么请你告诉我什么才是真正的扶贫？我向你忏悔，向你学习。”

什么才是真正的扶贫？这个问题一下子把蒋律师给问住了。

阎希成身为深圳明华律师事务所所长，也是事务所的首席律师。在此案最初的诉讼计划里他本来没有参加，只是案情发生了逆转之后他才决定介入这个案子。从开庭到现在他一直没有发言，冷静观察分析庭审变化。他注意到肖亚文一直紧紧抓住“法律依据”这个法律空白的法宝，如此无休止地争辩下去将对原告的主张越来越不利，反而会成了格律诗公司扶贫善举的义务宣传员。庭审进行到这个程度，他觉得是该他说话的时候了。

他向正欲开口的蒋律师做了一个阻拦的手势，从容地站起来，说道：“审判长，各位法官，坦率地说，我作为一名律师，从接到这个案子就没敢对胜诉抱有幻想，首先是因为法律的空白，中国的法律还没有哪项条款能触及到生产阶段的不正当竞争。其次是因为起诉对象的空白，真正的被告应该是格律诗事件的幕后策划人丁元英先生，而我们这位丁先生恰恰不具备诉讼主体的条件。所以，我们无法从法律真实的角度去证明王庙村农户与格律诗公司的隶属关系，即使证明了隶属关系，也没有法律依据证明不正当竞争。”

阎律师的话引起了旁听区的一阵骚动，有人相互低声议论，有人嘴里不自觉地发出啧啧的叹息声，记者的照相机纷纷对准肖亚文噼里啪啦一阵拍照，似乎审判已经有结论了，肖亚文作为可能胜诉的被告当事人无疑代表了太多的法律与道义欲说不能的思考。

骚动过后法庭又恢复了平静，阎律师继续发言：“我们钦佩丁先生扶贫的慈悲，我们也看到了，丁先生是怎样怀着一颗慈悲的心去利用法律空白，从穷人身上获取能量，蒸发诉讼主体，过滤法律和社会责任。丁先生的意图非常明确，就是逼迫乐圣公司屈从，获取乐圣的套件和销售网络、王庙村的箱体和生产基地。乐圣公司走出困境的唯一出路是依托现有的格局与格律诗合作，从既得利益里分出一块蛋糕给王庙村，没有选择，只能屈从。丁先生给王庙村发了一回善心，就从乐圣公司割掉箱体生产给王庙村，就分享别人的销售网络，乐圣公司的直接损失就是600万。这叫什么？这叫杀富济贫！强盗能抢多少？抢完了得杀头坐牢，丁先生心怀的慈悲比赤裸裸的强盗更恶劣！”

肖亚文气愤地站起来说：“抗议！这是恶意贬损他人名誉，且与本案无关。”

审判长看了看阎律师，语调复杂地说：“抗议有效，请原告代理律师注意言辞，不要说与本案无关的内容。”

阎律师答道：“好的，我改正。”然后继续发言道：“在Hi-Fi音响市场，乐圣是为数不多的能与洋货抗衡的民族品牌，就这么被同胞兄弟从背后捅了一刀。格律诗事件并不在于它自身有多少能量，而在于它引爆了能量，在于它修改了竞争规则。一旦这种行为被法律和社会默许，那就无疑向社会传递了一个信息：我可以这样竞争。各行各业凡是适合这种生产方式的产品都会卷入这种恶性竞争，我们看到的将是这样一幅画面：一边是洋人对中国的产品实施反倾销，一边是国人在自己的窝里恶斗。”

肖亚文起身反驳道：“反对！这是用泛民族主义取代法律。法庭现在是依据法律对本案进行庭审，而不是依据本案去评判法律。”

一直保持沉默的乐圣公司总经理赵青终于开口了，他站起来说道：“肖小姐，市场价格竞争的法则是，有人叫牌，你就得跟着下注，没有选择。资本往成本低的地方流动是经济规律，发达国家的劳动密集型产业都往贫穷国家迁移，就是因为廉价劳动力。如果法庭的判决证明我们对法律和道义有误解，我向你们忏悔，向你们学习。”

看到这里，林雨峰心里默默自语了一句：“够了。”随即拿起遥控器关掉电视机。当着法庭的众多媒体，蒋律师、阎所长和赵青的发言先后把丁元英的面目揭露无遗，已经达到了这场诉讼的预定目的，而且为争取胜诉做了最大可能的努力。他同意肖亚文的观点，法庭现在是依据法律对本案进行庭审，而不是依据本案去评判法律。

格律诗公司胜诉是显而易见的，那是丁元英锁定的东西。判决后即将出现的媒体评价也是显而易见的，那是他林雨峰锁定的东西。但是，这些已经成了既定事实的结果现在对他已经不重要了，他现在要做的就是退掉客房，去正天集团向韩楚风打听丁元英的地址。

林雨峰要见识见识这位不曾谋面的对手，彼此做个了断。

2

炎热的夏天，太阳像烧红的火球一般烤着大地，林雨峰一出梅林宫饭店就感到蒸腾的热浪席卷而来，暴露在阳光下的皮肤像要被烤裂一般隐隐作痛，他打开车门，汽车座椅被晒得滚烫，车里弥漫着一种特有的混合气味。他上车先打开空调，然后开车上了大路。

林雨峰沉静地开着车，脑子里还在萦绕着庭审的场面，心里有一种解脱的轻松感。汽车行驶了 30 多分钟来到正天集团总部大楼，镶嵌在总部大楼正面的“正天集团”四个巨大的金字在阳光的照耀下闪着耀眼的金光，大楼门前的广场上有稀稀落落的行人，几个身穿制服的保安在来回巡视。林雨峰左右观察了一下，在大厦旁边找了个地方停车。

进入正天集团总部大厦，里面的清凉与外面的炎热恍若两个世界，林雨峰在一楼大厅的平面索引图上得知总裁办公室在三楼，于是直接乘电梯到了三楼，整个楼层静悄悄的，门上的标牌显示着会议室、会客室、办公室，等等。他来到总裁办公室门前，第一道门开着，这是一套宽大的、分为里外两间的办公室，外面是秘书办公的地方，一位身穿职业套装的女子正在操作电脑，一看就知是总裁办公室秘书。

秘书见有人进来，停下手里的工作起身礼貌地问道："先生，有事吗？"

林雨峰说："我要见韩楚风先生。"

秘书歉意地说："对不起，韩总正在开会。"

林雨峰以不容置疑的语气说："请你通报一下，就说乐圣公司的林雨峰求见。只要你告诉他林雨峰这个名字，他一定会见我。"

秘书犹豫了一下，说："请您稍等，我这就去给您通报。"说完她出了办公室，来到走廊尽头的会议室，轻轻推开门进去。

会议室里正在开会的全是正天集团的高层领导，室内弥漫着浓浓的烟雾。秘书走到韩楚风身边低声说："韩总，乐圣公司的林雨峰先生求见。"

韩楚风微微一怔，说："请林先生到我办公室稍等，我马上就来。"

秘书出去后，韩楚风合上自己面前的文件夹，说："这事你们再讨论一下，我去处理点事情。"说完站起来出了会议室。

来到总裁办公室，韩楚风和林雨峰握了一下手，说："林先生请坐。"

林雨峰坐下说："想必韩先生知道我的来意。"

韩楚风说："林先生是音响界的知名人物，元英是我朋友，你们那场官司又被媒体炒得沸沸扬扬，林先生来应该是跟元英有关系的事。"

林雨峰说："我想去古城跟丁先生当面谈谈，把这些不愉快的事做个了结，但是我不知道丁先生在古城的地址。"

韩楚风说："你稍等。"然后从办公桌上拿了张信笺把丁元英的电话号码和详细地址写下来交给林雨峰。

林雨峰接过信笺看了看，问道："为什么告诉我？"

韩楚风说："林先生是有身份的人，这是我对林先生起码的尊重。如果你觉得我不会告诉你，你就不来了。"

林雨峰心里突然感觉到很不是滋味，他想到韩楚风可能会把丁元英的地址告诉他，但是韩楚风对他至少会有敌意的防范，没想到韩楚风这么直爽，心想：他们到底是不是朋友？如果是，韩楚风就一点儿不考虑丁元英的安全吗？于是问道："你不担心吗？"

韩楚风淡淡一笑说："我不告诉你，你就找不到他了吗？我告不告诉你都不影响我对这位朋友负责，除非我不存在了。"

林雨峰顿时有一种被人俯视的刺痛感，也对韩楚风产生了几分敬意。他嘴角隐隐流露出一丝复杂的微笑，说："你可以打电话通知丁先生，我这就去古城找他。"

韩楚风说："元英是明白人，应该知道你早晚要去找他说道说道。我要通知他，无非是让他有个应对，这对你对他都不尊重，还是让这事保持它本来的面目比较好。"

林雨峰心里一震，收起信笺站起来说："那我就告辞了，谢谢你。"

韩楚风也跟着站起来送客。

林雨峰走了几步忽然转身说："如果不介意，韩先生可以解释一下你那辆宝马730汽车的事吗？当然，你可以不解释。"

韩楚风笑笑说："那是我跟元英打赌输的车，朋友间的一点谈资。至于打的什么赌，得等到我不做正天总裁的时候才能抖搂。"

这是一次短暂的会面，韩楚风将林雨峰送出办公室，转身返回会议室。

3

林雨峰离开正天集团总部大楼，独自开车前往古城。

北京到古城市的高速公路上，林雨峰的车速一直保持在100多公里的时速，晚上八点钟到达古城。他早已把手机关掉了，断绝了与外界的一切通信联系。过了古城公路收费站之后他在路边停下车，打开后备厢，在夜色中从杂乱的工具箱底部掀起一层皮垫，摸出那支史密斯—韦森CS45手枪，回到车里用毛巾把手枪擦干净，放进那个黑色公文包里。

进了市区，他一路打听着来到嘉禾园小区，在小区门卫办过进入登记手续，按保安的指点驶到丁元英住的楼前，拿上黑色公文包锁上车门直上三楼。

摁动门铃，门开了，一个文弱书生般的男人出现在他眼前，这个男人脸色呈现着一种病态的憔悴和苍白，只是在他疲惫的目光里依稀可见一种少有的锐利和从容。林雨峰不可能知道，此时的丁元英正深陷在失去芮小丹的极度痛苦里不能自拔。

丁元英打量了一下陌生人，问道："请问你是……"

林雨峰答道："乐圣公司，林雨峰。"

丁元英礼貌地说："是林先生，你好，你好，请……"剩下的那个"进"字还没等他说出来，一支黑黝黝、冷冰冰的枪已经对准了他的脑门。

林雨峰关上门，用枪顶着丁元英，眼睛环视着房间。空调的凉风徐徐吹来，吹散了沸腾的电热壶冒出的蒸汽，显然丁元英正在独自喝工夫茶。

林雨峰充满杀气的目光盯着丁元英的脸，戏弄地说：“怕死吗？”

丁元英说：“岂止是怕死，生老病死都怕。”

林雨峰用枪逼迫着说：“坐回去再喝最后一杯茶，权当我给你喝行刑酒了。”

丁元英坐回沙发，关上电热壶加热开关，继续泡茶。

林雨峰从丁元英脸上找不到一丝的恐慌，摆弄茶道的手不抖不颤，娴熟自如，似乎不是置身于枪口下，而是置身于无人之境。

丁元英倒上一杯茶，端起。

林雨峰站在一边，把枪口顶在了丁元英头上。

丁元英喝完这杯茶，放下杯子，又去倒第二杯茶。

林雨峰的枪没有响，却是冷冷地说：“我看你不像怕死的样子。”

丁元英淡淡地说：“生老病死，有谁因为怕就躲过去了？”

林雨峰坐下来把枪放到茶几上，说：“你比强盗都坏，我不缺杀你的心，但是我不像你那么痞性，我给你机会，容你选择。你回答我的问题，你是不是料定了我不会杀你？答对了我免你一死，答错了你也死个明白。”

丁元英说：“你不缺杀我的心，缺一个杀了我还不影响你自我评价的理由。如果我说料到了，你就用开枪证明我判断的错；如果我说没料到，你就用开枪证明我撒谎的错。”

林雨峰沉默了，伸手拿起茶几上的烟点上一支，目光凝视着丁元英的眼睛。他一口一口地抽烟，一团一团的烟雾从他口中吐出，在房间里升腾、飘散，随着烟雾的升腾、飘散，房间里的气氛也在发生着微妙的变化，似乎缓和了，似乎离血案更近了。

此时此刻，面对这样一个一脸憔悴的男人，林雨峰从心里再一次感叹杀富济贫设计的精致，一切可以利用的资源、时间与空间的协调、看似平庸而大智若愚的招数……就这么在不知不觉里融为一个期望的结果，这需要多么严谨的思维和对繁杂事物的精确判断。他不得不承认自己确实棋差一着，那是一种只有雄性文化底蕴的人才能体验到的刺痛。

林雨峰轻蔑地问："杀富济贫，真能救了贫吗？"

丁元英说："不能。"

林雨峰追问道："说说，怎么个不能？"

丁元英平静而淡漠地说："杀富富不去，救贫贫不离。救主的文化唯救主可说，救主不是人，是道，得救不是破了戒的狼吞虎咽，是觉悟。格律诗的扶贫是不治之治，说扶说救都是虚妄，赖着痞性胡说，充其量也是个现代版的灰姑娘，跟你们乐圣化点缘而已。"

林雨峰鄙夷地说道："这就是你最不地道的地方，什么都知道，还什么都干了。你污辱法律、奴役农户、败坏市场风气，你毁掉了一个响当当的民族音响品牌，从你身上哪儿还能找到一个受过教育的人应有的社会责任和道义，你又算得了什么英雄好汉！"

丁元英无言以对，只能沉默不语。

林雨峰拿起手枪，从枪里退出两颗子弹放到茶几上，居高临下地说："我来古城，是要见识一下你是何许人。这两颗子弹本来是给你的，你留着。你死不死对我并不重要，重要的是我不能让你太自以为是了，我要让你知道我看不起你。你慢慢忏悔去吧，别指望我在你设计的屈服条约上签字，向你这种人屈服我感到羞耻。"

说完，林雨峰把枪收进黑色公文包里，起身而去。他已经达到了来古城的目的，不但见识了丁元英是何许人，也贬损了丁元英的精神，获得了心理上的满足。临出门的时候，他转身向起来送客的丁元英扔下一句话：

“你记着，我埋到土里也比你多一口气。”

4

古城之行，林雨峰了却了一桩心事。

那辆黑色尼桑风度轿车该加油了，他自己也是一天没吃东西，此时也饿了。出了嘉禾园小区，他找到一家加油站把油箱加满，在街边的一个小吃大排档吃了一碗既不算京味也不算陕味的手工捞面，然后开车上了高速公路，他没有回北京，而是朝着相反的方向行驶。这时候已经是晚上九点多钟了，他一边抽着烟一边驾驶，清凉、自然的晚风吹进车窗，既没有夏日的炎热也没有空调冷风的呆闷，悠然自在。

抽完那支烟，这时候他打开了手机，信息栏上显示出一串赵青的电话号码。他正要给赵青打过去，手机铃响了，又是赵青的电话，于是他赶紧接听：“赵青吗？我是雨峰。”

赵青第一句话就是：“我的天！你怎么回事？”

林雨峰笑笑说：“我正出古城，刚会过咱那位丁先生。”

赵青松了一口气，说：“我想你也是去古城了。怎么样？何许人哪？”

林雨峰说：“小子还可以，算个人物。”

赵青说：“这边当庭宣判了，乐圣败诉。”

林雨峰哈哈一笑说：“这么惨？连个择日宣判都没混上？行啊，也踏实了。”

赵青问：“你怎么把客房退了？”

林雨峰说：“我不回北京了，鸡公山是有名的避暑胜地，我到山上溜达溜达。你先把阎所长他们打发回去，然后和司机一块儿飞武汉，顺便视察一下武汉公司的工作，咱们在武汉会合，让司机从武汉把车开回去。”

赵青一听就急了，说：“鸡公山离古城七八百公里，你一个人开车不行。这样，要么你立即掉头回北京，我带两个司机出北京一路迎你。要么你把车开到郑州住下，我和司机最迟明天中午赶到郑州，我陪你去鸡公山，阎所长他们交给志伟打点。”

林雨峰泰然而家常地说：“嗨嗨，我怎么听你话里有话，想哪儿去啦？我就是有点心情不好，失眠睡不着觉，咱是人哪，还没成仙嘛。你让我折腾折腾，散散心，折腾累了痛痛快快睡上一觉就过来了。说好了，武汉会合，我挂了。”

赵青急忙说：“别挂，别……”

林雨峰挂断通话，关掉了手机。

这辆黑色尼桑一路高速行驶，见车就超。右车道路面常常比左车道有较大损坏，行驶在上面很颠簸，一些大货车就占着左车道行驶，任你怎么闪灯鸣喇叭就是不往空着的右车道上避让，林雨峰就频频从紧急停车带超车，如果是平时他的司机开车，这种违章超车他绝对不会允许。就这样疾驶了五个小时，他在夜里两点多到达郑州黄河大桥。

8月的黄河正值汛期，河面宽阔，水流湍急。林雨峰把车靠边停在黄河大桥中段的紧急停车带，下车走到护栏旁，将那支史密斯—韦森CS45手枪扔进黄河。为了把这支枪从深圳带到北京，他事先把枪藏到工具箱里，硬是派两名司机轮换开车行程2700公里到北京，而面见过丁元英之后，既然不宜打死他，这支枪也就没用了。

处理掉手枪，林雨峰驶出黄河大桥。他估算了一下，距离鸡公山还有300多公里，于是过了黄河桥收费站又加了一次油，继续沿107国道南行。

时而走高速公路，时而走国道，两侧只有划一的护栏、防眩板和各种标志，极易导致视觉和心理疲劳，人在极度疲劳的情况下驾驶，也极易发生暂时性的大脑空白。林雨峰本来就没有长途驾车的经验，完全是凭借一种特定的心态支撑着大脑的兴奋。他开啊开啊，终于在早上七点多的时候驶入大别山，从驶离北京开始算起，他已经连续行驶了1000公里。鸡公山越来越近了，而他给自己设计的生命终点也越来越近了。

他知道诉讼之后等待着他的都是什么，股东、债主、公司干部……方方面面的人都来跟他做工作，然后是乐圣去与格律诗接洽，然后是谈判、妥协、签字画押，无论你是扭扭捏捏还是半推半就，其结果都早已经注定了。

他是乐圣公司的董事长、大股东，他无法躲避，但是他实在不愿去面对这些了。他也不想让人看出来他是自杀，他所设定的死，只是由于疲劳驾驶所导致的一次意外事故。

鸡公山是大别山西端的一个支脉，因形状酷似雄鸡挺立而得名，是中国著名的四大避暑胜地之一，自古就有“三伏炎蒸人欲死，清凉到此顿疑仙”的美誉。这里层峦叠嶂、溪泉流涌，犹如一幅令人陶醉的画卷诠释着人间仙境的真义。

大别山的盘山公路像一条带子似的缠着山体蜿蜒而上，公路一边是陡峭的山壁，一边是悬崖。那辆黑色轿车由于长途跋涉几乎看不到原来的本色了，已经完全被灰尘覆盖。这时候的林雨峰实在太困了，困得一点儿力气都没有了。不知为什么，他脑海里恍恍惚惚浮现出小时候常听的一首歌：天上布满星，月牙儿亮晶晶，生产队里开大会，诉苦把冤申。他在心里苍凉地感叹：人，原来是可以被憋死的。

林雨峰看了看脚下的山崖，心里说：就这样吧。方向盘一偏冲下山崖，接着是汽车翻滚跌撞的响声，接着是谷底闪起一团火光……

第四十四章

1

深圳乐圣音响有限公司诉北京格律诗音响有限公司不正当竞争一案以乐圣公司的败诉而宣告结束，一场诉讼在乐圣知名品牌的烘托和媒体的大肆炒作下使格律诗公司一夜之间名扬四方，诸如扶贫的公司、发烧友的朋友、价格最低质量最好的产品……几乎所有的化妆品都涂到了格律诗品牌的脸蛋儿上，没有花一分钱广告费而获得了最好的广告效应。同时，这场诉讼也把乐圣公司逼上绝境，或倒闭，或就范，已经没有多少回旋余地。

一时间，报纸、电视、网上围绕着得救标准与得救之道展开了一场激烈的讨论，而林雨峰的微妙之死更激化了有识之士针对丁元英个人的痛斥。

《是法律的失败还是文化的失败？》一文摘录：

法律是社会道德的底线，是解决最基本、最表面的问题，不解决文化的根本问题，文化的问题只能由文化的觉悟解决。一个民族的文化属性就是这个民族的主，主宰着这个民族的文明、荣辱、兴衰。一个民族最强调道德的时候，正是这个民族道德最沦丧的时候。

《给强者的道德构建一个文化平台》一文摘录：

法律治标，文化治本。法律对于滋生法律的文化土壤无能为力，对于越过法律潜入文化土壤地带从事更大损害、更大掠夺的行为无能为力，法律是维持社会秩序的最后一道防线，是最软弱、最无奈的强大。法律的神圣是缘于道德文明的崩溃，关注弱势，激励强者构筑更高的道德平台和获得更大的综合效应，需要相应的社会文化。

《谁在移动道德底线？》一文摘录：

我们观想由人民政府制定了一个允许人民富起来的政策，如果这个允许人民致富的政策是这个政府对人民的恩赐，那么所有因为这个政策挣了钱的纳税人无疑应该对这个政府感恩戴德。如果这个允许人民致富的政策是这个政府本该如此作为的天职，那么所有因为这个政策挣了钱的纳税人就无须对这个政府感恩戴德，而是满意。如果用纳税人的钱帮助弱势群体，纳税人的荣誉、价值怎么体现？弱势群体应该对谁表示感谢？这个恩德应该记在谁的账上？纳税人是应该感恩戴德，还是应该享有荣誉？纳税人有没有可能在解决了自身的生存之后再去追求更高的生命价值？

《关于杀富济贫的思考》一文摘录：

构筑强者的道德平台是一个复杂的社会工程，

道德平台太低，势必挤压弱势群体的生存空间，而过高的道德平台又必然存在两个问题：首先是很少有人能攀缘上去，没有可操作性。其次是过多的帮助不利于社会进步，弱势群体得到的输血越多，则自身的造血功能就越差，就越接近死亡。道德平台理想的高度，是优胜劣汰的法则与人人平等的道德两者之间的平衡。主流的文化，是优胜劣汰的文化，是不给落后观念生存空间的文化。然而，如果不关爱弱势，道德还有价值吗？等级是客观存在，如果我们连等级的存在都不敢承认，社会又怎么可能去建立一种更高级的道德文化？如果没有个体的文化价值的量变，又怎么可能会产生民族的文化价值的质变？

《弱势群体的得救之道在哪里？》一文摘录：

计划经济的弊端在于社会为弱势文化提供了生存、繁衍的温床，解决这个问题主要依靠政治理想的教育。市场经济的弊端在于产生贫富两极分化以及由此产生的社会矛盾，解决这个问题主要依靠社会利益调节机制。计划经济制度，政治是人的最高价值，获取社会财富和社会地位的唯一通道是首先得到权力。市场经济制度，经济是人的最高价值，获取社会财富和社会地位的通道多种多样。获取平等的社会值，就必须付出惰性的代价；获取活力的社会值，就必须付出等级的代价。这是由人的自然属性决定的，这就是天道，就是客观规律，而社会利益调节机制的制定则有赖于强势群体的道德价值指标和对社会稳定的天然需要。

《最好的强盗　最坏的英雄》一文摘录：

某某某杀了一个与他无冤无仇的人，葬送了这个行业唯一能与洋货抗衡的民族品牌，这不叫扶贫，这是杀富济贫。他把“扶贫”作为一面旗帜高高扬起，用那么多人的劳动、汗水、眼泪甚至鲜血把这面旗帜染得更红。

《当奶妈走了以后……》一文摘录：

假如没有某某某这样一个幕后人物，王庙村能有今天吗？然而有了这样一个幕后人物，王庙村就真能得救吗？它的本质仍然是在不是人待的地方干不是人干的活儿，拼的就是“不是人”。这种以农舍和廉价劳动力为基础的小农经济生产方式具有先天发育不全的缺陷，根本谈不上高端技术储备和后续产品开发。如果以牺牲农民的基本生存权来换取竞争优势，将把相当一部分适合这种生产方式的产业拖入绝境，无异于打家劫舍、开仓放粮，陷入小农经济的低水平恶性竞争。

《扶贫的出路在哪里？救世主在哪儿？》一文摘录：

民无“主”，并非真的无主，而是没有对客观规律认识的“主”，只有依赖强者道德的“主”，即为“你要为我做主”，等待父母官的拯救。杀富可以济贫，但本质是济，不是得救。基督教让他们靠上帝，佛教让他们靠佛恩，传统文化给了农民什么？谁来给农民做主？农民的得救之道在哪里？

《假如“格律诗模式”蔓延》……
《弱势群体的得救之道在哪里？》……
《得救的标准是什么？》……
《以扶贫的名义……》……
《痞性？德性？道性？》……
《强者的逻辑与强盗的逻辑》……
……

在这种特别时间、特别事件的大背景下，丁元英知道各种社会评论会铺天盖地，也知道自己会招惹一片嘘声。至于别人是什么观点，对与不对，他已经不再关心了，因为芮小丹不在了，这一切于他而言就没有意义了。

谁都知道，中国的文化属性是沉积了几千年的问题，绝不是一时一地的一次讨论就可以有所觉悟的。得救之道是一个久远的话题，这个事件所引发的有关法律、道德和文化属性的讨论仅仅是一种延续，人们今天讨论，将来还会因为别的事件继续讨论下去。

然而，丁元英这个名字却无疑已经臭名昭著。

2

1998 年 10 月 4 日下午，肖亚文和刘冰应丁元英的约见同车从北京来古城。肖亚文按丁元英的交代，把刘冰送到丁元英的楼下，然后开车去维纳斯酒店，回避了。

刘冰自从退股以后一直处在一种尴尬而懊悔的心态里，此时来见丁元英不免生出几分生疏和拘谨。他敲开门，极不自然地笑笑说：“丁哥，你找我？”

丁元英请刘冰坐下，把烟递过去，说：“我这儿准备准备，最近就走了。趁中秋节叫你过来，有几句话咱们絮叨絮叨，你也趁这空儿回家过个节。”

刘冰说：“丁哥，你看小丹的事我也没啥表示……”

丁元英摆摆手不让他说这个，自己点上一支烟，把打火机递过去，说：“刘冰，咱们终归是有段唱片的交情，临走我多句嘴问问，以后有什么打算？”

刘冰这次把烟点上了，说：“没啥打算，先混着呗，看看以后咋样。这公司咋说也是我从白手起家就跟着干起来的，有感情了，只要公司不赶我，我就跟着走。”

丁元英说：“公司刚筹建那会儿，好多事都得顾及人情。现在公司改组了，就得走新章程了，搞市场只靠人情不行。你心里得有个数，只有你行，你才有机会。”

刘冰摇摇头说：“退股的事我把欧阳雪伤了，肖总对我肯定有看法，她现在正忙着跟乐圣公司谈判，好多事顾不过来，等她腾出手，估计就该收拾我了。”

丁元英问：“既然你预见到结果了，你的坚持为的是什么？”

刘冰说：“我好歹也是创建公司的元老，我的资历只有在这个公司才有用，换个地方就没用了。肖总真要赶我，我认命。肖总要是给我个机会，那我在公司就有希望。我也想过自己干点事，可现在啥生意都不好做，还是待在公司里稳当，起码不至于赔钱吧。”

丁元英问：“如果当时对诉讼没点判断，你们会不会退股？”

刘冰说：“不会，我们不知道丁哥已经事先算计好了。”

丁元英到里屋拿来一个牛皮纸的档案袋放到刘冰面前，文件袋的纸张、颜色、字迹都显得有些陈旧，档案袋被封线缠上，用胶水和纸条把口和白线全部封住，上面又覆盖一层红色蜡封。档案袋上的建档日期是1996年11月12日，封条的日期是1998年10月3日，档案袋的名称是《格律诗公司文件》。

过去的两年里，刘冰在不同场合曾经多次见到过这个档案袋。

丁元英说："根据民事诉讼法，如果有新证据足以推翻原判决的，可以在判决生效后两年内提出再审申请。公司要赶你不会等到两年，这个档案袋里的原始文件作为新发现证据足以推翻原判决。如果再审推翻原判决，你清楚公司会面临什么后果。"

刘冰呆呆地看着，神情紧张，顿时有一种阴森森、冷飕飕的阴谋感。他下意识地把这个用封条和封蜡双层密封的档案袋拿在手里，仿佛抓住了命运的主宰。

丁元英说："这点唱片的交情，我能帮你做的就这些了。你记住，这东西只能用来保住工作，不能成为你要挟别人的筹码。我这么做已经很不要脸了，你别让我更丢脸。"

刘冰连连点头说："我懂，我懂。"

丁元英说："行，那我就不耽误你的时间了，明天是中秋节，你早点回家看看。"

刘冰从拿起那个档案袋就一直没有放下，似乎生怕丁元英改了主意。这时他马上从座位上站了起来，说："丁哥，你还要和肖总谈事情，我就先回去了。"

丁元英把刘冰送到门口，临开门时嘱咐道："刘冰，肖总不是一个小肚鸡肠的人，只要你行，你就有机会。如果你自己不行，你走到哪儿都一样。"

刘冰再次连连点头，一边出门一边说："我懂，我懂。"

3

刘冰走后 20 分钟，肖亚文接到电话来见丁元英。

肖亚文提着一个精致的月饼礼品袋上楼，一进门就从礼品袋里拿出一盒月饼和一个快递邮件放到茶几上，说："大哥，明天是中秋节，给你买了几块稻香村的月饼。邮件是小丹父亲寄来的，昨天刚收到，上面写的转交给你。”

丁元英打开快递邮件，里面是一个信封，信封邮戳和文字显示是8月17日古城公安局寄给上海远恒影业公司芮伟峰。这个信封里还套着一个信封，是法兰克福大学寄给古城刑警队芮小丹的，里面是一张入学通知书，入学时间是1998年10月20日。

从时间上推算，这份入学通知书在芮伟峰手里搁置了一个多月。芮伟峰很清楚，丁元英不必亲眼所见也会知道这份入学通知书的存在，因为芮小丹留学本来就不是一个问题。芮伟峰时隔一个多月把芮小丹的入学通知书寄来，显然是在寄与不寄的问题上曾经犹豫。入学通知书本身并不重要，而通过这个方式可以表达一种抗议和愤怒。

肖亚文看着一个套一个的信封，明白了事情的原委，也明白了芮伟峰的寓意。芮伟峰的做法无可指摘，但是芮伟峰并不真正理解女儿的幸福和满足，也不真正理解芮小丹在丁元英心里的分量。她自己就被芮小丹那种超然、豁达的生死观深深地感动了，能够从容地跨越这一步需要许许多多因素的组合，需要超越常人的境界。类不同，价值观必有不同，那是两个世界不必相互关注也不必非要听懂的声音。肖亚文理解芮伟峰的做法，却在心里为丁元英抱不平，她知道失去芮小丹对丁元英是多么残酷。

丁元英把入学通知书和三个信封收到一起，问：“谈判谈到第几轮了？”

肖亚文说：“大的合作框架还没谈就基本确定了，昨天是第三轮谈判，主要是解决细节上的一点争议，确定10月9日晚上八点十九分在古城明珠饭店举行签约仪式。”

丁元英不解地问：“八点十九分，怎么还有整有零？”

肖亚文解释道：“这是乐圣方面的意思，公历10月9日正好是农历八月十九，按公历是取‘实在长久’的寓意，按农历是取‘发，要久’的寓意，是个双吉日。签字时间也是取‘发，要久’的寓意，是个吉利时辰。南方的商人讲究这个，就随他们了。在古城签约主要是照顾王庙村的农户，因为有几个项目是乐圣与农户直接签约，农户能省点去北京的费用，也显得乐圣公司亲和。”

丁元英将一把钥匙放到肖亚文面前，说：“冻结在索林特的资金5月份就到期了，柏林那边的事情得处理，我就不在古城待着了。”

肖亚文说：“这个我想到了。我什么时候来接你？订几号的机票？”

丁元英说：“最近几天你正忙，这些事由楚风安排人去办就行了。这房子的租金12月份到期，承租人现在是欧阳雪的名字。我走了以后搬家的事还得麻烦你，等你忙过这阵子以后抽空儿把房子退了，东西还放在楚风那套房子里。”

肖亚文收起钥匙说：“行。”

丁元英说：“我在古城卖过唱片，也因为这个跟刘冰有一段唱片的交情。你是格律诗的掌门人，念我过去给公司做过点事，我卖个老脸，跟你提个要求。”

肖亚文说：“大哥，我做了什么错事让你这么寒碜我？”

丁元英说：“刘冰留在公司本意不在打工，如果在你们和乐圣公司合作的敏感期间刘冰没有什么特别不当，可以考虑给他点股份，让他有个实在的前途。如果他有特别不当，可以调整他的工作，但是不要辞退，给他一个继续留在公司的就业机会。”

肖亚文说：“行，我记住了。”

丁元英说：“欧阳雪是个很务实的人，当初入股公司既有碍于情面的原因，也有支持扶贫的心态。从她本意上说，她对饭店以外的经营没兴趣。你接手公司对她是个解脱，如果没有必须她出面的事就不要打扰她，她只有在酒店里忙着心里才踏实。”

肖亚文点点头，突然转而说：“大哥，有几个问题我一直想问你，如果你不介意，我作为小丹的朋友可以提这些问题吗？对这些问题我有自己的看法，但那是我的看法，我要问的是你的看法。”

丁元英说：“可以。”

肖亚文问道：“小丹为什么自杀？”

丁元英回答：“因为她认为自己没用了。”

肖亚文说：“没用就自杀，一般会被认为是践踏生命的尊严。”

丁元英说：“言说尊严，还有尊严吗？能被践踏的尊严就不是尊严，是礼貌。可以言说的尊严，是相对有尊严，毕竟无尊严。”

肖亚文问：“小丹给你打电话，你为什么不阻止她？”

丁元英说：“小丹的电话只有一个意思，道别。面对这样的道别我能说什么？我有什么可以说的？我知道我阻止不了她，小丹也知道我不会阻止她。小丹不会因为有了我的阻止而有选择，我也不是因为阻止不了她而没阻止。”

肖亚文重重地问：“为什么？”

丁元英平静地说：“因为，她是警察。”

第四十五章

1

那个名为《格律诗公司文件》的档案袋在刘冰卧室的电脑桌醒目的位置上放着，刘冰的手指搭在档案袋上无意识地轻轻敲打，呆呆地望着窗外一群打麻将的人，听着麻将桌那边传来的嬉笑、争吵、洗牌的嘈杂声音。现在距离签约宴会只剩下三个小时，他的心在感受着时间一分一秒地消失，他觉得自己的命运现在是以分钟来计算了。

今天晚上八点，深圳乐圣音响公司与北京格律诗音响公司的签约宴会将在古城明珠饭店的中型宴会厅举行，八点十九分正式签字。

无论社会舆论怎样评价这场诉讼，也无论乐圣公司怎样敌视格律诗公司，都不影响一个基本判断：乐圣公司走出困境的唯一出路就是依托现有格局与格律诗合作。尽管法庭的唇枪舌剑和林雨峰的坠崖事件还余音未散，而生存与发展的需要最终还是让乐圣公司的高层管理人员抛开个人感情使两家公司走到了一起。经过三轮的艰苦谈判，乐圣公司分别与格律诗公司和王庙村生产专业户达成了一揽子的合作——

乐圣公司独家有偿使用格律诗品牌和音箱设计

专利，独家经营双组分音箱，今后推出的乐圣旗舰双组分音箱命名为：乐圣—格律诗。

格律诗公司的音响机架产品全面进入乐圣公司销售网络。

乐圣公司将王庙村确立为“乐圣—格律诗”和“乐圣旗舰”及其他高档音箱箱体的生产基地，由格律诗公司对箱体质量提供有偿担保。

乐圣公司撤掉高档音箱箱体的生产线，将设备按工序分解，折算价格后以加工费偿还债务的方式借贷给王庙村生产专业户，由格律诗公司承担债务风险担保。

通过合作，乐圣公司既能甩掉高档箱体劳动力成本高的劣势，又能保留 PVC 贴面音箱和普通家庭影院音箱对机械化程度要求高的优势，既能大量回笼资金，又能对格律诗公司和王庙村专业户保持一定程度的牵制，必将大幅度降低生产成本，增强产品的市场竞争力。从某种意义上说，格律诗公司和王庙村专业户几乎已经成了乐圣公司生产经营体系中的两个松散型联合体，如果不考虑面子因素，乐圣公司无疑是这次资源整合的最大赢家。

有人说这是订单扶贫，也有人说这是生产机制造血扶贫。无论怎么形容，归根到底都是一场你死我活的诉讼使王庙村的农民获得了更多的就业机会。

作为格律诗公司的创始人，刘冰亲历和目睹了格律诗公司的演变，而当公司即将跨入历史性发展机遇的一刻，他自己却成了格律诗既得利益的局外人，没有了轿车，没有了可以拿出名片的身份，没有了成功人士的做派与周围羡慕的目光……竟然被一个半路闯进公司的女人呼来唤去，看不到前途与希望，只有孤独、茫然和苦闷。格律诗公司的胜诉把他在精神上抛进了痛苦的深渊，仅仅一个错误的判断就让他与那个近在咫尺的锦绣前程擦肩而过，那该是一种怎样的煎熬？怎样的心痛？

他向往的是一种衣食无愁而又高雅的生活，开着高级轿车，夹着精美的公文包，随时向部下发布命令，部下恭恭敬敬地紧随其后向他汇报工作，还有一个漂亮的女秘书为他处理文件、端咖啡……有音乐、有朋友，有被人羡慕的目光注视……

当一切似乎绝望的时候，丁元英的“新证据”档案袋使他看到了一线希望的曙光，他像是溺水的人突然抓到了一根救命稻草，既紧张不安，又充满了被拯救的渴望。

他反复暗示自己：人人都是为自己，人人都自私，所谓的“朋友”只不过是一个名词而已，根本不具备更多的含义，而金钱是衡量一切人际关系的唯一准则。他被一种强大的力量主宰着，血液逐渐升温，想象力随之膨胀，仿佛手中已经真的把握住了什么。

他思索、权衡，再思索、再权衡。他不甘心，他也不能甘心！

如果等到肖亚文要清除他的时候他才使用“新证据”档案，他的人格和尊严就已经受到轻蔑了，所维护的不过是一个打工的机会，没有实质意义。

如果是一个出于良知和正义感的人在签约仪式前一分钟的关键时刻把“新证据”的黑幕当众曝光，那将是一个爆炸性新闻，他刘冰就是一个改写乐圣公司命运的人物，真相大白于天下，伸张了正义，捍卫了法律，他无疑会成为媒体关注的焦点，成为英雄，必将演出一幕幕被记者团团包围的风光场面……而乐圣公司作为“新证据”黑幕曝光的最大受益者，自然知道应该如何回报。

如果有了乐圣公司的条件垫底，那就水涨船高，可以依托这个基础再向格律诗公司要求更大的利益。毕竟现在是格律诗公司更输不起，毕竟自己在格律诗公司还有资历，欧阳雪和肖亚文要想躲过这一劫就必须得给他开出更高的价码。

谁给的好处多就跟谁交易，一举解决生存和事业问题……刘冰越想越自信，越想越觉得不能再犹豫，他的手不由得攥住了那个能改变他命运的档案袋，心里涌起了一股出征决战的悲壮。他要告诉众人，他刘冰也是力挽狂澜的人物，非等闲之辈。

他心里默默自语：前途命运在此一举了。

于是，他整理了一下发型、领带、西装，出发了。

2

明珠饭店是位于古城繁华商业区的一家三星级酒店，格律诗公司的会议接待处、乐圣公司的签约代表、音响界特邀嘉宾和部分新闻记者都在此入住。

刘冰在明珠饭店下了出租车，付过车费，直接上了11楼。乐圣公司北京音响店经理于志伟是乐圣公司的普通干部，住的是11楼的标准客房，而乐圣公司的两位高级干部则被安排在六楼的高级套房。

刘冰摁下于志伟房间的门铃，门开了。

于志伟一看是刘冰，热情地说：“刘主任，请进，请进。”

刘冰进屋见写字台上放着几份展开的文件，寒暄一句：“正忙呢？”

于志伟说：“不忙，赵总要求每个人都把协议最后再看一遍，看看还有没有疏漏。你这东家不去招呼客人，怎么跑我这儿来了？”

刘冰坐下，摇摇头发了一句牢骚：“说是让我回来配合欧阳雪搞接待，可欧阳雪根本就没给我分配一项具体工作，就这么干晾着。今非昔比，不招人待见了。”

于志伟笑笑说：“这种话你可千万别在我这儿说，别让人误解我搬弄是非。”

刘冰说：“我来找你是有事，有大事。乐圣的人我只和你熟，我想见见你们赵总，在见赵总之前我得先跟你打声招呼，听听你的意见。”

于志伟问：“什么事？”

刘冰说：“法律规定，如果有新证据足以推翻原判决，可以在判决生效后的两年内提出再审申请。我想问问你，如果再审能推翻原判决，现在对乐圣公司还有没有意义？”

于志伟一怔，立刻警觉起来，问道：“你这是什么意思？”

刘冰说：“如果我在赵总和肖总正要签字的时候把格律诗的内幕文件当场公开，你们就有了新证据，就可以向法院申请再审，乐圣公司就能胜诉。如果胜诉对乐圣公司已经没有意义了，那我就没必要这样做了。如果对你们有用，你们能出什么条件？”

于志伟心里暗暗思忖：这是真的，还是圈套？现在离签约宴会只剩下两个小时了，而乐圣公司又是处在必须合作的位置……然而于志伟很快否定了“圈套”的可能，虽然乐圣公司是处在必须合作的位置，但是格律诗公司更需要合作，这也是格律诗公司之所以挑起一场商战的最终目的。从人品上判断，丁元英、欧阳雪和肖亚文都不是能干出这种事的人。

于志伟一笑说：“兄弟，你是想钱想疯了。丁元英是什么人你比我们了解，就算真有你说的新证据，那么重要的内幕文件能落到你手里？”

刘冰说：“这你就不知道了，我跟丁元英还真是有点交情。丁元英要回德国了，他也看出来肖总可能会对我下手，所以特意给我留了一个保饭碗的招儿，那个内幕文件的档案袋就是他亲手交给我的，贴了封条，还做了蜡封处理。”

于志伟说:“你怎么知道那里面肯定就是内幕文件呢?”

刘冰说:“我了解丁元英,他这个人从不撒谎。他的意思只是让我在必要的时候拿这个吓唬吓唬肖总,能保住工作就行。但是,我可不想就这么一直打工。”

于志伟说:“现在咱们两家公司正合作,你这样做合适吗?”

刘冰说:“如果你们能让林董事长瞑目而没去做,你们这样做合适吗?推翻判决,那格律诗就完了,所有的东西都得归你们乐圣。赵总是有脸面的人物,我不让你们为难,咱谁都不去干那种偷鸡摸狗的事,我表面上是出于良心和正义感站出来揭露真相,跟你们乐圣没一点关系,你们是后来被感动了才给我奖励。你估计,赵总能给我点什么?”

于志伟在脑海里思考着一系列的问题:如果错失一个可以推翻原判决的机会,这个责任他承担不起。如果是一场闹剧断送了两家公司的合作,这个责任他也承担不起。如果把这个难题上交给赵总,那就等于把赵总拖进了是非之地,连个缓冲带都没了,刘冰连丁元英这样帮他的人都能出卖,还有什么不能出卖的呢?

刘冰见于志伟沉思不语,就从上到下拍了拍衣服说:“你是怕我身上有录音吧?我还没小人到那个份儿上。这屋里就咱俩人,你说什么都死无对证,我说什么也死无对证。你对乐圣公司的情况很了解,我就要你一句话,你估计能给什么条件?”

于志伟说:“兄弟,我听你聊这些就已经冒着丢饭碗的危险了。”

刘冰说:“我懂,我就是再不是人也不能出卖你呀。”

于志伟说:“我知道你在格律诗公司的处境,你的心思我也明白。这样吧,咱们先定个小人协定。你仁义,我就仁义;你不仁义,也就别怪我不仁义。”

刘冰说:“你放心,我这个人最讲义气。”

于志伟说："如果你的新证据能把这一局扳过来，格律诗音响店就归乐圣了。如果你对公司有特别贡献，以我最保守的估计，你至少可以得到十万元的一次性奖励，你可以担任格律诗音响店的副经理。按公司规定，副经理有音响店10%的利润提成。"

刘冰问："就这些？"

于志伟说："我说过了，这是最保守的估计。如果你纯粹就是要钱，也可以按律师代理费的三分之一计算。如果你想当经理、有配车，那得看你以后的工作业绩。"

刘冰站起来说："行，我知道了，我回去再考虑考虑。"

于志伟起身送客，说道："我再重复一遍，你仁义，我就仁义。"

刘冰点点头，说："我要是不仁义，你可以什么都不认账。"

3

深秋季节，天色早早就暗了下来，大街上的路灯都亮了。

刘冰出了明珠饭店之后并没有直接回家取档案袋，而是沿着护城河漫步、思考。傍晚的秋风带着一股浓浓的寒意，河边的垂柳早已失去了夏日的婀娜风姿，裸露的枝条上残留着一些随时都会飘零的稀稀落落的黄叶，在冷冷的秋风里显出几许凄凉。

刘冰走在堤岸上，既有一种大战临近的紧张，又有一种主宰命运的悲壮。虽然于志伟的最保守的估计并不是刘冰最满意的条件，但却是可以接受的条件，毕竟比没名没分地打工强了很多。而且，下一步就该轮到欧阳雪开价了。

刘冰清楚，尽管肖亚文是控股股东，尽管她是董事长兼总经理，但是她的身份和地位得益于欧阳雪的支持，至少在她还没有完全坐稳之前，欧阳雪的意见对她肯定会有举足轻重的作用。而他和欧阳雪都是古城人，多了一层同乡的关系，更容易沟通。

他忍不住在心里自语了一句话：丁元英，你也有失算的时候！

刘冰走着想着，不知不觉走到了一座小桥，小桥旁边的一片空地是一处小吃排档，一字摆着十几个摊位，有砂锅面、水饺、馄饨，有小菜、小炒、啤酒等，每个摊位的锅里都冒着热腾腾的蒸汽，散发着一股诱人的香味。

他这才意识到现在已经是晚饭时间了，这时候也有了点饥饿感。他站在一个摊位前犹豫了片刻，找了一只小凳子坐下，要了一个什锦砂锅、一个鸡蛋灌饼和一瓶啤酒。他已经知道今天晚上将会发生什么，也就不打算再吃什么签约宴会的大餐了。

他一边喝着啤酒，一边思考应该向欧阳雪开出什么价码。以格律诗公司650万元的价值计算，他给自己内定了三个条件：一、格律诗公司20%的没有垫资负债的股份；二、担任格律诗公司总经理的职务；三、配备一辆25万元以上价位的轿车。

他慢慢悠悠地吃了一顿饭，时间也消磨得差不多了，抬手看看表已经七点二十分，离签约宴会还有40分钟，于是到路边招手拦了一辆出租车，回家取档案袋。

回到自己的音响发烧屋，刘冰把档案袋对折了一下装进公文包，站在窗前抽了一支烟以稳定情绪。不管他怎么分析、判断和自信，他还是控制不住心里的紧张。他想，大凡干大事的人都是这么过来的吧？

楼前的麻将局还在继续，只是树上多了两盏灯，两盏灯下摆了三桌麻将，其中一桌就有刘冰的父亲和几个退休的邻居，他们打得热火朝天，最明显的特征就是激烈的争吵，参战的人因为谁出了不该出的牌争吵，观战的人讥笑他人臭手也争吵。刘冰不喜欢打麻将，那东西太闹，没品位。他尤其对麻将桌上的摔牌看不惯，出牌就出牌嘛，何必非要摔牌？摔得跟说书先生拍醒木一样响亮，好像摔得不响就不足以显示牌技的高超。

刘冰既羡慕他们又为他们感到悲哀，羡慕的是他们不必计较面子、名分，一个个活得轻松自在。悲哀的是他们辛辛苦苦工作了一辈子，赚来的仅仅是衣食温饱，他们似乎不知道还有一个花花绿绿的世界存在，还有高雅和荣耀的存在。

刘冰觉得，天上有那么多闪烁的星星，总有一颗会是属于他的。

4

1998年10月9日晚上八点整，乐圣公司与格律诗公司及王庙村农户的签约宴会于明珠饭店五楼中型宴会厅里正式举行，出席宴会的有各签约方代表、新闻记者和音响界特邀嘉宾一共60多人，由古城明珠礼仪公司提供签约宴会的礼仪服务。宴会厅里的气氛既没有过分的热烈也没有明显的拘谨，平和、愉快而富有礼节性。

刘冰没有进宴会厅，而是站在休息厅的窗前透过玻璃冷冷地看肖亚文致开幕词，他看着肖亚文作为中心人物被拍照、服侍、簇拥，心里酸溜溜的，甚至肖亚文的一个微笑、一个手势都让他感到不舒服。

餐厅门口站着两位迎宾小姐，他走过去对其中一位小姐说了几句话，又指认了一下坐在五号台的欧阳雪，然后站在一边等着。

片刻，迎宾小姐把欧阳雪叫出来了。

欧阳雪问："我看见你在玻璃窗外晃来晃去，怎么不进去？"

刘冰示意了一下公文包，说："这儿说话不方便，到那边坐。"

大厅左侧是一个"咖啡园"，由盆景围成，高出地面约有半尺，摆着四五张精巧的小圆桌和高靠背椅子，旁边是一个酒台。欧阳雪跟刘冰走过去，她从刘冰的神色里已经感到了有什么事情要发生。刘冰将50元钱递给迎上来的女招待，要了两杯咖啡。

欧阳雪坐下，问道："什么事？"

刘冰打开公文包，拿出档案袋在欧阳雪面前展示了一下，说："这是丁哥亲手交给我的公司内幕文件，这些文件可以作为新证据推翻原判决。肖总和赵总一会儿就要签约，时间已经不多了，我不想当众公开这些文件，也不想让这些文件落到乐圣公司手里。我想跟你提几个要求，如果你答应，就什么事都没了。"

欧阳雪脑子"嗡"的一下就涨了，惊愕地喃喃道："你……敲诈我？"

刘冰说："我敲诈你？当初你那么痛快就答应我们退股，肖亚文刚入股才几天伯爵公司就出650万收购格律诗，丁元英早就知道诉讼结果可什么都没说……这些都说明什么？你们从来就没有真诚过。"

欧阳雪震惊了，刹那间嗓子里发不出声音。

刘冰说："我就三个条件，第一，给我20%的没有垫资负债的公司股份。第二，总经理的职务得由我担任。第三，公司给我配一辆25万以上价位的轿车。我没别的意思，就想跟你们一样活得像个人。"

欧阳雪声音已经变得沙哑了，说："都说音乐熏陶人，你听了那么多的音乐就熏陶成了这样？看来这音乐你听不听的也没多大关系。"

刘冰说："干脆点吧，你答不答应？"

欧阳雪说："亚文是董事长兼总经理，公司的事得由她决定，如果亚文因为这件事征求我的意见，我不同意。我从不记得公司有过什么内幕文件，如果是大哥人为造成的后果，我会去找大哥问个明白。"

刘冰说："你考虑好后果，别怪我没给你机会。"

欧阳雪冷冷地说了一句："我是摆馄饨摊过来的，不吃这个。"说完转身走了，那种眼神里流露出的冷漠足以撕裂任何一种自尊。

刘冰被刺痛了，他望着欧阳雪离去的背影也冷冷地自语了一句："既然你们不仁，就别怪我不义了。"他知道欧阳雪会去找丁元英，但是晚了，现在找谁都没用了。

他极力表现出从容地点上一支烟，但是刚抽了一口就将整支烟拧进烟灰缸，他那双微微有些颤抖的手终于拿起了那个主宰他命运的档案袋，撕开，抽出里面的文件。

突然，他惊呆了！

档案袋里根本没有什么内幕文件，全是洁白的复印纸，白得耀眼，白得让人眩晕。他像被铁棒猛击了头部，目光呆滞，大脑里一片空白，又仿佛被人抽去了筋骨，失去了所有的支撑力，似乎心脏都停止了跳动，血液骤然凝固……他本能地意识到：完了！

一个声音在他胸腔里回荡：丁元英，你撒谎，你撒谎！

过了片刻，刘冰从极度震惊的痴呆状态中恢复了神志，他多么希望刚才的一切只是一场噩梦，而他的目光再次投向咖啡桌，桌上依然是白纸，并没有奇迹发生。他呆呆地望着那些白纸，犹如望着一堆嘲讽，一种从未有过的疲惫、恐惧和绝望交织在一起，汇成了一股万念俱灰的感觉从骨子里丝丝往外渗透。

他明白了，就在他触动档案袋蜡封的那一瞬间，他就已经推开了地狱之门，而他的自信和梦想不过是吹一个泡泡糖而已，可怜透了。他对乐圣公司不再有用了，他对格律诗公司不再有用了，周围所有的人都会鄙视他……

一位女招待发现他脸色苍白、神情异样，走过来问："先生，您不舒服吗？"

刘冰挥了一下手说："走开，我没事。"

女招待有些奇怪地看了看咖啡桌上的复印纸，小心地走开了。

刘冰神情恍惚地将桌上的那沓白纸装进档案袋，站起身，抱着档案袋和公文包朝着楼梯走去，上到六楼，站在一扇窗跟前拉开窗户，抬头仰望夜空。

秋夜的天空星光闪烁，而满天的繁星在刘冰眼里似乎都变成了一只只冷漠的眼睛，充满了轻蔑与鄙夷。他知道，只要从这里往下一跳他就解脱了，从此再没有痛苦和自卑，再也不用去面对孤独、恐惧和无所归依。他凄然一笑，从档案袋里抽出复印纸连同档案袋用力向上一扬，白纸从六层楼的高空纷纷扬扬往下飘落，像一只只盘旋飞舞的白色蝴蝶。

在强者与弱者之间，自己是一个多余的人！

在道德与败坏之间，自己是一个多余的人！

世界太大了，大得能包容罪恶、阴谋、眼泪……

世界又太小了，小得竟然没有他刘冰的一块立锥之地……

他爬上窗户，既像胜利者又像受了委屈的孩子一样对着夜空大声喊道："丁元英，你撒谎啦！你撒谎啦……"然后纵身一跳。

接着，地面传来一声沉闷的声响。

楼下的喷水花池旁边，刘冰躺在冰冷的水泥地上，从他的嘴里、头上流出的血在黑夜的秋风里很快就凝固了。风吹动着他的头发，也吹起了飘落在地的白纸。不知哪里有音乐声隐隐传来，被风撕裂成断断续续的音符，零零落落地散布在夜空里……

第四十六章

欧阳雪下楼到明珠饭店停车场开车，去了嘉禾园小区。经历过失去小丹，经历过退股事件和那场你死我活的诉讼，她已经不再那么容易伤心流泪了，她只是想找大哥问问，那个所谓的内幕文件究竟是怎么一回事。

在她担任董事长期间，格律诗公司所有形成决议的会议她都参加了，从来没有讨论过任何需要保密的议题。公司所有签字盖章的文件一直都由她保管，她也从来没见过什么所谓的内幕文件。她不明白，大哥怎么可能会交给别人一个根本不存在的东西？

汽车行驶了20多分钟进入嘉禾园小区，欧阳雪远远看见丁元英楼下停了两辆车，其中一辆就是她非常眼熟的宝马730轿车，车旁边站着韩楚风、李志江、司机小赵和三个保镖模样的男人，一看就知道是重要人物赶夜路的阵势。

她心里陡然一空：大哥要走了。

她知道这种场合不能再往前靠近了，大哥事先没有通知她，显然是不想让人送别。她把车拐进一个路口停下，透过车窗静静地注视着。她隐隐约约意识到，那个所谓内幕文件的档案袋不会像刘冰想象的那么简单。小丹不在了，古城已成了大哥的伤心之地，大哥之所以等到这个时候才离开古城，是担心格律诗与乐圣的合作可能出现的问题，不可能会给格律诗公司设置障碍。

这时她的手机响了，屏幕上显示的是肖亚文的号码，她按下接听键，手机里传来肖亚文异样的声音："欧阳，出事了，刘冰跳楼……死了，地上全是白纸……”

欧阳雪的脑子再一次“嗡”的一下涨了，刘冰……跳楼了？刚刚20多分钟前还在跟她说话的一个人，就这么没了？她心里突然像倒了五味瓶，说不出是个什么滋味。

她问道：“亚文，你上次来古城，大哥说过刘冰什么事没有？”

肖亚文说：“大哥说刘冰留在公司的本意不在打工，如果刘冰在最近的敏感期间没有什么特别不当，可以考虑给他点股份，让他有个实在的前途。”

欧阳雪明白了！

那边丁元英从楼里出来了，众人纷纷上车，丁元英和韩楚风坐进宝马车里，两辆轿车驶向嘉禾园小区大门，汇入马路上的车流中消失了。

欧阳雪失神地望着大门外的车流，心里自语：大哥，你又要挨骂了。